THE
BEAUTIFUL
AND
DAMNED

美しく呪われた人たち

F・スコット・フィッツジェラルド
上岡伸雄 訳

F. Scott Fitzgerald

作品社

美しく呪われた人たち

目次

勝者は戦利品に束縛される。
——アンソニー・パッチ

シェーン・レズリー、ジョージ・ジーン・ネイサン、そしてマックスウェル・パーキンズに捧げる。その文学的な支援と励ましに感謝して。

第一部

第一章　アンソニー・パッチ

一九一三年、アンソニー・パッチが二十五歳のときのことである。皮肉《アイロニー》という現代の聖霊が、少なくとも理論上、彼の上に降り立ってからすでに二年が経っていた。皮肉《アイロニー》は靴磨きの最後の艶出《つやだ》し、服の仕上げのブラシがけであり、ある種の知的な「完成！」である——が、この物語が始まる時点では、彼はそれを意識こそすれ、そこから先にはほとんど進んでいなかった。物語に最初に登場するときの彼は、自分には名誉といったものがないのではないか、少し狂っているのではないかと頻繁に疑っている。澄んだ池の水の表面に浮かぶ油のように、世界の表面に浮かんでいる下品で淫《みだ》らな薄っぺらい存在なのではないか、と。こうした機会は、もちろん、自分を例外的な若者だと見なす時期と交互にやってくる。自分は完璧に洗練され、環境によく適応しており、自分が知るほかの誰よりも重要な存在である、と考えるのだ。

　これが彼の健康な状態であり、そういうときの彼は明るくて楽しい人間であった。知的な男たちに対して、そしてすべての女たちに対して、とても魅力的な存在だ。この状態のとき、彼は自分がいつの日か微妙で控えめな業績を上げるだろうと考えた。エリートから有意義だと見なされる何かを成し遂げ、死んだときには、ぼんやりとした天空の薄暗い星雲のなかに加わる。不滅の名声と永遠の忘却との中間くらいに浮かぶ星になる。そのための努力をするときまで、自分はアンソニー・パッチだ

——絵のように薄っぺらい存在ではなく、はっきりとした活動的な人格の持ち主であり、自説を曲げず、人を見下すような態度を取り、内面から外部へと働きかける男。名誉などあり得ないとわかっていながら名誉を持ち、勇気が偽りだとわかっていながら勇敢な男。

有徳の士とその優秀な息子

アンソニーはアダム・J・パッチという男の孫であり、そのことから社会的に安定しているという意識を抱くようになった。自分の家系をさかのぼれば、海を渡って十字軍までたどれるのと同じくらいの安定感と言える。これは当然のことだ。生粋《きっすい》のヴァージニア人やボストンっ子ならいざ知らず、純粋に金銭だけに基づいて築かれた貴族の地位は、とりわけ富を前提としているのである。

さて、そのアダム・J・パッチ、いまでは「クロス・パッチ」〔cross patchは「気難し屋」といった意味〕としてよく知られているが、彼は一八六一年にニューヨーク州タリータウンにある父の農場を離れ、ニューヨーク騎馬連隊に加わった。南北戦争から戻ってきたときには少佐になっていて、それからウォール街に突撃し、口論や怒りや喝采や反感に囲まれながら約七千五百万ドルを稼ぎ出した。

五十七歳になるまで彼はこの金儲けに全力を尽くした。それから硬化症のひどい発作に襲われて、残りの人生を世界の道徳的な再生運動に捧げる決意をし、改革運動家のなかの改革運動家となった。アンソニー・カムストック〔一八四四〜一九一五、アメリカの社会改革運動家で、猥褻文書追放のキャンペーンを展開した〕の壮大な試みに負けじと——孫の名前の由来もここだったのだが——酒、文学、悪徳、芸術、処方箋なしで買える特許医薬品、そして日曜の芝居などに対してさまざまなアッパーカットやボディブローを放った。彼の精神は、少数の者を除いて誰もがいずれは冒されるあの狡猾なカビの影響を受けて、時代のあらゆる憤りに激しく身を任せるようになり、タリータウンの屋敷のオフィスに置かれた肘掛《ひじか》け椅子から巨大な仮想敵に対する攻撃の指示を出すのだった。この邪悪なものに対する攻撃は十五年続いており、その間に彼は極端な偏執狂、とんでもなく迷惑なやつ、そして耐え難いほど退屈な人間、といった姿を晒《さら》してきた。この物語が始まる年には、彼は疲弊しつつあり、攻撃は散漫になっている。一八六一年が一八九五年とゆっくり入り交じるようになり、南北戦争に頻繁に思いをはせ、いまは亡き妻と息子のこともある程度考えるのだが、孫のアンソニーのことはめったに考えなかった。

まだ駆け出しの頃、アダム・パッチは三十歳の貧血症の女性、アリシア・ウィザーズと結婚した。そしてこの結婚によって十万ドルを得、ニューヨークの銀行業界に堂々と入り込むことができた。結婚してすぐ、彼女はかなり無理して息子を生み、この輝かしい業績によってすっかり活力を奪われたらしく、育児室という目立たない領域に姿を隠すことになった。息子のアダム・ユリシーズ・パッチは二頭立ての馬車を駆って遊び回り、さまざまな社交クラブの常連となって、礼儀作法の目利きとして知られた――二十六歳という驚異的な年齢で彼は「私が見たニューヨーク社交界」という回想録を書き始めた。この本の構想を聞きつけ、多くの出版社がそれを本にしようと競合したが、彼の死後、それは過度に冗長で、極端なほど退屈なものであるとわかり、自費出版さえもされることはなかった。

この「五番街のチェスターフィールド〔一六九四〜一七七三、洗練されたユーモアや上品さで知られたイギリスの政治家、著述家〕」は二十二歳で結婚した。花嫁は「ボストン社交界のコントラルト」として知られたヘンリエッタ・レブルーン。結婚によって一人だけ子供ができ、祖父の要請によって、アンソニー・カムストック・パッチと命名された。そして彼がハーヴァード大学に進んだとき、このカムストックが名前から抜け落ち、忘却の地下世界へと送られて、二度と口にされることはなかったのである。

アンソニー青年は父と母が一緒に写っている写真を一枚だけ持っていた――子供の頃、あまりにしょっちゅう目に入ってきたので、その写真は人間性を感じさせない家具のようなものになっていた。しかし、彼の寝室を訪れた者は誰でも興味深げにそれを見つめた。そこに写っているのは、痩せてハンサムな一八九〇年代の伊達男《だておとこ》と、その横に立つ黒髪で長身の女性。彼女はマフを身につけ、スカートの下には腰当て《バッスル》を入れていることが察せられる。二人のあいだには長くて茶色い巻き毛の小さな男の子がいて、小公子的なベルベットの服を身につけている。これが五歳のアンソニーで、彼の母親はこの年に死んだのである。

この「ボストン社交界のコントラルト」のことを彼はおぼろげにしか覚えておらず、その記憶は音楽と結びついていた。ワシントンスクエアに面した屋敷の音楽室で、彼女はいつでも歌っていたのだ——客たちに囲まれて歌うときもあった。男たちは腕組みしてソファの縁《ふち》に座り、固唾《かたず》を呑んで見つめていた。女たちは手を膝に置き、ときどき男たちに囁《ささや》きかけながら聞いている。そして一曲終わるごとに元気よく拍手し、媚びるような声を漏らす。アンソニー一人のために母親が歌うこともよくあった。イタリア語やフランス語で、あるいはかなりおかしい奇妙な方言で。それを彼女は南部黒人の話し方だと想像していたのである。

アメリカで最初にコートの下襟を丸めた男、おしゃれなユリシーズに関する彼の記憶はもっと鮮明だった。ヘンリエッタ・レブルーン・パッチが「天国の聖歌隊に加わった」あと——と男やもめになってからかすれ声でときどき語っていたが——父と息子はタリータウンの祖父の家で暮らした。ユリシーズは毎日アンソニーの子供部屋に現われ、楽しげな言葉と酒臭い息とをときには一時間もまき散らした。動物狩りや魚釣りの旅に行こう、あるいはアトランティックシティに行こう、とアンソニーにいつも約束するのだが、「近いうちにな」と言いながら、一つも実現したことはなかった。実際にした旅はアンソニーが十一歳のときの海外旅行のみ。イギリスとスイスを訪れたのだが、ルツェルンの最高級ホテルで父は亡くなった。大量の汗をかき、唸《うな》り、息苦しさのあまり叫んだ末の死だった。アンソニーは絶望と恐怖に取り憑《つ》かれた状態でアメリカに連れ戻された。そしてぼんやりとした憂鬱な思いにつきまとわれるようになり、生涯それを振り払うことができなくなった。

主人公の過去と人柄

十一歳で彼は死の恐怖を知った。とても感受性の強い六年間のうちに両親ともに亡くなったのだから無理もない。祖母もほとんど気づかれずに消えていき、ついに彼女が結婚して以来初めて、一日だけだが、文句なく客間で君臨する日が来た。したがって、アンソニーにとって人生とは、あらゆるところに隠れている死との戦いとなった。寝床で読書をする習慣になったのは、心気症的な想像力を宥《なだ》める手段としてだった。そうすると心が休まるのだ。彼は疲れるまで読書をし、しばしば灯りをつけたまま眠りに落ちた。

十四歳になるまで、彼のお気に入りの気晴らしは切手収集だった。子供の収集としては莫大なもので、ほとんど網羅的と言ってもいい――祖父はこれで地理が学べるとたわいもなく考えていた。そこでアンソニーは半ダースほどの「切手とコイン」会社と連絡を取り合うようになり、彼のところに届く郵便にはたいてい新しい切手アルバムかキラキラ輝く見計らい品が含まれていた――こうした収集品を一つの切手帳から次のものへと絶え間なく移していくことに、神秘的な魅力を感じた。切手は彼の最高の喜びであり、それをいじっているときに邪魔されると、誰に対しても苛立《いらだ》たしげなしかめ面を向けた。毎月の小遣いの大半を切手に費やし、夜はその種類や色とりどりの光沢に倦《う》むことなく思いをはせ、ベッドでいつまでも眠らずにいた。

十六歳のとき、彼はほぼ完全に自分の内に閉じこもっていた。言葉をはっきりと言えない、まったくアメリカ的ではない少年で、同年代の者たちに当惑を感じながらも、礼儀正しさは保っていた。それまでの二年間を家庭教師とともにヨーロッパで過ごし、この教師がハーヴァードこそ行くべき大学だと彼を説得した。ハーヴァードが「扉を開き」、ものすごい活力の源となるだろう。そして、自分を犠牲にしてでも献身的に尽くしてくれる友人がたくさんできるはずだ、と。そこで彼はハーヴァードに行った――論理的に考えて、ほかにやるべきことが見つからなかったからだ。
社会制度を気にも留めず、彼はベックホール〔超上流階級の子弟が暮らす寮〕の上階の部屋にしばらく一人きりで暮らし、友人との行き来などもなかった。背の高さは中くらいで、髪は黒く、痩せた青年。口元には内気で敏感そうな雰囲気を漂わせている。お小遣いはたっぷりというレベルを超えていて、旅好きの蔵書家からスウィンバーン、メレディス、ハーディなどの初版本を買い漁《あさ》り、将来の書斎の基礎を築き上げた。キーツの自筆の手紙（黄色くなっていて判読不能だった）も買ったのだが、あとになって、驚くほどふっかけられていたことに気づいた。彼は申し分のない伊達男となり、シルクのパジャマ、紋《もん》織《お》りの化粧着、派手すぎて着けられないネクタイなど、傍から見ると馬鹿げたものの収集に熱中した。こうした秘密の衣装を着て、部屋の鏡の前を練り歩いたり、窓台の下の腰掛けに座って中庭を見下ろしたりするのだ。そして、キャンパスで繰り広げられている喧騒にぼんやりと気づくのだが、この身近で息もつけないような騒ぎに自分は決して加われないのだと感じていた。

　面白いことに、彼は四年生のとき、クラスである地位を獲得した。自分がかなりロマンチックな男、学者、隠者、博識の巨人と見なされていることに気づいたのだ。これを面白く感じ、ひそかに喜んだ――そして最初は少し、あとになったらかなり、出歩くようになった。プディング・クラブ〔ハーヴァード大学の社交クラブで、年に一度ミュージカルを上演する〕に入り、酒を飲んだ――静かに、きちんとした伝統に従って。こんなに若くして大学に来たのでなければ、「素晴らしい成績を残したかもしれない」と言われた。一九〇九年に卒業したとき、彼はまだ二十歳だったのだ。

　それから再び海外に出た――今回はローマだ。建築や絵画とたわむれ、バイオリンを習い、下手なイタリア語のソネットを書いた――十三世紀の修道僧の詩を装ったもので、瞑想に耽《ふけ》る人生の喜びについて考察している。ハーヴァードで親しかった者たちのあいだでは、彼がローマにいるというのが評判になり、その年に海外に出ていた者たちの訪問を受けた。そして、一緒に月明かりの下を散歩し、ルネッサンスよりも古く、共和国よりも古い都市のいろいろな面を発見した。たとえばフィラデルフィア出身のモーリー・ノーブルが二カ月滞在しているあいだに、二人でラテン系の女性の奇妙な魅力に気づき、とても古くて自由な文明のなかでとても若くて自由だという、愉快な感覚を味わった。祖父の少なからぬ知人も訪ねてきたので、彼さえそう望めば、外交官たちのなかで「好ましい人物」として認められただろう――実際、自分がどんどん陽気な方向に傾いてきたことに気づいていた。とはいえ、青春期に長く一人きりで過ごし、その結果として内気になったことは、いまだに彼の行動を左右していた。

一九一二年、彼はアメリカに戻った。祖父をときどき襲う急病のためだったのだが、永遠に回復途上のように思われる老人と極端に疲れる会話を交わして以降、海外にずっと暮らすという計画は祖父が死ぬまで延期しようと決意した。時間をかけてアパートを探し、五十二丁目の物件に決めて、見た目には落ち着いた。

一九一三年、アンソニー・パッチが世間に順応していく過程は到達点に近づいていた。学生時代より肉体的には逞しくなった――まだ痩せすぎていたが、肩幅が広くなり、黒髪の顔からは新入生のときの怯《おび》えた表情がなくなった。目立たないところに几帳面で、外見上はこざっぱりとしていた――友人たちは彼の髪が乱れているのを見たことがないと言った。鼻はとがりすぎ、口は気分をあからさまに映し出す傾向があって、不幸な気持ちのときは目に見えて唇の両端が下がった。しかし青い目は魅力的で、それは知的な警戒心を見せているときも、気分が落ち込んで半ば閉じているときも同じだった。

アーリア人の理想である目鼻立ちの釣り合いには欠けていたものの、アンソニーはあちこちでハンサムだと考えられていた。その上、彼は見た目も実際上もとても清潔だった――それによって美しさが引き立つような、特別な清潔さを具《そな》えていた。

非の打ち所がないアパート

五番街と六番街は、アンソニーから見ると、ワシントンスクエアからセントラルパークまで伸びる巨大な梯子《はしご》を直立させたような感じだった。アップタウン行きのバスの屋上席に座って五十二丁目に近づくとき、不安定な梯子の横棒を一つひとつ摑みながら昇っている感覚をいつも抱くのだ。そしてバスが彼の住居の横棒にたどり着き、身震いして停まると、彼は安心感に似たものを感じつつ、金属製のステップを荒っぽく降りて歩道に立つ。

そのあと、五十二丁目を半ブロックほど歩かなければならない。古臭いブラウンストーンの家々を通り過ぎれば、すぐにアパートだ。大きな玄関の間、高い天井。すべてに満足できる。結局のところ、ここで生活が始まるのだ。ここで眠り、朝食を摂《と》り、読書し、楽しむ。

建物自体は暗めの素材で作られており、建てられたのは一八九〇年代末だった。それが増え続ける小さなアパートの需要に応じて、各階とも完全に改装され、個々に貸し出されていた。四戸のアパートのうち、二階にあるアンソニーのものが最も素晴らしかった。

玄関の間には見事な高い天井と三つの大きな窓があり、賑やかな五十二丁目を見下ろしていた。設備に関して言えば、一つの年代に特定されることはまったくなく、堅苦しいとか息苦しいとか、味気がないとか退廃的だとか言われることもなかった。煙やお香の匂いもしない――天井は高くて、青みがかっている。柔らかい茶色の革でできた深い寝椅子が置かれ、眠気を霧のように漂わせていた。中国の漆塗りの大きな衝立《ついたて》があり、そこには黒と金色で漁師と狩人が幾何学的に描かれている。この衝立で部屋の隅の空間を仕切り、そこに大きな椅子を置いて、オレンジ色のライトで照らすようにしてある。暖炉の奥深くには、真っ黒に焼けた折りたたみできるシールドがある。

その奥にはダイニングルームがあった。アンソニーが家で食事をするのは朝だけなので、この壮麗な部屋の能力はまだ充分に発揮されていない。そこを通り過ぎ、比較的長い廊下を行くと、アパートの心臓部とも言える部分に到着する――アンソニーの寝室と浴室である。

どちらの部屋も巨大であった。寝室の天井の下には大きな天蓋つきのベッドがあるが、それが平均的なサイズに思えるほどだ。床にはエキゾチックな深紅の絨毯《じゅうたん》が敷かれ、そのベルベットの肌触りは羊毛のように柔らかい。寝室のかなり厳粛そうな雰囲気とは対照的に、浴室は明るく派手で、快適すぎるところがやや大げさに感じられるほどだ。壁には当時もてはやされた四人の美人女優の写真がフレームに入れて飾られている――『サンシャイン・ガール』を演じるジュリア・サンダーソン、『クエーカー・ガール』のアイナ・クレア、『マインド・ザ・ペイント・ガール』のビリー・バーク、そして『ピンク・レディ』のヘイゼル・ドーン。ビリー・バークとヘイゼル・ドーンのあいだには版画が掛かっていて、そこには雪原を照らす冷たくて物々しい太陽が描かれている。これは、アンソニーによれば、冷たいシャワーを象徴しているとのことだ。

低くて広いバスタブには精巧なブックホルダーが取りつけられていた。その脇の壁に埋め込まれた洋服ダンスには、三人の男の分くらいあるリネン類と、一世代分ほどのネクタイがたっぷり詰まっている。タオル地のカーペットを立派に見せかけるようなケチな真似《まね》はしない――寝室にあるのと同じような豪華な絨毯が敷かれている。奇跡的な柔らかさをもつこの絨毯は、バスタブから出てきた濡れた足をほとんどマッサージするかのようだ……。

どれをとっても素晴らしい部屋である――ここでアンソニーが着替え、髪を完璧に整えている姿が目に浮かぶようだ。実のところ、彼は眠ることと食べること以外のすべてをここでしている。この浴室は彼の誇り。恋人がいたら、バスタブに向き合うように彼女の写真を掛けたはずだ。そうすれば、熱い湯に浸って湯気に癒されつつ、彼女の顔を見上げ、その美しさを感覚的に温かく味わったことであろう。

働きもせず、紡ぎもせず〔聖書マタイ伝、六章二十八節より〕

アパートはイギリス人の召使いによって清潔に保たれていた。奇妙なほど、そしてほとんど芝居がかっているほど適切なバウンズ〔「制限・抑制するもの」といった意味がある〕という名前の男。その召使いとしての腕前に欠点があるとしたら、それは柔らかいカラーをしているという事実だけである。アンソニーだけのバウンズだったとしたら、この欠点はすぐに矯正されただろうが、彼は近所に住む二人の紳士のバウンズでもあった。午前八時から十一時までは完全にアンソニーのバウンズで、郵便物を持って現われると、朝食の準備をした。九時三十分、彼はアンソニーの毛布の縁を引っ張り、数語の簡潔な言葉をしゃべる。アンソニーはその言葉をはっきりと記憶できなかったが、非難めいた言葉なのではないかと疑っていた。それからバウンズは朝食を玄関の間のカードテーブルに出し、ベッドを整える。そして、ほかに何かありますかといくらかの敵意とともに訊ね、引き下がる。

午前中、少なくとも週に一度、アンソニーはブローカーに会いに行った。彼の収入は母から相続した遺産の利子であり、年間七千ドルをやや下回るくらいだった。息子に財産をやらず、多めの小遣いを与え続けた祖父は、若いアンソニーの必要を満たすにはこの額で充分だと考えていた。クリスマスのたびに祖父は彼に五百ドルの公債を送り、彼はそれを売れるときはたいてい売った。いつでも少し――ものすごくではなかったが――金欠病だったのである。

ブローカーを訪ねるときは、やや社交的なおしゃべりをしたり、八パーセントの投資が安全かどうかといった議論をしたり、いろいろだったが、いつでもアンソニーはそれを楽しんだ。信託会社の立派なビルによって超富裕層とつながっているように思われ、その連帯を彼は尊重していた。また、金融の世界のヒエラルキーによって適切に守られていると保証されたように感じた。忙しく働いている男たちから、彼は祖父の財産について考えるときに抱くのと同じ安心感を引き出すことができた――

いや、それ以上である。というのも、アダム・パッチの財産は彼が世間に貸しつけたもので、彼のような道徳的高潔さがないと引き出せないように何となく思えるのに対し、このダウンタウンの金は不屈の力と意志の凄まじい偉業によって得られ、保持されるもののように思えるのだ。ダウンタウンの金は純粋に「金」だ――より決定的に、はっきりと。

アンソニーは入る金のほとんどを使い切るような暮らしをしていたが、その収入で充分だとも思っていた。もちろん、輝かしい未来には、何百万ドルもの金が手に入るだろう。それまでは、ルネッサンス期の法王に関する論文を書くことが、自分の存在理由だということになっている。そういえば、彼はローマから帰ってすぐ、祖父とこんな会話を交わしたことがあった。

帰国したとき、彼は祖父が亡くなっていることを期待していた。しかし波止場から電話してみると、アダム・パッチはまた比較的よくなっていた――翌日、アンソニーは失望を押し隠して、タリータウンに向かった。駅からタクシーで八キロほど行くと、複雑な作りの私道に入り、縫うように走る――地所を守る壁とワイヤの柵がまさに迷路のように張り巡らされているのだ。これについて、大衆はこんな噂をしていた。社会主義者がやりたい放題できるとすれば、最初に暗殺する男の一人が老クロス・パッチであるというのはよく知られている事実だからだ、と。

アンソニーは約束の時間に遅れた。世間の尊敬を集める慈善家はガラスの壁のサンルームに座り、朝刊にもう一度目を通しつつ、彼を待っていた。秘書のエドワード・シャトルワース――生まれ変わる前はギャンブラーで、居酒屋を経営し、多方面にわたって堕落した男だった――がアンソニーを案内し、自分を救ってくれた恩人に引き合わせた。まるで途轍もない価値のある宝石を見せるかのように。

祖父と孫は厳粛に握手した。「よくなられたと聞いてとても嬉しいです」とアンソニーは言った。パッチ老人はつい先週にも孫と会ったかのような雰囲気で時計を取り出した。

「列車が遅れたのか？」と彼は穏やかに訊ねた。

アンソニーに待たされて苛立っていたのだ。老人は若いときに最大限の几帳面さをもって実務を処理し、あらゆる約束を時間どおりにこなしてきたと思っていた。しかも、それこそが自分の成功の直接的で主要な理由だという妄想を抱くようになっていたのである。

「今月は列車が何度も遅れたんだ」と控えめに責めるような調子を声に滲ませて言った――それから長い溜め息をついた。「座りなさい」

アンソニーは口に出せない驚きをもって祖父を見つめた――彼を見ると、いつも驚かずにいられない。この弱々しく、インテリとは言えない老人が、ものすごい力を持っている。煽情的な雑誌の言うこととは対照的に、アメリカでこの老人が直接的であれ間接的であれその魂を買えない人間がいるとしても、その数はホワイト・プレーンズ〔ニューヨーク市近郊の町〕の人口にも満たない程度なのだ。それは、昔々彼がピンクがかった白い赤ん坊だったということと同じくらい、信じがたいことのように思われた。

彼の七十五年間という人生は魔法のふいごのように作用していた――最初の二十五年は彼に生命をたっぷり吹き込み、最後の二十五年はそれをすべて吸い取ったのだ。頬と胸はへこみ、腕と脚もすっかり細くなった。ふいごは容赦なく歯も一本一本要求し、小さな目の下の青黒い部分をたるませ、髪を抜いていき、彼の体のある部分を灰色から白へ、ほかの部分をピンクから黄色へと変えていった――絵具箱で遊ぶ子供のように、色を無神経に入れ替えたのだ。さらに肉体と精神を経て、脳にも攻撃を開始した。夜に汗をかき、涙を流し、根拠のない恐れに慄《おのの》くようになった。均衡が取れていた厳しい精神は騙《だま》されやすさと疑心暗鬼とに分裂した。情熱という未精練の素材から、何十ものひ弱だが怒りっぽい妄想が生まれた。エネルギーは減っていき、甘やかされた子供の癇癪《かんしゃく》程度のものになった。権力への意志に代わって、地上に竪琴と讃美歌の世界を求めるという、おめでたく幼稚な欲求が生まれた。

型にはまった挨拶を慎重に交わしたあとで、アンソニーは今後の計画を話すよう期待されていると感じた——と同時に、老人の目の輝きを見て、海外で暮らしたいという話はしばらく持ち出さないでおくことにした。シャトルワースが部屋から出ていくくらいの機転を利かせてくれないかと思った——彼はシャトルワースを毛嫌いしていた——が、秘書は揺り椅子にゆったりと座り、どんよりとした目を二人のパッチに交互に向けていた。

「こちらに戻ってきたのだから、おまえも何かをしないといかんな」と祖父は穏やかな声で言った。「何かを成し遂げないと」

アンソニーは祖父が「この世を去るときに何かを遺していく」と言うのを待った。それから一つの計画を示した。

「思うんですが——おそらく僕の能力が最も適しているのは書くことではないかと——」

アダム・パッチはビクッとした。長髪で愛人が三人いる詩人を思い浮かべたのだ。

「歴史をです」とアンソニーは締めくくった。

「歴史？　何の歴史だ？　南北戦争か？　独立革命か？」

「いえ——違います。中世の歴史です」。同時にルネッサンス期の法王の歴史を新しい角度から書くというアイデアも生まれたのだが、彼は「中世」と言ってよかったと思った。

「中世だと？　どうして自分の国のことを書かない？　自分が知っている世界のことを」

「まあ、僕はかなり海外で暮らしてきましたので——」

「どうして中世について書かねばならんのか、まったくわからない。暗黒時代と呼んだものだよ。何が起きたのか誰もわからないし、誰も気にしない——それが終わったということ以外はな」。祖父はそのような情報がいかに無益かについてもう数分語り続け、当然ながらスペインの異端審問や「修道院の腐敗」について触れた。それから——

「ニューヨークで書けると思っているのか？　いや、そもそも本当に書くつもりがあるのか？」この最後の言葉には穏やかな、ほとんど感知されないほどの皮肉が含まれていた。

「あ、はい、もちろんです」

「いつ書き終わる予定だ？」

「そうですね、これから枠組みを決めます――それから、準備のためにたくさん本を読まないといけなくて」

「すでにたっぷり読書はしたはずだと思うがな」

　会話はぎくしゃくと進み、唐突に終わった。アンソニーが立ち上がり、腕時計を見て、午後にブローカーと約束があるのですと言ったのだ。本当は祖父のところに数日滞在するつもりだったのだが、荒天での渡航にすっかり疲れ、苛立っていた。しかも、これ以上この信心家の微妙な威圧に耐えていられないと思ったのだ。また数日のうちにまいります、と彼は言った。

　しかし、この会話のために、仕事として書くという考えが彼の人生に入り込んだのだった。それに続く一年間、彼は権威ある書物のリストをいくつか作り、章のタイトルをいろいろと試したり、本の構成を時代で分けたりしたが、実際に書いた文章は一行も存在せず、これからも存在しそうになかった。彼は何もしていなかったのだ――そして、広く知られた道徳書の論理とは対照的に、何も努力しなくても平均以上の満足感を得ていたのである。

午後

　一九一三年十月、快適な日々が続いた週の半ばのことだった。横丁にいつまでも陽光が射し、雰囲気は気怠《けだる》げで、幻の枯れ葉が大量に舞っているかのように感じられた。何とも心地よい。開けた窓のそばに怠惰に腰を下ろし、『エレホン』〔イギリスの作家、サミュエル・バトラーの風刺小説、一八七二年出版〕の一章を読み終えるのは。五時くらいに欠伸《あくび》をし、本をテーブルに投げると、廊下をぶらぶらと歩いて浴室に向かうのは。そして、歩きながら歌を口ずさむ。

「君を……見る……う・つ・く・し・い・き・み」〔ミュージカル『ピンク・レディ』のなかの一曲〕

彼は歌いながらバスタブの水栓を開ける。

「目を……上げ……て、
君を……見る……う・つ・く・し・い・き・み
僕の……心が……叫ぶ――」

浴槽に注がれる水の音に対抗し、彼は声を張り上げた。壁に掛けたヘイゼル・ドーンの写真を見ながら想像上のバイオリンを肩に担ぎ、幻の弓で静かに撫《な》で始める。口を閉じたままハミングし、それがバイオリンの音に似ているとぼんやり考える。しばらくすると手を動かすのやめ、シャツに手をやって、ボタンを外し始める。裸になり、広告にある虎皮をまとった男よろしく、スポーツ選手のようなポーズを取る。ご満悦の体《てい》で鏡を見つめてからポーズをやめ、浴槽に片足を慎重につけてバシャバシャさせる。それから水栓を調整し、何度か前置きの唸り声を出して、浴槽に滑り込む。

水の温度に慣れてリラックスしてくると、彼は満足して眠たくなってきた。入浴を終え、ゆったりと着替えてから、五番街を歩いてリッツカールトンのレストランへと向かう。最もよく会う二人の友人、ディック・キャラメルとモーリー・ノーブルと夕食の約束があるのだ。そのあと彼とモーリーは劇場に行くだろう――キャラメルはおそらく家に歩いて戻り、本の執筆に取り組むはずだ。小説を急いで完成させなければならないのである。

アンソニーは自分が本の執筆に取り組まなくてよいことをありがたく感じた。椅子に座って言葉をひねり出すということ――いや、考えを包む言葉だけでなく、包まれるに足る考えをひねり出すこと――そのすべてが、彼の求めていることと馬鹿らしくなるくらいかけ離れていたのである。

風呂から出ると、彼は靴磨き人のような細心の注意を払って自分の体を拭いた。それから寝室に入り、あちこち歩き回りながらボタンを留め、服を整えていった。その間、奇妙なメロディを気まぐれに口笛で吹きながら、厚い絨毯の温かい感触を足で楽しむ。

続いて煙草に火を点け、マッチを窓の上側の開いているところから放り投げた。また歩き始めたが、ふと煙草を口から五センチほど離したまま立ち止まる――そして口を少し開ける。裏道を少し行ったところにある家の屋上に、明るい色の部分があることに気づき、そこをじっと見つめたのである。

それは赤いネグリジェを着た娘だった。ネグリジェはシルクに間違いない。午後のまだ強い日射しで髪を乾かしているのだろう。彼の口笛は部屋の空気のなかにぎこちなく消えていった。突然、彼女が美人だという印象を抱き、彼は用心深く窓にもう一歩近づいた。彼女の脇にある石の手すりには、服と同じ色のクッションが置いてあり、彼女はそれに両肘をついて陽の当たる裏道を見下ろしている。アンソニーには、裏道で遊ぶ子供の声が聞こえた。

彼は彼女を数分間見つめていた。何かが彼のなかで刺激されたのだ。午後の温かい匂いとか、輝かしい赤い色の鮮やかさでは説明できないもの。彼は彼女が美人だとずっと感じていた――それから突然、理解した。それは彼女が遠くにいるからだ。稀《まれ》に見るような、貴重な精神の距離ではないが、それでも距離には違いない――単にメートル数の問題にすぎないにしても。彼と彼女のあいだには秋の大気が、そして家々の屋根とくぐもった声の響きがあった。しかし、完全には説明できない一秒間、彼の精神は時の流れに逆らって立ち止まり、崇拝に近いような感情を抱いた――彼が知るどんな熱いキスでも引き起こせなかった感情である。

彼は着替えを済ませ、黒いボウタイを見つけると、浴室の三面鏡で慎重にそれを合わせた。それから衝動に負け、また寝室に急いで戻ると、窓の外を見た。女はいま立ち上がっていた。髪を後ろに下ろしていたので、顔が完全に見える。太っていて、少なくとも三十五歳にはなっているし、目を引くところがまったくない女だ。口でチッという音を立て、彼は浴室に戻ると、髪を分け始めた。

彼は軽く歌った。

「君を……見る……う・つ・く・し・い・き・み」

「目を……上げ……て――」

最後に宥めるようにブラシをかけ、髪に真珠のような光沢を加えて、彼は寝室をあとにした。そしてアパートから外に出ると、五番街を歩き、リッツカールトンへと向かった。

三人の男

七時、アンソニーと友人のモーリー・ノーブルは涼しい屋上の隅のテーブルに座っている。モーリー・ノーブルは痩せているが大柄で威圧的な猫といったところ。目は細く、絶えず長めの瞬きをしている。滑らかな髪が平たく撫でつけてあり、まるで母猫に――そこまで巨大な母猫がいればだが――舐められたかのようである。アンソニーがハーヴァードで過ごしているとき、モーリーはクラスでも最もユニークな男として見られていた――最も独創的で賢く、物静かで、救済されるべき男たちの一人である、と。

この男をアンソニーは親友と考えている。知人のなかで称賛しているのは彼だけであり、羨《うらや》んでさえいる――自分ではそこまで認めたくないのだが。

二人は会えて嬉しいと思っている――相手に対する優しい気持ちが目に溢れているのだが、それは短い期間だが会っていなかったため、新鮮さを感じているからである。互いに相手と一緒にいることでくつろぐことができ、新たな静けさを感じている。あの整ってはいるが滑稽なほど猫に似た顔は、ほとんどゴロゴロと喉を鳴らしそうだ。そして鬼火のように神経質で落ち着かないアンソニーは、いま落ち着いている。

二人はちょっとした演説をやり合うような会話を楽しんでいる。三十歳以下の男か、大きなストレスを感じている男だけが夢中になるような会話。

アンソニー：七時。キャラメルはどこだ？（苛々した様子で）あの終わりのない小説を早く終わらせてほしい。あいつのおかげで腹ペコだ――

モーリー：あいつはあの小説に新しいタイトルをつけたんだ。『魔性の恋人』――悪くないだろ？

アンソニー：（興味を抱いて）『魔性の恋人』だって？　ああ、「泣き喚く乙女のごとし」（サミュエル・コールリッジの「クブラ・カーン」の第二スタンザ、「魔性の恋人を求めて泣き喚く乙女のごとし」より）か――いや――全然悪くないよ！　まったく悪くない――そう思うよな？

モーリー：かなりいいと思う。何時だって言った？

アンソニー：七時だ。

モーリー：（目を細めて――不愉快そうにではなく、かすかな非難の気持ちを表わすために）このあいだだけど、気が狂いそうになったよ。

アンソニー：どうして？

モーリー：あのメモを取る習慣さ。

アンソニー：僕もだ。先日の夜、僕の言ったことが小説の素材になると思ったらしい。なのに忘れてしまったので、僕に食ってかかったんだ。「おまえ、集中できないのか？」って言うんだが、僕は「君には涙が出るほど退屈させられるよ。覚えているわけないだろ？」って言い返した。

（モーリーは笑う――声には出さないが、よくわかるというふうに、穏やかに顔をにんまりさせる）

モーリー：ディックがほかの人たちよりもたくさん見ることができるわけではない。見たものを誰よりもたくさん書きとめられるってだけさ。
アンソニー：それはすごい才能だな——
モーリー：ああ、かなりすごい！
アンソニー：それからエネルギーだな——野心的で、狙いが定まったエネルギー。愉快なやつだよ——ものすごく刺激的で、わくわくさせてくれる。あいつと一緒にいると、固唾を呑まずにいられないようなところがあるんだ。
モーリー：ああ、そうだな。
（少し押し黙る）
アンソニー：（どことなく自信なげな細い顔に最大限の確信をたたえて）でも、不屈のエネルギーというわけじゃない。いつの日か、それは少しずつ吹き飛んでいき、それと一緒にあいつの素晴らしい才能も擦り減るだろう。残るのは抜け殻みたいなもの。怒りっぽくて、我儘《わがまま》で、やたらしゃべりまくる。
モーリー：（笑って）俺たちはこうやって、ディック坊やには俺たちよりも物が深く見えないって言い合っている。やつのほうはある程度の優越感を抱いているに違いない——ただ批判しているだけの精神より、創造性を持つ精神のほうが偉いってね。
アンソニー：ああ、そうだろうな。でも、あいつは間違っている。数多《あまた》の愚かしい情熱を鵜呑みにする傾向があるんだ。いまはリアリズムに入れ込んでいるから、皮肉屋の衣装をまとわざるを得ないけど、そうでなかったら、あいつは——あいつは大学の宗教団体のリーダーみたいに騙されやすいだろうな。理想主義者なんだよ。ああ、そうだ。自分じゃ違うと思っているけどね、キリスト教を拒絶したからって。でも、大学時代のあいつを覚えているかい？　すべての作家を丸ごと鵜呑みにしてたじゃないか――考え方も、テクニックも、登場人物も、次から次へと――チェスタトン、ショー、ウエルズ。どれも簡単に呑み込んでしまうんだ。
モーリー：（いまだに自分が先ほど言ったことについて考えながら）ああ、覚えてるよ。
アンソニー：本当だよ。生まれついてのフェティッシュ崇拝者だ。芸術について言えば――
モーリー：注文しよう。あいつもうすぐ――
アンソニー：そうだな、注文しよう。あいつに言ったんだが――
モーリー：そら、来た。見ろ――あのウェイターにぶつかるぞ。（指を挙げて合図する――指が友好的な柔らかい鉤爪《かぎづめ》であるかのように）やあ、キャラメル。
新しい声：（ぶっきらぼうに）やあ、モーリー。やあ、アンソニー・カムストック・パッチ。アダムのお孫さんはお元気かな？　社交界デビューしたての娘たちにまだ追いかけ回されているのか？
（リチャード・キャラメルは小柄で色の白い男――三十五歳で禿《は》げ上がるだろう。瞳は黄色がかっている――片方は驚くほど澄んでいるが、もう片方は泥水のようにどんよりしている――そして漫画に描かれる赤ん坊のように額が突き出ている。ほかにも突き出ている場所はいろいろある――腹が少し膨らんでいて、将来もっと太りそうだし、しゃべる言葉も口から膨らんで出てくるような雰囲気がある。ディナージャケットのポケットも何かに感染して膨らんだかのように見える――擦り切れた時刻表、プログラム、そのほかさまざまなスクラップがたくさん詰まっていて、そこにメモを取る――釣り合いの取れていない両目をしかめ、ペンを握っていない左手で黙るように合図しながら。
テーブルまでたどり着くと、彼はアンソニーとモーリーと握手を交わす。必ず握手をするタイプの人間だ。一時間前に会った人間とでも握手をする）
アンソニー：やあ、キャラメル。来てくれて嬉しいよ。コメディアンが欲しいところだったんだ。
モーリー：遅刻だぞ。郵便配達を追いかけてたのか？　俺たちはおまえの性格を探索していたところだ。

ディック：（輝く瞳を真剣にアンソニーに向けて）おまえ、何て言った？　もう一度言ってくれ、書きとめるから。今日の午後は、第一部から三千語削ったよ。

モーリー：気高い耽美主義者だな。俺のほうは腹にアルコールを注ぎ込んでいたよ。

ディック：疑いの余地なしだな。二人で一時間前からここで酒について話していたんだろう。

アンソニー：しかし、すべすべしたお顔のお坊ちゃまに言わせていただければ、僕たちは酔いつぶれることはない。

モーリー：酔っ払っているとき、女性を拾って持ち帰ることもない。

アンソニー：ともかく、我々二人が酒を飲んでいると、堂々とした貫禄が生じるんだな。

ディック：「大酒飲み」を自慢するとは、とりわけ愚かな連中だ！　おまえたちの問題は、どちらも十八世紀に生きているってことだな。当時のイギリス郷士のようなんだ。黙って酒を飲み、最後はテーブルの下で寝込んでしまう。まったく楽しまない。そんなのもう流行《はや》らないぞ。

アンソニー：それは第六章にある台詞《せりふ》だな。

ディック：芝居に行くのか？

モーリー：ああ。俺たちは人生の問題を深く考えることで夜を過ごそうと考えているんだ。単純に『女』〔一九一一年、ニューヨーク初演の通俗劇〕っていうタイトルでさ、たぶんこの女が罰を受ける話だろう。

アンソニー：なんだって！　それなのか？　またフォーリーズ〔当時大人気だったレビュー、『ジーグフェルド・フォーリーズ』のこと〕に行こうぜ。

モーリー：もう飽きたよ。三度も見たからな。（ディックに）最初のとき、一幕目のあとで外に出て、素晴らしい酒場を見つけたんだ。そして戻ったら、別の劇場に入っちゃってさ。

アンソニー：僕たちの席が取られたと思って、延々と言い争いになってね、若いカップルを怖がらせてしまった。

ディック：（独り言を言うかのように）思うんだが——小説をもう一冊書き、芝居を書き、たぶん短編集を一冊出したら、ミュージカルコメディを書こうかと。

モーリー：わかるわかる——知的な歌詞ばかりで、誰も聞こうとしないやつだ。批評家はこぞって『ピナフォー』〔ギルバート&サリヴァンの喜歌劇〕のほうを絶賛し、唸り声をあげる。そして、俺はこの無意味な世界で無意味な存在として輝き続けるんだ。

ディック：（気取って）芸術は無意味じゃない。

モーリー：それ自体は無意味だよ。ただ、人生の無意味さを軽減するという点では無意味じゃない。

アンソニー：言い換えるとさ、ディック、君は幽霊で埋まっている観覧席に向かって演技しているんだ。

モーリー：それでも、いいものを書けよな。

アンソニー：（モーリーに向かって）逆だよ。この世が無意味だったら、どうして書くんだ？　目的を与えようとする試み自体が無益じゃないか。

ディック：まあ、それを受け入れるにしても、プラグマティズム〔行動を人生の中心に据える哲学〕の考えに則って、哀れな男が生きようとする本能を認めてくれよ。あんな屁理屈をすべての人に押しつけようっていうのか？

アンソニー：ああ、そうだな。

モーリー：それはいかん！　アメリカでは選ばれた千人以外のすべてが、何かしらの堅苦しいシステムを無理やり受け入れさせられるべきだと思う——たとえばローマ・カトリック教だ。俺は古いモラルが悪いとは思わない。それよりも悪いのは、新しい学問が発見したことに飛びつき、中途半端にしか理解していないのに異端者ぶる連中だな。道徳的に自由だってポーズを取るわけだが、あんな中庸な知性の持ち主には、そんな自由の資格などない。

（このときスープが来て、モーリーが言おうとしていたことは永遠に忘れ去られる）

夜

このあと、彼らはダフ屋から高額でチケットを買い、『ハイ・ジンクス』〔一九一三年十二月、ニューヨーク初演のミュージカル〕という新しいミュージカルコメディの席を手に入れた。そして劇場のホワイエでしばらく待っているあいだ、初日の客たちが押しかけてくるのを眺めていた。色とりどりのシルクや毛皮をたくさん縫いつけた女性用コートがあり、腕や喉から、あるいは白色とバラ色の耳たぶからこぼれ落ちてきそうな宝石の数々がある。数えきれないほどのシルクハットがあり、その中心部がちかちかと光っている。金色やブロンズ色、赤や黒の輝く靴があり、高く盛り上げてきつく結った女たちの髪、身だしなみのいい男たちのてかてかした髪がある。何よりも、この陽気な人々の海は波のように押し寄せては引き、ペチャクチャしゃべり、クスクス笑い、泡立ち、ゆっくりとうねる――そして今夜、輝かしい奔流となって、笑いの人造湖に注ぎ込む……。

芝居のあと、二人は別れた――モーリーはシェリーズ〔五番街と四十四丁目の交差点にあった流行のレストラン〕のダンスに行き、アンソニーは眠ろうと家に向かった。

タイムズスクエアのひしめき合う夜の群衆のなかを彼はゆっくりと歩いていった。戦車《チャリオット》競走の電飾看板と、まわりのたくさんのライトによって、そこは稀に見るほど美しく、明るく、カーニバルのような親密さが感じられる。人々の顔が彼のまわりで渦を巻き、女たちの顔が万華鏡のように回る――醜い、罪深いほど醜い女たち――太りすぎていたり、痩せすぎていたり、それでもこの秋の大気に乗って漂っている――夜に向かって吐き出した自分たちの温かく情熱的な呼気に乗っているかのように。上品さに欠けるものの、かすかに、微妙に神秘的なところもある。アンソニーはそう考え、慎重に息を吸い込んだ。香水の匂いと、たくさんの煙草の不快でもない匂いとを、肺に送り込む。そして、ド

郵便はがき

料金受取人払郵便

麹町支店承認

9089

差出有効期間
2020年10月
14日まで

切手を貼らずに
お出しください

102-8790

102

［受取人］
東京都千代田区
飯田橋2－7－4

株式会社 作品社
営業部読者係　行

【書籍ご購入お申し込み欄】

お問い合わせ　作品社営業部
TEL 03（3262）9753／FAX 03（3262）9757

小社へ直接ご注文の場合は、このはがきでお申し込み下さい。宅急便でご自宅までお届けいたします。送料は冊数に関係なく300円（ただしご購入の金額が1500円以上の場合は無料）、手数料は一律230円です。お申し込みから一週間前後で宅配いたします。書籍代金（税込）、送料、手数料は、お届け時にお支払い下さい。

書名	定価　　　円	冊
書名	定価　　　円	冊
書名	定価　　　円	冊
お名前	TEL　（　　　）	
ご住所 〒		

フリガナ
お名前

男・女　　　　歳

ご住所
〒

Eメール
アドレス

ご職業

ご購入図書名

●本書をお求めになった書店名

●ご購読の新聞・雑誌名

●本書を何でお知りになりましたか。

イ　店頭で

ロ　友人・知人の推薦

ハ　広告をみて（　　　　　　　　）

ニ　書評・紹介記事をみて（　　　　　　　　）

ホ　その他（　　　　　　　　）

●本書についてのご感想をお聞かせください。

ご購入ありがとうございました。このカードによる皆様のご意見は、今後の出版の貴重な資料として生かしていきたいと存じます。また、ご記入いただいたご住所、Eメールアドレスに、小社の出版物のご案内をさしあげることがあります。上記以外の目的で、お客様の個人情報を使用することはありません。

アを閉めたタクシーに一人で座っている、黒髪の若い美人に目をとめる。薄明りのなか、彼女の目は夜の雰囲気を醸《かも》し出し、スミレの青色と匂いを思い出させる。一瞬、彼の心は刺激され、その日の午後の遠い記憶が甦《よみがえ》る。

二人の若いユダヤ人の男が通り過ぎた。大きな声で語り合い、首をあちこちに向けてひねっては、愚かしく横柄な目であたりを見回している。大げさなほど体にぴったりとした背広は当時そこそこ流行していたもの。ひっくり返したカラーを喉仏のところで留めている。灰色の脚絆型ゲートルをはき、杖の取っ手に灰色の手袋をかぶせて持っている。

続いて当惑顔の老婦人が通り過ぎた。両側の二人の男が卵の籠を抱えるように彼女をエスコートし、タイムズスクエアの驚くべき名所について大声で彼女に話しかけている——二人が早口で説明するので、老婦人はどちらにも公平に注意を払おうと、風であちこちに吹き飛ばされるオレンジの皮のように首を振り続けている。アンソニーにはその会話の一部が聞こえてきた。

「あれがアスターホテルだよ、ママ！」

「見て！　戦車競走《チャリオット》の電飾看板——」

「あそこに今日行ったんだよ。そこじゃない、あそこ！」

「驚いた！……」

「そんなに心配ばかりしていると、十セント貨《ダイム》みたいに痩せてしまうよ」。アンソニーはその年の流行の台詞に気づいた——すぐ隣りのカップルが耳障りな声でしゃべっているのだ。

「で、俺はあいつに言ったんだ、あいつに——」

タクシーの群れが静かに通り過ぎた。それから高笑い、カラスのようにかすれた笑い声——絶え間ない大声——下からは地下鉄のゴーゴーという音。頭上では光が回っている——ライトが強くなっては弱まる——真珠が分裂するかのように分かれる——輝く棒や円となり、形が次々に変わって、驚くほど巨大で奇怪な像を空に描く。

横丁から暗い風が吹いてくるかのように静けさが漂ってきて、彼はありがたいという思いでその方向に曲がった。パン屋のレストランを通り過ぎると、店の窓では串に刺さったローストチキンが自動的に回転していた。ドアからは熱いパン生地の匂い、ピンクの花のような匂いが漂ってくる。次のドラッグストアからは、薬の匂いとこぼれたソーダ水の匂い。そこに化粧品売り場からの芳《かぐわ》しい香りも潜んでいる。それから、まだ開いている中国人の洗濯屋——ムッとするような蒸気が漂ってきて、たたんだ洗濯物の匂いと、かすかに黄色人種っぽい匂いがする。こうしたすべてが彼を憂鬱にした。六番街に着き、角の葉巻屋に寄ると、少しいい気分になった——葉巻屋は快適で、客はネイビーブルーの霧に包まれ、贅沢品を買う……。

アパートに戻ると、彼は灯りを点けず、開けた正面の窓の前に座って、最後の煙草を吸った。ニューヨークを心から楽しんでいると感じられたのは一年ぶり以上だ。そこには間違いなく稀に見る刺激があり、ほとんど南部的と言っていいところもある。とはいえ、孤独な町だ。一人ぼっちで育った彼は、このところ孤独を避ける術《すべ》を学んだ。この七カ月、夜に約束がないときは、急いで所属するクラブの一つに行き、誰かを見つけるように心がけた。ああ、ここには寂しさがある——

煙草がかすかに光り、折り重なるカーテンの薄い生地に煙が白い幕のようにまとわりついた。やがて近所に建つ聖アン教会の時計が上流階級の美女のようによそよそしく一時を打つ。高架鉄道が半ブロック先の静まり返った道を太鼓のゴロゴロという音とともに通り過ぎる。窓から身を乗り出せば、暗い街角のカーブを進んでいく怒れる鷲のような列車が見えたはずだ。アンソニーは最近読んだ空想小説のなかに、空を飛ぶ列車から町が爆撃される場面があったことを思い出し、ワシントンスクエアがセントラルパークに宣戦布告したらどうなるかと思い描いた。そうなったら、あの列車は北に向かって戦闘を仕掛け、人々に突然の死をもたらす軍団なのかもしれない。しかし列車が通り過ぎるとその幻想は消え、太鼓のかすかな音が聞こえるのみとなった――それから、彼方で旋回する鷲のような単調な音に。

五番街からはベルの音や、自動車の警笛の低いくぐもった音が聞こえてきたが、彼の住む通りは静かだった。ここは生活の脅威から守られた安全な場所。ドアがあり、長い玄関ホールと彼を守る寝室があるのだから――安全だ、安全だ！　彼の部屋の窓に射し込んでくるアーク灯は、この時間には月明かりのように見える。ただし、月よりも明るく、美しい。

楽園における過去の情景

百年ごとに新たに生まれる美女が屋外の待合室のようなところに座っていた。白い突風が吹きすさび、ときどき星が息を切らして通り過ぎる場所。星たちは急ぎながらも、彼女に親しげにウィンクし、風はひっきりなしに彼女の髪を優しく波立たせる。彼女は理解不能な存在だ。というのも、彼女にあっては精神と魂が一致している――身体の美しさがそのまま魂の本質となっているのである。哲学者たちが何世紀にもわたって求めてきた統一体。この風と星が通り過ぎる屋外の待合室で、彼女は百年間、自分にだけ目を向けて平和に暮らしてきた。

そしてついに、自分がまた生まれるのだと知らされたのである。溜め息をつきながら、彼女は白い風から聞こえてくる声と長い会話を始めた。何時間もかかった会話なので、ここではそのほんの一部しか紹介できない。

美女：（唇はほとんど動かず、目はいつものように自分の内面にだけ向けられている）私は今度どこに行くの？

声：新しい国です――あなたがまだ見たことのない国。

美女：（不機嫌そうに）新しい文明に入り込むのって嫌なのよね。今回はどれくらい滞在するの？

声：十五年です。

美女：それで、何ていう場所なのかしら？

声：地上で最も豊かであり、最も豪華な国――最も賢い者も愚かな者より少し賢い程度の国です。統治者たちは幼い子供並みの精神の持ち主で、立法者たちはサンタクロースを信じており、醜い女たちが権力者を操って――

美女：（驚いて）何ですって？

声：（とても意気消沈して）そう、これは本当に悲しい光景です。顎が引っ込んでいて、鼻の形が崩れている女たちが、白昼堂々と「これやって！」とか「あれやって！」とか命令している。すると、すべての男たちが――とても裕福な者たちまで――自分の女に従順に従い、彼女のことを「ミセス誰それ」とか「家内」とかって声高に呼ぶのです。

美女：でも、そんなのあり得ない！　魅力のある女に男が従うのは、もちろん、理解できるわよ。でも、太った女に？　痩せぎすの女に？　頬のこけた女に？

声：ごもっともではありますが。

美女：私はどうなるの？　私にチャンスはあるの？

声：「がちんこの戦い」になるでしょうね、特殊な言い回しを借りるなら。

美女：（不満そうにしばらく押し黙ってから）どうして古い国じゃ駄目なの？　葡萄《ぶどう》が生《な》り、優しい声でしゃべる男たちの国は？　じゃなきゃ、船と海の国は？

声：あの地方は近いうちにとても忙しくなるのです。

美女：まあ！

声：あなたの地上での生活は、いつものように、世俗の鏡に二度、意味深く映し出されるあいだとなります。

美女：私は何になるの？　教えてくれる？
声：最初、あなたを映画の女優にしようと考えていました。しかし、最終的にそれはよくないと判断され、今回の十五年間、あなたは「シャコー界の女」と呼ばれる仮面をかぶることになりました。
美女：それって何？
（ここで風のなかに新しい音が響いたが、我々としてはそれを「声」が頭を掻いている音と解釈すべきであろう）
声：（しばらくしてから）イカサマ貴族みたいなものですね。
美女：イカサマ？　イカサマって何？
声：それもまた、その国に行けばわかることです。あなたはイカサマをたくさん見つけるでしょう。そして、イカサマに相当することもたくさんするはずです。
美女：（落ち着いた声で）それって、とても下品な感じがするんだけど。
声：それほど下品ではないですよ。あなたはこれからの十五年間、ラグタイム・キッドとか、フラッパーとか、ジャズ・ベイビーとか、ベイビー妖女《ヴァンプ》とかとして知られることになります。古いダンスを踊ったときと同じくらい優雅に、新しいダンスを踊ることになるでしょう。
美女：（囁き声で）私、報われる？
声：ええ、いつものように——愛で。
美女：（かすかに笑ったが、それはまったく動かない唇をほんの一瞬震わせただけだった）それで、私はジャズ・ベイビーって呼ばれるのを気に入るのかしら？
声：（真剣に）とても気に入りますよ……。
（ここで会話は終わり、美女は静かに座り続ける。星たちはうっとりと愛《め》でるように動きを止め、白い突風は彼女の髪をなびかせ続ける。

こうしたことはすべて七年前に起きた。アンソニーがアパートの正面の窓の前に座り、聖アン教会の鐘を聞いているのは、その七年後のことなのである）

第二章　魅惑的な美女の肖像

一カ月後、爽《さわ》やかな寒さがニューヨークを包み込んだ。十一月には大きなフットボールの試合が三つあり、五番街ではひらひらと翻《ひるがえ》る毛皮が行き交うようになった。また、一種の緊張感と抑えた興奮ももたらされた。いまでは毎朝、アンソニーの郵便に招待状が入るようになった。一番上の層にいる三ダースの真面目な娘たちが、三ダースの百万長者の子供を産むのに相応《ふさわ》しいと――特に産みたいと思っているかどうかは別として――訴えている。第二の層にいる五ダースの真面目な娘たちは、同じことに関する相応しさを訴えるだけでなく、ひるまずに並外れた野心を抱いて、第一の層にいる三ダースの男たちを捕まえようとしている。そして、この三ダースの男たちは、もちろん九十六のパーティのすべてに招待される――彼らとともに、若い女性の家族の友人、知人、大学生、そしてやる気満々の若いアウトサイダーたちなども一緒に招かれる。さらに、ニューヨーク近郊の都市から第三の層の者たちがやってくる――ニューアークなど、ニュージャージー州の町々から、コネティカットの寂れた地域、ロングアイランドでも高級とは言えない地区まで――そして、ニューヨークの一番下の層まで切れ目なく続く。リヴァーサイドからブロンクスあたりのユダヤ人女性たちはユダヤ人社交界にデビューし、出世しつつある若きブローカーや宝石商と出会って、ユダヤ教の法に則《のっと》った結婚式をしたいと夢見ている。アイルランド人の娘たちは、ようやく男たちに目を向ける資格を得て、タマニー派〔ニューヨーク市政を牛耳っていたアイルランド系の政治団体〕の若き政治家たち、敬虔な葬儀屋、大人になった教会の合唱隊員たちに流し目を送る。

当然ながら、町全体が社交界デビューの熱に感染していた——労働者の娘たち、工場で石鹸を包んでいたり、大きな店で美しい服を売っていたりする醜く貧乏な娘たちも、この冬の華々しさに刺激され、自分が求めていた男に出会えるのではないかと夢見る。ごった返す祭の群衆のなかで、下手な掏《す》摸《り》が自分にもチャンスがあると思うようなものだ。そして煙突が煙を吐くようになり、地下鉄のムッとしていた空気も爽やかになると、女優たちが新しい芝居に出演し始める。出版社は新しい小説を出版し、カッスル夫妻〔当時一世を風靡した社交ダンサー、アイリーン&ヴァーノン・カッスルのこと〕は新しいダンスをひっさげて登場し、鉄道は新しい時刻表を発表する——そこには通勤客たちが慣れていた古いミスではなく、新しいミスが含まれている……。

ニューヨークも新たなデビューを飾ろうとしている！

ある午後、鉄鋼のような灰色の空の下、アンソニーは四十二丁目を歩いていた。すると、ちょうどマンハッタン・ホテルの床屋から出てきたリチャード・キャラメルに思いがけず出くわした。寒い日で——本当に寒いと言える最初の日で——キャラメルは羊毛の裏地のある膝丈のコートを着ていた。中西部の労働者に昔から愛用されてきたコートが、普段着として認められつつあったのだ。頭には控えめな焦げ茶色の柔らかい帽子をかぶり、その下の澄んだ目はトパーズのように輝いている。彼は大喜びでアンソニーの前に立ちはだかって、彼の腕を叩き——遊び心でというより、暖を取ろうという目的でだったが——そしていつものように握手してから、爆発的にしゃべり始めた。

「やたら寒いな——まいるよ、俺は一日じゅう猛烈に働いてたんだが、部屋が寒くなりすぎて、肺炎になるかと思った。クソ家主の婆さん、石炭を節約しやがって、俺が階上から三十分怒鳴り続けたら、ようやく上がってきた。で、あれやこれや説明を始めたんだ。まったく！　最初は婆さんのせいで頭がおかしくなるかと思ったけど、次にこの人はちょっとした人物だと気づき、彼女の話をメモすることにした——といっても、彼女に気づかれないよう、好き勝手なことを書いているようなふりをして——」

彼はアンソニーの腕を掴み、勢いよく引っ張って、マディソン街を歩いていった。

「どこに行くんだ？」

「特にどこってわけじゃない」

「じゃあ、どういう意味がある？」とアンソニーは訊ねた。

二人は立ち止まり、互いに見つめ合った。アンソニーは、自分の顔も寒さのせいでディック・キャラメルの顔のように見苦しいのだろうかと考えた。ディックの鼻は濃い赤色になり、突き出た額は青く、釣り合いの取れていない黄色い目は縁が赤くなって、涙が浮かんでいる。しばらくしてまた二人は歩き出した。

「頑張って小説を書き進めたんだ」。ディックは歩道で目を凝らしながら熱心に語った。「でも、ときどき外に出ずにはいられなくなる」。励ましを求めるかのように、申し訳なさそうにアンソニーを見やる。「話をしたいんだよ。本当に考える人っていうのはごくわずかだ。つまり、座って、じっくり考えて、順序だててアイデアを得る人はね。僕は書いたり、会話をしたりしながら考える。何て言うか、きっかけがないといけないんだな——何かを弁護するか、反論するかしないと——そう思わないか？」

アンソニーは唸り声をあげ、そっと腕を引っ込めた。

「君と一緒に行くのはいいけどさ、そのコートは——」

「俺が言いたいのは」とリチャード・キャラメルは深刻そうに続けた。「紙の上では最初の段落にアイデアがあって、それでつまずいてしまうか、そこから広げていけるか、どちらかだ。会話では、面と向かって締めくくりの言葉を言うことになる——しかし、一人で考えているときは、アイデアが幻灯機の絵のように次から次へと出てくる。それも、直前のアイデアを押しのけて出てくるんだ」

二人は四十五丁目を通過し、少しだけ歩みを緩めた。どちらも煙草に火を点け、煙を派手に吐き出すと、息も冷気で真っ白になった。

「プラザホテルまで歩いて、エッグノッグを飲もう」とアンソニーは提案した。「気分が変わるよ。外気が肺から汚いニコチンを追い出してくれるだろうし。さあ——行く途中、自分の本についてしゃべりまくっていいから」

「おまえが退屈するなら話したくないな。俺を喜ばせようってことなら、そんな必要はない」。無理に押し出したような言葉だった。気にしていないふうを装っていたが、その顔は自信なさそうに歪《ゆが》んでいる。アンソニーは抗弁せざるを得なくなった。「退屈だって？　とんでもない！」

「従妹《いとこ》がいるんだ——」とディックは話し始めたが、アンソニーは両腕を広げ、嬉しそうな低い叫び声で遮《さえぎ》った。

「いい天気だ！」と彼は叫んだ。「だろ？　十歳みたいな感じだ。僕が言いたいのは、自分が十歳のときに感じたように感じるってこと。すごい！　まったく！　この世界はさっきまで僕のものだったのに、次の瞬間には僕が世界の愚者になってしまったりする。今日はこれが僕の世界で、すべてが容易《たやす》い。何もしないことさえも容易い！」

「プラザホテルに従妹がいるんだよ。有名な娘だ。上にのぼって、挨拶しよう。冬のあいだあそこに住んでるんだ——少なくとも最近はね——母親と父親と一緒に」

「君の従妹がニューヨークにいるとは知らなかった」

「グロリアって名前なんだ。故郷から出てきている——カンザスシティから。母親はビルフィズム〔当時、一部の人々が信じていた神秘的な思想をフィッツジェラルドがこう名づけた〕の信者でね、父親のほうはものすごく退屈だが、完璧な紳士だよ」

「どういう人たちなんだ？　君の小説の素材か？」

「そうなろうとしてくれているよ。あの父親が言うことときたら、小説向きの素晴らしい人物に会ったってことばかり。それから馬鹿な友人の話をして、こう言うんだ。〝君の小説にうってつけだ！どうしてこの人物を書かない？　みんながあいつに興味を持つはずだ〟ってね。じゃなきゃ、日本とかパリとか、いかにもって場所の話をして、こう言う。〝この場所の話を書いたらいいじゃないか。物語にはうってつけのセッティングだ！〟って」

「娘のほうはどうなんだい？」とアンソニーは何げなく訊ねた。「グロリア——グロリア、何だっけ？」

「ギルバートだよ。ああ、聞いたことがあるはずだ——グロリア・ギルバート。大学のダンスパーティに行きまくっている——というような話をね」

「名前は聞いたことがあるな」

「美人だぞ——ものすごく魅力的だ」

二人は五十丁目まで来て、五番街のほうに曲がった。

「若い娘はあまり好きじゃないんだよな」とアンソニーは顔をしかめて言った。

これは厳密に言えば真実ではなかった。アンソニーからすると、デビューしたての平均的な娘は、この次に世界がどんな素晴らしいことを自分のために準備してくれているかばかり考え、話しているように見える。それに対して、自分の美しさを直接の糧《かて》として生きている娘には、彼はものすごく興味を惹《ひ》かれるのだった。

「グロリアはすごくいい娘《こ》だよ——頭は空っぽだけどね」

アンソニーは鼻を鳴らして短く笑った。

「それって、文学的な言葉を知らないってことか」

「いや、そういう意味じゃない」

「ディック、君にとって知的な女性っていうのはこういう人だろ。部屋の隅に君と座って、人生について真剣に語り合う、真面目な若い女性さ。十六歳のとき、キスするのは正しいか間違っているかに関して、深刻な顔で論じるようなタイプ。あと、大学一年生がビールを飲むのは不道徳かどうかって」

リチャード・キャラメルは腹を立て、紙を皺くちゃにしたようなしかめ面になった。

「違う――」と彼は言い始めたが、アンソニーは容赦なく遮った。

「いや、そうだよ。いまこの瞬間も隅っこに座って、スカンジナビアに最近現われたダンテ並みの詩人について話しているさ。英語に翻訳され、読めるようになったからって」

ディックが彼に向けた顔は、先ほどと比べて奇妙なほど沈んでいた。問いかける声はほとんど訴えかけるかのようだった。

「いったいどうしたんだ、おまえとモーリーは？　ときどき俺が劣った人間であるかのように話すじゃないか」

アンソニーは困惑したが、同時に体が冷え、少し気分が悪かったので、攻撃することで非難を逃れようとした。

「脳みそなんて重要じゃないんだよ、ディック」

「もちろん、重要さ！」とディックは怒って叫んだ。「どういう意味だ？　どうして重要じゃないんだよ？」

「あまり知りすぎていると、かえって書けなくなる」

「そこまで知りすぎているなんてあり得ない」

「こういうケースさ」とアンソニーはしつこく続けた。「表現する才能に比して、知りすぎている男。僕みたいな男だな。たとえば、僕に君以上の知識があり、才能は君ほどなかったとしよう。そうしたら、僕はあまりはっきりとしゃべれなくなる。対照的に、君にはバケツを満たすだけの水があり、その水を入れておけるだけのバケツがある」

「おまえの言ってることはさっぱりわからない」とディックは沈んだ声で不平を言った。立ち直れないほどがっくりして、抗議する気持ちで溢れそうになっている。アンソニーをじっと見つめて立っていると、通行人が彼に次々ぶつかり、責めるような怒りの視線を向けた。

「単純にこういうことさ。スペンサー〔十九世紀のイギリスを代表する哲学者、ハーバート・スペンサーのこと〕並みの知性を入れられる器は、ウェルズ〔『タイムマシン』などの作者、H・G・ウェルズのこと〕並みの才能だってこと。劣った才能は、劣ったアイデアを扱った場合のみ、読むに値するものが作り出せる。物事を狭い視野で見れば見るほど、それについて面白いことが書けるんだ」

ディックは考え込んだが、アンソニーがどれだけの批判をこれに込めているのか正確に判断できないでいた。アンソニーのほうは滑らかな口調で話し続けた――彼からしばしば溢れ出てくるように思われる滑らかさだ。顔は細いが、黒い目が輝き、顎が上がり、声も高くなり、体全体も持ち上がっていくかのようだった。

「僕が誇り高く、正気で、賢いとしよう――ギリシャ人のなかのアテネ人のような存在だ。すると、僕よりも劣った男が成功するところで僕は失敗するかもしれない。彼は模倣し、飾り立て、情熱的になれるし、建設的になろうとすることもできる。一方、仮定上の僕は模倣するには誇りが高すぎ、情熱的になるには正気すぎ、ユートピア主義者になるには教養がありすぎるし、飾り立てるにはギリシャ人的すぎる」

「じゃあ、おまえは芸術家が知性を使って仕事をすると思わないのか？」

「思わないね。芸術家は自分が模倣したものを、形を変えて発展させ続ける――それができるなら、だけど。そして、周囲の物事を自分なりに解釈し、そこから素材となるものを選び続ける。しかし、結局のところすべての作家は、書くことが自分の生き方だから書き続けるんだ。〝芸術家は神から与えられた役割を担う〟なんてことを言わないでくれよ」

「俺は自分を芸術家と呼ぶことにも慣れてないよ」

「ディック」とアンソニーは口調を変えて言った。「申し訳なかった」

「なんでだ?」

「こんなふうにまくし立ててしまったから。心から申し訳ない。調子に乗ってしゃべってただけさ」

少し気が楽になった様子でディックは言い返した。

「俺、おまえによく言ったよな、おまえは芸術がわからないって」

ほの暗さにピリッとした生気が感じられる時刻、二人はプラザホテルの白いファサードの下に入り、エッグノッグの泡と濃い黄色の液体をゆっくりと味わった。アンソニーは連れをじっと見つめた。リチャード・キャラメルの鼻と額はゆっくりと同じ色合いに近づいている。片方から赤い色が消えつつあり、もう片方からは青色が消えつつあるのだ。鏡をちらりと見て、アンソニーは自分の肌が色を失っていないことを確認し、嬉しくなった。それどころか、頬がかすかに赤く光っている——こんなに男振りがよかったことはないと彼は考えた。

「俺はもういいや」とディックは言った。トレーニング中の運動選手のような口調である。「上に行って、ギルバート家の人たちに挨拶したい。おまえも来るか?」

「ああ——そうだな。君が僕を両親に差し出して、自分はドーラと隅っこにしけこむつもりだったら話は別だけど」

「ドーラじゃない、グロリアだ」

ホテルの従業員が電話で二人の来訪を知らせ、それから二人は十階までのぼった。くねくねした廊下を歩いていって、一〇八八号室をノックする。ドアを開けたのは中年女性だった——ギルバート夫人その人である。

「初めまして」。彼女はいかにもアメリカのレディらしい伝統的な言葉をしゃべった。「お目にかかれて大変うれしゅうございますわ――」

ディックが急いでアンソニーを紹介する。

「ミスター・パッツ？　どうぞ、お入りになって。コートはそちらに置いてください」。彼女は椅子を指さし、それから声の調子を変えて、小さく喘《あえ》ぎながら控えめな笑い声をあげた。「本当に素敵だわ――素敵。ねえ、リチャード、ここに来てくれたのはずいぶん久しぶりよね――そうよ！――そう！」最後の一言は、ディックがぼそぼそと言おうとしたことに対する半ば反応であり、半ば締めくくりだった。「まあ、ともかく座って、近況を教えてちょうだい」

一人は部屋を行ったり来たりする、一人は立ったまま丁寧にお辞儀をする、一人は何もできずに愚かしい微笑《ほほえ》みを何度も浮かべる、一人はギルバート夫人は座らないのだろうかと考えている――一人はようやく椅子に滑るように腰を下ろし、ホッとして、楽しい会話に備える。

「ずっと忙しかったからだと思うけど――ほかの何よりも」。ギルバート夫人はどことなく曖昧に微笑んだ。この「ほかの何よりも」を、彼女は自分の不安定な文章のバランスを取るために使っていた。ほかによく使うフレーズは、「少なくとも、私の見方ではね」と「純然たる事実よ」だった――こうした三つのフレーズを交互に使うことで、彼女の言葉には人生全般について考えているような雰囲気が生まれるのだ。まるでありとあらゆる主張を考慮した上で、最終的に究極のものにたどり着いたかのように。

アンソニーが見たところ、リチャード・キャラメルの顔はごく普通に戻っていた。額と頬は血色がよく、鼻は目立たないようにおとなしくしている。明るい黄色の目で叔母をしっかり見つめ、大げさなくらい鋭い注意を払っている――若い男性が、異性としての価値を認めない女性に対して向ける注意。

「あなたも作家なんですか、ミスター・パッツ？……あら、私たちはみんなリチャードの名声に浴することができそうね」――ギルバート夫人の笑い声に続いて、ほかの二人も控えめに笑った。

「グロリアは外出中なの」と彼女は言った。一つの原理を主張し、そこから結論を引き出そうとしているかのような言い方だった。「どこかでダンスしてるわ。グロリアはしょっちゅうしょっちゅう出かけるのよ。あの娘《こ》にはよく言うの。どうやってそんなことに耐えられるのかわからないって。午後から夜までぶっ続けにダンスしてるのよ。そのうち体を擦り減らして、影のようになってしまうわ。あの娘《こ》の父親もとても心配しているの」

彼女は二人に向かって順番に微笑んだ。二人とも笑みを浮かべた。

彼女は半円や放物線の組み合わせでできているのだとアンソニーは気づいた。器用な人がタイプライターで作る絵文字のよう――頭、腕、胸、尻、腿、くるぶしなど、曲線を呆れるほど何層も重ねたかのように見える。きちんと清潔にしていて、髪は不自然に豊かな銀髪、大きな顔には風雨に晒されてきた青い目が具わり、白い産毛がほんの少し生えている。

「いつも言うんですよ」と彼女はアンソニーに向かって言った。「リチャードは古びた精神《ソウル》の持ち主だって」

続く張り詰めた沈黙の一瞬、アンソニーは靴底《ソウル》との洒落《しゃれ》を考えた――ディックはたくさん踏みつけにされているといったことだ。

「私たちはみんな異なる時代の精神《ソウル》を持っているの」とギルバート夫人は嬉しそうに続けた。「少なくとも、私の見方ではね」

「そうでしょうね」。アンソニーは面白い話になってきたと期待するように同意した。夫人の声はどんどん溢れ出てくる。

「グロリアはとても若い精神《ソウル》の持ち主なの――ほかの何よりも、とにかく無責任。責任っていう感覚がないんだわ」

「あの娘《こ》は輝いてますよ、キャサリン叔母さん」とリチャードが楽しそうに言った。「責任感なんてあったら台無しです。きれいすぎますから」

「さあ」とギルバート夫人は言った。「私にわかるのは、あの娘《こ》が出かけてばかりいるってことだけよ、しょっちゅうしょっちゅう――」

グロリアがどれだけしょっちゅう出かけているかという問題は、ドアノブのガタガタという音に消された。ドアを開けて入ってきたのはギルバート氏だった。

小柄で、凡庸な鼻の下に白い小さな雲のような口髭《くちひげ》をたくわえている男。社会的な動物としての彼の価値は下の下に落ち、計り知れぬほど負の段階にまで達していた。頭のなかにあるのは二十年前に人々が信じていた妄言ばかり。精神は毎日の新聞の社説をよろよろと、無気力にたどっている。西部のゾッとするような小さい大学を卒業したあと、彼はセルロイド産業に身を投じ、ほんのわずかな知性しか必要とされない仕事だったので、数年間うまくやってきた――実のところ、一九一一年までうまくやり、ここで映画産業と契約を取り交わすようになった。映画産業は一九一二年頃に彼を呑み込もうと決意し、この時点で彼はいわばその舌の上でかろうじて倒れずにいた。目下のところ、中西部映画素材関連会社の社長を務め、一年のうち六カ月をニューヨークで、残りをカンザスシティとセントルイスで過ごしていた。自分にはこれからよいことが起きると根拠もなく信じている男だった――彼の妻もそう考えていたし、娘も同じだった。

彼はグロリアに不満を感じていた。夜遅くまで出歩いているし、食事をちゃんと摂らないし、いつでもごたごたに巻き込まれている――一度父親に苛立って彼女が使った言葉ときたら、そんな言葉を彼女が知っているとは思いもよらないものだった。妻のほうがずっと御しやすい。十五年間絶え間なくゲリラ戦を続け、ついに彼女を屈服させたのだ――ぼんやりとした楽天主義に対し、組織立った退屈さを仕掛ける戦いだった。そして、数多くの「そうだ」を会話に差しはさみ、毒を盛ることで、彼は勝利をものにしたのである。

「そうだ、そうだ、そうだ」と彼は言う。「そうだ、そうだ、そうだ。ちょっと待ってくれ。あれは夏だった――ちょっと待って――九一年か九二年――そうだ、そうだ、そうだ――」

十五年間続いた「そうだ」によって、ギルバート夫人は打ち負かされた。さらに十五年間、肯定ならぬ肯定の言葉を絶え間なく聞かされ、さらに葉巻の灰をはじいてできるキノコ型の山が三万二千ほどできるのに伴って、彼女は馴らされたのだ。この夫に対して、彼女は結婚生活最後の譲歩をした。最初の譲歩よりも決定的で、取り返しのつかない譲歩――彼の言うことを聞くようになったのである。この年月によって忍耐心が身に着いた、と彼女は自分に言い聞かせていた――実のところは、彼女が持っていたささやかな道徳的な勇気さえも根絶やしにされてしまったのである。

夫人は夫をアンソニーに紹介した。

「こちらはミスター・パッツよ」

若者と老人は握手をした。ギルバート氏の手は柔らかく、筋肉が衰えていて、つぶれたグレープフルーツのようなぐにゃぐにゃした感じがした。それから夫と妻が言葉を交わし合った――夫は外が寒くなったと言い、カンザスシティの新聞を買いに四十四丁目の売り場まで歩いていった話をした。バスで戻ろうと思っていたのだが、何しろ寒すぎて――そうだ、そうだ、そうだ、何しろ寒すぎる。

ギルバート夫人は、こんな寒いなかを歩いていくなんて勇気があるわと言って、彼の話に色を添えた。

「まあ、元気だこと！」と彼女は称賛するように叫んだ。「本当に元気があるわ。私だったら、どんなことがあっても外に出ませんよ」

ギルバート氏は真に男らしい鈍感ぶりを発揮して、自分が妻に呼び起こした畏怖の念を無視した。そして二人の若者のほうに顔を向けると、天候の話題によって二人を完全に圧倒した。リチャード・キャラメルはカンザスシティの十一月を思い出すように求められたが、彼に振られたはずの話題はその提供者によって引き戻され、だらだらと考察され、いじられ、引き延ばされた結果、すっかり味気のないものとなってしまった。

続いて、どこかでは日中暑いが夜は心地よいという太古からの説が唱えられ、同意が得られると、次はディックがうっかり二つの地点を口にしたために、両者を結ぶ目立たない鉄道の正確な距離について決定が下された。アンソニーはギルバート氏をじっと見つめ、忘我の状態に入ったが、しばらくしてギルバート夫人のにこやかに話す声が彼の意識を貫いた。

「こちらのほうが寒気に湿気があるみたい――骨に沁みるわ」

この言葉には相応しい数の「そうだ」が与えられたが、ギルバート氏自身の口から出かかっていた言葉なので、彼が唐突に話題を変えたのも無理からぬところだろう。

「グロリアはどこだ？」

「そろそろ戻ってくるはずよ」

「私の娘に会ったのかね？　ミスター――」

「まだお目にかかっていません。ディックから噂は聞いていますが」

「娘とリチャードはいとこ同士なんだ」

「そうですか」。アンソニーは無理して微笑んだ。年長者たちとつき合うことに慣れていなかったので、喜んでいるふりをしすぎて口元が強張《こわば》るほどだった。グロリアとディックがいとこ同士だなんて、なんて素晴らしいのでしょう。続く一分間のうちに、彼は友人に向かって何とか苦しそうな視線を投げかけることができた。

リチャード・キャラメルがそろそろ行かなくてはと言った。

ギルバート夫人はとても残念がった。

ギルバート氏もそれは残念だと言った。

ギルバート夫人はさらに思いついた――ともかく、訪ねてきてくれてとても嬉しかったわ、若い人たちといちゃつくには歳を取りすぎている老婦人としか会えなくて、残念だったでしょうけど。アンソニーとディックは明らかにこれをいたずらっぽい皮肉だと考え、そろって四分の三拍子の笑い声をあげた。

また訪ねてきてくれるかしら？

「ええ、もちろん」

グロリアもすごく残念がるわ！

「さようなら――」

「さようなら――」

ニコリ！

ニコリ！

バンッ！

すっかり気を滅入らせた二人の若者は、プラザホテルの十階の廊下を歩いてエレベーターへと向かった。

レディの脚

モーリー・ノーブルには魅力的な怠惰さがあり、浮世離れしたところや気楽に冷かすような態度もあったが、その背後には驚くほど厳しく熟慮された目的が潜んでいた。大学時代に公言していた彼の計画は、三年を旅行に使い、三年はまったく何もせずに過ごす――そして、できるだけ早く超大金持ちになることだった。

旅行に費やす三年はもう終わった。世界をひとめぐりしたのだが、そのときの真剣さと好奇心は、ほかの人だったら学者ぶるつまらないやつと言われかねないものだった。それを補うような成り行き任せのところがまったくなく、ほとんど自分で編集した旅行案内書のとおりに動いているかのようなのだ。といっても、彼の旅は神秘的な目的や意義深い計画を帯びていた――まるでモーリー・ノーブルは反キリストを運命づけられ、天国よりも地上で行くべきところすべてに行くという生まれつきの命令に衝《つ》き動かされているかのように。そして、地上のそこここで繁殖し、泣き、互いに殺し合っている何十億もの人間をすべて見るように決められているかのように。

アメリカに戻ってからも、彼は同じように一貫して楽しみを求めることに没頭していた。それまで、一軒の店でカクテル数杯かワイン一パイント〔〇・四七三リットル〕以上は飲まなかった男が、ギリシャ語を学ぶのと同じ姿勢で飲酒を学んでいた。ギリシャ語と同じように、それは新しい感情や新しい心理状態、新しい反応などの豊かな泉へと彼を導く門となるのだ――喜びを伴うにしろ、悲しみを伴うにしろ。

彼の習慣を推測することは、秘儀を極めるようなものだった。四十四丁目にある独身用の三部屋のアパートを借りていたが、そこで見つかることはめったにない。電話交換手は、先に名前を名乗らない相手からの電話は絶対に取り次がないようにときつく言い渡されていた。また、五、六人の名前のリストを渡されていて、これらの人から電話がかかってきたときは、彼は常に外出中ということになった。別のリストには、彼が常に在宅中ということになる、同じくらいの数の人々が挙げられていた。後者のリストに真っ先に挙がっているのがアンソニー・パッチとリチャード・キャラメルである。

モーリーの母親は結婚した別の息子とフィラデルフィアで暮らしており、モーリーはたいてい週末にそこを訪ねていた。そのため、ある土曜日の夜、アンソニーはモーリーと思いがけずに会えて大いに喜んだ。寒い通りを歩いていてすっかり退屈し、モルトン・アームズに立ち寄ったとき、ミスター・ノーブルは家にいますと言われたのだ。

アンソニーの心は昇りのエレベーターよりも速く舞い上がった。こいつはいい、すごくいい、モーリーと話せるなんて――彼のほうもアンソニーと会えて喜ぶはずだ。互いに相手を見る目には軽く冷やかすような感じがあったが、その奥には深い愛情が隠されている。夏だったら一緒に外出し、トム・コリンズを二杯ほどゆっくりすするだろう。カラーを緩め、八月のキャバレーのほどほどに面白いショーを怠惰にひとわたり見る。しかし今は外が寒く、高層ビルの脇から強い風が吹きつけてくる。十二月もすぐそこだ。そうなると、柔らかなランプの光の下で夜を一緒に過ごしたほうがいい。ブッシュミル〔北アイルランド産のウィスキー〕を一、二杯飲んだり、モーリーのグラン・マルニエ〔ブランデーをベースにしたフランス産オレンジ・リキュール〕をちょっとだけすすったり。壁じゅうに並べられた本が装飾品のように輝き、モーリーは神聖なほどの無気力な雰囲気を発散している――お気に入りの椅子にゆったりと、猫のようにくつろいで。

モーリーが部屋にいた！　その壁に取り囲まれ、アンソニーは温かい気持ちになった。あの強くて説得力のある精神の輝き、表面的には東洋人かと思うほど無表情を貫く気質が、アンソニーの落ち着かない魂を温め、平安をもたらすのだ。愚かな女が与える平安としか比することのできないもの。結局のところすべてを知っているか、すべてを鵜呑みにするか、どちらかしかない。モーリーは虎のように、神のように部屋を満たす。外の風は静かになった。炉棚に置かれた真鍮《しんちゅう》の燭台が祭壇の前の細い蠟燭のように輝いている。

「どうして今日はここに残ったんだい？」アンソニーは柔らかいソファの上で体を伸ばし、クッションを重ねてそこに肘を載せた。

「一時間前に戻ってきたんだ。茶会とダンスに行っててね――長居しすぎて、フィラデルフィア行きの汽車に乗れなかったんだよ」

「長居するとは珍しいね」とアンソニーは興味深そうにコメントした。

「だろうね。おまえは何をしてたんだ？」

「ジェラルディンだよ。キース劇場の案内嬢だ。あの娘《こ》の話はしたことがあるよね」

「ああ！」

「三時くらいに僕を訪ねてきて、五時までいた。面白い女だ——たまらないよ。頭のなかは空っぽなんだ」

　モーリーは何も言わなかった。

「奇妙に思うかもしれないけど」とアンソニーは続けた。「僕に関する限り、それから僕が知る限り、ジェラルディンは美徳の鑑《かがみ》だな」

　彼女と知り合って一カ月だった。目立たないが放浪癖のある女。誰かが気軽に彼女を引き合わせたのだったが、アンソニーは彼女を面白いと思い、そして知り合ってから三度目の夜、彼女がした妖精のような無垢なキスを気に入った。タクシーでセントラルパークをドライブしているときのことだった。出自のはっきりしない家族の出で、迷路のような百丁目以北のアパートに怪しげな叔父と叔母と暮らしている。一緒にいて楽しい女で、堅苦しくなく、少し親密な雰囲気になるし、安らぎも感じられる。それ以上のことを試してみようとは彼は思っていなかった——道徳的な気の咎《とが》めを感じているからというよりも、自分の人生が日に日に平穏になっていると感じているのに、それをもつれた関係に掻き乱されることが怖かったからである。

「彼女には二つの得意技があってね」と彼はモーリーに話した。「一つは前髪を垂らして目を隠してから、息でそれを吹き飛ばすこと。もう一つは、誰かが彼女には理解できない発言をすると、〝あなた、クレ・エージーね！〟って言うことなんだ。面白くてたまらない。僕の考えることに彼女がいちいち狂気の兆候を見るんで、やたら好奇心をそそられ、何時間もおしゃべりしてしまったよ」

モーリーは椅子の上でもぞもぞ動いてからしゃべった。

「これだけ何も理解していない人間が、この複雑な文明のなかで生きていけるって、すごいことだよな。そういう女性は実際に宇宙のすべてをそのまま捉えてるんだ。ジャン・ジャック・ルソーの影響から、税率が彼女の夕食にどう影響するかまで、すべての現象が彼女には摩訶不思議なものなんだよ。槍で戦っていた時代からこの時代にポンと投げ出され、弓矢しかないのに銃での決闘に臨むようなものだ。歴史の表面上のことをすべて取り去っても、彼女には違いがわからないだろうな」

「我らがリチャードが彼女について書いてくれるといいな」

「アンソニー、彼女が書かれるに値するとはまったく思ってないだろ」

「誰よりも書かれる価値があるさ」と彼は欠伸をしながら言った。「いいかい、僕は今日、こう思っていた。僕はディックに大きな信頼を寄せている。あいつが観念にではなく人間にこだわるのであれば、そして霊感を芸術からではなく人生から得て、通常の成長を遂げるのであれば、僕はあいつが偉大な作家になると思うよ」

「あの黒いノートを取り出すところを見る限り、やつは人生に向かっていると思うべきだろう」

アンソニーは上体を起こし、肘で支えながら熱心に答えた。

「あいつは人生に向かおうと努力しているんだ。最悪の作家を除けば、誰でもそうだよ。でも、結局のところ、みんなすでに消化された食べ物を食べている。出来事や人物は実人生に由来するのかもしれないが、作家は通常、最後に読んだ本に基づいてそれを解釈するんだ。たとえばある船長に会って、これは独自なキャラクターだと思ったとしよう。でも、実のところ、作家はこの船長とデイナ〔リチャード・ヘンリー・デイナ。十九世紀のアメリカの著述家・法律家で、ボストンからホーン岬を回ってカリフォルニアに到着した経験を書いた『帆船航海記』（一八四〇）で有名〕が最後に作り出した船長とのあいだに似たものを見ているだけ――あるいは、船長を作り出した人なら誰でもいいんだけど。だから、この船長をどう書けばいいかわかっている。もちろん、ディックは意識的に生き生きとした人物を、キャラクターらしいキャラクターを描くことはできるけど、自分の妹を正確に紙に写すことはできるかな？」

　それから二人は三十分ほど文学について話し合った。

「古典というのは成功した本のことだよね」とアンソニーは言った。「次の時代とか、次の世代の反応を切り抜けることができた本。そうなると、建築や家具の様式と同じで、安定する。流行に取って代わる、鮮やかな威厳というものを手に入れたんだ……」

　しばらくして、この話題は一時的に面白味を失った。二人の若者は特に技巧的なことに興味があるわけではなく、一般法則を見つけることに夢中だったのだ。アンソニーは最近サミュエル・バトラー〔『エレホン』で有名なイギリスの作家で、辛辣な警句を書き込んだノートブックでも知られている〕を発見し、彼のノートブックにある刺激的な警句こそが批評の精髄のように感じていた。モーリーは人生を厳格に計画どおりに進めようとしたことで精神が成熟し、必然的にアンソニーよりも賢くなっていたが、彼らの知性はその実際の素材という点では基本的に大した違いはないようだった。

　二人の話題は文学から離れ、それぞれがその日に出くわした面白い出来事へと移っていった。

「誰の茶会だったんだ？」

「アバークロンビーって名前の人たちさ」

「どうして長居したんだよ？　社交界にデビューしたての魅力的な女性がいたのかい？」

「ああ」

「本当に？」アンソニーの声は驚きのあまり上ずった。

「デビューしたてってわけじゃない。二年前の冬にカンザスシティでデビューしたと言ってた」

「じゃあ、残り物ってことか？」

「とんでもない」とモーリーは面白がっている様子で答えた。「あの娘に関してそれは絶対に言えないな。あの娘は――なんて言うか、あそこでいちばん若いくらいに見えたよ」

「でも、君が列車を逃すくらい成熟してるってわけか」

「かなり若い。そして美しい娘さ」

アンソニーは彼独特の短く鼻を鳴らす笑い方をした。

「おい、モーリー、君は二度目の幼年期に入ったのか。美しいって、どういう意味なんだ？」

モーリーは助けを求めるように虚空を見つめた。

「まあ、彼女を正確に言い表わすことはできないんだよ――美しいっていう以外にね。なんて言うか――ものすごく生き生きしてたんだ。ガムドロップを食べてたんだよ」

「なんだって！」

「ささやかな悪徳ってところかな。神経質な娘なんだよ――お茶会でいつもガムドロップを食べてしまうのは、一カ所に長いこと立っていないといけないからだそうだ」

「どんな話をしたんだ？　ベルクソン〔十九世紀末から二十世紀初頭のフランスの哲学者〕か？　ビルフィズムか？　ワンステップ〔二十世紀初期に流行した軽快な社交ダンス〕がふしだらかどうかか？」

モーリーは落ち着き払っていた。毛並みが滑らかな猫といった風情だ。

「実を言えば、僕たちはビルフィズムの話をしたんだ。彼女のお母さんがビルフィストらしいんだよ。でも、だいたいにおいて、僕たちは脚の話をしたんだけどね」

アンソニーは面白がって体を揺らした。

「なんだそりゃ！　誰の脚について？」

「彼女のだよ。自分の脚の話ばかりしてるんだ。選《え》りすぐりの骨董品みたいにね。脚を見てみたいという欲求を掻き立てるのさ」

「何者なんだい――ダンサーか？」

「いや、それがディックの従妹だってわかったんだ」

突然、アンソニーは座ったまま背筋をすっと伸ばした。解き放たれたクッションが生き物のように跳ねてから、床に落ちた。

「グロリア・ギルバートっていう名前だろ？」と彼は叫んだ。

「ああ。いかした娘じゃないか？」

「いや、知らないんだよ――ただ、父親の退屈さからすると――」

「まあな」とモーリーは口をはさみ、断固とした確信を込めて続けた。「家族は葬式で雇われる泣き屋みたいに湿っぽいかもしれないけど、彼女は正真正銘、独自のキャラクターだと考えたいね。外面《そとづら》は、イェール大学のダンスパーティにやってくる典型的な女の子って感じで――でも、違うんだよ、断じて違うんだ」

「続けてくれ！」とアンソニーは促した。「ディックが彼女には脳みそがないって言った途端、僕は素晴らしい女だろうってわかったんだ」

「あいつがそう言ったのか？」

「言ったとも」とアンソニーはまた鼻で笑いながら言った。

「まあ、あいつの言う女性の脳みそは――」

「わかってる」とアンソニーは自分が言うんだとばかり遮った。「文学に関する生半可な知識だろ」

「それだよ。年ごとに国のモラルが低下していくのはとてもよいことだと信じているタイプか、とても不吉なことだと信じているタイプ。鼻眼鏡をかけそうなタイプか、気取って賢く見せようとしているタイプか。まあ、あの娘は脚の話ばかりしてたんだ。肌の話もしたな――自分の肌だよ。いつでも自分の話なんだ。夏になったら、どんなふうに日焼けしたいか、そしていつもどれだけその日焼けに近づくかって話もしてたな」

「君は彼女の低いアルトの声にうっとりしてたってわけ？」

「低いアルトの声に！　違うよ、日焼けにだよ！　日焼けのことを考え始めたんだ。最後に日差しに肌を晒したのは二年前だけど、そのときどんな色に焼けたかって考え始めた。以前はきれいに肌を焼いたものさ。僕の記憶が正しければ、ブロンズ色の肌になったんだ」

アンソニーはクッションのなかに沈み込み、体を震わせて笑った。

「その気になっちゃったんだな——モーリー！　コネティカットの水難救助隊員ってところか。ナツメグ色の肌の男。すごいぞ！　大金持ちの娘が水難救助隊員と駆け落ち、彼のセクシーな肌の色に魅せられて！　そのあと、彼の家族にはタスマニア人の血が混じっていたことがわかる！」

モーリーは溜め息をついた。立ち上がって窓のところまで行くと、日よけを上げる。

「ひどい雪だ」

アンソニーはまだ一人で静かに笑い続け、それには応えなかった。

「また冬が来る」。窓のところでしゃべっているモーリーの声は囁きに近かった。「どんどん歳を取るんだぞ、アンソニー。僕は二十七歳だ。信じられん！　三十歳まであと三年。そうなったら、大学生たちに中年男って言われるようになる」

アンソニーは黙り込んだ。

「うん、君は年寄りだよ、モーリー」と彼はしばらくしてから同意した。「とても自堕落で危なっかしい爺さんになる最初の兆候だな——日焼けと女の脚について話すことで、午後を過ごすってのは」

モーリーは突然、日よけを乱暴に引っ張って下げた。

「馬鹿野郎！」と彼は叫んだ。「おまえがそれを言うか！　俺はな、アンソニー坊や、ここにじっと座り続けるんだ。あと三十年、あるいはそれ以上。そして、おまえとかディックとか、グロリア・ギルバートみたいな陽気な連中が、通り過ぎていくのを見てるんだよ。踊ったり、歌ったり、愛し合ったり、憎み合ったり、感動したりするのをな。そう、おまえたちは永遠に感動し続けるんだ。で、俺のほうは自分の感情の欠如にしか感動しない。ここに座って、雪が降ってきて――キャラメルがメモを取って――そしてまた冬が来て、三十歳になって、おまえとディックとグロリアは永遠に感動し続け、俺の脇で踊り、歌い続ける。でも、おまえたちがみんな行ってしまったら、俺は新しいディックたちが書きとめるように言葉を発し、新しいアンソニーたちが幻滅したり冷笑したり感動したりして発する言葉を聞いてやる――そうさ、そしてこれから来る夏の日焼けについて、新しいグロリアたちに話すんだ」

暖炉の炎がバタバタと揺らいだ。モーリーは窓から離れ、火搔き棒で暖炉の炎を搔き混ぜると、薪のせ台に薪を置いた。それから椅子に戻って腰を下ろし、また話し始める。しかし彼の声は、樹皮に沿って赤や黄色の火花を発する新しい炎の音でくぐもった。

「結局のところ、若くてロマンチックなのはおまえなんだ、アンソニー。俺よりも無限に感じやすく、冷静な自己が壊されるのを恐れている。感動しようと繰り返し頑張っているのは俺――千回も自分を解き放とうとして、それでも俺は俺のままなんだ。俺を揺さぶるものは――何一つ――ない」

「でも」と彼は長いこと黙り込んでからつぶやいた。「あの馬鹿げた日焼けの娘には何かがある――俺と同じように、永遠に年老いているようなものが」

動揺

アンソニーは寝ぼけたままベッドのなかで寝返りを打ち、冷たい太陽の光が上掛けの一部分に当たっているのに気づいた。鉛枠の窓から射し込んでいるため、格子の影の模様が入っている。部屋は朝の輝きに満ちていた。部屋の隅にある木彫りの施された戸棚、どことなく神秘的な年代物の洋服だんすは、物質の無頓着ぶりを陰鬱に象徴するかのように、ぽつんと立っている。絨毯だけが彼を誘《いざな》い、その滅びゆく毛で彼の滅びゆく足に応える。そして、柔らかいカラーという恐ろしく無粋なものを身につけているバウンズは、彼の吐く白くて冷たい息のように霞《かす》んでいる。ベッドの脇に立ち、上側の毛布を引っ張っていた手を下げたまま、こげ茶色の瞳を主人に冷静に注いでいる。

「バウズ！」と夢心地の神はつぶやく。「君か？」

「はい、そうです」

アンソニーは頭を動かし、目を無理やり大きく開け、勝ち誇ったように瞬きした。

「バウンズ」

「何でございましょう？」

「頼みがあるんだ——あーあーあーったくもう！——」アンソニーは我慢できずに欠伸をした。彼の脳みその中身も濃厚なごった煮よろしく、こぼれ落ちてしまったかのようだ。彼は最初から話し始めた。

「頼みがあるんだが、四時くらいにもう一度来て、お茶と何かを出してもらえないだろうか？ サンドイッチとか……」

「けっこうでございます」

アンソニーはさらに考えたが、ゾッとするほど何も思いつかなかった。

「サンドイッチだな」と彼はしかたなく繰り返した。「そう、チーズサンドイッチと、ジャム入りのと、チキンとオリーブの、くらいかな。朝食については気にしなくていい」

サンドイッチの種類を思いつくだけでも大変な努力を要したので、彼は物憂げにまた目をつむり、首の力を抜いた。そして頭を横に向けて休ませ、全身に入れていた力もすぐに緩めた。すると、当然のことながら昨夜の幽霊がぼんやりと現われてきた——とはいっても、それはリチャード・キャラメルとの、永遠に続くかと思われた会話にすぎなかった。ディックが深夜に彼を訪ねてきて、二人でビールを四本飲んだときのこと。アンソニーはパンの乾いた耳をもぐもぐ噛みながら、『魔性の恋人』

の第一部の朗読を聞かされたのだった。

——数時間前の声が聞こえてきた。アンソニーはそれを無視し、睡魔に襲われるに任せた。眠りが彼を包み、心の隅々に忍び込んでいく。

突然、彼は目を覚まして言った。「何だって?」

「何人でございましょう?」まだバウンズが話しているのだった。ベッドの足下で辛抱強く、じっと動かずに立っている——三人の紳士に仕えているバウンズ。

「何人って何が?」

「何人のお客様がいらっしゃるのか、うかがっておいたほうがよいと思ったのです。サンドイッチの計画を立てないといけませんので」

「二人だ」とアンソニーはかすれ声でつぶやいた。「女性と男性」

バウンズは「ありがとうございます」と言って引き下がり、それとともに、柔らかいカラーも見えなくなった。見る者のプライドを傷つけ、非難するようなカラー——三分の一の奉公しか求めない、三人の紳士たちへの非難である。

しばらく経ってからアンソニーは起き上がり、その痩せて引き締まった体にガウンをまとった。オパールのような光沢のある、茶色と青のガウン。そして最後に一度欠伸をすると、バスルームに入り、化粧台のライトを点けた（バスルームには屋外に開く窓がない）。鏡に映る自分の姿をしげしげと見つめ、哀れな亡霊だ、と思う。朝はいつでもそう思うのだ——眠りによって、顔が不自然なほど青白くなっている。彼は煙草に火を点け、数通の手紙と『トリビューン』の朝刊に目を通した。

一時間後、髭を剃り、着替えた彼は、机に向かって座り、財布から取り出した小さな紙を見つめていた。かろうじて読める程度の文字で書かれた、走り書きのメモ——「五時にハウランド氏と面会、ヘアカット、リヴァーズ・ブラザーズ〔フィッツジェラルド自身のお気に入りだったメンズウェア店、ブルックス・ブラザーズのもじり〕の請求書の検討、本屋に行く」

――このメモのあとに、「銀行の預金残高、六百九十ドル（線で消してある）、六百十二ドル（線で消してある）、六百七ドル」

そして一番下には殴り書きで、「ディックとグロリア・ギルバートがお茶に」

この最後の項目が彼に満足感をもたらしたようだった。彼の一日は、いつもはゼリーのように不定形で、芯となるものがないのだが、これによって中生代の恐竜くらいに進化を遂げた。芝居にクライマックスがあるように、一日にもそれがなければならない。そして今日という日は、このクライマックスに向けてしっかりと――むしろ颯爽と――進んでいる。彼はその一日の背骨が折れてしまう瞬間を恐れた。例の女性と遂に会い、言葉を交わし、笑顔の彼女をドアから送り出した瞬間。客間に戻ると、ティーカップの底にたまる滓《おり》がなんとも物悲しく感じられ、食べ残しのサンドイッチがどんどん干からびていくように見える。

アンソニーの日々にはどんどん色が失われていたのだ。彼はそれを常に感じるようになり、一カ月前のモーリー・ノーブルとの会話にその起源があると考えていた。人生を無駄にしているといった、ナイーブで口うるさい感覚に心を悩ませるなど馬鹿げているはずなのに、それでもこの邪魔な迷信がまだ生き残っていたようで、三週間前、彼は市立図書館に本を借りに行った。そしてリチャード・キャラメルのカードの力で、イタリア・ルネッサンスに関する本を半ダースほど借り出した。その本はまだ彼の机の上に、持ってきたままの順番で積まれている。そして、一日に十二セントずつの延滞料がそのためにかかっている。だからといって、本が証拠として示していることを和《やわ》らげる効果はない。こうした布装やモロッコ革装の書物が証言しているのは、自分の変節という事実なのだ。アンソニーは数時間にわたって恐怖に陥った――心をえぐり、ぎょっとさせるような恐怖。

彼の生き方を正当化するものとして最初にあるのが、もちろん、「人生の無意味さ」である。この偉大な皇帝に仕える者として、大臣として、侍者として、騎士として、執事として、下男として、千冊もの本が彼の書棚で輝いている。このアパートがあり、川の上流の老人が最後の道徳的な言葉で喉をつまらせたあとで彼のものとなるはずの金がある。デビューしたての女たちの脅威や、多くのジェラルディンたちの愚かさからは、彼はありがたいことに解放されている——むしろ猫のようなモーリー・ノーブルの動じなさを見習い、名前に二世や三世がついている名門の者たちに蓄積された英知を誇り高く身につけるべきなのだ。

こうしたことの向こうに、そして背後に、彼の脳が退屈なコンプレックスとして分析し、対処し続けてきたものがあった。論理的に処理し、勇ましく足で踏みつけたにもかかわらず、彼を十一月下旬の解けかけた雪のなかへと駆り立てたもの。彼は図書館に向かったが、最も求めていた本はそこになかった。アンソニーを分析するにあたっては、彼が自己を分析するところまでにとどめるのが公平だろう。それ以上のことは、もちろん、憶測にすぎない。彼は自分のなかで恐怖と孤独感が高まっているのを感じていた。一人で食事するという考えが恐ろしく、それよりはましと、しばしば嫌いな男たちと食事をした。旅行は、かつては彼を魅了したが、ついに耐えがたく感じられるようになった。実体のない、色だけの営み。自分自身の夢の影を追う、見せかけの追跡。

——もし自分が本質的に弱いのなら、と彼は考えた。その場合、僕にはすべき仕事が必要だ、すべき仕事が。自分が結局のところ器用な二流人にすぎず、モーリーのような落ち着きも、ディックのような情熱もないと考えるのは辛かった。何も求めないのは悲劇だ——そして、自分は何かを求めている、何かを。それが何であるか、彼はときおり突発的にわかった——何らかの希望に満ちた道。それが、迫りつつある不吉な老齢に向けて彼を導いてくれる。

ユニヴァーシティ・クラブ〔マンハッタン、五番街と五十四丁目の角に位置する、名門大学卒業者向けのクラブ〕でカクテルと昼食を摂って、アンソニーは気分がよくなった。ハーヴァード大学の同級生と出くわしたのだが、彼らの会話の重苦しさや陰鬱さと比べると、自分の人生に色彩が感じられるようになった。どちらも既婚者で、一緒にコーヒーを飲んでいるあいだ、一人は結婚外の冒険の話をし続け、もう一人はそれに理解を示すように、穏やかな笑みを浮かべていた。二人とも将来のギルバート氏だな、とアンソニーは考えた。「そうだ」と言う数がこれからの二十年で四倍に増え、気質はどんどん不機嫌になっていくだろう――そうなると、もはや壊れた古臭い機械にすぎなくなる。偽物の賢さしかない、無価値な男たち。完全に耄碌《もうろく》するまで、自分たちの馴らした女たちによって介護される。

いや、自分はそれ以上の男だ。夕食のあと、ラウンジの細長いカーペットの上を歩きながら、彼は考えた。窓のところで立ち止まり、物寂しい街路を見下ろす。自分はアンソニー・パッチ。才気に溢れ、魅力的な男。多くの人々が長年にわたって築き上げてきたものを受け継ぐ男。これがいまの自分の世界なのだ――そして近い将来、彼が切望する最後の強烈な皮肉《アイロニー》が待ち受けている。

気まぐれに子供っぽい感情が湧き起こり、彼は自分を地球の王者のように考えた。祖父の財力で自己の基礎を築き上げ、タレーラン〔一七五四～一八三八、フランスの政治家・外交官〕となる、あるいはフランシス・ベーコンとなる。彼の精神の明晰さ、教養、多方面にわたる知性は、そのすべてが成熟し、まだ生まれていない何らかの目的に導かれれば、すべき仕事を彼に見出《みいだ》してくれるだろう。ここで悲しげな和音が響き渡り、彼の夢は褪《あ》せていった――すべき仕事。彼は連邦議会で奔走する自分を想像しようとした。まわりにいるのは、信じられないほど不潔な豚の兄弟たち。日曜日の新聞のグラビア写真に写っている、豚のような狭い額の持ち主たちだ。こうした労働者階級の連中が見せかけの輝きをまとい、高校三年生程度のつまらない考えを国民に向かってまくし立てる！　陳腐な野心しか持たない小物たち。自分たちは平凡さから脱却し、人民による政府という輝きもロマンもない天国に到達しようと、平凡な知性で思い込んでいる。そしてそのトップにいる最良の者たち、十人ほどの狡猾な者たち――自己中心的な冷笑家たち――は、この白いネクタイとワイヤーのカラーボタンをつけた合唱団を率いるのに満足している。歌うのは、驚くべき不協和音に満ちた賛歌。美徳の報酬としての富と、悪徳の証拠としての富とが漠然とごっちゃになった賛歌を歌い、神と憲法、そしてロッキー山脈に声援を送り続ける！

　フランシス・ベーコン！　タレーラン！

　アパートに戻ると、重苦しさが戻ってきた。カクテルの酔いが醒め、眠くなって、頭が何となくぼんやりとし、ひねくれた気分になる。フランシス・ベーコン――自分が？　そう考えること自体が苦々しい。何の業績もなく、勇気もなく、真理が与えられたときにそれに満足する強さもない男、アンソニー・パッチ。なんとも思い上がった愚か者だ。人生の実績といえばカクテルを飲んでいることしかなく、不充分で惨めな理想主義の崩壊を――弱々しく、こっそりと――惜しんでいる。自分の魂をこの上なく精妙な味わいに飾り立て、いまでは古びたくだらない考えに憧れている。自分は空っぽだ、古い瓶のように空っぽだ――

　ドアのブザーが鳴った。アンソニーは跳ねるように立ち上がると、通話管を耳まで持ち上げた。リチャード・キャラメルのかしこまった、しかし剽軽《ひょうきん》な声が聞こえてくる。

「ミス・グロリア・ギルバートがお越しです」

美女

「初めまして」とアンソニーは言い、にこっと微笑んで、ドアを半分開けたままにした。

　ディックは頭を下げた。

「グロリア、こちらがアンソニー」

「よろしく！」と彼女は叫び、手袋をした小さな手を差し出した。

　毛皮のコートの下に彼女が着ているドレスは薄灰色《アリスブルー》がかった青色で、波打つ白いレースが喉を包んでいる。

「コートを受け取りましょう」

アンソニーが両腕を広げると、茶色い毛皮の塊《かたまり》がそこに転がり込んできた。

「ありがとう」

「アンソニー、どうだい、彼女は？」とリチャード・キャラメルががさつな声で訊ねた。「美人だろ？」

「まあ！」と女は挑むように言った――しかも、まったく動じた様子はなかった。

目が眩《くら》むような女だった――輝いている。一目で彼女の美しさを把握しようとするのは苦痛だ。その髪は神々しいほどの魅力に満ち、部屋の冬らしい色合いに対して明るい光沢を発している。

アンソニーは魔術師のように歩き回った。キノコ型のランプのスイッチを入れると、ランプはオレンジ色の光を発し、暖炉の火を掻き混ぜると、銅の薪のせ台が輝き――

「氷みたいにカチカチになっちゃった」とグロリアが何げなく囁き、あたりを見回した。その目の虹彩の青みがかった白色は、この上なく優美で透き通っている。「なんて素敵な暖炉なの！　ここに来る途中、鉄格子から温風が吹き上げてくる場所があって、そこで温まっていたかったんだけど――ディックったら、待ってくれないのよ。じゃあ、一人で行っててちょうだいって言ったの。私はここでぬくぬくしてるわって」

実にありふれている。彼女は自分の楽しみのために、苦もなくしゃべっている様子なのだ。アンソニーはソファの片側に座り、手前にあるランプの灯りに映える彼女の横顔を見つめた。鼻と上唇は見事なほどの均整を保ち、かすかに頑固そうな顎は少し短めの首に美しくのっている。写真に写されれば、彼女は完璧に古典的な美人で、ほとんど冷たいくらいだろう――しかし髪が輝き、頬が紅潮するとともに繊細に見えるので、彼が出会った女性のなかでも最も生き生きとした人だと思われた。

「……私が聞いたなかでも最高のお名前だと思いますわ」と彼女はまだ独り言を言うように話し続けていた。視線が一瞬だけ彼に留まり、すぐに別のものに移る。ブラケットで一定の間隔をあけて壁に固定され、輝く黄色い亀のように壁にへばりついているイタリア風のランプ、何列にも並んだ本、そして反対側に座っている自分の従兄《いとこ》。「アンソニー・パッチっていうお名前。でも、もっと馬のようなお顔でないといけませんね、細長い顔で――それから、継ぎを当てた服を着てらっしゃらないと」

「それはみんなパッチ〔馬の「まだら」や服の「継ぎ」の意味がある〕のほうですよね。アンソニーはどういう顔じゃないといけませんか？」

「あなたはまさにアンソニーって顔をしてらっしゃいますわ」と彼女は真剣に請け合った――ほとんどこっちを見ていないのに、と彼は思った――「とても威厳がありますわ」と彼女は続けた。「重々しいくらい」

　アンソニーは当惑し、思わず笑みを浮かべた。

「ただ、私は頭韻を踏む名前が好きなんですよ」と彼女は続けた。「私のは別ですけど。私の名前は派手すぎますから。以前、ジンクスっていう苗字の女の子を二人、知ってたんですけど、ジュディ・ジンクスとジェリー・ジンクスっていう名前なんですよ。可愛いでしょう？　そう思いません？　違う名前だったらって、考えてみてください」彼女は唇を開けたまま返答を待っていた。

「次の世代はみんなピーターかバーバラって名づけられるだろうな」とディックが言った。「最近の刺激的な文学作品の登場人物はみんなピーターかバーバラなんだ」

　アンソニーはこの予言を引き継いだ。

「もちろん、グラディスとエレナーもある。前の世代のヒロインたちを彩った名前で、いまの社会では全盛期を迎えている。次の世代では、店の売り子たちの名前として受け継がれていく――」

「エラとステラに代わってね」とディックが口をはさんだ。

「それからパールとジューエルですね」とグロリアが熱心につけ加えた。「アールとエルマーとミニー」

「ここで僕の登場だ」とディックが言った。「ジューエルという古臭い名前を選び、それをちょっと変わっているけど魅力的な登場人物につける。そうすると、この名前の第二の流行が始まるんだ」

話題の糸を拾い上げ、織り上げていく彼女の声は――ほかの人に遮られるのを阻《はば》むかのように――文章の最後でかすかに、半ばユーモラスに調子を上げ、曖昧な笑い声をときどき織り交ぜていた。ディックはアンソニーの執事がバウンズという名前だとグロリアにすでに話していて、彼女はそれを実に素晴らしいと思っていた。ディックはバウンズがパッチワークをするといったつまらない冗談を言ったが、彼女によれば、冗談よりも悪いことが一つあるとすれば、それは冗談を言った人へのしっぺ返しとして、非難するような目を向けることだそうだ。

「ご出身はどちらですか？」とアンソニーは訊ねた。わかってはいたのだが、彼女の美しさに魅せられ、何も考えられなくなっている。

「ミズーリ州カンザスシティです」

「あちらで煙草が禁止されたときに彼女は生まれたんだ」

「煙草が禁止された？　僕の高徳なる祖父の働きかけを感じますね」

「改革運動家か何かでしたっけ？」

「恥ずかしくて赤面しますよ」

「私もですわ」と彼女は打ち明けた。「改革運動家って嫌いなんです。特に私を改革しようとする人はね」

「そういう人がたくさんいるんですか？」

「何十人もですよ。〝グロリア、そんなに煙草を吸っていると、美しい肌の色が失われますよ〟とか、〝グロリア、どうして結婚して落ち着かないの？〟とか」

アンソニーは力を込めて頷きつつ、いったいどれだけ厚かましければ、このすごい女性にそんなことが言えるのだろうと考えていた。

「それから」と彼女は続けた。「もっとずるい改革運動家がいますわ。私についていろんな悪い噂を聞いているって言って、それで自分は私を弁護してあげたんだって言うんです」

彼はようやく彼女の目が灰色だということに気づいた。とても穏やかで、冷たいくらいだ。モーリーは彼女がとても若くてとても年老いていると言ったのだが、その目が自分に向けられたとき、アンソニーはモーリーが言わんとしたことを理解した。彼女はとても可愛い子供が話すように、いつも自分自身について話しており、自分の好き嫌いに関するコメントはありのままで、自発的なものだった。

「実を言いますと」とアンソニーは深刻そうに言った。「僕でさえ、あなたの噂をすでに聞いているんですよ」

ビクッとして、彼女は座ったまま背筋を伸ばした。その滑らかな御影石の崖のように灰色で底深い目が彼の目を射抜く。

「どういう噂か教えてください。信じますから。私、自分について言われていることは、誰のどんな話でも信じちゃうんです――あなたもそうじゃないですか？」

「そうですとも！」と二人の男は一斉に同意した。

「じゃあ、教えてくださる？」

「教えていいものかどうか」とアンソニーは焦《じ》らしつつ、しぶしぶといった感じで微笑んだ。彼女は明らかに好奇心をそそられ、ほとんど滑稽なほど夢中になっている。

「君のあだ名の話だよ」と彼女の従兄が言った。

「どんなあだ名？」とアンソニーは丁重さを保ちつつ、困惑して訊ねた。

途端に彼女は恥ずかしそうにした――それから笑い、クッションにまた背中をもたせかけ、視線を上げてしゃべり始めた。

「全米横断《コースト・トウ・コースト》グロリアよ」。彼女の声は笑いに満ちていた。うつろいやすい影のようにぼんやりとした笑い――その髪に光る炎とランプの灯りのあいだで踊っている影のようだ。「まいるわ！」

　アンソニーはまだ困惑していた。

「どういう意味ですか？」

「私のことです。お馬鹿な男の子たちが私のことをそう名づけたんですよ」

「わからないかな、アンソニー」とディックが説明した。「全国に悪名を轟《とどろ》かせる旅人ってこと。君が聞いたのはそれじゃないのかい？　彼女はそのあだ名でもう長いこと呼ばれているんだよ――十七歳以来ね」

　アンソニーの目は悲しそうになったが、ユーモアもたたえていた。

「この女《ひと》は何者なんだい、キャラメル？　この女メトシェラ〔旧約聖書より、ノアの洪水以前のユダヤの族長〕は」

　彼女はこれを無視し、もしかしたらそれに怒ったのかもしれず、また主要な話題に戻った。

「私について何をお聞きになったの？」

「あなたの体つきについてですよ」

「あら」と彼女は冷ややかに失望した様子で言った。「それだけ？」

「あなたの日焼けについてですね」

「私の日焼け？」彼女は困惑したような顔になった。片手で喉に触れ、指でさまざまな色の違いを感じ取っているかのように、少しのあいだそこにとどめる。

「モーリー・ノーブルを覚えていますか？　一カ月ほど前に会ったはずです。彼にすごい印象を与えたようですよ」

　彼女はしばらく考えていた。

「覚えてます――でも、電話してこなかったわ」

「怖気《おじけ》づいたんですよ、間違いなく」
屋外は真っ暗になったが、アンソニーは自分のアパートが味気なく感じられることなどあっただろうかと考えた。本棚の本や壁の絵はとても温かく、親しみやすい。良きバウンズは恭《うやうや》しく薄暗い隅に控え、お茶を提供している。そして楽しげに燃える暖炉の前で、三人の気品ある人物が関心と笑いの波を交わし合っている。

不満

木曜日の午後、グロリアとアンソニーはプラザホテルのグリルでお茶をした。毛皮で縁取りしてある彼女のコートはグレーだった――「グレーを着ると、たくさんお化粧しなきゃいけないから」と彼女は説明した。小さな婦人帽が頭に見栄えよくのっており、その下から彼女の黄色い髪が波立つように流れ落ちている。実に颯爽としていて、輝かしい。高いところから照明に照らされると、彼女の人となりは無限に柔らかくなったようにアンソニーには感じられた――とても若く見え、十八歳にもなっていないかのようだ。ホブルスカートと当時は呼ばれていた、裾のすぼまった服を着ている身体は驚くほどしなやかで、痩せており、彼女の手は――「芸術家風」でもずんぐりしているのでもなく――子供の手のように小さかった。

二人で部屋に入ったとき、オーケストラがマシーシェ〔ツーステップに似たブラジル起源のダンス〕を演奏する前の哀れっぽい音を出していた。マシーシェはカスタネットの音と、バイオリンによる軽快ながら気怠そうでもある和音に満ちている。部屋はクリスマスの休日が近づいて上機嫌になり、興奮している大学生の集団で溢れそうなほど。こんな込み合った冬のグリルには、マシーシェはぴったりの音楽だ。グロリアは慎重にいくつかのテーブルを吟味し、アンソニーにとっては迷惑だったが、ぐるりと一回りして、部屋の一番奥の二人用のテーブルまで彼を導いた。そこに着くと、彼女はまた考え込んだ。右側に座ろうか、左側に座ろうか。それを考えているときの彼女の美しい目と唇はとても深刻そうで、アンソニーはまた彼女の身振りの一つひとつがナイーブだと思った。人生のすべてのものを自分が選択し、配分すべきものとして受け止めているのだ。まるで無尽蔵のカウンターから自分のためのプレゼントを絶え間なく受け取っているかのように。

しばらく彼女はぼんやりとダンサーたちを眺め、カップルが回りながら近づいてくると、囁き声でコメントした。

「青を着た可愛い子がいるわ」——そしてアンソニーが素直にそちらに目を向けると——「そこよ！違う。あなたの後ろ——そこ！」

「そうですね」と彼はしかたなく同意した。

「見なかったでしょ」

「君のことを見ていたいんだよ」

「わかってるわ。でも、あの子は可愛かった。ただし、足首が太かったけどね」

「そうなの？——ていうか、そうだったの？」と彼は関心なさそうに言った。

近くでダンスしているカップルの女性から声がかかった。

「こんにちは、グロリア！　グロリアじゃない！」

「こんにちは」

「あれは誰？」とアンソニーは訊ねた。

「知らないわ。誰かよ」。彼女は別の顔に気づいた。「こんにちは、ミュリエル！」それからアンソニーに対して「あれはミュリエル・ケインよ。魅力的な子だと思うわ。まあ、ものすごくじゃないけど」

アンソニーはよくわかるというふうに笑った。

「魅力的だけど、ものすごくじゃない」と彼は繰り返した。

グロリアは微笑んだ――すぐに興味を惹かれたのだ。

「どうしてそんなに可笑《おか》しがるの？」彼女の口調は痛々しいほど真剣だった。

「ただ可笑しいってだけだよ」

「ダンスしたい？」

「君は？」

「してもいいわ。でも、座ってましょう」

「で、君の話をする？　君は自分の話をするのが好きでしょ？」

「そうね」。自慢屋であることを指摘されて、彼女は笑った。

「君の自伝は古典になるだろうね」

「ディックは私に伝記のネタはないって言うわ」

「ディックが！」と彼は叫んだ。「あいつが君について何を知っているっていうんだ？」

「何も知らないわよ。でも、彼によれば、すべての女性の伝記は価値のある最初のキスで始まり、最後の子供を腕に抱くところで終わるのだそうよ」

「あいつは自分の本の話をしてるんだ」

「愛されない女性には伝記はないんだって――歴史があるだけで」

アンソニーはまた笑った。

「もちろん、愛されない女だなんて言わないよね！」

「まあ、そんなことはないと思うわ」

「じゃあ、なんで君に伝記がないんだい？　価値のあるキスをまだしたことがないの？」こうした言葉が唇から出ていったとき、彼はそれを引き戻そうとするかのように、息を強く吸い込んだ。こんな赤ん坊にこんな質問をしてしまうとは！

「〝価値のある〟って、どういう意味かわからないわ」と彼女は反論した。

「君が何歳か訊いてかまわないかな？」

「二十二歳よ」と彼女は真剣な表情で彼と目を合わせて言った。「何歳だと思ったの？」

「十八ってところかな」

「これから十八歳として生きるようにするわ。二十二歳って嫌なのよ。世界でこれ以上嫌なものはないわ」

「二十二歳であることが？」

「じゃなくて、歳を取っていくとかいったこと。結婚するとか」

「結婚したくないの？」

「責任を負うのが嫌なの。面倒を見なきゃいけない子供がたくさんできるとか」

明らかに彼女は、自分の唇から出る言葉はすべて良きものだと信じ込んでいた。アンソニーのほうは、彼女の最後の言葉に次の言葉が続くことを期待しつつ、息を呑むようにして待った。彼女は面白がってはいなかったが、愛想よく微笑み、しばらく経ってから、彼らのあいだの空間に短い言葉がこぼれ落ちた。

「ガムドロップを食べたいわ」

「手配するよ！」アンソニーはウェイターを呼び、葉巻のカウンターに行かせた。

「かまわないかしら？　ガムドロップ、大好きなのよ。私がしょっちゅうかじってるからって、みんな馬鹿にするけど――でも、パパがいないときだけよ」

「かまわないよ、全然――この子供たちはいったい何なんだ？」とアンソニーは突然訊ねた。「この子たちをみんな知ってるの？」

「えっ――知らないわ。でも、この子たちって――いろんなところから来てるみたいね。あなたはここにあまり来ないの？」

「めったに来ない。僕は特に〝育ちのいい娘〟が好きなわけじゃないんだ」

これはすぐに彼女の注意を引いた。彼女はダンサーたちに断固として背を向け、ゆったりと座り直し、彼にこう訊ねた。

「あなたは何をしている人なの？」

カクテルをすでに飲んでいるおかげで、アンソニーはこの質問を歓迎した。話したい気分になっており、この娘にいい印象を与えたかった。彼女の興味はじれったいほど掴みどころがない――立ち止まって、いつもは食べない牧草地の草を食べようとしている羊のように、珍しそうだがありふれている話題を急いでこなそうとしている。彼は偉そうに見せたかった。新しくヒロイックな色彩を帯びて、彼女の目の前に忽然と姿を現わしたい。彼女を揺さぶり、その無頓着さから引きずり出したい――彼女自身を除くすべてのものに対して示す無頓着さから。

「僕は何もしてないよ」と彼は話し始めた。と同時に、この言葉が、自分の求める屈託ない優美さを持たないことにも気づいた。「何もしていない。だって、僕にできることで、やる価値のあるものなんてないから」

「それで？」彼の言葉に驚いてもいなければ、考え込みもしていない。ただ、確かに彼を理解した――彼が理解に値することを言ったとすればだが。

「怠惰な男は認めない？」

彼女は首を振った。

「認めると思うわ。その人が優雅に怠惰ならね。それって、アメリカ人でもなれるかしら？」

「どうしてなれないの？」彼はまごついて訊ねた。

しかし、彼女の心はその話題を離れ、十階分くらい飛び上がった。

「パパって、私に腹を立てているの」と彼女は事もなげに言った。

「どうして？　でも、僕としては、どうしてアメリカ人が優雅に怠惰でいられないのかを知りたいな」――彼の言葉には信念が込められていた――「だって、驚きだよ。それって――それって――僕には理解できない、どうして若者はみんなダウンタウンに出かけ、一日に十時間ずつ働かなきゃいけないって誰もが思っているんだろう。人生の一番いい二十年間をこんなふうに過ごさなければいけないって。あの単調で、何の想像力も必要としない仕事。人のためになるわけでもない仕事をして」

言葉が途切れた。彼女は不可解そうな顔をして彼を見つめている。賛成か反対かの意思表示をアンソニーは待っていたが、彼女はどちらもしなかった。

「君は物事について何らかの判断を下さないのかい？」彼はいくらかの憤りを込めて訊ねた。

彼女は首を振り、視線をまたダンサーたちを向けてから答えた。

「わからない。私、何もわからないのよ――あなたが何をすべきかとか、誰にしたって何をすべきかなんて」

彼女の態度に困惑し、彼の思考の流れはせき止められた。自己表現がこんなにも必要と感じられると同時に、こんなにも不可能に思えたことはなかった。

「そうだね」と彼は謝るように同意した。「僕にもわからないよ、もちろん、でも――」

「私はただ人のことを考えるのよ」と彼女は続けた。「その人がいまの居場所に相応しいかどうか、そこの景色にうまく馴染《なじ》んでいるかどうか。その人が何もしなくても気にならないわ。どうして何かすべきなのかもわからないし。実際、何かしている人を見ると、びっくりしちゃう」

「君は何もしたくないの？」

「私は寝たいわ」

一瞬、彼はびっくりした――彼女が本当に眠りたいと思っているかのように。

「寝たい？」

「そんなところ。ただの怠《なま》け者になって、まわりの人たちにいろんなことをしてもらいたいのよ。だって、そうなれば快適で安心できるから――それに、何もしないでいる人たちもいてほしいわ。そういう人が私にとっては上品で、親しみやすい人だから。でも、他人を変えたり、他人のことで興奮したりはしたくないの」

「君は珍妙な決定論者だね」と言ってアンソニーは笑った。「この世は君のものだ。そうだろ？」

「そうね――」と彼女は素早く視線を上に向けていった。「そうじゃないかしら？　少なくとも私が――若いうちは」

最後の言葉を言う前に彼女は少し間をあけた。アンソニーは彼女が「美しいうちは」と言いかけたのではないかと考えた。間違いなく、彼女が言おうとしたのはそういうことだ。

彼女の目が輝き、アンソニーは彼女がそのテーマでさらに話すのを待った。ともかく、彼女から話を引き出した――彼は体を前に傾け、その言葉を聞き取ろうとした。

しかし、彼女が言ったのは「踊りましょう！」だけだった。

称賛

プラザでの冬の午後は、クリスマス前にアンソニーが彼女とした一連の「デート」の最初のものだった。ぼんやりと霞んではいるが、刺激もある日々。彼女はいつでも忙しかった。ニューヨークの社交生活におけるどの層と彼女が結びついているのかも、彼には次第にわかってきた。社会的な層など、ほとんど問題にしていないようなのだ。彼女は大きなホテルでの半ば公《おおやけ》の慈善舞踏会に姿を現わした。アンソニーはシェリーズのディナーパーティでも何度か彼女を見かけた。そして一度、彼女が着替えているのを待っているとき、ギルバート夫人が娘の「外出の」習慣についてまくし立てるのを聞いた。それによれば、休暇中の驚くべき外出予定には、アンソニーも招待状をもらっている半ダースものダンスパーティが含まれていた。

何度か彼女とは昼食やお茶の約束もした――前者は慌ただしいもので、少なくとも彼にとっては、不満の残るデートとなった。彼女は眠そうな目をして、冷淡で、どんなことにも集中できず、彼の言葉に持続した関心を払うこともできなかったのである。こうした悲惨な食事を二回したあとで、彼は彼女を責めた。彼女が一日の美味《おい》しいところをたっぷり味わい、骨と皮の部分しか自分に残してくれない、と。彼女は笑い、三日後にお茶をする約束をした。こちらのほうがずっと満足度が高かった。

クリスマスの直前、ある日曜日の午後にアンソニーが訪ねると、彼女はちょうど心を鎮めようとしているところだった。何か重大な、しかし不可解な喧嘩をしたあとのようだ。怒りと笑いの入り混じった声で彼に語ったところでは、彼女は男を部屋から追い出したところで――この部分でアンソニーは派手に想像をめぐらした――男はその夜、彼女のために夕食会を計画していたのだが、グロリアはもちろん行くつもりなどなかった。そこでアンソニーが彼女を夕食に連れ出した。

「何か観に行きましょう！」と彼女はエレベーターで降りていくときに提案した。「ショーがいいわ。いかが？」

ホテルのインフォメーションデスクで訊いたところ、日曜日の夜は「コンサート」が二種類しかなかった。

「それっていつも同じよね」と彼女は不満そうに言った。「ユダヤ人コメディアンが出てくるのばかり。じゃあ、どこかに行きましょう！」

彼女のお眼鏡にかなう何らかのショーを自分が用意すべきだったという疚《やま》しい気持ちを隠すため、アンソニーはわざと上機嫌なふりをした。

「いいキャバレーに行こうか」

「この町のキャバレーにはすべて行ったわ」

「じゃあ、新しいのを探そう」

彼女は気分が落ち込んでいて、それが見た目にも現われていた。目は本当に御影石のような色になっている。しゃべっていないときは、ロビーにいる不愉快な幻影を見つめているかのように、まっすぐに前を見つめていた。

「そうね、行きましょう」

彼は彼女のあとについてタクシーに乗り込んだ。毛皮に覆われていても、気品に溢れた娘。そして決まった行き先が念頭にある様子で、運転手に指示を与えた。ブロードウェイを走って、それから南に折れるように、と。彼は何度かさりげなく会話を始めようとしたが、彼女は突き通すことのできない沈黙という鎧《よろい》をまとい、タクシーの冷たい暗闇のように陰鬱な言葉でしか答えない。彼は諦め、彼女と同じような気分になって、むっつりと黙り込んだ。

ブロードウェイを十ブロックほど進んだとき、巨大な珍しい電光掲示板がアンソニーの目を引いた。華々しい黄色の文字で「マラソン」と書いてあり、それを電飾の葉や花が飾っている。電球が順番に点いたり消えたりして、濡れて輝く街路に反射する。アンソニーは身を乗り出してタクシーの窓を叩き、すぐに黒人のドアマンから説明を受けた。はい、ここはキャバレーです。いいキャバレーですよ、町で最高のショーをやってます！

「試してみるかい？」

グロリアは溜め息をつき、開いたドアから煙草を放り投げ、そのあとを追う準備をした。それから二人は派手な電光掲示板の下をくぐり、広い玄関に入って、かび臭いエレベーターで上にのぼった。降りたところは、人にあまり知られていない歓楽の殿堂だった。

とても金持ちかとても貧乏な人たちが通う明るい店は――とても派手な連中や犯罪者っぽい連中、言うまでもなく最近流行のボヘミアン・タイプの者たちが通う店は――全米に広く知れ渡っている。ジョージア州オーガスタとか、ミネソタ州レッドウィングの女子高校生たちも、こうした店のことを知り、憧れを抱く。新聞の日曜版の劇場案内で、写真入りの魅惑的な記事を読むだけではない。ルパート・ヒューズ氏〔この時代のアメリカの人気作家〕など、アメリカの狂乱ぶりを記録する者たちが、衝撃や驚愕に満ちた調子でこれらを伝えているのだ。しかし、ハーレム発祥でブロードウェイにたどり着いた娯楽や、愚鈍な者たちの悪魔的所業、名士たちの浮かれ騒ぎなどを目撃するのは、参加者だけに限られた秘儀的な経験なのである。

情報は広まる――そして、このように自慢げに言及された場所には、土曜日や日曜日の夜、道義的な意識の低い者たちが集まる――漫画で「消費者」とか「大衆」として描かれる、トラブルを抱えた小物たちだ。彼らはその場所に三つの利点があることを確認する。まず、安いこと。次に、劇場街の有名なカフェのきらびやかで奇抜なところを、機械的に安っぽく真似るだけにしても、真似ようという気持ちがあること。そして――これが何より重要なのだが――「育ちのいい娘」を連れていける場所であること。それはつまり、誰もがみな金と想像力に乏しく、そのために同じように無害で、臆病で、面白みのない存在になったということだ。

そういう場所に日曜日の夜、騙されやすく感傷的な者たち、安い給料で長時間働かされている者たち、二単語でできた職業の者たちが集まる。帳簿係《ブック・キーパー》、切符売り《チケット・セラー》、支配人《オフィス・マネージャー》、セールスマン、そして何よりも事務員たち――宅配便や郵便、食料品店や仲介業や銀行の事務員。彼らは自分の女たちを一緒に連れている――身振りが派手で、クスクス笑っており、哀れなくらい気取った女たちだ。彼女たちは男とともに太り、彼らの子供をたくさんすぎるほど産み、為す術なく、不満を抱えたまま、この色彩のない海を漂っていく。つまらない仕事と、破れた希望だらけの海。

こうした安っぽいキャバレーは寝台車の名前に因《ちな》んで名づけられている。「マラソン」！　パリのカフェから取った、淫らな直喩を含む名前は似合わない！　ここはおとなしい客たちが「育ちのいい女性たち」を連れてくる場所。彼女らの飢えた想像力は、この場所が比較的華やかな楽しい場所であり、かすかに不道徳でもあると、信じたくてたまらない。これが人生だ！　明日のことなど誰が気にするだろう？

見捨てられた者たち！

アンソニーとグロリアは席に着き、あたりを見回した。隣りのテーブルには四人組がいて、男性二人と女性一人のグループと一緒になるところだった——この三人組が明らかに遅刻したのだ。そのグループの女性のマナーはまさにアメリカ人に関する社会学的な研究対象と言える。初対面の男たちに会うので、彼女は必死に気取っていた。身振りにおいても、言葉においても、そしてほとんど気づかれないような目蓋《まぶた》の動きにおいても、自分がいま属さなければならない階級よりも少し上の階級にいることを示そうとしていたのだ。もっと高踏で希少な雰囲気にちょっと前までは浸っていたし、この少しあとには再び浸ることになるのだ、と。彼女はほとんど痛々しいほど洗練されていた——スミレに覆われている去年の帽子をかぶっていたが、その帽子は彼女自身に劣らず気取り方が切実であり、はっきりとわかるくらい人工的だった。

アンソニーとグロリアはすっかり魅了されて、彼女が席に着くのを眺めていた。自分は心ならずもここに来てやったのだという印象を、彼女は醸し出そうとしている。私にとっては、これはスラム街の視察のようなものよ、と目で語りつつ——ただし、蔑《さげす》むような笑い声や、生半可な謝罪にその気持ちを隠している。

——それからほかの女たちは、自分が大衆のなかにいるけれども、その一部ではないという印象を熱心に伝えようとしていた。ここは自分がよく来るような場所ではない。ただ近くて便利だから立ち寄っただけ――レストランにいるどのグループもその印象を与えようとしている……真偽のほどは誰にわかる？　誰もが常に階級を変えている――女たちは上の階級の男としばしば結婚するし、男たちは突如としてものすごい富を摑んだふりをする――空に巨大なアイスクリームのコーンを浮かべるように、途方もない宣伝方法で富をひけらかす。一方、彼らはこの店の経営状況には目をつぶり、食事を楽しもうとしている。店の経営状況は、テーブルクロスがあまり替えられていないとか、キャバレーの出演者たちの服装がカジュアルであることに現われている。何より、ウェイターたちが言葉に気を遣わず、態度も馴れ馴れしい。こうしたウェイターたちが客に対して畏敬の念を抱いていないことは明らかだ。そのうち彼らもテーブルに着くのではないかと思ってしまう……。

「この場所、お嫌かな？」

グロリアの顔は紅潮し、その夜初めて微笑んだ。

「素敵だわ」と彼女は率直に言った。彼女が嘘を言っているとは考えにくかった。その灰色の瞳はあちこちにさまよい、物憂げにか用心深くか、それぞれのグループに眠たげな目を向けたあと、喜びを隠しもせず次のグループに移る。アンソニーにとっては、彼女という女性の別の価値が明らかになった。たまらなく生き生きとした口元の表情や、顔と体格とマナーがまさに際立っているといったこと。その結果、彼女は安っぽい骨董品のなかに置かれた一輪の花のように見えた。彼女が幸せそうなのを見て、彼の目には豊かな感情が込み上げ、胸が詰まって、神経が疼《うず》くような感じがした。喉はかすれたような、震える感情でいっぱいになった。それから部屋が静まった。ぞんざいなバイオリンやサクソフォンの音、近くにいる子供が不平を言う金切り声、隣りのテーブルに座るスミレの帽子の女がしゃべる声、それらすべてがゆっくりと退いていき、輝くフロアに映っていた影のように消えていく――彼らは二人きりになり、無限に遠く離れた静かな場所にいるように思われる。彼女の頰の瑞々《みずみず》しさは、人の知らない繊細な色合いの土地からうっすらと投影されているかのようだ。汚れたテーブルクロスに置かれた輝く手は、はるか彼方の未航海の海から来た貝殻のよう……。

それから、細い糸でできた巣がプツンと崩れるように、幻影は消えていった。部屋がまた彼のまわりに集まる――声、顔、動き。派手に明滅する頭上の照明が現実のものとなり、ものものしく感じられる。呼吸が始まる――おとなしい多数の者たちに合わせて、彼女と彼もゆっくりと息を吸い、吐き、胸が上下する。永遠に続く、意味のない言葉とフレーズの投げかけ合い、交錯、その繰り返し――それによって彼の感覚は開かれ、息を詰まらせるような人生の圧力に気づかされる――それから彼女の声が聞こえてきた。中断した状態で彼が背後に残してきた夢のようにクールに。

「私、ここの人間だわ」と彼女は囁いた。「ここにいる人たちと似ているもの」

一瞬、この言葉は、彼女が周囲に作り出した踏破不能な距離を越えて彼に投げつけられた、冷笑的で不必要な逆説のように思われた。彼女は恍惚の境地にまで達していた――いまは目をユダヤ人のバイオリニストに注いでいる。この年最高のフォックストロットのリズムに合わせ、肩を揺らしつつ演奏するバイオリニスト。

「耳元で
リング・ア・ティング・ア・リング・ア・リング
と音がする――」

彼女はまたしゃべり出した。周囲に浸透していく自分自身の幻影の中心から話しかけている。そのことに彼は驚いた。こんな言葉が飛び出すなんて、子供の口から神を冒瀆する言葉が発せられたかのようだ。

「私は彼らみたいなの――日本の提灯《ちょうちん》とちりめん紙みたい、それからあのオーケストラの音楽」

「お馬鹿さんだな！」と彼は荒っぽく言った。

彼女はその金髪の頭を振った。

「ううん、違うわ。本当にあの人たちに似ているの……しっかりと見てくれなきゃ……私がわかっていないんだわ」。彼女はためらい、視線をまた彼に戻した。そして彼がそこにいたことに驚いたかのように、唐突に彼の目を見つめた。「私には、あなたが安っぽいって言うような面があるのよ。どこから来たのかはわからないけど、確かにあるの。こういうもの、派手な色やけばけばしい下品さ。自分はここの人間だって思えるの。こうした人たちは私のことをわかってくれるし、自然に扱ってくれる。ここの男たちは私に恋をし、称賛する。それに対して、私が普段会う賢い男たちは私をただ分析し、私がこうだからこうだとか、ああだからああだとかって言うのよ」

――アンソニーはその瞬間、彼女のことを描きたいと激しく求めた。いま彼女のことを書きとめたい。ここにいる彼女を。時は容赦なく流れていき、二度とこのような彼女の姿には出会えないのだから。

「何を考えていたの？」と彼女が訊ねた。

「僕はリアリストじゃないなって」と彼は言い、それからつけ足した。「保存する価値のあるものを保存するのはロマンチストだけなんだ」

アンソニーの深い教養から一つの悟りが形成された。先祖返りのものでも、漠然としたものでもなく、ほとんど身体感覚を伴わないもの――何世代にもわたって精神が空想《ロマン》に耽ってきた記憶から生まれた悟り。彼女が語り、彼と目を合わせ、その愛らしい顔を向けたとき、彼はいままでにないほど心を揺さぶられたのだ。彼女の魂を包む外皮が重要な意味を帯びた――それだけ。彼女は太陽であり、光を発し、成長し、光を集めて蓄える――それから永劫の時を経て、一瞥するだけで、文章の断片だけで、それを放射する――彼の心のなかの、あらゆる美とあらゆる幻想を愛でる部分に向かって。

第三章　キスの目利き

大学生時代、『ハーヴァード・クリムゾン』誌の編集長をしていた時代から、リチャード・キャラメルは書きたいという欲求を抱いていた。しかし四年生のとき、「奉仕」のために選ばれている男がいるのだという輝かしい幻想に捉われた。彼らは世の中に出たら、切望するに値する何か漠然としたことを成し遂げる。それは不滅の名声という形か、少なくとも個人的な満足感という形で報われるのだ。最大限の人々のために、最大限の善を成し遂げようと努力した、という満足感である。

この精神はアメリカの大学を長いこと揺るがしてきた。最初は決まって、大学一年生のときの未熟で影響を受けやすい時期に始まる――プレップスクールにさかのぼる場合もある。感情的な演説で知られている有名な伝道者たちが大学を回り、心優しい羊たちを怖がらせ、あらゆる教育の目的である関心や知的好奇心の活発化を抑え、そうすることで罪の意識を抽出する。子供時代の悪戯《いたずら》や、常に存在する「女性」の脅威を思い出させる。こうした講演会にひねくれた若者たちが行くと喝采したり冗談を言ったりし、臆病な者たちが行くと甘美な薬を飲みこんでしまう――農民の妻や薬屋の敬虔な店員に対して処方されるのなら無害だが、こうした「未来の指導者たち」にはかなり危険な薬なのだ。

この強力なタコの触手はリチャード・キャラメルにしっかりと巻きついていた。大学を卒業した年、彼はその呼びかけに応じてニューヨークのスラム街に行き、「移民の若者たちを支援する協会」の秘書として、おろおろしているイタリア人たちのなかをうろついた。一年ほどそれに取り組み、やがてその単調さに嫌気がさしてきた。移民たちはひっきりなしにやってくる――イタリア人、ポーランド人、スカンジナビア人、チェコ人、アルメニア人。みんな同じ悪癖を持ち、同じように尋常でないほど醜い顔をして、だいたい同じ匂いを発している。彼はこうした不快なものが年月とともにはびこり、かつ多様になると想像していた。奉仕活動の効果に関する彼の最終的な結論は曖昧だったが、彼と活動との関わりについて言えば、結末は唐突で決定的なものだった。最新の改革運動の影響を受けた心優しい若者なら、誰であれ、ヨーロッパから押し寄せるクズのなかで存分に力を発揮できる――それに対して、自分はいよいよ執筆活動に入るべきだ。

彼はダウンタウンのYMCAに住んでいたが、豚の耳で豚の耳の財布を作る仕事〔「豚の耳で絹の財布は作れない」＝粗悪な材料で立派なものは作れない、人間の品性は変えられない」という諺のもじり〕を辞めたとき、アップタウンに引っ越して、すぐに『サン』紙の記者として働き始めた。この仕事を一年ほど続け、その合い間に執筆もしていたが、なかなかうまくいかなかった。そんなとき、ある不幸な事件によって、彼の新聞記者生活は否応なく終わりを迎えた。ある二月の午後、彼はA中隊のパレードの記事を書く仕事を割り当てられた。雪が降りそうだったので、彼は温かい暖炉のそばで眠ってしまい、目を覚ましてから記事をさらさらと書いた。街路を踏みつける馬の蹄《ひづめ》の音が雪でくぐもって聞こえた……といった記事である。それを送ったところ、翌朝、地方部長のところに印のついた新聞が送り届けられ、そこには「この記事を書いた男を馘《くび》にしろ」と書いてあった。A中隊も雪が迫っていることを知り、パレードを翌日に延期したのである。

一週間後、彼は『魔性の恋人』を書き始めた。

一月という、一年を一週間に喩《たと》えれば月曜日のような月、リチャード・キャラメルの鼻はいつでも青かった――罪人に迫る炎をなんとなく思わせる、冷笑的な青色。彼の本はほぼできあがっていたが、完成に近づけば近づくほど彼は多くを求められているように感じ、圧倒されて、どんどん消耗していった。本の重荷を常に背負い、打ちひしがれ、やつれていく。いまや自分の希望や自慢、迷っていることなどを、彼はアンソニーとモーリーだけでなく、その場にいる誰にでも打ち明けるようになった。礼儀は失していないが当惑気味の編集者に相談を持ちかけ、ハーヴァード・クラブでたまたま向かい合った者と本について議論する。アンソニーによれば、ある日曜日の夜、ハーレムの地下鉄駅の寒くて陰気な片隅で、第二章を移動させるかどうかについて文学好きの改札係と話し合っていたという。最近の打ち明け話の聞き役のなかにはギルバート夫人がいて、彼と一時間に及んで膝を突き合わせ、ビルフィズムと文学のあいだを行きつ戻りつ、活発な議論を戦わせていた。

「シェイクスピアはビルフィストだったのよ」と彼女は笑顔をまったく崩さずに断言した。「そうなのよ！　彼はビルフィストだったの。証明されているのよ」

ディックはこう言われてもぼんやりとしているだけだった。

「『ハムレット』を読んだことがあれば、わからないはずがないわ」

「まあ、彼は――人々が何でも信じてしまう時代に生きていましたから――もっと信仰心の篤《あつ》い時代に」

しかし、夫人は全面的に受け入れることを求めた。

「ええ、そうよ、でもね、ビルフィズムは宗教じゃないの。あらゆる宗教に関する科学なのよ」。彼女は彼に挑むような笑顔を向けた。これが彼女の信仰のキーワードなのだ。この言葉の並びの何かが彼女の心をしっかりと捉え、それ自体を定義する義務を超越した声明になったのである。この輝かしい定式に包まれた概念なら、どんなものであれ、彼女は受け入れたことだろう。これはおそらく定式ですらない――その極端さによって、あらゆる定式を不要にしてしまうものなのだ。

それからついに、華々しく、ディックの話す番が来た。

「新しい詩の運動は聞いたことがありますよね。ないですか？　たくさんの若い詩人たちが古い形式から決別し、いい仕事をしているんですよ。まあ、僕が言おうとしていたのは、僕の本が新しい散文の運動を始めるということです。ルネッサンスのようなものを」

「きっとそうなると思うわ」とギルバート夫人は顔を輝かせて言った。「きっとそうなるわよ。このあいだの火曜日、手相見のジェニー・マーティンのところに行ったの。みんながあの女《ひと》の占いに夢中でしょ？　それで、甥がいま仕事に取り組んでいるって言ったら、その甥御さんは並外れた成功を収めるでしょうって。でも、あの女《ひと》はあなたを見たこともないし、あなたについて何も知らないの――名前さえ知らないのよ」

適切な唸り声をいくつか出して、この驚愕すべき現象に関する驚きを表現してから、ディックは彼女の話題を手の一振りで退けた。まるで気まぐれな交通整理の警官が、仲間の車両を先頭に導き出すかのように。

「僕は没頭してるんですよ、キャサリン叔母さん」と彼は叔母に訴えた。「本当です。友達はみんな僕をからかうんです――まあ、それが面白いっていうのはわかりますし、気にはしていません。からかいを受け入れるくらいの度量がなきゃいけないと思うんです。でも、僕には確信めいたものがあるんですよ」と彼は陰気な調子で締めくくった。

「あなたは古臭い精神の持ち主だから、いつも私が言うようにね」

「そうかもしれません」。ディックはもはや戦わず、ただ服従する段階に到達していた。自分は古臭い精神の持ち主に違いない、と自虐的に想像した。古すぎて、完全に腐っているのだ。しかし、この言葉が繰り返されるとやはり困惑し、背中に気味の悪い身震いが走った。彼は話題を変えた。

「高名な従妹のグロリアはどこに行ったんですか？」

「どこかに外出中よ。誰かとね」

ディックは言葉を止め、考え、それから顔を歪めた。最初は微笑もうとしたようだったが、結局は恐ろしいしかめ面になって、自分の意見を述べた。

「僕の友人のアンソニー・パッチは彼女に恋をしているようです」

ギルバート夫人はビクッとし、一瞬だけ遅れて笑顔を浮かべると、探偵が囁くような調子で「本当に？」と言った。

「僕の考えでは、です」とディックは深刻な顔で訂正した。「アンソニーがこんなにしょっちゅう一人の女性と一緒にいるのは初めてなので」

「まあ、そうでしょうね」とギルバート夫人は慎重に無関心を装って言った。「グロリアは私にあまり話をしないのよ。とても秘密主義なの。ここだけの話だけど」。彼女は用心深そうに身を乗り出した。自分の告白を聞くのは天国と甥だけであると明らかに決めている様子だ。「ここだけの話だけど、娘には落ち着いてもらいたいのよ」

ディックは立ち上がり、真剣な表情で床を歩き始めた。小柄で活動的で、すでに丸々と太っている若者。膨らんだポケットに両手をぎこちなく突っ込んでいる。

「僕は自分の意見が正しいと主張しているわけではありません」と彼はいかにもこのホテルらしい鉄鋼の彫り物に請け合った。彫り物のほうは彼に対して恭しく笑い返している。「僕が言ったということはグロリアには知られたくないんですが、マッド・アンソニー〔アメリカ独立戦争時のアメリカの将軍で、勇猛な戦法で知られたアンソニー・ウェインのあだ名にかけている〕は興味を抱いてますね――ものすごく。しょっちゅう彼女の話をしていますよ。ほかの人だったら、まずい兆候でしょうけど」

「グロリアはとても若い精神の持ち主だから――」とギルバート夫人は熱心に言い始めたが、甥は急いで言葉を差しはさんだ。

「彼と結婚しなかったら、グロリアは未熟な愚か者ですね」。ここで間を置き、叔母をじっと見つめる。彼の顔は皺と笑窪《えくぼ》でできた戦闘地の地図のようで、皺と笑窪が一カ所に集中して張り詰め、この上なく厳しい表情になっていた――自分の言葉の不謹慎な部分を真剣さで埋め合わせるかのように。

「グロリアは荒馬ですよ、キャサリン叔母さん。馴らしようがない。どうしてそうなったのかはわかりませんが、このところ可笑しな友達とばっかりつき合っています。どうでもいいって感じなんですよ。それに、かつてよくニューヨークで出歩いていた男たちと言えば――」。彼はひと息つくために間を置いた。

「そう、そう、そう」とギルバート夫人は言葉を差しはさんだ。度を越した興味を抱いて聞いていたのだが、それを隠そうと無理している様子だ。

「そうですね」とリチャード・キャラメルは深刻そうに続けた。「こういうことです。つまり、かつてグロリアが一緒に出歩いていた男たち、一緒に出歩いていた人たちは、一流の人物だったんですよ。いまはそうではありません」

ギルバート夫人は慌ただしく瞬きを繰り返した――胸が震え、膨らみ、一瞬そこで動きが止まったが、息を吐き出すのとともに言葉がほとばしり出てきた。

わかっている、と彼女は囁き声で訴えた。そう、母親ってこういうことに気づくものなのよ。でも、どうしたらいいの？　グロリアのことはよくわかってるでしょう？　あの子と話し合おうとしても無駄だってことはわかるわよね？　ものすごく甘やかされて育ったのよ――完璧に、異常なくらいにね。たとえば、三歳になるまで母乳をあげてたわ、キャンディーをしゃぶってもいい時期にね。たぶん――はっきりとはわからないけど――そのおかげであの子は心身ともに健康で逞しくなったのよ。そして十二歳になった頃からは、男の子たちがいつでも群がるようになった――あんまりたくさんいるんで、動けないほどよ。十六歳でプレップスクールのダンスに行くようになり、それから大学のに行くようになって、どこに行っても男の子だらけ。最初のうち、そう、十八歳になる頃までは、あんまりたくさんいて、みんな一緒くたに扱われていた感じだけど、それから選りすぐるようになったのね。

三年くらいのあいだにたくさんの男の子とつき合ったのはわかってるわ。たぶん全部で十数人ね。大学生だったこともあるし、大学を出たての子だったこともあるし――それぞれ平均で数カ月続くの。そのあいだにもちょっとした関係が入るし。一度か二度、長続きしたのもあって、母親としては、婚約につながってほしいと思ったんだけど、いつでも新しい男の子が現われて――新しいのが――

男の子たちはどうかって？　そりゃ、あの子のせいで惨めな思いをするのよ、文字どおりね！　威厳みたいなものを保てたのはたった一人きり。その子だって、ほんの子供だったわ。カーター・カービーっていう、カンザスシティの子。とってもうぬぼれてて、ある午後に見栄を張ってグロリアから身を引き、次の日に父親とヨーロッパに旅立ったの。ほかの子たちは――哀れなものだったわ。自分がグロリアに飽きられてるって、わからないみたいなの。グロリアだって、わざと冷たくすることはめったにないし。だからずっと電話がかかってきたり、手紙を書いてきたりするわけ。グロリアに会いたがって、あの子を追って国じゅうをめぐったり。私にこんな打ち明け話をした子もいたわ。涙ながらに、グロリアとのことは絶対に乗り越えられないって言うのよ……少なくともそのうちの二人はすでに結婚したけど……でも、グロリアは情け容赦ないの――いまでもミスター・カーステアーズは週に一度電話してきて、花も贈ってくるけど、グロリアはもうわざわざ拒絶することさえしないのよ。

何度か、婚約しそうになったのよ。少なくともそんなことが二回あったのは、私もわかってる――テューダー・ベアードと、それからもう一人はパサデナのホルカムのところの子。間違いないわ、だって――絶対に口外しないでね――私が思いがけず部屋に入っていったとき、グロリアは本当に婚約してるって感じに振る舞っていたのよ。あの子とその話はしてないけどね、もちろん。それくらいの礼儀はわきまえてるし、どちらのときも、数週間のうちに打ち明けられるだろうって思っていたの。でも、打ち明けられることはなく、その代わりに新しい男が来るのよ。

大変なこともあったわ！　男の子たちが檻に入れられた虎みたいに書斎を歩き回るの！　玄関で睨み合って、一人が来ると、一人が立ち去って！　電話をしてきても、グロリアに電話を切られてしまい、自暴自棄になって！　結婚してくれないんなら南アメリカに移住するって脅したり！……切々と気持ちを訴える手紙を書いてきたり！（これについてギルバート夫人は何も言わなかったが、ディックは彼女が実際に何通かの手紙を読んだのだろうと考えた）

……それからグロリアは泣いたり笑ったり、申し訳ない気持ちになったり、喜んだり、愛が醒めたり、また燃え上がったり、惨めな気持ちになったり、緊張したり、冷たくなったり、たくさんのプレゼントを返したり、ずっと前から置いてあるフレームの写真を入れ替えたり、熱いお風呂に入ったりして、また始めるのよ――新しい男の子との関係をね。

そういう状態が続いて、永遠にこのままじゃないかって感じがしていたの。何があってもグロリアは傷つかないし、変わらないし、動じないのよ。そうしたらあの子は唐突に、大学生にはもう飽き飽きだわって言ったの。もう大学のダンスパーティには絶対に行かないって。

それから変わり始めたの。あの子の実際にやってることが変わったってわけでもないんだけど――だって、ダンスはするし、たくさん「デート」の相手もいるんだけど――でも、デートに対する心構えが違うのよ。以前はプライドみたいなものが働いていたのね。見せびらかすって感じ。あの子はたぶん国じゅうでも一番ちやほやされ、引く手あまたの女の子だったのよ。カンザスシティのグロリア・ギルバート！　これを糧にして、他人のことなど思いやらずに生きていたわ――まわりに人が群がり、最高の男たちがあの子を選ぶのを楽しんでいたの。ほかの女の子たちが激しく嫉妬するのも、いろいろと噂されるのも楽しんでいたわ。スキャンダラスではないけど、途方もない噂、母親としてはありがたいことに、まったく根も葉もない噂よ――たとえば、ある晩、シフォンのイブニングドレスを着たままでイェール大学のプールに飛び込んだ、とかね。

それから、ほとんど男性的な虚栄心をもってそういうことを楽しんでいたのに――輝かしい勝利の栄光に浸るって感じだったのに――突然、何にも感じなくなったの。引退したのよ。数えきれないパーティで注目を独り占めにしていたあの子、たくさんの舞踏室に香《かぐわ》しい旋風を巻き起こし、人々の目を楽しませてきたあの子が、もうどうでもよくなっちゃったみたいなの。あの子に恋をしていた男の子たちは完璧に振られるようになったわ。ほとんど怒ってるみたいに追い払われるの。そして無関心な男たちと気怠そうに出歩くのよ。相変わらず約束は破り続けていたけど、それは前のように自分には非の打ち所がなく、自分が侮辱した男も飼い犬みたいに戻ってくるって、クールに確信しているってよりも、とにかく無関心なのよ。軽蔑もしていなければ、プライドもないの。男の子たちに怒ることはめったになくなり、目の前で欠伸をするようになったのよ。奇妙なんだけど――何て言うか――母親から見て、とても冷たくなっていくみたいなの。

リチャード・キャラメルはじっと聞いていた。最初は立ったままだったが、叔母の話の中身が濃くなるにつれ――グロリアの若き精神やギルバート夫人の精神的苦悩に関する付随的な情報は削ったので、ここに記したのは全体の半分くらいである――彼は椅子を引き寄せ、彼女の言葉に熱心に耳を傾けた。彼女は涙を流したり、絶望的な嘆きの声をあげたりしながら、グロリアの人生の長い物語を滔々《とうとう》と語っていった。そして煙草の吸殻が「ミッドナイト・フロリック」とか「ジャスティン・ジョンソンズ・リトル・クラブ」といったニューヨークじゅうのクラブの名前入り灰皿に残されるようになったという、つい最近の話に至ったとき、彼はゆっくりと首を縦に振り、その速度をどんどん早めていった。彼女がその話をスタッカートのリズムで話し終えたときには、彼の頭はワイヤのついた操り人形の頭のように、滑稽なほどの軽快さで上下していた。その動きが何を表現していたかというと――ほとんどどんなことでも、だ。

ある意味、グロリアの過去は彼が何度も聞いてきた話だった。いつの日か彼女についての本を書こうと思っていたので、ジャーナリストの目で追ってきたのである。しかし当座の彼の関心は家族としてのものだった。特に、ジョゼフ・ブロックマンという男は何者なのか——グロリアがこの男と一緒にいるところを彼は何度も見かけている。それから、彼女がしょっちゅう連れ歩いている女性たち、「この」レイチェル・ジェリルと「この」ミス・ケインというのは？　どこから見ても、ミス・ケインはグロリアがつき合うようなタイプの女性ではない。

しかし、質問するタイミングは過ぎ去ってしまった。ギルバート夫人は打ち明け話の丘を登りきり、スキージャンプのスロープを滑り降りるように、急速に崩れ落ちていったのだ。目は二つの赤くて丸い窓枠から覗く青空のようで、口のまわりの皮膚は震えている。

そのとき、ドアが開き、部屋にグロリアが入ってきた。先ほど触れた二人の若い女性たちと一緒に。

二人の若い女性

「あらっ！」

「ごきげんよう、ミセス・ギルバート！」

ミス・ケインとミス・ジェリルがリチャード・キャラメルに紹介される。「ディックよ」（笑い）

「お噂はたくさんうかがってますわ」とミス・ケインがクスクス笑ったり、叫んだりしている合い間に言う。

「ごきげんよう」とミス・ジェリルが恥ずかしそうに言う。

リチャード・キャラメルは体が引き締まった人のように動こうと努める。生まれつきの誠実さと、この娘たちがかなり下品だという事実とのあいだで引き裂かれている——お嬢様学校に行くタイプとはまったく言えない。

グロリアは寝室に消える。

「お座りになって」と、いつもの自分に戻ったギルバート夫人が満面の笑みで言う。「コートとかはお脱ぎになって」。ディックは、夫人が彼の精神的な年齢について何か言うのではないかと心配する。しかし良心の呵責《かしゃく》などは忘れ、小説家として二人の若い女性たちを入念に観察しつくそうとしている。

ミュリエル・ケインはイーストオレンジ〔ニュージャージー州ニューアーク市郊外の町〕の新興成金の出身だった。小柄というよりは背が低く、肩幅が広くてがっしりしているというのと、丸々と太ったというのの中間に豪快にとどまっている。髪は黒く、入念にセットされている。これと、牛のように可愛らしい目と、赤すぎるくらいの唇とがあいまって、彼女は著名な映画女優、セダ・バラのような雰囲気を醸し出していた。「ヴァンパイア」〔容姿の魅力で男を食い物にする妖婦のこと。バラは「ヴァンプ女優」と言われていた〕のようだと人に言われ、自分でもその気になっていた。男たちに怖がられているのではないかと期待し、あらゆる状況で、危険な印象を与えようと全力を尽くしていたのである。想像力のある男には、彼女が常に持ち歩いている危険信号が見える。赤い旗を派手に、訴えるように振っているのだ——とはいえ、目に見えるような効果はあまりない。さらに彼女はものすごく流行に敏感で、最新の歌を——それこそ何から何まで——知っていた。蓄音機にそのうちの一つがかかっていると必ず立ち上がり、肩を前後に揺らして、指をパチパチと弾《はじ》く。音楽が鳴っていなくても、自分でハミングしてリズムをとる。

話し方も時代の先端をいっていた。「気にしないわ」というのが口癖で、「美味しいものを食べて太っちゃったらしかたないわよ」とよく言った。それから、「この曲を聞いちゃったら、お行儀よくなんてしてられないわ。オー、ベイビー！」とも。

彼女は爪を伸ばし、飾り立てていた。ピンクになり、不自然な熱を帯びるまで磨くのである。服は体にぴったりしすぎ、かっこよすぎ、派手すぎた。目はお茶目すぎ、笑顔は可愛い子ぶりすぎている。頭から足の先まで、ほとんど哀れなほど大げさなのだ。

もう一人の女性は明らかにもっと控えめなタイプだった。上品な服を着た、黒髪に乳白色の肌のユダヤ人。恥ずかしがり屋で、印象のぼやけたところがあり、この二つの性質が、彼女のまわりに漂う繊細な魅力を強調していた。家族は「聖公会の会員」で、五番街に女性向けの洒落た店を三軒持ち、リヴァーサイド・ドライブの高級マンションに住んでいる。しばらく観察しているうちに、ディックには彼女がグロリアを真似ようとしているのだと思われてきた――人間は必ず真似できないタイプの人を真似ようとするのだろうか。

「大変なことがあったのよ！」とミュリエルは熱を込めて叫んだ。「バスで、私たちの後ろに頭のおかしな女がいたの。カンペキに、ゼッタイテキに、おかしいのよ！　ずっとぶつぶつ独り言を言ってて、それが誰やら何やらに対して、仕返ししてやりたいって話なの。私、凍りついちゃった。でも、グロリアったら、バスを降りようとしないの」

ギルバート夫人は驚いて口をぽかんと開けた。

「本当？」

「本当に、頭がおかしいの。でも、どうでもいいわ、害はなかったから。ただ、醜いのよ！　ひどかった！　向かい側に座った男がね、この女は目が不自由な人の施設で夜間勤務の看護師になればいい、なんて。笑っちゃったわよ。そうしたら、その男は私たちに誘いをかけてきて」

そのときグロリアが寝室から出てきて、みなの視線が一斉に彼女に向けられた。二人の娘は薄暗い背景に引き下がり、いてもいなくても気づかれない存在となった。

「君のことを話していたんだよ」とディックがすぐに言った。「――お母さんと僕とで」

「そうなの」とグロリアが言った。

間があいた――ミュリエルがディックのほうを見た。

「偉大な作家さんなんですよね？」

「ただの作家です」と彼はおどおどと答えた。

「よく言うんだけど」とミュリエルが熱心に言った。「自分の経験をすべて書く時間があったら、すごい本ができるだろうなって」

レイチェルは同情するようにクスクス笑い、リチャード・キャラメルはほとんどいかめしいくらいのお辞儀をした。ミュリエルは続けた。

「でもね、どうしてじっと座って書けるのかわからないの。それに詩とか！　韻を二行踏むのだってできないもの。でも、どうでもいいわ！」

リチャード・キャラメルは大笑いしそうになるのを必死にこらえた。グロリアはまたまたガムドロップを噛み始め、不機嫌そうに窓の外を見つめている。ギルバート夫人は咳払いをし、満面の笑みを浮かべた。

「でも、あなたはね」と彼女は全員に向けて説明するように言った。「古臭い精神の持ち主よ――リチャードみたいに」

古臭い精神の持ち主は安堵の溜め息をついた――ようやくその話が出たのだ。

そのときグロリアが、五分間ずっとそのことを考えていたかのように、突如として切り出した。

「私、パーティをするわ」

「あら、私も出席していい？」とミュリエルがおどけた調子ながら堂々と言い放った。

「夕食会ね。七人よ。ミュリエルとレイチェルと私、それにあなたでしょ、ディック。あと、アンソニーと、ノーブルって名前の人――あの人、好きよ――それにブロックマンね」

ミュリエルとレイチェルは嬉しさのあまりうっとりとして、静かな唸り声を漏らした。ギルバート夫人は顔を輝かせ、目をぱちくりさせている。ディックはさりげなさを心がけつつ、質問を差しはさんだ。

「そのブロックマンという男は何者なんだい、グロリア？」

かすかな敵意を感じ取って、グロリアは彼のほうを向いた。

「ジョゼフ・ブロックマン？　映画業界の人よ。〝フィルム・パール・エクサランス〟の副社長。彼とパパは一緒にたくさんの仕事をしているの」

「そうなんだ！」

「それで、来てくれる？」

みんなぜひとも行くと言った。日にちは一週間以内に設定された。ディックは立ち上がり、帽子とコートとマフラーを身につけ、みなに笑顔を向けた。

「バイバイ」とミュリエルが元気よく手を振った。「電話してね」

リチャード・キャラメルはこの言葉に赤面した。

騎士《シュヴァリエ》オキーフの哀れな最期

月曜日、アンソニーはジェラルディン・バークをボザール〔六番街と四十丁目の交差点にあった店〕での昼食に連れ出した。そのあと彼のアパートに行き、酒をそろえた車輪つきの小さなテーブルを出した——景気づけとなるカクテルのための、選りすぐりのベルモット、ジン、アブサンなどである。

ジェラルディン・バークはキース劇場の案内嬢で、ここ数カ月、彼のお楽しみの相手だった。彼に多くを求めないところが気に入っていたのである。その前年の夏、デビューしたての娘との嘆かわしい恋愛があって以来——というのも、五、六回キスしただけで、プロポーズが期待されているとわかったので——彼は同じ階級の女性たちには用心していたのだ。彼女たちの不完全なところに批判的な目を向けるのは簡単だ——身体的に物足りないとか、人間的な繊細さに欠けているとか——が、キース劇場の案内嬢の女性になら、違う態度で接することができる。同じ階級の顔見知りに関して、ある性質が絶対に許せないと感じたとしても、相手が親しい従者なら、同じ性質でも我慢できるのだ。

ジェラルディンは寝椅子の片隅で丸くなり、目を細めて斜めにじっと彼を見つめた。

「あなた、いつでも飲んでるのね？」と彼女は突然言った。

「いや、そうかな」とアンソニーはいくぶん驚いて言った。「君は？」

「飲まないわ。ときどきパーティには行くけど――一週間に一度くらいね。でも、二杯か三杯しか飲まない。あなたとお友達っていつでも飲み続けているじゃない。体を壊すわよ」

アンソニーは何となく感激した。

「僕のことを心配してくれるなんて嬉しいよ！」

「うん、心配だもの」

「そんなにたくさん飲んでないよ」と彼はきっぱりと言った。「先月は、三週間ほど一滴も飲まなかった。本当に酔っ払うのは一週間に一度くらいさ」

「でも、毎日何かしら飲んでるでしょう？　まだ二十五歳よ。何かをしようっていう希望はないの？　四十歳のときに何をしていると思う？」

「そこまで生きないと思うよ」

彼女は歯で舌をチッと鳴らした。

「あなた、クレ・エージーね！」と彼女は彼が次のカクテルを作っているときに言い、それから「あなたって、アダム・パッチの親戚？」と訊ねた。

「ああ、僕の祖父《じい》さんさ」

「本当に？」彼女は明らかに興奮している様子だった。

「もちろん」

「面白い。うちのパパはあの人のところで働いていたのよ」

「偏屈な年寄りさ」

「いい人でしょ？」

「まあ、家庭生活においては、不必要に不愉快なことはめったにないけどね」

「どんな人か教えて」

「そうだな」と言ってアンソニーは考えた。「――いまはだいぶしなびてしまって、頭には白髪がちょっと残っているだけなんだけど、いつでもそれが風で舞い上がっているみたいに見えるんだ。で、道徳を振りかざすんだよな」

「いいことをたくさんしたわよね」とジェラルディンは真剣な表情になって言った。

「腐る《ロット》ほどね！」とアンソニーは嘲笑《あざわら》った。「信心深いだけの阿呆だよ――頭は鶏なみさ」

彼女の頭はこの話題を離れ、次に進んだ。

「どうしてお祖父さんと一緒に暮らさないの？」

「メソジストの牧師館に暮らさない理由と同じさ」

「あなた、クレ・エージーね！」

彼女は再び舌をチッといわせ、自分はそう思わないということを示した。アンソニーは、この若い娘が心の奥底においてとても道徳的な人物であると思い至った――いずれ世間の荒波をかぶり、表面的な上品さは洗い流されるだろうが、それでもまだ完璧に道徳的な女性のままだろう。

「お祖父さんのこと、嫌いなの？」

「どうかな。好きだったことはない。世話を焼く人って、好きになれないものだろ？」

「お祖父さんには嫌われてる？」

「おいおい、ジェラルディン」とアンソニーは抗弁し、おどけて眉をひそめた。「もう一杯カクテルを飲みなよ。祖父さんはね、僕に苛立ってるんだ。僕が煙草を吸えば、部屋に入ってきて鼻をクンクンいわせる。気取り屋だし、一緒にいると退屈だし、偽善者とも言える。酒を数杯飲んでいなかったら、こんなことは言わないだろうけどね。でも、大したことじゃないよ」

ジェラルディンはなおも興味を抱き続けた。口をつけぬままグラスを親指と中指とで持ち、多少の畏《おそ》れも含んだ目で彼を見つめた。

「どうして偽善者だって言うの？」

「そうだな」とアンソニーはじれったそうに言った。「偽善者ではないかもしれない。でも、僕が好きなことを祖父さんは好きじゃないんだよ。だから僕に関する限り、祖父さんは面白みのない人なんだ」

「ふーん」。彼女の好奇心はようやく満足したようだった。ソファに沈み込み、カクテルをすする。

「あなたって、可笑しな人ね」と彼女は思いに耽るようにコメントした。「お祖父さんが金持ちだから、みんなあなたと結婚したがるでしょう？」

「そんなことないよ──まあ、そうだとしてもしかたないけどね。でも、僕は結婚するつもりはないんだ」

彼女はこの発言を一笑に付した。

「いつか恋に落ちるわよ。そう、絶対にね──わかるわ」。彼女は賢そうに頷いた。

「自信を持ちすぎるのは愚かだよ。騎士《シユヴアリエ》オキーフの破滅の原因はそれさ」

「それって誰？」

「僕の素晴らしい精神の産物さ。僕が作り出した人物で、騎士《シユヴアリエ》なんだ」

「クレ・エージー！」と彼女は楽しそうに囁いた。この言葉が彼女の縄梯子なのだ──この危なっかしい道具を使ってあらゆるギャップを乗り越え、精神的に優位な者たちのあとをついていく。潜在意識のなかで彼女はその人との距離を打ち消し、自分に理解できる範囲内に連れ戻す──その人の想像力が彼女の理解を超えるものであっても。

「いや、そうじゃない！」とアンソニーは異議を唱えた。「違うんだ、ジェラルディン。騎士《シュヴァリエ》の精神鑑定をしてはいけない。君が彼を理解できないと感じるのなら、僕はこの話を持ち出さないよ。それに、彼の嘆かわしい評判のために、僕はある種の居心地の悪さを感じてしまうからね」

「ちゃんと筋が通っているものなら、理解できると思うわ」とジェラルディンはいくぶん不機嫌そうに答えた。

「そう？」

「そういうことなら、騎士《シュヴァリエ》の人生には、聞いて楽しいエピソードがいろいろとあるだろうな」

「僕が彼のことを思い出した理由、そしてこの会話にぴったりの話題である理由は、彼が思いがけない最期を遂げたからなんだ。結末を先に話すのは嫌なんだけど、騎士《シュヴァリエ》を君の人生と結びつけることがどうしても必要だと思う」

「じゃあ、どういうところが？　この人は死んだの？」

「死んだとも！　こんなふうにね。彼はアイルランド人なんだ、ジェラルディン、半分架空のアイルランド人――上品ぶった訛《なま》りがあり、髪は赤みがかっている、乱暴なタイプだよ。騎士《シュヴァリエ》道の時代の最後の頃、アイルランド《エリン》から追放され、当然ながらフランスに渡ったんだ。それでね、この騎士《シュヴァリエ》オキーフには、僕と同じように欠点が一つあった。どんな種類のどんな状態の女性たちに対しても、ものすごく敏感に反応してしまうんだ。センチメンタルなのに加えて、ロマンチストでもある。虚栄心が強く、激しい情熱の持ち主で、片目はあまりよく見えず、もう片方の目は完全に不自由だった。こういう状態で世間を一人さまよう男は、歯のないライオンと同じくらい無力だ。その結果、騎士《シュヴァリエ》は二十年のあいだ、多くの女たちによって惨めな思いをさせられてきた。女たちは彼を憎み、利用し、退屈させ、悩ませ、うんざりさせ、彼の金を使い果たし、彼を馬鹿にした――簡単に言うと、彼を愛したんだ、世間でよく使われる意味で。

これは大きな打撃だったんだよ、ジェラルディン。そして騎士《シュヴァリエ》はこの唯一の欠点、つまり女性への反応が敏感すぎる点を除けば、洞察力に富んだ男だった。だからこうした重荷から金輪際縁を切ろうと決心したんだ。この目的を胸に、彼はシャンパーニュ地方の有名な修道院を訪ねた――時代錯誤的だけど、聖ヴォルテールと呼ばれている修道院だ。聖ヴォルテールでは、僧は生きている限り、誰も地上階に降りてはいけないという掟があった。四つの塔のどれかに登って、そこでお祈りと瞑想に励まないといけないんだ。この四つの塔は、修道院の掟の四つの戒めにしたがって、清貧、純潔、従順、寡黙と呼ばれていた。

騎士《シュヴァリエ》が世界に別れを告げることになる日が来たとき、彼はすこぶる幸せだった。家主の女性にギリシャ語の本をすべてやり、金の鞘に入った剣はフランス王に送り、アイルランドの記念品はすべて若いユグノーに譲った。彼が暮らしている通りで魚を売っている若者に。

こうして彼は馬に乗り、聖ヴォルテールへと向かった。そして入り口で馬を殺し、その肉を修道院の料理人に手渡した。

午後五時になり、彼は初めて自由だと感じた――セックスから完全に自由になったのだ。女性は一人としてこの修道院に入れない。僧は一人として二階より下に降りられない。螺旋《らせん》階段をのぼって、純潔の塔の最上階にある自分の独居房へと向かって行くとき、彼は途中で立ち止まり、開いている窓から外を見下ろした。十五メートル下に道が通っている。すべてが実に美しい――と彼は思った――自分が去ろうとしている世界は。太陽の金色のシャワーが細長い畑に注がれ、彼方には木々の小枝が見え、静まり返った緑色の葡萄畑が何マイルも瑞々しい姿で広がっている。彼は肘を窓枠にもたせかけ、くねくねとした道を見下ろした。

ちょうどそのとき、テレーズという十六歳の娘が修道院の前の道を通りかかった。近所の村から来た農家の娘だ。その五分前、彼女の可愛らしい左脚のストッキングを留めていた小さなリボンが擦り切れ、破れてしまっていた。稀に見るほど慎み深い娘だったので、これを直すのは家に戻るまで待つつもりだったのだが、かなり煩《わずら》わしくなって、もう我慢できないと思うところまできた。そこで彼女は純潔の塔の前で立ち止まり、可愛らしい仕草でスカートを持ち上げ——彼女のためにこれだけは言っておくと、必要最小限だけ持ち上げ——ガーターを直そうとした。

塔の上には伝統ある聖ヴォルテール修道院に来たばかりの新米修道僧がいた。彼は巨大な手に為す術もなく引っ張られるかのように、窓から身を乗り出していった。どんどん前のめりになっていくうち、突如として彼の体重を支えていた石の一つがセメントから外れ、砕けるような音とともに落ちていった。哀れ騎士《シユヴアリエ》オキーフも頭から宙に放り出され、完全にひっくり返り、最後にはくるくると回転しながら落ちていった。硬い地面へ、そして永遠の罰へと向かって。

テレーズはこの出来事に動転し、家まで全速力で駆け戻った。そしてそれから十年間、一日に一時間ずつ、こっそりとお祈りをして過ごすようになった。あの不幸な日曜日の午後、首の骨と神への誓いとが同時にへし折られてしまった僧の魂のために。

騎士《シユヴアリエ》オキーフは自殺を疑われたため、神聖な土地に埋葬してもらえず、近くの畑に投棄された。そのあと長年にわたって、彼がこの土地の質を高めたことは間違いない。特別に勇敢で気高き紳士は、このように思いがけない最期を迎えたのだ。どう思う、ジェラルディン？」

しかしジェラルディンはだいぶ前についていけなくなり、いたずらっぽい笑みを浮かべただけだった。そして人差し指を彼に向かって振り、「すべてを橋渡しし、すべてを説明する」得意の言葉を繰り返した。

「クレージーよ！」と彼女は言った。「あなた、クレ・エージー！」

この人の細長い顔って優しそうだ、と彼女は思った。目はとても穏やかだし。彼女はアンソニーが尊大だけれどもうぬぼれていないので好きだった。それに、劇場で会う男たちと違って、目立ちたがらない。なんて奇妙な、意味のない話なんだろう！　でも、あのストッキングのところは面白かった！

五杯目のカクテルを飲んだあと、アンソニーは彼女にキスをした。そして笑ったり、体に触れ合ったり、情熱のほとばしりをそこそこ抑えたりしながら、一時間を過ごした。四時半に彼女は約束があると言い、化粧室に入って、髪を整えた。そして彼がタクシーを呼ぶというのを断り、しばらく玄関で立ち話をした。

「あなた、結婚するわよ」と彼女はしつこく言った。「しばらくすればわかるわ」

アンソニーは手でもてあそんでいた古いテニスボールを何度か床にバウンドさせ、わずかな辛辣さを込めて答えた。

「君は何もわかってないな、ジェラルディン」

彼女は挑発するように微笑んだ。

「あら、そうかしら？　賭けてもいいわよ」

「それも馬鹿げてるさ」

「そうかしら？　私はあなたが一年以内に結婚するって賭けるわ」

アンソニーはテニスボールを強く床に叩きつけた。今日は彼がとてもハンサムに見える日だわ、と彼女は思った。いつもは悲しげな黒い瞳が、ある種の激しさを帯びている。

「ジェラルディン」と彼はようやく言った。「第一に、僕にはいま結婚したいと思う相手がいない。第二に、二人を養えるほどの金がない。第三に、僕のようなタイプの人間が結婚するのには絶対に反対だ。第四に、結婚について抽象的に考えることさえ、僕はものすごく嫌なんだ」

しかしジェラルディンは訳知り顔で目を細めただけだった。それから舌を鳴らし、もう行かなきゃと言った。遅くなっちゃう。

「また電話してね」と彼女はさようならのキスに応えて言った。「三週間、電話をくれなかったから」

「するよ」と彼は真剣に約束した。

ドアを閉め、部屋に戻ると、彼はしばらく物思いに沈んで突っ立っていた。手にはまだテニスボールを握っている。ときどき、このように孤独感が募《つの》るときがある。通りを歩いているときとか、これという目的もなく机に向かい、気がふさいで鉛筆を噛んでいるようなとき。内面に沈んでいっても何の慰めも得られず、表現を求めているのにはけ口がなく、時間ばかりがどんどん無駄に過ぎていくという感覚がある――慰めがあるとすれば、無駄にするものなど何もないという確信のみ。というのも、あらゆる努力も成功も同じくらい無価値だからだ。

彼は感情的になってきた――傷つき、混乱していたので、考えていることを声に出して吐き出した。

「結婚するなんてごめんだ、ちくしょう！」

突然、彼はテニスボールを乱暴に部屋の向こう側の壁めがけて投げつけた。ボールはランプをかすめ、あちこちに跳ね返ってから、床に落ちて止まった。

看板の灯りと月の光

夕食会のためにグロリアはビルトモア・ホテルのキャスケードを予約した。そして八時少し過ぎ、外のホールで男たちが出会ったとき、「そのブロックマンという男」に男の六つの瞳が注がれた。赤ら顔で太りかけてきた、三十五歳くらいのユダヤ人。滑らかな薄茶色の髪の下に表情豊かな顔がある――仕事上のほとんどの会合で、間違いなく、彼は媚びるような人間として捉えられるだろう。三人の若者が固まって煙草を吸い、今回の主催者を待っているとき、ブロックマンはゆったりとやってきた。自己紹介をする彼の態度には、少しあからさますぎる自信がみなぎっている――それに対し、若者たちは皮肉っぽい冷淡さをかすかに醸し出したのだが、彼がその印象を感じ取ったかどうかは疑わしい。彼の態度には、理解した様子は見られなかった。

「アダム・J・パッチのご親戚ですか？」と彼はアンソニーに訊ねた。大きすぎる鼻孔から二本の細い煙の線を吐き出している。

アンソニーは弱々しい微笑を浮かべて肯定した。

「素晴らしい方ですね」とブロックマンは感慨深げに言った。「アメリカ人のよき模範です」

「そうです」とアンソニーは同意した。「そのとおりですね」

――こういう生焼けって感じの男は嫌いだな、と彼は冷淡に考えた。茹《ゆ》だったような顔だ！　オーブンに戻さなきゃ。一分も焼けばよくなるだろう。

ブロックマンは腕時計を横目で見た。

「そろそろ女性たちが来る時間ですが……」

――アンソニーは息を呑んで待った。来るぞ――

「……まあ」と言ってにやりと笑う。「女性ってのはこういうものですよね」

三人の若者は頷いた。ブロックマンはさりげなくあたりを見回し、しばらく天井を吟味するように見つめてから、視線を下げた。そこには、麦の収穫を見積もる中西部の農民のような表情と、自分が観客に見られているかどうか心配する俳優のような表情が入り混じっている――公共の場における、すべての良きアメリカ人の態度。周囲の調査を終えると、彼は黙りこくっている三人に素早く視線を戻した。相手の心の奥まで迫ろうと決心している様子である。

「みなさん、大学出ですか？　……ハーヴァードですか。プリンストンがホッケーでおたくの大学をやっつけるのを見ましたよ」

不幸な男だ。ここでもまた空くじを引いた。卒業して三年も経っているので、彼らは大きなフットボールの試合くらいしか追っていないのだ。この攻撃に失敗したあと、自分がシニカルな目で見られていることにミスター・ブロックマンが気づいていたかどうかは疑問である。というのも――グロリアが現われ、ミュリエルが現われ、レイチェルが現われた。グロリアがせわしなく「こんにちは、みなさん」と声をかけ、ほかの二人も同じことを繰り返し、揃って化粧室へと急いだ。

少ししてからミュリエルが出てきた。巧みに肌を晒した服で男たちのほうに向かってくる。まさに水を得た魚だ。黒髪をてかてかにして後ろに撫でつけ、目のまわりを黒っぽく塗っている。香水の匂いはかなりしつこい。ギリシャ神話のセイレンのような女、もっと一般的には「ヴァンプ」と呼ばれるような女に、精一杯なり切ろうとしている――男を拾っては捨てる女、愛情はあるのだが良心の呵責はなく、基本的にはまったく動ぜずに男をもてあそぶ女。彼女の試みの徹底ぶりが持つ何かにモーリーはひと目で魅了された――尻の大きな女がヒョウのようなしなやかさを装っているなんて！　それから三分間、グロリアを待ちながら――礼儀上、建前としてはレイチェルのことも待ちながら――彼はミュリエルから目を離せなくなっていた。顔をそむけ、睫毛《まつげ》を下に向け、はにかみ屋であることを示そうとして下唇を噛む彼女。両手を腰に当て、音楽に合わせて体を左右に揺らしながら話す。

「こんなに完璧なラグタイムを聞いたことがある？　これを聞いてしまったら、肩を揺らさずにいられないわ」

ミスター・ブロックマンが慇懃に手を叩いた。

「あなたはステージに立つべきですよ」

「立ちたいわ！」とミュリエルは叫んだ。「応援してくださる？」

「喜んで」

この場に相応しい慎み深さを見せて、ミュリエルは体を揺らすのをやめ、モーリーのほうを向いた。そして今年は何を「ご覧になったの？」と訊ねた。彼はこれを芝居について述べているのだろうと解釈し、それから二人は明るく楽しそうにタイトルを言い合った――次のような調子で。

ミュリエル：『ペッグ・オ・マイ・ハート』はご覧になって？
モーリー：いや、見てません。
ミュリエル：（熱心に）素晴らしいの！　あなたも絶対に見たいはず。
モーリー：『テント作りのオマール』は見ましたか？
ミュリエル：ううん、でもすごくいいって聞いたわ。すごく見たいの。『フェア・アンド・ウォーマー』はご覧になった？
モーリー：（期待を込めて）見ました。
ミュリエル：私、あれはあまりいいと思わなかったわ。くだらないわよ。
モーリー：（力なく）ああ、そうですね。
ミュリエル：でも、昨晩は『法の許す範囲』に行ったの。あれはいいと思ったわ。『リトル・カフェ』はご覧になった？……

これが二人ともタイトルを挙げられなくなるまで続いた。一方、ディックはミスター・ブロックマンに注目し、この見込みの薄い素材から金《きん》が抽出できるのであれば、どんなものであれ抽出しようと決意していた。


「新しい小説は、出るとすぐに映画会社に売れるって聞いたんですけど」

「そのとおりです。もちろん、映画で大事なのは強力な物語ですけどね」

「ええ、そうでしょうね」

「多くの小説が会話と心理描写でいっぱいです。もちろん、それは我々にとってあまり価値がない。スクリーン上で面白いものをそこから作り出すのは無理なんです」

「まず筋が優先ですね」とリチャードがすぐに反応した。

「もちろん、筋が優先――」。ここで言葉が途切れ、ミスター・ブロックマンは視線を別の方向に向けた。沈黙が続き、彼の警告するような指の動きによって、ほかの者たちも黙り込んだ。グロリアが後ろにレイチェルを従えて化粧室から出てきたのだ。

夕食会のあいだに何よりも明らかになったのは、ジョゼフ・ブロックマンが決して踊らないということだった。音楽の時間になると、子供たちに囲まれて退屈している大人のような寛容さで、ほかの者たちを眺めているのだ。威厳があり、自尊心の強い男。ミュンヘンで生まれ、アメリカでのキャリアは巡回サーカスのピーナッツ売りから始まった。十八歳でサーカスの余興の客寄せ口上をするようになり、続いて余興の監督となり、ほどなくして二流の寄席演芸場の経営者に。そして映画が新奇なものから有望な産業に変わってきたとき、彼は二十六歳の野心的な若者になっていた。投資する金はある程度あるし、儲けたいという強い思いもあり、大衆向けのショービジネスに関して実地で学んできた知識もある。これが九年前のことで、映画産業の成長とともに彼も出世してきた。もっと経済的に恵まれ、もっと想像力があり、もっと実践的なアイデアを持つ者たちが振り落とされてきたなかで、彼は生き残った……そしていま、ここに座り、永遠不滅のグロリアを見つめている――スチュアート・ホルカム青年がニューヨークからパサデナまで会いに行った女――そのグロリアはもうすぐダンスをやめ、ここに戻ってきて、自分の左側に座るだろう。ブロックマンにはそれがわかっていた。

グロリアが急いでくれることを彼は望んだ。牡蠣《かき》が来てからすでに数分経ってしまったのだ。

一方、グロリアの左側に座っていたアンソニーは、いまは彼女と踊り、必ずフロアの決まった四分の一のスペースにとどまるようにしていた。こうしておけば、女性を同伴しない男が現われても、注意深く彼女を守ることになる――「この野郎、割り込むんじゃない！」というメッセージを発していることになるのだ。これで意識的に親密な雰囲気を作り出せる。

「今夜は」と彼は彼女を見下ろして話し始めた。「今夜の君はすごくきれいだね」

彼女は十五センチほど上にある彼の目を見つめた。

「ありがとう――アンソニー」

「実を言うと、居心地が悪くなるほどきれいだよ」と彼はつけ足した。このときは微笑みが消えていた。

「あなたもとても素敵だわ」

「これって素晴らしくない？」と彼は笑った。「本当に意見が一致するなんてさ」

「いつもそうじゃないかしら？」グロリアは彼の言葉に噛みついた。どんなにかすかであっても、自分に対する不可解な当てつけには、決まってこのように反応するのだ。

　彼は声を低くしてしゃべったが、そこには軽くからかうような調子しかなかった。

「司祭は法王に従うものだろ？」

「そうかしら――でも、こんなに曖昧な褒め言葉を言われたことはないわ」

「こういうお世辞でよければまだまだ言えるよ」

「でも、無理してほしくないわ。ミュリエルを見て！　私たちのすぐ隣りよ」

　アンソニーは肩越しに背後を見た。ミュリエルがその輝く頬をモーリー・ノーブルのディナージャケットの折り襟にもたせかけ、白粉《おしろい》を塗った左腕を彼の頭の後ろに巻きつけている。彼の襟首を手で摑んで引っ張っていけばいいのに、と思わずにいられない光景だった。天井に向けられた彼女の目は、前後に行ったり来たりしている。腰を振り、ダンスしながら、低い声で歌い続けている。最初は歌詞を外国語に翻訳して歌っているのかと思われたが、次第に明らかになったのは、自分の知っている唯一の言葉で歌詞のわからないところを埋めているということだった――つまり、歌の曲名で――

「彼はくず拾《ラグ》い、
くず《ラグ》を拾う、

ラグタイムを拾う、
くず《ラグ》を拾う、拾う、拾う、
くず《ラグ》拾い、拾い、拾い」〔アーヴィング・バーリンの一九一四年のヒット曲、「彼はくず（ラグ）拾い」より〕

――こんな調子で、歌はさらに奇妙で乱暴なものとなっていく。アンソニーとグロリアが面白そうに見ているのに気づくと、彼女はかすかに笑みを浮かべ、目を半分閉じて、彼らに応えた。心のなかに入ってくる音楽でこんなにうっとりとしてしまい、相手を誘惑したくてたまらなくなるの、と仕草で示しているのである。

音楽が終わり、彼らはテーブルに戻った。そこに一人で座っていた厳めしい男が立ち上がり、一人ひとりに微笑みかける。媚び方の激しい笑みなので、まるで全員と握手をした上で、その素晴らしいダンスを褒めたたえているかのように見える。

「ブロックヘッド〔「でくのぼう、阿呆」といった意味〕は絶対に踊らないのよ！　脚が木でできているに違いないわ」とグロリアがテーブル全体に向けていった。三人の青年はビクッとし、揶揄された紳士が縮み上がったのもはっきりわかった。

これがブロックマンとグロリアのつき合いにおいて微妙なところなのである。彼女は容赦なく彼の名前をもてあそぶのだ。最初は「ブロックハウス」と呼んでいたが、最近はもっと悪質な「ブロックヘッド」となった。彼は抑えた口調に皮肉な気持ちを込めて、彼女にファーストネームで呼んでくれと言ったことがあり、彼女も何度かは素直にそれに従っていた――それからつい口を滑らせ、ごめんなさいと言いつつ大笑いして、また「ブロックヘッド」に戻ったのだ。

これはとても悲しく、心無いことだった。

「ミスター・ブロックマンは私たちのことを軽薄な連中だと思ってるに違いないわ」とミュリエルが

溜め息をつき、指でつまんだ牡蠣を彼の方向に振った。

「そんな感じよね」とレイチェルが囁いた。アンソニーは彼女がそれ以前に何かしゃべったかどうか思い出そうとした。しゃべったという記憶がない。これが最初の発言のようだ。

ミスター・ブロックマンは突然咳払いをし、はっきりとした大きな声で言った。

「まったく逆です。男はしゃべるとき、伝統を体現しているにすぎません。せいぜい数千年を背負っているだけです。それに対して女は、子孫の思いを奇跡的に表現しているのです」

この驚くべき発言にみなが啞然として黙り込み、アンソニーは牡蠣を喉に詰まらせて、急いでナプキンを顔に当てた。レイチェルとミュリエルが驚いたような、しかし穏やかな笑い声をあげると、ディックとモーリーもそれに加わった。二人とも顔を真っ赤にし、大声を出さないように必死に努力している。

「――まいったな！」とアンソニーは考えた。「これって、彼の映画の字幕じゃないか。暗記してるんだ」

グロリアだけが声を出さなかった。黙ったまま非難の眼差しをミスター・ブロックマンに向けている。

「ちょっと、勘弁して！　いったいどこからそんな台詞を掘り出してきたの？」

ブロックマンは彼女の意図が摑めず、自信なげに彼女を見つめた。しかしじきに落ち着きを取り戻し、物柔らかな、意識して寛容であろうとする者の微笑みを浮かべた。甘やかされてきた未熟な若者に囲まれている知識人といったところ。

スープが厨房から来た――と同時に、バーからオーケストラの指揮者が登場した。ビールの大ジョッキをあおり、ビール固有の音色を吸収してきたようだ。そのため「家にいないのは妻だけ」というタイトルのバラードが奏でられているあいだ、スープはテーブルに残され、ただ冷めるに任された。

それからシャンパンが来た――そしてパーティはいっそう楽しさを増していった。リチャード・キャラメルを除く男たちは派手に飲み、グロリアとミュリエルはそれぞれ一杯ずつすすった。レイチェル・ジェリルはまったく飲まなかった。彼らはワルツのときは座ったままだったが、それ以外のすべてで踊った――グロリアを除いてだ。彼女はしばらくしたら疲れたようで、テーブルで煙草を吸っていた。目は物憂げになったり、熱心になったり――それは、ブロックマンの言うことを聞いているのか、踊っている美しい女性を見つめているのかで違った。アンソニーは、ブロックマンが彼女に何の話をしているのだろうと何度も考えた。ブロックマンは葉巻をあちこち嚙んでいた――夕食のあとはすっかり大胆になり、派手な身振りを繰り返している。

十時、グロリアとアンソニーはダンスを始めた。そしてテーブルから聞こえないところまで来ると、彼女が低い声で話し始めた。

「踊りながら、あのドアのところに行きましょう。ドラッグストアに行きたいの」

言われたとおりアンソニーは彼女を導いて人々のあいだを擦り抜け、指定された方向へと向かった。ロビーで彼女はしばらく姿を消し、マントを腕に抱えてまた現われた。

「ガムドロップが欲しいのよ」と彼女はおどけつつも申し訳なさそうに言った。「今回は、何のためだかわからないわ。ただ、爪を嚙みたくなっちゃうの。ガムドロップがないと嚙んじゃうわ」。彼女は溜め息をつき、二人で空っぽのエレベーターに乗り込むと、また話し始めた。「一日じゅう爪を嚙んでたの。ちょっと《ア・ビット》そわそわしちゃって。駄洒落言ってごめんなさい〔「嚙む（bite）の過去形がbitであることから〕。言うつもりはなかったのよ――ただ、こういう言葉が出てきちゃったの。女芸人、グロリア・ギルバートってとこね」

地上階に着くと、二人は人目を気にしてホテルのキャンディ売り場を避け、広い正面の階段を下りていった。そしてグランド・セントラル・ステーションの通廊をいくつか通り抜け、ドラッグストアを見つけた。彼女は香水売り場をしばらく真剣に吟味してから目的のものを購入。互いに口に出せない衝動に駆られて、二人は腕を組んで歩き始めた――来た方向にではなく、駅の外に出て、四十三丁目の方向へ。

夜は雪解けの陽気で生き生きとしていた。暖かいと言ってもいいくらいで、歩道に低くそよ風が吹きつけ、思いがけず美しい春が来たような感覚にアンソニーは捉われた。頭上には青い空が細長く覗き、そよぐ風に包まれて、二人は新しい季節の幻影に救われたような気持ちになった。さっきまで吸っていた、ムッとする淀んだ空気から解放されたのだ。そして黙り込んだ瞬間、車の音や側溝を流れる水の音も、数分前に踊っていた音楽を希薄にして引き延ばしたもののように感じられた。次にアンソニーが口を開いたとき、彼は自分の言葉に確信を抱いていた。この夜が二人の心に産み落とした、何か息を呑むようなもの、望ましいものから言葉が発せられているという確信。

「タクシーに乗って少しぶらぶらしよう」と彼は彼女を見ずに提案した。

ああ、グロリア、グロリア！

タクシーが縁石のところでドアを開けて待っていた。大海の迷宮に乗り出す船のようにタクシーが動き始め、巨大なビルから出てくる夜の雑踏のなかに入り込む。静まり返ったかと思うと、また激しく鳴り響く叫び声や騒音のなか、アンソニーは娘の体に腕を回し、引き寄せた。そして、その湿った、子供っぽい唇にキスをする。

彼女は何も言わなかった。顔を彼のほうに向ける――葉叢《はむら》を通る月光のように斑模様《まだらもよう》に射し込んでくる光の下、その顔は青白く見える。瞳は、彼女の顔が白い湖だとすれば、そこに立つ小波《さざなみ》のように輝いている。髪の影がくっきりとした冷淡な線で額を区切っている。そこに愛がないのは確かだった。どのような形であれ、愛の痕跡はない。彼女の美しさはこのじめじめした風のようにクールで、それは彼女の唇の湿った柔らかさも同じだった。

「君はこの光に当たるとまさに完璧だ」と彼はしばらくしてから囁いた。音と同じくらいざわつく沈黙が続く。すぐに砕け散りそうな小休止の時間があるが、彼が彼女に回した腕の力を強めるだけで、忘却の淵へと運び去られそうだ。そして、闇から漂い込んだ薄くて軽い羽根のように、彼女がそこに囚われているのだという感覚を抱くだけで。アンソニーは声に出さずに、しかし勝ち誇るように笑い、彼女から顔をそむけて上を向いた。勝利したという圧倒的な思いが半分、自分を見つめている彼女を見ることで、彼女のまったく動じない表情の輝かしさが台無しにならないようにという思いが半分。このようなキス――それは目の前に掲げられた花。決して描写できず、ほとんど記憶もできないものだった。まるで彼女の美しさは美そのものの発現であり、それが彼の心に少しだけとどまるものの、すでに溶解しつつあるかのように。

……建物がぼんやりとした影となって消えていく。いまはセントラルパーク。しばらくしてメトロポリタン美術館の白い巨大な幻影が現われ、タクシーの走る音を撥《は》ね返しつつ、堂々と通り過ぎていく。

「そう、グロリア！　そう、グロリア！」

彼女の目は数千年もの経験から彼を見つめているようだった。これまで抱いたかもしれないありとあらゆる感情、これまで発したかもしれないありとあらゆる言葉は、ここでは場違いなように思われる――彼女の沈黙こそがまさに相応しく感じられるのだ。彼女の美の雄弁さ――彼の体にぴったりくっついている、痩せ形のクールな体の雄弁さに対峙したら、寡黙になることこそ相応しい。

「運転手さんに引き返すように言って」と彼女は囁いた。「できるだけ早く戻るようにって……」

夕食の部屋に戻ると、そこはムッと暑かった。ナプキンや灰皿が散らばっているテーブルは古くてかび臭い。二人が戻ってきたのはダンスとダンスの合間の時間で、ミュリエル・ケインは特別に意地悪そうな顔をして見上げた。

「あら、どこに行ってたの？」

「ママに電話してたの」とグロリアは冷淡に答えた。「電話するって約束してたから。ダンスを逃したかしら？」

このあとの出来事は、それ自体は些細なことなのだが、アンソニーがその後何年にもわたって振り返るものとなった。ジョゼフ・ブロックマンが椅子の背もたれにもたれかかり、風変りな目つきで彼をじっと見つめていたのである。彼の視線には、いくつもの感情が奇妙に、もつれ合うように混在していた。彼は立ち上がっただけで、グロリアを特に出迎えることはしなかった。すぐにリチャード・キャラメルとの会話に戻り、映画に対する文学の影響について語り始めた。

魔術

予想外の純然たる奇跡が起きた夜は、消えそうで消えない最後の星と、早く登場しすぎた新聞配達少年の姿とともに、次第に明けていく。その炎は遠く離れた観念的な火へと退いていく。白熱していた鉄の温度が下がり、石炭からは光が消えていく。

アンソニーの書斎の壁を占めている本棚に太陽の光が射し込んだ。冷たく傲慢な光の筆が、堅苦しく拒絶するような態度で、フランスのテレーズ、超人女性のアン、東洋バレエのジェニー、奇術師のズリイカ——そして、インディアナのコーラ〔テレーズはエミール・ゾラの『テレーズ・ラカン』のヒロイン、アンはジョージ・バーナード・ショーの『人と超人』の登場人物、ジェニーはアジアのダンスに関する著作を残したジェニー・チャーチル、ズリイカはマックス・ビアボームの『ズリイカ・ドブソン』、コーラはブース・ターキントンの『クラレンス』の登場人物〕などをたどっていく。それから隣りの棚の、もっと古典の作品が並んでいる棚へと移り、哀れむかのように、トロイのヘレン、タイス、サロメ、クレオパトラなど、有名すぎるヒロインたちに光を投げかける。

アンソニーは髭剃りと入浴を済ませ、クッションを深く積み上げた椅子に座って、光の動きを見つめていた。太陽は着々と昇っていき、光の筆は絨毯の縁の絹に当たってしばらく輝いた――そして消えた。

十時だった。足下に散らばっている『ニューヨーク・タイムズ』日曜版は、写真や社説で、社会面の暴露記事やスポーツ面の記事で、世界がいつもと同じことに先週も完全に没頭していたと主張している。つまり、輝かしくはあってもはっきりしない目標に向かって進んでいくということだ。アンソニー自身は先週、祖父のところに一度行き、ブローカーのところに二度行き、仕立て屋のところに三度行った――そして週の最後の日の最後の時間に、ものすごく美しくて魅力的な娘とキスをした。

家に戻ったとき、彼の想像力は激しく珍しい夢でいっぱいになっていた。突如として、心には疑問がなくなり、解決や再解決を求めている永遠の問題もなくなった。精神的でも肉体的でもなく、この両者の単なる混合でもない感情を経験したのだ。いまは人生への愛に呑み込まれており、ほかのものはみなどうでもよくなっている。この実験は単独の固有なものであるべきと考え、それに満足している。

どんな形であれ、グロリアに匹敵する女はいないと、彼はほとんど客観的に信じきっていた。彼女は芯の芯まで自分自身であり、測りがたいほど真摯だ――といったことを彼は確信した。彼女と並ぶと、彼が知っている二ダースほどの女学生たち、デビューしたての娘たち、結婚したばかりの女やそのほか雑多な女たちは、有象無象《うぞうむぞう》の雌たち――その最も軽蔑的な意味において――であり、子供を産み育てる者にすぎず、洞穴《ほらあな》か育児室のような悪臭をまだかすかに放っているのである。

彼にわかる限りにおいて、彼女はまだ彼の意志にまったく屈していないし、彼の虚栄心をくすぐることもしていない――一緒にいて彼女が喜んでいる様子に虚栄心がくすぐられるのは別として。実際のところ、彼女がほかの者に与えたもの以上を彼に与えたと考える理由は何もなかった。それはそれでよい。あの晩、二人の関係がもつれたと考えるのは、あまりに現実とかけ離れていて不快なほどだ。

彼女は決定的な嘘をつくことで、あの出来事を否定し、葬り去ったのだ。若い我々二人は、ゲームと現実とを区別できるくらいの想像力を持っている――出会い、つき合ったときと同じ気軽さで、自分たちはまったく傷ついていないと言い張ることができる。

そう断定して、彼は電話のところに行き、プラザホテルに電話をした。

グロリアは外出していた。彼女の母親はグロリアがどこに行ったのか知らないし、いつ戻るのかもわからないと言った。

グロリアとの関係に初めて問題点が出てきたのはこの時点においてであった。グロリアの不在には無神経なところ、ほとんど下品と言ってもいいようなところがある。外出することで、彼女はわざと彼を不利な立場に追い込んだのではないか。そう疑わずにいられなかった。戻ってきて、彼から電話があったことを知り、彼女は微笑むのだろう。ごく控えめに！　数時間待つべきだった。そうすれば、この出来事に関する自分の見方がいかに見当違いか、納得できただろう。なんと愚かな失敗！　あの人って、自分が特別に気に入られていると思ってるんだわ、と彼女は思うだろう。あんなに些細な出来事に対して、こんなに見当違いな親密さをもって反応するなんて、と。

彼は先月、アパートの管理人が馴れ馴れしく部屋にやってきたときのことを思い出した。それというのも、その前日の晩、酔っ払って、管理人に「にんげんのきょうだいあい」を説いたためだった。彼が言ったことを真に受けて、管理人は彼の部屋の窓下の腰かけに座り、三十分ほどくつろいでおしゃべりしていったのだ。アンソニーは、自分がその管理人を見たように、グロリアが自分のことを見ているのではないかと考え、ぞっとした。彼が――アンソニー・パッチが！　とんでもない！

自分が受け身の人間で、グロリアの向こうにある、彼女を超えるものからの影響を受けているだけだとは、彼は思ってもみなかった。写真の感光板のようなものにすぎないとは。巨大な写真家がカメラの焦点をグロリアに合わせ、パチッ！――哀れな感光板は生まれついた役割に縛られ、それを現像することしかできない。

しかしアンソニーはソファに横たわり、オレンジ色のランプを見つめ、細い指で黒い髪を繰り返し梳《す》きながら、何時間もさまざまなイメージを思い浮かべていた。彼女はいま店にいる。ベルベットや毛皮のなかを軽やかに動き回り、彼女のドレスは静かな衣擦れの音の世界で上品な絹の音をさせている。冷静な高音の笑い声、切られたけれども生きている多数の花々の匂い。ミニーやパールやジューエルやジェニーたちが世話人のように彼女のまわりに群がる。はかないくらい薄地の絹のクレープ、淡い彩りで彼女の頬と呼応する柔らかいシフォン、彼女の首に少し乱れた感じで巻かれることになる乳白色のレースなどを小さな束にして抱えている——ダマスク織は近ごろ司祭の服かソファのカバーにしか使われず、サマルカンドの布はロマン派の詩人の記憶に残っているだけである〔キーツの詩「聖アグネス祭前夜」より〕。しばらくしたら、彼女はほかの場所にも行くだろう。百もの婦人帽をかぶり、百通りのやり方で首を傾げる。自分の唇の色に合ったサクランボ風の飾りや、自分のしなやかな身体と同じくらい上品な羽飾りを空しく探し続ける。

正午になる——五番街を急ぎ足で歩く彼女は北欧系のガニュメデス〔ギリシャ神話に登場するトロイの美少年〕といったところ。歩を進めるたびに毛皮が粋に揺れ、風のブラシがけによって頬が赤くなる。爽やかな空気に向かって吐く息は涼しげな霧となる——リッツのドアが回転し、人々が道を開け、男の五十もの目がハッとして、凝視する。たくさんの太って滑稽な女たちの夫が、忘れていた夢を彼女のせいで思い出すためだ。

一時。彼女を敬愛するアーティチョークの心を彼女はフォークで焦らして苦しめる。一方、彼女の相手をしている男は有頂天になり、濃厚で感傷的な文章を語り続ける。

四時。彼女の小さな足はメロディに合わせて動き、その顔は群衆のなかで際立っている。相手の男は頭を撫でられた子犬のように舞い上がると同時に、遠い昔の帽子職人《マッド・ハッター》のように逆上《マッド》している……それから——それから夜となり、おそらくまた霧が出る。看板がその灯りを街路に投げかける。何が起こるかなんて誰にわかる？　彼と同様に愚かな看板たちは、おそらく昨晩の再現を求める。静まり返った五番街の淡い光と影のなかで起きたことの再現を。そう、求めるかも、ああ、求めるかもしれない！　千ものタクシーが千もの街角でドアを開けているのに、あのキスは彼にとって永遠に失われ、終わってしまった。千もの仮面をかぶってタイスはタクシーを呼び止め、愛を求めて顔を向ける。彼女の青白い顔は無垢で可愛らしく、そのキスは月のように純潔で……。

彼は興奮して跳ね起きた。外出しているとは、なんて無分別なんだ！　彼は自分が何を求めているのかようやくわかった――彼女にもう一度キスをする、彼女の動じなさに安らぎを見出す。彼女があらゆる不安の、あらゆる不満の終着点なのだ。

アンソニーは着替えて外に出た――もっと前にそうすべきだったのだ。そしてリチャード・キャラメルの家に行き、『魔性の恋人』の最終章の最終的な修正版を聞かされた。次にグロリアに電話をかけたのは六時で、彼女と話せたのは八時になってからだった。しかも――ああ、なんという失望続きのクライマックス！――次に会えるのは火曜日以降だと言われた。受話器を叩きつけたとき、ゴム製の部品が外れて床に落ちた。

黒魔術

火曜日は凍えるほど寒かった。寒々しい午後二時に彼女を訪ねて握手したとき、彼は混乱し、本当にこの女にキスしたのだろうかと考えた。ほとんど信じられないのだ――彼女がそれを覚えているのかどうか、彼は本気で疑った。

「日曜日、四回ほど電話したんだよ」

「そうだったの？」

彼女の声には驚きが、表情には好奇心が現われていた。彼は口を滑らせたことで、自分をこっそりと呪った。この程度のちゃちな勝利で彼女のプライドがくすぐられることはないのだと、彼は知っていてもよかったのだ。そのときでさえ、彼は真実に気づいていなかった――彼女は男のことで気をもむ必要などこれまでまったくなかったので、用心深く言い訳をするようなこともめったになかったのである。若い娘たちが得意とする、釣り糸を垂らしては引くといった策略など彼女は必要としない。彼女が男を気に入ったというだけで、充分な策略だ。彼女が男を愛していると思ったとすれば――そこに究極の一撃があり、確実に相手を仕留める。彼女の魅力は永遠に維持されるのだ。

「会いたかったんだよ」と彼は率直に言った。「話したいんだ――本当に話がしたい。どこか二人きりになれるところで。いけないかな？」

「どういう意味？」

突然喉まで湧き上がってきた恐怖を呑み込む。自分が何を求めているのか彼女に悟られているように感じた。

「つまり、ティーテーブルではなくってこと」と彼は言った。

「そうね、いいわ。でも、今日はダメ。ちょっと運動したいのよ。歩きましょう！」

肌に沁みるような寒さだった。二月の荒れ狂う心の邪悪な憎悪がすべて荒涼とした冷たい風に注入され、セントラルパークを冷酷に吹き抜けて、五番街で吹き荒れている。話すことはほとんど不可能だ。不快感が募って彼は集中できなくなり、あまりに気が散っていたため、六十一丁目で曲がるまで彼女が横にいないことに気づかなかった。あたりを見回す。彼女は十メートルほど後ろでじっと立ち止まっていた。毛皮のコートの襟で半分隠された顔は、怒りか笑いかのどちらかによって揺れている――彼にはどちらだかわからなかった。彼は引き返した。

「あなたのお散歩のお邪魔はしたくないわ！」と彼女は言った。

「申し訳ない」と彼は混乱して言った。「速く歩きすぎたかな？」

「寒いわ」と彼女は言った。「家に帰りたい。あなたはどんどん歩いていっちゃうし」

「本当にごめん」

二人は並んでプラザの方向へと歩き出した。アンソニーはグロリアの顔が見られたらと思った。

「普通、私と一緒にいるとき、男の人はそんなに上の空にならないものよ」

「ごめんね」

「とても面白いわ」

「歩くには寒すぎたね」と彼は困惑を押し隠すために元気よく言った。

彼女は何も答えず、彼は自分がホテルの入り口で追い払われるのではないかと考えた。しかし彼女は何も言わずに入っていき、エレベーターに乗るとき、一言だけ投げかけた。

「のぼってきて」

彼はほんの一瞬だけためらった。

「また別の機会に会いに来ようか」

「お好きなように」。彼女はこれを独白のように囁いた。彼女にとっていま大事なのは、エレベーターの鏡でおくれ毛を整えることなのだ。頰はつやつやとし、目は輝いている――こんなにも美しく、こんなにも魅力的に見えたことはない。

自分を軽蔑せずにいられなかったが、アンソニーは彼女のすぐあとをついて十階の廊下を歩いていた。そしていつしか居間に座り、毛皮を脱ぐために消えた彼女を待っていた。何かがおかしな方向にいってしまった――わずかばかりの威厳も失った自分の姿が目に浮かぶ。まったく予期していなかった重要な戦いにおいて、彼は完璧に打ち負かされたのだ。

しかし、彼女が居間に再び現われたときには、彼は自分で自分をごまかす説明をして、満足感を得ていた。結局のところ自分はうまくやったのだ、と彼は考えた。上にのぼりたいと思い、のぼったのだから。しかし、そのあとで起きたことは、エレベーターで味わった屈辱にその原因を求めないわけにはいかない――この娘は耐えられないほど彼を心配させ、だからこそ、彼女が出てきたときに彼は思わず非難せずにいられなくなった。

「ブロックマンって誰なんだい、グロリア?」

「お父さんの仕事の友人よ」

「変なやつだよな!」

「あの人もあなたのこと嫌いだわ」と彼女は突然笑みを浮かべて言った。

アンソニーは笑った。

「彼から注目されて光栄だよ。明らかに彼は僕のことを――」と言いかけてから、アンソニーは質問した。「彼は君に恋しているのかい?」

「わからないわ」

「わからないはずがないよ」と彼は執拗に言った。「もちろん恋してるさ。僕たちがテーブルに戻ったとき、僕を見た彼の目つきは忘れられないね。君がお母さんに電話をしたって話をでっちあげなかったら、彼は映画のエキストラたちを使って、僕のことをこっそり襲わせたんじゃないかな」

「彼は気にしてないわよ。本当に何が起きたか、あとで彼に話したもの」

「話した!」

「訊かれたからね」

「それ、あまり気に入らないな」と彼は異議を唱えた。

彼女はまた笑った。

「あら、そうなの?」

「彼にどういう関係があるんだい?」

「何もないわ。だから話したのよ」

アンソニーは動揺し、唇を激しく噛んだ。

「どうして嘘をつかないといけないの？」と彼女は率直に訊ねた。「何も恥ずかしいことはしてないでしょ。私があなたとキスしたっていうのが、たまたま彼の関心を惹いたし、私はたまたま機嫌がよかったし。だから単刀直入に〝そうよ〟って答えて、彼の好奇心を満足させてあげたの。分別のある人だから、それで話題を変えたわ」

「ただし、僕のことを嫌いだとは言ったけどね」

「あら、それが気にかかるの？　でもね、この馬鹿らしい話を深く追究したいのなら言うけど、あなたのことが嫌いだって言ったわけではないわ。ただ、私にはわかるのよ」

「別に気にかかるわけでは――」

「もう、やめましょう！」と彼女は力を込めて叫んだ。「これって、私には本当にどうでもいい話だわ」

精いっぱい努力してアンソニーは彼女に従い、話題を変えた。そして二人は互いの過去について質問し合うという、お馴染みのゲームを始めた。昔からよくあるように、趣味や考え方の類似が明らかになるにつれ、次第に熱を帯びてくる。二人は意図した以上に自分を晒け出すようなことを言った――が、どちらも相手を額面どおり、あるいは文字どおり受け入れるふりをした。

親密さはこのようにして深まるものだ。一方が自分の最高の姿を提示する――はったりと嘘とユーモアで修復された輝かしい完成品としての自分。それから、より詳しい説明が求められ、第二の肖像画が描かれると、続いて第三の絵が――じきに最高の描写が互いを打ち消し合い、秘密がついに暴かれる。さまざまな段階の絵が入り混じり、我々の本当の姿を晒け出して、描いても描いてももはや絵は売れなくなる。我々はこう願うだけで満足しなければならないのだ――妻や子供たちや仕事上の仲間に見せているおめでたい自分の姿が、真実として受け入れられますように、と。

「僕にはこう思えるんだ」とアンソニーは熱心に言った。「差し迫った必然性も野心もない男の立ち位置は不幸なものだって。僕が自分を哀れむなんて滑稽だろうけど——でも、ときにはディックを羨ましく感じるんだよ」

相手が黙っていることに彼は励まされた。彼女が意図して男を誘惑することがあるとしたら、男の話を黙って聞くはずだ。

「——余暇のある紳士にはかつて品位のある職業があったんだ。煙で空間を満たすよりも、あるいは他人様《ひとさま》の金を巻き上げるよりも、ちょっとだけ建設的なものがね。もちろん、科学の分野はある。その基礎を学べばよかったと思うこともあるよ、たとえばボストン工科大学とかでね。でも、いまはもう無理だ。二年間も机に向かって、物理や化学の基礎的な授業を受けなきゃいけないなんて」

彼女は欠伸をした。

「言ったでしょ、私には人が何をすべきかなんてわからないの」と彼女は遠慮なく言い放った。そして彼女の無関心ぶりを見て、恨みがましい気持ちが再びアンソニーの心に生まれた。

「君は自分のことにしか興味がないのかい?」

「あまりないわね」

アンソニーは目を剝いた。会話がどんどん楽しくなっていたのに、その喜びがずたずたに引き裂かれたのだ。グロリアは一日じゅう苛々していて、意地が悪かった。そしてこの瞬間、彼は彼女の激しい我儘ぶりを憎らしく感じ、不機嫌に暖炉の火を見つめるしかなくなった。

それから奇妙なことが起きた。彼女が彼のほうを向いて微笑んだのだ。その笑顔を見た途端、彼の心から怒りも痛みもすべて消え去った——まるで彼の気分は彼女の気分という小波の外側の波にすぎないかのように。彼の胸の内の感情は操り人形にすぎず、彼女が全能の糸を引っ張ろうと思うとき以外、高まりはしないかのように。

彼は近寄り、彼女の手を摑んだ。そっと引き寄せると、彼女は彼の肩に半分もたれかかった。こちらを見上げて微笑む彼女にキスをする。

「グロリア」と彼はとても静かな声で囁いた。再び彼女は魔術を使ったのだ。こぼれた香水のように広く行き渡る、微妙な力。甘くて抗しがたい匂い。

あとになって、その翌日であれ数年後であれ、彼はその午後に起きた重要なことをまったく思い出せなかった。彼女の心は動いたのか？　彼の腕に抱かれて彼女は少ししゃべったのか――まったくしゃべらなかったのか？　彼にキスされてどれくらいの喜びを感じたのか？　ほんの少しであれ、我を忘れるほど夢中になったのだろうか？

ああ、彼自身についてはは疑いの余地などなかった。彼は立ち上がり、恍惚として部屋を歩き回った。こんな女性がいるなんて。ソファの隅に丸くなって座っているなんて――晴れ渡った空を勢いよく飛んで、降り立ったばかりのツバメのように――彼を測りがたい目で見つめているなんて。彼は歩みを止めるたびに、最初のうちは恥ずかしそうに、彼女に腕を巻きつけて唇を求める。

君は素晴らしいよ、と彼は言った。君のような人には会ったことがない。彼は軽い口調で、しかし真剣に、自分を解放してほしいと訴えた。僕は恋に落ちたくない。もう会いに来ないようにする――彼女は彼という存在のさまざまな部分にすでに取り憑いてしまったのだから。

なんという甘いロマンス！　彼が本当に感じていたのは恐怖でも悲しみでもなかった――ただ、彼女と一緒にいられるという深い喜びのみ。それが彼の陳腐な言葉に色を添え、甘ったるいものが悲しく思えるようになり、気取ったものが賢く思えるようになる。自分はここに戻ってくる――永遠に。それくらいわかっているべきだったのだ！

「これがすべてだ。君と知り合えたのは稀に見る機会だったし、とても奇妙で素晴らしかった。でも、これでは駄目なんだ――長続きしない」。しゃべっている彼の心には、我々が真摯さの現われだと考えるような、びくびくしたところがあった。

あとになって、彼は自分の何らかの言葉に対する彼女の答えを一つだけ覚えていた。彼の記憶では、次のような形で――といっても、彼が無意識に言葉を組み替え、仕上げたのだろう。

「女はね、その男の妻や愛人になりたいと思っていなくても、美しくロマンチックに男とキスできるべきなのよ」

彼と一緒にいるときはいつもそうなのだが、彼女は次第に成熟していくように感じられた。最後には、言葉にするには深すぎる思考が彼女の目に宿り、ずっと潜んでいるように見えるのだ。

一時間経った。暖炉の火は、その消えゆく生命を慈しむかのように、うっとりと燃え上がる。五時になり、炉棚の上に置かれた時計の音が急にはっきりと聞こえ出した。すると、彼のなかの野獣的な感性がこの小さな弱い音に呼び覚まされたかのように——この花咲く午後の花弁が一枚一枚落ちていることを思い出させたかのように——アンソニーは彼女を急いで立ち上がらせ、抱きしめて、抵抗する間もなくキスをした。遊びでも貢物でもない、息もつかせぬキス。

彼女は両腕をだらりと垂らし、一瞬ののち、身を振りほどいた。

「やめて！」と彼女は静かに言った。「それはしてほしくない」

彼女は長椅子の向こうの隅に座り、まっすぐに前を見つめた。眉間に皺を寄せていた。アンソニーは彼女の隣りに腰を沈めると、彼女の手を自分の手で包んだ。彼女の手は生気がなく、反応しない。

「どうして、グロリア！」腕を彼女の体に回そうとしたが、彼女は身を引いた。

「してほしくないの」と繰り返すばかり。

「ごめんね」と彼は少し苛々しながら言った。「僕には――わかってなかったんだよ、こんなに厳密な境界線があるなんてね」

彼女は答えなかった。

「キスしてくれないの、グロリア？」

「したくないの」。彼には、彼女が何時間も動いていないように思えた。

「突然の変化ってやつ？」彼の声にも苛立ちが混じってきた。

「そうかしら？」興味がない様子。ほとんど、誰かほかの人を見つめているかのようだ。

「帰ったほうがよさそうだね」

返事がない。彼は立ち上がり、怒ったように、しかし自信なげに彼女を見つめた。そしてまた腰を下ろした。

「グロリア、グロリア、キスしてくれない？」

「嫌よ」。彼女の唇は言葉を発するために開いたが、かすかに動いただけだった。

彼はまた立ち上がったが、決意も自信も前よりしぼんでいた。

「じゃあ、行くね」

沈黙。

「わかったよ――行くよ」

彼は自分の言葉が救いがたいほどありふれていると気づいていた。実際、この雰囲気全体が重苦しくなっている。彼女がしゃべってくれたらと思った。彼を罵《ののし》るのでも、怒鳴るのでもいい。ただ、このように冷たい沈黙をずっと続けるのだけはやめてほしい。自分は愚かな弱虫だ、と彼は自分を罵った。自分がはっきりと望んでいるのは、彼女を動かし、傷つけ、たじろがせること。どうしようもなくなり、彼はまた思わずミスをしてしまった。

「僕とキスするのに飽きたんだったら、僕は行くよ」

彼女の唇が少しだけ歪むのが見え、彼の最後の威厳も消え去った。ようやく彼女は口を開いた。

「あなたって、その台詞を何度も言ったことがあるんでしょうね」

彼はすぐにまわりを見回し、椅子の上に自分の帽子とコートを見つけた――一瞬たりともここにいたくないとばかりに、慌ててそれらを身につける。またソファのほうを見ると、彼女はまったく体の向きを変えていなかった――というか、ぴくりとも動いていなかった。彼は震えた声で「さようなら」と言い、言ったそばから後悔しながらも、部屋から急いで出ていった。もはや面目などどこにもなかった。

しばらくグロリアは何も音を立てなかった。唇はまだ歪んでおり、視線は前に向けたままだ。誇り高く、よそよそしい姿。それから目が少し霞み、消えそうな火に向かって、三つの単語を小さな声で口にした。

「さようなら、この馬鹿！」

恐慌

男はその生涯で最悪の打撃をこうむった。ついに自分が何を求めているのかわかったのだが、わかった瞬間に、それを自分の手の届かないところへと追いやってしまったように思えた。彼は惨めな思いで家に戻り、オーバーコートを脱ぎもせずに肘掛椅子に倒れ込んだ。そして一時間以上座り込んだまま、心は不毛で哀れな物思いの迷路を急ぎ足でさまよい続けた。彼女に追い払われた！　この重々しい絶望的な言葉を何度も繰り返す。女を捕まえ、相手がこちらの欲望に屈服するまで力ずくで抱きしめるのではなく――こちらの意志の力で彼女の意志をねじ伏せるのではなく――打ちひしがれ、何もできずに、そして口をへの字に曲げて、彼女の家のドアから歩き去ったのだ。彼の悲しみと怒りに何らかの力があるとしても、鞭で打たれた小学生が抱く程度のものにすぎない。ある一瞬、彼女は彼をものすごく気に入っていた――ああ、ほとんど愛していた。それなのに次の一瞬、彼に対する彼女の関心はまったくなくなった。厚かましい男、だから手っ取り早く恥をかかせてやった男にすぎなくなった。

自分を責める気持ちは彼にはあまりなかった――もちろん、いくらかはあったが、彼の心は別のこと、もっと緊急なことに占められていた。グロリアを愛しているというより、彼女に対して逆上していた。彼女を再び自分に引き寄せ、キスし、抱きしめ、黙従させること以上に、人生に求めているものはなかった。あの三分間の完璧に揺るぎない無関心によって、彼の心に占める彼女の場所は変わった。ランクは高くても、気楽につき合える女だったのが、完全に彼の心に取り憑くようになったのだ。彼の心には、キスを求める激しい欲望と、彼女を傷つけ辱めたいという同じくらい激しい思いとがあった。しかし、両者のあいだをどれだけ揺れ動こうとも、心のほかの部分では、あの魂をもっと素晴らしい形で所有したいという思いに駆られていた。三分間、勝ち誇り、輝き続けていた魂を自分のものにする。彼女は美しい――しかし、とても無慈悲だ。自分はそれから抜け出す力を持たなければならない。

このときのアンソニーには、このような分析は不可能だった。精神の明晰さこそ、皮肉《アイロニー》が自分にもたらした無限の資質だと考えていたのだが、それがすっかり駆逐されてしまったのだ。その夜だけでなく、そのあとの数日間、そして数週間、自宅の本は家具にすぎず、友人たちはぼんやりとした外の世界で暮らし、歩いている人間にすぎなかった。彼はその世界から脱出しようとしていたのだ――荒涼とした風が吹きすさぶ、冷たい世界から。そしてほんの一瞬、火が燃えさかる温かい家のなかを覗き込んだのである。

午前零時頃、彼は自分が空腹であることに気づいた。そこで階下に下り、五十二丁目に出たのだが、あまりに寒く、ほとんど前が見えないくらいだった。睫毛や口元についた水滴が凍ってしまうのだ。北からの冷たい風がそこらじゅうに吹きつけ、活気のない狭い通りを凍りつかせる。黒い防寒具にくるまった人々は夜を背景にいっそう黒く見える。ヒューヒューとうなる風のなか、彼らはスキーを履いているかのように足を滑らせながら、歩道を恐る恐る進んでいく。アンソニーは六番街のほうへと曲がった。夢中になって考え事をしていたので、数人の通行人が自分を見つめていることにも気づかなかった。オーバーコートの前を広く開けていたので、死のように冷たい無慈悲な風が身に沁みる。

……しばらくしてウェイトレスに話しかけられた。太ったウェイトレスだ。黒縁の眼鏡をかけ、眼鏡から黒くて長い紐をぶら下げている。

「注文してください！」

不必要に大きな声だ、と彼は思い、憤慨して顔を上げた。

「注文するの、しないの？」

「もちろん、しますよ」と彼は抗弁した。

「だって、三回も訊いたんだからね。ここは休憩所じゃないんだよ」

彼は大きな柱時計を見上げ、二時過ぎであることを知って驚いた。自分は三十丁目付近にいるらしい。少し経ってから、彼は正面の窓ガラスに書かれた文字を見つけ、それを読み取ろうとした。

CHILD'S〔「チャイルズ」は、ニューヨークのチェーンレストラン〕

白い文字で、半円形を形作っている。客は三人か四人しかいない。みな凍えかけた、哀れな夜行性の人々だ。

「ベーコンエッグとコーヒーをください」

ウェイトレスはうんざりしたように最後の一瞥を彼に投げかけ、そそくさと立ち去った。紐つきの眼鏡が醸し出すインテリっぽさがなんとも滑稽である。

なんてことだ！　グロリアのキスは見事な花であった。それを何年も前のことのように思い出す。彼女の爽やかな低い声、服からもその輝きが感じられる身体の美しいライン、街灯に照らされて百合の色に輝いていた顔――街灯の下で。

　彼はまた惨めな思いに襲われた。苦痛と切望の上に恐怖のようなものが積み上がっていく。彼女を失った。それは事実だ――否定しようがなく、和らげようもない。しかし、新しい考えが頭のなかで燃え上がった――ブロックマンはどうなのだ！　これから何が起こるだろう？　あれは裕福な男だ。美しい妻の我儘を許せるくらいの歳を重ねた中年男。気まぐれな彼女を甘やかし、理屈に合わないことでも好きにやらせ、おそらく彼女が望むとおりに自分の飾りにする――彼女はボタンの穴に挿す輝かしい花なのだ。恐れるものからは守ってやり、安心させてやる。彼女はブロックマンと結婚するという考えを心でもてあそんできたのだろう。そうアンソニーは感じた。だとすれば、今回アンソニーに失望し、突然衝動的にブロックマンの腕に飛び込むということも考えられる。

　この考えがアンソニーを子供のように錯乱させた。ブロックマンを殺したかったし、あの男の法外な厚かましさを罰するために苦しめてやりたかった。アンソニーは口をしっかりと閉じたまま、このことを何度も自分に繰り返した。目は憎悪と恐怖で荒れ狂っていた。

　しかし、この浅ましい嫉妬の背後で、アンソニーはついに人を愛していた。心の底からの、真実の愛。男女の関係を表わすときに使われる意味での愛である。

　コーヒーが肘のところに置かれ、しばらくのあいだ湯気を放っていた。だんだんと冷め、湯気も減っていく。机に向かっている夜間の店主は、最後に残った客に目をやった。一人ぼっちで身じろぎもせずに座っている男。店主が溜め息をつき、男のほうに向かって歩いていったとき、大時計の時針が3の文字と重なった。

英知

もう一日過ぎると動揺は収まり、アンソニーはある程度の理性を発揮できるようになった。自分は恋をしている——彼は自分に情熱的に呼びかけた。一週間前には越えようのない障害と思われたもの、彼の収入が限られていることや、無責任に独立していたいという願望などが、この四十時間のうちに大した問題ではなくなった。それくらい彼ののぼせ上がり方は激しかったのだ。彼女と結婚できなかったら、自分の人生は思春期のあとのつまらないパロディにすぎなくなる。万物がグロリアとなってしまったいま、人々と向き合い、常にグロリアを思い出させる者たちに耐えるためには、希望を抱かなければならない。そこで彼は自分の夢を素材とし、希望を闇雲に、執拗に作り続けた。確かにもろい希望だし、一日に何度もひびが入り、浪費されてしまう希望だし、嘲りから生まれたものではあるが、彼の自尊心にとっては筋肉であり腱となる希望なのだ。

ここから英知のひらめきが生まれた。努力を必要としなかった過去から、真に自分のものと言える知恵が得られたのだ。

「記憶とは長続きしないものだ」と彼は考えた。

とても短期間しか続かない。決定的な瞬間に企業合同《トラスト》の親玉が裁判にかけられる——あとひと押しで刑務所送りになりかねない、潜在的な犯罪者。周囲のまっとうな人々からは蔑まれている男だ。しかし、この男を無罪放免してみよう——そうすれば、一年後にすべては忘れ去られている。「そうです、彼にはかつていろいろと問題がありましたが、それは形だけのものだと私は信じます」。ああ、記憶は長続きしない！

アンソニーがグロリアと会ったのは全部で十数回、時間にすれば二十数時間である。彼女をひと月ほったらかし、彼女に会いに行ったり、電話をかけたりしなかったら、そして彼女が現われそうな場所をすべて避けるようにしたら、どうなるだろう。そのひと月が終わる頃には、さまざまな出来事が慌ただしく起きた結果、彼女の意識的な精神から彼の人格が消し去られているだろう。そして、人格とともに彼の厚かましい行為や不面目も消し去られているのではないか？　彼女は忘れるだろう、ほかの男たちがいるのだから。ここで彼はたじろいだ。その意味するところが心にぐさりときたのだ――ほかの男たち。二カ月――とんでもない！　三週間のほうがいい、二週間のほうが――

彼はあの破局から二日目の夜、服を脱いでいるときにこのことを考えた。そしてベッドに倒れ込むと、そのまま横たわり、かすかに震えながら、天蓋のてっぺんを見つめた。

二週間――それだったら、間を開けないほうがまだましだ。二週間後に彼女に近づくとしたら、人格も自信も失った状態でいま近づくのと同じなのだ――厚かましいことをしてしまい、時間的にはほんの一瞬だが実のところ永遠と言えるくらい泣き続けた男のままなのである。いや、二週間は短すぎる。あの午後、彼女の側にどれだけの苦々しい思いがあったにしても、それが和らぐには時間がかかるのだ。あの出来事の記憶が薄らいでいくだけの時間、そしてまた彼のことを考え始めるための時間を彼女に与えなければならない。どんなにかすかにであっても、彼のことを公平な視点で見て、彼の不面目だけでなく楽しい性格をも思い出すための時間を。

彼は最終的に六週間と決めた。それが彼の目的に最も合った時間である、と。そして机のカレンダーで日数を数えていくと、四月九日が六週間後に当たるのがわかった。いいだろう、その日になったら彼女に電話をかけ、訪問してよいかどうか訊ねるのだ。それまでは――沈黙を守る。

こう決心すると、次第に未来は明るくなった。彼は少なくとも希望が指し示す方向に一歩を踏み出したのだ。そして彼女のことを考えなければ考えないほど、次に会ったときに望みどおりの印象を与えられるはずだ。そう彼は気づいた。

次の一時間のうちに、彼は深い眠りに就いていた。

休止期間

日が経つにつれ、彼の心のなかでグロリアの髪の輝きはかなり褪せてきたし、一年もすれば完全に消えてしまったのかもしれないが、六週間のうちには不愉快な日もたくさんあった。彼はディックとモーリーがすべて知っているのではないかとむやみに想像し、彼らと会うことを恐れていた。しかし、実際に三人で会ったとき、注目を集めたのはアンソニーではなくリチャード・キャラメルだった。彼の『魔性の恋人』がいよいよ出版されることになったのだ。アンソニーは自分が孤立しているように感じた。少し前の十一月には、モーリーとのつき合いが元気の源だったのに、もはやその温かさや安心を求める気持ちもなくなった。それを与えられるのはグロリアだけであり、それ以外の者ではもう絶対に無理なのだ。そのためディックの成功をそれなりに喜んだものの、少なからず不安な気持ちにもなった。それが意味しているのは世界が前進を続けている――書き、読み、出版している――ということであり、生きているということである。一方、彼としては六週間のあいだ、世界が息をひそめ、じっと止まっていてほしいのだ――グロリアがあのことを忘れてくれるまで。

二度の遭遇

彼が大きな満足を得られるのはジェラルディンと過ごしているときだった。一度、彼女を夕食と劇場に連れていき、何度かは彼のアパートでもてなした。彼女と一緒だと、ほかのことを忘れられる。グロリアと一緒のときとは違い、グロリアに焦らされているエロチックな感性を鎮めることができるのだ。ジェラルディンには、彼がどのようにキスするかは問題ではない。キスはキス――短いあいだ、目一杯楽しめばいい。ジェラルディンにとって、物事は細かく分類されている――キスとはある一つのものであり、それ以上のことはまったく別のものである。キスはいいことなのだが、それ以外は「いけないこと」なのである。

ちょうど休止期間の半分が過ぎたとき、二つの出来事が二日連続で起きた。それによって、せっかく落ち着いてきた彼の心は動転し、一時的に逆戻りしたのである。

最初の出来事は――グロリアに会ってしまったことだ。短い時間で、互いに会釈し、しゃべりもしたが、どちらも相手の言うことを聞いていなかった。グロリアと別れてから、アンソニーは『サン』紙の記事を三回繰り返し読み、一文も理解できなかった。

六番街なら安全だと思ったのに！　プラザの床屋にはいかないと決心していたので、彼はある朝、髭を剃ろうと六番街に出た。そして順番を待っているあいだ、コートとベストを脱ぎ、柔らかいカラーを首のところで広げて、店の正面近くに立っていた。寒さが続いた三月を砂漠と考えれば、それはオアシスのような日で、歩道は日光浴好きの歩行者たちで賑わっていた。プードル犬を連れた女が迂回しながら通り過ぎる。ベルベットに身を包んだ肉づきのよい女で、ぽっちゃりとした頬はマッサージを受けすぎたかのように真っ赤だ。プードルが革紐を引っ張り、女を先導する姿は、遠洋定期船を沖へと導くタグボートを思わせる。そのすぐあとを、ストライプの青い背広を着た男が、白いスパッツの足をぎこちなく動かして歩いていく。彼はプードルを連れた女の姿を見てニヤリと笑い、アンソニーと目を合わせると、眼鏡越しにウィンクしてみせた。アンソニーは笑い、すぐに上機嫌になった。人々はみな野暮で滑稽なお化けたちだという気分――彼らは自分たちの作り上げた四角ばった世界で、グロテスクなほど丸々とした姿を晒している。アンソニーの心に掻き立てられた感情は、水族館の秘教的な緑色の世界に棲む奇妙な巨大魚が掻き立てるものと同じだった。

もう二人の歩行者が何げなく彼の目を引いた。男と若い娘だ――と、娘の姿がグロリアに変わっていき、アンソニーは凍りついた。為す術なく立っているうちに二人は近づいてきて、グロリアがこちらに目を向け、アンソニーに気づいた。目を大きく開き、礼儀正しい笑みを浮かべる。唇が動いた。もはや一・五メートルしか離れていない。

「お元気ですか？」と彼は間の抜けたことをつぶやいた。

グロリアは幸せそうで、美しく、そして若々しい――彼が見たことのない男と歩いている！

そのとき床屋の椅子が空き、彼は新聞の記事を三度続けて読むことになったのだ。

二度目の事件はその次の日に起きた。マンハッタンのバーに七時頃入って、ブロックマンと出くわしたのだ。たまたま店は空席だらけだったのに、互いに気づく前にアンソニーは年長の男《ブロックマン》のすぐ近くに座ってしまい、飲み物を注文した。そのため会話をせざるを得なくなった。

「やあ、ミスター・パッチ」とブロックマンは愛想よく言った。

アンソニーは差し出された手を握り、気温の変化について二言三言語り合った。

「こちらにはよく来るんですか?」とブロックマンが訊ねた。

「いや、めったに来ません」。プラザホテルのバーが最近までお気に入りだったということは言わないでおいた。

「いいバーです。この街で最高のものの一つですね」

アンソニーは頷いた。ブロックマンはグラスを飲み干し、杖を握った。夜会服姿だった。

「では、先を急ぎますので。ミス・ギルバートと食事をする予定なんです」

突如、死神が二つの青い瞳から彼を睨みつけた。もしブロックマンがアンソニーを殺すつもりだと宣言したとしても、これ以上有効な打撃を彼に与えることはできなかったであろう。若いほうの男は目に見えるほど赤くなったに違いない――すべての神経が瞬間的に騒ぎ出したのだ。ものすごく無理をして彼は強張った――そう、とても強張った――微笑を浮かべ、礼儀正しく別れの挨拶をした。しかし、その夜は悲しみと恐怖のために四時過ぎまで眠れず、不愉快な想像ばかりが頭に浮かんで、狂わんばかりだった。

弱さ

五週目のある日、彼はグロリアに電話した。アパートで『感情教育』を読もうとしていたのだが、この本の何かが彼の精神を駆り立て、思考が解き放たれたときにいつも向かう方向へと突っ走った——自分の厩舎へと走っていく馬のように。突然息遣いが荒くなり、電話のほうへと急ぐ。電話番号を告げたとき、自分の声が小学生のように途切れたり、ゼイゼイ言ったりしているように感じた。電話交換手には彼の心臓の鼓動も聞こえたに違いない。相手側が受話器を取る音は、この世の終わりを告げるかのようだった。ギルバート夫人の声は、ガラスの容器に注がれるメープルシロップのように柔らかかったが、彼にとっては単純な「もしもしぃ」という音も身の毛のよだつものだった。

「ミス・グロリアは加減がよくありません。床に伏して、眠っています。どなたからの電話と伝えましょうか？」

「誰でもありません！」と彼は叫んだ。

激しい恐怖に襲われて、彼は受話器を叩きつけるように戻した。そしてホッとして息を切らし、冷や汗をかきながら、肘掛椅子に倒れ込んだ。

セレナード

アンソニーが最初にグロリアに言ったのは、「えっ、髪を切ったんだね！」だった。彼女はこう答えた。「ええ、素敵でしょ？」

ボブヘアはまだ流行っていなかった。流行り出すのは五年か六年後。その当時、髪を短くするのはものすごく大胆なことだと考えられていた。

「外は快晴だよ」と彼は真面目に言った。「散歩したくない？」

彼女は薄めのコートを着て、薄灰色がかった青《アリスブルー》色の帽子をかぶった。珍しいほどこじゃれたナポレオンハット。二人で五番街を歩き、セントラルパークの動物園に入る。象の堂々たる姿やキリンの首の長さに感嘆するが、猿がいるところには行かなかった。猿は匂いがひどいとグロリアが言ったためである。

それから二人はプラザに向かって戻っていった。特に何をしゃべるでもなく、ただ空気に春の歌声が感じられることに喜んでいた。突如として金色に輝いた町には、温かい香りが漂っている。右にはセントラルパークがあり、左には御影石や大理石の豪邸が建ち並んでいて、耳を傾ける者すべてに対し、百万長者の混沌としたメッセージを単調につぶやいている――「わしは働き、節約し、誰よりも機敏に立ち回った結果、いまここにいる、悪いか！」といったようなメッセージだ。

最新型の自動車で最も美しいものが五番街を走っていた。正面にはプラザホテルが異常なほど白く、魅力的な姿を現わす。しなやかで尊大なグロリアが彼の少し前を――短い影の分くらい前を――歩きながら、物憂げに気ままなことをしゃべっている。その言葉は目の眩《くら》むような空気に一瞬だけ漂ってから、彼の耳に届く。

「ねえ！」と彼女は叫んだ。「私、ホットスプリングズ〔ヴァージニア州の保養地〕に行きたいわ。開けた屋外に出て、新しく生えてきた芝生に寝ころびたい。そして、冬があったことさえ忘れちゃいたいわ」

「でも、忘れないで！」

「たくさんのコマドリが大騒ぎしている声を聞きたい。鳥ってなんとなく好きなのよ」

「女性はみんな鳥だね」と彼は思いきって言ってみた。

「私はどの鳥かしら？」――せっつくような、熱心な声。

「ツバメかな。でも、極楽鳥のこともある。ほとんどの女性はスズメだね、当然ながら――あそこにいる子守女たちが見えるかい？　あれはスズメだ――それともカササギかな？　もちろん、カナリア女もいるし、コマドリ女もいるし」

「それから白鳥女とオウム女ね。年取った女はみんなワシだと思うわ。じゃなきゃフクロウ」

「僕は何だろう――ハゲタカかな？」

彼女は笑って、首を振った。

「違うわ、あなたってまったく鳥っぽくない。そうでしょ？　あなたはロシア・ウルフハウンドよ」

アンソニーはこの種類の犬が白くて、いつでも腹を空かしているように見えたのを覚えていた。しかし、たいてい公爵や貴族の子弟と写真に写っているので、これは褒め言葉だと考えることにした。

「ディックはフォックステリアね。芸をするフォックステリア」と彼女は続けた。

「モーリーは猫だ」と言った途端、アンソニーの頭に一つのことが浮かんだ。ブロックマンは荒々しくて下品な豚に実によく似ている。そう思ったが、そのような不穏当な言葉は言わないでおいた。

あとになって、別れるとき、アンソニーは次にいつ会えるかと訊ねた。

「長いデートはできないかな？」と訴えるように言う。「一週間後でもいい。一緒に一日過ごせたら楽しいと思うんだ。午前も午後もね」

「そう、楽しいでしょうね」。グロリアは少しだけ考えた。「じゃあ、次の日曜日にしましょう」

「いいよ。僕は分刻みの計画を立てておくよ」

本当にそうした。彼のアパートに彼女が来て、お茶を飲む二時間に関してさえ、細かいところまで計画を立てた。良きバウンズが窓を広く開けて、新鮮な空気を入れる――しかし、空気が冷えないように暖炉の火は燃やし続ける――この機会のために花を買っておき、洒落た大きな鉢に入れてそこここに飾っておく。そして自分たちは長椅子に座る。

当日、二人は実際に長椅子に座った。しばらくしてから、機会が自然に訪れたので、アンソニーは彼女にキスをした。彼女の唇に甘い香りが残っているのに気づき、自分が片時もここから離れなかったのだと感じた。火が明るい光を発し、風がかすかな音を立ててカーテンの隙間から入ってくる。心地よい湿気がもたらされ、五月と夏の到来を予感させた。彼の精神は彼方の音色を感じてぞくぞくした――ギターが遠くで掻き鳴らされる音、温かい地中海の海辺に波が押し寄せる音――彼はまだ若く、こんなに若いことは二度となく、いまは死を寄せつけないほど生気に溢れているのだ。

　六時があまりに早く、こっそりと来てしまい、近くにある聖アン教会の鐘の気難しいメロディが聞こえてきた。深まる薄暮のなか、二人で五番街まで歩くと、そこでは解き放たれた囚人のように、長い冬に耐えてきた群衆が弾んだ足取りで歩いていた。バスの屋上には王のようににこやかな人々が群がり、店は夏用の薄くて柔らかいものでいっぱいだ。素晴らしい夏、よいことがたくさんありそうな夏、冬が金を儲けるのによい季節なら、夏は愛を育てるのにぴったりではないか。「生《ライフ》」が彼の夕食を祝うために街角で歌っている！「生《ライフ》」が街路でカクテルを配っている！群衆のなかの老女たちは、自分でも百メートルを走り、競走に勝てると感じている！

　その夜、月光に浮かぶ涼しげな部屋に戻ると、アンソニーは灯りを消してベッドに入った。そして眠れずに横たわり、その日のことを分刻みに頭で再現していった。まるで、前から欲しがっていたクリスマスの玩具《おもちゃ》の山を前にして、一つずつ順番に遊んでいく子供のように。彼はグロリアに静かな声で――ほとんどキスの最中に――愛していると言った。彼女は微笑み、彼を抱き寄せた。そして「嬉しいわ」と囁き、彼の目をじっと見つめた。彼女の態度には新しいものが生まれていた――肉体的に彼に惹きつけられる気持ちが新たに高まっていること、珍しいくらい感情的に張り詰めていること。それを思い出して彼は両手をぎゅっと握り、息を深く吸い込んだ。いままでになく彼女に近づいたと感じ、激しい喜びに駆られて、彼女を愛していると部屋に向かって叫んだ。

　翌朝、電話をした――もうためらわないし、迷ったりしない。彼女の声が聞こえてきたとき、熱に浮かされたような興奮は二倍になり、三倍になった。

「おはよう――グロリア」

「おはよう」

「それだけなんだ、言いたかったのは――グロリア《ディア》」

「電話してくれて嬉しいわ」

「会えたらいいな」

「会えるわよ、明日の夜なら」

「それってずいぶん先じゃない?」

「そうね――」。乗り気ではなさそうな声。思わず受話器をぎゅっと握りしめる。

「今晩、訪ねちゃいけないかな?」これに対して「いいわ」という囁き声が返ってきたら――その輝きに浸れたら――彼はどんなことでもできるだろう。

「約束があるのよ」

「そうか――」

「でも、もしかしたら――断れるかもしれない」

「そうして!」――心からの叫び、熱狂の声。「グロリア?」

「なあに?」

「愛してる」

少し間が空いてから。

「嬉しい――わ」

モーリー・ノーブルがこう言ったことがある。幸福とは、特別に惨めな状態から逃れたあとの一時間だけだ、と。しかし、その日の夜、プラザホテルの十階の廊下を歩いていくアンソニーの顔ときたら！　彼の黒い目は輝いていた――口のまわりに皺を寄せているさまも微笑ましい。いつもはハンサムでなかったとしても、そのときのハンサムぶりは際立っている。決して滅び去ることのない瞬間へと向かっている姿。その瞬間の輝きはすさまじく、それから何年ものあいだ、この光の記憶だけでものを見ることができるのだ。

アンソニーはドアをノックし、声が聞こえると、中に入った。グロリアは素朴なピンクのドレスを着ていた。糊がきいていて、花のように新鮮に感じられる服。部屋の向こう側にじっと立ち、目を大きく開いて彼を見つめている。

彼の後ろでドアが閉まると、彼女は小さな声を上げ、二人を隔てる距離を急ぎ足で歩いてきた。近づきながら両腕を上げ、早くも抱擁を求めている。二人は幸福感に舞い上がり、しっかりと長く抱き合った。その結果、彼女のドレスの硬い襞《ひだ》の部分はすっかり平らになってしまった。

第二部

第一章　光り輝く時間

二週間後、アンソニーとグロリアは「実務的な議論」に耽《ふけ》るようになった。こういう語らいをそう呼び始めたのは、永遠に降り注ぐ月光の下を二人で歩いているときでも、厳しい現実に向き合っているふりをするようになったためだ。

「僕が愛しているほど、君は僕を愛していないんだ」と純文学の批評家は言う。「もし本当に僕を愛しているなら、みんなにそれを知らせたいと思うはずさ」

「思ってるわ」と彼女は抗弁した。「街角でサンドイッチマンのように立って、通りかかる人みんなに知らせたいくらいよ」

「じゃあ、僕と六月に結婚する理由をすべて言ってくれ」

「そうね、あなたが清潔だからよ。ものすごく清潔なの、私と同じで。清潔さには二種類あるのよ。一つはディックみたいなの。磨いたフライパンみたいに清潔なのね。あなたと私は小川や風のように清潔。人を見れば、その人が清潔かどうかはすぐにわかるし、どちらの清潔さかもわかるわ」

「僕たちは双子のようだね」

なんて素晴らしい考え！

「お母さんがね」――彼女は自信なさそうに口ごもった――「お母さんが、二つの魂は一緒に作られるときがあって――それで、生まれる前から愛し合ってるんだって」

ビルフィズムへの改宗者が簡単に誕生した……しばらくしてから、アンソニーは顔を上げ、天井に向かって声を出さずに笑った。視線をグロリアに戻すと、彼女は怒っていた。

「どうして笑ったの？」と彼女は叫んだ。「前にも二度、こういうことがあったわ。私たちの関係には、どこも可笑《おか》しいところなんてない。私は道化役を演じるのはかまわないし、あなたがそうするのもかまわない。でも、二人で一緒にいるときは嫌なの」

「ごめん」

「ねえ、ごめんなんて言わないで！　それよりましなことが言えないんだったら、黙っててよ！」

「愛してるよ」

「どうでもいいわ」

しばしの沈黙。アンソニーは気が滅入ってきた……そしてようやくグロリアが囁《ささや》いた。

「ごめんなさい、意地悪だったわ」

「そんなことないよ。意地悪だったのは僕さ」

平和は回復された――それに続く時間はいっそう甘くて、鋭くて、感動的だった。彼らはこの舞台のスターだったのだ。それぞれが二人きりの観衆に向かって演技している――「ふりをすること」への情熱によって現実性が作り出される。ここにこそ、究極的な自己表現の神髄があった。とはいえ、おそらくほとんどの部分において、彼らの愛が表現しているのはアンソニーよりもグロリアなのだ。彼はしばしば、彼女が主催するパーティにおいて、自分が人々から嫌がられている客のように感じた。

ギルバート夫人に話すのはきまり悪かった。彼女は小さな椅子にちょこんと座り、とても集中して、目をぱちくりさせながら聞いていた。夫人は知っていたはずだ――この三週間、グロリアはほかの男とまったく会わなかったのだから――そして、自分の娘の態度には明確な違いがあると気づいていたはずだ。速達郵便を出してくれと頼まれたこともあったし、電話でこちら側が言っていることを聞いていた——母親とはみんなそういうことをするようだから——何でもないふりをしていても、かなり熱い会話——

——しかし、夫人は上品に驚いたふりをし、とても嬉しいと言った。間違いなく嬉しかったはずだ——窓台で咲いている鉢植えのゼラニウムも喜んでいる様子だった。恋人たちが二人きりでロマンチックな時間を過ごしたいと、二人乗り二輪馬車——古風な乗り物だ——に乗ったときの御者もそうだった。二人は馬車の請求書に「僕の（私の）気持ちはわかっているはず」などと書いて、相手に見えるように差し出したりした。

しかし、キスとキスの合い間には、アンソニーとこの黄金の娘は絶えず喧嘩していた。

「いいかい、グロリア」と彼は叫ぶ。「説明させてくれ」

「説明しないで。キスしてよ」

「それは正しいと思わないんだ。僕が君の感情を傷つけたのなら、話し合うべきだよ。〝キスして忘れる〟っていうのは好きじゃない」

「でも、議論はしたくないの。キスして忘れられるなら、それで素晴らしいじゃない。それができなくなったら、議論しましょうよ」

あるとき、些細な食い違いが広がって、アンソニーが立ち上がり、乱暴にオーバーコートを羽織ったことがあった——一瞬、その前の二月の喧嘩が再現されるのかと思われた。しかし、彼女が深く心を動かされたことがわかったので、彼は誇りを失わずに威厳を保ち、次の瞬間グロリアは彼の腕のなかで泣いていた。彼女の美しい顔は、怯《おび》えた少女のように哀れなものとなった。

この間、二人は互いに自分のことを打ち明けるようになっていた。自ら進んでというわけではなかったが、興味津々の反応や言い逃れ、あと味の悪さや偏見、意図せずに仄《ほの》めかしてしまった過去のことなどに触発されたのだ。グロリアという娘はプライドが高すぎて嫉妬心を抱くことなどなく、彼のほうは極端に嫉妬深かったので、彼女のこの美点に苛《いら》つくことになった。わずかでも嫉妬を掻き立てようと、わざと自分の人生の秘められた出来事を語ったが、うまくいかない。彼女にとって彼はいま自分のものであり、それ以前の過ぎ去った年月などどうでもいいのだ。

「ねえ、アンソニー」と彼女は言う。「あなたに意地悪したときって、あとで申し訳ないと思ってるの。あなたの苦痛を和《やわ》らげられるのなら、私はどんなことでもするわ」

そう言った瞬間、彼女の目からは涙がこぼれそうになる。自分が心にもないことを言っているとは、気づいていない。しかしアンソニーは、二人が意図的に傷つけ合う日もあることに気づいていた――相手を攻撃することにほとんど喜びさえ感じているのだ。彼女は絶えず彼を困らせていた。ある瞬間はとても親密かつ魅力的で、意外なほど素晴らしい関係を築こうと必死になる。次の瞬間には冷淡に黙り込み、彼らの愛のことはまったく考えていない様子だし、彼が何を言っても心は動かされない。アンソニーは、こうした尊大な沈黙を彼女の身体的な不調に結びつけざるを得ないこともしばしばあった――不調が終わるまで、彼女は決して不平を漏らさないのだ。あるいは、彼のほうが不注意だったり、厚かましかったりしたのではないか、夕食の料理に不満があったのではないか、などとも考えた。しかし、それでも、彼女が周囲の人々と無限に距離を取ろうとする手段は謎で、二十二年の揺るぎないプライドのどこかに埋もれているものなのだ。

「どうしてミュリエルのことが好きなんだい？」と彼はある日問いかけた。

「好きって――そうでもないわ」

「じゃあ、どうして彼女と出歩くの？」

「一緒に行く人が欲しいからよ。楽でしょ、あの子たちちって。私が言うことみんな信じちゃうから

――でも、私はレイチェルのほうが好きね。可愛いと思うわ――清潔だし、人当たりがいいし。そう思わない？　以前はほかにも友達がいたわ――カンザスシティや学校でね――みんな気が置けない子、たまたま私の活動範囲に出たり入ったりした子たちよ。男の子たちが連れていってくれた場所で会っただけ。環境が変わって、出くわすこともなくなったら、興味も惹《ひ》かれないわ。もうほとんどが結婚しているわね。だからどうだっていうの――みんな、似たような人たちよ」

「君は男のほうが好きなんだね？」

「ええ、ずっと好きだわ。私の心は男っぽいのよ」

「君は僕と似た心の持ち主だね。性的にどちらかに強く傾いているわけではない」

　あとになって、グロリアはブロックマンとのつき合いの始まりについて彼に語った。ある日、デルモニコス〔五番街と四十四丁目の角にあった高級レストラン〕にレイチェルと行ったところ、一緒にランチを食べているブロックマンとギルバート氏に出くわしたのだ。好奇心から、四人で一緒に食事することにし、彼女はブロックマンを気に入った――かなり。若い男たちと比べ、わずかなことで満足する彼は、彼女にとっていい息抜きになった。彼は彼女の機嫌を取り、彼女を理解したかしないかはともかく、よく笑った。両親にはあからさまに反対されたが、彼女は彼と何度か会い、一カ月経たないうちにプロポーズされた。イタリアの別荘から、映画界での輝かしいキャリアに至るまで、何でも手に入れてあげると言われた。彼女は面と向かって笑いとばし、彼も笑った。

　しかし、彼は諦めていなかった。アンソニーがライバルとして登場するまでは、着実に歩を進めていたのだ。彼女は彼をかなりよく扱っていた――いつでも腹立たしいニックネームで呼ぶことを除けば。その一方で、彼が見守ってくれていることにも気づいていた。比喩的に言えば、彼女がフェンスの上を歩いているようなとき、そばを歩いて、彼女が落ちたら受け止めてあげようとしているのだ。

　婚約を発表する前夜、彼女はブロックマンにその話をした。これは大きな打撃だった。アンソニーに詳細を伝えることはしなかったが、ブロックマンがためらわずに異議を唱えたことは仄めかした。アンソニーが推測したところだと、この会見は険悪なムードで終わったようだ。グロリアはソファの片隅に冷淡に座り、まったく心を動かされた様子がない。〝フィルム・パール・エクサランス〟のジョゼフ・ブロックマンは顔をしかめ、うつむいてカーペットの上を歩いている。グロリアは彼のことを気の毒に思ったが、それは表に出さないほうがいいと判断した。最後に親切心が湧き起こり、別れる前に彼に嫌われようとした。しかしアンソニーは、無関心さこそがグロリアの最大の魅力だとわかっていたので、この試みは無駄だったはずだと考えた。彼はブロックマンのことをしばしば、しかし何げなく考えた——最終的には、彼のことを完全に忘れてしまった。

絶頂期

ある日の午後、二人は日当たりのいいバスの屋上の前部に座席を見つけ、何時間もバスに乗って過ごした。色褪《いろあ》せたワシントンスクエアから、汚れた川に沿って北へ。西側の街路に散在する光が消えていく時間に、人で溢れかえる五番街を下る。デパートから出てくる不気味な蜂たちのような群衆で五番街は暗くなっていた。道路は無秩序な渋滞で固まってしまい、動きが取れなくなっている。バスは群衆の上でプラットフォームのように四列に並び、交通整理の笛の唸《うな》り声を待っている。

「素晴らしくない？」とグロリアが叫んだ。「見て！」

小麦粉で真っ白になった製粉業者の馬車が、粉でよごれた道化の運転で、二人の目の前を通り過ぎた。白い馬が、黒い馬とともに、その馬車を引いている。

「なんて残念なの！」と彼女は不満を漏らした。「薄闇のなか、すごく美しいでしょうに、これで二頭とも白馬だったら。私、いまものすごく幸せ、この都会にいられて」

アンソニーは首を振って異を唱えた。

「都会って、山師だと思うよ。ものすごく威圧的で洗練されてるってことになっていて、その状態にいつでも必死に近づこうとしている。ロマンチックなほど荘厳な大都市であろうとしているんだ」

「そうは思わないわ。本当に荘厳だと思うもの」

「一時的にね。でも、本当は見え透いていて、人工的な景色なんだ。広報係のついたスターたちがいて、出来合いの薄っぺらいステージセットがあって、いまだかつてないほどたくさんのエキストラたちが集まって――」。ここで彼は一息つき、少し笑ってからつけ足した。「技術的には素晴らしいかもしれないけど、説得力がないんだよ」

「警察官って、民衆を馬鹿だと思っているわよね」とグロリアは考え深げに言った。そのとき彼女は、大柄で臆病そうな婦人が助けを借りて道を横断するのを見つめていた。「警察官はいつでも民衆が怯えていて、役に立たない年寄りばかりだって考えてるの――その通りなんだけど」とつけ足してから彼女は言った。「降りましょう。お母さんに、今日は早めに夕食を摂《と》って、早めに寝るって言っちゃったのよ。疲れてるみたいだって言われて。嫌になっちゃう」

「早く結婚したいね」と彼は真面目につぶやいた。「そうしたら、おやすみって別れる必要はないし、好き勝手なことができるし」

「素敵じゃない！　たくさん旅行したいわ。地中海とイタリアに行きたい。それから、いつか舞台に立ちたいの――たとえば一年くらい」

「それはいいね。僕が君のために芝居を書くよ」

「素敵！　その役を演じるわ。それからもっとお金が入ったときに」――アダム老人の死はいつでもこのように婉曲に仄めかされた――「豪華な大邸宅を建てましょう？」

「ああ、そうだね、プライベートのプールも作って」

「たくさん作りましょう。それからプライベートの川も。それがいまできたらいいのに」

奇妙な偶然だ――彼もまさにそれを望んでいたのだ。二人は引いていく暗い群衆の波にダイバーのように飛び込み、冷えてきた五十丁目台の通りに出た。そしてぶらぶらと家に向かって歩き、相手に対して限りなくロマンチックな気持ちでいた……二人とも、夢のなかで見つけた幽霊とともに、落ち着きを取り戻した庭のなかを歩く。

流れの緩やかな川を下っていく船のように穏やかな日々。春の夕暮れは憂いを帯びた哀愁に満ちており、それが過去を美しく、また悲痛なものとして感じさせる。彼らに振り返るように促し、ずっと昔の夏の恋人たちがもういないということ、その当時の忘れられたワルツとともに朽ちたということを思い出させる。いつでも最も心を苦しめるのは、何らかの人工的な障害が二人を引き離しているときだ。劇場で彼らの手はこっそりと求め合い、触れ合い、長いあいだ闇のなかでそっと握りしめ、相手もそれに応える。込み合った部屋では相手に見えるように唇で言葉を形作る――自分たちが埃《ほこり》をかぶった世代の足跡をたどっているにすぎないということは知らず。ただ、真実が人生の目的であるとすれば、幸福はそれにたどり着くための術《すべ》であり、そのおののくような一瞬に慈しむべきものだということをぼんやりと悟って。そしてある優雅な夜に、五月が六月になる。あと十六日――十五日――十四日――

三つの余談

婚約が発表される直前、アンソニーはタリータウンを訪れ、祖父に面会した。「時」がくすくす笑いながら最後のいたずらをした結果、祖父はさらに干からび、白髪も増えていた。彼は孫の婚約の知らせを深遠なシニシズムをもって迎えた。

「そうか、結婚するわけか」と祖父は本音の見えない穏やかな口調で言い、首を上下に振った。あまりに何度も振るので、アンソニーは少なからず気が滅入った。一方で祖父の意図は摑めないものの、かなりの金が自分に贈られるだろうとは思っていた。もちろん、相当の金額がチャリティのほうにも行くだろう、社会改革事業を続けていくために。

「それで、仕事をするのか？」

「いえ――」とアンソニーは動揺して煮えきらない態度をとった。「仕事はしています、ご存じのように――」

「わしが言ってるのは職業のことだ」とアダム・パッチは冷めた口調で言った。

「自分が何をするのか、まだはっきりしないんですよ。でも、自分でやりくりはしています、お祖父《じい》様《さま》」と彼は熱を込めて主張した。

老人はこの言葉について目を半分閉じて考えた。それからほとんど申し訳なさそうに訊ねた。

「一年にどれくらい貯めているんだ？」

「ゼロです、いまのところ――」

「それで、自分の金で何とかやりくりしてきた末に、今度は何らかの奇跡によって、二人になってもやりくりできると考えたわけか」

「グロリアにも自分の金があります。服を買うには充分な金です」

「どれくらい？」

この質問が不作法だとも思わずに、アンソニーは答えた。

「ひと月に百ドルくらいです」

「では、一年に全部で七千五百ドルだな」。それから祖父は穏やかにつけ加えた。「これは充分な額であるはずだ。おまえに分別があればこれで充分でなければいけない。しかし、問題はおまえに分別があるかどうかだ」

「充分だと思います」。信心深い老人からのこうした叱責に耐えざるを得ないのは屈辱的であり、彼の次の言葉は虚栄心で張り詰めていた。「これでうまくやっていけます。お祖父様は僕がまったくの役立たずだと思われているようですね。少なくとも僕がここに来たのは、六月に結婚することをお伝えするためだけです。では、さようなら」。こう言って彼は祖父に背を向け、ドアに向かっていった。この瞬間、祖父が初めて彼を気に入ったということには気づいていなかった。

「待て！」とアダム・パッチは呼びかけた。「話がある」

アンソニーは振り向いた。

「何でしょう？」

「座れ。ひと晩、泊まりなさい」

多少気分が和らいで、アンソニーは椅子に戻った。

「申し訳ありません。でも、今夜はグロリアに会う予定ですので」

「何ていう名前なんだ？」

「グロリア・ギルバートです」

「ニューヨークの娘かな？　おまえの知っている家族か？」

「中西部の出身です」

「その父親はどんな仕事をしている？」

「セルロイドの会社か企業連合か何かです。カンザスシティから来ました」

「あちらで結婚式を挙げるのか？」

「いえ、違います。ニューヨークでするつもりでした――わりとささやかに」

「ここで式を挙げるのはどうだ？」

アンソニーはためらった。この提案は彼にとって何の魅力もなかったのである。しかし、彼の結婚生活において、この老人にその所有者のような関心を抱かせておくのは、確かに賢いやり方だ。それに加えて、アンソニーは少し感動していた。

「そのご親切はとてもありがたいです、お祖父様。でも、いろいろと面倒なことはありませんか？」

「この世は面倒なことだらけだ。おまえのお父さんもここで式を挙げたよ――でも、古い家でだが」

「いえ――父はボストンで結婚したと思います」

アダム・パッチは少し考えた。

「そうだった。あいつはボストンで結婚した」

アンソニーは間違いを指摘したことに一瞬だけ気まずさを感じ、それを言葉で取り繕《つくろ》おうとした。

「では、グロリアにその件を話してみます。個人的にはそうしたいのですが、もちろん、ギルバート家次第ですので」

祖父は長い溜め息をつき、目を半ば閉じると、椅子の背もたれにもたれかかった。

「急ぐのか？」と彼は先ほどと違う口調で言った。

「いえ、特には」

「どうだろう」とアダム・パッチは窓に当たってカサカサと音を立てるライラックの花々に優しそうな目を向けながら言った。「おまえは来世について考えることはあるか？」

「ええ――ときどき」

「わしは来世についてしょっちゅう考えとる」。彼の目は霞《かす》んでいたが、声ははっきりとして自信に溢れていた。「今日、ここに座って、何が我々を待っているのかと考えていた。そうしたらどういうわけか、六十五年近く前、妹のアニーと遊んでいた午後のことを思い出したのだ。いま東屋《あずまや》があるところだな」と言って、細長い花壇のある方向を指さす。彼の目からは涙がこぼれそうになり、声は震えた。

「そして考え始めた――で、おまえももうちょっと来世について考えるべきだと思うのだ。もっと

――堅実に」――彼はここで間を置き、正しい言葉を探している様子だった――「もっと勤勉に生きなければ――というのも――」

それから彼の表情は変わった。人格全体がバネ仕掛けの罠のようにパチンとまとまった様子で、次に言葉を発したとき、彼の声からは穏やかさが消え去っていた。

「――というのも、わしがいまのおまえよりも二歳年上だったとき」。彼はクックッと陰険そうに笑いながら、しゃがれ声で言った。「レン&ハント社の三人を救貧院に送ったんだ」

アンソニーは気まずさを感じてビクッとした。

「では、行くがいい」と祖父は突然つけ加えた。「列車に乗り遅れるぞ」

アンソニーはいつになく高揚して祖父の家を辞去した。そして、奇妙にも老人を気の毒に思っていた。あれだけの富があっても「若さや胃の消化力」が得られないからではない。アンソニーに自分のところで結婚するよう求めたからであり、記憶しておくべき自分の息子の結婚式について、部分的に忘れてしまっていたからでもあった。

最後の数週間、アンソニーとグロリアにとって、新郎付添人の一人であるリチャード・キャラメルがかなりの頭痛の種だった。というのも、彼らが浴びるべきスポットライトを彼がいつでも奪ってしまうのだ。『魔性の恋人』は四月に出版され、それが二人の恋の妨げになった――著者と関係のあるものすべての妨げになったと言ってもよい。彼の作品は、ニューヨークのスラム街に住むドン・ファンをずっと追っていく物語。非常に独創的だが、かなり書き込みすぎたきらいもある。モーリーとアンソニーが以前言ったように、そしてもっと好意的な批評家たちが出版後に言っていたように、社会のその分野の先祖返り的で生硬な反応を描写するにあたって、彼ほどの力のある作家はいなかった。

発売当初の売れ行きはまずまずだったが、それから本は「弾けた」。最初は少ない部数の増刷から大きな部数になり、毎週増刷されるようになった。救世軍のスポークスマンは、下層社会で起きている道徳的向上をすべてシニカルに誤解しているとして、この本を非難。抜け目のない宣伝係は、〝ジプシー〟・スミスという信仰復興運動家がこの本に怒っているという、根拠のない噂を流した。主要登場人物の一人が自分のパロディであると思い込み、名誉棄損訴訟を起こそうとしているという噂である。この本はアイオワ州バーリントンの公立図書館で禁止され、中西部のコラムニストはリチャード・キャラメルがアルコール中毒で療養所に入っていると仄めかした。

作者自身は実際、狂喜乱舞といった状態で日々を過ごしていた。彼の会話の四分の三はこの本の話題が占めた。相手が「最新ニュース」を聞いているかどうか知りたがる。店に入れば、本の代金の請求先として大声で自分の名前を言う。店員や客がわずかばかりでも自分に気づいたとすれば、そのチャンスに飛びつく。国のどの地域で自分の本が一番よく売れているかも、町の名前に至るまで把握していた。それぞれの版で何部売れたかも正確に知っていたし、まだ読んでいない者に出会うと、あるいはそういうことがしばしばあったのだが、書名を聞いたこともない者に出会うと、すっかりめげてしまうのだった。

したがって当然ながら、アンソニーとグロリアは妬《ねた》ましく感じ、ディックがうぬぼれすぎて退屈な人間になったと決めつけた。ディックにとっては、グロリアが『魔性の恋人』をまったく読んでいないし、みんながそれについて話すのをやめない限り読むつもりはないと公言するので、とても苛立っていた。実際のところ、彼女には読む時間などなかった。お祝いのプレゼントがどんどん送られてきたのである――最初は少しずつだったが、それから雪崩《なだれ》のごとく。忘れていた家族の友人からのガラクタやら、忘れていた貧しい親戚からの写真などである。

モーリーは手の込んだ「飲酒セット」を二人に贈った。銀のゴブレット、カクテルシェイカー、ボトルの栓抜きなども入っているものだ。ディックからの貢物はありふれたものだった――ティファニーの紅茶セット。ジョゼフ・ブロックマンからはシンプルながら精巧な旅行用の時計がカードとともに届いた。バウンズからの巻き煙草用パイプもあった。これにはアンソニーも感激し、泣きたい気持ちになった——実際、結婚というしきたりのために払った大きな犠牲に感銘を受けている数人の若者たちにとって、ヒステリーまではともかく、どんな感情を抱いてもおかしくないように思われた。プレゼントの収納のためにプラザホテルの一室があてられ、ハーヴァードの友人たちや祖父の仕事仲間から送られた貢物、そしてグロリアのお嬢様学校時代を思い出させるものなどでいっぱいになった。彼女のかつてのボーイフレンドたちからは哀愁漂うプレゼントが贈られていた。最後に届いたものには難解で物悲しいメッセージが書かれたカードがついていて、プレゼントのなかに慎重に忍び込ませてあった。「あのとき、これが最後だとは夢にも——」とか「あなたのお幸せを心から——」で始まるものから、「あなたがこれを受け取る頃には、私は旅に出ています——」といったものまであった。最も気前のよいプレゼントは、同時に最もがっかりさせるものでもあった。アダム・パッチからのお祝い——五千ドルの小切手である。

ほとんどのプレゼントに対してアンソニーは冷淡だった。これによって、この先半世紀にわたり、知人たちの婚姻関係をずっと追っていかなければならなくなるように思えたのだ。しかしグロリアは一つひとつに大喜びし、犬が骨を探すような貪欲さで薄紙やおが屑《の》を取り除けていった。そして息を呑んでリボンや金属の箱の縁《ふち》を摑み、品物を取り出すと、鑑定するように持ち上げてみる。顔に笑みは浮かべないものの、うっとりとした興味以外の感情はまったく現われていない。

「見て、アンソニー！」

「すごくいいじゃないか！」

それに対する返事は一時間後になる。グロリアはようやくプレゼントに対する自分の正確な反応を慎重に説明するのだ。これがもっと小さければ、あるいは大きければもっとよかったとか、これをもらって驚いたかどうか、驚いたのならそれはどれくらいか、など。

ギルバート夫人は新婚家庭を想定して、プレゼントをさまざまな部屋に分けて置き、繰り返し置き換えていた。品物を「やや見劣りする時計」とか「毎日使う銀食器」といったふうに分類し、一部屋を半分ふざけて「育児室」と呼んで、アンソニーとグロリアに気恥ずかしい思いをさせていた。アダム老人からのプレゼントには喜び、それから彼のことを「ほかの誰よりも」古臭い精神の持ち主だと断言した。アダム・パッチは彼女が精神の老化のことを言っているのか、それとも彼女個人の精神的な見取り図があるのか判断できなかったので、この言葉に喜んだとは言い難かった。夫人についてアンソニーに話すときは、かつて何度も舞台で見た喜劇の登場人物のことを話すかのように、「例の婆さん、母親」というふうに言った。グロリアについては心が決められないでいた。魅力を感じはするのだが、グロリア自身がアンソニーに語ったように、彼女のことを軽薄だと思い、嫁として認めるのを怖がっていたのだ。

あと五日！――タリータウンの芝にダンス用の舞台が設《しつら》えられた。あと四日！――ニューヨークからの客を送迎するために特別な列車がチャーターされた。あと三日！――

日記

グロリアは青いシルクのパジャマを着て、ベッドの脇に立っていた。手をライトに添え、部屋を暗くしようとしたが、そのとき気を変えた。机の引き出しを開けると、小さな黒い本を取り出した――「一日に一行」日記である。これを彼女は七年間続けていた。鉛筆で書いた文字の多くはほとんど読めなくなっていたが、ずっと前に忘れ去っていた夜や午後に関する書き込みがいろいろとあった。「子供たちのためにこの日記をつけよう」という大昔からお馴染《なじ》みの言葉で始まるものの、これは決して打ち明け話をするような日記ではない。それでも、彼女が日記をめくっていると、たくさんの消えかけた名前から男たちの目が彼女を見つめているように思われた。そのうちの一人と彼女はニューヘイヴン〔イェール大学の所在地〕に初めて行った――一九〇八年、彼女が十六歳で、イェールでは肩パッドが流行《はや》っていた頃だ。〝タッチダウン〟・ミショーにひと晩じゅう口説かれて、彼女は気分がよくなった。とても誇らしく思っていた大人向けのサテンのドレスを思い出し、溜め息をつく。オーケストラは「ヤマヤマ・マイ・ヤマ・マン」〔一九〇八年初演の『三人の双子』のなかの曲〕と「ジャングルタウン」〔一九〇八年の流行歌〕を演奏していた。ずいぶん前の話だ！――あの名前たち、エルティンジ・リアドン、ジム・パーソンズ、〝カーリー〟・マクレガー、ケネス・カウワン、〝フィッシュアイ〟・フライ（この男はとても醜いという点で彼女のお気に入りだった）、カーター・カービー――彼はプレゼントを贈ってきた、テューダー・ベアードもだ――マーティ・レファー、彼女が一日以上恋をした最初の相手、それからスチュアート・ホルカム――この男は彼女を車に乗せて逃げ、無理やり結婚させようとした。そしてラリー・フェンウィック――彼はある晩、キスしてくれないのなら車から降りて歩いて家に帰ってくれと言い、そのことで彼女はいつも彼をすごい人だと思っていた。何という人たちだろう！

……そして、結局のところ、昔の男たちなのだ。彼女はいま恋をしていて、すべてのロマンスの統合である永遠のロマンスに落ち着こうとしている。それでも、彼女は悲しくてたまらない、こうした男たちや月の光、そして自分が味わってきた「スリル」のために――そしてキスのために。過去は――彼女の過去は、何と楽しかったことか！　自分は並外れて幸せだった。

ページをめくりながら、彼女はここ四カ月の散漫な書き込みをぼんやりと眺めていた。そして最後の数カ月分を丁寧に読んだ。

「四月一日――ビル・カーステアーズにものすごく冷たくしたから、嫌われたのはわかっている。でも、私は感傷に耽られるのって嫌なの。ロックイヤー・カントリークラブまでドライブして、最高に素敵な月が木々のあいだから光っていた。私の銀のドレスは色褪せてきているわ。ロックイヤーでの別の夜を忘れるなんて可笑しいわね――ケネス・カウワンをものすごく愛していたとき、一緒に行ったのに！」

「四月三日——評判によると百万長者らしいシュレーダーと二時間一緒に過ごしたあと、私は無理を続けるのは疲れるだけだと思うようになった。特に男との関係の場合は。男ほど大げさに扱われているものってほかにないし、今日から私は楽しみだけを求めることにする。〝愛〟について話し合った——なんてありきたり！　どれだけの男たちと愛について語り合っただろう？」

「四月十一日——パッチが本当に今日電話してきた！　一カ月前、家から立ち去ったとき、彼は本当に怒っていた。どんな男も致命的な打撃には耐えられないって話を、私は徐々に信じられなくなっている」

「四月二十日——パッチと一日一緒に過ごした。たぶん彼と結婚すると思う。彼の考えていることが好き——私のなかの独創性を刺激してくれる。十時頃、ブロックヘッドが新しい車でやってきて、リヴァーサイド・ドライブに私を連れ出した。今夜の彼は気に入った、とても気を配ってくれたから。私が話したがらないのを知って、ドライブのあいだずっと黙っていた」

「四月二十一日——アンソニーのことを考えて目覚めたら、本当に彼が電話してきて、電話の声がとっても素敵だった——だから彼のためにデートの約束を破った。今日は彼のためなら何でも破れるって感じがする——十戒でも、首の骨でも。彼が八時に来るので、私はピンクのドレスを着よう。新鮮で、パリッとした感じに見えるように——」

彼女はここで読むのを中断し、その夜、彼が帰ったあとのことを思い出した。窓から冷たい四月の大気が染み込んでくるなか、服を着替えたのだが、その寒気をまったく感じなかった。心のなかで燃える深くてありふれた感情にすっかり熱くなっていたのである。

次の書き込みは数日後のものだった。

「四月二十四日——アンソニーと結婚したい。だって、夫は〝夫〟にすぎなくなってしまうことが多いけど、私は恋人と結婚したいのだ」

「夫には、大雑把に四つのタイプがある。
（1）夜にいつでも家にいたがる夫。何も悪習はなく、給料のために働く。絶対に嫌！
（2）先祖返り的な〝主人〟のタイプ。妻は情婦のようなもので、彼の喜びのために奉仕する。このタイプは美女を必ず〝軽薄〟だと考える。進歩を止められた孔雀のようなものだと考えるのだ。
（3）次に来るのが崇拝者タイプ。妻を崇拝し、自分の持ち物すべてを崇拝し、それ以外のものはまったく目に入らない。このタイプは感情的な演技を妻に求める。かなわない！　清廉潔白と思われ続けるのはすごく大変に違いないわ。
（4）そしてアンソニー――燃え上がるときはすごく燃え上がり、熱が冷めたときは、そういうものだと悟るだけの知恵もある。そして私はアンソニーと結婚したい。
つまらない結婚生活のあいだ、うつぶせになって這《は》いずり回るなんて、女って地虫みたいなものね！　結婚は人の背景となるように作り出されたのではなく、背景を必要とするように作り出されたもの。私の背景はすごいものになる。舞台装置のようなものではダメだし、我慢ならない――最高の演《だ》し物、生き生きとした魅力的な演し物になるのだし、世界じゅうが舞台になるのだから。自分の人生を子孫のために捧げるのなんて御免だわ。欲しくもない子供たちに対するのと同じくらい、いまの世代に対しても義務があるはずよ。何という運命だろう――体が丸くなり、醜くなって、自己愛を失い、ミルクとかオートミールとか子守とかオムツとか、そんなことばかり考えるようになるなんて……親愛なる夢の子供ちゃんたち、はるかに美しく、目が眩むような子供たち。そして金色の羽で羽ばたく（夢の子供たちはみんな羽ばたくのだ）――

でも、こういう子供たち、可哀想な赤ちゃんたちは、結婚とはあまり関係がない」

「六月七日――道義的な質問。ブロックマンに私を愛させたのは間違いだったのだろうか？　だって、本当に私がそう仕向けたのだ。今夜、彼は愛おしくなるくらい悲しがっていた。喉が詰まり、涙が簡単に溢れてくるなんて、なんて私は都合よくできているんだろう。でも、彼は過去の男――虫よけ芳香剤をたっぷり入れてしまい込んだわ」

「六月八日――今日、唇を噛むのをやめるって約束した。まあ、たぶんやめる――でも、もう噛まないでくれって彼が頼んでくれたらいいのに！」

「シャボン玉を飛ばす――これが私たちのしていること、アンソニーと私。今日はとてもきれいなシャボン玉を飛ばした。それが弾けたら、もっともっと飛ばそう――同じくらい大きくて、同じくらいきれいなのを、石鹸水がすべてなくなるまで」

この書き込みで日記は終わっていた。彼女の視線はページの上に向かい、一九一二年、一九一〇年、一九〇七年の六月八日に目をとめた。一番古い時期のは十六歳の少女のふっくらとした丸い書体で書き込まれている――ボブ・ラマーという名前と、解読できない言葉が見える。それから彼女はそれが何であるか気づいた――そして、目に涙が浮かんできた。ぼんやりとした灰色の書き込みは彼女の最初のキスの記録なのだ。七年前、雨のベランダで過ごしたあの親密な午後のように薄くなった書き込み。二人のどちらかがその日に言った言葉を記憶している気がしたが、思い出せなかった。涙がどんどん溢れてきて、ついにページが見えなくなった。私が泣いているのは思い出せないからなんだ、と彼女は自分に言い聞かせた。雨と、庭の濡れた花と、湿った草の匂いしか思い出せないからなんだ。

……しばらくしてから彼女は鉛筆を見つけ、おぼつかない手つきでそれを握ると、最後の書き込みの下に平行線を三本引いた。それから大文字で大きく終わり《FINIS》と書き、日記帳を引き出しに戻して、ベッドにもぐり込んだ。

洞穴《ほらあな》の呼気

結婚式前のディナーから戻り、アンソニーは灯りを消してベッドに入った。給仕用のテーブルに置かれた陶磁器のように、もろくて人間味に欠けたものになった気がした。温かい夜だった――シーツだけで心地よく眠れた――広く開け放った窓からは、遠い未来への期待に息づく夏らしい音がかすかに聞こえてくる。彼は過ぎ去った若き日々、色鮮やかながら空っぽな日々のことを考えていた。ずっと昔に塵《ちり》となった男たちが記録した感情に基づく、安易で優柔不断なシニシズムによってこうした日々を生きてきたのだな、と。そしていま、彼はそれを超えたものがあることに気づいていた。彼の魂とグロリアの魂との合体――彼女の輝かしい炎と新鮮さは生きた素材であり、そこから書物の死んだ美が作られるのだ。

高い壁をめぐらせた彼の部屋には、溶けつつあるかすかな音が夜の闇から絶え間なく入ってきた――ボールで遊ぶ子供のように、都会が何かを放り投げたり呼び戻したりする音だ。ハーレムで、ブロンクスで、グラマシーパークで、波止場地区で、小さな店々で、月光を浴びる砂利敷きの屋上で、千人もの恋人たちがこの音を出している――音の断片を空中に向かって発している。青い夏の闇のなかで都市全体がこの音をもてあそび、放り投げたり呼び戻したりしている。そして、じきに人生が物語のように美しくなり、幸せになることを約束している――その約束によって、幸せを与えている。それが与えるのは愛が生き残る希望なのだ。それ以上のことはできない。

そのとき、新しい音が響いた――夜の穏やかな呼び声とは一線を画す、けたたましい音。後方の窓から三十メートルほどの、建物間の通路にいる女の笑い声である。最初は哀れっぽい低い声が執拗に響いていたが――メイドが仲間と一緒にいるのだろうと彼は思った――それから音量が増し、ヒステリカルになった。ヴォードヴィルのとき、神経質な笑いに取り憑かれ、どうしようもなくなった娘がいたことを彼は思い出した。それから音は静まり、退《ひ》いていったが、また大きくなって、今度は言葉を含んでいた——彼には聞き取れない下品な冗談、不明瞭な馬鹿騒ぎの一部。それは一瞬中断し、男の低い声がかろうじて聞こえてきて、それからまた始まった——最初は神経に障る声だったが、次第に奇妙なほど激しくなり、止まらなくなった。彼は震え、ベッドから起き上がると、窓のところへ行った。声は最高潮に達しており、張り詰め抑えようとしていたが、ほとんど叫び声に近かった——それから止まり、頭上の壮大な沈黙と同じような、空虚で恐ろしい沈黙をあとに残した。アンソニーは窓のそばにもうしばらくたたずんでいたが、それからベッドに戻った。びっくりし、動揺していた。この反応を抑えようとしても、あの慎みのない笑い声の動物的な性質に想像力が囚われてしまったのだ。四カ月ぶりに、人生の営みに対するかつての嫌悪と恐怖が掻き立てられ、部屋が息苦しく感じられるようになった。彼は外に出て、都会の何千メートルも上空の涼しい突風に当たりたいと思った。そして、心の片隅に引っ込んで、静かに暮らしたい、と。人生はあの音なのだ、あの恐ろしい女の声の反復なのだ。

「まったく、なんてことだ!」と彼は叫び、息を鋭く吸い込んだ。

枕に顔を埋《うず》め、彼は翌日の予定に集中しようとしたが、どうしてもできなかった。

朝

ぼんやりとした灰色の光で彼は目覚めた。まだ五時だと気づき、こんなに早く起きてしまったことを悔やんで、苛々した気分になった——結婚式で疲れた顔をすることになるだろう。グロリアは疲れていても、丁寧な化粧によって隠せる。彼はそれを羨《うらや》ましく思った。

浴室の鏡で自分自身を見つめ、異常なほど白いことに気づいた——起き抜けの顔が青白いので、半ダースほどの小さな欠点が目立っている。しかも、夜のあいだに無精鬚《ぶしょうひげ》がわずかに伸びている。全体の印象としては不愛想で、やつれていて、不健康な感じだろうと彼は考えた。

化粧台にはいろいろな品々が広げられており、彼は唐突に不器用になった指でそれを何度も確認した――二人のカリフォルニアへのチケット、トラベラーズチェックの束、三十秒以内の誤差にセットした腕時計、アパートの鍵。これは忘れずにモーリーに預けないといけない。そして、最も重要なのが指輪――プラチナを小さなエメラルドで囲んだもの――グロリアがこれに固執した。結婚指輪は絶対にエメラルドが欲しかったの、と彼女は言った。

これは彼女にあげた三番目のプレゼントだった。最初は婚約指輪、それから小さな金のシガレットケース。彼女にはたくさんのものをあげることになるだろう――服と宝石と友人と刺激。これから彼女の食事代をすべて払うなんて馬鹿げているように思われた。金がかかる――この旅の費用を実際より小さく見積もっていなかったか、もっと大きな小切手を現金化しておけばよかったのではないか、などと考え、心を悩ませた。

それから式がいよいよ迫っていると思うと、頭がすっかり空っぽになってしまった。今日がその日なのだ――六カ月前には、この日が来るとは思わなかったし、求めもしなかった。それがいまや東の窓から射し込む黄色い光とともに迫っている。太陽は自分が太古の昔から繰り返している冗談に笑うかのように、絨毯《じゅうたん》の上で踊っている。

アンソニーは鼻を鳴らし、強張った笑い声をあげた。

「なんてことだ！」と彼はつぶやいた。「もう結婚したも同然じゃないか！」

付添人たち

六人の若者がクロス・パッチの書斎で談笑し、マムズ・エクストラ・ドライ〔当時人気のあったシャンパン〕の影響で、どんどん陽気になっていく。このシャンパンは本棚の脇に置かれた冷水の容器にこっそりと入れられている。

第一の若者：まいったな！　俺の次の本では結婚式のシーンを描くよ、嘘じゃない。みんなびっくりするぞ！

第二の若者：このあいだデビューしたての娘に会ったんだが、おまえの本は素晴らしいって言ってたぞ。若い娘は決まってこういう原始的な儀式に惹かれるんだな。

第三の若者：アンソニーはどこだ？

第四の若者：独り言を言いながら行ったり来たりしていたよ。

第二の若者：おい！　牧師を見たか？　あんなおかしな歯は見たことがない。

第五の若者：生まれついてああいう歯なんじゃないのか。金歯を入れるのっておかしいよな。

第六の若者：みんな金歯が好きだって話だけどな。俺の歯医者が言うには、女が来て、二本の歯にどうしても金をかぶせてくれって言ったんだって。理由もなくね。どこも悪くない歯なのに。

第四の若者：本を出したんだってな、ディッキー、おめでとう！

ディック：（強張って）ありがとう。

第四の若者：（無邪気に）どんな本なんだ？　大学の話か？

ディック：（さらに強張って）いや、大学の話じゃない。

第四の若者：それは残念だ！　ハーヴァードに関するいい本がこのところ出てないからな。

ディック：（苛々して）おまえがその欠落を埋めたらどうだ？

第三の若者：パッカードに乗った客の一団が私道に入ってきたようだぞ。

第六の若者：勢いづいて、もう二、三本ボトルが開くかもな。

第三の若者：あの老人が結婚式に酒を許すなんてびっくりしたよ。狂信的な禁酒主義者だからな。

第四の若者：（興奮して指をパチンと弾き）まずい！　何か忘れたと思ってたんだ。ベストのことかと思ってたんだが。
ディック：何のことだよ？
第四の若者：まずい！　まずい！
第六の若者：おいおい！　何を悲しんでんだ？
第二の若者：何を忘れたんだ？　帰り道か？
ディック：（悪意を込めて）自分で書くハーヴァードの物語の筋を忘れたんだろう。
第四の若者：違うって、プレゼントを忘れたんだ。まいった！　アンソニーにプレゼントを買うのを忘れたんだ。ずっと後回しにしていて、ついに忘れてしまった！　何て思われるだろう？
第六の若者：（おどけて）だから結婚式が始まらないんだよ。
（第四の若者は気まずそうに腕時計を見る。笑い声）
第四の若者：まいった！　なんて馬鹿なんだ！
第二の若者：あの花嫁の付添人、どう思う？　自分のことをノラ・ベイズ〔当時のヴォードヴィルのスター〕だと思っている娘さ。俺にこう言い続けてたよ、これがラグタイム・ウェディングだったらいいのにって。名前はヘインズかハンプトンだ。
ディック：（急いで想像力を駆り立て）ケインだよ、ミュリエル・ケイン。あの子はグロリアに貸しがあるんで呼ばれたようなものさ。グロリアが溺れそうになったときに救ったとか、そんなところだよ。
第二の若者：あの娘が泳ごうとするわけないさ、腰振りをやめないんだから。俺のグラスに注いでくれないか？　爺さんと天候についてしばらく話していたんだ。
モーリー：誰だ？　アダム爺さんか？
第二の若者：いや、花嫁の父さんだよ。気象局で働いているに違いない。

ディック：あの人は俺の叔父だよ、オーティス。
オーティス：そうか、立派な職業だな（笑い）。
第六の若者：じゃあ、花嫁はおまえの従妹《いとこ》なのか？
ディック：ああ、そうさ、ケイブル。
ケイブル：あれは美人だ。おまえと違ってな、ディッキー。彼女が老《オールド》アンソニーを承服させたんだと思うぜ。
モーリー：どうして花婿はみんな「老《オールド》」って呼ばれるんだ？　結婚は若者の過ちだろう。
ディック：モーリー、おまえはプロの皮肉屋だな。
モーリー：おまえは知的ペテン師だろうが！
第五の若者：高踏派同士の戦いだぞ、オーティス。使えそうな台詞《せりふ》は覚えておこうぜ。
ディック：ペテン師はおまえだ！　おまえが何を知っている？
モーリー：おまえは何を知っている？
ディック：何でも訊いてみろ。どんな分野でも答えてやる。
モーリー：わかった。生物学の根本原理は何だ？
ディック：おまえだって知らないくせに。
モーリー：ごまかすな！
ディック：じゃあ、自然淘汰か？
モーリー：違う。
ディック：降参するよ。
モーリー：個体発生は系統発生を繰り返すってことさ。
第五の若者：一本！

モーリー：別の質問をするぞ。ネズミがクローバーの収穫にもたらす影響は何だ？（笑い）
第四の若者：ネズミの十戒に対する影響は？
モーリー：黙れ、この馬鹿。本当に関係があるんだ。
ディック：じゃあ、何だよ？
モーリー：（狼狽して口ごもる）えっと、何だっけな。正確なところは忘れた。ミツバチがクローバーを食べるのと関係があるんだ。
第四の若者：そしてクローバーがネズミを食べる！　ホーホー！
モーリー：（顔をしかめ）ちょっと考えさせてくれ。
ディック：（突然背筋を伸ばして）聞け！
（隣接する部屋でおしゃべりの声がどっと鳴り響く。六人の若者は立ち上がり、ネクタイに手をやる。）
ディック：（重々しく）弔銃隊に加わったほうがよさそうだな。写真を撮るんだろう。いや、それはあとか。
オーティス：ケイブル、おまえがラグタイム好きの花嫁付添人を担当しろ。
第四の若者：プレゼントを贈っておけばよかった。
モーリー：もう少し時間をもらえたら、ネズミについて思い出すから。
オーティス：先月、老《オールド》チャーリー・マッキンタイアの付添人をやったんだが――
（六人はゆっくりとドアのほうに向かい、おしゃべりはどんどん混沌としてくる。そして序曲を奏でる前の練習の調べが、アダム・パッチのオルガンから長くて敬虔な呻《うめ》き声のように発せられる）

アンソニー

五百の瞳が彼のモーニングコートの背中を突き通すかのように見つめていた。日光が牧師に似合わない成金趣味の歯に当たって光っている。彼は苦労して笑いを押し殺した。グロリアがはっきりとした誇り高い声で何かしゃべっており、彼はこの儀式が取り消せないものなのだと考えようとしていた。毎秒毎秒が重要で、彼の人生は二つの時期に切り分けられたのであり、世界の外観は目の前で変わりつつあるのだ、と。十週間前の恍惚とした感覚を取り戻そうとしたが、こうした感情はもはやすべて捉えがたく、その朝の肉体的緊張さえ感じることができなかった——いまはすべてが一つの巨大な余波なのだ。それにあの金歯！　牧師は結婚しているのだろうかと彼は考え、牧師は自分自身の結婚式を執り行うことができるのだろうかと意地悪く考えて……。

しかし、グロリアを腕に抱いたとき、彼は強い反応に気づいた。自分の血管をいま血がめぐっている。ゆったりとした喜ばしい満足感が錘《おもり》のように彼にのしかかり、責任感と所有感とをもたらした。彼は結婚した。

グロリア

こんなにもたくさんの感情が混じり合っていて、どれ一つとしてほかのものと切り離すことができない！　彼女は、三メートルほど後ろで泣いている母親のために泣くこともできたし、窓から溢れるように射し込む六月の美しい陽光のために泣くこともできた。意識的な知覚を超えたところにいたのだ。熱狂的な激しい興奮に彩られた感覚、最高に重要なことが起きているという感覚と、もうすぐ自分は永遠に安心と安全を確保するのだという——心のなかで祈りのように燃えている——強烈で情熱的な信頼があるばかり。

ある晩、彼らは遅くなってからサンタバーバラに到着した。ホテル・ラフカディオの夜間従業員は二人が結婚していないという理由で宿泊を拒んだ。

その従業員はグロリアが美しいと思い、グロリアのような美人が品行方正なはずがないと考えたのだ。

“愛をこめて《コン・アモーレ》”

最初の半年間――西部を旅し、何カ月もカリフォルニアの沿岸部をぶらぶらしてから、グリニッチ〔コネティカット州南西部の都市で、ニューヨーク市の準郊外の高級住宅地〕近郊の灰色の家に落ち着き、晩秋になって田園地帯が寂しくなるまでそこにいた。こうした日々、こうした場所は、うっとりとした時間に満ちていた。婚約期間の息もつけないほどの恋は、もっと情熱的な関係に基づく激しいロマンスに変化した。息もつけないほどの恋は彼らのもとを去り、ほかの恋人たちのところに行ってしまったのだ。ある日、あたりを見回したら、それはいなくなっていて、どのようにいなくなったのかはわからなかった。激しい恋の日々に片方が相手を失ったのであれば、失われた愛は失った者にとって満たされなかったぼんやりとした願望となり、一生の支えとなったであろう。しかし、魔術は先を急がねばならず、恋人たちはとどまる……。
恋は過ぎ去り、それとともに若さを無理やり運び去る。ある日、グロリアはほかの男たちが退屈でないことに気づく。アンソニーは再び夜遅くまでディックと話すようになる。かつて彼の世界を占めていた途轍もない抽象概念について話し合うのだ。しかし、二人とも最高の愛を得たとわかっているので、その残滓にしがみつく。薄気味悪い深夜まで長々と会話することによって、愛は生きながらえる――精神が薄まり、鋭くなり、夢から借りたものが人生のすべての素材となる時間帯まで会話を続けることによって。愛は生きながらえる――互いに対して育んできた深くて親密な優しさによって、そして同じくだらないことに二人で同時に笑い、同じものを高貴だと考え、同じものを悲しいと考えることによって。

第一に、それは発見の時だった。彼らが互いに見出《みいだ》したものは実に多様で、混じり合っていたし、そのうえ愛という砂糖がまぶしてあったので、当時は発見というよりも個別の現象のように思われた――許容し、忘れるべきものとして。アンソニーは、自分がとんでもなく神経質で高圧的な我儘《わがまま》娘と暮らしていることに気づいた。グロリアは一カ月経たないうちに、夫が本当に臆病で、自分の想像力が作り出した数多《あまた》の幻影に怯えることを知った。とはいえ、彼女は断続的にしか彼の臆病ぶりに気づかなかった。それは突発的に現われ、ほとんど腹立たしいほど明白になるのだが、やがて目立たなくなり、まるで彼女自身の想像の産物であったかのように消えてしまうのだ。それに対する彼女の反応は、女性らしいとされるものとは違っていた――嫌悪感を掻き立てられるのでも、母性本能をくすぐられるのでもなかった。彼女自身がほぼ完全に身体的恐怖を感じないため、彼の恐怖心が理解できず、その埋め合わせと感じられる面のほうを重視したのだ。それは、彼がショックを受けたときや緊張しているとき、つまり想像力が勝手に活動してしまうときは臆病になるけれども、威勢がよくて無謀な面もあるということ――それが発揮されている短い期間には、ほとんど称賛したくなるくらい彼女を感心させるということ。また、彼はプライドが高いために、自分が見られていると気づくと、普通は気分を落ち着かせようとするのである。

最初のうち、臆病な面は、神経質さとほとんど変わらない現われ方をした――シカゴでタクシーの運転手にスピードの出しすぎを注意する、彼女がずっと行きたがっていた怪しげなカフェに連れていくのを拒否する、など。もちろん、こうした反応を伝統的に解釈してみることもできる――彼は彼女のためを考えているのだ、と――しかし、こうしたことがたび重なって、彼女は不安になってきた。そして結婚して一週間ほどのとき、サンフランシスコのホテルで起きたことが、決定打となったのである。

それは午前零時を過ぎ、部屋が真っ暗だったときのことだ。グロリアはうとうとしながら、傍らで規則的な息遣いをしているアンソニーは眠っているのだろうと思っていた。そのとき、突如として彼は肘《ひじ》をついて起き上がり、窓を見つめたのだ。

「どうしたの、ダーリン?」と彼女は囁いた。

「何でもない」――彼はまた枕に頭をのせ、彼女のほうを向いた――「何でもないよ、愛しいおま《マイ・ダーリン・ワイ》え《フ》」

「ワイフなんて言わないで。私はあなたの恋人よ。ワイフって嫌な言葉だわ。あなたの〝永遠の恋人〟っていうほうがずっと現実味があって好ましいもの……私の腕のなかにいらっしゃい」と彼女は優しい気持ちになって言った。「あなたを腕に抱いていると、私はよく眠れるの」

グロリアの腕のなかに入るというのは、あることをはっきりと意味していた。片腕を彼女の肩の下に差し入れ、両腕を彼女の体に回さなければならない。そうした上で、彼女ができるだけ楽になるように、サークルベッドのような体勢を作らなければいけないのだ。アンソニーは寝返りを打つ習慣があるので、一つの状態を三十分も続けると腕が痺れてくるのだが、彼女が眠りに就くまで待つ。それから彼女をベッドの片側に優しく転がす――こうしてようやく自由を得て、いつものように体を丸めて寝ることができるのである。

グロリアは気持ちが落ち着いてきて、またうたた寝に戻った。ブロックマンの旅行用の時計が五分を刻み、静けさが部屋じゅうに浸透する――よそよそしく個性のない家具や、どことなく抑圧的な天井に――天井は両側の見えない壁に溶け込んで、区別がつかなくなっている。そのとき、突如として窓がガタガタと鳴り、密室の静寂を破った。

アンソニーはビクッとして飛び起き、体を強張らせてベッドの脇に立った。

「誰だ?」とひっくり返った声で叫ぶ。

グロリアもすっかり目を覚ましたが、落ち着いて横たわったままだった。ガタガタという音よりも、息を切らせて固まっている男の姿に気を取られていた。ベッドの脇から不吉な闇に向かって声を発した男。

音が止まり、部屋はまた静けさを取り戻した――アンソニーは電話に向かってまくし立てていた。

「部屋に侵入しようとした者がいる！……」

「窓のところに誰かいるんだ！」勢いはあるが、かすかに怯えた声だった。

「わかった！　急いでくれ！」彼は電話を切ると、じっと立ちつくしていた。

……ドアの外に人が駆けつけ、騒がしくなった。ノックの音――アンソニーが開けると、興奮した様子の夜間従業員が立っていて、三人のベルボーイが背後から見つめていた。夜間従業員は親指と人差し指でインクの滴《したた》るペンを持ち、武器のように構えている。ベルボーイの一人は摑んできた電話帳を見て、恥ずかしそうにした。ちょうどそのとき、緊急呼び出しを受けた警備員も現われ、一斉に部屋に入ってきた。

灯りがパチンと点いた。グロリアはシーツで体をくるみ、見えないところへと退く――目を閉じて、この思いがけない訪問客たちが引き起こした恐怖を締め出そうとする。彼女の傷ついた心には、哀れなアンソニーの落ち度であるという考え以外、何も思い浮かばなかった。

……夜間従業員が窓のところからしゃべっていた。彼の口調は、半分は下僕としてのものだったが、もう半分は生徒を叱る教師のようだった。

「誰もいませんよ」と彼は断固とした口調で言った。「いや、ここにいるはずありませんよ。下の通りまで十五メートルはありますからね。ブラインドを揺する風の音でしょう」

「そう」

彼女はアンソニーが可哀想になった。ただ慰めてやりたい、また腕に優しく抱きたいと思った。従業員たちがここにいること自体が不快なので、すぐに立ち去ってくれと言いたかった。しかし、恥ずかしくて顔を上げることができない。従業員の途切れ途切れの声が聞こえてくる――謝ったり宥《なだ》めたりする、ありきたりの言葉――それからベルボーイの無遠慮な忍び笑い。

「今晩は特別に気が張っていたんだ」とアンソニーは言った。「どういうわけか、あの音に動揺してしまって――完全に眠りに就いていなかったんで」

「ええ、わかりますとも」と従業員は波風が立たないように機転をきかせた。「私もそういうことがありますから」

ドアが閉まり、灯りが消えた。アンソニーは黙って歩いてくると、ベッドにもぐり込んだ。グロリアは眠気に勝てないようなふりをして、小さな溜め息をつき、彼の腕の中に滑り込んだ。

「どうしたの、ダーリン？」

「何でもない」と彼は答えたが、声がまだ震えていた。「窓のところに誰かいるような気がして、外を見てみたんだけど、誰も見えない。なのに音が続くんで、下に電話したんだ。起こしちゃったんなら、ごめんんね。でも、今晩は特に気が張っていたんで」

嘘に気づき、彼女は心のなかでハッとした――彼は窓のところまで行っていないし、近づいてもいない。ベッドの脇に立っていただけで、怖くなって電話したのだ。

「そうなの」と彼女は言った――それから、「私、眠いわ」と。

一時間ほど二人は眠れずに、並んで横たわっていた。グロリアは目をしっかりと閉じたので、深い藤色の背景に青い月がいくつも回転していた。アンソニーはぼんやりと頭上の闇を見つめていた。

何週間も経ってから、この出来事は次第に明るみに出され、笑ったり、冗談のネタにされるようになった。それを取り繕うための慣習が二人のあいだに生まれた――夜の闇の恐ろしさにアンソニーが取り憑《つ》かれそうになると、彼女が彼を抱きしめ、歌をうたうようにそっと慰めるのだ。

「私がアンソニーを守るわ。誰も私のアンソニーを傷つけることはできない！」

アンソニーはこの冗談を二人で楽しんでいるかのように笑うのだが、グロリアにとって、これは必ずしも冗談ではなかった。最初は激しい失望であり、あとになると、自分の癇癪《かんしゃく》を抑えるための手段の一つとなった。

グロリアの癇癪を抑えるのは――その原因が入浴のための湯が出ないことであれ、夫との口喧嘩であれ――アンソニーの一日の主要な義務となった。それはきちんと為されなければならない――ある程度の黙認、ある程度の圧力、ある程度の服従、そしてある程度の強制によって。おもに怒りと、それに伴う残酷さという形で、彼女の過度の我儘は発揮されるのだ。勇気があるし、甘やかされてきたし、傲慢であっぱれなほど独自の判断を下すし、最後には自分ほどの美人を見たことがないと尊大にも意識しているために、グロリアはニーチェ哲学を一貫して実践する者となった。もちろん、深い感傷の響きを伴うニーチェ哲学だ。

たとえば、彼女の胃袋の問題があった。彼女はある種の料理に慣れており、それ以外は絶対に食べられないという強い確信を抱いているのだ。遅めの朝食はレモネードとトマトのサンドイッチでなければならない。軽い昼食はトマトをくりぬいて物を詰めた料理。このように選ばれた数種類の料理しか食べないのに加えて、決まったやり方で調理されていることも要求する。最初の二週間に三十分ほどの揉め事が何度も起きたのだが、最も困ったのがロサンゼルスでの出来事だった。不幸なウェイターが彼女にセロリではなくチキンサラダを詰めたトマトを持ってきたのである。

「私たちはいつもこのように料理しております、マダム」とウェイターは震え声で言ったが、彼を見つめる灰色の瞳は怒りに満ち溢れていた。

グロリアは何も答えなかったが、ウェイターが恐る恐る立ち去ったとき、両手の拳をテーブルに叩きつけた。陶磁器と銀食器がカチカチと鳴った。

「可哀想なグロリア」と言ってアンソニーはうっかりと笑ってしまった。「欲しいものがいつでも手に入らないんだね？」

「こんなもの食べられないわよ」と彼女は怒りをぶちまけた。

「ウェイターを呼び戻すよ」

「そんなことしなくていい！　あいつは何もわかってないのよ、あの馬鹿！」

「まあ、ホテルの落ち度じゃないさ。これを片づけさせて忘れるか、潔く食べるか、どちらかだね」

「うるさい！」と彼女はきっぱりと言った。

「どうして僕に八つ当たりするんだ？」

「してないわよ」と彼女は喚いた。「ただ、これを食べられないだけ」

アンソニーはしかたなく引き下がった。

「じゃあ、別のところに行こう」と彼は提案した。

「別のところになんか行きたくないわ。あちこちのカフェに引っ張りまわされて、一つも食べられるものがないなんて、もううんざりよ」

「あちこちのカフェにいつ引っ張りまわされた？」

「この町ではそうせざるを得ないって言ってるの」とグロリアはすぐにこじつけた。

アンソニーは当惑しながらも、別の方策を試みた。

「食べてみたらどうだい？　君が思っているほどまずくないはずだよ」

「だって――私――チキンは――嫌いなの！」

彼女はフォークを取り上げ、軽蔑するようにトマトをつつき始めた。アンソニーは彼女が詰め物を四方八方に散らかすのではないかと思った。これまでにないほど彼女は怒っていると確信し、憎悪の火花が誰よりも自分に向けられていると感じた――激怒しているときのグロリアには、しばらく関わらないほうがいい。

そのあと驚いたことに、彼女はおずおずとフォークを唇に持っていき、チキンサラダを味わった。彼女のしかめ面は変わらず、アンソニーは心配そうに見つめ続ける――何もコメントせず、ほとんど息さえせずに。彼女はもう一口味わった――次の瞬間、もぐもぐと食べていた。アンソニーはかろうじて忍び笑いを抑え、次に話しかけたときには、チキンサラダとはまったく関係のない話をした。

こうした出来事はさまざまな形をとって、新婚の一年間、陰鬱なフーガのように繰り返された。いつでもアンソニーが途方に暮れ、苛々し、憂鬱になった。しかし、彼女の激しい気性に触れたもう一つの事件、洗濯袋の問題は、当然ながら彼の完敗に終わり、彼をよりいっそう苛立たせることになった。

コロナド〔カリフォルニア州サンディエゴの近郊にある高級リゾート地〕でのことである。二人はここに三週間以上滞在したが、これは一番の長逗留であった。ある日の午後、お茶に出かけるため、グロリアはあでやかに着飾ろうとしていた。アンソニーはヨーロッパの戦争に関する最新の噂話を階下に聞きに行き、部屋に戻ってきたところだった。彼女の粉をはたいた首の裏側にキスし、それから自分の化粧台に行った。引き出しから物を引っ張り出したり、物を押し込んだりをしばらく続けてから、明らかに不満な様子で、彼は偉大な美の未完成作品のほうを振り向いた。

「ハンカチーフあるかい、グロリア？」

グロリアは金色の頭を振った。

「一つもないわ。私もあなたのを使っているもの」

「それが最後のだと思うな」と彼はそっけなく笑った。

「そう？」彼女は強情そうながらとても優美に唇を歪《ゆが》めた。

「洗濯袋は戻ってないのかい？」

「わからないわ」

アンソニーは躊躇した――それから突如として何か閃《ひらめ》いたように、クロゼットのドアを開けた。彼の推理は正しかった。壁のフックにホテル備えつけの青い袋が掛かっていたのである。そのなかは彼の服でいっぱいだった――彼が自分でそこに入れたのだ。その下の床には驚くほどの量の美しい服や装飾品が散らばっている――ランジェリー、ストッキング、ドレス、ナイトガウン、そしてパジャマ――まだきれいなものがほとんどで、すべてが明らかにグロリアの洗濯物だった。

彼はクロゼットのドアを握ったまま立ちつくした。

「なんだ、グロリア！」

「なあに？」

ある神秘的な遠近法に従って唇の線が消され、矯正されていた。彼女が口紅を引いていくあいだ指一本震えず、視線が彼の方向に揺らぐこともまったくない。これは集中力の勝利である。

「洗濯を出さなかったのかい？」

「そこにあるの？」

「間違いなくね」

「じゃあ、出さなかったようね」

「グロリア」とアンソニーは話し始め、ベッドに座って、鏡に映る彼女の目を捉えようとした。「君は素晴らしいよ、本当に！　ニューヨークを発って以来、洗濯はいつでも僕が出していたじゃないか。それで一週間前、たまには私がやるわって君が約束してくれた。君がやらなきゃいけないのは、自分の汚れ物をあの袋に詰めて、客室係を呼ぶだけなんだ」

「ねえ、どうして洗濯物なんかのことで大騒ぎするの？」とグロリアは苛立たしげに言った。「私が何とかするわよ」

「大騒ぎしてないさ。面倒なことは喜んで君と分かち合うよ。でも、ハンカチーフがなくなってるんだから、何かしなきゃいけない時期なんだ」

アンソニーは自分がいつになく論理的に話していると考えていた。しかしグロリアは感心した様子もなく、化粧品を片づけると、背中をさりげなく彼のほうに近づけた。

「フックをとめてちょうだい」と彼女は言った。「アンソニー、私、すっかり忘れちゃったのよ。やるつもりだったの、本当に。今日、これからやるわ。あなたの可愛い恋人に不機嫌な顔を向けないで」

アンソニーには彼女を引き寄せて膝の上に座らせ、キスで唇から紅を少し奪うことしかできなかった。

「気にしないわ」と彼女は囁き、輝かしい寛大な笑みを浮かべた。「いつだってあなたがキスしたければ、私の唇から紅が全部落ちるまでキスしていいわよ」

二人はお茶に出かけた。近所の雑貨屋でハンカチーフを数枚買い、すべてを忘れた。

しかし二日後、アンソニーがクロゼットを見ると、洗濯袋がまだフックにだらりと掛かっており、床の色鮮やかな服の山は驚くほど高さを増していた。

「グロリア！」と彼は叫んだ。

「あら――」。彼女の声は本当に悲しそうだった。絶望的な思いでアンソニーは電話のところに行き、客室係を呼んだ。

「僕にはこう思えるよ」と彼は苛立たしげに言った。「君は僕をフランスの従者みたいにしたんだって」

グロリアは笑い、それがとても感染しやすかったので、愚かなことにアンソニーも笑わずにいられなくなった。不幸な男だ！　彼の笑みによって、彼女がこの状況をなんとなく仕切ることになったのである——高潔さが傷つけられたという態度で、彼女は仰々しくクロゼットに行き、洗濯物を袋に荒っぽく押し込み始めた。アンソニーは彼女を見ながら、自分が恥ずかしくなった。

「おしまい！」と彼女は言い、乱暴な親方によって徹底的に働かされたようなふりをした。

それでも彼は彼女に教訓を与えたのだと考え、これで一件落着だと思っていた。ところがこれは始まりにすぎなかった。洗濯物の山が一つ片づいても次の山ができる——長い間隔で。ハンカチーフの不足が一度片づいてもまた足りなくなる——短い間隔で。靴下やシャツなど、すべての不足は言うまでもない。そしてアンソニーはついに洗濯物を自分で出すか、グロリアとの口喧嘩を続けるか、どちらかしかないことに気づく。彼女との口喧嘩は日増しに険悪になり、彼の心を苦しめるようになっていたのである。

グロリアとリー将軍

東部に帰る途中、二人は二日ほどワシントンに滞在し、市内の雰囲気にある種の敵意を感じながら歩き回った。光はまぶしすぎて不快なほどだし、空間が開けているようで自由がなく、ものものしいのに壮麗さに欠ける——生気がなく、自意識過剰の都市だという印象だった。二日目、彼らはアーリントンにあるリー将軍〔南北戦争の南軍の将軍で、ワシントン近郊のアーリントンにある彼の旧宅は現在も保存されている〕の旧宅へのツアーに軽率にも参加してしまった。

彼らを乗せたバスは裕福とは言えない暑苦しい人々でいっぱいだった。そしてアンソニーはグロリアのそばにいて、いまにも嵐が起こりそうだと感じていた。動物園で十分ほど止まったときに嵐は起きた。猿の匂いがしたようだったのでアンソニーが笑うと、グロリアは猿たちに天の祟《たた》りあれとばかりに罵《ののし》ったのだ。彼女の悪意はバスの乗客全員と、猿のほうへ急いで走っていった汗まみれの子供たちにも向けられていた。

ようやくバスはアーリントンに移動し、そこでほかのバスとも合流した。女子供の大群がリー将軍邸に殺到する。彼らはすぐに玄関ホールにピーナッツの殻をまき散らし、彼が結婚した部屋に群がった。この部屋の壁には大きな赤い文字で「女性化粧室」という看板が掲げられている。この最後の打撃を受けてグロリアは爆発した。

「これって、本当にひどいわ！」と彼女は憤って言った。「こういう人たちをここに来させるなんて！　しかも、こういう家を名所にして、観光客を呼び込むなんて」

「まあまあ」とアンソニーが反論した。「こういう形で保存されなかったら、朽ち果てちゃうだけなんだよ」

「だからどうなの！」二人で広い柱廊を探しているときに彼女は叫んだ。「ここに一八六〇年の空気が漂っていると思う？　これは一九一四年のものになっているわ」

「古いものを保存したくないのかい？」

「でも、それは無理なのよ、アンソニー。美しいものはある程度の高みにのぼったら、そこで崩れて消え去るしかないの。腐敗していくあいだに思い出を吐き出すだけ。そして、どんな時代も私たちの心のなかで腐敗していくように、その時代のものも腐敗しなければいけないの。そんな形で、それに応答する私のような心の持ち主のなかで、しばらく保存されるのよ。タリータウンの墓地もそうよね。ああいうのを保存するために金を出す愚かな人たちって、結局それを台無しにしているの。スリーピー・ホロウ〔タリータウンの近くにある谷間で、ワシントン・アーヴィングの有名な短編「スリーピー・ホロウの伝説」の舞台〕はなくなったし、ワシントン・アーヴィングも死んだし、彼の本は年々評価が下がっている――だったら、あの墓地も腐敗していけばいいのよ。すべてそういうものなんだから。ある世紀の遺物を現代風に変えて、その世紀を保存しようとするなんて、死にそうな人を刺激物で生かし続けるようなものだわ」

「じゃあ、ある時代が過去のものになったら、その時代の建物もなくなっていいって言うのかい？」

「もちろんよ！　キーツの手紙が長持ちするようになって、その署名が上からなぞられていたら、あなたはその手紙を珍重する？　私は過去を愛するからこそ、この家が若さと美を誇っていた華麗な時代を振り返らせるものであってほしいし、階段はかつてフープスカートの女たちや軍靴と拍車の男たちが歩いたときのように軋《きし》んでほしいの。それなのに、彼らはこの家を金髪に染めて口紅を塗った六十代の老婦人みたいにしちゃったのよ。こんなに裕福そうに見えるのっておかしいわ。煉瓦がところどころ落ちているほうがリーを気遣っていることになるはずよ。この連中の――この動物たちの」――と言って彼女は片手をくるりと回した――「何人くらいが、この家から何かを得るのかしら？　これだけ歴史書や案内書が書かれ、改修作業がされているっていうのに。歴史を尊ぶというのは、せいぜい声をひそめて話したり、つま先立ちで歩くことだと思っている人たちにしたって、どれだけの人がそんな面倒なことをしてまでここに来ようとするかしら？　私はこの家でマグノリアの匂いを嗅ぎたいのよ、ピーナッツの匂いじゃなく。私の靴が踏みつけるのは、リーの軍靴が踏みつけていたのと同じ砂利であってほしい。悲痛な部分がなければ美はないし、時が過ぎ去っていくという感覚がなければ悲痛さもない――人も名前も本も家も、みんな塵になる――消える運命だということ――」

そのとき彼らの傍らに小さな男の子が現われ、片手いっぱいに持ったバナナの皮を振り回すと、ポトマック川の方向に思いきり放り投げた。

激しい感情

リエージュ〔ベルギー東部の都市で、一九一四年八月にドイツ軍に占領された〕の陥落と同時にアンソニーとグロリアはニューヨークに戻ってきた。振り返ると、この六週間は奇跡的なほど幸福だった。二人は、どんな若いカップルでもある程度そうであるように、互いに共通するものをかなり持っていると発見した。固定観念、好奇心、精神的な気まぐれなど。つまり、二人は本質的に気が合うのだ。

しかし、会話の多くを「議論」と呼べる水準に保つのはひと苦労だった。グロリアの性分にとって、議論は我慢ならないものだったのだ。生まれてこの方、彼女は精神的に劣る者たちか、彼女の攻撃的とも言える美しさに怯えて反駁《はんばく》しようとしない男たちとしかつき合ってこなかった。そのため、彼女の言ったことには間違いがなく、究極の決定であるという状態から、アンソニーが逸脱すると、当然ながら苛ついてしまうのだ。

最初、これは部分的には彼女が「女性として」受けた教育のせいであり、部分的には彼女の美しさのせいであるということが、アンソニーには理解できなかった。そのため女性全体が奇妙に、そして決定的に欠陥のある生き物であり、彼女もその一人だと考えようとした。彼女に正義感が欠けていることに関しては、狂わんばかりに頭にきた。しかし、ある主題に興味を持ったとき、彼女の脳は彼の脳よりも活発に働き続けることにも気づいた。彼女の精神に欠けているもので、彼がおもに残念に思ったのは、学問的な目的論である――秩序と正確さといった感覚、人生とはパッチワークのように神秘的に関わり合う要素のごたまぜであるという感覚。しかし、彼女にこういう性質があったら、それは矛盾を生じてしまう、としばらくしてからわかった。

二人が共通して持っている最大のものは、相手の心にほとんど異常なほど惹かれる点であった。コロナドのホテルを立ち去る日、二人で荷造りをしているとき、彼女はベッドの上に座って泣きじゃくった。

「ダーリン――」。彼は両腕を彼女の体に回し、彼女の頭を自分の肩に引き寄せた。「どうしたんだい、僕のグロリア？　話してごらん」

「ここを出るのよ」と彼女はすすり泣いた。「ねえ、アンソニー。ここって、私たちが一緒に暮らすようになった最初の場所のようなものじゃない。私たちの二つのベッド――並んで置かれていて――いつでも私たちを待っている。それなのに私たちはもう戻ってこないんだわ」

彼女は彼の心を引き裂いていた――いつでもこうなってしまうのだ。激しい感情に襲われ、彼も涙ぐむ。

「グロリア、だって、僕たちは別の部屋に移るんだよ。別のベッドが待ってるんだ。これからずっと一緒に暮らすんじゃないか」

低いかすれ声で彼女の口から言葉が溢れ出た。

「でも、それって――私たちの二つのベッドと同じにはならないの――もう二度と。どこに行っても、動き続け、変わり続けて、何かが失われていく――何かが取り残される。どんなことも正確には繰り返せないし、私はここであんなにあなたのものだったのに――」

アンソニーは彼女を熱烈に抱きしめた。その激しい感情を批判的に見るという以上に、彼女が時間を賢明に操ることにも気づいていた。ただ泣きたいという気持ちに耽っているだけにしても――無為に過ごし、自分の夢ばかりを大切にしているグロリア。人生と青春における印象的な出来事から感情への刺激となるものを抽出しているグロリア。

その午後のあとになって、駅でチケットを買ってから戻ると、彼女はベッドで眠っていた。腕に何か黒いものを抱えていたが、最初は何だかわからなかった。近寄ってみると、それは彼の靴だった。特に新しいものでも、きれいなものでもないのに、彼女は涙に濡れた顔をそれに押しつけていたのだ。アンソニーは彼女の古臭くて高潔なメッセージを理解した。彼女に声をかけ、微笑《ほほえ》みかけられたときは、ほとんどうっとりとした。彼女は恥ずかしがっていながら、自分の想像が的中したことをよく意識してもいた。

恥ずかしがる面と意識的な面――それぞれの価値を見極めることもなく、アンソニーはどちらも愛の核心に近いものだと感じていた。

灰色の家

人生の本当の勢いが弱まり出すのは二十代である。三十歳のとき、十年前と同じくらい多くのものに意義と意味を感じる者は単純な精神の持ち主だ。三十歳の目には、手回しオルガン弾きはオルガンを手で回している汚い男にすぎない――かつてはまさに「手回しオルガン弾き」だったのに！　こうした無私の美の無私の輝きを捉えられるのは若者のみ。やがてそれらはすべて人間性という紛れもない汚辱を帯びていく。華やかな舞踏会は、軽くてロマンチックな笑い声で賑やかだったのに、次第に擦り減り、そのシルクとサテンのドレスに穴があく。そして人間が作り出した枠組みをあからさまに晒《さら》してしまうのだ――ああ、あの永遠の法則！　芝居は最も悲劇的で最も神聖であったのに、単なるスピーチの連続となる。永遠の剽窃者が時間をかけ、汗水たらして作り出し、生身の人間が演じるものになる――体が痙攣《けいれん》したり、臆病になったり、男らしい感情に耽ったりする者たちが演じるものに。

そしてグロリアとアンソニーが結婚して最初の年、灰色の家に心を奪われたのは、まさにその段階だった――手回しオルガン弾きが避けがたい変身をゆっくりと遂げている段階。彼女は二十三歳で、彼は二十六歳だった。

灰色の家は、最初、完全に田園生活を志向する意図によるものだった。カリフォルニアから帰ってから二週間、二人はアンソニーのアパートで暮らした。開いたトランクが並ぶむっとした空気、多すぎる訪問客、そして永遠に片づかない洗濯袋に苛つきながらの生活。二人は自分たちの未来という途方もない問題について友人たちと語り合った。ディックとモーリーがこの議論につき合い、アンソニーが自分たちは何をする「べき」か、どこに住む「べき」かといった案を並べたてていくとき、厳粛に、ほとんど物思いに耽るように頷いていた。

「グロリアを海外に連れ出したいんだが」とアンソニーは不満を言った。「あの忌々しい戦争があるからね――その次にしたいことというと、郊外に家を持ちたい。もちろん、ニューヨークの近くだけど、そこで執筆できるように――というか、僕がやると決めたことができるように」

グロリアは笑った。

「彼、可愛いでしょう？」と彼女はモーリーに訊ねた。「〝僕がやると決めたことができるように〟！でも、彼が働いているとき、私は何をすればいいの？　モーリー、アンソニーが働いたら、私をいろんなところに連れていってくれる？」

「ともかく、僕はまだ働かないよ」とアンソニーはすぐさま言った。

二人が漠然と了解していたのはこんなことだ――あるぼんやりとした将来、アンソニーは外交に関わる輝かしい仕事に就き、妻の美しさによって世界じゅうの王子や首相から羨ましがられる。

「まあ、私にはわからないわ」とグロリアはしかたなさそうに言った。「さんざん話すんだけど、どこにも行きつかないのよ。友達にも訊ねるんだけど、みんな私たちが答えてほしいように答えるだけ。誰かに面倒を見てもらいたいわ」

「郊外に移ったらどう――グリニッチかどこかに？」とリチャード・キャラメルが提案した。

「それはいいわね」と言ってグロリアは顔を輝かせた。「あそこに家が持てると思う？」

ディックは肩をすくめ、モーリーは笑った。

「君たちは面白いよね」と彼は言った。「君たちくらい現実離れしている人はいないよ！　ある場所が話に出たら、我々がすぐにポケットから写真の束を取り出して、いま入手可能ないろんなバンガローを見せると思ってるんじゃないか？」

「私、それは嫌なのよ」とグロリアが悲しげに言った。「暑苦しいバンガローって。隣りの部屋に赤ん坊がたくさんいて、その父親が上着を脱いで芝生を刈っている――」

「まいったな、グロリア」とモーリーが遮《さえぎ》った。「君をバンガローに監禁したいなんて、誰も思っちやいないさ。誰がバンガローの話題を持ち出したんだ？　でも、自分で郊外に出て探さないと、家を買うことはできないよ」

「どこに行くの？　〝郊外に出て探さないと〟って言うけど、どこへ？」

　モーリーは手を猫の前足のように出し、ぐるりと部屋じゅうに向かって振り回した。

「どこか郊外にだよ。田園地帯に。場所はたくさんある」

「ありがとう」

「いいかい！」リチャード・キャラメルが黄色い目を気取って動かしながら言った。「君たち二人の問題はまったく段取りができないってことなんだ。ニューヨーク州について何か知っていることがあるかい？　うるさい、アンソニー、俺はグロリアに話しているんだ」

「そうね」と彼女はついに認めた。「二度か三度、ハウスパーティに行ったことはあるわよ、ポーチエスターかコネチカットのあたりの――でも、もちろん、これはニューヨーク州ではないわよね？　モリスタウン〔ニュージャージー州の都市〕も違うでしょ」と彼女は物憂げに的外れな台詞で締めくくった。

　大きな笑い声があがった。

「いや、すごい！」とディックが叫んだ。「〝モリスタウンも違うでしょ〟！　ああ、サンタバーバラも違うよ、グロリア。いいかな、聞いてくれ。まず、君たちにひと財産あるのでなければ、ニューポートやサウサンプトン、タキシードといった場所を考えても無駄だ。問題外だからな」

　これについてはみんな厳粛に同意した。

「それから個人的に、俺はニュージャージーは嫌いだ。そうなると、もちろん、タキシードより北のニューヨーク州北部になる」

「寒すぎるわ」とグロリアがきっぱりと言った。「車で一度行ったことがあるの」

「まあ、ニューヨークとライのあいだにはたくさん町があって、そのどこかで小さな灰色の家が買える――」

　グロリアは目を輝かせてその言葉に飛びついた。東部に戻ってから初めて、自分の求めているものがわかったのだ。

「そうよ！」と彼女は叫んだ。「そうよ！　それよ。小さな灰色の家。白っぽい塀で囲まれていて、画廊にある十月の絵のように茶色や金色のベニカエデがたくさん生えているの。どこにいけば見つかるかしら？」

「残念ながら、ベニカエデが周囲に生えている小さな灰色の家のリストはどこかにいっちゃったな――でも、見つける努力はするよ。とりあえず、紙を取り出して、住んでもいい町の名前を七つ書いてみろ。そして今週は、毎日そのうちの一つに出かけるんだ」

「なんですって！」とグロリアは精神的に落ち込んで抵抗した。「私たちの代わりにやってくれない？　汽車って嫌いなの」

「じゃあ、車を雇えよ、それから――」

　グロリアは欠伸《あくび》をした。

「議論には疲れたわ。どこに住むべきかって話しかしていないみたい」

「僕の最高の妻は頭を使うと苛ついてくるんだよ」とアンソニーは皮肉っぽく言った。「疲れた神経を刺激するのに、トマトサンドイッチを食べないといけないんだな。みんなでお茶に行こう」

　この会話の不幸な結果として、二人はディックの忠告を文字どおり受け取り、二日後にライに出かけた。ライでは苛立ち気味の不動産業者とともに、森で道に迷った赤ん坊よろしく歩き回った。ひと月百ドルの家を見せられたが、そういう家のすぐ近くには必ずひと月百ドルの家々が迫っていた。孤立した家も見せられたが、そういう家は絶対に嫌だった。しかし、業者が「ストーブを見てください――素晴らしいストーブです！」と言えば、しぶしぶそれに従った。あるいは、業者に勧められるままに戸口の側柱を揺らしたり、壁を叩いたりした。これらは明らかに、家がどんなに倒れそうな印象を与えていても、そんなことはないと確かめさせるためだった。二人は窓から室内を覗いた。厚板のような椅子や堅い長椅子といった「商業的な」インテリアか、過去の夏の遺物が悲しげに置かれている「家庭的な」インテリアかの、どちらかだった――過去の遺物には、十字に組まれたテニスラケット、体に合わせたソファ、陰気なギブソンガールの絵〔チャールズ・ギブソンという画家の描いた女性たちで、一八九〇年代のアメリカ美人の典型〕などがあった。疚《やま》しい気持ちを抱きつつ、彼らは本当に素晴らしい家も数軒見た。ほかの家々から離れていて、威厳があり、涼やかな印象を与えた――ひと月三百ドルだった。この業者には心から感謝しつつ、彼らはライを立ち去った。

ニューヨークに帰る混雑した汽車のなかで、二人の後ろに座ったのは息遣いの荒いヒスパニック系の男だった。彼の最後の食事は明らかにニンニクだけでできていたに違いない。二人ともヒステリーになりかけ、アパートに着いたときは救われた気分だった。グロリアは非の打ち所のない浴室に駆け込み、熱い風呂に浸かった。将来の住処《すみか》の件については、二人とも一週間ほどまったく取り組めなくなった。

この問題は最終的に思いがけないロマンスによって解決した。ある午後、アンソニーは「アイデア」をまさに放射しながらリビングルームに駆け込んできた。

「思いついたぞ」と彼はネズミを捕まえたばかりのように叫んだ。「車を買おう」

「なんですって！　私たち、自分の面倒を見るので手一杯じゃなくて？」

「ちょっと説明させてくれないかな？　ともかく我々の持ち物をディックに預けて、車にスーツケースをいくつか積み――僕たちが買う車にってことだけど――だって、田舎で暮らすならどっちにしても必要になるんだよ――それで、ともかくニューヘイヴンの方向に出発するんだ。いいかい、ニューヨークの通勤圏から出れば、家賃は安くなる。そして僕たちの望む家が見つかったら、そこにともかく落ち着くんだ」

彼が「ともかく」という言葉を頻繁に、宥めるように差しはさむので、彼女の無気力な熱意も掻き立てられた。彼は部屋をドタドタと歩き回り、圧倒的に精力的で有能な人間を装っていた。「明日、車を買おう」

想像力はどんどん先に行ってしまい、人生はあとからとぼとぼとついていく。一週間後、二人は安物だがピカピカの新しいロードスターに乗り、町を出た。混沌として恐ろしげなブロンクスを通過し、広くて暗い地域へと入っていく。青緑色の活気のない荒野と、おぞましく下品な営みが感じられる郊外とが交互に現われた。十一時にニューヨーク市から出て、幸福な暑い正午をかなり過ぎた頃、二人はペラムを軽快に通過していた。

「こういうのって町じゃないわよ」とグロリアは軽蔑するように言った。「都会の一地区が荒野に落ちてきたって感じね。きっと、ここの男たちはみんな朝のコーヒーを大急ぎで飲むから、口髭が汚れてるわよ」

「そして通勤列車でピノクル〔日本の花札に似たトランプのゲーム〕をするんだろうな」

「ピノクルって何？」

「真に受けるなよ。僕が知るわけないだろ？　でも、いかにもそれらしい感じがするじゃないか」

「いいわね。ピノクルって、指の関節とかを鳴らす音みたいな感じがするわ……ねえ、運転させて」

アンソニーは疑わしそうに彼女を見た。

「運転がうまいって誓うかい？」

「十四歳のときからうまいわよ」

彼は車を慎重に道路脇に止め、席を替わった。すると軋るような恐ろしい音とともにギヤが入り、グロリアが大声で笑った。アンソニーには、とても不穏で趣味の悪い笑い声に聞こえた。

「さあ、行くわよ！」と彼女は叫んだ。「フーウップ！」

車が飛び出したとき、二人の頭は一本のワイヤで引っ張られた操り人形のようにのけぞった。止まっている牛乳配達の車を避けるときには、吐き気を催させるほどの急ハンドルを切る。牛乳配達の運転手は立ち上がり、二人に向けて怒鳴った。道路での古くからの慣習に従ってアンソニーもそれに言い返し、牛乳配達をする人々の下品さについて短い警句をいくつか述べる。しかし、その言葉をすぐに打ち切り、彼はグロリアのほうを向いた。車の運転席を譲ったのは重大なミスだったという確信、運転手としてのグロリアはかなり変わっており、限りなく不注意だという確信が、どんどん募っていたのである。

「思い出せよ！」と彼は彼女にびくびくしながら警告した。「店の人が、最初の八千キロは時速三十五キロを超えてはいけないって言ってただろ」

彼女は少しだけ頷いたが、明らかにその制限速度を守るべきキロ数をできるだけ早く超えようとしている様子で、かすかに速度を上げた。少し待ってから、彼は別の方法を試みた。

「あの看板が見えるか？　この速度じゃ逮捕されちゃうぞ」

「もう、やめてよ」とグロリアは怒って叫んだ。「あなたって、いつも大げさなんだから！」

「でも、僕は逮捕されたくないんだ」

「誰があなたを逮捕するのよ？　しつこいのよ——昨晩の咳止め薬のときと同じ」

「君のためを思ってるんだ」

「ハッ！　お母さんと暮らしているようなものね」

「何てことを言うんだ！」

カーブを曲がるときに立っている警察官が見えてきたが、そのまま高速で通過した。

「見たかい？」とアンソニーは訊ねた。

「もう、気が狂いそうよ！　私たち、逮捕されなかったでしょ？」

「逮捕されてからじゃ遅いんだよ」とアンソニーは鮮やかに言い返した。

彼女の答えは軽蔑に満ち、ほとんど傷ついている様子でもあった。

「だって、この古い車じゃ六十キロは超えないわよ」

「古くないって」

「年寄りみたいな車よ」

その日の午後、車は言い争いの三大テーマの一つとして、洗濯袋やグロリアの食べ物の仲間入りをした。アンソニーは鉄道の線路があると警告し、近づいてくる対向車を指さした。最終的にまた運転すると言い張り、侮辱されて怒ったグロリアはラーチモントからライに至る町々を通過するあいだ、黙り込んで助手席に座ることとなった。

しかし、彼女が激怒して黙り込んだために、抽象概念だった灰色の家は具体化することになった。というのも、ライを越えたところでアンソニーはこの沈黙に辟易《へきえき》し、暗い気持ちでまたハンドルを譲ったのである。無言で彼は彼女に運転するように促し、グロリアはすぐに明るくなって、もっと慎重に運転すると誓った。しかし無礼な路面電車が無神経にも線路に残り続けていたので、グロリアはそれを避けて脇道を走ることになった――そして、その午後は二度と駅馬車街道に戻る道が見つからなくなった。ついに街道だと思った道は、コスコブから八キロも行くと街道らしさを失い、舗装道路が砂利道に、それから泥道に変わった――さらに、どんどん狭くなり、カエデの林が迫ってきた。西に移動しつつある太陽の光が木々のなかから射し込み、草の上に影の模様を映し出す実験を果てしなく続けていた。

「道に迷ったな」とアンソニーはぶつぶつ言った。

「あの看板を読んで！」

「マリエッタ――八キロ。何だ、マリエッタって？」

「聞いたことないけど、このまま進みましょう。ここで方向転換できないし、街道に戻る迂回路があるだろうし」

轍《わだち》が深くなり、石の路肩が嫌な感じに張り出してきて、道は凸凹《でこぼこ》になった。気づくと、目の前に三軒の農家が建っていたが、そのまま通過。白色の高い塔が見えてきて、それを鈍い色の屋根が取り囲む形で、町が現われた。

そのときグロリアは、町に入る二本の道路のどちらに行こうかと迷い、決断するのが遅すぎて消火栓に乗り上げてしまった。トランスミッションが車から豪快に剝げ落ちた。

マリエッタの不動産業者が灰色の家を見せてくれたときにはもう暗くなっていた。青くて温かい空を背景に、村のすぐ西に建つ家。空がそれを包むマントで、小さな星々がボタンのように見えた。ここで猫を飼っていた女たちがおそらく魔女であった時代から、この灰色の家はそこに建っていたのだろう。ポール・リヴィア〔アメリカ独立戦争時の英雄で銀細工師〕がボストンで商人たちに決起を促すのに備えて義歯を作ったときにも、私たちの先祖がワシントン将軍の軍から大挙して脱走したときにもそこにあった。それ以来、この家は弱くなったところを補強され、部屋の分け方をかなり変えられ、内部の漆喰《しっくい》が新たに塗り直され、キッチンが広げられ、側面にポーチがつけ足されていた――が、ふざけた職人が新しいキッチンの屋根を赤いトタン板にした以外は、植民地時代の様式を頑固に守っていた。

「どうしてマリエッタにいらしたんですか？」と不動産業者は「疑惑」の親戚とでも言えそうな口調で訊ねた。大きくて風通しのいい四つの寝室を次々に案内しているときのことだった。

「車が動かなくなったんです」とグロリアが説明した。「消火栓に乗り上げてしまい、自動車工場まで引っ張ってもらったとき、そちらの看板が見えたので」

男は頷いたが、こうした突発的な行動についていけない様子だった。数カ月にわたる検討もなしにこういうことをするのは、微妙に不道徳だと感じていたのである。

二人はその夜に賃貸契約にサインし、大喜びで業者の車に乗ってマリエッタ・インに戻った。休業中であるかのように寂れた宿――行き当たりばったりの情事やそのあとの馬鹿騒ぎといった、田舎の街道沿いの宿にありがちの出来事さえ起こり得ないほど荒廃している。夜半過ぎまで二人は眠らずに、あそこで何をしようかと計画を立てた。アンソニーは驚くべきスピードで歴史書を書き上げ、シニカルな祖父に取り入る……車の修理が終わったら、二人でこの地域を探索し、最寄りの「上流階級向け」カントリークラブに入る。そうすればアンソニーが執筆しているあいだ、グロリアはゴルフか「何か」ができる。これはもちろん、アンソニーのアイデアだった――グロリアは読書し、夢を見、トマトサンドイッチとレモネードを給仕されていればそれでよいのだ。給仕してくれるのは、まだ薄暗い奥地に潜んでいる天使のような召使い。一段落書くごとに、アンソニーはうたた寝しているグロリアにキスをしに出てくる。グロリアはハンモックに自堕落に横たわって……ハンモック！　その想像上のリズムに合わせた新しい夢が大挙して湧き上がる。風がハンモックを揺らし、太陽の光が風に吹かれる麦の上で波打ち、あるいは埃っぽい道が静かな夏の雨で斑《まだら》になり、暗い色に変わっていき……。

それから客たち――ここで二人はいつになく慎重になり、先まで見通そうとして、長い議論になった。アンソニーは、少なくとも一週おきには「変化をつけるために」客を呼ぶ必要があると主張した。すると、アンソニーにとってグロリアと暮らすことは「変化」ではないのかという、とても感情的で込み入った議論を呼び起こした。もちろんそうだと彼が請け合う一方で、グロリアは疑わしいと言い続け……最終的に、会話は永遠の単調な反復となった。「それから、何？　私たちは何をする？」

「じゃあ、犬を飼おう」とアンソニーが提案した。

「嫌だわ。猫がいい」。こうしてグロリアはかつて飼っていた猫の履歴、習慣、好みなどについて徹底的に、すこぶる情熱的に語ることになった。アンソニーは猫がとんでもない性質の持ち主だと考えた。個々の魅力もないし、忠誠心もない動物だ。

やがて彼らは眠りに就き、夜明けの一時間前に目覚めた。二人の寝ぼけ眼の前に、灰色の家がぼんやりとした輝きに包まれて踊っていた。

グロリアの魂

その秋、彼らを出迎えた灰色の家は激しい感情の高まりをもたらし、その結果、ひねくれた古い家だということを気づかせずにいた。確かに、洗濯袋の問題があり、グロリアの食べ物の問題があった。アンソニーがくよくよと考え、想像上の「神経症」に陥るという傾向もある。しかし、思いがけない静寂がもたらされる期間もあった。二人でポーチに寄り添い、月がその光で農地を銀色に照らすのを待つ。月の光はうっそうとした森を飛び越え、彼らの足下に光の波を投げかける。このような月の光に照らされると、グロリアの顔は染み渡るような白さを帯び、追憶を呼び起こす。ほとんど苦労もせずに二人は習慣という目隠しを外し、互いのなかに消えた六月のほとんど真髄とも言えるロマンスを見出すのだ。

ある晩、彼女が頭を彼の心臓のあたりにのせ、二人の煙草がベッドの上の円形の闇を光のボタンのように行き交っているとき、彼女は初めて、そして断片的に、彼女の美しさにしばしまとわりついた男たちの話をした。

「彼らのことを思い出すかい?」と彼は訊ねた。

「ときどきね――特に誰かを思い出すようなことが起きたときだけ」

「どんなことを思い出すんだい——キスかな？」

「いろんなことよ……男たちは女と一緒だと変わるの」

「どういうふうに変わるんだい？」

「もう、完全によ——それに、表現できないほど。こういう人だとかああいう人だとか、しっかりした評判を得ている男が、私と一緒のときは驚くほど変わってしまうの。乱暴な男が優しくなり、つまらない男がものすごく忠実で愛すべき男になる。それから、高潔な男が高潔とはほど遠い態度を取ることもしばしばあったわ」

「たとえば？」

「そうね、コーネル大学のパーシー・ウォルコットっていう子がいたんだけど、彼は大学ではヒーローだったの。すごい運動選手で、火事だか何だかから人々を救って。でも、私はすぐに彼がお馬鹿さんで、それも危険な意味でそうだって気づいたの」

「どんなふうに？」

「彼はね、〝自分の妻に相応《ふさわ》しい〟女性像について、とてもナイーブな考えをもっていたの。彼のような考え方にはよく出くわしたけど、そのたびに腹が立ったわ。一度もキスされたことのない女の子じゃなきゃ駄目だし、家でおとなしく縫い物でもして、彼の自尊心を敬う子じゃなきゃ駄目なのよ。間違いなく言えるけど、彼はお馬鹿な子を見つけて家でおとなしくさせておくことができたら、もっと尻軽な女と遊ぶでしょうね」

「そいつの奥さんは気の毒だと思うよ」

「私は思わないわ。結婚前に気づかないのが馬鹿なのよ。彼はね、女性を敬い尊ぶとは、彼女を絶対に興奮させないことだと思っているの。大真面目に、暗黒時代の男を演じているのよ」

「君にはどういう態度を取ったんだい？」

「これから話すわ。前に言ったように――言わなかったかしら？――彼はすごくハンサムなの。大きな茶色い目は正直そうで、その微笑みを見たら、心は二十カラットの金でできてるって保証されている気分になるのよ。私はまだ若くて騙《だま》されやすかったから、彼には分別があるものと思い込んで、ある晩、熱烈なキスをしたの。ホットスプリングズのホームステッド〔ヴァージニア州のリゾート地〕でダンスしたあとだったわ。素晴らしい一週間だったのよ、よく覚えているけど――絢爛豪華《けんらんごうか》な木々が緑の泡のように谷じゅうに広がっていて、十月の朝にはそこから霧が篝火《かがりび》の煙のように立ちのぼり、木々は茶色に染まって――」

「それで理想に燃える君の友達はどうなったんだい？」とアンソニーは遮った。

「私にキスしたらね、もうちょっといい思いをして逃げられると考え始めたみたいなのよ。彼が思い描くビアトリス・フェアファックス〔当時人気だった新聞の女性向け身の上相談コラムに「ビアトリス・フェアファックスに訊け」というのがあり、それを基にした映画シリーズも作られた〕の軽い娘みたいに〝尊重〟しなくていい女だって」

「何をしたの？」

「大したことじゃないわ。彼が本格的に始める前に、私が彼を五メートルの高さの堤から突き落としたから」

「怪我《けが》させたの？」とアンソニーは笑いながら訊ねる。

「腕の骨を折って、足首は捻挫したわ。彼はこの話をホットスプリングズじゅうでしたんで、腕が治ったとき、私のことを好いてくれていたバーリーって男が彼と喧嘩して、また腕の骨を折ったのよ。もう、滅茶苦茶だったわ。彼はバーリーを訴えるって脅し、バーリーは――ジョージア出身なんだけど――町で銃を買っているところを見られたの。でも、その前にママが私をまた北部に連れ戻したんで――私の意志にかなり逆らってなんだけど――何が起きたかはよく知らないわ。ただ、バーリーは一度ヴァンダービルト・ホテルのロビーで見かけたけどね」

アンソニーは長いこと大声で笑い続けた。

「すごいキャリアだね！　君がこんなにたくさんの男とキスしてきたんだから、僕は怒るべきなんだろうけど、腹立たしく感じないんだよな」

これを聞いて、彼女はベッドの上で起き上がった。

「可笑しいんだけど、ああしたキスが私にはまったく跡を残していないって感じるの――男遊びをしてきたという穢《けが》れみたいな意味では――まあ、一人の男にこんなふうに言われたことはあるけどね。君がみんなで分かち合うグラスだったかと思うと辛いよって」

「度胸のある男だな」

「私はただ笑ったわ。それで、私のことは〝親愛の杯〟みたいに考えてちょうだいって言ったの。宴会とかで順番に回し飲みされるんだけど、それでもみんなが珍重すべき大杯ね」

「どういうわけか、僕は気にならないな――もちろん、君がキス以上のことをしていたら、気になるだろうけど。でも、君のほうは絶対に嫉妬を感じないんだろうね、プライドを傷つけられる以外は。僕が何をしてきたか、どうして気にしないんだい？　僕が完全に無垢だったほうがいいんじゃないの？」

「それは、これまでの経験があなたにどういう印象を残したか次第ね。私がキスをしたのは、相手がハンサムだったとか、素敵な月が出ていたとかいう理由よ。なんとなくセンチメンタルで、心がちょっと掻き乱されたからっていう場合もあったわ。でも、それだけよ――私の心にはまったく影響がないわ。でも、あなたはそれを思い出し、その記憶に取り憑かれたり、悩んだりするんでしょうね」

「僕にキスしたように、ほかの男とキスしたことはある？」

「ないわ」と彼女はあっさりと言った。「前にも言ったように、男たちは求めてくるわよ――もう、いろんなことをね。可愛い女の子だったら、そういう経験があるはず……それでね」と彼女はまた話し始めた。「あなたが過去にどれだけたくさんの女と過ごしたって、私は気にならない。肉体的な満足だけのためならね。でも、あなたが長い期間ある女と暮らしたとか、相応しい相手と結婚したがったとかになると、我慢できないと思う。どういうわけか、違うのよ。親密だったときのちょっとしたことを覚えているだろうから――それが新鮮さを削いでしまうの。結局、愛の最も貴重な部分はそこなのに」

アンソニーはうっとりとして彼女を引き寄せ、枕の隣りに横たわらせた。

「ああ、ダーリン」と彼は囁いた。「君とのキス以外のことを僕が覚えているわけないじゃないか」

グロリアがとてもしとやかな声で言った。

「アンソニー、喉が渇いたって誰かが言っているみたい」

アンソニーは突然笑い出し、面白がるような笑みを浮かべながら、従順にベッドから立ち上がった。

「氷をちょっと水に入れてね」と彼女はつけ足した。「そうしてくれるかしら？」

グロリアはものを頼むときにいつも「ちょっと」という言葉を使った――そうすると、頼みごとがそれほど大変なように響かないのだ。しかしアンソニーはまた笑った――彼女が求めているのが氷の大きな塊《かたまり》であれ、小さな粒であれ、自分は階下のキッチンに行かなければならない……彼女の声が廊下を歩く彼を追ってきた。「それから、クラッカーをちょっとと、それにマーマレードをちょっと塗って……」

「まいったぜ！」とアンソニーはうっとりして俗語を使いながら溜め息をついた。「すごい女だよ、あの子は！　かなわない！」

「赤ん坊ができたら」と彼女はある日、言い始めた――この件については、三年後にするというのがすでに決まっていた――「あなたに似てほしいわ」

「脚は除いてだろ」と彼はふざけて言った。

「あ、そうね、脚を除いて。脚は私に似てほしい。それ以外はみんなあなた」

「鼻も?」

　グロリアは躊躇した。

「そうね、たぶん私の鼻だわ。でも、目は絶対にあなた——それから私の口。顔の形も私ね。男の子で、私の髪だったら、可愛いんじゃないかしら」

「グロリア、結局赤ん坊を独り占めにしたね」

「でも、そのつもりはなかったのよ」と彼女は明るい声で謝った。

「せめて首は僕のにしてくれよ」と彼は真面目な顔で鏡を見ながら力説した。「僕の首が好きだってよく言ってたろ。喉ぼとけが目立たないから。それに、君の首は短すぎる」

「ちょっと、そんなことないわよ!」と彼女は憤慨して叫び、鏡を見た。「ちょうどいいわ。これ以上素敵な首は見たことがない」

「短すぎるね」と彼はからかうように繰り返した。

「短い?」彼女の口調は憤慨と驚きを表わしていた。「短い?　頭がおかしいわよ!」彼女は首を長くし、力を入れて、その爬虫類のようなしなやかさを自分に納得させようとした。「これを短い首って言う?」

「僕が見たなかで一番短いものの一つだ」

　グロリアの目から数週間ぶりに涙が溢れてきた。彼を見つめる顔には本当に傷ついている様子が現われている。

「ちょっと、アンソニー——」

「ごめんよ、グロリア!」彼はどぎまぎして彼女に近づき、両肘を手で摑んだ。「泣かないで、お願いだ！　からかってるだけだってわからなかった？　グロリア、僕を見て。いいかい、君は僕が見たなかで一番長い首の持ち主さ。嘘じゃない」

彼女は顔を歪めて笑みを浮かべ、目からは涙が消えていった。

「じゃあ――あんなこと言っちゃいけないのよ。赤ん坊の話をしましょう」

アンソニーは床を歩きながら、ディベートの準備をするかのように話し始めた。

「簡単に言うと、僕たちは二種類の赤ん坊を持てる。論理的に、まったく違ったタイプの赤ん坊だ。まず、僕たちのいいところだけを組み合わせた赤ん坊。君の体、僕の目、僕の心、君の知性――それから、悪いところだけを取った赤ん坊――僕の体、君の性格、僕の優柔不断」

「私、その二番目の赤ん坊が好きだわ」と彼女は言った。

「本当にやりたいのはね」とアンソニーは続けた。「三つ子を二組作ることだな。一年置いて。それからその六人の男の子を――」

「私が可哀想」と彼女が口をはさんだ。

「――それぞれ別々の国で、別々のシステムの下《もと》で教育するんだ。それで二十三歳になったとき、みんなを呼び寄せ、どんなふうになったかを見る」

「首はみんな私似にしてね」とグロリアが提案した。

一つの章の終わり

修理がようやく終わり、車はまるでわざと仕返しをするかのように、中断していた仕事を再開した。諍《いさか》いを常に引き起こし続けるという仕事である。どちらが運転する？　グロリアはどれくらいの速度で走る？　この二つの問いと、それに伴う永遠の逆襲が毎日続いた。彼らは駅馬車街道の町々、ライ、ポーチェスター、グリニッチなどに車で行き、一ダースほどの友人たちを訪ねた――おもにグロリアの友人たちだ。彼女らはみんな赤ん坊がいるかこれから生まれるかで、この点で——ほかの点でもそうだったが——彼女は神経が錯乱しそうなほど退屈した。訪問のたびにそのあとの一時間ほど、彼女は怒りにまかせて指を嚙み、その憎しみをアンソニーにぶつけることが多かった。

「私、女って大嫌い」と彼女は軽い癇癪を起こして言った。「あの人たちと何をしゃべったらいいの？　ご婦人同士のおしゃべり以外に？　赤ちゃん可愛いわねって、次から次へと大げさに褒めたけど、実際は絞め殺したいくらいよ。しかも、みんな自分の旦那が魅力的だったら嫉妬して疑うし、そうじゃなかったら退屈し始めているの」

「もう女の人とは会いたくない？」

「わからないわ。あの人たちって清潔な感じがしないの——決して——絶対に。数人を除いてね。コンスタンス・ショーは——知ってるでしょ、先週の木曜日に家に来たミセス・メリアムよ——ほとんど唯一清潔な人だわ。とても背が高くて、元気がよくて、堂々としていて」

「背が高すぎる女性は苦手だな」

彼らはさまざまなカントリークラブのディナーダンスにも何度か出かけた。しかし、もう秋が終わりかけているので、出かけたくなってもそれは控えようということになった。ゴルフに関しては、彼は好きではなく、グロリアは好きだったが、それほど熱心ではなかった。ある晩、どこかの大学生が彼女を口説こうと激しく迫り、彼女はそれが楽しかったし、アンソニーが美人の妻を誇らしく感じるだろうと考えて嬉しかったのだが、そのパーティの主催者であるミセス・グランビーとかいう女性の不興を買ったことにも気づいた。というのも、アンソニーのクラスメートであるアレック・グランビーがその大学生の仲間入りをし、彼女を熱心に口説いたからである。グランビー夫妻は二度と電話をしてこなくなり、グロリアは笑ったものの、少なからず傷ついた。

「いいかしら」と彼女はアンソニーに説明した。「私が未婚だったら、あの人は心配しないのよ——

それなのに、あの人は若い頃に見た映画を思い出して、私が〝ヴァンパイア〟に違いないって思うわけ。でも重要なのはね、ああいう人を宥めるにはかなりの努力が必要で、そんな努力、私はしたくないのよ……それにあの可愛い大学生たちが私に色目を使って、馬鹿みたいなお世辞を言うんだから！私も大人になったわ、アンソニー」

マリエッタ自体には社交生活と言えるものがあまりなかった。六軒の大きな農家が六角形に町を取り囲んでいたが、そこに住んでいるのは老人ばかり。駅に向かうリムジンの後ろに乗った夫は、灰色の草に覆われた無気力な塊といった様子だし、ときどきそれにつき添っている妻は同じくらい歳取っていて、倍くらい太っている。町の人たちはとりわけつまらないタイプで——未婚の女性たちがかなりの割合を占めていたが——彼らの楽しみは学園祭くらいしかなく、精神は三つの教会の白い威圧的な建物と同じくらい荒涼としていた。アンソニーらが親しくつき合うようになった地元の人といえば、大きなお尻にいかり肩のスウェーデン系の娘だけで、彼女は毎日来て、彼らの家事をしてくれた。無口で、てきぱきと仕事をしていたのだが、ある日グロリアは彼女がキッチンのテーブルに突っ伏し、両腕で頭を抱えるようにして、激しく泣いているところを見てしまった。それ以来、彼女には不気味な恐れを感じるようになり、料理のことで文句を言わなくなった。その語られない、秘密の悲しみによって、娘は家に残り続けたのである。

グロリアが物事の予兆に関心を示し、突如として怪しい超自然現象に熱中し出したのは、アンソニーには驚きだった。若い頃にビルフィストの母親によって適切に、そして科学的に禁じられていたコンプレックスのせいか、あるいは何らかの遺伝的な過敏症のせいか、彼女は心霊現象を思わせることにすぐに反応するようになった。そして、人々の動機をそのままに受け取ろうとせず、異常な出来事が起きると、埋葬された死者が気まぐれに歩き回っていることにその原因を求めようとした。自分たちの古い家が風の強い夜にさかんにキーキー軋っているのは、アンソニーには拳銃を持った強盗のせいに聞こえるのだが、グロリアには死んだ人々の邪悪で頑固な霊気のせいだった。古臭くてロマンチックな暖炉の上で、贖《あがな》えない罪を贖おうとしているのだ。ある夜、階下で二度立て続けにバンッという音がしたので、アンソニーが恐る恐るあたりを見て回ったが、何も見つからなかった。そのあと夜明け近くまで眠れず、二人は世界史の試験問題のような質問をし合って気を紛らわせた。

十月にミュリエルが二週間の予定で訪ねてきた。グロリアが長距離電話をして彼女を呼び、ミス・ケインは彼女らしくこう会話を締めくくったのだ。「いいわよーお、喜び勇んで行くから！」彼女は十枚ほどの流行歌のレコードを脇に抱えて現われた。

「蓄音機がなきゃ駄目よ、こんな田舎にいるんだから」と彼女は言った。「ちっちゃなヴィクトローラがあれば――値段はそれほどじゃないし。そうしたら、寂しいときはいつでもカルーソーやアル・ジョルソンを聞けるわ」

彼女の発言に、アンソニーは心が乱れるほど心配になったことがあった。「アンソニーって、私が初めて知り合った賢い男だわ。薄っぺらい男たちにはもううんざり」と言ったのだ。こんな女たちに恋をする男がいるのかと彼は驚いた。しかし、のぼせ上がって見つめれば、彼女だって柔らかさを帯び、素晴らしい女性に見えてくるのかもしれない。

しかしグロリアはアンソニーへの愛情を大っぴらに見せびらかし、喉を鳴らす猫のように満足しきった様子になった。

最後にリチャード・キャラメルが現われてしゃべりまくったので、グロリアにとってはうんざりするような文学的週末となった。彼女が子供のように上階で眠ってしまっても、そのあと長いこと彼は自分自身についてアンソニーと議論を戦わせた。

「おかしな感じなんだよ、この成功ってやつはさ」とディックは言った。「小説が出版される前は、短編小説を売ろうとしても売れやしなかった。ところがあの本が出版されてから、三つの短編を磨き上げたら、雑誌社が買ってくれたんだ。前に断ったくせにね。それ以来、短編をたくさん書いたよ。本の印税は冬まで入らないからさ」

「戦利品は勝者のものって言うけど、戦利品に束縛されたらまずいぜ」

「クズのような作品を書くことか？」と言って彼は考えた。「わざとくだらない落ちをそれぞれに挿入するって意味なら、そんなことはしていない。でも、それほど気を配っていないかもしれないな。書くペースは速くなったし、前ほど考えなくなった。たぶん会話をあまりしなくなったからだ。おまえが結婚して、モーリーはフィラデルフィアに戻ったし。前ほどの衝動や野心がない。早すぎる成功ってやつだな」

「不安にならないか？」

「頭がおかしくなりそうだよ。文章熱とでも呼べるものにかかったんだ。猟の初心者が感じる興奮みたいなものかな——一種の激しい文学的自意識のことで、書こうとすると現われるんだよ。でも、本当にひどい日は、自分が書けないって思う日じゃない。書くことに意味があるのかと考えてしまうときなんだ——つまり、自分がおだてられた道化にすぎないんじゃないかって」

「君がそんなふうにしゃべるのは面白いな」とアンソニーは保護者のような尊大さを仄かに見せて言った。「君が仕事のせいでおかしくなったんじゃないかって心配してたんだ。クソみたいなインタビューを読んだ——」

ディックは苦々しい表情で遮った。

「まいったな！　あれのことは言わないでくれ。若い女性が書いたんだよ——ものすごく褒めてくれる女性でさ、俺の作品を〝素晴らしい〟って言い続けたんだ。俺も正気を失ってさ、変なことをいっぱい言ってしまったよ。でも、部分的にはいいことも言ってる。そう思わないか？」

「ああ、そうだな。賢い作家はその世代の若者のために書き、次の時代の批評家となり、その後ずっと教師となるってところ」
「ああ、おおかたそうだと信じているよ」とリチャード・キャラメルはかすかに明るい顔になって認めた。「ただ、それを表立って言ったのが間違いだったな」

十一月になり、二人はアンソニーのアパートに戻った。そこから二人はイェール対ハーヴァードとハーヴァード対プリンストンのフットボールの試合に行き、セント・ニコラスのアイススケートリンク〔コロンバス・アベニューと六十六丁目の交差点にあったリンク〕に出かけ、劇場をすべてめぐり、さまざまなエンターテインメントを楽しんだ――小さな落ち着いたダンスパーティから、グロリアが愛する大規模な催し物まで。たとえば、大柄な召使い頭の指示の下、粉をかけた鬘《かつら》をかぶる下男たちが走り回っているような、イギリスかぶれの雰囲気の家で開かれる舞踏会だ。アンソニーとグロリアは翌年の初め頃、少なくともヨーロッパの戦争が終わり次第、海外に出たいと考えていた。アンソニーは自分の書こうと思っている本への導入として、十二世紀に関するチェスタトン風のエッセイを実際に完成させ、グロリアはロシアのクロテンのコートに関してかなり広範な調査を行った。こうして冬も快適に迎えられるかと思っていた十二月半ば、ビルフィズムの創造主《デミウルゴス》が突如として、ギルバート夫人はいまの化身でもう充分に生きたと決断した。その結果、アンソニーはヒステリカルに嘆き悲しむグロリアを連れてカンザスシティに赴《おもむ》き、家族は世間の人々がするような心揺さぶられる悲痛な儀式を催して、死者に対して敬意を表した。

ギルバート氏は、彼の人生において最初で最後だったが、本当に哀れな存在となった。彼が馴らし、彼の身体に奉仕させ、彼の精神に対する信徒を演じさせてきた女性は、皮肉なことに彼を見捨てた――ちょうど彼がこの先長く彼女を養えなくなった時期に。彼は二度とこんなに思う存分人間の魂を退屈させ、怖気《おじけ》づかせることはできなくなったのである。

第二章　シンポジウム

グロリアはアンソニーの心を宥めて寝かしつけたのだった。あらゆる女たちのなかでも最も賢くて素晴らしいと思われる女――彼のドアに掛けられた煌《きら》びやかなカーテンのように、太陽の光を遮断する女。結婚して最初の頃、彼が信じるものには必ずグロリアの烙印が押されていた。彼はカーテンの模様を通して日の光を見ていたのである。

二人が夏を過ごすためにマリエッタに戻ったのは、無気力さのようなものが原因だった。輝かしい春のあいだずっとカリフォルニアの海岸線をさまよい、精神が弛緩していったのだ。落ち着きなく、怠惰にお金を浪費しつつ、二人は断続的にさまざまな一行と行動をともにし、パサデナからコロナドへ、コロナドからサンタバーバラへと移動した。表立った目的は何もなく、あるのはただ異なる音楽で踊りたいとか、海の色のほんのわずかな変化を味わいたいといった、グロリアの欲求だけだった。太平洋では荒っぽい岩場がそそり立って彼らを出迎え、同じくらい荒っぽい宿泊所が建てられていて、お茶の時間にはうたた寝もできた。枝編み細工の椅子に人々が物憂げに横たわり、サウサンプトンやレイクフォレスト、ニューポートやパームビーチなどのポロのコスチュームが並ぶさまは、豪華なバザールを思わせる。そして、穏やかな湾で波と波がぶつかり、しぶきを上げ、光っているのと同じように、二人はあちこちのグループと合流し、彼らとともに場所を変えた。次の実り豊かな緑の谷の向こうに、どんな奇妙で摑みどころのないお祭り騒ぎが待っているのかと、ぶつぶつぶやきながら。

それは単純で健康的な有閑階級だった——男たちのうちで最高なのは一流大学の学生から生意気さを除いたような連中だ。名門社交クラブへの入会許可を永遠に待ち続けている——いわば実体のない「ポーセリン」とか「スカル&ボーンズ」〔前者はハーヴァード大学、後者はイェール大学の名門クラブ〕が際限なく世の中に拡張されたものへの入会を待っているような人々。女たちは平均以上に美しく、華奢《きやしや》ながら運動好きで、パーティの主催者としてはどことなく愚かだったが、客としては最高に見栄えがして魅力的だった。薫り高いお茶の時間、彼らは選《え》りすぐりのステップでおとなしく優雅にダンスをし、ある程度の威厳をもって踊りをこなした。国じゅうの店員やコーラスガールたちがひどく滑稽に真似《まね》ている踊りである。芸術の末裔のなかでも、この孤立した評判の悪い分野においてアメリカが間違いなく秀でているというのは、なんとも皮肉なことのように思われる。

贅沢な春の日々をダンスと浪費で過ごしたあと、アンソニーとグロリアはお金を使いすぎたことに気づき、しばらくは隠遁せざるを得ないと判断した。アンソニーの「仕事」があるから、と表向きには言った。気づけば灰色の家に戻っており、以前はほかの恋人たちがこの家で眠っていたのだな、と前より意識するようになった。ほかの名前が手すり越しに呼ばれ、ほかのカップルたちがポーチの階段に座って、灰緑色の野原やその向こうの黒い木々のかたまりを眺めていたのだろうな、と。

相変わらずのアンソニーだったが、より落ち着かなくなった。ハイボール数杯の刺激がないと元気が出ず、グロリアに対してはかすかに、ほとんど気づかれないほどだったが、冷淡になった。しかしグロリアはどうかというと——彼女は八月に二十四歳になるのだが、そのことを真剣に恐れており、それがまた魅力的だった。三十歳まであと六年！　アンソニーのことをこんなに愛しているのでなかったら、時の経過を恐れる彼女の思いは、ほかの男への関心が再び呼び覚まされる形で現われたかもしれない。輝くディナーテーブルの向こうから伏し目がちに彼女を見つめる男——そんなすべての潜在的恋人から束の間のロマンスの輝きを引き出そうとしたかもしれない。彼女はある日、アンソニーにこう言った。

「私の気持ちは、何かを求めるのであれば、それを必ず手に入れるってこと。生まれてからずっとそう考えてきたわ。でも、いまはあなたを求めているから、それ以外の欲求が入り込む余地はないの」

二人はこのとき束に向かって移動中で、乾ききって生気のないインディアナを走っていた。グロリアは大好きな映画雑誌から顔を上げ、何げない会話が突如として深刻なものになったことに気づいた。

アンソニーはしかめ面をして窓の外を見た。進路に田舎道との交差点があり、馬車に乗った農民が視界に入ってきた。藁をくわえている農民は、これまでに十数回すれ違った農民と同じ人間に見える――寡黙ながら悪意をたたえた象徴として座っている姿。グロリアのほうに向きなおったとき、アンソニーのしかめ面はひどくなっていた。

「心配になるよ」と彼は反論した。「僕は、ある束の間の状況において、ほかの女性を求めることは想像できるな。でも、関係を持つことは想像できない」

「でも、私はそういうふうに感じないのよ、アンソニー。私は求めているものに逆らうのは嫌なの。求めないのが私の流儀――あなた以外の誰も求めないのがね」

「だけど、君がたまたま誰かを気に入って――」

「ねえ、馬鹿なこと言わないで！」と彼女は叫んだ。「そうなったら戯《たわむ》れの恋なんかじゃないわ。そして、そんな可能性を想像することもできない」

これで会話は無理やり終了となった。グロリアにとっては、アンソニーが絶えず耳を傾けてくれるので、ほかの誰といるときよりも彼と一緒だと幸せだった。彼との暮らしを断然楽しんでいた――彼を愛していた。ゆえに、その夏は前年の夏とほぼ同じように始まった。

とはいえ、家事に関しては大きな変化があった。冷淡なスカンジナビア人のメイドは、質素な料理と給仕するときの小ばかにしたような態度がグロリアの気を滅入らせるので、日本人の下男を雇うことになったのだ。この特別によく働く男はタナラハカという名前だったが、二音節の「タナ」という呼称も含め、どのように呼ばれても応えますと言った。

タナは日本人にしても珍しいほど小さかった。そして自分を世慣れた人間だとナイーブに考えており、それをあからさまに示していた。「信頼できる日本人従業員を提供するR・グギモニキ社」からやって来た日、彼はアンソニーを自分の部屋に招き入れ、トランクにしまってある宝物を見せた。その一つが日本の絵葉書の大量のコレクションで、それを彼は一枚ずつ詳細に、雇用主に対して説明し始めた。そのなかにはエロチックな意図をもって作られた絵葉書も五、六枚あり、明らかにアメリカで作られたものだが、製造者は謙虚に自分たちの名前や宛て先を書くスペースを省いていた。タナは次に自分で作った品々を取り出した――本当に手作りのアメリカ風のズボン一本に、堅いシルクの下着二対。後者を大事にとってある理由を、彼はアンソニーにこっそりと打ち明けた。次に見せたのはエイブラハム・リンカーンのエッチングをかなりうまく模写したもので、その顔に間違いなく日本人的な特徴を与えていた。最後に出てきた横笛は彼自身が作ったのだが、壊れており、すぐに直すつもりだと言っていた。

このような丁寧な挨拶が終わって――アンソニーはこれが日本人特有のものなのだろうと考えたのだが――タナは次に途切れ途切れの英語で、主人と召使いの関係について長広舌をふるった。そこからアンソニーが推測したところでは、タナは大きな屋敷で働いていたらしい。ところが、ほかの召使いたちが正直でないため、いつも喧嘩していたという。二人は「正直《オネスト》」という言葉にさんざん時間をかけ、実のところ互いにかなり苛立つことになった。というのも、アンソニーはタナが「スズメバチ《ホーネット》」と言おうとしていると頑固に言い張り、ハチのようにブンブン唸って、腕を羽のようにして羽ばたく真似までしたのである。

四十五分後、また楽しいおしゃべりをしましょうという温かい約束とともに、アンソニーは解放された。次回はタナが「私の国のリュウギについて」話してくれるというのである。

これが灰色の家におけるタナの饒舌な初日であった——そして、そのときの予感は的中した。良心と自尊心を具えてはいたが、明らかにとんでもなく退屈な男だったのだ。自分の舌を制御できない様子で、次から次へとしゃべり続け、その小さな茶色い目には苦痛にも似た表情が浮かんだ。

日曜と月曜の午後、タナは新聞の漫画欄を読んだ。剽軽《ひょうきん》な日本人の執事が出てくる漫画にはものすごく喜んだが、この主人公は——アンソニーから見れば明らかに東洋人なのだが——アメリカ人の顔をしていると言い張った。漫画に苦労するのは、次のような事情によった。アンソニーの助けを借り、カントの『純粋理性批判』にこそ相応しい集中力を発揮して、二コマ目から四コマ目までの絵を理解していき、その文脈を吸収する。ところが、そのときには一コマ目が何だったのか完全に忘れてしまっているのである。

六月の中旬、アンソニーとグロリアは結婚一周年を祝い、「デート」することにした。アンソニーがドアをノックし、彼女が駆けてきて彼を部屋に招じ入れる。それから二人でソファに座り、相手を呼ぶために作ったさまざまな名前で呼び合う——古くからの愛情の呼びかけを新しく組み合わせるのだ。しかし、悲しみにうっとりとしながら、弱々しく「さようなら」と囁き合うことは、この「デート」には含まれていなかった。

六月の終わり、「恐怖」がグロリアに目をつけ、襲いかかり、その明るい魂を脅かして半世代ほど逆行させせた。それからだんだんと退いていき、それが現われた底知れぬ闇のなかへと消えていった——そして若さの一部分を容赦なく連れ去った。

劇的効果の感覚を間違いなく具えた「恐怖」は、ポーチェスターに近い寂れた村の小さな鉄道駅をその舞台に選んだ。駅のプラットフォームは大平原のように剝き出しで、一日じゅう黄色い太陽の埃っぽい光や田舎者たちの視線に晒されていた。大都会の近くに住んで安っぽい小賢しさは身につけたものの、あか抜けてはいない、最も不快なタイプの田舎者たち。目が赤く、案山子《かかし》のように生気がない、こうした十数人の者たちがその出来事を見つめていた。理解力に欠ける彼らの混乱した精神にぼんやりと映った事件は、最も大まかに捉えれば粗悪な冗談、最も微妙に捉えれば「屈辱」といったところだろう。そして、そのプラットフォームで世界は輝きを少し失ったのだ。

ある暑い夏の日の午後、アンソニーはエリック・メリアムとともにデカンター入りのスコッチを飲み続け、グロリアとコンスタンス・メリアムはビーチ・クラブで泳いだり日光浴したりしていた。コンスタンスは縞模様《しまもよう》のパラソルの影に入り、グロリアは軟らかくて熱い砂の上に艶《なま》めかしく横たわり、当然ながら脚を焼いていた。そのあと四人は美味《おい》しくもないサンドイッチをぐずぐずと食べていたが、おもむろにグロリアが立ち上がり、アンソニーの膝をパラソルで叩いて注意を引こうとした。

「帰らなきゃいけないわ、ダーリン」

「いま?」アンソニーは嫌そうに彼女を見つめた。この瞬間、日陰のポーチでこくのあるスコッチを飲みながら、だらだらと過ごす以上に重要なことはないように思われた。二人を招待したメリアムのほうは、忘れられた政治的キャンペーンのこぼれ話を延々と回想している。

「本当に帰らなきゃいけないのよ」とグロリアは繰り返した。「駅まではタクシーで行けるわ……行きましょう、アンソニー!」と彼女は前よりも少し横柄な口調で言った。

「いや、そんな――」と、おしゃべりを遮られたメリアムがお定まりの引き留めをしようとし、一方で挑戦するように客のグラスにハイボールを注いだ。飲みきるのに十分かかるくらいの量だったが、グロリアが困ったように「本当に行かなきゃいけないの!」と言うので、アンソニーはそれを一気に飲み干した。それから立ち上がり、メリアムの妻に丁寧なお辞儀をした。

「どうやら〝行かなきゃいけない〟ようです」と彼はほとんど気品を見せられずに言った。

一分後、アンソニーはグロリアのあとを追って、背の高いバラの木々に囲まれた庭の小道を歩いていた。六月の花が咲く木々の葉叢《はむら》をグロリアのパラソルがかすめていく。あまりにも配慮がない、と道路に着いたときに彼は考えた。無垢な心が傷つけられたような気持ちになり、グロリアはこんなに無邪気で無害な楽しみを妨害してはいけないのだ、と感じていた。心のなかのもやもやした部分をウィスキーが宥め、すっきりとさせてくれたのに。そのときふと、彼女が以前にも何度か同じ態度を取っていたことを思い出した。自分は楽しい思いをしていても、彼女がパラソルでつつくだけで、あるいは目配せするだけで、いつも退かなければならないのか？　嫌だという思いが敵意にまで変わり、食い止められない泡のように浮かんできた。しかし、彼女を非難したいという欲求をわざと意地悪く押し殺し、沈黙を守る。クラブの前でタクシーを見つけ、黙ったまま小さな駅へと向かった……。

そのときアンソニーは自分が何を求めているのかわかった――この何事にも動じない冷淡な娘に対して自分の意志を主張する、そしてここ一番の奮闘によって相手を屈服させる。決定権を得ることは限りなく望ましく思われるからだ。

「バーンズ夫妻に会いに行こう」と彼は彼女を見ずに言った。「まだ家に帰りたくない」

ミセス・バーンズ――結婚前の名はレイチェル・ジェリル――は、レッドゲイトから数マイルのところに夏の別荘を持っていた。

「一昨日行ったばかりよ」とグロリアはあっさりと言った。

「僕たちが訪ねれば喜ぶよ」。これでは強さが足りないと感じ、彼は意固地になって気持ちを引き締め、つけ足した。「バーンズ夫妻に会いたいんだ。家にはまったく帰りたくない」

「でも、私はバーンズ家にまったく行きたくないわ」

突然、二人は見つめ合った。

「だって、アンソニー」と彼女は苛立って言った。「日曜の夜よ、夕食に誰かを招いているかもしれないじゃない。どうしてこんな時間に行かなきゃ——」

「じゃあ、どうしてメリアムの家にとどまらなかったんだ?」と彼は怒鳴った。「完璧に楽しい時間を過ごしていたのに、どうして家に帰るんだ?　夕食も一緒にって言ってくれたんだぞ」

「そりゃ、言わなきゃいけないでしょ。お金をちょうだい、私が列車のチケットを買うから」

「絶対に嫌だね!　こんなクソ暑い列車に乗るなんてまっぴらだ」

グロリアはプラットフォームで地団駄を踏んだ。

「アンソニー、酔っ払っているみたいな振る舞いよ!」

「正反対だね。僕は完璧に素面《しらふ》だ」

しかし、彼の声はかすれて上ずっており、グロリアには彼の言っていることが嘘だとはっきりわかった。

「素面なら、チケットを買うお金をちょうだい」

しかし、彼にそう言うのはもう遅すぎた。彼の心のなかには一つの考えしかなかったのだ。グロリアは我儘だ。常に我儘だった。彼がここで主人としての地位を確立しなかったら、これからもずっと我儘であろう。だから、これはまたとない機会なのだ。彼女自身が気まぐれで彼の楽しみを奪ったのだから。彼の決断は堅固なものとなり、その瞬間、鈍くて陰気な憎悪にまで近づいた。

「列車には乗らない」彼の声は怒りで少し震えた。「バーンズのところに行くんだ」

「私は行かない!」と彼女は叫んだ。「あなたが行くなら、私は一人で家に帰るわ」

「じゃあ、そうしろよ」

何も言わずに彼女は切符売り場のほうに歩き出し、彼はそのとき思い出した。彼女はいくらかの金を持っている。そして、これは自分が望んだ勝利の形ではない。自分が得ねばならぬ勝利ではない。

彼は彼女を追い、腕を摑んだ。

「いいか！」と彼はつぶやいた。「一人で家に戻るんじゃない！」

「行くわ――やめて、アンソニー！」彼女はこう叫んで彼の手を振りほどこうとしたが、彼のほうは握る手の力を強めただけだった。

アンソニーは目を細くし、悪意を込めて彼女を見つめた。

「手を放して！」彼女の叫び声は獰猛さを帯びてきた。「品位ってものが少しでもあるんだったら、手を放して」

「どうして？」どうしてかは彼もわかっていた。しかし混乱し、揺らぎそうなプライドを保とうとして、彼女をそこに引き留めていた。

「家に帰るの、わかった？　だから手を放して」

「いや、放さない」

彼女の目は燃え上がっていた。

「ここで騒ぎを起こす気？」

「ここに残れと言ってるんだ！　君のいつもの我儘にはもううんざりなんだよ！」

「家に帰りたいだけよ」。怒りに燃えた目から涙が溢れてきた。

「今回は僕の言うとおりにするんだ」

ゆっくりと彼女は背筋を伸ばした――限りない軽蔑を込めて頭をのけぞらせる。

「大嫌い！」毒を吐くかのように、食いしばった歯のあいだから、低い声が漏れてきた。「ねえ、手を放して！　もう、大嫌いよ！」振りほどこうとするが、彼はもう片方の腕も摑んだ。「大嫌い！大嫌い！」

グロリアの怒りを前にして、アンソニーの自信のなさが戻ってきたものの、ここまで来たら引き返せないとも感じていた。いつも彼女に屈してきたので、そのために彼女が内心彼を軽蔑しているような気がした。確かに彼女は自分をいま憎むかもしれない。しかしあとになったら、我を通したことで彼を称賛するのだ。

近づいてくる列車が警笛を鳴らし、その音が青く輝く線路の向こうからメロドラマ的に響いてきた。グロリアは自由になろうと引っ張り、体を強張らせ、創世記よりも古い言葉が唇からこぼれた。

「この乱暴者！」と彼女はすすり泣いた。「この乱暴者！　もう、大嫌いよ！　この乱暴者！　この――」

駅のプラットフォームでは、これから列車に乗ろうとしている者たちがこちらを振り向き、凝視するようになっていた。列車の走る音が聞こえてきて、どんどん大きくなり、轟音となった。グロリアもさらに強い力でもがいたが、やがて抵抗をやめた。震えながら立ちすくみ、どうしようもない屈辱に晒されて、目に涙をためていた。そのとき蒸気機関車がすさまじい音を立てて駅に入ってきた。

蒸気が噴き出す音、ブレーキがキキキッと鳴る音に隠れて、彼女の低い声が聞こえてきた。

「ここに一人でも男の人がいたら、あなたはこんなことできやしない！　できやしない！　臆病者！この臆病者、臆病者！」

アンソニーは何も言わず、自身も震えながら、彼女の腕をしっかりと摑んでいた。おかしなくらい表情を変えない十数人の顔が、夢のなかの影のように、自分を見つめているのに気づいていた。それから鐘が苦痛に悶えるような激しい金属音を響かせ、煙突が空に向かって噴き上げる煙の量を少しずつ増やしていった。騒音と灰色のガスによる喧騒のなか、一列に並んだ顔が動き出し、やがて遠くなって消えていく――そして突然、東向きに斜めに線路を照らしている太陽しか見えなくなる。騒音はだんだんと遠ざかり、ブリキで雷鳴を響かせているかのような音になる。彼は彼女の腕から手を放した。彼が勝ったのだ。

ここで彼は望むならば笑うこともできた。試練をくぐり抜け、自分は暴力によって意志を貫いたのだ。この勝利のあとには寛大な措置が望ましい。

「タクシーを拾って、マリエッタまで帰ろう」と彼は見事に自分を抑えて言った。

答える代わりにグロリアは彼の手を両手で摑み、口のところまで持ち上げると、彼の親指を深く嚙んだ。彼はほとんど痛みに気づかなかった――血が出たのを見て、ぼんやりとハンカチを取り出し、傷を包んだ。これも勝利の一部なのだろう――負けた側がこのように怒るのはしかたない――こんなことは取るに足らないのだ。

グロリアはすすり泣いていた。ほとんど涙は流さずに、しかし心の奥深くから、激しく。

「行かない！　行かない！　あなたの――命令なんか――聞かない！　あなたは――私があなたに抱いていた愛をすべて殺したのよ、尊敬もね。でも、私に残されたものも死ぬんだわ、この場所から動く前に。私に手を上げるような男だって思っていたら――」

「僕と一緒に行くんだ」と彼は荒っぽく言った。「抱えてでも連れていく」

彼は振り向き、タクシーを呼ぶと、マリエッタに行くように言った。運転手は降りてきて、ドアを開けた。アンソニーは妻に向き合い、歯を食いしばったまま言った。

「乗るんだ！――それとも、無理やり乗せようか？」

限りない苦痛と絶望のくぐもった叫び声をあげて彼女は屈服し、車に乗った。

薄暮が深まっていくなか、車で長い道のりを走っているあいだじゅう、グロリアは座席の片側にうずくまっていた。ときどき寂しげな、乾いたすすり泣きの声を漏らす以外、黙りこくっている。アンソニーは窓の外を見つめ、頭ではいま起きたことについて、そのゆっくりと変わっていく意味について、ぼんやりと考えていた。何かが間違った――グロリアの最後の叫びが心にグサリと来て、声が消えたあとも響き続け、辻褄の合わない不安を呼び起こしたのだ。自分は正しくなければならない――しかし、彼女はあんなにちっぽけで哀れな存在だ。とても耐えきれないほど打ち砕かれ、意気を挫《くじ》かれ、辱められている。ドレスの袖は破れ、パラソルはなくなった――プラットフォームに置き忘れた。新しい服だったことを彼は思い出した。その朝、家を出るとき、彼女はその服がたいそう自慢だったのだ……。あの駅の出来事を誰か知人に見られていないだろうか、と彼は考え始めた。そして、彼女の叫びがしつこく彼の心に甦《よみがえ》る。

「私に残されたものも死ぬんだわ――」

この言葉のために彼は混乱し、不安が募るのだ。隅にうずくまるグロリアにぴったり当てはまる言葉――もはや誇り高きグロリアではなく、彼が知っているどのグロリアでもない。こんなことがあり得るのか、と彼は自問した。彼女が自分を愛するのをやめるとは思わなかった――そんなことは、もちろん、考えられない――が、あの傲慢さのないグロリア、独立心がなく、無垢な自信と勇気のないグロリアが、彼の栄光の女性であるかどうかは疑問だ。常に言語を絶するほど、意気揚々と自分自身であり続ける女だからこそ、彼女は輝き、希少価値が高く、魅力に溢れているのだ。

彼はこのときもまだかなり酔っ払っており、自分が酔っ払っていることを認識できないほどだった。灰色の家に着いたとき、すぐに自分の部屋に引き下がったが、まだ自分がやったことについて考え続けていた。どうしようもなく頭で格闘し、重苦しい気分でベッドに横たわると、深い眠りに陥った。

午前一時を過ぎ、廊下が異常なほど静かに思われたときのことだった。目が冴えて眠れないグロリアが廊下を歩いてきて、彼の部屋のドアを開けた。彼は窓を開けることもできないほど酔っ払っていたので、部屋の空気は淀み、ウィスキーの匂いがこもっていた。彼女はしばらく彼のベッドの脇に立っていた――ボーイッシュなシルクのパジャマを着ている、見事なほど気品のあるスリムな姿。それから彼女は思いきり彼に向かって身を投げ出し、激しく感情を高ぶらせて彼を抱きしめた。彼がぼんやりと意識を取り戻したとき、喉に温かい涙がポタポタと落ちていた。

「ああ、アンソニー！」と彼女は情熱的に訴えた。「ああ、ダーリン、自分が何をしたのかわかっていないのね！」

しかし朝になると、彼は早い時間に彼女の部屋を訪れた。そしてベッドの脇にひざまずき、小さな男の子のように泣いた。まるで打ち砕かれたのが彼の心であるかのように。

「昨晩ね」と彼女は指で彼の髪をいじくりながら、深刻な表情で言った。「あなたが愛していた私は消えてしまったように思えるの。私のなかの知るに値する部分、プライドと炎のすべてが消えた。私の残りの部分があなたを愛し続けることはわかっているけど、決して以前と同じではないの」

それでも、やがてこのことを忘れるだろうとは、そのときでさえ彼女にはわかっていた。激しく打ちのめすようなことはめったにせず、いつでも徐々に薄らいでいくのが人生というものなのだ。その朝以降、二人は事件のことをまったく話さなくなり、その深い傷はアンソニーの手で癒されていった――そこに勝利というものがあったとすれば、その知識と栄光を摑んだのは、彼らよりももっと暗い力だったのである。

ニーチェ的な出来事

グロリアの独立性は、すべての真摯で深遠な性質と同様、無意識に始まったものだった。しかし、それに魅せられたアンソニーの発見によってグロリア自身もそれに気づき、ほとんど正式な規則並みの力を持つことになった。彼女との会話から察せられるのは、ある否定的な原理を力強く肯定しているということであり、ありとあらゆる精力と活力がそれに注がれているということだ――その原理とは「気にしないわ」である。

「どんなものも、どんな人のことも、気にしない」と彼女は言った。「気にするのは私自身のことと、それに伴うアンソニーのことだけ。それがすべての人生の掟だし、そうでないとしても、私はそのように生まれついたの。ほかの人だって、自分の喜びにつながらないのなら、私のためになることはしてくれないし、それは私も同じだわ」

このとき彼女はマリエッタ随一の良家の婦人に招かれ、彼女の家の正面ポーチに座って話していた。そして言い終えたとき、奇妙な叫び声をあげ、気を失ってポーチの床に倒れ込んだ。

婦人はグロリアを介抱し、自分の車に乗せて連れ帰った。賢いグロリアの頭に、自分が妊娠したのだろうという考えが浮かんだ。

彼女は一階の大きな寝椅子に横たわっていた。温かい太陽の光が窓から徐々に遠ざかり、ポーチの柱のところにある遅咲きのバラにちらちらと当たっている。

「私に考えつくのは、あなたを愛しているということだけよ」と彼女は悲しげに言った。「私が自分の体を尊ぶのは、あなたが美しいと思ってくれるから。この私の体が――あなたのものでもあるけど――醜くなり、形が崩れる？　それって単純に耐えられない。ねえ、アンソニー、私は痛みを恐れているわけではないの」

彼は必死に彼女を慰めた――しかし無駄だった。彼女は続けた。

「そのあとでお尻が大きく、顔色は青白くなり、私の生き生きとしたところがすべて失われて、髪の輝きもなくなるのよ」

彼は両手をポケットに突っ込んで部屋を歩き回りながら訊ねた。

「それって確実？」

「私には何もわからないわ。産科っていうのかしら、いつでも嫌いだったたし。いつかは子供を産むと思っていたけど、いまは嫌」

「とにかく、そこに横たわって悲嘆に暮れていないで」

すすり泣きが止まった。薄暮から哀れみ深い沈黙が染み込んできて、部屋を満たした。「灯りを点けて」と彼女は頼んだ。「このところ日が短すぎるわ――六月って――私が子供だった頃――もっと日が長かったみたい」

灯りがパッと点き、柔らかいシルク地の青いカーテンが窓やドアに下ろされたかのように見えた。悲しみも喜びも表情に現われず、じっと動かない彼女の青白い顔を見て、彼の心に同情が呼び覚まされた。

「あなたは子供を産んでほしいの?」と彼女は物憂げに言った。

「僕はどちらでもいいな。つまり、中立の立場だよ。君が子供を産んでくれたら、たぶん喜ぶ。産まなかったら――まあ、それはそれでいい」

「あなたにどちらか決めてほしいの!」

「君が決めたらいいんじゃないかな」

彼女は軽蔑したように彼を見つめ、答えようともしなかった。

「世界じゅうの女性たちのなかから選び出されて、こんな最低の屈辱に耐えなきゃいけないと思ってるんじゃないのか」

「思ってたらどうだっていうのよ!」と彼女は激高して叫んだ。「女たちには屈辱ではないの。むしろ生きている言い訳だわ。それくらいしかできることがないんだから。でも、私には屈辱なのよ」

「いいかい、グロリア、僕は君が何をしても君の味方だよ。でも、お願いだから深刻にならないでくれ」

「もう、私に当たらないで!」と彼女は喚いた。

二人は無言で視線を交わした。ストレスを感じているという以上には、特に意味のない視線だった。それからアンソニーは本を書棚から取り出し、椅子に腰かけた。

三十分後、静まり返った部屋に彼女の声が響き渡り、お香のように空中に漂った。

「明日、車でコンスタンス・メリアムに会いに行くわ」

「いいよ。僕はタリータウンに行って、お祖父さんに会うよ」

「――いいかしら」と彼女はつけ加えた。「私は怖いんじゃないの――このことも、どんなことも。自分に忠実であろうとしているのよ」

「わかってるさ」と彼は同意した。

実務的な男たち

アダム・パッチはドイツ人に対してキリスト者としての怒りを感じており、戦争のニュースを貪《むさぼ》ることで生きていた。ピンの刺さった地図が壁を覆い、手の届きやすいテーブルの上には地図帳が山のように置かれている。一緒に並んでいるのは「写真で見る世界大戦の歴史」、公式の解説書、そして戦争特派員や兵士X、Y、Zによる「個人的な印象」といった本。アンソニーの訪問のあいだ、祖父の秘書エドワード・シャトルワースが、何度か追加をもって現われた。シャトルワースはかつてホーボーケンの「パッツ・プレイス」で「最高のジンの使い手」だった男。いまでは高潔な憤りを宿した足取りで歩く。老人は疲れを知らぬ怒りを込めてそれぞれの新聞に襲いかかり、保存に値するだけの意味があると考えた記事を切り抜いて、すでに大きく膨らんだファイルのなかに挿し込むのである。

「それで、何をしていたんだ?」と彼はアンソニーに穏やかに訊ねた。「何もしていないのか? だろうな。おまえに会いに行こうかと、夏じゅうずっと思ってたんだ」

「書いてましたよ。お送りしたエッセイを覚えていませんか? 昨冬、フィレンツェの英語雑誌に売ったやつですけど」

「エッセイ？　エッセイなんて送らなかったじゃないか」

「送りましたよ。話をしたじゃないですか」

アダム・パッチは静かに首を振った。

「いや、おまえはエッセイなど送ってこなかった。送ったつもりかもしれないが、ここには届いておらん」

「お祖父さんも読んでくれましたよ」。腹が立ってきて、アンソニーはしつこく言い張った。「読んでくれて、異論があると言われました」

老人は突然思い出した。しかし、思わず口を少し開け、灰色の歯茎の列を見せただけで、そのことを表に出そうとしなかった。緑色の年老いた目でアンソニーを見つめつつ、勘違いを認めるか、取り繕うかでためらっていた。

「では、書いていた、と」と老人は急いでいった。「なら、あちらに行って、ドイツ人について書いたらどうなんだ？　現実のこと、いま起きていることを書くんだ。普通の人が読めるものをな」

「誰もが戦争特派員になれるわけではありませんよ」とアンソニーは反論した。「書いたものを買ってくれる新聞社がないといけません。それに、フリーランスであちらに行くお金はありませんよ」

「わしがおまえを派遣しよう」と祖父は驚くべき提案をした。「好きな新聞社を選ぶといい。そこの正式な特派員として、おまえを向こうに送ってやる」

アンソニーはこの考えにしり込みした――と、ほとんど同時に、それに飛びついた。

「どう――でしょう――ね」

グロリアを置いていかないといけなくなる。彼女の人生はすべて彼を求め、彼を包み込むことで成り立っているのに。しかも彼女は妊娠している。ああ、これは無理だ――しかし――彼は自分がカーキ色の軍服を着ている姿を思い浮かべた。肩に書類かばんを掛け、戦争特派員がみなやるように、重い杖に寄りかかっている姿――イギリス人のように見せようとしている姿。「よく考えてみたいと思います」と彼は言った。「ご親切に感謝します。よく考えて、お返事します」

ニューヨークに戻る列車のなかでも、よく考えることに没頭した。突如、明るい光に照らされたのだ。強くて愛おしい女性に支配されているすべての男が、一瞬だけ与えられる光。もっと強い男たち、もっと厳しく訓練され、思想と戦争の抽象概念を摑んでいる男たちの世界を照らす光。その世界でグロリアの腕というのは、行きずりの恋人の熱い抱擁としてしか存在しない。冷静に求められるが、すぐに忘れられるものとして……。

グランド・セントラル・ステーションでマリエッタ行きの列車に乗ったときも、こうした珍しい幻影が彼のまわりに群がっていた。車両は混んでいて、最後の空席に座れたものの、何げなく隣りの男に目を向けたのは数分してからだった。そして、顎から鼻のどっしりとした感じ、顎先の丸まり方、小さい目の下がたるんでいるのを見て、気づいた。ジョゼフ・ブロックマンだ。

二人は同時に中途半端に立ち上がり、中途半端に困惑して、中途半端に握手のようなものを交わした。それから、これでことを片づけるかのように、中途半端に笑った。

「これはこれは」とアンソニーは気の利いた台詞を思いつけずに言った。「しばらくお会いしていませんでしたね」。すぐに自分の言葉を悔やみ、「あなたがこちらにお住まいとは知りませんでした」とつけ足そうとする。が、ブロックマンに先んじられ、愛想よく質問された。

「奥様はお元気ですか?……」

「とても元気です。あなたはいかがでした?」

「絶好調でしたよ」。彼の口調によって、言葉の大袈裟さが増幅された。

アンソニーの目には、この一年でブロックマンがすさまじく威厳を増したように見えた。茹《ゆ》だったような印象がなくなり、ついに「ちゃんと焼かれた」ように見えたのだ。それに加えて、もはや過剰に着飾っているふうにも見えなかった。以前は似合わない剽軽さをネクタイで表わそうとしていたのだが、それが地味な暗い模様のものになっていた。右手にはかつて大きな指輪が二つ見えていたのだが、いまは飾り気がなくなり、マニキュアの下品な輝きさえなくなっていた。

威厳は彼の人格にも現われていた。成功した巡回セールスマンのような雰囲気がかつては残っていたが、それが消えたのだ——進んで人の機嫌を取ろうとするこの態度は、最も低劣な形で発揮されると、特別客車の喫煙車両での淫《みだ》らな冗談となる。おそらく金銭的には媚びへつらわれてきたので超然としたところが身につき、社会的には馬鹿にされてきたので物静かになったのだろう。しかし、彼に容積ではなく質量を与えたのが何であったにしても、アンソニーはもはや彼の前で相応な優越性を感じなくなっていた。

「キャラメルを覚えてますか？　リチャード・キャラメルです。いつぞやの晩、会ったと思うけど」

「覚えてます。本を書いてましたよね」

「ええ、彼はそれを映画会社に売ったんです。会社はジョーダンというシナリオライターに脚色させました。で、ディックは新聞の切り抜きを集めてくれる会社に依頼したんですが、結果を見て激怒したんですよ。どの映画評も〝ウィリアム・ジョーダンの『魔性の恋人』の素晴らしさ〟について語り、ディックには触れもしないんです。読んだ人は、このジョーダンっていう男がすべてを構想し、発展させたんだって思うでしょう」

ブロックマンはよくわかったというふうに頷いた。

「たいていの契約書には、原作の作者名をすべての広告に入れるとなっているんですがね。キャラメルはまだ書いてるんですか？」

「ええ、頑張って書いてますよ。いまは短編ですね」

「そう、それはいい、それはいい……この列車にはよく乗るんですか？」

「週に一度くらいですね。いまマリエッタに住んでいるんです」

「そうですか？　それはそれは！　私はコスコブの近くに住んでるんですよ。最近、家を買ったんです。お宅と八キロほどしか離れていませんね」

「ぜひ会いにいらしてください」。アンソニーは自分がこんな儀礼的なことを言うのに驚いた。「古い友達に会えて、グロリアも喜ぶはずです。我が家がどこにあるかは、誰に訊いても教えてくれますよ――移って二年目なんです」

「ありがとうございます」。それから、儀礼的な言葉を補足するかのように言う。「お祖父様はお変わりないですか？」

「おかげ様で。今日も昼食を一緒にいただきました」

「素晴らしい方ですね」とブロックマンは重々しく言った。「アメリカ人のよき模範です」

無気力の勝利

アンソニーが帰ると、妻はポーチのハンモックにゆったりと寝転び、レモネードとトマトのサンドイッチを贅沢に楽しんでいた。しかも、タナお得意の入り組んだテーマについて、上辺は楽しそうに会話しているではないか。

「わたしのクニでは」。タナが会話を始めるときに必ず使うフレーズが聞こえてきた。「いつでも――人たちはみな――コメ食べます――だって、それしかないから。ないもの食べられません」。彼の国籍は見た目に隠しようがなかったが、そうでなかったら、彼の祖国に関する知識はアメリカの小学校の地理で習ったものだと思いかねないだろう。

黙るように言われ、東洋人がキッチンに戻されてから、アンソニーは問いかけるようにグロリアのほうを向いた。

「妊娠じゃなさそうよ」と彼女は顔いっぱいに笑顔を浮かべて言った。「あなたが驚いている以上に私が驚いたわ」

「本当に？」

「本当よ！　決まってるじゃない！」

二人はまた責任から解き放たれて晴れやかな気分になり、幸せに浸った。それから彼は海外に行くチャンスについて彼女に話した。これを拒むのは恥ずかしい気持ちがする、と。

「君はどう思う？　正直に言ってくれ」

「だって、アンソニー！」彼女は目を丸くした。「あなたは行きたいの？　私を置いて？」

彼の顔は沈み込んだ――しかし、妻にこう訊かれて、もう遅すぎることもわかった。彼女の美しい腕が彼の体にしっかりと巻きつき、離れようがない――というのも、一年前、プラザホテルのあの部屋で、こうした決断を下してしまったのだから。夢の時代からの古い記憶が思いがけず甦ったかのようだった。

「グロリア」。一気に頭が冴えてきて、彼は嘘をつくことにした。「もちろん、君なしでは行きたくないさ。ただ、君も看護師か何かとして行けるんじゃないかと思ったんだ」。彼はどんよりした気持ちで、祖父はこのことを考慮してくれるだろうかと考えた。

彼女が微笑んだのを見て、彼は改めて何と美しいのだろうと思った。奇跡的なほどの生気、気品に満ち溢れた目を持つゴージャスな女。彼女は集中力をたっぷりと注ぎ込んで彼の提案を考えていた。自分で作った太陽のようにその提案を高く掲げ、光を浴びる。そして戦争という派手な冒険物語のあら筋を紡《つむ》ぎ出す。

夕食後、この話題に飽きて、彼女は欠伸をした。もう話はしたくない、『ペンロッド』〔ブース・ターキントンの一九一四年出版の小説〕を読みたいということで、長椅子に横になり、夜中に眠りに落ちるまで読書していた。しかしアンソニーは、彼女をロマンチックに階上に運んだあとも、眠らずに今日一日のことを考えていた。彼女に対する漠然とした怒りと、漠然とした不満を感じながら。

「僕はどうしたらいいんだろう?」と彼は朝食のときに話し始めた。「僕たちは結婚して一年になるけど、有閑階級としての有益な活動もせずに、ただやきもきしているだけだ」

「そうね、あなたは何かすべきだわ」と彼女は認めた。機嫌がよく、話したい気分だった。こうした会話をするのは初めてではなかったが、普段はアンソニーを主役として話が進むので、彼女はそれを避けるようになっていたのである。

「仕事に関して道義的なためらいを感じているわけではないんだ」と彼は続けた。「でも、お祖父さんは明日死ぬかもしれないし、十年生きるかもしれない。その間、僕たちは収入以上の生活をしていて、それなのに農家の人が乗るような車と少しの服しかない。三カ月しか住んでいないアパートと、人里離れたところにある古い家を維持している。しょっちゅう退屈しているのに、人と知り合おうという努力もしていない。新しい友人は、夏じゅうカリフォルニアをさまよっている連中くらい――スポーツシャツを着て、家族が死ぬのを待っている連中だ」

「あなた、変わったわね!」とグロリアは言った。「前はこう言ってたじゃない。どうしてアメリカ人が優雅に怠惰でいられないのかわからないって」

「だって、それはさ、結婚してなかったからなんだ。古い頭が全速力で回転してたんだけど、いまは歯車が回っていても、噛み合わないから空回りしているだけなんだよ。実を言えば、君に会っていなかったら、何かしていたんじゃないかと思う。でも、君のおかげで余暇がすごく魅力的なものになって――」

「ああ、私のせいなのね――」

「そうは言ってないし、僕がそういうつもりじゃないのはわかっているはずさ。でも、僕はもうすぐ二十七歳だし――」

「ねえ」と彼女はじれったそうに遮った。「あなたの話にはうんざりよ！　私があなたに反対しているとか、邪魔しているとか、そんなふうに話すんだから！」

「議論しているんだよ、グロリア。僕は君と議論も――」

「あなたは自分で解決できるわよ――」

「――できないのかい、もし――」

「――自分の問題くらい、私に訊かなくても。仕事をするって盛んにおっしゃってますけどね。もっとお金があったら、確かに楽になるわよ、別に不満を言ってるんじゃないけど。でも、あなたが働こうが働くまいが、私はあなたを愛しているの」。彼女の最後の言葉は堅い地面に落ちる細かい雪のように穏やかだった。しかしその一瞬、二人は相手のことに注意を払っていなかった――どちらも自分の立場を見直し、堅固なものにしようとしていたのだ。

「僕は働いたよ――少し」。アンソニーがこれを言うのは、訓練されていない予備兵を軽はずみに戦場に出すようなものだった。グロリアは笑ったが、可笑しさと軽蔑の気持ちに分裂していた。彼の詭弁に憤りを感じていたのだが、同時に彼の呑気さに感嘆した。役に立たない怠《なま》け者であることに関して、彼を責めないでおこう。する価値のあるものなどないという態度で、彼が真剣に怠け者であり続けるのなら。

「仕事ですって！」と彼女は鼻で笑った。「あなたって哀れな人ね！　見栄っ張り！　あなたの仕事って――机やら灯りやらをさんざん準備して、鉛筆をたくさん削って、〝グロリア、歌わないでくれ〟とか〝タナを近づけないでくれ〟とか〝冒頭の文章を読んでみるから聞いてくれ〟とか〝まだかかるから、僕を待たないで寝ていいよ、グロリア〟とか言って、紅茶とコーヒーをがぶ飲みするのよね。

で、それだけよ。一時間も経つと、鉛筆のカリカリという音が止まって、私が見てみると、あなたは本を取り出して、何かを〝調べて〟いるわけ。それから読み始める。それから欠伸――それからベッドに入って、だけどカフェインの摂りすぎで眠れずに、さかんに寝返りするわけ。そして二週間後には、また同じことを繰り返すのよ」

アンソニーは苦労して、細い腰布ほどの威厳を失わないようにした。

「それはちょっと誇張がすぎるんじゃないか。僕がエッセイをフィレンツェの雑誌に売ったことは、君もわかっているはずだ――そして、雑誌の部数を考えれば、かなりの注目を集めたと言っていい。それにね、グロリア、あれを仕上げた日は、午前五時まで寝ないで頑張ったんだよ」

墓穴を掘りたければどうぞとばかり、彼女は黙り込んだ。彼は墓穴に飛び込むまではしなかったにしても、その手前で身動きが取れなくなった。

「少なくとも」と彼は弱々しく締めくくった。「僕は戦争特派員にぜひなりたいんだ」

しかし、それはグロリアも同じだった。二人ともやる気はあるのだ――たまらなく。そのことを互いに確認し合い、更《ふ》けていく夜を高揚した気分で過ごした――自由な時間があることの素晴らしさ、アダム・パッチの病気、何があっても愛していること、などを語り合いながら。

「アンソニー！」一週間後のある午後、グロリアが階段の手すりから声をかけた。「ドアのところに誰かがいるわ」

アンソニーは木漏れ日の当たる南側のポーチにいて、ハンモックでくつろいでいたのだが、そこから正面玄関に回った。大型で堂々とした外国製の車が、大きな気難しい虫のように、道から庭に入るところでうずくまっていた。薄茶色の背広を着て、それに合わせた帽子をかぶった男が彼に向かって呼びかける。

「やあ、パッチ、挨拶しようかと思って立ち寄りましたよ」

ブロックマンだった。先日と同様に、ほんの少しだけ見た目が改善され、声の抑揚は微妙になり、無理なく落ち着いた雰囲気を醸《かも》し出している。

「来てくれてとても嬉しいです」とアンソニーは言ってから、蔦《つた》のからまる窓に向かって声を張り上げた。「グロ・リ・ア！　お客様だぞ！」

「お風呂に入ってるのよ」とグロリアが悲しげな声で丁寧に言った。

二人の男はにこりと笑って、この口実には勝てないことを認めた。

「すぐに降りてきますよ。こちらから横のポーチに回ってください。飲み物はいかが？　グロリアはいつもお風呂に入っています――毎日、一日の三分の一はね」

「お住まいがロングアイランド海峡でないのは残念ですね」

「家賃が高すぎますから」

アダム・パッチの孫がこういうことを言ったので、ブロックマンは冗談だと受け取ったようだった。十五分ほど才気走った言葉を交わしたあたりで、グロリアが現われた。糊の利いた黄色い服を着ている姿は瑞々《みずみず》しく、その場の雰囲気が一気に明るくなった。

「私、映画でセンセーションを巻き起こすスターになりたいわ」と彼女は宣言した。「メアリー・ピックフォードって、一年に百万ドル稼ぐんでしょう」

「あなたならなれますよ」とブロックマンが言った。「スクリーンでとても映えると思います」

「やらせてくれるかしら、アンソニー？　目立たない女の役ならいい？」

堅苦しく途切れがちの会話が続いているあいだ、アンソニーは考えていた。自分にとってもブロックマンにとっても、かつてこの女が最も刺激的で、最も活力を与えてくれる存在だったのだ、と。そしていま自分たち三人は、油を差しすぎた機械のように、軋むことなく、恐れも心の高揚もなしに、ここに座っている。一つの大陸は死と戦争、鈍化した感情と高貴な野蛮性に覆われ、恐怖の煙が漂っている。そういう世界にいながら、自分たちはたっぷりと釉《うわぐすり》を塗られた小さな人形のようだ――安全だが、面白みもない。

もう少ししたらタナを呼ぼう。そして色鮮やかで口当たりのよい毒を注ぎ合い、それによって子供時代の愉快な興奮を一瞬だけ取り戻す。群衆のすべての顔がそれぞれ素晴らしい、そして意義深い交流を示唆していた時代――その交流は無限の素晴らしい目的を持っていた。人生はこの夏の午後以上のものではない。グロリアが着ているドレスのレースの襟を微風が揺すり、ゆっくりと焼けているベランダが眠気を誘う……彼らは耐え難いほど動じていない様子であり、差し迫ったロマンチックな行為から引き離されている。グロリアの美でさえ、激しい感情が、刺激が、死が必要なのだ……。

「……来週のいつでもいいですから」とブロックマンがグロリアに話しかけていた。「さあ――名刺をどうぞ。彼らがやるのは、三百フィートほどのフィルムを使ってあなたをテストすることだけです。それでかなり正確に判断できます」

「水曜日はどうかしら？」

「水曜日、いいですね。私に電話してくれれば、一緒に行って――」

彼は立ち上がり、きびきびと握手をした――続いて彼の車は埃の生霊のように遠ざかっていった。

アンソニーは当惑して妻のほうを向いた。

「なんで、グロリア！」

「テストを受けるくらいかまわないでしょ、アンソニー。ただのテストよ？　どっちにしても水曜日には町に出ないといけないの」

「でも、こんなの馬鹿げてる！　映画なんて出たくないはずだよ――一日じゅうスタジオをうろうろして、安っぽいコーラスの人たちとつき合うなんて」

「メアリー・ピックフォードだってうろうろしてるわよ！」

「誰もがメアリー・ピックフォードってわけじゃないさ」

「ともかく、私がテストを受けるのにどうして反対するのかわからないわ」

「説明できるね。僕は俳優が嫌いなんだ」

「もう、うんざりだわ。このポーチでうとうとしているだけで、私がスリリングな時間を過ごしてると思う？」

「僕を愛しているなら気にならないはずさ」

「もちろん、愛してるわよ」と彼女はじれったそうに言い、自分の立場を訴えた。「ただ、あなたを愛してるからこそ、こういうのが嫌なのよ。あなたがここでごろごろして、働かなきゃいけないとか言いながら、崩壊していくのがね。たぶん私がしばらくこれをやれば、あなたを刺激して、何かするようになると思うの」

「君は単に興奮を求めているだけさ」

「そうかもしれない！　興奮を求めるのはまさに自然なことでしょう？」

「じゃあ、一つ言わせてくれ。君が映画界に入るんだったら、僕はヨーロッパに行くよ」

「そうしなさいよ！　私は止めてないわ！」

　自分が止めていないことを示すために、彼女は悲しげな涙を流し始めた。二人は一緒にさまざまな感情を掻き立て――愛情を示す言葉や仕草を、キスを、自責の念を通して――そして、何も成し遂げなかった。当然ながらどこにも到達しなかったのである。最後には互いに感情を大いに高め合って、二人で机に向かい、手紙を書いた。アンソニーは祖父に、グロリアはジョゼフ・ブロックマンに。それは無気力の勝利だった。

七月の初めのある日、アンソニーはニューヨークで午後を過ごしてから戻り、階上のグロリアに声をかけた。何も返事がなかったので、彼女は眠っているのだろうと考え、サンドイッチを食べようと思って食糧貯蔵室に入った。サンドイッチはいつもそこに用意されていたのである。ところが、タナがキッチンのテーブルに向かい、何やら雑多な品々を前にして座っている――葉巻入れ、ナイフ、鉛筆、缶の蓋、そして精巧な模様や図表の書かれた紙片など。

「いったい何をしてるんだ？」とアンソニーは興味を惹かれて訊ねた。

タナは礼儀正しく微笑んだ。

「お見せします」と彼は大きな声で熱心に語り始めた。「お話します――」

「犬小屋を作っているのか？」

「いえ、ちがます」。タナはまた微笑んだ。「タイプワタを作ってます」

「タイプライターか？」

「そです。考えたです。いつでも考えます。ベッドに入って、タイプワタのことを」

「それで、自分でも作れるんじゃないかって考えたんだな？」

「待って。話します」

アンソニーはサンドイッチをもぐもぐと食べながら、流しにゆったりと寄りかかった。タナは口がちゃんと動くかどうか試すかのように、開けたり閉めたりを数回繰り返した。それから勢い込んで話し始めた。

「考えてまった――タイプワタ――たくさんありすぎ――たくさん、たくさん。そう、たくさん、たくさんの」

「たくさんのキーがある、だね」

「ん？　そう――キー！　たくさん、たくさん、たくさんの文字、ａｂｃみたいな」

「ああ、そのとおりだね」

「待って、わたし話す」。彼は言いたいことを言うために大変な苦労をしている様子で、顔を歪めていた。「わたし、考えてた――たくさんの言葉――終わりは同じ。ｉｎｇみたいな」

「そうだね。たくさんある」

「だから――わたし作る――タイプワタ――速いの。そんなに文字はなくて――」

「それは素晴らしい考えだよ、タナ。時間が節約できる。君はひと財産作れるよ。キーを一つ押すと、ｉｎｇが印字される。うまく行くことを願っているよ」

タナは非難するように笑った。

「待って、わたし話す――」

「ミセス・パッチはどこにいる？」

「あの人、外。待って、わたし話す――」。彼は再び話そうとして顔を歪めた。「わたしのタイプワタ――」

「どこに行ったんだ？」

「これです――わたし作る」。タナはテーブルの上のさまざまなガラクタを指さした。

「ミセス・パッチのことを言ってるんだ」

「あの人、外」とタナは繰り返した。「五時に戻る、そう言う」

「村に行ったのか？」

「いえ。ランチの前に出ました。ミスター・ブロックマン、いっしょ」

アンソニーはビクッとした。

「ミスター・ブロックマンと外出したのか？」

「五時に戻る」

何も言わずにアンソニーはキッチンを出た。タナの陰気な「わたし話す」があとを追ってくる。では、これがグロリアの考える興奮なのだ。なんてことだ！　彼は拳を握りしめ、やがて自らを激しい怒りへと駆り立てていった。ドアのところに行き、外を見る。車はどこにも見えず、彼の時計は五時四分前を差している。怒りから勢いを得て、庭から道に出るところまで走った——一マイル先の道が曲がるところまで、まったく車は見えない——いや、一台——あれは農民の中古車だ。それから、威厳を取り戻そうと、威厳のない走り方で家に戻った——飛び出してきたときと同じくらいあたふたと。

リビングルームを行ったり来たり歩きながら、彼は怒りに任せて台詞の練習をした。彼女が戻ってきたら何て言うか——

「では、これが愛なのか！」と始めよう——いや、違う、これはあまりにも流行の台詞そっくりだ——「では、これがパリなのか！」傷つき、悲しんでいても、威厳を失ってはならない。ともかく——「では、これが君のすることなのか、僕は一日じゅうあの暑い町を歩き回らなきゃいけなかったというのに。僕が書けないのも無理ないよ！　君から目を離すわけにいかないんだから！」このテーマに夢中になり、さらに発展させていく。「言っておこう」と彼は続けた。「言っておこう——」。聞いたことのあるフレーズのような気がして一瞬ためらう——そしてわかった——タナの「わたし話す」だ。

しかしアンソニーは笑わなかったし、自分が馬鹿げているとも感じなかった。狂乱する彼の想像力のなかでは、すでに六時——七時——八時になっており、それでも彼女は帰ってこないのだ！　ブロックマンは彼女が退屈して不幸なのを見て取り、一緒にカリフォルニアに行こうと説得した……。

——そのとき正面玄関から大きな物音が聞こえてきた。楽しげな「ヤッホー、アンソニー！」という声。彼は震えながら立ち上がった。道をパタパタと駆けてくる彼女を見て、気弱な幸福感が生まれる。ブロックマンは帽子を手にあとからついてくる。

「ダーリン！」と彼女は叫んだ。「最高の遠足だったのよ――ニューヨーク州をめぐったの」

「私は戻らないといけませんので」とブロックマンはすぐに言った。「あなたもご一緒できればよかったのですが」

「出かけていて申し訳ありません」とアンソニーはそっけなく答えた。

彼が去ってからアンソニーはためらった。恐怖は心から消えていたが、何らかの叱責をするのが筋だろうとは感じていたのだ。決めきれないでいる彼に代わってグロリアが事を解決した。

「あなたなら気にしないだろうと思ったの。ブロックマンがランチの直前に来て、仕事でギャリソンに行かなきゃいけないから、一緒にどうかって言うのよ。とても寂しそうだったわ、アンソニー。それで、私が彼の車をずっと運転したの」

アンソニーは物憂げに椅子にドサッと腰を下ろした。心は疲れていた――何でもないことに疲れ、すべてに疲れ、自分が担うつもりなどなかった世界の重荷で疲れていた。いつものように自分は役に立たないし、どこがどうともなく無力だ。言葉をたくさん費やしても、意味が伝えられない人間の一人。膨大な人間の欠陥の伝統を受け継いでしまったかのように見える――それと、いつかは死ぬという感覚を。

「ああ、気にしないよ」と彼は答えた。

こうしたことには寛大でなければならない。そしてグロリアは若く、美しいのだから、それなりの特権があっていい。しかし、彼は納得できず、それにうんざりしていた。

冬

大きなベッドの上で彼女は寝返りを打ち、仰向けになって、鉛枠の窓から染み込んでくる日の光をしばらく見つめていた。二月の太陽は窓を通るとき、最後に軽く精練されて部屋に入ってくる。一瞬、彼女は自分がどこにいるのか正確にわからなかったし、前日に何があったのか、その前日に何があったのかもわからなかった。それから、停止していた振り子が動き始めたかのように、記憶が物語を紡ぎ出し始めた。一つ振れるごとに、中身がたくさん詰まった時間が分け与えられ、自分の人生が甦ってくる。

横に寝ているアンソニーの乱れた呼吸も聞こえてきた。ウィスキーと煙草の匂いもする。自分が筋肉を自由に動かせないことにも気づいた。動かしてみたものの、体に信号が楽に伝わるような、しなやかな動きではない——神経系統に大変な努力を強いる動きであり、そのたびに彼女は自己に催眠をかけ、あり得ない動きをやってのけなければならないかのようだ……。

浴室に入り、耐え難い味を取り除くために歯を磨いた。それからベッドの脇に戻ったとき、バウンズが外のドアをガチャガチャと開ける音がした。

「起きて、アンソニー！」と彼女は鋭い声で言った。

彼女はベッドにのぼり、彼の横にもぐり込んで、目を閉じた。

ほとんど最後の記憶だと思われるのは、レイシー夫妻との会話だった。ミセス・レイシーが「本当にタクシーを呼ばなくていいの？」と言い、アンソニーが五番街まで歩いて行けますと答えた。それから二人ともうっかりとお辞儀しようとした——そして滑稽にも、ドアの外に並んでいた空の牛乳瓶の群れに倒れ込んでしまった。闇のなかに二ダースほどの牛乳瓶が口を開けて待っていたに違いない。牛乳瓶がそこにある理由については、何ももっともらしい説明が思いつかなかった。おそらくレイシー家から聞こえてくる歌声に引き寄せられ、どんな楽しいことが起きているのだろうと、口をあんぐりと開けて駆けつけたのだろう。まあ、瓶どもはひどい目にあったわけだ——ただ、あの意地悪な瓶どもが転げ回るおかげで、彼女もアンソニーも起き上がることができなかった……。

それでも、二人はタクシーを見つけた。「メーターが壊れてますが、お宅までは一ドル五十セントです」とタクシーの運転手が言った。「なんと」とアンソニーは言った。「俺はパッキー・マクファーランド〔当時活躍したライト級のボクサー〕だぞ。おまえがここに降りてきたら、立てなくなるまで殴ってやる」……そう言われて運転手は彼らを乗せずに走り去った。それでもアパートに戻っているのだから、別のタクシーを見つけたに違いない……。

「いま何時？」アンソニーがベッドの上で起き上がり、フクロウのように鋭い目つきで彼女を見つめていた。

これは明らかに修辞疑問文だ。グロリアには、自分が時間を知っていると期待される理由はまったく思い浮かばない。

「まったく、ひどい気分だ！」とアンソニーが冷めた声で言った。体の力を緩め、また枕にドスンと沈み込む。「死神を連れてこい！」

「アンソニー、私たち昨晩、どうやって家に帰ってきたのかしら？」

「タクシーだよ」

「そうなの！」それからしばらくして。「あなたが私を寝かせてくれたの？」

「わからない。君が僕を寝かせたようにも思う。今日は何曜日？」

「火曜日」

「火曜日？　ならありがたい。水曜日だったら、あの馬鹿げた場所で仕事を始めなきゃいけないからな。九時だか何だか、そんな神をも畏《おそ》れぬ時間に行くことになってるんだ」

「バウンズに訊いたら」とグロリアは弱々しく提案した。

「バウンズ！」と彼は呼びかけた。

元気がよくて真面目そうな声――二人がこの二日間、永遠に立ち去ったかのように思える世界からの声とともに、バウンズがやってきた。小刻みな足取りで廊下を歩いてきて、ドア口の薄暗がりに立つ。

「今日は何日だ、バウンズ？」

「二月二十二日だと思います」

「いや、何曜日かだ」

「火曜日です」。「ありがとう」。しばらくの間。「朝食はお召し上がりになりますか？」

「そうだな。それからバウンズ、その前に水のピッチャーをくれないかな？　ベッドの脇に置いてくれ。喉が渇いてるんだ」

「わかりました」

バウンズは真面目そうな威厳をたたえて退き、廊下を歩いていった。

「リンカーンの誕生日だ」とアンソニーは熱意もなく主張した。「それか、聖バレンタインか誰かのだよ。いつ我々はあのクレージーなパーティを始めたんだっけ？」

「日曜の夜よ」

「お祈りのあとか？」と彼は皮肉な調子で言った。

「二輪馬車で町を走り回ったのよ。モーリーが運転手の隣りに座って、覚えてない？　それから家に戻って、彼がベーコンを料理しようとして――黒焦げになったベーコンを持って貯蔵室から出てきて、〝世界一カリカリになるまで焼いたんだ〟って言い張ったの」

二人とも思わず笑った――とはいえ、無理した笑い方でもあった。それからベッドに並んで横たわり、この色褪せ混沌とした夜明けに至る、一連の出来事を思い出していった。

十月の終わりには田舎が寒くなりすぎ、ニューヨークに移ってほぼ四カ月だった。今年はカリフォルニアを諦めることにしたのだが、それは一つにはお金が足りないからであり、もう一つは外国に行くことを考えていたためだった。この終わりの見えない戦争、すでに二年目に入った戦争が、冬のあいだに終わるのなら、と。最近、彼らの収入は回復力を失い、気まぐれな馬鹿騒ぎや贅沢な楽しみを賄《まかな》えるほど融通が利かなくなった。アンソニーは細かく数字を書き込んだメモ帳を何時間も眺めて苦闘し、不承不承予算案を立てようとした——「娯楽、旅行、エトセトラ」のためのゆとりをたっぷり残した、素晴らしい予算案を。そして、自分たちの過去の出費もおおよそ補填しようとした。

彼は二人の親友と「パーティ」に出かけると、必ず彼とモーリーとで多く払っていたときのことを思い出した。劇場のチケット代を二人で払ったり、夕食の伝票を二人で取り合ったりした。それが当然だと思っていたのだ。ディックはとても無邪気だし、自分のことが驚くほどわかっていないので、みんなの気晴らしになるような存在、ほとんど子供のような存在だった——二人の王に仕える宮廷道化師といったところ。しかし、これはもはや真実ではない。いつでも金銭的に恵まれているのがディックであり、限度を超えないように楽しんでいるのがアンソニーなのだ。ときどき派手に飲み、酔いに任せて散在するが、翌朝になると深刻に反省し、うんざりして蔑《さげす》むような顔で彼を見ているグロリアに、「次はもっと注意しなければ」と語るのがアンソニーなのだ。

『魔性の恋人』が出版されてから二年で、ディックは二万五千ドル以上稼いだ。そのほとんどは最近稼いだものだ。映画会社が貪欲にストーリーを求めるようになった結果、小説の作者に対する報酬がこれまでになく高騰し始めたからである。彼は短編を書くたびに七百ドルを受け取ったが、当時の若者にとっては大きな報酬だった——彼はまだ三十にもなっていなかったのだ。そして、映画に向いた「アクション」（キスや銃撃や犠牲など）がある物語では、彼は一本につきさらに千ドルを受け取った。彼の短編にはさまざまなものがあり、そのどれにもある程度の活力と本能的な技術が感じられたが、『魔性の恋人』ほどの個性を発揮したものはなく、アンソニーがかなり安っぽいと思うものもいくつかあった。それについてディックは、読者を広げるためだと大真面目に説明した。シェイクスピアからマーク・トウェインまで、永遠に残る仕事をした者たちはみな、エリートだけでなく大衆にもアピールしたのではなかったか？

アンソニーとモーリーは異議を唱えたが、グロリアはこの調子でどんどんお金を稼ぎなさいとけしかけた――結局のところ、それしか重要なことはないのだから……。

モーリーは少し太り、かすかに人当たりがよくなり、そして親切になっていた。彼はフィラデルフィアで働き始め、ニューヨークにはひと月に一度か二度やってくるだけだった。そういうとき四人は夕食のレストランから劇場へと、人気のあるコースをめぐった。それから「ミッドナイト・フロリック」のようなクラブに行ったり、ときには好奇心旺盛なグロリアの要請に応じてグリニッチヴィレッジの地下室に行ったりした。「新しい詩の運動」という熱狂的な、しかし短命に終わった流行で悪名を轟《とどろ》かせた場所である。

一月、アンソニーは黙り込んでいる妻に向かって何度も独白のように語りかけた末、少なくとも冬のあいだだけでも「やることを見つけ」ようと決心した。祖父を喜ばせたかったし、自分でもどれくらい気に入るか見てみようという思いさえあった。試しに何度か半ば社交的な訪問をして、雇用主たちは「数カ月ほど試してみよう」というだけの若者には興味がないことを知った。アダム・パッチの孫だということで、どこに行っても特別丁重に出迎えられたが、もはや老人は過去の人だった――最初は「暴君」として、それから社会改革家としての彼の名声は、引退前の二十年ほどのものだった。若い人たちのなかには、アダム・パッチは数年前に死んだと思っている者もいることをアンソニーは知った。

最終的にアンソニーは祖父のところに行き、アドバイスを求めた。祖父は証券業界でセールスマンとして働くことを薦めた。退屈な仕事だとアンソニーは思ったが、最後にはそれに従うことにした。純粋に金銭だけを巧みに操作するというのは、あらゆる点から魅力的に思われたのだ。それに対し、製造業はどの分野であっても耐え難いほど単調に思われた。新聞で働くことも考えたが、妻帯者にとって勤務時間が一定しないのが難点だと結論づけた。華麗なオピニオン誌の編集者となる姿を想像したり――『メルキュール・ド・フランス』のアメリカ版とか――あるいは風刺喜劇やパリのレヴューを華々しくプロデュースする姿を想像したりして楽しんだが、後者のギルドは職業上の秘密によって堅く守られているような気がした。執筆や演技といった回り道をしなければ、そこには入れない。雑誌に関しては、明らかにすでに経験がなければ仕事は得られないのだ。

というわけで、最終的に彼は祖父の手紙を携えて、あのアメリカの聖域《サンクトゥム・アメリカヌム》に入った。「片づいた机」に座る「ウィルソン、ヒーマー&ハーディ」社の社長に、これから採用すると言い渡されたのだ。最初の勤務日は二月二十三日ということになった。

この大事件を記念して、例の祝宴が計画されたのである。働き始めたら週日は早く寝なければならないから、というのがアンソニーの主張だった。モーリー・ノーブルはウォール街の誰かと会うという用事でフィラデルフィアから到着し（結局その男とは会えなかったのだが）、リチャード・キャラメルは半ば説得され、半ば騙されて、彼らに加わった。四人は月曜の午後、気乗りしないまま、当世風の酒が振る舞われる結婚式に出席し、その日の夜に大破局を迎えた。いつもはカクテル四杯を限度とし、正確に時間を空けて飲んでいるグロリアが、その習慣を破って前代未聞の享楽的大酒宴へと彼らを導いたのだ。彼女はバレエのステップについての驚くべき知識を披露し、かつて無垢な十七歳の少女だったときに料理人に教わったという歌をうたいまくった。ときどき休みながらもリクエストに応じ、夜のあいだじゅう上機嫌でそれを繰り返したのだ。彼女が心から楽しんでいる様子だったので、アンソニーは当惑するどころか、新たな楽しみが生まれたことをありがたく思った。この夜はほかの点でも記憶に残るものとなった――モーリーが死んだ蟹と長い会話を交わしたのだ。蟹に紐をつけて引っ張り、蟹が二項定理の応用について精通しているかどうか語り合った。続いて先述した二台の二輪馬車での競走があり――五番街の静かで荘厳な人影を聴衆とし――迷路を走ってでもいるように蛇行しながら、セントラルパークの暗闇に逃げ込んだ。最後、アンソニーとグロリアは派手な若い夫婦――レイシー夫妻――を訪問し、空の牛乳瓶のなかに倒れ込んだのである。

朝になり――彼らはクラブで、店で、レストランで、小切手をいくら使ったか計算することになった。天井の高い青のフロントルームには空気を入れてワインと煙草のこもった匂いを消し、割れたグラスを拾い、椅子やソファの汚れた布を拭いた。背広とドレスをバウンズに渡してクリーニングに持っていくように言った。最後に、息苦しくて熱を持った体を二月の冷たい空気に晒し、しおれて落ち込んだ精神を元気づけた。こうして生活は続き、「ウィルソン、ヒーマー＆ハーディ」社は翌朝の九時、潑溂《はつらつ》とした新入社員を迎えることになるのである。

「覚えてるかい？」とアンソニーは浴室から呼びかけた。「モーリーが百十丁目の交差点で降りて、交通整理の警官の真似をしたの？　手招きで車を前に進めたり、下がるように指示したり。みんな、あいつが私服警官だと思ったろうな」

二人はそれぞれに回想し合い、さんざん笑った。神経が興奮しすぎていると、憂鬱なことに敏感に反応するが、楽しいことにもそれと同じくらい鋭く、やかましく反応するのだ。

グロリアは鏡に向かい、自分の顔の輝くような色と瑞々しさに感嘆していた――こんなに生き生きとしている姿は見たことがないように思える。もっとも、腹は痛むし、頭痛もひどかった。

その日はゆっくりと過ぎていった。アンソニーは債権を担保に金を借りようと、タクシーに乗ってブローカーのところに向かった。ところが、途中でポケットに二ドルしかないことに気づいた。タクシー代だけでそれくらいかかってしまうだろう。しかし、よりによって今日地下鉄に乗るというのは、どう考えても無理だ。タクシーのメーターがその額に達したら、降りて歩くことにしよう。

こう考えてから、彼の精神は彼らしい白日夢に吸い込まれていった……その夢では、気づくとタクシーのメーターがどんどん上がっていった――運転手がメーターを不正に調節したのだ。彼は目的地にたどり着いても慌てず、正規の料金を平然と運転手に手渡した。運転手はからんできたが、手を上げる間もなくアンソニーの強烈な一発で倒されてしまった。運転手が立ち上がると、アンソニーはひょいとかわし、こめかみに一発見舞わせて、完全にノックアウトした。

……彼は裁判所にいた。判事に五ドルの罰金を言い渡されたが、彼には現金がない。裁判所は小切手を受け取ってくれますか？　ああ、でも、裁判所は彼のことを知らない。それなら、アパートに電話してもらえば、私の身元はわかるはずです。

……そこで彼らは電話をした。はい、こちらはミセス・アンソニー・パッチです――でも、その男が自分の夫だって、どうやってわかるんですか？　わかりようがないですよね？　なら、巡査部長さんから彼女に質問してください、牛乳の空瓶のことを覚えているかって……。

彼は急いで前に身を屈め、仕切りのガラス板を叩いた。タクシーはようやくブルックリン橋に着いたところだが、メーターは一ドル八十セントを指している。アンソニーとしては、十パーセントのチップをけちるわけにはいかない。

午後遅くなってから、アンソニーはアパートに戻った。グロリアも外出から戻り――ショッピングだ――いまは眠っていた。ソファの隅で丸くなり、買ったものを腕でしっかりと抱えている。その顔は少女のように無邪気で、胸にぎゅっと押しつけているのは子供の人形の包みだった。掻き乱された子供のような心には、それが限りない癒しの力を持つ妙薬なのである。

運命

このパーティをきっかけに、とりわけグロリアがそれに関わったことによって、決定的な変化が二人の生き方に生じ始めた。「気にしない」という堂々たる態度がひと晩で変わったのだ――単にグロリアだけの信条だったのが、すべてを慰め、正当化するものとなった。彼らが選んだ行動と、それがもたらす結果に対して、慰めと正当化をもたらすもの――申し訳ないとは思わない、後悔の叫びを決して発しない、互いを尊重する明確な規則に従って生きる、そしてその瞬間の幸福を可能な限り激しく執拗に求める、といったことである。

「誰も私たちのことなんか気にかけていないわ、アンソニー、私たち以外はね」と彼女はある日言った。「だから世界に対して義務を負っているような顔をして歩き回るのは、私にしてみれば馬鹿げているの。人にどう思われるかの心配に関して言えば、私は単純に心配しない、それだけ。ダンスの学校に通っていた少女時代から、私はほかの子供のお母さんたちから批判されてきたわ。私ほど人気のある女の子はいなかったからよ。そして、私はいつもそういう批判を妬みによる賛辞だと見なしてきたの」

これは、「ブールミッシュ」である晩開かれたパーティがきっかけだった。そこで最も興奮している四人組のなかに彼女がいると、コンスタンス・メリアムが気づいたのだ。「学校時代の古い友達」であるコンスタンス・メリアムは、わざわざ彼女を翌日のランチに招き、自分の生活がいかにひどいかを訴えようとしたのである。

「私にはわからないって彼女には言ったわ」とグロリアはアンソニーに言った。「エリック・メリアムはパーシー・ウォルコットを極端にしたような男なのよ――あのホットスプリングズの男のこと、私が話したのは覚えているかしら――彼はコンスタンスを尊重しているつもりなんだけど、それって自分がパーティに行くときは、いつでも彼女を家に置いていくってことなの。それで、彼女は縫い物をして、赤ん坊の面倒を見て、本を読むとか、そういう無害なことを楽しんでいればいいって。彼のほうはパーティで大いに楽しむくせにね」

「それを彼女に言ったの？」

「もちろん言ったわ。それから、こう言ったの。あなたが本当に反感を抱いているのは、私のほうが自分より楽しんでいることよって」

アンソニーは彼女をほめそやした。グロリアのことをものすごく誇りに感じたのだ。パーティでほかにどんな女性たちがいようとも、必ず彼女らの影を薄くしてしまうこと。男たちがいつでも彼女のまわりに群がって、やかましく騒ぎ立て、大喜びすること。それでいて、彼女の美しさを愛《め》で、その活力で温まる以上は求めようとしないこと。こうしたことに対する誇りである。

これらの「パーティ」は徐々に彼らの娯楽の中心になってきた。まだ愛し合っていたし、互いに対する興味は大いに抱いていたものの、春が近づくにつれ、夜に家で過ごすのはつまらなく感じられるようになった。本は現実離れしているし、二人きりでいることに宿る魔力はとっくの昔に消え去っていた――それよりも二人は馬鹿馬鹿しいミュージカル喜劇で退屈したり、知り合いのなかでも最もつまらない連中と食事に行くほうがましだと思うようになった。カクテルが充分にあれば、会話が完全に耐え難くなることもないだろう。より若い独身者たちだけでなく、学校や大学のときの友人たちで結婚している者も、色どりや興奮が足りないと感じると、いつでも本能的にパッチ夫妻を思い浮かべるようになった。そのため電話がかかってこない日はほとんど一日もなかったのである――「今晩、お二人がどうしているかと思ってね」。妻たちは決まってグロリアを恐れた――彼女が簡単にみなの注目を集めてしまうこと、無邪気ながらも無神経に夫たちのお気に入りになってしまうことを。こうしたことのために女たちは本能的に深い不信感を抱くようになり、女性が親近感を示してもグロリアが反応しないために、その気持ちはいっそう強まるのだ。

二月の指定された水曜日、アンソニーは「ウィルソン、ヒーマー＆ハーディ」社の威圧的なオフィスに出向いた。そして、彼と同じくらいの年齢でカーラーという名の、精力的な若者から漠然とした指示をたくさん聞かされた。カーラーは金髪の頭を挑戦的にオールバックにし、自分は総務部長補であると告げることで、この地位は特別な能力の証拠であるという印象を与えていた。

「じきにわかるけど、ここには二種類の男がいるんだ」と彼は言った。「三十歳になる前に総務部長補か経理部長補になって、このフォルダーに名前が載る者。それから、四十五歳を過ぎてからそこに名前が載り、辞めるまでそこにとどまる者」

「三十歳でそこに名前が載った人はどうなるんですか？」とアンソニーは丁重に訊ねた。

「そりゃ、こっちに上がるんだよ」と言って、彼はフォルダーの上にある副社長補佐のリストを指さした。「でなければ、社長か総務部長か経理部長になる」

「そっちのリストはどうなんですか？」

「そっち？　ああ、それは理事さ——資本を持つ人たち」

「わかりました」

「こう思っている人たちもいる」とカーラーは続けた。「出世の速い遅いは大学教育を受けているかどうかだって。でも、それは違う」

「はい」

「俺は大学に行った。バックリーだ。一九一一年卒業のクラス。でも、ウォール街に来たときに悟ったよ。ここで俺の助けになるのは、大学で習った素敵な事柄じゃないって。実際、そういう素敵な事柄を頭から叩き出さなきゃならなかったな」

アンソニーは、どんな「素敵な事柄」が一九一一年のバックリーで学べたのだろうと考えずにいられなかった。それは針仕事のようなものではないか、といった考えが頭に浮かび、会話のあいだじゅうも抑えられずに湧き上がってきた。

「あそこの人が見えるかい？」と言ってカーラーは白髪をかっこよく整えた若作りの男を指さした。マホガニーの手すりのなかに置かれたデスクに向かっている。「あれはミスター・エリンジャー、主席副社長だ。いろんなところに行き、すべてを見て、素晴らしい教育を受けてきた」

アンソニーは金融のロマンスに対して心を開こうとしたが、どうにも無理だった。ミスター・エリンジャーのことを、豪華な古書のバイヤーのようにしか想像できないのだ。サッカレーやバルザック、ユーゴー、ギボンなど、巨大な書店の壁に並んでいる革装のセットを買い求める男。

じめじめして気が滅入るような三月のあいだじゅう、彼は販売技術を学ぼうとした。しかし熱意に欠けるので、自分を取り巻く混乱や喧騒を不毛なものとしか見られなかった。理解できないゴールに向かって格闘している者たち――ゴールが目に見える形で現われているのは、ミスター・フリックとミスター・カーネギーが五番街に競うように建てた大邸宅だ。この会社の尊大な副社長や理事たちは、彼がハーヴァードで出会った「最高の者たち」の父親であってもおかしくないのだが、それも彼にとっては筋が通らないことのように思われた。

彼は上階にある社員用の食堂で食事をし、こうしたことで士気が高まるように仕組まれているのだろうかと、居心地の悪い疑惑を抱いた。そして最初の週のあいだじゅう、何十人もの若い事務員たちは――その何人かは用心深く、清潔で、大学を出たばかりであるが――三十歳という破滅の歳に至る前に、あの厚紙の細長い紙片に名前が載りたいと熱烈に願いつつ生きているのだろうかと考えた。その日の仕事の話が入り混じった彼らの会話は、だいたいみんな同じだった。ミスター・ウィルソンがどのようにお金を儲けたか、ミスター・ヒーマーはどのような方法を使ったか、ミスター・ハーディはどんな手段に訴えたか。昔から語られ続けているが、それでも常に息を呑むようなエピソードもあった――いかにウォール街で「肉屋」または「バーテンダー」または「糞メッセンジャーボーイがだぜ、あん畜生!」などに財産が転がり込んだか。それから現在の一か八かの投機――年収十万ドルを目指して賭けをするか、二万ドルで満足するか。その前年、総務部長補の一人が全財産をベスレヘム鉄鋼に注ぎ込んだのだが、この物語はオフィスでみんなのお気に入りだった。華々しい成功を収め、一月に傲慢な態度で辞職して、いまはカリフォルニアに壮大な屋敷を建てているという。男の名前は魔法のような意味を帯び、あらゆる善良なアメリカ人の野心を象徴するようになったのだ。彼のエピソードもさまざまに語られた――副社長の一人がやつに売れと忠告したんだぜ、あの馬鹿、だけどやつは待つことにして、さらに信用取引で買って、「それでいまやつがどうなったか見てみろよ！」

このようなことが明らかに生活の糧《かて》だった――くらくらするような成功例にみなの目が奪われる。最終的に成功を収めれば、あり得ないような数字が得られると囁いて、わずかな賃金で満足させる悪女といったところだ。

アンソニーにとっては、この考えはぞっとするようなものだった。ここで成功するためには、「成功」という観念に精神を摑まれ、限定されなければならない。トップにいる男たちに必須の要素は、自分たちの仕事が人生の核心であると信じ込むことのように思われた。ほかのことはすべて同等で、技術的な知識よりも自信と楽観主義が優先される。明らかに、より専門的な仕事は底辺に近いところで行われているのだ――したがって、仕事の能率を高めるため、技術的な専門家たちも底辺近くにとどめられている。

週日の夜は外出しないという彼の決意は長続きせず、不快で割れるような頭痛を抱えて出社することが半分以上になった。朝の混雑した地下鉄の恐ろしい騒音が、地獄でこだまする音のように耳で鳴り響いている。

それから唐突に会社を辞めた。ある月曜日、ずっとベッドにとどまっていたのだ。夜遅くなってから、定期的に陥る絶望的な気分に襲われて、ミスター・ウィルソンに手紙を書き、自分はこの仕事に向いていないようだと打ち明けた。リチャード・キャラメルと劇場に出かけていたグロリアが戻ったとき、アンソニーは長椅子に横たわって、静かに高い天井を見つめていた。結婚以来、ここまで落ち込み、憂鬱な気分になったことはなかった。

グロリアはアンソニーにめそめそと泣いてほしかった。それなら、彼を激しく叱責しただろう。彼女自身、少なからず苛立っていたのだ。ところが、彼はただ横たわり、ひたすら哀れな有様なので、彼女は思わず同情してしまった。そこで彼の脇にひざまずき、頭を撫《な》でてやって、大したことではないわ、と囁いた。愛し合っている限り、どんなことも大きな問題にはならない、と。新婚の頃を思い出し、アンソニーは彼女の冷たい手、耳にかかる彼女の息と同じように柔らかな声に反応した。ほとんど上機嫌と言えるくらいになり、彼女に将来の計画について語った。そしてベッドに入る前には、あんなに急いで辞表を投函してしまったことをこっそりと悔やんでいた。

「すべてが腐っていると思えても、その判断を信用しちゃだめ」とグロリアは言った。「大事なのは、あなたのすべての判断の総計よ」

四月半ば、マリエッタの不動産業者から手紙が来た。灰色の家をもう一年、少しだけ高い賃貸料で借りませんかということで、彼らがサインするように契約書が同封されていた。一週間ほど、彼らは契約書と手紙をアンソニーの机の上に置いたまま、見向きもしなかった。マリエッタに戻るつもりはなかったのだ。あの場所にはうんざりしており、その前の夏に滞在していたときも、だいたい退屈していたのである。その上、車がポンコツになってきて、心気症の金属の塊のようにガタガタと音を立てる。新しい車を買うことは、金銭的に見て、控えたほうがよさそうだった。

しかし、派手などんちゃん騒ぎをまたやらかしたために、契約書にサインすることになった。四日間に及び、十人以上の客たちが入れ代わり立ち代わり現われたパーティである。恐ろしいことに、サインして投函した途端、灰色の家がついにその邪悪な本性を見せ、舌なめずりをして、彼らを呑み込もうと待っているかのように思われた。

「アンソニー、契約書はどこ？」とグロリアはある日曜日の朝、あたふたとして言った。酔いが醒め、気分が悪いながらも、現実に戻ったのだ。「契約書、どこに置いたの？　ここにあったでしょ！」

そして、どこにあるのかわかった。二人の気分が最高潮のときに計画したパーティのことを彼女は思い出したのだ。部屋が男たちでいっぱいだったことも覚えている。パーティではしゃいでいないときは、客たちにとって彼女とアンソニーは大して重要な人物ではない。そこでアンソニーが饒舌になり、灰色の家を自慢し始めたのである。都会から離れていて、日常を超越できる。近くの人家からもかなり遠いので、どれだけ騒いでもまったく問題にならない。すると、家を訪ねたことのあるディックが、想像しうる限り最高の小さな家だと熱心に叫び、もう一シーズン借りなかったら大馬鹿者だと言った。ニューヨークが夏にどれだけ暑くなり、人が出ていってしまうか、それに対してマリエッタがどれだけ涼しく、甘美な魅力に溢れているか——その感覚を心に掻き立てるのは簡単だった。アンソニーが契約書を手に取り、大げさに振ったとき、グロリアは楽しそうに黙っていた。そして男たちが厳粛に握手をし、必ずその家を訪ねるからと言っているとき、アンソニーはべらべらとしゃべりながら最後の決断をした……。

「アンソニー」と彼女は叫んだ。「私たち、あれにサインして送ったのよ！」

「何に？」

「賃貸契約書！」

「なんだって！」

「ああ、アンソニー！」彼女の声は悲しげな響きに満ちていた。夏のあいだ、永遠に、彼らは自分たちの牢獄を築いてしまったのだ。彼らの安定を支えてきた最後の根が腐ってしまったかのようだった。アンソニーは不動産業者と交渉できるのではないかと考えた。もはや賃貸料を二重に払う余裕はない。マリエッタに行くとすれば、アパートを諦めなければならない。見事な浴室を備えた非の打ちどころのないアパート、自分で家具やカーテンを選んだアパートを——彼がいままでに住んだ家のなかで最も「家庭」に近いもの——多彩な四年間の思い出による親しみに溢れた場所。

しかし、不動産業者と交渉はできなかったし、どんな調整もできなかった。意気消沈し、それをどう活用しようといった話もせず、すべてを解決するグロリアの「気にしないわ」という声もなく、二人は家に戻った。その家が若さや愛を受け止めることはないと彼らにはわかった——あるとすれば、何とも言いようのない、二度と共有できない思い出のみなのである。

不吉な夏

その夏、灰色の家には恐怖がついてまわった。彼らが到着するとともに現われ、陰気な棺衣のように建物を覆った——一階の部屋に染み渡ってから次第に広がり、狭い階段をのぼって、彼らの眠りをも抑圧するのだ。アンソニーとグロリアは寝室で一人になるのを嫌がるようになった。以前は鮮やかなピンクで、若々しく優美だった彼女の部屋は——椅子やベッドの上など、そこここに散らかった彼女のパステルカラーのランジェリーと、色合いがぴったりだったのだが——いまやカサコソ鳴るカーテンの音で囁きかけてくるように思われた。

「ああ、美しいお嬢さん、その上品さや優美さが夏の太陽の下で衰えていくのは、君が初めてではない……何世代もの愛されない女たちが田舎の恋人たちのためにあの鏡で着飾ったが、男たちは歯牙にもかけなかった……青春が淡青の服をまとってこの部屋に入り、絶望という灰色の経帷子《きょうかたびら》を着せられて、ここから出ていった。そしてたくさんの娘たちが長い夜をベッドでまんじりともせずに横たわり、そのベッドからは苦悩が波となって闇に注ぎ込まれていったのだ」

グロリアはついに自分の服や軟膏を部屋から放り出し、アンソニーと同じ部屋で暮らすと宣言した。網戸の一つが腐ってしまい、虫が入ってくるというのが言い訳だ。そのため彼女の部屋は誰も使わなくなり、無神経な虫《ゲスト》たちに解放された。二人は夫の部屋で着替え、眠るようになり、グロリアはそれをなんとなく「よい」と考えた。まるでアンソニーがそこにいることで、壁のあたりに漂っていたかもしれない過去の落ち着かない影たちが駆逐されたかのように。

「よい」と「悪い」の区別は、早い時期にあっさりと彼らの生活から追放されたのだが、ここに来て別の形で復活した。グロリアは、灰色の家に招くのは「よい」人でなければならないと主張し、女性の場合、それは素朴で非難の余地のない人か、そうでなければ、何らかの堅実さと強さを持つ人だと言った。いつでも同性の者にひどく懐疑的だったが、彼女の判断はいまや女性が清潔かどうかという問題に関わるようになった。不潔さにはさまざまな意味があり、そのなかには誇りの欠如、性格の怠慢さ、そして何よりも淫乱ぶりがはっきりと現われていることなどがあった。

「女は簡単に汚れるのよ」と彼女は言った。「男よりもずっと簡単にね。とても若くて勇敢でない限り、女は一度落ちたら、必ずヒステリカルな獣性を身につけてしまうの。狡猾で汚い獣性ね。男は違うわ——だから、よくあるロマンスの登場人物って、勇敢に破滅する男なんだと思うわ」

彼女は多くの男を好きになる傾向にあり、とりわけ彼女を率直に褒めたたえる男や、間違いなく楽しませる男を好んだ——その一方、直感的なひらめきで、アンソニーに男の友人のことで忠告を与えるときもあった。あの人はあなたを利用しているだけだ、だから関わらないほうがいい、と。アンソニーはいつもの習慣で反論し、非難された男は「よいやつ」だと弁護したが、自分の判断が彼女よりも誤りやすいことにも気づいた。とりわけ——これは何度か起きたのだが——レストランの請求書がまとめて彼のところに残され、彼が支払うはめに陥ったときなど、このことは記憶に刻まれた。

手間暇かけて人をもてなそうという願望よりも、孤独を恐れる気持ちから、二人は週末ごとに家を客でいっぱいにし、ときには週のあいだも続くことがあった。週末のパーティはほとんどが同じだ。三、四人の招待客が到着して、行儀のよい飲酒が始まる。そのあと愉快な夕食会があり、クレイドルビーチ・カントリークラブに車で繰り出す。このクラブに入会したのは値段がそれほどかからず、高級ではないが活気があって、こういう機会にたいてい必要となるからだった。その上、そこで人が何をしようが、大して問題にならない。パッチの一行が大騒ぎしすぎない限り、クレイドルビーチの社交界の独裁者たちがケチをつけることはできないのだ。たとえ夜のあいだグロリアがサパールームで、カクテルをしょっちゅう飲み干している姿を彼らに見られたとしても。

土曜はたいてい大混乱の状態で終わった――しばしば酔っ払った客をベッドに寝かせる必要があった。日曜日にはニューヨークの新聞が配達され、客たちはポーチで静かな時間を過ごし、元気を取り戻す。日曜の午後は、ニューヨークに戻らなければならない一人か二人の客が立ち去るときだ。翌日までいられる一人か二人はまた大いに飲み始め、大騒ぎとまではいかなくても、楽しい夜となる。

忠実なタナは彼らとともに戻ってきた。生まれついての衒学者《げんがくしゃ》であり、職業としては何でもやる男。彼らを最もよく訪ねてくる者たちのあいだでは、タナに関する伝説が生まれた。モーリー・ノーブルがある午後、タナの本当の名前はタネンバウムであり、ドイツのスパイであると言い始めたのだ。彼がこの国にいる理由は、ウェスチェスター郡にゲルマン民族の主張を広めるためだ、と。それ以降、フィラデルフィアから「エミール・タネンバウム中尉」宛ての不思議な手紙が届くようになった。困惑した東洋人が手紙を開くと、「参謀幕僚」というサインの入った謎めいたメッセージが書かれており、ふざけて日本語を装った二行の文字で飾られている。アンソニーはいつでも手紙をニコリともせずにタナに渡し、受け取った側はキッチンでそれを解読しようとした。そして数時間後、あの縦書きの文字は日本語ではないし、日本語に似たものでさえない、と大真面目に言うのだった。

グロリアはこの男を毛嫌いするようになっていた。ある日、村から予告なしに戻ったとき、タナがアンソニーのベッドに寄りかかり、新聞を解読しようとしているのを見てしまったのだ。アンソニーを気に入り、グロリアを嫌うというのは、あらゆる召使いに共通の本能であり、タナも例外ではなかった。しかし彼の場合は彼女を徹底的に恐れ、落ち込んだときだけその嫌悪感を表に出した。たとえば、彼女に聞かせたいことを、わざとアンソニーに向けて話すのである。

「ミズ・パッツは夕食になに食べます?」と彼は主人のほうを見て言う。あるいは、「メリケン人」

の我儘ぶりに関してコメントするのだが、その話し方から、「メリケン人」が誰を指しているかは明らかだった。

しかし、二人は彼を辞めさせようとはしなかった。無気力な二人にとって、そのようなステップを踏むことさえ面倒なのだ。二人は悪天候に耐えるようにタナに耐えた。あるいは、肉体の病や尊重すべき神の意志に耐えるように――つまり、自分自身も含めてあらゆることに耐えるのと同じように。

闇のなかで

七月のある蒸し暑い午後、リチャード・キャラメルがニューヨークから電話してきて、モーリーと一緒にこちらに向かっており、友達も連れていきたいと言った。二人は小柄でがっしりした男を伴って、五時頃に少し酔っ払った状態で到着した。男は三十五歳で、ミスター・ジョー・ハルと紹介された。アンソニーとグロリアがこれまでに会ったなかでも最高の男の一人だ、とのことだった。

ジョー・ハルは黄色くて濃い顎鬚が常に生え続けているように見える男で、声は低く、バッソ・プロフンドとハスキーな囁き声とを行ったり来たりしていた。アンソニーはモーリーのスーツケースを上階に運び、そのまま部屋に入って、慎重にドアを閉めた。

「あれは誰なんだ？」と彼は訊ねた。

モーリーは嬉しそうにクスクスと笑った。

「誰って、ハルかい？　ああ、あいつは大丈夫だ。いいやつだよ」

「ああ、でも誰なんだ？」

「ハルか？　だからただのいいやつだよ。王子様だな」。モーリーの笑い声は倍加し、さらに盛り上がって、機嫌のいい猫のようなニタニタ笑いを連発した。アンソニーは笑おうかしかめ面をしようかと迷った。

「何だか変な感じがするんだよ。服も変わっているな」――アンソニーは少したためらってから言った――「もしかしたらと思ってるんだが、君たちは彼を昨晩どこかで拾ったんじゃないのか」

「馬鹿を言うな」とモーリーはきっぱりと言った。「俺はあいつを生まれたときから知ってるよ」。しかし、この言葉の最後でまたクスクス笑いを続けたので、アンソニーはこう言わずにいられなくなった。「嘘をつけ！」

その後、夕食の前にモーリーとディックが騒がしく会話し、ジョー・ハルが黙って聞きながら飲み物をすすっているときのことだった。グロリアがアンソニーを引っ張って、ダイニングルームに連れていった。

「あのハルって人、気に入らないんだけど」と彼女は言った。「あの人にはタナの浴槽を使ってもらいたいわ」

「そんなこと言えないよ」

「でもね、我々の浴槽は使ってほしくない」

「素朴な人に見えるけどな」

「あの人の靴って、白い手袋みたいな感じ。足の親指が透けて見えるのよ。やだ！　それで、いったい誰なの？」

「わからんよ」

「まったく、ああいう人をここに連れてくるなんて、あの人たちも図々しいわね。ここは水夫の救護施設じゃないのよ！」

「あいつらは電話してきたときに酔っ払ってたんだ。モーリーによれば、昨日の午後からパーティに出ていたらしい」

グロリアは怒って首を振り、それ以上何も言わずにポーチに戻った。アンソニーは彼女が自分の疑念を忘れようとし、晩を楽しむことに専念しようとしているのがわかった。

とても暑い日で、薄暮の最後の時間でも熱波が渇いた道路から発散し、ゼラチンの窓のようにかすかに震えていた。空には雲一つなかったが、森のずっと向こう、ロングアイランド海峡のほうからは、小さな雷鳴の連続音が始まっていた。タナが夕食の時間ですと言うと、男たちはグロリアの言葉に従って、上着を脱いだまま中に入った。

モーリーが歌をうたい始め、食事の最初のコースのあいだ、男たちがその歌に合唱した。二行の歌詞で、「デイジー・ディア」という流行歌のメロディで歌われていた。

「恐慌――が――我らを――襲い
モラル――も――地に――落ちた！」

歌うごとに熱のこもった賛辞と長い拍手喝采が続いた。

「元気出して、グロリア！」とモーリーが声をかけた。「ちょっと憂鬱そうだぞ」

「違うわ」と彼女は嘘をついた。

「さあ、タネンバウム！」と彼は肩越しに呼んだ。「酒を注いでやったぞ。飲めよ！」

グロリアは彼の腕を押さえようとした。

「やめて、モーリー！」

「どうして？　夕食のあと、横笛を吹いてくれるかもしれないぞ。さあ、タナ」

タナはニヤニヤ笑いながら、グラスをキッチンへと持っていった。しばらくしてモーリーは彼にお代わりをあげた。

「元気出せよ、グロリア！」と彼は叫んだ。「みんな、お願いだから、グロリアを元気づけてくれ」

「もう一杯飲んだらどうだい、ダーリン」とアンソニーが提案した。

「そう、飲んで！」

「元気出して、グロリア！」とジョー・ハルがためらいもなく言った。

グロリアは縮み上がった。自分のファーストネームが呼ばれたくもない相手に呼ばれたためである。そのことに誰か気づいたかどうか、彼女はあたりを見回してみた。自分が毛嫌いする男の口からこの言葉がかくも簡単に出てきたことに、ゾッとせずにいられない。そのあとすぐ、ジョー・ハルがタナに次の酒をやったことに気づき、彼女の怒りはいや増した。アルコールの影響もあって、怒りはさらに高まっているようだ。

「——それで一度」とモーリーが話していた。「ピーター・グランビーと俺でボストンのトルコ風呂に行ったんだ。夜の二時くらい。店主以外誰もいない。そこで俺たちは店主をクロゼットに閉じ込め、鍵をかけた。そうしたら客が一人やってきて、トルコ風呂に入りたいって言う。俺たちをマッサージ師だと思ったんだな、まったく！　で、俺たちはそいつを持ち上げて、服を着たまま風呂にザブンと放り込んだ。それから引っ張り出して、台に載せ、青あざだらけになるまで叩いたんだ。〝そんなに強くしないで、お二人！〟って、やつはキーキー声で言ってたよ。〝お願い〟って……」

——これはモーリーなのか？　そうグロリアは思った。ほかの人が話すのだったら、面白いと思えただろう。しかしモーリーからでは駄目だ。あの無限の鑑識眼を持ち、鋭い感覚と思慮の精髄のようなモーリーが……。

「恐慌——が——我らを——襲いモラル——も——」

外からのゴロゴロという雷鳴で歌の残りが聞こえなくなった。グロリアは身震いし、グラスを飲み干そうとしたが、最初の一口で吐き気を催してグラスを置いた。夕食が終わり、みなはボトルやデカンターを抱えて大広間に移った。風が入らないようにと誰かがポーチのドアを閉めてしまったので、湿った空気の上に葉巻の煙がすでにたまり、触手のようにうねっていた。

「お呼び出し申し上げます、タネンバウム中尉殿！」これもまた人が変わってしまったモーリーだ。

「横笛を持ってきてくれ！」

アンソニーとモーリーはキッチンに走っていった。リチャード・キャラメルはレコードをかけ、グロリアに近づいた。

「有名な従兄《いとこ》とダンスしてくれないか」

「踊りたくないの」

「じゃあ、僕が君を抱えて歩くよ」

まるで圧倒的に重要なことをしているかのように、彼は太くて短い腕でグロリアを持ち上げ、大真面目に部屋を速足で歩き始めた。

「降ろして、ディック！　頭がくらくらする！」と彼女は言い張った。

彼はグロリアをソファの上に弾ませるようにドスンと降ろすと、「タナ！　タナ！」と叫びながらキッチンに走っていった。

彼女はそのあと、警告もなしにほかの人の腕で抱きしめられるのを感じ、続いて椅子から持ち上げられた。酔っ払ったジョー・ハルが彼女を抱き上げ、ディックがやったことを真似しようとしているのだ。

「降ろして！」と彼女は鋭い声を出した。

彼の感傷的な笑い声と、黄色いごわごわした顎鬚が間近に迫ってきて、耐え難いほどの嫌悪感が掻き立てられる。

「いますぐ！」

「きょう――こうが――」と彼は始めたが、それ以上は歌えなかった。グロリアが手を素早く振り回し、彼の頰を打ったのだ。彼はすぐに彼女を放し、彼女は床に落ちた。その途中で肩がテーブルにこすれるようにぶつかって……。

それから部屋が男と煙でいっぱいになったように思われた。白い上着を着たタナがふらついていて、それをモーリーが支えている。彼が横笛に息を吹き込むと、奇妙な音が出てくるのだが、それは日本の汽車の歌として知られているのだとアンソニーは叫んでいた。ジョー・ハルが蠟燭の箱を見つけ、蠟燭でジャグリングを始めた。一つ落とすたびに「ワンアウト！」と叫んでいる。ディックは一人でうっとりと踊っており、部屋をくるくると回っている。彼女には、部屋のすべてが揺れているように思われた――グロテスクな四次元の旋回運動をしていて、ぼんやりとした青い平面が交差し合っている。

外は激しい嵐に見舞われていた――「凪《なぎ》」の室内でも、背の高い灌木が家にこすれる音や、キッチンのトタン板の屋根に雨が当たる音が響いていた。ひっきりなしに稲妻が光り、雷鳴のゴロゴロという重い音を繰り出してくる――白熱した溶鉱炉の中心部から銑鉄《せんてつ》が出てくるかのようだ。グロリアには、窓の三つから雨が吹き込んできているのがわかった――しかし、閉めたくても動くことができない……。

……彼女は玄関ホールにいた。おやすみなさいと言ったのだが、誰も聞いていなかったか、気にしていないようだった。一瞬、手すりの上から何かが見下ろしているような気がしたが、リビングルームに戻る気にはなれなかった――あの喧騒の狂乱よりは自分の狂気のほうがましだ……上階で、電灯のスイッチを手探りで探したが、暗すぎてわからなかった。それから稲妻の光が部屋を満たし、壁のスイッチがはっきりと見えた。しかし、暗幕のような闇がまた下り、手探りしてもスイッチが見つからなくなった。そこで彼女はドレスとペチコートを脱ぎ、半分濡れているベッドの乾いている側にそっと身を横たえた。

目を閉じた。階下からは酔っ払いたちの意味不明の話し声が聞こえていたが、突然ガラスがガチャンと割れる音がし、もう一度同じような音がした。それから、調子はずれのよろめくような歌声が高まってきて……。

彼女はそこに二時間を超えるくらい横たわっていた――あとになって、時間をつなぎ合わせてみて、それくらいだろうと思った。意識はあり、長い時間が経つうちに階下の騒音が弱まったことにも気づいていた。嵐は西に移っていき、びしょ濡れの野原に響くシャワーのような音が伝わってくる。彼女の魂のように生気なく、重々しい音だ。これに続いて、雨と風がときどきゆっくりと、嫌そうに吹きつける音。最後には、窓の外は静まり、濡れた蔓《つる》から水が垂れたり、蔓が窓敷居をこすったりする柔らかな音しか聞こえなくなった。彼女は眠りと覚醒の中間にあって、どちらのほうにも傾いていなかった……そして、胸にのしかかる錘を取り除きたいという願望に悩まされた。叫ぶことさえできれば、錘が持ち上がるだろうと感じた。目蓋《まぶた》を無理やりしっかりと閉じて、喉にたまったものを吐き出そうとしたが……できない……。

ポタッ！　ポタッ！　ポタッ！　この音は不快なものではなかった――春のような、子供時代の冷たい雨のような音。裏庭に泥遊びの場所を作ってくれ、彼女が子供用の熊手や鋤《すき》や鍬《くわ》で掘った小さな穴を水で満たしてくれる。ポタッ――ポタッ！　薄暮の前に空の雲が消えてきて明るくなり、その黄色い空から雨が落ちてくる日のようだった。太陽の一筋の光が斜めに射し、湿った緑の木々を照らす。こんなにも涼しく、くっきりとしていて清らかだ――そして母親が世界の中心にいた。雨の真っ只中でも安全で、乾いていて、強かった。母にいてほしかったが、母は死んだのだ。永遠に会うことも触れることもできない。そしてこの錘が彼女にのしかかり、のしかかり――ああ、ものすごく重い！

体が強張った。誰かがドアのところに立ち、彼女をじっと見つめている。体を少し揺らしている以外はとても静かだ。その体の輪郭は、ぼんやりとした灯りを背景にくっきりと見える。どこからも音は聞こえず、ただ威圧的な沈黙があるのみ――水が垂れる音さえ消えた……この揺れている男しかいない。ドア口で揺れている男、その何者かわからない姿には、かすかに脅すような恐ろしさがある。白粉《おしろい》を厚く塗った下にある天然痘《てんねんとう》の痕《あと》のように、光沢の下の人格は汚らわしい。しかし、疲れた心臓が胸を揺らすほどに鼓動しているので、自分のなかにまだ生命があることが確かめられる。すさまじく揺さぶられ、脅されてはいるが……。

一分、または無限に引き延ばされた一分の連続のあと、目の前でおぼろげに揺れるものが現われてきた。彼女の目は子供のような執拗さで闇の向こうを、ドアの方向を見通そうとしている。次の瞬間には、何か想像もできない力によって、自分は粉々にされてしまうような気がする……それからドア口にいる男――ハルだ、と彼女にはわかった、ハルだ――彼が慎重に振り向き、まだかすかに揺れながら、前後に歩いている。まるで彼に輪郭を与えた理解不能な光に吸い込まれていくかのように。

血が再び彼女の四肢をめぐった、血と生命が一緒に。力を振り絞って起き上がり、体を徐々にずらしていく。足をベッドの横から出し、床に着ける。何をしなければならないかはわかっていた――いま、いま、手遅れになる前に。この涼しい湿った屋外に出なければならない。外に、遠くに、足にまとわりつく濡れた草の葉、額に触れる新鮮な湿り気を感じるために。機械的に苦労して服を着ると、クロゼットの闇のなかを手探りして帽子を摑んだ。この家から出なくては。錘を胸に押しつけてくるものがいる家から――あるいは、闇のなかで揺れ、はぐれた影へと変わっていくものがいる家から。

慌ててコートを着ようとして手間取り、ようやく袖を見つけたとき、下のほうの階段からアンソニーの足音が聞こえてきた。待っているわけにはいかない。彼に引き留められるだろう。アンソニーはこの錘の一部でさえあるのだ。この邪悪な家、そこでぐんぐん成長している陰気な闇の一部……。

廊下を通り、それから……裏側の階段を降りる。たったいま立ち去った寝室でアンソニーが叫んでいる――

「グロリア！　グロリア！」

しかし、彼女はキッチンにたどり着いた。戸口を抜けて夜の屋外に出る。風が吹いて木が揺れ、そこにたまっていた無数の水滴が彼女の上にばらまかれた。彼女は嬉しくなって、熱い手で水滴を顔に押しつけた。

「グロリア！　グロリア！」

声は無限に遠くから聞こえてきた。彼女がたったいま立ち去った壁で遮られ、悲しげに聞こえる。彼女は家の側面をぐるりと回り、正面の小道から公道へと向かっていった。公道に出たときはほとんど歓喜のようなものを感じた。カーペットのような雑草に沿って、真っ暗闇のなかを慎重に進んでいく。

「グロリア！」

彼女は走り出し、風で折れた枝につまずいた。声はいま家の外から聞こえてきた。寝室に誰もいないことに気づいたアンソニーがポーチに出てきたのだ。しかし、それによって余計に彼女は前に進んだ。例のものはあそこに、アンソニーとともにいる。だから彼女は逃亡を続けなければならない。このぼんやりとした、抑圧的な空の下、静けさのなかを無理やり前に進む。静けさは実体のある障害物のように、目の前に立ちはだかる。

ほとんど目に見えない道を彼女はかなり進んだ。おそらく数百メートル歩いただろう。途中、廃屋となった納屋《なや》があり、その黒々とした不吉な影を通り過ぎた。灰色の家とマリエッタのあいだにある唯一の建物だ。それから彼女は分岐点に来て、森のなかに入っていく道を選んだ。頭に触れそうな葉と枝の高い壁のあいだを縫っていく。突然、目の前の道に薄く細長い銀色の光の筋があることに気づいた。泥のなかに半分埋められた輝く剣のようだ。近寄って、嬉しそうに小さな叫び声をあげた――馬車の轍に水がたまっているのである。見上げると、空に明るい裂け目ができていて、月が出たのがわかった。

「グロリア！」

彼女は必死に駆け出した。アンソニーは六十メートルほどのところに迫っている。

「グロリア、待ってくれ！」

彼女は叫ばないように口をしっかり閉じ、足取りを速めた。次の百メートルを進まないうちに森が消えた――黒いストッキングをくるくると巻いて道路という脚から脱いだみたいだった。ここから三分ほど歩いたところに、無限の空の高いところに宙づりになって、細い光の筋やきらめきが絡《から》まり合っているのが見える。その規則正しいうねりの中心にぼんやりとした点がある。唐突に彼女は自分がどこに行こうとしているのかわかった。それは巨大な蜘蛛の脚のように、川の上に垂れ下がる電線の格子細工であり、蜘蛛の目と言えるものは転轍機の小屋の小さな緑の灯りである。電線は鉄道の橋とともに駅の方角に伸びている。駅！　そこに行けば列車があり、どこかに行けるはずだ。

「グロリア、僕だよ！　アンソニーだ！　グロリア、無理やり引き留めたりしないから！　お願いだ、どこにいるんだい？」

彼女は返事をせずに走り出した。道路の高い側から外れないようにして、ときどき光っている水たまりを飛び越える――薄くて実体のない金《きん》のような無次元のプール。左に鋭く曲がり、狭い馬車道を走りつつ、地面にある暗い物体を避ける。孤立した木のなかでフクロウが悲しげに鳴き、彼女は思わず見上げる。目の前に鉄道の橋につながる構脚《トレッスル》と、そこにのぼる階段が見える。川の向こうが駅だ。

また大きな音がして、彼女はびっくりした。近づいてくる列車の物悲しい警笛だ。ほとんど同時に、また呼びかける声が――いまは遠くから小さく――聞こえてきた。

「グロリア！　グロリア！」

アンソニーは本道のほうを行ったに違いない。彼女は夫をうまく出し抜いたことを知り、悪意を含む狡猾そうな笑い声をあげた。列車が通り過ぎるまで待つだけの時間がある。

警笛の音が大きく、すぐ近くになってきた。それから前触れの轟音も喧騒もなく、波打つ黒い物体が高く盛り上げた線路のずっと奥の影を背景に、カーブを曲がり視界に入ってきた。裂けた風の音と、線路が時計のようにカチッカチッと鳴る音以外は何の音もなく、橋に向かっていく――それは電車だった。機関車の上に不鮮明な青い灯りが二つ光り、そのあいだに絶え間なくバチバチ音を立てる光の筋ができている。遺体の脇に置かれたランプのパチパチいう炎のように、何列にも連なる木々を一瞬照らし出す。グロリアはそれを見て本能的に道の片側へと引き下がった。灯りは生ぬるい――温かい血くらいの温度……カチッカチッという音は自らの立てる音と反響し合って単調な一つの轟音となり、陰気に間延びした音となって、そのとき列車は彼女の脇を走り抜けた。彼女の目がくらくらするほどのスピードで橋へと入っていく。不気味な火花を重苦しい川に向かって矢のように放射し、競争するように走る。それから急速に小さくなり、音も吸い込んでいって、反響するエコーしか残らなくなった。その音も川の向こう岸に消えた。

湿った田園地帯にまた静寂が降りた。かすかな水滴の音がまた聞こえるようになり、突然まとまった水滴がグロリアの上に落ちた。列車が通過したときから彼女はボーッとしたままだったが、この水滴によって目を覚まし、また走り始めた。急いで川岸まで降り、橋に至る鉄の階段をのぼる。これを前からやりたかったのだ、ということを思い出す。川を越える線路に沿った一メートル足らずの踏み板を渡ることで、スリルを味わえるだろう。

やった！　このほうがいい。彼女はてっぺんに立ち、四方の土地を見渡す。開けた田園地帯が次々に広がっていて、月の光の下で冷たく感じられる。荒っぽく継ぎはぎにされ、木々の細い列やこんもりした藪で縫われたかのようだ。右を見ると、カタツムリが通ったあとの光るヌメヌメした筋のように、川が灯りの向こうへと遠ざかっていく。その八百メートルほど下ったところに、マリエッタの点在する光がチカチカと見える。橋の終わったところ、二百メートルも離れていない場所に駅があり、陰鬱なカンテラの灯りがその目印となっている。重苦しい気持ちは晴れた——眼下の木々が若い星明かりを揺らし、憑かれたまどろみへと誘う。彼女は自由であることを示すように腕を大きく広げた。これが自分の求めていたものだ、高くて涼しいところに一人で立つこと。

「グロリア！」

驚かされた子供のように、彼女は飛んだり跳ねたりしながら踏み板を走っていった。自分の体の軽さをうっとりと感じていた。アンソニーが来るなら来ればいい——彼女はもはや恐れていなかった。ただ、自分が最初に駅に着かなければならない、それがゲームの一部なのだから。彼女は幸せだった。走りながら脱いだ帽子を手でしっかりと持ち、短い巻き毛が耳のあたりで上下に跳ねている。こんなに若く感じることはもうないだろうと以前は考えていたが、今夜は彼女が主役であり、ここは彼女の世界だ。踏み板から降りるときに彼女は高らかに笑い、木製のプラットフォームにのぼると、幸せそうに鉄柱の脇に身を投げ出した。

「ここよ！」と彼女は上機嫌で呼びかけた——夜明けのようにキラキラしている。「ここよ、アンソニー——心配性のアンソニーちゃん」

「グロリア！」彼はプラットフォームにたどり着き、彼女のほうに走ってきた。「大丈夫かい？」ひざまずき、彼女を抱きしめる。

「ええ」

「どうしたんだ？　どうして出ていったの？」彼は心配そうに訊ねた。

「そうせずにいられなかった――何かがいたの」――彼女は居心地の悪い気分に襲われて口ごもった――「何かが私の上に座っていたの――ここのところ」と言って、手を胸に置く。「だから外に出て、逃げずにいられなかった」

「〝何か〟って何のこと？」

「わからない――あのハルって男――」

「嫌なことをしたのかい？」

「酔っ払って私の部屋の戸口に来たわ。その頃には私の頭もおかしくなっていたのかもしれない」

「グロリア、ダーリン――」

グロリアはくたびれたように彼の肩に頭をもたせかけた。

「家に戻ろう」と彼は提案した。

彼女は身震いした。

「いや！　ダメよ、できないわ。あれがまた現われて、私の上に座るから」。彼女の声は叫び声にまで高まり、暗闇の中空に悲しげに漂った。「あれが――」

「さあ――さあ」と彼は彼女を宥め、自分のほうに引き寄せた。「君が嫌がるようなことはしないよ。何をしたい？　ここに座っていたい？」

「私――どこかへ行きたい」

「どこへ？」

「ええと――どこでも」

「どうしたんだ、グロリア」と彼は叫んだ。「まだ酔っ払っているのかい？」

「ううん、酔ってない。今夜はずっと酔ってなかったわ。二階に上がったでしょ、えっと、わからない、夕食が終わってから三十分後くらいかしら……痛い！」

彼がうっかりと彼女の右肩に触れてしまったのだ。

「そこ、痛いのよ。なんかぶつけちゃったの。覚えてないけど――誰かが私のことを持ち上げて、落としたの」

「グロリア、家に帰ろう。夜遅いし、湿っているし」

「無理よ」と彼女は喚いた。「ああ、アンソニー、帰ろうって言わないで！　明日帰るから。あなたは戻って。私はここで列車を待つ。ホテルを探して――」

「なら、一緒に行くよ」

「ダメ、一緒に来てほしくない。一人になりたいの。眠りたいわ――そうよ、眠りたい。そして明日になって、あなたがあの家を片づけ、ウィスキーと煙草の匂いが消えて、すべてが元通りになって、ハルがいなくなって、そうしたら戻るわ。いま戻ったら、あれが――やだ――！」彼女は目を手で覆った。アンソニーは説得しようとしても無駄だと悟った。

「君がいなくなったとき、僕は酔いが醒めていたよ」と彼は言った。「ディックは長椅子で眠っていて、モーリーと僕は議論していた。あのハルってやつはどこかに行っちゃったな。それから、僕は君のことを数時間見ていないって気づいた。だから二階に上がって――」

このとき闇のなかから「おーい、いるか！」と呼びかける声が突然したので、アンソニーは話すのをやめた。グロリアは跳ねるように立ち上がり、アンソニーも立ち上がった。

「モーリーの声だわ」と彼女は興奮して叫んだ。「もしハルが一緒だったら、ここに来させないで。来させないで！」

「そこにいるのは誰？」とアンソニーが呼びかけた。

「ディックとモーリーだよ」と二つの声が安心させるように言った。

「ハルはどこだ？」

「ベッドだよ。眠ってる」

二人の姿がプラットフォームの上にぼんやりと現われた。

「おまえとグロリアはいったいここで何をしてるんだ？」とリチャード・キャラメルが眠そうに、しかし困惑した様子で訊ねた。

「君たちこそ、ここで何をしてるんだよ？」

モーリーが笑った。

「知るかって。おまえを追ってきたんだ。大変だったよ。おまえがポーチでグロリアって叫ぶのが聞こえて、だからこのキャラメルを叩き起こして、こいつの頭にわからせるのもひと苦労だった。捜索隊が出るんだったら、俺たちも加わったほうがいいぞって。こいつがときどき道で座り込んで、何でこんなことをしてるんだって訊くから、だいぶ遅れてしまった。カナディアンクラブ・ウィスキーの素敵な香りを追ってここまで来たよ」

プラットフォームの屋根の下から不安げな笑い声が響いた。

「本当のところはどうやって追ってきたんだ？」

「まあ、道沿いに来たんだけど、それから突然見失ってさ。どうやら君たちは馬車道のほうを行ったみたいなんだな。しばらくしたら俺たちを呼ぶ声がして、若い女の人を探してるのかって訊くんだ。それで行ってみると、小さな老人が震えていてさ、倒れた木に座っているところはおとぎ話の人みたいだった。〝その人はここで曲がったぞ〟って彼は言うんだ。〝ものすごく急いどって、わしを踏みそうになった。そうしたら短いゴルフパンツの男も走ってきて、女を追っていったよ。そいつはわしにこれを投げてくれた〟って、老人は一ドル札を振り回してた――」

「あら、可哀想なお爺さん！」とグロリアは動揺して叫んだ。

「俺も一ドル投げてやって、それから進んだ。爺さんは俺たちにここにとどまれって言ってたけどな。

どういうことだか説明してくれって」

「可哀想なお爺さん」とグロリアが暗い声で繰り返した。

ディックは箱の上に眠そうに腰を下ろした。

「それで、どうしたんだ？」と彼は無理に抑えた口調で言った。

「グロリアが動転してさ」とアンソニーは説明した。「彼女と僕は次の列車でニューヨークに行くんだ」

闇のなかでモーリーは時刻表をポケットから引っ張り出した。

「マッチを擦ってくれ」

小さな炎がぼんやりした背景から飛び出し、四つの顔を照らした。吹き曝《さら》しの闇のなかでそれはグロテスクであり、近づきがたかった。

「どうだろう。二時、二時三十分――いや、これは午後だ。おい、五時三十分まで列車はないぞ」

アンソニーはためらった。

「まあ」と彼は自信なさそうにつぶやいた。「僕たちはここにとどまって待つと決めたんだ。君たちは戻って眠ってくれ」

「あなたも帰って、アンソニー」とグロリアが促した。「少し眠ってほしいわ。一日じゅう、幽霊みたいに青白かったわよ」

「そんな、馬鹿なこと！」

ディックが欠伸をした。

「いいだろう。君たちは残る、俺たちも残る」

ディックは屋根の下から出て、空をしげしげと眺めた。

「なかなか素敵な夜になったな。星が出てるし。特別に趣《おもむき》のある取り合わせだ」

「どうかしら」。グロリアは彼のあとをついていき、ほかの二人も彼女を追った。「ここに座りましょう」と彼女は提案した。「ここのほうがずっといいわ」

アンソニーとディックは細長い箱を背もたれにし、比較的乾いている板を見つけて、グロリアが座れるようにした。それからアンソニーが彼女の脇に腰を下ろし、ディックはそばのリンゴ樽にヨイショと体を持ち上げて座った。

「タナはポーチのハンモックで眠っちゃったんだ」と彼は言った。「俺たちでやつを運び込み、体が乾くようにキッチンのコンロのそばに寝かせたんだよ。服の中までぐっしょり濡れていたからな」

「あのとんでもない小男！」とグロリアが溜め息をついた。

「ご機嫌よう！」頭上から悲しげな声が朗々と鳴り響いた。彼らが見上げると、驚いたことにモーリーである。どうにかして屋根にのぼり、その端に座って足をぶらぶらさせているのだ。明るくなってきた空を背景にして、その影の輪郭は空想上の鬼瓦《ガーゴイル》のように見える。

「この土地の正義の人々があれらの看板で鉄道施設を飾ったのは、このような機会のためだったに違いない」と彼は静かな声で話し始めた。彼の言葉は天頂から聞き手に向かって穏やかに降りてくるような感じがした。「赤と黄色の文字で〝イエス様は神です〟と主張する看板を置き、そのすぐ隣りに――実にぴったりなのだが――〝ガンターのウィスキーは最高〟という看板を置いたことだ」

穏やかな笑い声が響き、下界にいる三人は顔を上に向け続けた。

「ここで俺の教育の物語を話そうかと思う」とモーリーは続けた。「人を小馬鹿にするようなこの星座たちの下で」

「ぜひ！　話してくれ！」

「本当にいいのかな？」

三人が期待を込めて待っているあいだ、彼は微笑む月に目を向け、物思いに耽りながら欠伸をした。

「さて」と彼は始めた。「幼少期、俺はよくお祈りをした。将来、悪いことをしたときのためにお祈りをためておくんだ。ある年など、就寝前のお祈りを千九百もため込んだな」

「煙草を投げてくれ」と誰かが囁いた。

小さな煙草の箱がプラットフォームに落ちると同時に、大きな命令の声が鳴り響いた。

「静粛に！　俺はここで忘れがたい言葉の数々を披露しよう。この地球の闇と空の輝きのために俺がため込んでおいたものだ」

下界では、火を点けたマッチが煙草から煙草へと回されていた。声がまた鳴り響いた。

「俺は神を騙すのに熟達していた。罪を犯すとすぐにお祈りをするので、ついには俺にとってお祈りと罪との区別がつかなくなった。ある人が〝神様！〟と叫んだときに金庫が落ちてきたために、信仰が人間の胸に深く根差したのだと信じていた。それから俺は学校に行った。十四年のあいだ、五十人もの誠実な人たちが古臭い火打ち式発火装置を指さし、〝これこそ本物だ。新しいライフル銃など、浅薄な模造品にすぎない〟と言った。彼らは俺が読んでいる本や考えている物事を不道徳だと言って断罪した。あとになって流行が変わり、物事を〝賢い〟と言って断罪するようになった。

それから俺は、年齢のわりに鋭かったんだけど、教授たちよりも詩人たちに目を向けるようになった。スウィンバーンの抒情的なテノールや、シェリーのテノーレ・ロブストに耳を傾けた。シェイクスピアは最初は第一低音と素晴らしい音域に、テニソンは第二低音と時折入る裏声《ファルセット》に、ミルトンとマーロウのバッソ・プロフォンドに耳を傾けた。ブラウニングのおしゃべりにも耳を貸したし、バイロンの熱弁、ワーズワースの単調な声も聞いた。これは、少なくとも、俺に害はもたらさなかった。美についても少し学んだ――それが真実とはまったく関係がないとわかるくらいには――それから、偉大な文学的伝統などがないことも悟った。ただ、あらゆる文学的伝統の壮大な死の伝統があるだけなのだ……。

それから大人になり、興趣に富む幻想の美が俺から離れていくようになった。俺の精神の質は粗野になり、目は哀れなほど鋭くなった。俺という島のまわりに生活が海のように盛り上がり、やがてそこを泳いでいた。

この変化は微妙だった――しばらく前から俺を待ち構えていたものだ。誰にでも、この油断ならない、見た目は無害な罠が待っている。俺の場合？　いや――俺は門番の妻を誘惑しようとはしなかった――あるいは町を裸で走って男盛りを主張することもなかった。人の原動力となるのが情熱だとは限らない――むしろ、情熱がまとう衣服だ。俺は退屈した――それだけ。退屈は活力の別名であり、活力をしばしば装うもので、俺の行動すべての無意識の動機となった。美は過去のものとなったのだ、わかるかな？――俺は大人になったんだよ」。彼は間を置いた。「学校と大学時代の終わり。第二部の始まりだ」

三つの炎の点が静かに動いているので、聞き手がどこにいるのかはわかった。グロリアはいまやアンソニーの膝に半ば座り、半ば横たわっていた。彼は腕をしっかりと彼女に回し、そのため彼の心臓の鼓動が彼女にも聞こえた。リチャード・キャラメルはリンゴ樽に座り、ときどき体をもぞもぞさせて、かすかな唸り声をあげている。

「俺はそれからジャズの国で成長し、すぐにほとんど外に現われるほどの混乱に陥った。人生は目の前に不道徳な女教師のように立ちはだかり、俺の秩序だった考えを編集したのだ。しかし、俺は知性への誤った信頼にしがみつき、進み続けた。慈善行為を笑い、冷笑こそが自己表現の最高の形だと主張するスミスを読んだ――しかし、スミス自身が光をぼやかすものとして慈善を復位させた。続いて、個人主義をうまく処理したジョーンズを読んだ――そして見よ！　ジョーンズはいまだに俺の行く手に立ちふさがる。思いもしなかった――俺は多くの男たちの思想が戦う戦場だったのだ。いや、むしろ強国が支配権を求めてせめぎ合う魅力的な、しかし無力な国の一つだった。

俺は経験を積んで人生を秩序立て、幸福のために役立てているのだという印象を抱いて大人になった。実際、精神の問題が実生活で提示されるずっと前に、それを一つひとつ解決するという、珍しからぬ偉業を成し遂げた——そして、それでも打ちひしがれ、混乱しているという偉業を。

しかし、こうした経験を少し味わってから、俺はうんざりした。もういい！　と俺は言った。経験は得るに値しない。それは受動的な人間に心地よく起こるようなものではない——能動的な人間がぶつかる壁だ。だから俺は無敵だと考えた懐疑主義に身を包み、自分の教育は完了したと考えた。しかし、遅すぎだ。宿命を負った悲劇的な人間たちと新しい絆を結ばないことで自分を守ったにしても、それ以外の者たちとの関係で途方に暮れるのだ。俺は愛との戦いを孤独との戦いに代え、生命との戦いを死との戦いに代えた」

最後の言葉を強調するために、彼はここで間を置いた——しばらくして、欠伸をしてから続けた。

「おそらく俺の教育の第二段階が始まったのは、自分が利用されていることにゾッとするような不満を抱いたときだ。ある計り知れない目的のために心ならずも利用されていて、その究極の到達点など俺にはわかりようもない——究極の到達点があるとすれば、だが。これは難しい選択だった。女教師がこう言っているように思われたのだ。〝フットボールをやりましょう、フットボールだけを。フットボールをやりたくないんだったら、何もやれませんよ——〟

俺はどうしたらいい——試合時間は実に短いのだ！

いいかな、俺はこんなふうに感じていたんだ。勃興しつつある会社人間という絵空事として俺たちは扱われ、それに対してあってしかるべき慰めさえ否定されている。おまえたちは俺がこのペシミズムに飛びついたと思うか？　独りよがりにこんな優れたものはないと考えて摑み取ったと？　実際は、たとえば薄暗い秋の日の焚火くらい憂鬱なものなのに？——そうではないと思う。俺はそれには熱すぎるし、生気がありすぎるんだ。

なぜなら、究極の到達点なんて人間にはないとしか思えないんだ。人間は自然に対してグロテスクかつ混乱した戦いを挑んでいる――自然、それは神聖で壮大な偶然により、我々を飛行できるところまで至らしめた。自然は劣った人種を取り除く術を編み出し、残りの者たちに力を与えて、さらに崇高な意図を――あるいは、もっと面白いと言ってもいい――ただし、いまだ意識されずにいる偶然の意図を満たそうとする。そして、我々は啓蒙されることによって得られた至高の贈り物に駆り立てられ、自然を出し抜こうとする。この共和国では、黒人が白人と入り混じり始めている――ヨーロッパでは、三つか四つの人種を救うために経済破綻が起きている。病んだ人種、惨めに支配された人種を一つの支配層から救おうとしているのだが、その支配層こそが彼らを組織化し、物質的繁栄をもたらすかもしれないのだ。

我々はハンセン病者を立ち上がらせたキリストを作り出し、そのハンセン病者の種族がいまでは地の塩である。このことに何らかの教訓を見出せる者がいたら、進み出てくれ」

「人生から学べる教訓は一つだけよ」とグロリアが口をはさんだ。反論というよりも、悲しげに同意した感じだった。

「それは何だ！」とモーリーが鋭く訊ねた。

「人生からは学べる教訓はないということ」

しばらく押し黙ったあとでモーリーは続けた。

「若きグロリア、美しくて無慈悲なレディは、最初から根本的な知識をもって世界を見ていたのだ。この知識は僕が頑張って得たものだし、アンソニーには決して得られないし、ディックは決して充分に理解できないものだ」

リンゴ樽のほうからうんざりしたような呻き声が聞こえてきた。闇に目が慣れてきたアンソニーには、リチャード・キャラメルが叫んだときの黄色い目の輝きと、憤りの表情が見て取れた。

「おまえはクレージーだ！　おまえ自身の申し立てによれば、俺は努力したことによって経験を得たはずではないか」

「努力って、何をしたんだ？」とモーリーが鋭く叫んだ。「政治的理想主義の闇に穴を穿《うが》とうとしたのか？　真理への激しく自暴自棄な衝動によって？　来る日も来る日も硬い椅子に怠惰に座り、人生からは限りなく切り離され、木々のあいだから塔の先端を見つめていることで？　そして、知り得ることと知り得ないこととを絶対的に、永遠に区別しようとすることで？　現実の一断片を拾い上げ、それに自分の魂からの輝きを与えようとすることで？　人生において持っていたにもかかわらず、紙かカンバスに移そうとする途中で失われたものを埋め合わせるために？　実験室で何年もうんざりするような努力をして、ほんのわずかな相対的真実を大量の歯車や試験管のなかに求め――」

「おまえもそれをしたのか？」

モーリーは話をやめた。それから答え始めたとき、そこには疲れた様子がにじみ出ていた。その苦々しい響きが三人の心に一瞬だけとどまる――月に向かって浮かんでいく泡の、浮かんで消える前の一瞬。

「俺は違う」と彼は穏やかに言った。「俺は生まれたときにくたびれていた――でも、生来の質の高い才知を具えて生まれた。グロリアのような女性たちが持つ才能だ。ところが、これだけしゃべっても、聞いても、永遠の一般論を空しく待ち続けても――すべての議論と考察の向こうに一般論があるように思われたのだが――俺はその才能に何一つとしてつけ加えられなかった」

しばらく前から遠くで低い音が響いていたのだが、巨大な牛の鳴き声のようなムーッという悲しげな音がして、その正体が明らかになった。八百メートルほど離れたところに真珠のようなヘッドライトの光が現われる。今回は蒸気機関車だ。唸るような重々しい音を立て、さらに大きな悲しみの叫び声を発して、プラットフォームに入ってきた。火花と燃えかすをあたりにまき散らす。

「何一つとして！」はるか頭上から降ってくるように、またモーリーの声が聞こえてきた。「知性とは何と弱々しいものだろう、少しずつしか進まず、揺れ動き、行ったり来たりし、破滅的な退却をする！　知性は環境の道具にすぎない。知性が宇宙を作り出したに違いないと言う人々がいるが、とんでもない、知性が蒸気機関を作ったのではない！　環境が蒸気機関を作ったのだ。知性は短い物差し以上のものではなく、それによって我々は環境の限りない業績を測る。

流行の哲学を引用することはできる——しかし五十年もすれば、いまの知識人たちを夢中にさせている否定的考え方が完全にひっくり返るかもしれない——アナトール・フランスがキリストに敗れ去る——」。彼はためらい、それからつけ足した。「しかし、俺が知っていることすべて——自分が自分にとって並外れて重要であること、その重要性を自分に認めることの必要性——こうしたことは、あの賢くて愛らしいグロリアは生まれながらにして知っていたのだ。こうしたことと、それ以外のことは何を知ろうとしても痛々しいまでに無意味だということ。

さて、おまえたちに俺の教育のことを語り始めたんだったよな？　でも、俺は何も学ばなかったんだ。自分自身についても、ほんのわずかしか。もし学んだとしても、俺は口をしっかり閉じ、万年筆にガードをして死ななければならない——あることが失敗に終わって以来、最も賢い者たちがしてきたように——ある奇妙なことが失敗して以来。ちょうどおまえらや俺のように、先見の明があると思っていた懐疑主義者に関することだ。おまえらが眠りに落ちる前に、お休み前のお祈りの形で語ってやろう。

昔々、世界じゅうの知的な才人たちはみんな一つのことを信じるようになった——それはつまり、何も信じないということ。しかし、自分たちが死んでから数年のうちに、たくさんの宗教や思想体系や予言の祖にされてしまうと考え——そうしたことを考えも意図もしなかったのに——それにうんざりした。そこで、互いにこんなことを言い合った。

〝みんなで協力して、永遠に続く偉大な本を作ろう。人間の騙されやすさを笑うために。エロチックな詩人を説得し、肉体の喜びについて書かせよう。元気なジャーナリストに頼んで、有名な情事の物語を寄稿させよう。いま知られている一番とんでもない古女房の物語をすべて収録しよう。生存している風刺家のなかで最も鋭いやつを選び、人類によって崇拝されてきたすべての神々から一つの神を作らせよう。どんな神よりも悪意に満ちた神、しかし弱々しく人間的なので世界じゅうで笑い種《ぐさ》になる神——我々はあらゆる冗談と虚栄と怒りをその神のせいだということにし、神が気晴らしで冗談や虚栄や怒りに耽っていることにする。その結果、人々は我々の本を読み、それについて考え、これ以上のナンセンスは世界から消えるのだ。〟

〝最後に、その本がありとあらゆる優れた文体で書かれるように気を配ろう。そうすれば、我々の深遠な懐疑主義と普遍的な皮肉の証拠として、この本は永遠に残るに違いない。〟

彼らはこの通りのことをし、それから死んだ。

しかし本は残り続けた。とても美しく書かれていたし、知的な才人たちがそこに注ぎ込んだ想像力の質は驚くべきものだったのだ。彼らはその本に名前をつけずにいたのだが、彼らが死んでから、それは聖書として知られるようになった」

彼が話を締めくくったとき、誰もコメントをしなかった。夜の大気中にじめじめした気怠《けだる》さが潜んでいて、全員に魔法をかけたようだ。

「言ったように、俺は自分の教育の物語を話し始めた。しかし、ハイボールはなくなったし、夜はもうすぐ明ける。じきにそこらじゅうで、木々でも家々でも、駅の向こうにある二軒の店でも、賑やかな声が響き始めるだろう。数時間のあいだ、地上ではみんながあちこち走り回るのだ——さて」と彼は笑い声でしめくくった。「我々四人がみな永遠の眠りに就くとき、自分たちがここで生きたことによって、世界が少しだけよくなったと思えればありがたいではないか」

　風が吹いた。それとともにかすかな生活の煙が漂ってきて、上空にうっすらと立ち込めた。

「君の話はどんどん脱線し、まとまらなくなるな」とアンソニーは眠そうに言った。「君は奇跡的な啓示がなされることを期待したのだろう。それによって自分が最も輝かしく、意味深長なことをしゃべる――それも、まさに理想的なシンポジウムのきっかけになるようなセッティングで。しかし、グロリアは先見の明のある超然性を見せて、眠りに落ちた――そのことは、彼女が全体重を僕の打ちひしがれた肉体にかけていることからわかる」

「退屈させたかな?」とモーリーは訊ね、心配そうに見下ろした。

「いや、がっかりしたんだよ。たくさんの矢を放ったけど、鳥は落としたのかい?」

「鳥を落とすのはディックに任せてるんだ」とモーリーは早口で言った。「俺は思いつくままに、とりとめない断片を話すのさ」

「俺を挑発しようとしても無理だぞ」とディックがつぶやいた。「俺の心は物質的なことでいっぱいだ。温かい風呂に入りたくてたまらないんで、俺の作品の重要性について心配することもない。あるいは、俺たちがどれくらい哀れな存在か、とか」

　川の向こうの東の空が白くなってきて、夜明けが近いことが感じられた。近くの木々では鳥がときどき囀《さえず》るようになっている。

「五時十五分前だ」とディックが溜め息をついた。「まだ一時間近く待たなきゃいけない。見ろ!　二人脱落」。彼はアンソニーを指さしていた。目蓋が目に完全にかぶさっていたのである。「パッチ家はお休みだ――」

　しかし、それから十五分のうちに、鳥の囀る声は高まったのだが、彼自身の頭は前にガクンと傾くようになった。二度、三度……。

モーリー・ノーブルだけが目を覚ましていた。駅の屋根に座り、目を大きく開けている。疲れていながらも集中して、遠くに見える夜明けの中心部分をじっと見つめている。彼はさまざまな概念の非現実性に戸惑い、存在の輝きが消えていくことにも戸惑っていた。ささやかなことに気を取られると、廃屋にネズミが逃げ込んだかのように、貪欲に人生の時間が食いつぶされていくことにも。いまは誰のことも気の毒だとは思わなかった——月曜日の朝には仕事があり、そのあとには階級の違う女性とのつき合いがあって、その人にとって彼は人生のすべてなのだ。彼の心に寄り添っているのはこうしたことだった。徐々に明るくなってくる奇妙な雰囲気のなか、彼が精神という弱くて壊れた道具を使い、一度でも考えようと試みたこと自体、実に厚かましいように思われた。

太陽が昇り、光り輝く熱を大量に降らし始めた。彼らのまわりには蝿の群れのように活動的で、ブンブンと音を立てる生命があった——蒸気機関がシュッシュッと黒い煙を吐き出し、きびきびとした「ご乗車ください！」という声が聞こえ、ベルが打ち鳴らされる。モーリーは、早朝列車に乗った人々が珍しそうに自分を見ていることに気づいて戸惑った。グロリアとアンソニーが早口で言い合っているのも聞こえてくる——彼がニューヨークについていくかどうかについて。それからまた大きな音がして、彼女は行ってしまい、三人の男たちは残った。幽霊のような青白い顔をしてプラットフォームに立っている。一方、道を走っていく貨物自動車の荷台には煤《すす》で汚れた石炭運搬夫が乗っていて、夏の朝に向かってかすれ声で歌をうたっていた。

第三章　分裂の兆し

ある八月の夜七時三十分。灰色の家のリビングルームの窓は全開で、酒と煙に満ちた内部の汚れた空気を辛抱強く吐き出し、暑く眠たげな夕暮れのフレッシュな空気を取り込もうとしている。かすかに、とても弱々しく、枯れた花の匂いが空気に漂い、すでに夏が過去のものであることを仄めかしている。とはいえ、側面のポーチのあたりで鳴く無数のコオロギの声で、まだ八月であることが容赦なく思い知らされる。一匹は家に忍び込んでおり、本棚の陰にひっそりと隠れている。ときどき自分の賢さと不屈の意志を示すかのように、金切り声をあげる。

　部屋自体はとんでもなく取り散らかっている。テーブルには果物の皿があり、これは本物なのだが模造品に見える。そのまわりにはデカンター、グラス、吸い殻がたまった灰皿などが不気味な姿を晒しており、灰皿からはまだ煙が立ち昇っていて、饐《す》えた空気のなかにくねくねとした煙の梯子《はしご》を立てている。全体の印象は、あと頭蓋骨さえあれば、かつてあらゆる「住処」にあった古めかしい多色石《クロ》板刷《モ》りの絵に似ている、というものだ。快楽の人生への添え物として、喜びと畏怖の念を呼び起こすような絵である。

　しばらくすると、妖精のようなスーパーコオロギの独唱に新しい音が加わる――むしろ独唱を邪魔する。不規則な指使いで吹かれている横笛の悲しげな音である。演奏家が演奏しているというより練習しているのは明らかで、ときどきねじ曲がったようなメロディが途切れ、はっきりとしないつぶやき声が聞こえてから、また始まる。

吹き始めの失敗を続け、七回目に吹こうとしたとき、第三の音が抑え気味の不協和音を作り出す。外にタクシーが来たのである。一分ほどの静寂のあと、タクシーが騒々しく走り去る音がし、燃え殻の歩道をこする足音をほとんど消してしまう。ドアのベルが家全体に警告を発するかのように鳴り響く。

キッチンから小柄で疲れた様子の日本人が、召使いが着る白いズック製の上着のボタンを急いで留めながら入ってくる。そして玄関の網戸のドアを開け、三十歳くらいのハンサムな若者を招き入れる。人類に奉仕する者たちに特有の、善意に溢れた服装の男だ。人格全体にも善意がにじみ出ており、部屋を見渡す彼の目には、好奇心と断固とした楽観主義が現われている。タナを見るときには、神を信じない東洋人を啓発する重荷が目のなかに宿る。名前はフレデリック・E・パラモア。ハーヴァード大学でアンソニーと学び、苗字のイニシャルが近いために、教室ではいつも席が隣り合わせだった。そのため断続的なつき合いは生まれたが、大学卒業後はまったく会っていなかったのである。

にもかかわらず、パラモアは夕食に招かれているような態度で部屋に入る。

タナが質問に答えている。

タナ：（媚びるように微笑みながら）旅館《イン》に食事に行きました。三十分、戻る。六時半過ぎてから行った。

パラモア：（テーブルの上をちらりと見てから）客がいたのかな？

タナ：はい。客様。ミスタ・キャラメル、ミスタ・アンド・ミセス・バーンズ、ミス・ケイン、みんなここに泊まってる。

パラモア：そうか。（親切そうに）宴《うたげ》を楽しんだようだね。
タナ：うたげ、わかりません。
パラモア：パーティをしていたんだ。
タナ：はい、お酒飲みました。たくさん、たくさん、たくさん飲んだ。
パラモア：（この話題は慎重に避けることにして）家に近づいたとき、音楽が聞こえてきたように思うんだが。
タナ：（途切れがちに笑い）はい、わたしの音楽。
パラモア：日本の楽器だね。
（彼は明らかに『ナショナル・ジオグラフィック』誌の購読者である）
タナ：わたし、横笛吹く。日本のフルート。
パラモア：何ていう歌を演奏していたのかな？　日本の曲？
タナ：（額にすさまじい皺を寄せて）わたし、汽車の歌を吹く。何て呼びますか？――鉄道の歌。わたしのクニでそう呼ばれてる。汽車みたい。ポッポーッて音がする。汽笛の音。汽車が出発。シュッポッシュッポッ。汽車が走る音。こんな感じ。とてもいい歌、わたしのクニの。子供の歌。
パラモア：とてもいいね。
（このとき、明らかにタナは上階に走っていきたくてたまらず、ものすごく苦労してそれを抑えている。例のアメリカ製の六枚も含め、絵葉書を取りにいきたくてたまらないのである）
タナ：ハイボールをお作りしましょうか？
パラモア：いや、大丈夫。飲まないもので（微笑む）。
（タナはキッチンに退き、そことつながるドアを少しだけ開けておく。その隙間から、突然また日本の汽車の歌が聞こえてくる――今回は練習ではなく、演奏である。元気いっぱいで、魂のこもった演奏。

電話が鳴る。タナは演奏に夢中でまったく気づかない。そこでパラモアが電話を取る）

パラモア：もしもし……はい……いえ、ここにはいません。でも、そろそろ戻るはずです。……バターワース？　もしもし、名前が聞き取れなかったんです……もしもし、もしもし。もしもし！……バハッ！

（電話は頑固にそれ以上の音を出すのを拒む。パラモアは受話器を置く。

このときまたタクシーの音がし、それとともに第二の若者が登場する。彼はスーツケースを抱え、ベルも鳴らさずに玄関のドアを開ける）

モーリー：（玄関ホールで）おい、アンソニー！　ヤッホーッ！（大広間に入り、パラモアに気づく）おや？

パラモア：（彼のことを見つめ、だんだんと真剣な表情になる）えっと――そう、モーリー・ノーブルだよな？

モーリー：そのとおり（微笑んで進み出ると、手を差し出す）。元気かい？　何年も会っていなかったたな。

（彼はぼんやりとこの顔をハーヴァードと結びつけているのだが、確信はない。名前は以前知っていたとしても、忘れてしまった。しかし、パラモアは繊細な感受性と、同じくらい立派な慈愛の精神の持ち主なので、その事実に気づきながらも、巧みにその場の雰囲気を救う）

パラモア：フレッド・パラモアを忘れたかな？　一緒にロバート小父《おじ》さんの歴史の授業を取ったじゃないか。

モーリー：いや、忘れてないよ、小父さん――いや、フレッド。フレッドは――じゃなくて小父さんは、いい先生だったよな？

パラモア：（可笑しそうに何度か頷きつつ）素晴らしい人だった。実に素晴らしい。
モーリー：（少し間を置いてから）ああ――そうだった。アンソニーはどこだい？
パラモア：日本人の召使いが言うには、どこかの旅館《イン》に行ったそうだ。夕食を食べているんだろう。
モーリー：（腕時計を見て）ずいぶん前に出たのかな？
パラモア：そうだろうね。もうすぐ戻るって、あの日本人は言ってた。
モーリー：じゃあ、酒を飲んでようか。
パラモア：いや、遠慮するよ。飲まないもので（微笑む）。
モーリー：僕は飲んでもかまわないかな？（欠伸をしながら自分でボトルから酒を注ぐ）大学を出てから何をしていたんだい？
パラモア：ああ、いろんなことをね。とても活動的に生きてきたんだ。あちこちを忙しく訪問して（ライオンを追うことから組織犯罪まで、何にでも当てはまりそうな口調だ）。
モーリー：そうかい、ヨーロッパにも行ったのかな？
パラモア：いや、行ってない――残念ながら。
モーリー：もうすぐみんな行くみたいだけどね。
パラモア：本当にそう思うかい？
モーリー：もちろん！　この国はここ二年以上、煽情的な記事に夢中になっている。みんな居ても立ってもいられない気分なんだ。楽しみたいんだよ。
パラモア：じゃあ、何らかの理念がいま危機に瀕しているとは思わないのかい？
モーリー：何一つとして重要なものはないね。人間はときどき興奮を求めるんだ。
パラモア：（熱を込めて）君がそう言うとは興味深いな。実際に戦地に行った男と話したんだが

（それに続く証言は次のようなフレーズを使って読者に埋めていただきたい――「彼自身の目で見たんだ」、「フランスの素晴らしい精神」、「文明の救済」。モーリーはうつむき加減に座り込み、退屈して、まったく心を動かされていない様子だ）

モーリー：（口をはさむ機会をようやく見つけ）ところで、この家にドイツのスパイがいるのはご存じかな？

パラモア：（警戒するような笑みを浮かべて）真面目に言ってるのかい？

モーリー：もちろんさ。君に警告するのが義務かと思ってね。

パラモア：（納得して）女家庭教師か？

モーリー：（キッチンのほうを親指で指して囁き声で）タナさ！　あれは本名じゃないんだ。エミール・タネンバウム中尉宛ての手紙をしょっちゅう受け取っている。

パラモア：（わかったよとばかりに笑って）冗談を言ってるんだろ。

モーリー：あいつに無実の罪を着せている可能性はあるけどね。でも、君が何をしてきたかはまだ聞いていなかった。

パラモア：一つには――書くことだ。

モーリー：小説《フィクション》か？

パラモア：いや、ノンフィクション。

モーリー：何だ、それは？　半分フィクションで半分事実みたいな文学か？

パラモア：いや、僕は事実だけに絞ってきた。社会奉仕の仕事をかなりやってきたんだよ。

モーリー：そうなんだ！

（その途端、目に疑惑の光がきらめく。まるでパラモアが自分はアマチュアの掏摸《すり》だと言ったかのように）

パラモア：いまはスタムフォード〔コネチカット州南西部の都市〕で奉仕の仕事をしているんだ。つい先週、アンソニー・パッチが近くで暮らしていると聞いたもんでね。

（外で大きな音がし、会話が遮られる。会話と笑い声には、間違いなく男女の声が入り混じっている。それからアンソニー、グロリア、リチャード・キャラメル、ミュリエル・ケイン、レイチェル・バーンズとその夫のロドマン・バーンズが、ひと塊になって部屋に入ってくる。彼らはモーリーのまわりに押し寄せ、彼が全員に「やあ」と言ったのに対して、それぞれが「元気だ！」などと嚙み合わない答えを言っている……アンソニーはその間にもう一人のゲストに近寄る）

アンソニー：やあ、これはこれは。元気かい？　会えてすごく嬉しいよ。

パラモア：僕も会えて嬉しいよ、アンソニー。いまスタムフォードにいてね、ちょっと立ち寄ろうかと思ったんだ。（いたずらっぽく）いつも猛烈に働かなきゃいけないんで、数時間休みを取るくらいいいだろうって。

（アンソニーは必死に集中して、彼の名前を思い出そうとしている。産みの苦しみのあと、ようやく記憶が「フレッド」という断片を掘り当て、それをもとに急いで文章を作り上げる。「来てくれて嬉しいよ、フレッド！」こうして、紹介されることを期待する沈黙がみなを覆う。助け舟を出せるはずのモーリーは、意地悪く傍観に徹し、楽しんでいる）

アンソニー：（必死になって）みんな、こちらは――こちらはフレッドだ。

ミュリエル：（軽薄な礼儀正しさを見せて）こんにちは、フレッド！

（リチャード・キャラメルとパラモアは親しげにファーストネームで挨拶し合う。パラモアはディックが教室で決して自分に話しかけようとしなかった男たちの一人であることを思い出す。ディックのほうは、パラモアがアンソニーの家で会ったことのある誰かだろうとおめでたく考えている。

三人の若い女性たちは二階に上がる）

モーリー：(抑えた口調でディックに) ミュリエルに会ったのはアンソニーの結婚式以来だな。
ディック：ミュリエルは絶好調だよ。彼女の最近の口ぐせは「言えてる！」だ。
(アンソニーはしばらくパラモアという名前を思い出そうと格闘しつつ、みんなに酒を勧めることで、全員がしゃべる雰囲気を作ろうとする)
モーリー：このボトルは頑張ったぜ。「アルコール度数」ってところから「蒸留所」ってところまで来た (と言って、ラベルの文字を指さす)。
アンソニー：(パラモアに) こいつら二人はいつ現われるかわからないんだ。午後の五時にバイバイって言ったのに、午前二時に現われるんだから。ニューヨークで大型の幌つき自動車《ツーリングカー》を雇い、目の前に乗りつけてさ、車から出てきたときはへべれけだよ、もちろん。
(うっとりと物思いに耽るように、パラモアは自分が手に持っている本の表紙を見つめる。モーリーとディックは目配せし合う)
ディック：(パラモアに向かって無邪気に) この町で働いてるの？
パラモア：いや、スタムフォードのレアード・ストリート福祉施設にいるんだ。(アンソニーに向かって) ああいうコネチカットの小さな町にどれだけの貧困家庭があるか、わかるかい？　イタリア人とか、ほかの移民たち。だいたいはカトリックさ。だから彼らになかなか気づかない。
アンソニー：(丁寧に) 犯罪がたくさん起きるのか？
パラモア：犯罪よりも無知と不潔さだよ。
モーリー：俺の理論はこうさ。無知で不潔な人間はすべて即刻電気椅子に送る。犯罪者はいいと思う――人生に色を添えてくれるからね。困るのは、無知を罰し始めると、大統領一家から始まって、映画に携わる連中、最後には国会議員や牧師にまで及ぶってことだな。
パラモア：(居心地悪そうに笑いながら) 僕はもっと根本的な無知のことを言ってるんだよ――英

語をしゃべれない人もいるから。
モーリー：（物思いに耽るように）それは厳しいな。新しい詩にもついていけないんだから。パラモア：福祉施設の仕事を数カ月続けて、ようやくわかるんだよ。状況がいかにひどいか。我々の事務長が言うように、手を洗わなければ、爪が汚れているのに気づかない。もちろん、我々はすでにかなりの注目を集めているけどね。
モーリー：（不躾《ぶしつけ》に）君の事務長もそう言うかもしれないけど、火床に紙を詰めれば、一瞬だけ明るく燃えるんだ。
（このとき、グロリアが化粧直しを済ませ、称賛と娯楽を求めて戻ってくる。あとには二人の友人が続く。しばらくのあいだ、会話は完全に断片的になる。グロリアはアンソニーを脇に呼び出す）
グロリア：ねえ、アンソニー、あんまり飲まないでよ。
アンソニー：どうして？
グロリア：酔っ払うと、あなたってすごく単純になっちゃうのよ。
アンソニー：なんだって！　それのどこが悪いんだい？
グロリア：（しばらく冷たい目で彼の目をじっと見つめてから）いろいろとね。第一に、どうしてすべて払おうとするの？　あの人たちのほうがあなたよりお金持ちよ！
アンソニー：だって、グロリア！　彼らは客人じゃないか！
グロリア：それって、レイチェル・バーンズが割ったシャンパンのボトルの分まで払う理由にはならないわよ。ディックは二度目のタクシーの料金を払おうとしているのに、あなたはそれをさせないし。
アンソニー：だって、グロリア――
グロリア：生活費を払うのにも、債券を売り続けなきゃいけないんだから、気前が良すぎるのは慎むべきときよ。それに、私ならレイチェル・バーンズにあんなに関心は向けないわね。彼女の旦那も、私と同じくらい腹を立てているわよ！

アンソニー：だって、グロリア――

グロリア：（鋭い声で彼の真似をして）「だって、グロリア！」でも、この夏、ちょっと多すぎるわよ――美人に会うたんびにそうなんだから。習慣みたいになっちゃってるし、私は我慢できないの！　あなたが遊び回るんなら、私もそうするわ。（それから一つ思いついて）ところで、このフレッドって人、第二のジョー・ハルじゃないでしょうね？

アンソニー：違うよ！　あいつがここに来たのは、たぶん施設のための金をうちの祖父さんに出させるためさ。

（グロリアは落ち込んでいるアンソニーから顔をそむけ、客人たちのほうに戻っていく。

九時になる頃には、彼らは二つのグループに分かれている――飲み続けていた者たちと、ほとんど、またはまったく飲まなかった者たちである。第二のグループには、バーンズ夫妻、ミュリエル、そしてフレデリック・E・パラモアがいる）

ミュリエル：書けたらいいなって思う。いろんな考えはあるんだけど、それを言葉にするのができないみたいなの。

ディック：ゴリアテ〔旧約聖書より、ペリシテ人の巨人戦士で、ダビデによって殺された〕が言ったように、ダビデがどう感じているかはわかるが、自分を表現することはできない。この言葉はペリシテ人によって、すぐにモットーとして選ばれた。

ミュリエル：何を言ってるのかわからないわ。私、歳を取ってきて、馬鹿になっているみたい。

グロリア：（大喜びしている天使のように、客たちのあいだをふらふらと歩きながら）お腹が空いていたら、ダイニングのテーブルにフランスの焼き菓子があるわよ。

モーリー：ヴィクトリア朝のデザインだってところが気に入らないな。
ミュリエル：（派手に面白がって）酔っ払ってるのね、モーリー。
（彼女の胸はいまだに、通り過ぎるたくさんの種馬たちに差し出す舗装道路のようなものだ。彼らの蹄鉄が闇のなかでロマンスの火花を散らしてくれることを望んでいるのである……。
ミスター・バーンズとパラモアは、何か健全なことについてずっと話し込んでいる。あまりに健全すぎるので、バーンズは少し前から、別のグループのほうにもぐり込もうとしていたくらいだ――中央の長椅子あたりに集まっている人たちの、もっと堕落した雰囲気のほうに。パラモアが灰色の家にとどまっているのが礼儀からなのか、好奇心からなのか、それとも将来、アメリカの生活のデカダンスに関して社会学的なレポートを書くためなのかは、わかりかねる）
モーリー：フレッド、君は心の広い人だと思っていたんだけどな。
パラモア：その通りですよ。
ミュリエル：私もよ。どの宗教も同じくらいいいものだと思うわ。
パラモア：どの宗教にもいいところはありますよね。
ミュリエル：私はカトリックなんだけど、いつも言うように、それを実践していないの。
パラモア：（寛容さを最大限示そうとして）カトリックという宗教はものすごく――ものすごく力のある宗教です。
モーリー：まあ、そういう心の広い人は、このカクテルで感情の次元を高め、大いに楽天的にならないとな。
パラモア：（挑むように酒を取り）ありがとう、じゃあ一杯いただくよ。
モーリー：一杯だと？　けしからん！　一九一〇年のクラスの同窓会だぞ。それなのにちょっと酔っ払うのも嫌だというのか？　飲め！

「チャールズ王の健康に乾杯、
チャールズ王の健康に乾杯、
自慢の大杯を持ってこい――」
（パラモアはこれに朗々とした声で加わる）

モーリー：カップに酒を注げ、フレデリック。すべてのことは、我々に対する自然の目的に従属する。そしておまえに対する自然の目的は、おまえを騒々しい酒飲みにすることだ。
パラモア：もし紳士的な飲み方ができるのならですが――
モーリー：そもそも紳士とは何だ？
アンソニー：上着の下襟をピンで留めない男。
モーリー：くだらない！　男の社会的階級はサンドイッチで食べるパンの量で決まるのだ。
ディック：新聞の最新版よりも本の初版本を好む男かな。
レイチェル：麻薬中毒者の真似を決してしない男よ。
モーリー：イギリス人執事の真似をして、本物のイギリス人執事を騙せるアメリカ人だ。
ミュリエル：良家の出で、イェールかハーヴァードかプリンストンに行って、お金があって、ダンスがうまくてって感じの人。
モーリー：ついに――完璧な定義だ！　ニューマン枢機卿〔十九世紀のイギリスの神学者、ジョン・ヘンリー・ニューマンのことで、著作の中で「紳士の定義は人に決して苦痛を与えない人」と書いている〕はもはや時代遅れだ。
パラモア：この問題はもっと心を広くして見るべきだと思う。紳士とは決して人に苦痛を与えない人だと言ったのはエイブラハム・リンカーンだったかな？

モーリー：それはルーデンドルフ将軍〔第一次世界大戦のドイツの将軍〕の台詞だったと思う。
パラモア：もちろん、冗談を言ってるんだよね。
モーリー：まあ、もう一杯飲め。
パラモア：飲むわけにはいかない。（モーリーの耳にだけ聞こえるように声を低くして）僕がお酒を飲んだのはこれが生まれて三度目だと言ったら、どうだい？
（ディックはレコードをかけ、それに刺激されたミュリエルは立ち上がって、体を左右に揺らし始める。肘をあばらにつけ、前腕を体と直角にヒレのように広げている）
ミュリエル：ねえ、絨毯を外して踊りましょうよ！
（この提案を聞いたアンソニーとグロリアは心のなかで唸り声をあげ、嫌そうに微笑みながら頷く）
ミュリエル：さあ、怠けてないで。立ち上がって、家具を動かしましょう。
ディック：これを飲み終わるまで待ってくれ。
モーリー：（パラモアをからかうことに熱心で）こうしよう。それぞれのグラスをいっぱいにして、飲み干す――それからダンスするんだ。
（抵抗の波はモーリーの執拗さという岩にぶつかって砕け散る）
ミュリエル：私の頭はくるくる回っているわ。
レイチェル：（アンソニーだけに聞こえる声で）私に近づくなってグロリアに言われたの？
アンソニー：（混乱して）いや、そんなことないよ。もちろん。
（レイチェルは意味ありげに微笑む。この二年間で身なりが行き届き、鋭敏そうな美しさが増している）
モーリー：（グラスを高く上げて）民主主義の敗退とキリスト教の没落に乾杯。
ミュリエル：ねえ、本当に！

(彼女は責めるようなふりをしてモーリーを睨みつけ、それからグラスを飲み干す。ほかの者たちもみんな飲むが、やすやすと飲む者、苦労して少しずつ飲む者などいろいろだ)

ミュリエル：床を片づけて！

(やらなければいけないようなので、アンソニーとグロリアはテーブルの大移動に加わる。椅子を積み重ね、絨毯を巻き、ランプを壊しもする。家具が壁際に醜く積み重ねられると、約二・四メートル四方の空間が現われる)

ミュリエル：さあ、音楽をかけましょう！

モーリー：タナがラブソングを吹いてくれるぞ。目と耳と鼻と喉の専門医のラブソングだ。

(タナがすでに寝室に下がっていたために混乱が生じるが、そのあいだに演奏のための準備が進められる。パジャマ姿の日本人は横笛を手に、襟巻きを巻いて現われ、テーブルの上の椅子に座らされる。それは滑稽でグロテスクな光景だ。パラモアは見るからに酔っ払っていて、しかも「酔っ払っていること」に夢中になり、漫画でよくあるような千鳥足を真似したり、ときにはしゃっくりまでしたりして、その効果を高めようとする)

パラモア：(グロリアに) 踊りませんか？

グロリア：嫌よ！　白鳥の踊りをしたいの。あなたにできる？

パラモア：もちろんです。何でもやりますよ。

グロリア：いいわ。あなたは部屋のあちら側から始めて。私はこちら側から始める。

ミュリエル：行くわよ！

(どんちゃん騒ぎの妖精がボトルから飛び出してくる。タナは汽車の歌の深遠な迷路に飛び込み、悲しげな「シュッポッシュッポッシュッポッ」がレコードの陰鬱なリズムと入り混じる――「可哀想な蝶々(ティンク・ア・ティンク)、お花のところで待っている」〔一九一六年初演の『ビッグ・ショー』のなかの曲〕。ミュリエルは笑いすぎて力が入らず、バーンズに必死にしがみつくことしかできない。バーンズのほうは陸軍将校のように堅苦しく、不機嫌そうに足を踏み鳴らし、狭い空間から出ようとしない。アンソニーはレイチェルの囁き声を聞こうとし——しかしグロリアの注意は引かないようにしている……。

しかし、グロテスクで、信じられないような、芝居がかった事件がいま起ころうとしている。人生は最も低級な文学を熱心に真似ようとしているとしか思えないような事件だ。パラモアがグロリアに負けまいとし、そして騒ぎが最高潮に達すると、彼はぐるぐる回り始め、どんどん頭がくらくらしてきて——よろめき、体勢を立て直し、またよろめき、それから玄関ホールの方向に倒れていき……アダム・パッチの腕のなかに飛び込みそうになる。室内の大混乱のため、アダムの到着はまったく聞こえなかったのである。

アダム・パッチはとても青白く、杖に寄りかかっている。彼につき添っているエドワード・シャトルワースがパラモアの肩を摑み、倒れる方向を高名な老慈善家から逸らそうとする。

奇怪な布が棺を覆うように、静寂が部屋に降りるまでに二分ほどかかる。それから少し経って、レコードが息を詰まらせるような音を立てて止まり、タナの横笛の先からこぼれ落ちていた日本の汽車の歌も止まる。九人のなかで、遅れて到着した客人の身元に気づいていないのはバーンズとパラモアとタナだけ。そしてアダム・パッチがその日の朝、禁酒運動のために五万ドル寄付したことを知る者は、九人のうち一人もいない。

深まる沈黙を破る役割はパラモアに与えられる。彼の人生の堕落が最高潮に達したことを、次の信じられない言葉によって示すのだ）

パラモア：（四つん這いになってキッチンに急いで向かいつつ）私は客ではありません、ここで働いている者です。

（再び静寂が降りる——広がっていく耐えられない不安の重みをたたえた、実に深い静寂。レイチェルは強張った笑い声を漏らし、ディックはふと気づくと、スウィンバーンの詩の一節を繰り返しつぶやいている――グロテスクなほどこの場面に相応しい一節だ)

「寒々とした侘《わび》しい花が一輪、香りもなく」〔スウィンバーンの詩「廃園」より〕

(……この沈黙のさなかに、すっかり酔いが醒めたアンソニーが緊張した声で何かをアダム・パッチに言おうとするが、その声もまた消えていく)

シャトルワース：(熱を込めて) お祖父様はあなた様のお家を見に立ち寄ろうと考えられたのです。私がライからお電話をして、メッセージを残しました。

(どこからともなく、誰からともなく、息を呑む声が相次いで聞こえ、それから次の沈黙が降りる。アンソニーの顔はチョークのように真っ白だ。グロリアは唇を少し開け、怯えて張り詰めた視線をまっすぐに老人に向けている。笑っている者は部屋のなかに一人もいない。一人も？ クロス・パッチの引きつった口が少しだけ開いて震え、整った細い歯の列を見せているではないか？ 彼はしゃべる――穏やかで単純な言葉を)

アダム・パッチ：帰るぞ、シャトルワース。

(それだけだ。老人は踵《きびす》を返し、杖を突いて玄関ホールを歩いていく。正面玄関を出て、地獄を思わせる不吉な音を響かせ、砂利道を危なっかしい足取りで歩く。その頭上には、八月の月が輝いている)

回想

この窮地にあって、二人は水を抜かれた水槽にいる二匹の金魚のようだった。相手のところへと泳いでいくこともできないのだ。

グロリアは五月で二十六歳になる。かつて彼女は、長いこと若くて美しいままでいる以外に、何も望むものはないと言っていた。そして、陽気で幸せで、お金と愛があればいい、と。ようするに女性がみな求めるものを求めていたのだが、それをずっと激しく、情熱的に求めたのだ。結婚して二年以上経っていた。最初のうちは静かに理解し合う日々があり、相手が自分のものであるという意識とプライドにうっとりとする気持ちにまで高まった。こうした時期に、相手を憎む時期がときどき短時間だけ混ざり、午後のあいだだけすべてを忘れているときもあった。そのような状態が半年ほど続いたのである。

それから静けさや満足感にだんだん喜びを感じなくなり、ぼんやりとしたものになる――ほんのたまにだが、無理に離れて暮らしたり、嫉妬という刺激を得たりして、かつての恍惚感が戻る。魂と魂の交流による、感情的な高まりだ。彼女の場合、アンソニーを一日じゅう憎むことができたし、一週間のあいだ何となく怒りを感じ続けることもできた。愛情に代わって非難の応酬が習慣になり、ほとんど娯楽のようにもなった。夜眠りに就くときに、翌朝、どちらが怒っていて、どちらがよそよそしくすべきなのか思い出そうとするときもあった。そして結婚二年目が終わりに近づくと、二つの新しい要素が入り込んできた。アンソニーが自分に完全に無関心になれるということを、グロリアは悟ったのだ。一時的な無関心で、かなり無気力からくるものなのだが、言葉を囁いたり、親密な笑みを浮かべることでは、もはやその状態から彼を揺り動かすことができないのだ。彼女が擦り寄っても、彼が息苦しそうな反応をする日もあった。彼女はこうしたことに気づいていたが、完全に認めようとはしなかった。

最近、もう一つのことに気づいた。彼を称賛していたし、嫉妬を感じ、彼に従い、誇りを抱いていたが、根本的には軽蔑していたということである――そしてこの軽蔑には、見分けのつかないほかの感情が入り混じっていた……こうしたことすべてが彼女の愛し方なのだ。何カ月も前の、ある四月の夜、彼に向けられるようになった、活力溢れる女性的な幻想。

アンソニーにとっては、こうした変化がありながらも、夢中になっている相手はグロリア一人であった。もし彼女を失ったら、彼は壊れてしまうだろう。惨めに、そして感傷的に、死ぬまで彼女の思い出に耽るのだ。彼女と二人きりで丸一日を過ごすときは、めったに楽しめなかった——第三の人物を加えることにした場合は別だが。完全に一人きりにしてもらわないと気がおかしくなると思うこともあった——彼女が憎らしくなることも何度かあった。酔っ払っていると、ほかの女性たちにちょっとだけ惹かれることもあった。これまで抑えてきた、実験を好む気質の現われである。

その年の春から夏にかけて、彼らは将来の幸せについて話し合っていた。常夏の地から常夏の地へと旅し、最終的には帰国してゴージャスな屋敷に住む。できたら子供たちに囲まれて田園で暮らし、外交か政治の世界に入って、ある程度の期間で美しく重要なことを成し遂げる。そして最後には白髪の（滑らかな美しい銀髪の）カップルとなり、土地のブルジョワの人々に敬愛されて、静かな栄光の晩年を送る……こうした時期が始まるのは「遺産を相続してから」なのだ。二人の希望の拠《よ》り所はこの夢にこそあった——どんどん不規則になり、どんどん自堕落になっていく生活への満足感にではなく。どんよりとした朝、昨晩のおふざけが知恵も威厳もない下劣なものとしか思えなくなっているとき、彼らはこの共通の希望をいくつも持ち出して、吟味し直す。そして互いに微笑み合い、すべてを片づけるあの簡潔だが真剣なニーチェ的モットーを繰り返すのだ——グロリアの挑発の言葉、「気にしないわ！」である。

状況は目に見えて悪くなっていた。まず金銭の問題があり、ますます悩ましく、ますます深刻になっている。酒が自分たちの楽しみに欠かせなくなったという自覚もある——百年前のイギリス貴族社会であれば、珍しい現象ではなかったろうが、どんどん禁欲的に、どんどん慎重になっている文明においては、これは危険なものだ。さらに、二人とも性格にどことなく弱いところがあるようだった――彼らの行動にというより、周囲の文明に対する微妙な反応に現われるのだ。グロリアのなかには、かつてまったく必要としていなかったものが生まれていた――彼女が昔から忌み嫌っていたものの残骸、つまり「良心」が、不完全ながら間違いなく現われた。これを自分に認めたのは、肉体に関する度胸がゆっくり衰えていった時期と重なっていた。

アダム・パッチの思いがけない訪問があった八月の日の翌朝、二人は吐き気と疲労感とともに目覚めた。人生に失望し、心にはじわっと広がる一つの感情しかなかった――恐怖である。

恐慌

「それで？」とアンソニーはベッドで体を起こし、彼女を見下ろした。気がふさいでいるために唇の両端が下がり、声は張り詰めていながら虚《うつ》ろだ。

彼女は答える代わりに、手を口に持っていき、ゆっくりと規則的に指を噛んだ。

「やってしまったよ」と彼は少し待ってから言った。それから、まだ彼女が何も言わないので、カッとなった。「どうして何も言わないんだ？」

「いったい何て言ってほしいわけ？」

「何を考えているんだ？」

「なんにも」

「じゃあ、指を噛むのはやめろ！」

そのあと、彼女が考えていたのかいなかったのかについて、短く混乱した議論があった。アンソニーにとっては、彼女が昨晩の惨事について声に出して考えるのが絶対に重要なことのように思われたのだ。黙っているのは責任を彼に押しつける手段である、と。彼女にすれば、しゃべる必要があるとは思えなかった――いまやるべきは、神経質な子供のように指を嚙むことなのだ。

「お祖父様のところに行って、このまずい状況を打開しないと」と彼は不安げな確信をもって言った。

「祖父さん」ではなく「お祖父様」と言ったところに、新たに生まれた尊敬の念が現われていた。

「駄目よ」と彼女は突然言い張った。「無理よ――絶対に。お祖父様はあなたを絶対に許さないわ。生きている限りね」

「そうかもしれない」とアンソニーは惨めな思いで同意した。「それでも――何らかの悔悛の気持ちとか、そういうものを示すことで、償えるかもしれない――」

「病気みたいだったわ」と彼女は遮って言った。「顔が小麦粉みたいに白かった」

「病気なんだよ。三カ月前に言ったろ」

「先週、死んでくれたらよかったのに！」と彼女は腹立ちまぎれに言った。「気の利かないジジイ！」

どちらも笑わなかった。

「でも、これは言わせて」と彼女は静かにつけ足した。「昨晩、あなたがレイチェル・バーンズにしたような振る舞いを、誰であれほかの女にしたら、私は出ていくわ――その場で――ね！　ああいうの、絶対に許せないの！」

アンソニーは怖気づいた。

「馬鹿なこと言わないでくれよ」と彼は抗議した。「僕にはこの世で君しかいないってこと、わかってるだろ――一人もいないよ、ダーリン」

彼は優しい口調で語りかけようとしたが、惨めな失敗に終わった――もっと差し迫った危機がまた前面に戻ってきたのだ。

「お祖父様のところに行き、聖書の適切な引用をして語りかけるんだ」とアンソニーは提案した。

「あまりに長いこと罪深い道を歩いてきましたが、ついに光を見ましたって――」。彼は間を置き、自信なげな表情で妻を見つめた。「彼はどうするかな？」

「わからないわ」

彼女は客たちに朝食後すぐ立ち去るくらいの繊細さがあるだろうかと考えていた。

一週間ほど、アンソニーはタリータウンに行く勇気を振り絞れないでいた。行ったら何が起こるかを想像すると寒気がしたので、もしも無理に促されなかったら、行かなかったであろう——しかし、この三年で彼の意志が弱くなっていたとすれば、催促に抵抗する力も弱まっていた。そしてグロリアが彼にどうしても行けと言い張り、それに抗せなかったのだ。一週間待つのはいい、と彼女は言った。お祖父様の激しい怒りが時間とともに和らぐだろうから——でも、それ以上待つのは間違いだ——そうなると、もっと頑《かたく》なになってしまうかもしれない。

彼はびくびくしながら訪問した……そして無駄だった。アダム・パッチ様はお具合がよくありません、とシャトルワースが怒ったように言った。誰にも面会は許さないようにと言われております。元「最高のジンの使い手」の責めるような目を前にして、アンソニーの勇気は萎えてしまった。ほとんど「忍び足」でタクシーまですごすごと引き下がり、電車に乗ったところでようやく少し自尊心を取り戻した。心のなかでまだ屹立し、輝いている魔法の宮殿に子供のように脱出して安らぎを得られる——そのことが嬉しかった。

彼がマリエッタに戻ると、グロリアは軽蔑の眼差しで彼を見つめた。どうして無理やり面会しなかったの？　私だったらそうしたわ！

二人は祖父への手紙を書くことにし、何度も書き直してから、それを送った。半分は謝罪、半分はこじつけの説明だった。返事は来なかった。

九月、日が出ると思えば雨が降り、太陽には温かみがなく、雨には新鮮さが感じられないような日のことだった。二人は彼らの愛の絶頂期を見てきた灰色の家から立ち退いた。トランクが四つと、巨大な木箱が三つ、空っぽになった部屋に積まれていた。二年前、二人で怠惰にごろごろしていた部屋。何でも夢に基づいて考え、浮世離れして、ゆったりと、満足していた日々。部屋はいま空っぽで、音がむやみに反響した。荷物をニューヨークに運ぶトラックを待っているあいだ、グロリアは毛皮で縁取りした新しい茶色のドレスを着て、トランクの上に黙って座り、アンソニーは落ち着かずに煙草を吸いながら歩き回っていた。

「それ、なあに?」と彼女は木箱の上に積まれている本を指さして言った。

「僕の古い切手のコレクションだよ」と彼はおどおどと告白した。「荷造りするときに忘れたんだ」

「アンソニー、こんなものを抱えていくなんて馬鹿げてるわ」

「いや、春にアパートを出るときにこれを見直してさ、しまい込むのはやめようと決めたんだ」

「売れないの?　ガラクタはもう充分にあるわ」

「ごめん」と彼は謙虚に言った。

雷のような音を立てて、トラックが玄関のところまでやってきた。グロリアは四方の壁に挑むように拳を振り回した。

「嬉しいわ!」と彼女は叫んだ。「立ち退けて嬉しい!　こんな家、大嫌い!」

こうして輝かしく美しい女性は夫とともにニューヨークに向かった。そして、そこに向かう列車のなかで二人は喧嘩した——彼女の辛辣な言葉は、通り過ぎていく駅と同じくらい頻繁に、規則的に、そして必然的に飛び出してきた。

「機嫌直してくれよ」とアンソニーは哀れな声で訴えた。「もう僕たちには、お互い以外に頼れるものがないんだから」

「それだってないわよ、ほとんどのときはね」とグロリアが言った。

「いつ、そうだったっけ?」

「しょっちゅうだわ――あの駅のプラットフォームで起きたことが最初だったけど、レッドゲイトのね」

「それは本心じゃないはず――」

「そうね」とグロリアは冷淡に遮った。「あのことをくよくよ考えたりはしない。ただ、起きてしまったこと――そして、それとともに何かがなくなったのよ」

彼女は唐突に口を閉ざした。アンソニーは混乱し、気がふさいで、黙って座っていた。窓の外にはママロネック、ラーチモント、ライ、ペラムマナーなどの味気ない風景が続き、その途中に荒れたみすぼらしい原野が差しはさまれる。田園地帯という触れ込みだが、その魅力は感じられない。彼はふと、自分があの夏の朝を思い出していることに気づいた。幸せを求めてニューヨークから二人で旅立ったあの日。幸せが見つかるとは思っていなかったかもしれないが、それを求めること自体が、彼が期待していたどんなことよりも幸せだった。人生とは、小道具で自分を囲んでいくことに違いない――そうしないと、不幸になる。休息はなく、静けさもない。漂流し、ただ夢を見続けたいと思ったことが無駄だった。漂流しても大渦巻に落ちるだけ。夢を見続けたら、優柔不断と後悔の恐ろしい悪夢に変わるだけなのだ。

ペラム! 二人はペラムでかつて喧嘩したのだった。グロリアが運転すると言い張ったためだ。そして小さな足でアクセルを踏んだ途端、車は元気よく飛び出し、二人の頭は一本の糸に引っ張られた操り人形のようにのけぞった。

ブロンクス――家屋がたくさん集まり、日の光を浴びて輝いている。太陽は光り輝く広い空から降りてきつつあり、光のキャラバンを街路に投げ散らしている。ニューヨークは故郷だと彼は考えていた――贅沢で神秘的な都会、途方もない希望や異郷の夢に満ちているところ。この郊外には不格好な化粧漆喰の家々が建ち並び、寒々しい日没の光を浴びている——家々は冷たい非現実的な空間に一瞬だけ浮かび上がり、それから遠ざかっていって、ハーレム川の迷路のような流れが現われる。列車は深まる薄暮のなかを走り、アッパー・イーストサイドに入って、数十の汗臭くて陽気な街路の上を通過していく。一つひとつの街路が、巨大な車輪のスポークとスポークのあいだを通り抜けるように、窓の外に展開していき、それぞれに貧しい家の子供たちが元気よく、色鮮やかに現われる。赤い砂の小道に群がり、熱心に活動している元気な蟻を思わせる。安アパートの窓からは丸々と太った女房たちが身を乗り出し、汚い天空に浮かんだ星座のように、月のように丸い顔を見せている——黒くて不完全な宝石のような女、野菜のような女、ゾッとするほど不潔な洗濯物の大袋のような女。

「こんな街が好きだ」とアンソニーは声に出して言った。「いつでも僕だけのために演じられている芝居のような気がする。僕が通過した瞬間に、彼らは跳ねたり笑ったりを止め、自分たちがどんなに貧しいかを思い出して悲しくなるんじゃないかって。そして、頭《こうべ》を垂れて屋内に引き下がるんだ。こういう印象って、海外ではよく受けるんだけど、アメリカでは珍しいな」

賑やかな街路を走っていくとき、店の列にたくさんのユダヤ系の名前を見つけた。それぞれのドアには浅黒い小男が立って、熱心な目で通行人を見つめている——目は疑惑で、誇りで、明晰さで、貪欲さで、知識で輝いている。ニューヨーク——この町はもはやこの民族のゆっくりとした上昇運動と切り離すことができない。小さな店が成長し、広がり、合併し、移動していく——鷹のような目と蜂のような細部への気配りによって見守られ、あらゆるところに伸びていく。それは印象的な光景だ——少し離れて見ると、途方もない。

グロリアが突然口をはさんだが、それは彼が考えていたことに奇妙なほど符号していた。

「ブロックマンはこの夏、どこで過ごしたのかしたら」

アパート

若いときはすべてが確かなものと感じられたが、そのあとで強烈に、耐えられないほど複雑になる時期が来る。ソーダ売店でアルバイトをしている時期と同じで、この時期は短すぎ、ほとんど無視してもいいくらいだ。知的レベルの高い男たちは、関係性の究極的な機微を保とうという試みを長く続ける――何が高潔かに関する「非実用的な」考え方を維持する。しかし、二十代の最後の頃になると、仕事があまりに入り組んできて、それまで差し迫っていた紛らわしいことがだんだんと遠く、ぼんやりしたものとなる。ぎらぎらの風景に降りる薄暮のように決まり事《ルーティーン》が降りてきて、風景は穏やかになり、最後には耐えやすいものとなる。複雑性は微妙すぎ、多様でありすぎるのだ。活力が失われるごとに価値は完全に変わっていく。そして、未来に対処するにあたって、過去からは何も学べないことが明らかになってくる――衝動的で、道理のわかる人間であることをやめ、倫理的に真実かどうか細かく区別するのをやめて、我々は行動の規則を高潔さという考えの代替物とする。ロマンスよりも安全を尊び、無意識に実用的な人間となる。関係性の機微にしつこくこだわることができるのは、ほんの数人だけ――その数人でさえ、それができるのは、その仕事のために特に用意しておいた時間のあいだだけである。

アンソニー・パッチは精神的な冒険と好奇心の人間であることをやめ、偏見と先入観の人間となった――感情的に乱されたくないという強い思いを抱くようになった。この漸進的な変化はここ数年間で起きていたことだが、心に巣食う一連の不安によって加速した。第一に、心のなかでずっと眠っていた徒労感があり、それがいまの立場の状況によって呼び覚まされたのだ。こうした不安定な状態にいるとき、人生には結局のところ意味があるかもしれないという思いに取り憑かれた。二十代の初め、努力しても無駄だという信念、拒絶するのが賢いという信念は、彼が称賛していた哲学や、モーリー・ノーブルとのつき合い、その後は妻との関係によって確かなものになった。しかし、それに満足できないために、確かな一歩を踏み出そうとすることもときどきあったのだ――たとえば、グロリアと出会う直前の頃や、戦争特派員として海外に出たらどうかと祖父に薦められたときなど。

マリエッタから永遠に離れる直前、ハーヴァード大学の同窓会通信を気ままにめくっていて、彼は六年前に卒業した同期の者たちの消息に関する記事を見つけた。確かにほとんどは会社勤めだったし、中国かアメリカの異教徒を改宗させ、怪しいプロテスタントにする仕事をしている者たちもいた。しかし、閑職でも決まり事《ルーティーン》でもない建設的な仕事に携わっている者たちも数人いた。たとえば、カルヴィン・ボイドは医学部を出るか出ないかのうちに、チフスの新しい治療法を発見し、海外に渡った。そしていまは、強国がセルビアにもたらした文明の病を和らげようとしている。ユージン・ブロンソンは『新民主主義』に発表する記事を通して、流行を追った卑俗さや民衆のヒステリアを超えた考えの持ち主であるという評判を確立した。それからデイリーという男がいて、ある独善的な大学の教室でマルクス主義を説いたために、教授陣から追放された。アンソニーは芸術、科学、政治などの分野で、同時代の立派な人材が現われつつあることを知った――クオーターバックだったセヴランスという、外人部隊に身を投じ、エーヌの戦いで華々しく散った者さえいた。

彼は同窓会通信を机に置き、こうした多様な男たちに関してしばらく考えた。高潔さを信じていた時期なら、彼は自分の態度を最後まで擁護しただろう――涅槃にいる快楽主義者として、こう叫んだだろう。努力することは信じることであり、信じることは制限を設けることだ、と。激しい競争をしていれば不幸が遠ざかるだろうという理由で、革製品のビジネスに入ることを考えるなら、永遠の生の見込みに満足を感じられるからという理由で教会に通い始めるほうがいい。しかし、いまのところ彼はこんなデリケートな疚しさを抱いてはいなかった。この秋、二十九歳の一年が始まるときに、彼は多くのものに対して心を閉ざすつもりだった。動機や第一の原因を深く詮索するのは避け、だいたいにおいて世界からの、そして自分からの安全を強く求める。彼は一人きりになるのを嫌ったが、以前も述べたように、グロリアと二人きりになることも恐れていた。

祖父の訪問によってできた亀裂のために、そしてその結果、最近の暮らし方からは距離を置くことになったために、彼は新たに周囲を見回すことになった。この突如として敵意を見せてきた都市で、かつて最も温かく、安全に思われた友人や環境を探すのだ。最初の一歩は、必死で元のアパートを取り戻すことだった。

一九一二年の春、彼は年間千七百ドル、契約更新のオプションつきで四年の賃貸契約を結んだ。この契約は去る五月に切れていた。最初に部屋を借りたときは、潜在的な可能性のある物件という程度で、ほとんど価値が高まるようには見られていなかった。しかしアンソニーはこうした潜在的可能性に注目し、彼と家主とがそれぞれ部屋の改良にある程度の金額を投じるべしという項目を付け足した。家賃はここ四年間で上がり、この春、アンソニーがオプションを放棄したとき、家主のゾーエンバーグさんとやらは、魅力的になったいまのアパートならもっとお金が取れると気づいた。したがって、アンソニーが九月にこの件で彼と話そうとしたとき、ゾーエンバーグは年間二千五百ドルで三年という条件を出してきた。これはとんでもないとアンソニーは考えた。これでは収入の三分の一以上が家賃に消えてしまう。彼は自分がお金をかけ、部屋の間取りを変えたりしたために、部屋の価値が上がったのだと主張したが、どうにもならなかった。

彼は二千ドルを提案したが駄目で、次に二千二百ドルならどうかという話になった。彼らには厳しい金額だったが、ゾーエンバーグさんは頑固だった。このアパートを考えている紳士がほかに二人いると言う。いま、まさにこういうアパートが求められているのだ。これをミスター・パッチに与えてしまうと、ほとんどビジネスとして成り立たない。しかも、それまでこのことには触れないようにしてきたが、昨年の冬のあいだほかの借主たちが騒音について不平を言ったのである——夜遅く、歌をうたったり、踊ったりする音がうるさい、と。

内心ははらわたが煮えくり返っていたが、アンソニーは急いでリッツに帰り、グロリアにこの顚末を報告した。

「頭に浮かぶわ」と彼女は激して言った。「好きなようにやられているあなたの姿がね！」

「じゃあ、何て言えばいいんだ？」

「つけ上がるんじゃないって言ってやればよかったのよ。私なら我慢できないわ。世界じゅうの誰一人、我慢しないわよ！　あなたって、ほかの人たちに命令され、騙され、威張り散らされ、利用される、間抜けな男の子みたい。馬鹿げてるわ！」

「おい、お願いだよ、カッとならないでくれ」

「わかってるわ、アンソニー。でも、あなたって馬鹿よ！」

「まあ、そうかもね。ともかく、僕たちにはあのアパートに住むお金がない。でも、リッツで暮らすよりはましだ」

「あなたがここに来ようって言い張ったんでしょ」

「ああ、それは安いホテルだったら、君が惨めな思いをするからだよ」

「もちろん、そうよ！」

「とにかく、住むところを見つけないといけない」

「どれだけ払えるの？」と彼女が訊ねた。

「まあ、もっと債券を売れば、彼の言う金額も払えるよ。でも、昨晩こういう話になったよね、僕がちゃんとした仕事を見つけるまでは――」

「ええ、わかってるわ。だから、私たちの収入からだといくら払えるのか訊いたのよ」

「普通、収入の四分の一は超えるべきでないって言うね」

「四分の一っていくら？」

「ひと月百五十ドル」

「私たち、毎月六百ドルしか収入がないってこと？」無理に抑えたような口調が彼女の声に混じってきた。

「もちろんだよ！」と彼は怒って答えた。「元手に手をつけずに、一年に一万二千ドル以上使い続けていると思っているのか？」

「債券を売ったのは知ってるわ。でも――一年にそんなに使ったの？　どうやって？」恐怖が募っている様子だ。

「まあ、我々が小まめにつけてきた家計簿を見てみるかな」と彼は皮肉っぽく言い、それからつけ足した。「二カ所の家賃がかなりの部分を占めている。服と、旅行と――春ごとにカリフォルニアに行ったのは、それぞれ四千ドルかかった。それと、あの憎らしい車は最初から最後まで金食い虫だったよ。あとはパーティやいろんな娯楽――あれやこれやだな」

二人とも興奮してきたが、同時にどん底まで気が沈んだ。自分で最初に状況を知ったときよりも、グロリアに話すことで、さらに悪くなったように思われた。

「あなた、お金を稼がなきゃ駄目よ」と彼女が唐突に言った。

「わかってる」

「それから、お祖父様にもう一度会いに行かなきゃ」

「行くさ」

「いつ？」

「こちらが片づいたら」

これは一週間後に片づいた。五十七丁目の小さなアパートを百五十ドルで借りることにしたのである。白い石造りの細長いアパートで、寝室、リビングルーム、キチネット、浴室などがついていた。アンソニーの最高の家具を入れるには部屋が狭すぎたが、清潔で新しく、明るくて衛生的という意味で、魅力的でなくはなかった。バウンズは英国陸軍に志願するためにアメリカを離れたので、彼らは代わりにアイルランド人の痩せて骨太の女を雇った――彼女の給仕を楽しむというより、我慢した。特にグロリアは彼女を嫌った。朝食を出すときにシンフェイン党の栄光についてまくし立てるからである。しかし、二度と日本人は雇わないと誓っていたし、イギリス人の召使いはこのところなかなか見つからなかった。バウンズと同じくこの女は朝食しか出さなかったので、彼らはほかの食事をレストランかホテルで摂っていた。

最終的にアンソニーが大急ぎでタリータウンに向かうことになったのは、いくつかのニューヨークの新聞で祖父についての記事を読んだためである。億万長者にして慈善家、道徳的向上運動で尊敬を集めているアダム・パッチは重病であり、回復の見込みはない、というのだ。

子猫

アンソニーは祖父に会えなかった。誰とも話さないようにというお医者様のご指示です、とミスター・シャトルワースは言った。アダム様にお伝えしたいことがあって、それを私に託してくださるのなら、どんなメッセージでもお伝えしましょう――アダム様の状況が許せば――と、彼は親切にも申し出た。しかし、放蕩三昧の孫は祖父の寝室にはとりわけ歓迎されないのだろう、というアンソニーの陰鬱な推測は、シャトルワースのあからさまな仄めかしによって確証された。彼との会話のある時点で、アンソニーは――グロリアの熱心な勧めもあって――秘書を押しのけて入るような仕草をしたが、シャトルワースは微笑みを浮かべながら逞しい肩をいからせたので、このような試みがいかに無駄かを悟るしかなかった。

惨めに怖気づいて彼はニューヨークに戻り、夫婦は落ち着かない一週間を過ごした。ある夜、小さな出来事が起きたのだが、それは彼らの神経がどれだけ張り詰めていたかをよく示している。

夕食のあと、二人で横道を歩いているときのことだ。ガードレールのあたりをうろついている夜行性の猫にアンソニーが目をとめた。

「猫を蹴りたい本能が僕には前からあるんだよ」と彼は気怠げに言った。

「私は猫が好き」

「一度だけ、その本能に負けた」

「いつ？」

「ああ、何年も前、君と会う前だよ。ある夜、ショーの幕間でのことだ。こんな寒い夜で、僕は少し酔っ払ってた——酒で酔うようになった最初の頃のことだな」と彼はつけ加えた。「可哀想な猫は眠る場所を探してたんだろう。僕のほうはひねくれた気分でさ、猫を蹴りたいって——」

「あら、可哀想な猫！」とグロリアは真剣に動揺して叫んだ。

話者の本能に駆り立てられ、アンソニーはこの主題を膨らませていった。

「ひどい話だよ」と彼は認めた。「その可哀想な猫は振り向いて、僕を悲しげに見つめたんだ。抱き上げられ、優しくしてもらえるんじゃないかって、期待しているみたいに——本当にちっちゃな子猫だったんだよ——ところが気づいたときには、でかい足が迫ってきて、その背中に——」

「なんてこと！」グロリアの叫び声は苦悩に溢れていた。

「寒い夜だったんだ」と彼は意地悪く続け、憂鬱そうな口調を保った。「猫は優しさを期待していたのに、代わりにこうむったのは苦痛だけ——」

彼は突然言葉を呑み込んだ——グロリアが泣いていたのだ。二人は家に着いていて、部屋に入った途端、彼女は長椅子に身を投げ出した。そして魂が彼に襲われたかのように泣き出した。

「ああ、可哀想な子猫！」と彼女は哀れな声で繰り返した。「可哀想な猫ちゃん、とても寒いのに――」

「グロリア――」

「近づかないで！　お願いだから、近づかないで。柔らかい子猫を殺すなんて」

感動し、アンソニーは彼女の脇にひざまずいた。

「グロリア」と彼は言った。「ねえ、グロリア、ダーリン。嘘だよ。作り話なんだ――何から何まで」

しかし、彼女は信じなかった。彼がわざわざ語ろうとした細部に、彼女を泣かせる何かがあったのだ。彼女はその夜、泣きながら眠った――猫のために、アンソニーのために、自分自身のために、そして世界の残酷さと厳しさと苦痛のために。

アメリカの道徳家の死

老アダムは十一月下旬の真夜中、神を称える敬虔な言葉を薄い唇にたたえたまま、亡くなった。さんざん褒めそやされてきた男は、全能なる抽象観念を褒めそやしつつ消えていったのだ。若くて色を好んだ時期、彼は神を怒らせたかもしれないと考えていて、その神とある種の休戦条約を結んだとされていた。その条件については公表されなかったが、高額の支払いが含まれていたはずだと誰もが考えた。すべての新聞が彼の伝記を載せ、そのうちの二紙は彼の立派な業績についての社説を掲げた。彼とともに成長した産業主義に彼がどう関わったかについて語り、彼が金を注ぎ込んで支援した改革についても用心深く言及した。カムストックと監察官カトー〔紀元前三世紀から二世紀にかけてのローマの政治家、著述家〕にまつわる記憶が甦り、痩せ細った幽霊のようにコラムをパレードしているようだった。

どの新聞も、彼の親族で残っているのは唯一の孫、アンソニー・カムストック・パッチだけであると書いていた。

埋葬はタリータウンの一族の地所で行われた。アンソニーとグロリアは一番の列車で出かけたが、不安が大きすぎて、異様な雰囲気を感じ取ることもなかった。臨終のときに一緒にいた召使いたちの顔から、財産が入る予感を探り出せないものかと必死になっていた。

心のなかでは錯乱しかけていたが、醜態を晒さないように彼らは一週間待った。それでも何一つ通知がなかったので、アンソニーは祖父の弁護士に電話をした。ミスター・ブレットはいなかった――一時間で戻るということだったので、アンソニーは電話番号を伝えておいた。

十一月の最後の日で、外は寒く、空気が張り詰めていた。どんよりとした日差しが窓からわびしく射し込んでくる。電話を待っているあいだ、二人は表向き読書にいそしんでいたが、屋外も屋内も「感傷的誤謬」〔詩人が自然や無生物などを人間の特性や感情を持つものとして扱うこと〕をわざと表現しているようなムードが浸透していた。永遠に思われるくらいの時間が経ってからベルが鳴り、アンソニーはビクッとして立ち上がると、受話器を取った。

「もしもし……」。彼の声は緊張し、虚ろだった。「はい――メッセージを残しました。どなた様ですか?……はい……もちろん、地所のことです。当然ながら興味を持っていますし、遺書の内容について何も連絡がないものですから――もしかして私の連絡先をお持ちでないのかと思いまして……なんですって?……はい……」

グロリアは膝をついた。アンソニーが言葉と言葉のあいだに差しはさむ沈黙は、彼女の心臓を締めつける止血帯のようだった。ふと気づくと、彼女はベルベットのクッションについている大きなボタンを空しくねじっていた。それから――

「それは――それはおかしい、とても変だ――とても変ですよ――そんなのおかしい。まったくひと言も――あの――私のことに触れず――理由もなく――?」

彼の声は遠くでかすかに響いているように聞こえた。彼女は小さな声を漏らした――半ば喘《あえ》ぐような、半ば泣くような声。

「はい、では検討します……わかりました、ありがとうございます……ありがとう……」

電話がチンという音を立てた。床を見つめていた彼女の目は、絨毯の上に日光が描いた模様を彼の足がなぞっていることに気づいた。彼女は立ち上がり、灰色の目で彼をまっすぐに見据えた。彼の腕が体に巻きついてきた。

「ダーリン」と彼はかすれ声で囁いた。「やりやがった、あのクソじじい!」

翌日

「では、相続人は何者なんですか?」とミスター・ヘイトが訊ねた。「私に話してくださることがとても少ないので――」

ミスター・ヘイトはげじげじ眉毛で、背が高く猫背の男だった。鋭くて頑固な弁護士であるということで、アンソニーは彼を推薦されたのだ。

「おぼろげにしかわかっていないのですが」とアンソニーは答えた。「シャトルワースという名前の男で、祖父のペットのような存在です。遺産管理人というのか受託者というのか、そんな感じですべてを管理しています――慈善活動に直接遺贈したのと、召使いたちやアイダホにいるい、い、いとこたちに譲った分は別にして」

「どれくらい遠い親戚ですか?」

「またいとこだか、その子供だかですよ。僕は聞いたこともなかった」

ミスター・ヘイトはわかったというふうに頷いた。

「それで、あなたは遺書の内容について争いたいわけですね?」

「だと思います」とアンソニーは無力ぶりを晒して言った。「とにかく最も見込みがありそうなことをやりたい――それが何かを教えてほしいんです」

「遺書の検認の拒否を求めたいですか？」

アンソニーは首を振った。

「まいりましたね。僕は〝検認〟が何かも知りません。とにかく地所が欲しいんです」

「もう少し詳細を話してくださいませんかね。たとえば、どうして遺言作成者があなたの相続権を奪ったのか、心当たりはありませんか？」

「それは――あります」とアンソニーは始めた。「ご存じのように、彼は道徳的改革運動とかのカモにされていて――」

「知っています」とミスター・ヘイトは真顔で言葉を差しはさんだ。

「――だから僕のことはあまりよく思ってなかったと思うんです。僕はビジネスの世界に入りませんでしたし。でも、この夏までは、僕は間違いなく受益者の一人だったと思います。僕たちはマリエッタに家を持っているんですが、ある晩、祖父は突然そこを訪問して僕に会おうと思いつきました。ところが、たまたま派手なパーティが進行中で、そこに予告なしに到着したんです。で、それをひと目見て、祖父とそのシャトルワースって男は踵を返し、さっさとタリータウンに帰っていきました。そのあと僕が手紙を書いても返事をくれないし、会ってもくれなかったんです」

「お祖父様は飲酒に反対の立場でしたよね？」

「祖父はすべてに反対でしたよ――本物の宗教的狂信者です」

「あなたの相続権を奪う遺書が作成されたのは、彼の死のどれくらい前でしたか？」

「つい最近です――八月以降ですね」

「それで、彼があなたに地所を残さなかった直接的な理由は、あなたの最近の行動に立腹したからだと思うのですね？」

のか。

ミスター・ヘイトは考え込んだ。アンソニーはどんな理由で遺書の内容について争おうとしている

「そうです」

「悪い影響とかっていうのがありませんでしたっけ？」

「不適切な影響というのは理由になります――でも、ものすごく難しい。証明しなければならないんです。そのような圧力が与えられ、それによって故人が自分の意志に反して財産を処分するように追い込まれたという――」

「では、このシャトルワースって男が祖父を無理にマリエッタに引っ張っていったとしたらどうでしょう。何らかのお祝いがそこで行われていることを知っていて」

「それはこの件にまったく影響を及ぼさないでしょうね。忠告と影響のあいだにははっきりとした線が引かれているんですよ。その秘書に邪悪な意図があったと証明しなければならない。私ならほかの理由を探しますね。正気を失っていたとかですと、遺書の検認は自動的に拒否されます。あるいは、アル中であるとか」――ここでアンソニーは微笑んだ――「早めに訪れた老いのために判断力を失っていたとすれば」

「しかし」とアンソニーは反論した。「祖父お抱えの医師は――ちなみに受益者の一人ですけど――祖父の判断力は衰えていなかったと証言するでしょう。確かに、衰えてはいませんでした。実のところ、祖父は自分の金について、まさにやりたいようにやったのだと思います――彼が人生でしてきたことと完璧に一致するのですから――」

「でも、いいですか、判断力の欠如というのは、不適切な影響にとても似てるんですよ――財産が最初に意図されていたように処分されなかったという意味ですから。一番よくある理由は圧迫です――肉体的なプレッシャーを受けたということ」

アンソニーは首を振った。

「そちらは見込みがなさそうですね、残念ながら。不適切な影響というのが一番よいように思います」

さらに議論してから――非常に専門的だったので、アンソニーにはほとんどわからなかったのだが――彼はミスター・ヘイトを弁護士として雇うことにした。シャトルワースは「ウィルソン、ヒーマー＆ハーディ」社とともに遺言の執行人となっており、ミスター・ヘイトはシャトルワースに会見を申し込んだ。アンソニーは週の後半にまた彼を訪れることになった。

地所には約四千万ドルの価値があることがわかった。個人への最大の遺贈はシャトルワースへの百万ドルで、彼はそのほかに年間三万ドルの給料をもらうことになる。これは、三千万ドルの信託資金を管理する仕事に与えられるもので、この資金を実質的には彼の裁量でさまざまな慈善活動や改革運動の協会に振り分けるのだ。残りの九百万ドルはアイダホの二人のい、と、こ、と、約二十五人のほかの受益者たちに分配される――友人、秘書、召使い、雇い人など。彼らはどこかの時点でアダム・パッチのお眼鏡にかなったのである。

次の二週間が終わる頃には、ミスター・ヘイトは弁護士として一万五千ドルの顧問料を受け取り、遺書について争う準備を始めていた。

不満の冬

五十七丁目の小さなアパートに移って二カ月も経たないうちに、そこはある汚れを帯びるようになったと彼らには感じられた。マリエッタの灰色の家に充満していたような、定義のできないほとんど物質的な汚れである。煙草の匂いは常に感じられる――二人ともひっきりなしに喫煙しているので、服に、毛布に、カーテンに、そして灰の散らばった絨毯に匂いが染みついている。加えて、古くなったワインの不快な匂いがする――それによって、美は時とともに汚れるものだし、饗宴は嫌悪感とともに記憶されるものだということを、否が応でも思い出させる。サイドボードに置かれたガラスのゴブレット一式のあたりは特に匂いが強く、メインルームのマホガニーのテーブルにはグラスが置かれた白い円の跡が残っている。パーティが何度も開かれたのだ――物を壊す客もいれば、グロリアの寝室で吐く客もいた。ワインをこぼす客もいれば、信じられないほどキチネットを汚す客もいた。

　こうしたことは彼らの生活に欠かせない要素となっていた。月曜ごとにもうやめようと決意するのだが、週末が近づくにつれ、暗黙裡にわかってくる――この習慣はある種の罪深いスリルとともに維持しなければならない、と。土曜日が来ると、二人はもはや話し合うこともなく、無責任な友人たちのなかから何人かに電話し、会う約束をする。友人たちが集まり、アンソニーがデカンターを出してようやく、彼は何げなく囁く。「僕はハイボール一杯でやめておくよ――」

　それから二日間、彼らは酔っ払う――寒々とした朝、自分たちが最も騒々しくて目立つ一団のなかでも最も騒々しくて目立つ二人だったことに気づく。「ブールミッシュ」や「クラブ・ラメー」、あるいは客たちが大はしゃぎしてもうるさいことを言わないクラブでのこと。自分たちが八十ドルか九十ドルの散財をしたことにも気づくが、どのように使ったのかはわからない。それを彼らは習慣的に、一緒に来た「友人たち」の貧乏のせいだと考えることにしている。

　パーティの最中に、もっと真面目な友人たちが二人を戒めようとするのも珍しいことではなくなった。グロリアの「容貌」やアンソニーの「健康」が失われてしまうという、暗い結末を予測してみせるのだ。マリエッタでのどんちゃん騒ぎが唐突に終わった顚末については、もちろん詳しい話が出回っていた――「ミュリエルは知り合い全員にしゃべるつもりはないのよ」とグロリアはアンソニーに言った。「誰に話すときも、この人にしかしゃべらないって思ってるの」――そして、この話は少しぼかされながらも、『タウン・タトル』〔当時人気だったゴシップ誌〕において目立つ形で紹介された。アダム・パッチの遺書の内容が公開され、アンソニーの訴訟に関するゴシップを新聞が報道し始めると、この話にはさまざまな尾ひれがつくようになった――そして、アンソニーの評判は地に落ちた。自分たちに関する噂話をあちこちで耳にするようになり、たいていは少量の事実に基づいた噂だったものの、とんでもなく下劣な細部に覆われていた。

外見的には、二人は衰えの兆候を見せていなかった。二十六歳のグロリアは二十歳のグロリアと変わらない。顔色は新鮮な瑞々しさを失っておらず、そこから素直な瞳がこちらを見つめている。髪にはまだ子供のような輝きがあり、トウモロコシのような色が徐々に暗くなって、深い赤褐色を含んだ金色になった。スリムな体は神話の木立ちのなかを踊りながら走り回るニンフを思わせる。彼女がホテルのロビーや劇場の廊下を歩けば、男たちの目は――それも何十人も――魅了されてあとを追う。彼女に紹介されることを求め、際限なく真剣に称賛し続けて、思いきって言い寄ろうとする――彼女はまだ絶妙な、信じられないほどの美しさを持っているのだ。アンソニーの場合、その外見は衰えたというよりも進歩した。顔は悲劇の雰囲気を何となく帯びるようになり、申し分のない引き締まった体との対比で、ロマンチックに見えるのである。

冬の初め、人々の話題はアメリカが参戦するかどうかばかりになった頃、アンソニーは必死かつ真剣に執筆に取り組んでいた。そんな折り、ミュリエル・ケインがニューヨークに現われ、すぐに彼らに会いにきた。グロリアと同様、彼女もまったく変わらないように見えた。最新の俗語を知り、最新のダンスを踊り、最新の歌や芝居の話をする。初めてニューヨークで暮らし始めた者のような情熱だ。純情そうなところが永遠に古びないのだが、永遠に効果がない。服装は極端で、黒い髪をグロリアと同じようにいまは短くしている。

「ニューヘイヴンの真冬のダンスパーティに来たの」と彼女は嬉しい秘密を打ち明けるように言った。いまではどの大学生よりも年上のはずだが、必ず何らかの招待状を確保し、ロマンスをぼんやりと思い描いて出かけていく。次のパーティでは、ロマンチックな結婚へとつながる恋が生まれるのではないか、と。

「どこにいたんだい?」とアンソニーは訊ねた。ミュリエルのことはいつも面白く思わずにいられない。

「ホットスプリングズにいたの。この秋のホットスプリングズは活気に溢れていたわ――たくさん男がいたのよ!」

「恋をしてるのかい、ミュリエル?」

「〝恋〟ってどういう意味?」これはこの年流行の修辞疑問文だった。「あなた方に言いたいことがあるの」と彼女は唐突に話題を変えた。「私には関係ないことでしょうけど、でも、思うのよ。あなた方は落ち着くべきときだって」

「なんで? 僕たちは落ち着いているよ」

「そうでしょうとも!」と彼女はいたずらっぽく笑った。「どこへ行っても、あなた方が羽目を外したって話ばかり聞くわ。言わせてもらうけど、あなた方を弁護するのって大変なんだから」

「お気遣いはいらないわ」とグロリアが冷たく言った。

「ねえ、グロリア」と彼女は抗弁した。「私はあなたの親友の一人よ、わかってるでしょ?」

グロリアは黙り込み、ミュリエルは話し続けた。

「女の飲酒っていうのは大したことでもないけど、グロリアはすごく美人だし、そこらじゅうのたくさんの人が、顔を見ただけでグロリアだってわかるし、だから当然ながらすごく目立つのよ――」

「最近、どんな噂を聞いたの?」とグロリアは訊ねた。彼女の威厳は好奇心を前にして崩れつつあった。

「まあ、たとえばね、あのマリエッタのパーティがアンソニーのお祖父さんを殺《ヽ》し《ヽ》たっていうのよ」

即座に夫と妻は不快なものを感じて緊張した。

「ちょっと、それってひどいわ」

「そういう噂があるってだけ」とミュリエルは頑固に言い張った。

アンソニーは部屋を歩き回った。「それは非常識だな」と彼はきっぱりと言った。「僕たちのパーティに招待された連中が、すごい冗談としてあの話をしゃべりまくってるんだ――そして、それが僕たちにこんな形で戻ってくる」

グロリアは赤みがかったほつれ毛を指で梳《と》かし始めた。ミュリエルは次の台詞を考えながらベールを舐めている。

「赤ん坊を生むべきよ」

グロリアはうんざりしたように顔を上げた。

「そのお金はないわ」

「スラム街の人たちだって子供はいるわよ」とミュリエルは勝ち誇ったように言った。

アンソニーとグロリアは笑みを交わし合った。二人は絶対に修復できないような激しい仲違いをしてきたし、その後も喧嘩の火種がくすぶり、ときどき燃え上がっては、単にどうでもよくなって収まったりしてきた――しかし、このミュリエルの訪問によって、二人は一時的に結束したのだ。生活上の不愉快なことに関して第三者にコメントされると、敵意を見せる世界に二人で一致して対抗しようという衝動が生まれる。滅多にないことだったが、いまはこの結束しようという衝動が内面から湧き上がったのである。

アンソニーは自分の人生をアパートの夜間エレベーター係の男と重ね合わせていることに気づいた。顔色が青白く、不揃いな顎鬚を生やした六十歳くらいの男で、どことなく実際の身分よりも偉そうな雰囲気を漂わせている。彼が仕事を得たのは、おそらくこの特徴のためなのだろう――失敗者という、悲劇的で記憶に残りやすい存在となったのだ。アンソニーは、エレベーター係の人生は上がったり下がったりだという古めかしい冗談を思い出したが、そこにユーモアは感じなかった。いずれにしても、限りなく物寂しい密室での生活ではないか。エレベーターに足を踏み入れるとき、アンソニーはいつでも息を潜めて、老人が「今日はお日様が出てきそうだね」と言うのを待つのだった。こんな煙の染みついた窓のないホールにある、閉ざされた小さな檻に閉じ込められていたら、日が照ろうと雨が降ろうと関係ないだろうに。アンソニーはいつもそう思った。

この暗がりに生息してきた男は、彼を惨めに扱ってきた人生から旅発つとき、悲劇的な存在となった。ある晩、銃を持った三人の若者が押し入り、彼を縛り上げて地下の石炭貯蔵室に閉じ込めたのだ。彼らは荷物置き場を漁《あさ》ってから引き上げ、翌朝、守衛に発見されたとき、エレベーター係の体は冷えきっていた。四日後、彼は肺炎で死んだ。

彼の跡を継いだのは、マルティニーク島出身のよくしゃべる黒人だった。不釣り合いなイギリス訛《なま》りがあり、すぐに不機嫌になるので、アンソニーは嫌っていた。エレベーター係の老人の死は、子猫の話がグロリアに及ぼしたものと同じような影響をアンソニーに与えた。あらゆる人生の残酷さを見せつけられ、その結果、自分の人生がどんどん厳しくなっていることも意識させられたのだ。

アンソニーは執筆に取り組んでいた――ついに真剣に。ディックのところに行き、一時間ほど緊張して、この仕事にまつわるさまざまなことを解説してもらった。これまでなら、軽蔑して見下すような細かいことである。それくらい彼はすぐに金を必要としていたのだ――毎月、債券を売って生活費を払っていたのだから。ディックは率直に明快な話をした。

「こうした無名の雑誌に載る文学的な話題の記事に関して言えば、それで家賃を払えるほど儲かるはずがない。もちろん、ユーモアの才能があるとか、大物の伝記を書ける立場にいるとか、専門的な知識があるとかなら、それで金持ちになれるかもしれない。しかし、おまえの場合は小説しかないだろう。すぐにお金が欲しいんだよな？」

「もちろん」

「まあ、長編小説で儲けようと思ったら、一年半はかかるからな。大衆向けの短編小説を書いてみるといい。すごい傑作というわけでないとしたら、金を稼ぐためには明るい内容で、お決まりの感情を搔き立てないといけないんだ」

アンソニーはディックの最近の作品を思い浮かべた。有名な月刊誌に掲載されていて、実質のない人形のような階級の人々の無分別な行動をおもに扱っている。それがニューヨーク社交界の話であるのは明らかで、いつものようにヒロインの純潔が本物かどうかという問題にたどり着く。そこには四百人ほどの社交界の人々の「奇行」を似非《えせ》社会学的に考察するような含みもある。

「でも、君の短編は――」とアンソニーはほとんど意識せずに叫んでいた。

「ああ、あれは違うよ」とディックは驚くような反論をした。「俺にはすでに定評がある。だから強力なテーマを扱うことが期待されているんだ」

アンソニーは内心びっくりし、この発言によってリチャード・キャラメルがいかに堕落したかを思い知った。自分の最近の作品が最初の小説と同じくらい出来がいいと、本当に彼は思っているのだろうか？

アンソニーはアパートに戻り、仕事に取りかかった。楽天的なテーマで作品を書くことは容易ではないとすぐに気づいた。書き始めては諦めるのを六度ほど繰り返してから、彼は市立図書館に行き、大衆向けの雑誌の資料を調べることに一週間を費やした。こうして準備を整え、最初の短編小説「運命の口述録音機」が完成した。前年にウォール街で過ごした六週間のなかで、いまだに印象に残っていることに基づいた作品。オフィスの使い走りの少年を扱った明るい物語というのが狙いだ。使い走りの少年はたまたま口述録音機に向かって素晴らしいメロディを口ずさむ。それが録音されたシリンダーを発見したのがボスの弟で、彼はミュージカル・コメディの有名な製作者である――それからシリンダーが行方不明になる。物語の骨子は、このなくなったシリンダーの行方を追うことと、最終的にこの優秀な使い走りが（作曲家として成功して）ミス・ルーニーと結婚することに関わっている。ミス・ルーニーはジャンヌ・ダルクとフローレンス・ナイチンゲールを半分ずつ合わせたような、純粋無垢の速記者である。

アンソニーはこれが雑誌の求めるものだろうと考えていた。お決まりの派手な文化人の世界から主人公を作り出し、甘ったるいストーリーに漬ける――何人ものマリエッタの住人がこれでお腹を壊すだろう。彼はこれをダブルスペースでタイプした――R・メグズ・ウィドルスティーンのブックレット、『簡単に作家として成功するために』にあるアドバイスだ。これは、上昇志向の鉛管工に、汗をかく仕事をしていても無駄だということを諭す本である。何しろ、六回のレッスンを受ければ、少なくとも一カ月に千ドル稼げるようになるのだから。

退屈そうなグロリアにこの短編を読んで聞かせ、彼女から「出版されている作品の大部分よりはいいわ」というありきたりの感想を無理に引き出してから、アンソニーは「ジル・ド・サド」〔作家マルキ・ド・サドのもじりで、「ジル」は「道化」の意味〕という風刺的なペンネームをつけ、返信用の封筒も入れて、出版社に送った。

作品の構想に途轍もない苦労をしただけに、彼は最初の短編の結果が出るのを待ってから、第二の短編にかかろうと決心した。ディックからは、最高で二百ドル稼げると言われていた。何らかの理由でこの短編が不適切だと見なされても、編集者からの手紙を読めば、どのような修正をすべきかが必ずわかるはずだ。

「これは間違いなく、現存するなかで最高にひどい作品だよ」とアンソニーは言った。

編集者もどうやら彼と同意見だったようだ。拒絶票つきの原稿が送り返されてきたので、アンソニーはそれを別のところに送り、次の短編に取りかかった。「開いたドア」という作品で、三日間で書き上げた。オカルトが主題で、離れ離れになったカップルがヴォードヴィル・ショーで霊媒を介して再会するというストーリーである。

全部で六編の物語を書いた。これまで執筆に根気よく取り組むことなどまったくなかった男の、惨めで哀れな「書こう」という努力である。活力に溢れたものは一つとしてなく、全体として感じられる気品やうまさは、平均的な新聞記事にも劣るものだった。短編の送付を繰り返していた時期、全部で三十一枚の拒絶票が集まった。ドア口に死体のように横たわっている包みをアンソニーはしばしば見つけたが、拒絶票はその墓標のように思われた。

一月の半ば、グロリアの父親が亡くなり、彼らは再びカンザスシティを訪れた――悲しい旅だった。グロリアは父の死についてではなく、母の死について際限なく考え続けていた。ラッセル・ギルバートの遺産が片づけられ、彼らは約三千ドルと、かなりの量の家具を相続した。ギルバート氏は晩年、小さなホテルで暮らしていたので、家具は倉庫に保管されていたものである。彼の死によって、アンソニーはグロリアに関する新しい事実を発見した。東部に帰る旅の途中で、彼女は驚くことに、自分がビルフィストであると明かしたのだ。

「でも、グロリア」と彼は叫んだ。「あれを信じてるって言うつもりじゃないだろ？」

「あら」と彼女は挑むように言った。「いけない？」

「だって、あれは――あれは狂信的だよ。君はその言葉のあらゆる意味において無神論者じゃないか。キリスト教のどんな正統的な考え方も笑い飛ばすし――それなのに、あんなおかしな輪廻の規則を信じるって言い出すのかい？」

「だったらどうだって言うの？　あなたやモーリーや、ほかの人たちの知性には、わずかなりとも敬意を払ってるけど、みんな人生は完全に無意味だってしょっちゅう言ってるわよね。でも、私にはいつもこう感じられるの。私が無意識に何かを学んでいるとすれば、人生はそんなに無意味じゃないはずだって」

「君は何も学んでいない——くたびれているだけだよ。そして、物事を和らげるための信仰が必要なら、ヒステリックな女性たちじゃなく、それ以外の人にアピールするものにしてくれ。君のような人は、きちんと証明できないものを受け入れるべきではない」

「私、真実かどうかは気にしないの。幸福になりたいのよ」

「でも、君がまともな精神の持ち主だったら、幸福は真実によって制限されなければならないはずだ。単純な精神の持ち主は簡単にクズのような観念で惑わされてしまう」

「どうでもいいわ」。彼女はまったくひるまなかった。「それに、もう一つ言っておくと、私は教義を説いているわけじゃないわよ」

議論は続かなかったが、その後もこのことはアンソニーの頭に何度か浮かんだ。この古い信仰が、明らかに彼女の母親から受け継がれ、生得の考えであるようなふりをして入り込んできたというのは、何とも気持ちが悪かった。

二人は三月にニューヨークに戻った。ホットスプリングズで一週間過ごすという、金のかかるあさはかな行為をしてからの帰還だった。それからアンソニーはまた小説を書き始めたが、これは無駄な努力だった。脱出口は大衆小説にはないということがグロリアにも明らかになってきて、さらに互いの信頼や勇気が失われていった。二人のあいだには複雑な闘争が絶え間なく続いた。出費を切り詰めようという努力は、その気になれずにすべて放棄してしまい、三月には、どんなことでも「パーティ」の言い訳として使うようになっていた。無鉄砲を装って、グロリアはこんな提案さえした。使えるお金をすべて使って、続けられる限りどんちゃん騒ぎを続けましょう。お金をちびちびと使ってつまらない生活を続けるよりは、どんなことでもましなように思われた。

「グロリア、君は僕と同じくらいパーティを求めてるんだね」

「私のことはどうでもいいわ。私は自分の思い通りにやっているの——まだ若いうちに、すべての時間を使って、できる限り楽しい思いをする」

「そのあとはどうなるの？」

「そのあとのことは気にならないわ」

「いや、気になるよ」

「まあ、そうかもしれないけど——でも、それについては何もできないじゃない。それまでにいい思いをしてしまうのよ」

「それでも君は変わらないだろうね。ある意味、僕らは楽しい思いをし、大騒ぎをした。いまその代償を払っている状態なんだ」

にもかかわらず、金は出ていく一方だった。二日間陽気に過ごすと、二日間ふさぎ込む——終わりのない、ほとんど必然的な連続。急ブレーキがかかり、アンソニーは必死で仕事をする。グロリアは苛ついて退屈し、ベッドにとどまるか、ぼんやりと指を噛んでいる。これが一日かそこら続き、二人は次の計画を立てる。それから——ああ、どうでもいいじゃないか？　この夜、この輝きに、不安は消える。人生には目的がないにしても、少なくとも本質的にロマンチックだという感覚に浸る。ワインは自分たちの失敗に勇ましさのようなものを与えてくれるのだ。

その間、訴訟はゆっくりと進んでいた。証拠品の調査と証言の整理が延々と続く。地所の問題を片づけるための予審手続きは終わった。ミスター・ヘイトは、おそらく夏前に裁判が始まるだろうと言っていた。

ブロックマンが三月の終わりにニューヨークに現われた。〝フィルム・パール・エクサランス〟に関する仕事で一年近くイギリスにいたのである。全体的に洗練されていく過程はいまだ進行中だった

――いつでも服装は少しずつよくなり、イントネーションは柔らかくなり、身のこなしには目に見えて自信が漂うようになっている――世界の素晴らしいものはすべて自然かつ奪われることのない権利によって自分のものであるという自信。彼はアパートを訪れ、一時間ほどの滞在のあいだ、おもに戦争の話をし、また来ますと言って立ち去った。二度目の訪問のときはアンソニーが不在だったが、夕方彼が戻ったとき、グロリアは興奮し、心を奪われている様子で夫を出迎えた。

「アンソニー」と彼女は始めた。「私が映画に出るの、まだ反対する?」

彼の心はこの提案に対して頑なになった。彼女が彼から離れていくことが、その兆しだけにせよ感じられると、彼女の存在は貴重という以上にどうしても必要なものとなるのだ。

「でも、グロリア――!」

「ブロックヘッドが出してくれるって言うの――ただ、やるならすぐに始めないといけないけど。彼らが欲しいのは若い女だけなのよ。お金のことを考えてみて、アンソニー!」

「君にとっては――そうだね。でも、僕はどうなんだ?」

「私のものはあなたのものでもあるじゃない?」

「あれは忌まわしい仕事だぞ!」とアンソニーは爆発した。道徳的で、無限に用心深いアンソニーが現われた。「それに忌まわしい連中がやってるんだ。あのブロックマンってやつにはもううんざりだよ。ここに来て、僕たちの邪魔をして。僕は芝居関係のことが大嫌いなんだ」

「お芝居じゃないわよ! 完全に違うわ」

「じゃあ、僕はどうすればいいんだ? 君のあとを追って国じゅうを旅するのか? 君の金で生活して?」

「じゃあ、自分でお金を稼ぎなさいよ」

この会話はこれまでにないほど激しい喧嘩へと発展した。そのあとの和解と、お決まりの精神的な無気力の時期に、グロリアは映画に出るという企てからアンソニーが魂を抜き取ったことに気づいた。ブロックマンに下心があったのではないかという可能性については、どちらも言及しなかったが、アンソニーが反対する背後にそれがあることは二人ともわかっていた。

四月になり、ドイツに対して宣戦が布告された。ウィルソンとその内閣は――その特徴のなさによって奇妙にも十二使徒を思わせる閣僚たちだったが――周到に飢えさせておいた戦争の犬を解き放ったのだ。新聞はゲルマン民族の気質が作り出す邪悪な道徳、邪悪な哲学、邪悪な音楽に対してヒステリックに嚙みつくようになった。自分を特に寛大な人間だと思っている者たちは綿密な区別をして、自分たちをヒステリーにまで煽るのはドイツ政府だけであると言っていたが、それ以外の者たちは下品な言葉を吐き散らすまでに興奮していた。「母」という言葉と「皇帝《カイゼル》」という言葉を含む歌は何でも必ず流行した。ついにみんなで話し合える話題ができたのだ――そして、ほとんどすべての者たちがそれを楽しんだ。陰気だがロマンチックな芝居で役をあてがわれたかのように。

アンソニーとモーリーとディックは将校訓練所に願書を送った。アンソニー以外の二人は妙に高揚し、自分たちは完全無欠だという態度を取るようになった。戦争が貴族階級を強化する口実に、さらには正当化になるといったことを、大学生のように話し合っていた。そして、将校たちが東部の三か四の大学出身の魅力的な若者たちでおもに構成されるといった、あり得ない階級制度を思い描くのだ。グロリアから見ると、国じゅうにこの巨大な赤信号が点灯されたいま、アンソニーでさえも新たな魅力を身につけたように思われた。

第十歩兵隊がパナマからニューヨークに到着すると、愛国的な市民たちは兵士らの困惑もよそに、彼らを酒場から酒場へと案内した。陸軍士官学校の出身者が数年ぶりに注目を集めるようになり、すべてがすでに輝かしいが、すぐにこの二倍以上も輝かしくなるという雰囲気に満ち溢れた。すべての人が素晴らしく、すべての民族が偉大で――いつでもドイツ人は除かれていたが――社会のどの階層であっても、追放者や犠牲者だった人間たちが軍服を着ただけで許され、喝采された。親戚や元友人、そして赤の他人までもが彼らのところに群がり、涙を流した。

不幸なことに、小柄で几帳面な医師がアンソニーの血圧に何らかの問題を見つけた。その良心的な判断によって、彼は将校訓練所に送られることはなかったのである。

分裂の兆し

三度目の結婚記念日は祝われることなく、気づかれることもなく過ぎていった。季節は温かくなって雪解けを迎え、そのまま暑い夏となり、ぐつぐつ煮えて沸き立つようになった。七月に遺書は検認審査に送られたが、それに対して異議申し立てをしたので、検認裁判所によって裁判のための段取りが決められた。この件は九月までずれ込んだ——道徳的な感情が絡むだけに、偏見のない陪審員を選ぶのが難しかったのだ。最終的には遺言作成者の意を汲む形で評決が出され、アンソニーは失望せずにいられなかった。ミスター・ヘイトはエドワード・シャトルワースに対する上訴申し立てを請求した。

夏も終わりに近づいた頃、アンソニーとグロリアはお金が入ったときに何をするか、そして戦争が終わってからどこに行こうか、話し合った。「またいろいろと意見が一致するようになる」とあてにしていたのである。二人とも愛が復活する日を待ち望んでいたのだ——自分の灰から飛び立つ不死鳥のように、愛が計り知れない神秘的な場所から再び生まれ出る日を。

アンソニーは秋の初めに召集された。今回検査した医師は、低血圧については何も言わなかった。自分は何よりも殺されたいのだ、とアンソニーがグロリアに言ったのはあまりにも意味がなく、悲しい言葉だった。しかし、いつものように、二人は間が悪いときに犯した過ちについて、相手に対して申し訳なく感じていた……。

当面、グロリアは彼の分遣隊が派遣される南部の駐屯地まではついて行かないことにした。ニューヨークにとどまって「アパートを使い」、お金を節約する。そして、裁判の行方を見守る——これについては、いま中間上訴裁判所で審査中だが、ミスター・ヘイトによれば、だいぶ予定より遅れているそうだ。

彼らのほとんど最後の会話になったのは、収入の適切な分け方に関する無意味な喧嘩だった——どちらも相手から謝罪のひと言があれば、即座に全収入を相手に譲っただろう。続く十月の夜のことは、彼らの生活の混乱と混迷の典型だった。南部の駐屯地に行くためにアンソニーはグランド・セントラル・ステーションに出頭したのだが、グロリアはその見送りに遅れ、集まった群衆の心配そうな顔の向こうにかろうじて彼の目を捉えたのである。駅構内の薄暗い灯りの下、貧しい女たちがヒステリーを起こしてすすり泣き、そのムッとする匂いに満ちている空間で、二人の視線は交わされた。二人とも、相手に何をしてしまったか考えたに違いない。そして、自分たちが悲劇的に、そして漠然と、この陰鬱な道をたどってしまったことで自分を責めていたに違いない。最後、二人を隔てる距離は遠すぎて、相手の目に涙が浮かんでいるのも見えなかった。

第三部

第三部

第一章　文明の問題

どこか見えないところから狂ったような命令の声が聞こえ、アンソニーは手探りで中へと進んでいった。グロリアとひと晩以上離れて過ごすのはここ三年以上のあいだで初めてだ、と考えていた。これで最後だという思いが侘《わび》しく胸に迫る。清潔で美しい妻を自分は置いていくのだ。

夫婦は金銭的なことについて最も現実的な解決策に至ったと彼は考えていた。彼女が一カ月に三百七十五ドルを受け取り——その半分以上が家賃に消えることを考えれば、大した額ではない——彼が給料の足しに五十ドルを受け取る。それ以上は必要ないと思っていた。食料、衣料、そして住む場所は支給されるのだ——兵卒に社交上の義務などないのだから。

列車のなかは混んでいて、すでに人いきれで濃密だった。これは「観光用」として知られるタイプの車両で、見てくれだけの特別客車《プルマン》といったところ。床は剝き出しで、藁を詰めた座席は汚れている。にもかかわらず、アンソニーはそれを見てホッとした。貨物列車に乗せられて南部に行くのだろうと、ぼんやり思っていたのだ。片側には八頭の馬が立っていて、反対側には四十人の兵士が乗っているような車両での旅。大戦中のフランス軍の「人《オム》四十、馬《シュヴォー》八」という話を非常によく聞いていたので、その話がごっちゃになり、不吉なものとなっていたのである。

兵舎用のバッグを巨大な青いソーセージのように肩から下げ、通路をよろよろと歩いていくとき、アンソニーはまったく空席を見つけられなかった。しかし、しばらくしてから、小柄で浅黒いシチリア人の足が置かれている座席に気がついた。その男は帽子を目のところまで下ろし、挑むように隅でうずくまっている。アンソニーがその横で立ち止まると、彼はしかめ面をして視線を上げ、明らかに怖気《おじけ》づかせようとした。すべての者が一緒くたにされる軍隊での防衛手段として、この態度を身につけたに違いない。アンソニーが鋭い声で「そこ、空いてますか?」と言ったところ、彼は壊れやすい小包であるかのように、とてもゆっくりと両足を持ち上げ、慎重に床に下ろした。視線はまだアンソニーから外さない。それに対してアンソニーは腰を下ろし、前日にアプトン駐屯地〔ニューヨーク州ロングアイランドにあり、新兵の受け入れと訓練が行われる〕で支給された軍服のボタンを外した。脇の下がチクチクする代物だった。

このセクションの別の男たちを観察する間もなく、車両の先頭寄りの入り口から若い少尉が入って来た。彼は通路を勢いよく歩いてくると、驚くほど厳しい声でこう告知した。

「この車両では煙草は吸えないぞ!　ノースモーキング!　煙草は吸うなよ、おまえたち、この車両ではな!」

彼が逆側から出ていくと、そこらじゅうから不平の言葉が煙のように立ちのぼった。

「おい、なんだよ!」

「やめてくれ!」

「ノースモーキングだと?」

「おい、戻ってこいよ、おまえ!」

「何考えてんだ?」

二、三本の煙草が開いている窓から投げ捨てられた。ほかの煙草は車内に残ったが、見えないところにぞんざいにしまわれた。あちこちから強がるような、嘲《あざけ》るような、あるいは冗談で紛らわすような口調で、いろいろな言葉が発せられたが、それはやがて物憂げな沈黙に溶けていき、車両全体に浸透した。

アンソニーのセクションに座っている四番目の男が突然声をあげた。

「バイバイ、自由よ」と彼は不機嫌そうに言った。「バイバイ、将校の犬となること以外のすべて」

アンソニーは彼を見つめた。無関心と完璧な軽蔑から形作られた表情をしている、背の高いアイルランド人。彼は視線をアンソニーに向けた——答えを期待するかのように——それからほかの者たちにも向けた。例のシチリア人からふてぶてしい視線が返ってきただけだったので、彼は唸《うな》り声をあげ、床に向かって騒々しく唾を吐いた。こうして威厳をもって沈黙へと戻ったのだ。

数分後、ドアが再び開き、例の少尉がまたしても将校風を吹かしつつ戻ってきた。今回は、別の知らせを叫んでいる。

「オーケー、おまえら、煙草を吸いたきゃ吸っていいぞ！　俺の間違いだった！　許されてるんだ！　吸いたきゃ吸え——俺の間違いだ！」

今回、アンソニーはその男をじっくりと見た。若くて痩せていて、すでに老け始めている。自分の生やしている口髭《くちひげ》に似た男——威張っているが貫禄がなく、艶《つや》のある大きな藁のように見える。顎がかすかに引っ込んでいるが、それを打ち消すかのように、わざとらしい仏頂面をひけらかしている。アンソニーはこれからの一年間、この仏頂面を多くの若い将校たちの顔に見ることになる。

このあとすぐにみんなが煙草を吸い始めた——その前に吸いたいと思っていたかどうかは別として。アンソニーの煙草も車両に充満する酸化物に煙を供給した——それは乳白色の雲となり、列車の動きとともに行ったり来たりしているように見える。若き将校の二度の印象的な登場のあいだに中断していた会話は、おずおずとまた始まった。通路の向こう側の男たちは、藁を詰めた座席が少しでも心地よくなるようにと、ぎこちなく体を動かしている。二カ所でトランプが、あまり気乗りしない様子で始まったが、すぐに注意を引き、椅子の肘《ひじ》掛《か》けに座って見物する者たちが現われた。数分後、アンソニーは不快な音が少し前からしつこく続いていることに気づいた――小柄で生意気なシチリア人が騒々しい眠り方をしているのだ。こうした光景は本当に気が滅入った。原形質がたまたま誰かの好意によって活性化し、分別を獲得し、不可解な文明によって一つの車両に閉じ込められて、どこかへと連れていかれている。目的も意味も価値もない、何か漠とした行為のために。アンソニーは溜め息をつき、買った記憶のない新聞を広げて、薄暗い黄色の灯りの下で読み始めた。

　うっとうしい列車のなかでガタガタ揺られているうちに十時が十一時になった。時間の進行は停滞し、止まったり遅くなったりする。驚いたことに列車は暗い田園地帯で停車し、ときどき前進したり後退したり、騙《だま》すような小さな動きを繰り返してから、十月の闇に向かって高らかに汽笛を鳴らす。新聞を社説、漫画、戦争詩まですべて読んでしまってから、彼はふと「カンザス州シェイクスピアヴィル」という小さな記事に目をとめた。それによれば、シェイクスピアヴィル商工会議所は最近、アメリカの兵士たちを「サミー〔アメリカの別名アンクル・サムから取った名前で、第一次世界大戦のアメリカ兵士を呼ぶ名称として実際に使われた〕」と呼ぶべきか、「戦うクリスチャンたち」と呼ぶべきかで、熱心な議論を繰り広げたらしい。これを考えただけでアンソニーはむかついた。新聞を下ろし、欠伸《あくび》をすると、彼の心は突然脇道へと逸《そ》れていった。グロリアはどうして遅れたのだろうと考えた。もはや遠い昔のことのように思われる――一人ぼっちになってしまった気がして胸が痛んだ。グロリアが自己の新しい立場をどのような角度で見るのか想像してみようとした。彼女の思考のなかで彼はどのような位置を占めるのか。考えているとますます気が滅入ってきた――彼は新聞を広げ、また読み始めた。

　シェイクスピアヴィル商工会議所のメンバーたちは、「自由を守る息子たち《リバティ・ラッズ》」という呼称を使うと決定をした。

　二日二晩、彼らはガタゴトと南部に向かった。ときどき列車は、不毛の荒野としか思えないところで停車したが、どうしてそこで停まるのかはまったくの謎だった。かと思うと、急いでいることを大げさに示すかのように、大都市を全速力で通過した。この列車の気まぐれさは、アンソニーにとって、軍隊という組織の気まぐれさを予感させるものだった。

不毛の荒野では、荷物車両から食料が支給された。豆とベーコンの料理だったが、アンソニーは最初のうちこれが食べられなかった——村の簡易食堂から配られるミルクチョコレートだけで食事を済ませていた。しかし二日目、荷物車両からの食事は驚くほど美味《おい》しく感じられるようになった。三日目の朝、目的地であるフッカー駐屯地に一時間以内に到着するという噂が流れてきた。

列車のなかは耐えられないほど暑く、男たちはみな上着を脱いでシャツ姿だった。窓から光を射している太陽はくたびれ、年老いているように感じられた。羊皮紙のように黄色く、列車が動いているときは広がって形が崩れている。四角形の輝かしい光をあてようとしているのに、歪《ゆが》んだ斑《まだら》状《じょう》にしかならない——それでも、驚くほど執拗に光を送り続けている。その執拗さに比して、アンソニーは自分自身が周囲で展開する景色の中心でないことに動揺してしまうほどだった。つまらない製材所、木々、電信柱などがどんどん過ぎ去っていく。オリーブ色の道や淡黄色のトウモロコシ畑の上で、陽光が重々しく震えており、その背後にはでこぼこした森が広がって、ときどき灰色の岩の高台が突き出ている。前景にはところどころ板を継ぎ足した哀れな小屋がぽつんぽつんと建ち、ときどき、サウスカロライナの物憂げな田舎者たちが通り過ぎる。あるいは、陰気で困惑したような目をした黒人たちがぶらぶらと歩いている。

それから森が退いていき、彼らは巨大なケーキの上面のような広い空間に入った。焼けたケーキのてっぺんに砂糖をまぶすように、無数のテントが幾何学模様で立ち並んでいる。列車は自信なげに停まり、太陽と電信柱と木々も消えていって、世界はゆっくりとアンソニーを中心とする元の正常なものに戻った。男たちはくたびれ、汗だくになって、車両から降りた。そのとき嗅いだ忘れがたい匂いはすべての駐屯地に浸透しているものだった――ゴミの匂いである。

　フッカー駐屯地は驚くほど急激に成長した町のようだった――「一八七〇年に鉱山が発見されてできた町の第二週目」といったところ。丸太小屋と灰白色のテントが道路網でつながれていて、黄褐色の硬い土でできた練兵場が点在し、それぞれが木々に囲まれている。そこここにYMCAという、あまり期待できないオアシスの緑の建物が建っていて、濡れたフランネルと閉じた電話ボックスのうっとうしい匂いがする――そして、それぞれの建物の向かいに必ず簡易食堂があって、そこは生気に溢れている。その場所を怠惰に統括している将校はサイドカーに乗り、楽しくおしゃべりをしながらこの暇な仕事をこなしている。

　補給係の将校の部隊が、これもサイドカーに乗って、埃《ほこり》っぽい道を行ったり来たりしていた。政府支給の車に乗る将軍たちはときどき停まって、気が緩んでいる兵士たちに気をつけの姿勢を取らせたり、中隊の先頭を行進している大尉たちにしかめ面をする。こうして、ここ全域で華々しく行われている「ひけらかし」ゲームの模範を示すのだ。

　召集されてからの一週間は、予防接種と健康診断が絶え間なく続き、それに加えて準備段階の訓練があった。一日が終わると、アンソニーはどうしようもなく疲れ果てた。気楽そうで人気のある補給係の曹長が間違ったサイズの靴を支給したために、彼の足は腫れあがってしまい、午後の最後の数時間はまさに拷問となった。人生で初めて、昼食と午後の訓練とのあいだ寝台に身を投げ、刻一刻、底のないベッドに沈んでいくような気がした。騒音や笑い声がうるさくても、すぐに眠りに落ち、周囲の音は遠ざかっていって、眠たげな夏の音が心地よく響いているように感じられるのだ。朝、目が覚めたときは体じゅうが痛く、強張《こわば》っていて、幽霊のように空っぽだと感じる。そして、ほかの幽霊のような連中に急いで会いに行く。起床ラッパの甲高くて鋭い音が灰色の空に向かって慌しく鳴り響いているあいだ、彼らは中隊のセクションの色褪《いろあ》せた道に群がっている。

アンソニーは約百人という最少人数の歩兵中隊にいた。脂《あぶら》っこいベーコンと冷たいトーストにシリアルという、食べたくなくても食べざるを得ない朝食を済ませると、百人がみな便所へと走る。どんなに磨いてあっても、便所は安ホテルのトイレのように耐えがたい。続いて外に出て、でこぼこの列を作って行進する——左隣りの男が足を引きずって歩くので、アンソニーが不承不承みなと歩調を合わせようとしても、それが醜悪なほど台無しになってしまう。大隊の曹長たちは将校や新兵たちを感心させようと、派手にひけらかすか、行進の列の陰に隠れ、目立たないように楽をするかのどちらかだった。

練兵場に着くと、すぐに訓練が始まった。まずは柔軟体操のためにシャツを脱ぐ。一日のうち、アンソニーが楽しめるのはこのときだけだ。この奇妙な運動を統括するクレッチング中尉は筋肉質の逞しい肉体の持ち主で、アンソニーは彼の動きを忠実に真似《まね》した。自分にとってプラスの価値のあることをしていると感じられるのだ。ほかの将校や曹長たちは、小学校の男子生徒のような悪意を胸に、兵士たちのあいだを歩き回った。そして、筋肉のコントロールがきかない不幸な者を見つけると、そのまわりに集まり、混乱した指示や命令を下す。特に哀れな、栄養状態の悪い者を見つけると、三十分はそこにとどまって、辛辣な言葉を投げかけたり、自分たちだけで忍び笑いを漏らしたりした。

ホプキンズという名の小柄な将校が特に厄介だった。正規の軍隊で曹長だった男。戦争を天の神々から与えられた復讐のための贈り物であると受け取っていて、彼の叱責でいつも骨身にこたえるのは、新兵どもは「軍務」の重要さと責任がちゃんとわかっていないというものだった。自分は先見の明と豪胆な有能さによって現在のような栄光に至ったと思っており、これまでに仕えてきた将校たちすべての横暴ぶりを真似していた。しかめ面の皺は眉間に貼りついたまま——兵士に町へ行く許可証を与える前に、その者の不在が中隊に、軍に、そして世界じゅうで軍務に就いている者たちにどのような影響を及ぼすかについて、じっくり語らずにいられないような男だった。

クレッチング中尉は金髪で、つまらない無気力な男だった。「気をつけ」、「右向け右」、「回れ右」、「休め」などをいかにも重要そうにアンソニーに仕込もうとした。彼のおもな欠点は忘れっぽいところで、しばしば中隊に気をつけの姿勢を取らせてそのままにした。背筋をピンと伸ばした兵士たちは、五分もすると体が痛くなってくるのだが、彼のほうは前に立って別の動きを説明しているのだ——その結果、彼が言っていることは中央に立っている兵士たちにしか伝わらなかった。両側の兵士たちは、まっすぐ前を向くことが大事だとさんざん言い聞かされてきたからである。

訓練は正午まで続いた。限りなく些細なことの連続に力点を置くことで成り立っていて、これが戦争の論理と一致するのだとアンソニーにもわかったものの、やはり苛《いら》ついた。将校には不適切と見なされた血圧の問題が、兵卒の義務には抵触しないというのも、何とも可笑《おか》しな矛盾だと思われた。軍隊の「礼儀正しさ」という退屈で、見たところ馬鹿げた話題についての毒舌をずっと聞かされたあと、ときどきアンソニーはこんなことを考えた。戦争の隠れた目的は、正規の陸軍将校たち——小学生男子並みの精神性と野望の持ち主——に実際の人殺しを好き放題やらせることなのではないか、と。ホプキンズのような男の二十年に及ぶ辛抱に対して、生け贄《にえ》にされるのが自分なのだ！

同じテントには三人の仲間がいた。テネシー出身の平べったい顔をした良心的兵役忌避者、大柄だがビクビク怯《おび》えているポーランド人、そして列車でアンソニーの隣りに座った尊大なアイルランド人である。最初の二人は夜になると家に宛てて延々と手紙を書き続けるのに対し、アイルランド人はテントの出入り口の近くに座り、五、六種類の鳥の甲高くて単調な鳴き声を口笛で何度も吹き続けている。気晴らしを求めてというよりも彼らと一緒にいたくないという理由で、アンソニーは外出禁止が解けた週末に町へ出ることにした。夜ごとに駐屯地に群がる乗り合いバスの一台に乗って、三十分。暑くて眠たげなメインストリートにある、ストーンウォール・ホテルの前で降りる。

深まる薄暮の下で、町は思いがけず魅力的だった。歩道は人で溢れており、色鮮やかな服を着て白《おし》粉《ろい》を塗りたくった娘たちと、何十人ものタクシー運転手とでいっぱいだ。娘たちは怠惰な低い声でしゃべりまくり、運転手たちは通り過ぎる将校たちに「どこへでも行きまっせ、中尉殿」と呼びかけている。ときどきボロを着た従順そうな黒人たちが、足を引きずって歩いていく。温かい薄闇をぶらぶら歩きながら、アンソニーは数年ぶりに南部の息遣いを感じた。穏やかな熱い空気、ほとんど止まってしまった思考と時間のなかから、ゆっくりとしたエロチックな吐息が迫ってくるように感じられたのだ。

一ブロックほど歩いたとき、突然すぐ近くで鋭い命令の声が響き、アンソニーはビクッとした。

「将校に敬礼しろと教わらなかったのか？」

何も言わず、声のした方向を見ると、がっしりとした黒髪の大尉が立っていた。茶色い目を大きく開いてアンソニーのことを脅すように見つめている。

「気をつけしろ！」この声は文字どおり轟《とどろ》いた。近くを歩いていた数人の者たちも立ち止まり、こちらを見ている。薄紫色《ライラック》のドレスを着て、優しそうな目をした娘が連れの女性に向かってクスクスと笑いかけた。

アンソニーは気をつけの姿勢を取った。

「おまえの連隊と中隊はどこだ？」

アンソニーはそれを告げた。

「これ以降、将校と町ですれ違ったら、背筋を伸ばして敬礼をするんだぞ！」

「わかりました！」

「〝イエッサー〟と言え！」

「イエッサー」

がっしりとした将校は唸り声をあげ、鋭く踵《きびす》を返して、通りを歩いていった。そのすぐあと、アンソニーも歩き出した。物憂げな異国情緒の町ではもはやなくなっていた――暗闇から魔力が突如として消えてしまったのだ。彼の目は出し抜けに内面に向けられ、自分の情けない地位を見つめずにいられなくなった。あの将校を、そしてすべての将校を憎んだ――人生とは耐えがたいものだ。

半ブロックほど歩いたとき、薄紫色《ライラック》のドレスの娘が友人とともに十歩ほど前を歩いていることに気づいた。彼が叱られる姿を見て、クスクス笑っていた女である。彼女は何度か振り返り、アンソニーを見つめた。彼女の上着と同じ色に見える大きな目が、陽気に笑っていた。

曲がり角で、彼女と友人の足取りは明らかに遅くなった――彼としては、二人に話しかけるのか、知らないふりをして通り過ぎるのか、決めなければならない。彼は通り過ぎ、ためらってから、歩調を緩めた。じきに二人はまた彼と並んだが、話に夢中になって笑っている――北部だと、女優たちがお馴染《なじ》みの喜劇で立てるような歓喜の笑い声を予期するのだが、そんな甲高い声ではない。もっと柔らかくて、低いさざ波のような、ひねった冗談からこぼれ落ちたかのような笑い声。その笑いの波のなかに彼も思わず飛び込んでしまった。

「初めまして」と彼は言った。

彼女の目は影のようにぼんやりとしていた。スミレ色の目なのか？　それとも、目の青さが薄闇の灰色と混ざっているのか？

「心地よい夜ですね」と彼は自信がないながらも思いきって言った。

「そうですね」と二番目の娘が言った。

「あなたにはあまり心地よい夜ではなかったようですね」と薄紫《ライラック》の女が溜め息交じりに言った。彼女の声は、その帽子の広いつばを揺らしている眠たげなそよ風と同じくらい、夜に溶け込んでいるように思われた。

「あいつははったりをかましたくてたまらないんですよ」とアンソニーは蔑《さげす》むような笑い声とともに

言った。

「そのようね」と彼女は同意した。

三人は曲がり角を曲がり、横丁を大儀そうに歩いていった。まるで緩やかなロープに結びつけられ、同じ方向に向かっているかのように。この町では、街角をこういうふうに曲がるのがまさに自然であるように思われた。特にどこに行くのでもなく歩き、何も考えずにいることも……。暗い横丁を行くと、唐突に野バラの生け垣の地域に入り込んだ。通りから離れた奥のほうに、小さくて静かな家が建ち並んでいる。

「どこに行くんですか?」と彼は丁寧に訊ねた。

「ただ歩いているだけ」。この言葉は謝罪であり、質問であり、説明でもあるようだった。

「僕もご一緒していいですか?」

「そうね」

彼女の訛《なま》り方が違うのは好ましい点だった。話し方から南部人としての彼女の社会的地位を特定できないのだ——ニューヨークだと、下層階級の娘は騒々しく、とても我慢できなかっただろう——酔っ払って頬をバラ色に染めているときは別だが。

次第に闇が深くなった。三人はあまりしゃべらずに——アンソニーはどうでもいい質問を気ままにし、ほかの二人はこの地方の人らしく言葉も思慮も節約して返事をし——ぶらぶらと次の曲がり角を通り過ぎて、また次の曲がり角も通り過ぎた。ブロックの真ん中の街灯の下で、彼らは立ち止まった。

「この近くに住んでいるの」ともう一人の娘が説明した。

「私は角を曲がったところ」と薄紫《ライラック》の娘。

「そこまでお送りしてもよろしいですか?」

「次の曲がり角までなら、いいわ」

もう一人の娘が数歩下がり、アンソニーは帽子を取った。

「あなた、敬礼するんでしょ」と薄紫《ライラック》の娘が笑いながら言った。「兵隊さんはみんな敬礼するわ」

「これからするようにします」と彼は真面目に答えた。

もう一人の娘が「じゃあ――」と言ってから口ごもり、つけ足した。「明日、電話してちょうだい、ドット」。それから、街灯の光の黄色い円から退いていった。沈黙。アンソニーと薄紫《ライラック》の娘は三ブロックほど歩き、古ぼけた小さな家にたどり着いた。これが彼女の家だ。木製の門のところで彼女はためらった。

「じゃあ――ありがとう」

「すぐに戻らないといけないの？」

「そうね」

「もうちょっと歩けないかな？」

彼女は冷淡に彼を見つめた。

「だって、あなたのことを知りもしないのよ」

アンソニーは笑った。

「まだ夜は更《ふ》けてないよ」

「戻ったほうがいいと思うの」

「ちょっと散歩して、映画でもどうかと思ったんだ」

「いいわね」

「それから家まで送り届けるよ。それくらいの時間はあるから。駐屯地には十一時までに戻ればいいんだ」

とても暗くなり、彼女の顔はほとんど見えなくなった。彼女のドレスはかすかに風で揺れ、澄んだ目には向こう見ずなところが感じられて……。

「ねえ、行こうよ、ドット。映画は好きでしょう？　来なよ」

彼女は首を振った。

「駄目なのよ」

煮えきらない態度を取って彼を焦《じ》らしているのだ——彼女がそれを意識していることに気づき、彼は嬉しくなった。近づいて彼女の手を取る。

「十時までに戻れば大丈夫でしょう？　映画に行くだけだよ」

「まあ——そうね——」

手をつないで彼らはダウンタウンの方向に歩いた。霧のかかった暗い通りでは、黒人の新聞売りが「号外、号外」と叫んでいる——その地方の行商人が伝えてきた、歌のように音楽的なリズムで。

ドット

アンソニーとドロシー・レイクロフトとの情事は、彼が自分に関してどんどん投げやりになっていった必然的な結果であった。彼は望むものを手に入れようとして彼女に向かったわけではなかったし、四年前のグロリアとの関係と違って、自分よりも活力と魅力に溢れる人間の前で我を失ったわけでもない。ただ、はっきりとした判断を下せないままに、情事に入っていったのである。彼は男性にも女性にも「ノー」と言えなかった。金を借りようとする者も、誘惑しようとする女も、同じように彼を情にもろくて言いなりになる男だと見なすのだ。実際、彼はめったに決断を下さなかった。決断を下すのは動転したとき——度を失い、取り返しのつかないような覚醒を体験して、半ばヒステリックに決めてしまうのである。

このとき彼が自分に許した弱さというのは、外からの興奮と刺激を求めずにいられなかったことである。この四年間で初めて、彼は自分を新たに表現し、説明できるように感じた。娘が約束したのは休息だった。どうしようもなく陰気で無駄な想像をしてしまう精神を、彼女と一緒にいる夜の時間は必ず和《やわ》らげてくれるのだ。彼は本格的に臆病な人間となっていた――百もの歪んだ考え、ふらつく考えに完全に操られていた。グロリアに心から尽くそうという気持ちが、自分の不充分な部分を監視していたのだが、それが崩れてしまったことで、こうした考えが解き放たれたのである。

あの最初の夜、門のところでアンソニーはドロシーにキスをし、次の土曜日にも会いにくると約束した。それから駐屯地に戻り、規則に反して灯したライトの下で、グロリアに長い手紙を書いた。感傷的な暗さと、花の香りの思い出、そして並外れた真の優しさに満ちた、光り輝く手紙だった。こうしたものを彼は一瞬、あのキスによって思い出したのだ――ちょうど一時間前、豊かな温かい月の光の下で交わしたキスによって。

土曜の夜になり、町に出ると、ドットがビジュー映画館の前で待っていた。その前の水曜日と同じ、薄い オーガンジーでできた薄紫《ライラック》の上着を着ていたが、パリッとして皺がなかったので、あのあとで洗って糊を利かせたことは明らかだった。昼間に彼女を見ると、欠点もあるものの大雑把に言って可愛らしい娘だという彼の印象は、正しかったことがわかった。まずは清潔だ。顔の部分部分は小ぶりで、整っていないところもあるが、互いに雄弁に主張し合って調和している。いわば暗くて長続きのしない小さな花――しかし、彼女にはある精神的な寡黙さ、すべてのものを受動的に受け入れることから来る強さがあると彼は感じた。この点について、彼は間違っていた。

ドロシー・レイクロフトは十九歳だった。父親は流行《はや》らない小さな雑貨店を経営していて、彼が亡くなる二日前に彼女は高校を卒業した。クラスの下位四分の一のなかに入る成績だった。高校ではかなりよろしくない評判を立てられてしまった。クラスのピクニックのときに噂が始まったのだが、実を言えば、そのときの行動は少し軽率だという程度だった——その一年後まで、実質的な純潔は保ったのである。ジャクソン・ストリートの店の店員だった青年が相手で、彼はそれがあった次の日に唐突にニューヨークに出てしまった。しばらく前から町を出る計画を立てていたのだが、女をものにするまではと踏みとどまっていたのである。

しばらくしてから彼女はこの冒険の話を女の友人に打ち明けた。そのあと、友人が埃っぽい陽光のなかに消えていくのを見て、彼女は自分の話が世間に広まってしまうと直感的に悟った。それを語ったことで気が楽になったし、少し苦々しい気分にもなったが、自分の芯の部分にできる限り近づいたとも感じた。そして、別の方向に歩いていき、また自分を満足させたいという正直な意図をもって、別の男と会うことになった。ドットには決まってそういうことが起きたのだ。自分は弱いと告げるものが彼女のなかにはなかったので弱い女ではなく、自分のやってのけたことが勇敢な行動であったと知らなかったので強い女でもなかった。挑戦せず、順応せず、妥協もしない女だった。

彼女にはユーモアのセンスがなかった。その代わり、男と一緒にいるとき、適切なときに笑う陽気な性質があった。明確な意図は持っていなかった——自分の評判のおかげで安全な人生を営む可能性が妨げられていることを、ときどきぼんやりと残念に思いはした。とはいえ、大っぴらに知れ渡ったわけではない。彼女の母親は、毎朝彼女を時間通り仕事に送り出すことにしか興味がなかった。ドットは宝石店で働いており、週に十四ドルの給料をもらっているのだ。しかし、高校時代に知っていた青年たちは、「身持ちのいい娘」と歩いていて彼女に出くわすと、そっぽを向くようになった。そういうときは心が傷つき、彼女は家に帰ってから泣いた。

ジャクソン・ストリートの店員のほかに、彼女にはこれまで二人の男がいた。一人めは、戦争が始まって間もない頃、この町に立ち寄った海軍将校だった。列車を乗り換えるためにひと晩泊まり、ストーンウォール・ホテルの柱に寄りかかっていたとき、彼女が通りかかったのだ。結局彼は町に四日とどまった。彼女は彼を愛していると思った――小心者の店員に傾けたかもしれない初恋のヒステリックな情熱を彼に注ぎ込んだ。海軍将校の制服が――当時はまだあまりいなかったので――魔力を働かせたのだ。彼は曖昧な約束を口にして去ったが、列車に乗った途端、本当の名前を彼女に告げなくてよかったと喜んだ。

その結果、彼女は精神的に落ち込み、サイラス・フィールディングの腕に飛び込むことになった。ある日、歩道を歩いているとき、この地元の服屋の息子にロードスターから声をかけられたのだ。彼女は前から彼の名前を知っていた。彼女がもう少し高い社会階層に生まれていたら、彼も彼女のことを知っていただろう。彼女の階層が少し下がったために、彼から声をかけられることになったのだ。一カ月後、新兵訓練所に入ったとき、彼は親密になりすぎたことを少し心配したが、同時にホッとした部分もあった。彼女にそれほど深く愛されていないこと、彼女が面倒を起こすタイプではないこともわかったからだ。ドットは彼との関係をロマンチックに考え、戦争がこうした男たちを奪い去ったのだと思うことで、虚栄心を慰めた。そして、海軍将校とは結婚できたはずだと自分に言い聞かせるのだ。それでも、八カ月で三人の男と関係を持ってしまったことに不安も感じた。ジャクソン・ストリートの「悪い女たち」のようになってしまうのではないかと考えると、驚き以上に恐怖を覚えた。こうした女たちのことを彼女と友人たちは、三年前、クスクス笑ったりガムを嚙んだりしながら、面白がって見つめたものだった。

しばらくのあいだ彼女はもっと慎重になろうとした。男たちのほうから彼女に声をかけさせるようにし、キスを許したり、もう少し大胆なことまで許したりしても、例の三人の仲間入りはさせなかった。数カ月経って、その決意の強さは――あるいは、激しい恐怖による抑止力は――衰えていった。彼女は落ち着かなくなり、夏の月日が過ぎていくあいだ、人生からも時間からも離脱してうつらうつらした。出会う兵士たちは明らかに彼女より下の階層の人間か、はっきりわからなくても彼女より上の人間かで、その場合は彼女を利用することしか求めなかった。集団で群がる、やかましくて下品な北部人たち……そんなとき、アンソニーと出会ったのである。

あの最初の夜、彼女にとってアンソニーは感じはよいが不幸そうな顔であり、声であり、時間を過ごす手段であって、それ以上のものではなかった。しかし、次の土曜日に会ったとき、彼女はよく考えながら彼のことを見て、好ましく感じた。知らず知らずのうちに、彼の顔に映る自分の悲劇を見ていたのだ。

二人はまた映画に行き、影深く香り立つ通りをまた散歩した。今回は手をつなぎ、抑えた声で少ししゃべりながら。二人は門をくぐった――小さなポーチに向かっていった――

「しばらくここにいていいよね?」

「シーッ!」と彼女は囁《ささや》いた。「すごく静かにしないといけないわ。お母さんが『スナッピー・ストーリーズ』〔当時流行していた大衆向け雑誌〕を読んでるから」。確かに、ページをめくるサラサラという音がなかから聞こえてきた。鎧戸《よろいど》の隙間から光が漏れ出ていて、ドロシーのスカートに薄い平行の筋を作っている。通りは静かで、聞こえるのは向かいの家の階段に集まっている人々の声だけ。彼らは静かな歌を冗談交じりに歌いながら、ときどき声を張り上げる。

「――目が覚めたら
可愛い馬はみんな
あなたのもの――」〔南部の伝統的な子守歌「可愛い馬はみんな」より〕

そのとき、近くの家の屋根で二人の到着を待っていたかのように、月が突如として現われ、蔓《つる》の向こうから斜めに光を投げかけた。女の顔は白いバラの色になった。

アンソニーの記憶が甦った。あまりにも鮮明な記憶なので、目をつぶっても、映画の回想シーンのようにはっきりと映像が浮かんでくる――半ば忘れられた五年前の冬、季節外れに雪が解けた温かい夜のこと。別の女が、星のように移ろう光に向かって顔を上げた――輝かしい、花のような顔を。ああ、彼の心に住む「無慈悲な美女《ラ・ベル・ダム・サン・メルシ》」よ。消えつつある移ろいやすい輝きのなか、リッツカールトンで彼に向けた黒い瞳によって、ボワ・ド・ブローニュの通り過ぎる馬車からの影のような一瞥によって、その存在を彼に知らしめた女！　しかし、こうした夜は歌の一部、栄光の記憶にすぎない――ここにまたかすかな風が、幻影が、ロマンスを約束する永遠の現在がある。

「ねえ」と彼女は囁いた。「私のこと、愛してる？　愛してる？」

呪縛が解けた――吹き寄せられた星たちの断片がただの光となり、通りの向こうの歌声は小さくなって単調な音に、バッタたちの鳴き声にすぎなくなった。ほとんど溜め息をつきそうになりながら、彼は彼女の熱い唇にキスをし、彼女は腕を彼の肩の上に回した。

軍隊の男たち

一週一週が干上がっては吹き飛ばされるかのように過ぎていった。アンソニーは行動範囲をどんどん広げていき、駐屯地とその周辺をよく知るようになった。人生で初めて、絶え間なく誰かしらと個人的に関わるようになった。チップを与えたウェイターたち、彼に対して帽子を傾けてきた運転手たち、大工たち、鉛管工たち、理髪師たち、農民たち。かつては職業を通して、どれだけ役に立つかでしか目立つことのなかった人たちだ。駐屯地での最初の二カ月間、彼は一人の男と十分以上じっくりしゃべることはなかった。

軍の記録では、彼の職業は「学生」となっていた。最初の質問票には、彼は早まって「作家」と書いていたが、中隊の者たちに職業を聞かれると、たいてい銀行員と答えていた――真実を告げたら、つまり仕事をしていないと言ったら、有閑階級の人間ではないかという疑いを招いただろう。

彼の大隊の軍曹、ドナリー親父は痩せこけた「老兵」で、酒のためにやつれた男だった。かつては数えきれないほどの日々を軍の留置所で過ごしたのだが、最近は訓練係が足りないために、現在の地位に引き上げられたのだ。彼の顔は穴がたくさん開いているように見え、まさに戦場になった空き地を撮った航空写真といったところ。週に一度、ダウンタウンに行って透明な酒で酔っ払い、静かに駐屯地に戻って、寝台に倒れ込む。次の日は起床ラッパとともに中隊の前に現われるが、そのたびごとに真っ白なデスマスクに似通ってきていた。

彼は自分が政府を巧妙に「騙している」という驚くべき幻想を抱いていた――十八年間、わずかばかりの給料で軍務に就き、もうすぐ引退することになる（ここで彼はいつもウィンクした）。そうすると、月に五十五ドルという立派な額の年金がもらえるのだ。彼はそれを見事な冗談だと見なしていた――ジョージア州の田舎者だった十九歳のときから、ずっと自分をいじめ、蔑んできた数十人の者たちに対する仕返しの冗談である。

目下のところ、中尉は二人しかいなかった――ホプキンズと、人気者のクレッチングである。クレッチングは好漢であり、優れた指導者であると見なされていたが、一年後に千百ドルという食堂の資金を持って姿をくらました。そして多くの指導者たちと同様に、その足取りを追うのは極端に難しかったのである。

続いてダニング大尉がいた。この一時的な、しかし自己完結している小宇宙の神である。彼は神経質なところがある予備役将校で、精力的かつ情熱的だった。この最後の性質は、口角泡を飛ばすしゃべり方をするときに、しばしば目に見えて現われた。ほとんどの将校たちと同じく、彼は部下を正面からまっすぐに見つめ、その希望に溢れた目には、自分の部隊は素晴らしいものとして映っていた――まさにこの素晴らしい戦争に相応《ふさわ》しい部隊である、と。いろいろな心配事があり、我を忘れるようなこともあったが、彼は人生最高の時を過ごしていた。

列車で一緒だった小柄なシチリア人、パプティステは、訓練の二週目に彼の不興を買った。大尉は兵士たちに、毎朝ちゃんと髭を剃ってから整列するように、何度も指導していた。ところがある朝、これに関する驚くべき規則違反が発覚した——これはドイツの陰謀に違いない——というのも、夜のあいだに四人の男たちが髭を生やしてしまったのである。四人のうち三人は最低限の英語しかわからなかったので、実地教育が何よりも必要であると考えたダニング大尉は、ボランティアの床屋を中隊の通りに呼び戻し、髭剃りをさせた。その結果、民主主義を守る戦いのために、半オンスほどの髭が三人のイタリア人と一人のポーランド人の頬から取り除かれたのだ。

中隊の世界の外周には、ときどき大佐が現われた。歯を剥き出しにする、太った男。立派な黒い馬に乗って、大隊の訓練場を回る。彼は陸軍士官学校の出で、見せかけだけの紳士だった。野暮ったい妻と、野暮ったい心の持ち主。多くの時間を町で過ごし、このところ上がった軍隊の地位を利用していた。そして最後に将軍がいた。彼は自分の旗に先導されて、駐屯地の道を歩いた——あまりに真面目で、超然とした威厳があるため、ほとんど存在に気づかれないほどだった。

十二月になった。夜には冷たい風が吹き、朝の訓練場は湿っていて寒い。寒さが増すにつれ、アンソニーは生きていてよかったと思った。奇妙にも体が生き返ったように感じ、心配はあまりせず、ただ動物のような満足感を抱いて現在を生きていた。グロリアと彼女が代表している人生が心に浮かばなくなったわけではない。単純に、グロリアが日に日に現実感と生気を失っていったのだ。一週間ほど、彼らは情熱的に、ほとんどヒステリックに手紙のやり取りをした。それから、言葉にはしない同意があって、一週間に二通以上は書かなくなり、さらに一通以上書かなくなった。退屈しているの、と彼女は書いた。彼の部隊がまだしばらくそこにいるのなら、会いに行こうかしら。ミスター・ヘイトは予期していた以上に強力な趣意書を提出できそう。でも、晩春より前に上訴審が開かれるかどうかはわからない。ミュリエルは赤十字の仕事でニューヨークにいて、よく一緒に外出する。私も赤十字に入ることにしたら、アンソニーはどう思う？　ただ、問題は、黒人をアルコールで拭いてあげなきゃいけないって話を聞いたこと。それ以来、あまり愛国者じゃなくなった。ニューヨークは兵士たちで溢れていて、何年も会ってなかった青年たちを見かけた……。

アンソニーはグロリアが南部に来ることを求めておらず、それにはいろいろな理由があると自分に言い聞かせていた――自分はしばらく彼女から離れて休息を取ったほうがいいし、彼女も自分から離れたほうがいい、といったことだ。この町では計り知れないくらい退屈するだろうし、アンソニーに会えるのは一日に数時間程度しかない。しかし、心のなかでは、それは自分がドロシーに惹《ひ》かれているためではないかと恐れていた。実際のところ、グロリアが何らかの偶然で、あるいは探りを入れることで、彼が築いた関係のことを知るのではないかと恐れながら暮らしていた。このもつれた関係が始まって二週間経った頃には、自分がいかに不誠実な男かと惨めな思いをするようにもなった。にもかかわらず、一日が終わると、テントから外に出て、ＹＭＣＡで電話をしたいという誘惑に抗《あらが》えなかった。

「ドット」

「なあに？」

「今夜、会いに行けるよ」

「嬉しいわ」

「星の下で何時間か、僕が滔々《とうとう》と語るのを聞きたいかい？」

「まあ、可笑しいわね――」

一瞬、彼は五年前のことを思い出した――ジェラルディンのことだ。それから――

「八時くらいに行くよ」

七時に彼は乗り合いバスに乗って町に向かう。町では何百人もの南部女性たちが月明かりの下、ポーチで恋人たちを待っている。彼女がおどおどしながらする熱いキスに、驚いたように投げかける静かな視線に、彼はすでに興奮している――これまでに、この視線に現われているような崇拝に近い感情を人に呼び起こしたことはない。グロリアと彼は対等で、感謝や義務について考えることなく相手に尽くしていた。この娘にとっては、愛撫そのものが計り知れない恵みなのだ。静かに泣きながら、彼女は彼が最初の男ではないことを打ち明けた。一人だけいたの、と。彼は、その情事が始まってすぐに終わったのだろうと考えた。

実際、彼女の側からすれば、真実を話していたのだ。彼女は店員のこと、海軍将校のこと、服屋の息子のことを忘れ、そのときの生き生きとした感情を忘れた。これは本当の忘却だった。どこかぼんやりとした影のような人生において、誰かが彼女を奪った――それは眠っている最中に起きたことのようだった。

ほとんど毎晩、アンソニーは町に出た。ポーチで語り合うには寒くなってきたので、彼女の母親が小さな居間を彼らに明け渡してくれた。安っぽいフレームに入った数十の多色刷り石版画、何ヤードにもなる房飾り、そして数十年間キッチンと隣接していたことによる濃い空気に満ちた部屋。二人は火を起こした――それから幸せそうに、疲れることなく、彼女は愛の営みを行った。そして毎晩十時に、彼をドアまで見送った。彼女の黒い髪は乱れ、化粧を落とした顔は白く、白い月明かりの下でいっそう青白く見える。外は決まって銀色に輝いているが、しとしとと温かい雨が降っていることもある。地面までたどり着かないくらい怠惰な雨。

「愛してるって言って」と彼女は囁く。

「もちろんじゃないか、可愛い赤ちゃん《ベイビー》」

「私って赤ちゃん?」ほとんど哀愁を帯びた声。

「ちっちゃな赤ちゃんだよ」

彼女はグロリアのことをぼんやりと知っていた。とはいえ、考えるのは苦痛なので、グロリアは高慢ちきで冷たい女なのだろうと思い描いていた。アンソニーよりも年上で、夫婦のあいだにはまったく愛はないのだと決めつけた。ときどき彼女は、戦争が終わったらアンソニーは離婚し、自分と結婚するのだという夢想に耽《ふけ》った。しかし、そのことは彼には言わなかったし、それがなぜかもよくわかっていなかった。中隊の者たちと同様に、彼は銀行員のようなものだと考えていた——家柄は立派だが貧乏なのだろう、と。それでこんなことを言った。

「私にお金があったらね、ダーリン、それをみんなあなたにあげるわ……五万ドルくらいほしい」

「それだけあったらいいね」とアンソニーも同意した。

——その日の手紙でグロリアはこう書いていた。「百万ドルで折り合えるのなら、ミスター・ヘイトにそれで話をまとめてくれって頼もうと思います。この程度の額で妥協するのはちょっと残念だけど……」

……「そうしたら自動車が買えるわ」とドットは最後に勝ち誇ったように叫んだ。

印象的な機会

ダニング大尉は自分が人の性格を読む名人だと自慢していた。人と会って三十分後には、その人物を驚くべきカテゴリーの一つに分類するのだ——素晴らしいやつ、いいやつ、賢いやつ、理論家、詩人、「役立たず」。二月初めのある日、彼はアンソニーを中隊事務室のテントに呼んだ。

「パッチ」と彼はもったいぶった調子で言った。「わしはここ数週間、おまえに注目してきた」

アンソニーは直立不動の姿勢を続けた。

「そして、おまえはよき兵士になる資質を具《そな》えていると思う」

この言葉は普通、熱い思いを掻き立てるものなので、大尉はそれが静まるのを待った——それから続けた。

「こいつは子供の遊びじゃない」と彼は眉間に皺を寄せて言った。

アンソニーは悲しげな「ノー、サー」という言葉で同意した。

「これは大人の勝負だ——そしてわしらにはリーダーが必要だ」。それからクライマックス——素早く、確かに、心をときめかすように。「パッチ、おまえを伍長にしたいと思う」

アンソニーはこの言葉に気圧《けお》され、少し後ろに引き下がりそうになった。そこまで高い信頼を託される二十五万人のうちの一人になるのだ。その地位ならではの「ついてこい！」というフレーズを、ほかの七人の怯えた者たちに叫ぶことができる。

「おまえは教育を受けた男のようだな」とダニング大尉は言った。

「イエッサー」

「それはいい、それはいい。教育は大事なものだ。しかし、それで図に乗るな。いまやっているように続ければ、おまえは立派な兵士になる」

パッチ伍長は敬礼した。この最後の言葉がまだ耳の奥で鳴っている。それから彼は回れ右をし、テントを出た。

この会話は楽しかったが、アンソニーは軍曹としての人生のほうがもっと楽しいだろうと考えざるを得なかった。あるいは、あれほど厳密でない医師に診断してもらえれば、将校にもなれるかもしれない。伍長としての仕事については、軍が誇る勇壮さと矛盾するように思えて、あまり興味を持てなかった。上官による監察は、見栄えをよくするために身だしなみを整えさせるのではなく、みっともなくないように服を着るというだけのものだ。

しかし、冬が過ぎていくにつれ――夜はじめじめとし、日中は冷たい雨がよく降って、雪は降らなかった短い冬――アンソニーは体制がなんと素早く自分を取り込んでしまったのかと驚いた。自分は兵士だ――兵士でない者たちは民間人だ。世界はおもにこの二つのカテゴリーに分かれているのである。

軍人のように目立つ特徴を有する分野の者は、人間を二種類に分ける――自分たちとそれ以外である。そのことにアンソニーは気づいた。聖職者にとっては聖職者と俗人、カトリックにとってはカトリック教徒と非カトリック教徒、黒人にとっては黒人と白人、囚人にとっては囚人と自由人、そして病人にとっては病人と健常者……したがって、生まれてこのかた考えてもみなかったのだが、自分は最近まで民間人であり、平信徒であり、非カトリック教徒であり、非ユダヤ教徒であり、白人であり、自由であり、健康であった……。

アメリカの兵士たちがフランスやイギリスの塹壕に送り込まれるようになると、彼は陸海軍の広報誌に発表された死傷者たちのなかにハーヴァード出身者の名前を多数見つけるようになった。しかし、これだけ汗と血を流しても、状況は変わっていない。目に見える形で戦争終結の見込みが未来にまったくなかった。古い戦争の記録を見ると、一方の軍隊の右翼側が他方の軍隊の左翼側を常に破り、その間に左翼側が敵の右翼側によって全滅させられている。そのあと、雇い兵たちは逃げる。当時はこんなに簡単だった。ほとんど最初から決まっていたかのように……。

グロリアはたくさん読書をしていると書いていた。私たち、互いの関係をめちゃめちゃにしてしまったわね、と彼女は書いた。やることがあまりないので、どうすればどう変わったかを想像して時間を過ごしている。自分を取り巻く環境が全般的に不安定に思われる――数年前は、すべてをその小さな手で操っているように思えたのに……。

六月、彼女の手紙はそっけなくなり、頻度も少なくなった。そして突然、南部に来ることについては何も書かなくなった。

敗北

田園地帯の三月は、温かくなりつつある草原にジャスミンと黄水仙、そしてところどころスミレが咲き出していて、非常に美しい。あとになって、アンソニーは新鮮で魔法のような魅力を備えていたある午後のことをとりわけ思い出すことになった。射撃壕に入って的を狙いながら、英語のわからないポーランド人に向かって「カリドンのアタランタ」〔スウィンバーンの物語詩〕を朗誦していたときのこと。彼の声は、頭上を飛ぶ銃弾のヒュッヒュッ、ビューッ、バチャッなどと鳴る音と混じっていた。

「春の猟犬どもが……」

スパンッ！

「冬のあとを追い……」

ブーーン！

「月日の母親が……」

「ヘイ！　しっかりしろ！　三番を狙うんだ！……」

町では街路という街路がまた夢見心地となった。アンソニーはドットとともに昨秋たどった道をのんびりと歩きつつ、この眠たげな南部に愛着を抱くようになっていた――イタリアよりもアルジェを思わせる南部。野心はだいぶ希薄になったが、数えきれないほどの世代をさかのぼれば、このルーツには温かくて素朴な楽園がある――未来への希望も心配もなく、人々が日々を楽しんでいた時代。ここで響くすべての声の抑揚には真心が、思いやりが現われていた。「人生は我々全員に同じ冗談を仕掛けているんだよ――可愛いけど、我々を苦しめる冗談をね」と、耳に心地よい悲しげなリズムで、みんな言っているように思われる。声の調子は上がっていき、はっきりとしない短調の音で終わる。

彼は行きつけの床屋が好きだった。やつれた青白い若者にいつも「ハーイ、伍長!」と呼びかけられる店。この若者が髭を剃ってくれ、振動する冷たい機械を頭に当てていてくれると、いつまでもこのままでいたいと思う。アンソニーはまた「ジョンストンズ・ガーデンズ」も好きだった。彼らがダンスをしにいくところで、悲しそうな黒人が恋焦がれるような、胸が張り裂けるような音楽をサクソフォンで吹いている。終《しま》いには派手なホール全体に魔力が及び、野蛮なリズムと煙たい笑い声のジャングルになる。そのとき、彼が心の底から望み、満足を感じられるのは、ドロシーの柔らかい溜め息と優しい囁き声に浸って、つまらない時間の経過を忘れることである。

彼女の性格の底には悲しみがあった。人生のささやかながら楽しめる細部を除き、すべてを意識的に避けようとするところ。彼女が無頓着に、何も考えず猫のように日向ぼっこをしているとき、彼女のスミレ色の瞳は何時間ものあいだ感覚を失っているように見える。彼はあのくたびれた生気のない母親が自分たちのことをどう思っているのだろうと考えた。極度のシニシズムに陥ったようなとき、自分たちの関係を勘繰るようなことはこれまでになかったのだろうか、と。

日曜日の午後、二人は田園地帯を歩き、ときどき森の縁にある乾いた苔の上で休んだ。そのあたりには鳥が集まり、スミレや白いハナミズキが固まって咲いているところがある。灰白色の木々が水晶のように冷たく輝き、くらくらするような外の暑さをまったく意に介さないようだ。彼はそこで途切れがちにしゃべった——いわば眠たげな独白。意味のない、そして返事のない会話である。

七月になると、炙《あぶ》るような太陽が照りつけてきた。ダニング大尉は、蹄鉄作りを学ばせるために部下の一人を派遣するよう命じられた。連隊は戦時の兵力を満たすようにしていたし、ほとんどの古参兵は訓練係として必要だったので、大尉は小柄なイタリア人、バプティステを選んだ。一番いなくてもいい兵士だったのだ。バプティステはこれまでまったく馬と関わったことがなく、しかも怖がったために、事態はさらに悪くなった。ある日、彼は中隊事務室に来ると、この任務から解かれるのでなければ死にたいです、とダニング大尉に言った。馬に蹴られました、自分にはこの仕事は無理です。ついにはひざまずき、片言の英語と聖書からの引用混じりのイタリア語で、どうか外してくださいとダニング大尉に泣きついた。三日間、眠っていないのです。夢のなかで巨大な馬が後ろ足で立ち、踊り回るのです。

ダニング大尉は中隊の事務官を（大笑いしていたので）叱責し、できる限りのことをしようと言った。しかし、よく考えた結果、もっと優秀な男を手放すわけにはいかないという結論に達した。バプティステの運命はさらに悪くなった。馬たちは彼が怖がっていることに気づき、どうやらそれにつけ入ろうとしたのだ。二週間後、黒い大きな雌馬を馬房から引っ張り出そうとしているとき、彼はその馬の蹄《ひづめ》に頭を潰されたのである。

駐屯地が変わるという噂が七月半ばに立ち、続いて命令が来た。旅団は百六十キロ南の空いている駐屯地に移り、そこで師団に編成されるというのである。最初、兵士たちは塹壕に向かうのだと思い、中隊の通りで数人ずつ固まって、ひと晩じゅう喚き散らしていた。偉そうに体を揺らしながら、「行くぞ！」と互いに叫び合う。真実が漏れ聞こえてくると、ふざけるなとばかりに、それは本当の目的地を隠すための手段だと決めつけた。兵士たちは自分たちが重要な任務に就いていると考えて悦に入っていたのである。その夜、彼らは町の女たちに「ドイツ人をやっつけに行く」と話した。アンソニーはしばらく兵士たちのあいだを回り、それから乗り合いバスを呼び止めて、ドットに会いにいった。この町から出ることを打ち明けるのだ。

彼女は暗いベランダで待っていた。安っぽい白のドレスを着ていたが、それが顔の若々しさと穏やかさを引き立てていた。

「ねえ」と彼女は囁いた。「ものすごく会いたかったのよ、ハニー。一日じゅう」

「君に話があるんだ」

彼女は彼の腕を引っ張り、ブランコの座席の隣りに座らせようとした。彼の声の不吉な口調には気づいていなかった。

「話して」

「来週、ここを出る」

彼女は彼の肩に腕を回そうとしていたが、闇のなかで腕の動きが止まり、顎が上がった。次に声を出したとき、柔らかい口調がそこからは消えていた。

「フランスに行くの？」

「いや。それよりも運が悪い。ミシシッピ州のくだらない駐屯地に行くんだよ」

ドットは目を閉じた。その目蓋《まぶた》が震えていることにアンソニーは気づいた。

「ねえ、ドット、人生って辛いものだね」

彼女は彼の肩にもたれて泣いていた。

「本当に辛い、本当に辛いんだ」と彼は意味もなく繰り返した。「ただ人を傷つけ、何度も傷つけて、最後にはもう痛みが感じられないくらいに痛めつけるんだ。そこまで行くと最悪だな」

苦悩に悶《もだ》え、我を忘れて、ドットは彼を強く胸に抱きしめた。

「神様！」と彼女は途切れがちに囁いた。「私を置いていくなんて駄目よ。私、死んでしまう」

軍の移動などよくあることだ。そう一般的な話として取り繕《つくろ》うのは無理だと彼は思うようになっていた。彼女があまりに近くにいるので、ただ「可哀想なドット、可哀想なドット」と繰り返すしかなかった。

「それからどうなるの？」と彼女は悲しそうに訊ねた。

「どういう意味？」

「あなたは私の命なのよ、それだけ。あなたが死ねと言うなら、この場で死ぬわ。ナイフを取り出して、自分を刺す。私をここに置いていかないで」

彼女の口調に彼はゾッとした。

「よくあることだよ」と彼は冷静に言った。

「じゃあ、あなたと一緒に行くわ」。涙が彼女の頰をこぼれ落ちた。悲しみと恐怖に恍惚として唇が震えている。

「ねえ」と彼は感情を込めてつぶやいた。「ねえ、可愛いドット、わからないかな？　これはいずれ起きることなんだし、それを先延ばしにしているだけなんだよ。数カ月後にはフランスに行くんだから――」

彼女は彼から身を離し、拳をギュッと握って空を見上げた。

「死にたいわ」。一つひとつの言葉が心のなかで慎重に造形されて出てくるようだった。

「ドット」と彼は居心地悪そうに言った。「いずれ忘れるよ。こういうことって、失われたときが素晴らしく感じられるんだ。わかってる――僕もかつてあるものを求め、手に入れた。そんなに激しく求めたことはなかったんだ、ドット。そして手に入れてしまったら、手のなかで塵《ちり》になってしまった」

「わかったわ」

自分の考えに夢中になって彼は続けた。

「よく思うんだ。求めたものを手にしていなかったら、状況はまったく違ったんじゃないかって。自分の心のなかに何かを見つけ、さまざまにもてあそんで、楽しんでいたかもしれない。その活動に満足し、成功して、それなりに虚栄心が満たされていたかも。ある時点で、僕は何でも求めるものを手にできたと思うんだ、無理のない範囲でね。でも、そのとき心の底から欲しいと思ったものは一つだけだった。なんてことだ！　それでわかったんだよ、人は何でも手に入れられるわけではない。実際には何も手にできないって。だって、欲望は人を騙すだけなんだ。部屋のあちこちを飛び越してしまう太陽光線のようなもの。つまらないもののところに止まって輝かすけど、愚かな我々がそれを摑もうとすると——でも、光線は別のところに移ってしまって、そのつまらないものを手にするしかない。君の欲望を搔き立てた光はもう消えてしまっている——」。彼は気まずそうに間を置いた。彼女は泣きやみ、立ち上がっていた。暗闇の蔓の葉を手で摘まんでいる。

「ドット——」

「出てって」と彼女は冷たく言った。

「何だって？　どうして？」

「言葉だけならいらないわ。私にはそれしかないんなら、出ていってちょうだい」

「どうして、ドット——」

「私にとって死に値することが、あなたにはとってはたくさんの言葉にすぎないんだわ。それを見事に並べてくれたこと」

「申し訳ない。君のことを話していたんだよ、ドット」

「ここから出ていって」

腕を広げて近づいてくる彼を、彼女は寄せつけようとしなかった。

「私が一緒に行くのは嫌なんだわ」と彼女は冷静に言った。「たぶん、あっちで会うのよね、あなたの——あの人と——」。どうしても「奥さん」とは言えなかったのだ。「私にわかりっこないでしょう？　じゃあ、あなたはもう私の恋人ではないわ。だから行ってちょうだい」

それは稀《まれ》に見る瞬間の一つだった。対立する警告と欲求に駆り立てられながらも、アンソニーは内面から促されて行動したのだ。彼はためらったが、それから無力感の波が押し寄せた。もう遅すぎる――すべてが遅すぎる。ここ何年間か、彼は夢を見ることで世間を渡ってきたし、水のように不安定な感情に基づいて決断していた。いまはこの白いドレスを着た女が彼に取り憑《つ》き、激しいが調和のとれた欲望の力で美に近づいている。その暗く傷ついた心に燃えている火が、炎となって彼女のまわりで輝いているように見える。深くて未知の誇りをもって、彼女はよそよそしい態度を取り、それで目的を遂げたのだ。

「僕は――そんな無神経なことを言おうとしたわけではないよ、ドット」

「どうでもいいわ」

炎がアンソニーを包んだ。何かが彼の腹をえぐり、彼は為す術《すべ》なく、打ちひしがれて立ちすくんだ。

「僕と一緒に来てくれ、ドット――可愛いドット。ああ、僕と来てくれ。君を置いていくことなんてできない――」

彼女はすすり泣きながら彼の体に腕を回し、体をもたせかけた。そのとき月は、世界の顔色の悪さを覆い隠すという永遠の仕事にいそしみ、その不義の蜜を眠たげな通りに浴びせかけていた。

大惨事

九月初め、ミシシッピ州ブーン駐屯地。蚊帳《かや》のすぐ向こうは、虫たちで賑やかな夜の闇だ。その蚊帳に守られて、アンソニーは手紙を書こうとしていた。ときどきポーカーをしている男たちの声が隣りのテントから聞こえてくる。外では、一人の男が中隊の通りを歩きながら、最新のコミックソング「ケ・ケ・ケ・ケイティ」〔一九一八年の流行歌〕を歌っている。

アンソニーは肘をつき、苦労して体を持ち上げた。鉛筆を握ったまま、何も書いていない便箋を見下ろす。それから、前置きを省略して、いきなり書き始めた。

「どうしちゃったのか想像もつかないよ、グロリア。もう二週間、君から一行も便りがないんだから、僕が心配するのも当然じゃないか――」

彼は困ったように唸り声をあげてこの手紙を丸め、また書き始めた。

「どう考えたらいいのかわからないよ、グロリア。君の最後の手紙は短くて、冷たくて、愛情の言葉はまったくなかったし、君がどうしていたのか、まともな説明さえなかった。これが来たのは二週間前だ。僕が変だと思っても当然じゃないか。君の僕への愛が完全に消えたのでなければ、君は少なくとも僕に心配させないように――」

彼はまた紙を丸め、怒ったようにテントの壁の隙間からそれを投げ捨てた。と同時に、朝になったら拾いに行かないといけないことにも気づいた。もう一度書こうという気になれない。文章に温かさを加えることができないのだ――しつこい嫉妬と疑惑だけ。真夏以来、こうした変化がグロリアからの手紙に目立つようになっていた。最初のうち、彼は気づいていなかった。彼女の手紙のあちこちにある「ディア」とか「ダーリン」といった決まり文句に慣れっこになっていただけに、それのあるなしを意識しなくなっていたのである。しかし、ここ二週間、何かがおかしいということに彼は気づかざるを得なくなった。

彼女に夜間電報を送り、士官訓練所に入る試験に受かったこと、近いうちにジョージアに移ることも知らせていた。彼女はニューヨークを離れているのだろうと想像した。彼はもう一度電報を送った――また返事が来なかったので、彼女は町を離れていないということに何度も思い至り、心が乱れてさまざまな想像に取り憑かれてしまう。退屈し、落ち着かなくなったグロリアが、ほかの誰かを見つけたとしたらどうだろう。彼だってそれをしたのだから。そう考えると、あり得るだけに彼は恐ろしくなった――この一年、彼女のことをそれほど考えなかったのは、彼女の誠実さに確信を抱いていたからだ。いま、このように疑惑が生まれてしまうと、かつての怒り、激しい所有欲が、千倍になって押し返してくる。彼女がまた恋をしているという以上に自然なことがあるだろうか？

彼は思い出した。かつてのグロリアは、求めたものは何でも手に入れると決めていたのだ。完全に自分の満足のために行動するのだから、こうした恋愛を経験しても傷つくことはないと主張していた。問題なのは人の心に与える影響だけよ、と彼女は言った。そして彼女は男っぽく反応するだろう――充足し、かすかに嫌悪を感じるくらいなのだ。

しかしこれは、結婚した当初のことだった。あとになって、自分もアンソニーに嫉妬を感じることがわかり、彼女は気を変えた――少なくとも表面的には。彼女にとって、世界じゅうにほかの男はいなかった。このことを彼は知っていたが、ただ確信しすぎていた。ある種の潔癖さが彼女の歯止めになると気づいて、彼女の愛を完璧な形のまま保とうという努力を怠《おこた》ってきたのだ――結局のところ、彼女の完璧な愛こそがすべての要《かなめ》だったのに。

一方、夏のあいだずっと、彼はドットをダウンタウンの下宿屋に住まわせていた。そうするためには、ブローカーに手紙を書いて、金を用意してもらう必要があった。ドットは南部に行くことがばれないように、旅団が駐屯地を引き払う前日に家を出て、ニューヨークに旅立つという書き置きを母に残した。そして次の日の夜、ドットに会いに行くふりをして、アンソニーが彼女の家を訪ねた。レイクロフト夫人は泣き崩れ、客間には警官がいて、アンソニーへの質問が始まった。そこから抜け出すのは一苦労だった。

九月、グロリアに関する疑惑を抱えていると、ドットと一緒にいることが退屈になり、ほとんど耐えられなくなった。睡眠不足で神経質になり、すぐに苛々してしまうのだ。心は恐怖に苛《さいな》まれ、沈み込んだ。三日前、彼はダニング大尉のところに行き、賜暇休暇《しかきゅうか》をいただけないかと訊ねた。しかし、優しい顔でしばらく待てと言われるだけだった。師団は海外に向かうが、アンソニーは士官訓練所に行くことになっている。賜暇休暇が与えられる者がいるとすれば、それは国を離れる者でなければならない。

このように拒絶されて、アンソニーは電報局に向かった。南部に来るようにと、グロリアに電報を打とうと思ったのだ。しかし局のドアまで来て、こんなことをしてもまったく役に立たないと気づき、すごすごと引き下がった。その日の夜は苛立ってドットと喧嘩してしまい、駐屯地に戻ったときはふさぎ込んで、世界に対して怒っていた。ひどい修羅場となり、その最中に唐突に立ち去ったのである。ドットをどうするかは、当面、彼の心を占める問題ではなかった——妻から便りがないということに不安を感じ、それで頭がいっぱいだったのだ……。

テントの三角形の入り口が突然開き、夜の闇に暗い頭が現われた。

「パッチ軍曹ですか?」イタリア訛りの声。アンソニーは彼が身につけているベルトから、本部の当番兵であることがわかった。

「私に用?」

「十分ほど前、女性が本部に電話してきました。あなたと話したいと言って。とても重要だと」

アンソニーは蚊帳を払い除《の》けて立ち上がった。グロリアからの電報が電話で伝えられたのかもしれない。

「あなたを連れてきてくれと言うんです。また十時に電話するからって」

「わかった、ありがとう」。アンソニーは帽子を手に取り、すぐさま当番兵とともに歩き出した。外の闇は熱く、息が詰まるほどだ。本部の小屋に着くと、眠そうな夜間勤務の将校に敬礼をした。

「座って待て」と中尉はどうでもよさそうに言った。「ものすごくおまえに話したい様子だったぞ」

アンソニーの希望は崩れ落ちた。

「どうもありがとうございます」。そして壁の電話が鳴り始めたとき、彼には誰からの電話かわかった。

「ドットよ」という揺らぎがちな声が聞こえてきた。「会いたいの」

「ドット、言っただろ、数日間はそちらに行けないって」

「今夜、どうしても話したいの。重要なことなのよ」

「遅すぎるよ」と彼は冷たく言った。「十時だ。そして十一時には駐屯地にいないといけない」

「わかったわ」。この言葉に惨めな思いが凝縮されていて、アンソニーは良心の呵責《かしゃく》を感じずにいられなかった。

「どうしたんだい？」

「さようならって言いたいのよ」

「おい、そんな馬鹿なことを！」と彼は叫んだが、気分は高揚した。今晩、彼女が町を出てくれたら、なんと助かることか！　どれだけの重荷が心から取り除かれるか。しかし、彼は言った。「明日にならなければ町から出られないよ」

アンソニーは横目で見て夜間勤務の将校の視線に気づいた。こちらを問いかけるように見つめている。それからドットの次の言葉に動転した。「そういう意味での〝さようなら〟じゃないわ」

アンソニーの手は受話器をギュッと握りしめた。熱が体から引いてしまったかのように、神経が冷えていく。

「何だって？」

激しいかすれ声がすぐに聞こえてきた。

「さようなら――さようなら！」

ガチャン！　受話器を置く音がした。喘《あえ》ぎ声と叫び声の中間のような声をあげて、アンソニーは本部の建物から急いで立ち去った。外に出ると、小さな灌木の隙間から、垂れ下がる銀色の飾り房のような星々が見えた。その下で彼は立ちすくみ、ためらった。自殺するつもりなのか？——ああ、あの馬鹿！　彼は彼女に対する激しい憎悪でいっぱいになった。この大詰めを迎えてみると、こんな情事を始めたこと自体が理解できない——こんなグチャグチャした関係、陰鬱な不安と苦痛がごたまぜになったものを始めるなんて。

気づくと、ゆっくりと歩きながら、心配しても無駄だと何度も自分に言い聞かせていた。テントに戻って眠ればいい。必要なのは睡眠だ。まったく！　眠れるんだろうか？　彼の心は混乱し、どよめいていた。道にたどり着くと、慌てて方向を変え、走り出した——中隊のほうへではなく、その反対方向へ。兵士たちは宿舎に戻ってきている——タクシーが拾えるだろう。一分ほどして、黄色い二つの目が角を曲がってきた。彼はそれに向かって必死に走った。

「待って！　待って！」……それは客が乗っていないフォードだった……「町に行きたいんだ」

「一ドルで行くけど」

「わかった。ともかく急いでくれ——」

永遠かと思えるほどの時間のあと、彼は粗末な暗い家の階段を走ってのぼっていた。ドアを入ったところで、大柄な黒人女をほとんど突き飛ばしそうになる。蠟燭を手に持って、廊下を歩いていたのだ。

「僕の妻はどこにいる？」

「もう床に入りましたよ」

階段を二段飛ばしでのぼり、キーキー音を立てる通路を走る。部屋は暗く、静まり返っていた。震える指でマッチを擦ると、ベッドの上の哀れな服のかたまりから、広く見開いた目が彼を見つめた。

「来てくれるってわかってたわ」と彼女はかすれた声で言った。

アンソニーの心は怒りで凍りついた。

「じゃあ、僕をここに来させて、困らせてやろうって計画だったんだな！」と彼は言った。「ちくしょう、嘘をつくのもいい加減にしろ！」

彼女は哀れっぽく彼を見つめた。

「会わずにいられなかったの。生きていられないわ。ああ、会わずにいられなかった――」

彼はベッドの片側に座り、ゆっくりと首を振った。

「おまえはどうしようもない女だ」と彼はきっぱりと言った。無意識に、グロリアが彼に話しかけるかのようにしゃべっていた。「こういうことを僕にするのはフェアじゃない」

「そばに来て」。彼が何と言おうと、ドットはいま幸せだった。彼は自分のことを気遣ってくれている。彼女のために来てくれたのだ。

「なんてことだ」とアンソニーは絶望して言った。このあとで当然ながら気怠《けだる》さの波が押し寄せてきた。彼の怒りは鎮まり、引いていき、そして消えた。突然、彼はくずおれ、ベッドに座る彼女の脇ですすり泣き始めた。

「ねえ、ダーリン」と彼女は甘える声で言った。「泣かないで！　ねえ、泣かないで！」

彼女は彼の頭を胸に抱き、宥《なだ》めようとした。彼女の幸福な涙と彼の苦い涙が混じった。彼女の手は彼の黒髪を優しくもてあそんでいる。

「私はこんなに馬鹿なの」と彼女はかすれた声で囁いた。「でも、愛してるわ。あなたに冷たくされると、もう生きる価値もないって感じがするの」

これで平和が戻った――白粉と香水の匂いが混ざった静かな部屋で、彼の髪を撫《な》でるドットの手は温かい風のように感じられた。彼女が息を吸って吐くたびに、胸が上下する。一瞬、そこにいるのはグロリアであるように感じられた――これまで知らなかったほど安全で素敵な家にいて、休んでいるかのように。

一時間が経ち、廊下の時計のチャイムが鳴り始めた。彼は飛び上がり、自分の腕時計の青光りする針を見つめた。十二時だ。

この時間になると、駐屯地に戻るタクシーを見つけるのに手間がかかった。ようやく見つけた運転手に急ぐよう促しながら、どうやって駐屯地に入るのが一番いいか考えた。最近、何度か門限を破っている。もう一度捕まったら、士官候補生のリストから名前が削られるかもしれない。タクシーから降り、闇に紛れて歩哨のいる入り口を通り抜けたほうがいいのではないだろうか。しかし、将校たちはしばしば午前零時を過ぎてから、入り口を車で通過している……。

「止まれ！」この疾走する車のヘッドライトが道路に投げかける黄色い光の向こうから、短い言葉が聞こえてきた。タクシーの運転手がクラッチを切ると、ライフルを控え銃《つつ》に構えた歩哨が歩み寄ってきた。運が悪いことに、彼と一緒に警備係の将校もついてくる。

「門限に遅れたね、軍曹」

「イエッサー。ちょっと手間取りまして」

「それはいかんな。名前を聞かないといけない」

将校がノートと鉛筆を手に待っているとき、はっきりと意図していなかったことがアンソニーの唇に込み上げてきた。恐怖と混乱、そして自暴自棄から生まれたもの。

「R・A・フォーリー軍曹です」と彼は息を切らせて言った。

「部隊は？」

「Q中隊、第八十三歩兵隊です」

「わかった。ここからは歩くように、軍曹」

アンソニーは敬礼し、急いで運転手に代金を払って、自分の所属として名を挙げた連隊の方向に走った。そして彼らから見えなくなると、方向を変え、自分の中隊へと急いだ。心臓が激しく鼓動している。自分が致命的な判断ミスを犯したと感じずにいられなかった。

二日後、警備を指揮していた将校がダウンタウンの床屋で彼を見かけた。彼は憲兵に捕まり、駐屯地に戻された。そして裁判なしで一兵卒に格下げされ、一カ月間、中隊の通りより外に出てはいけないと言い渡された。

この打撃がきっかけで、彼は深く落ち込むことになった。そして一週間経たぬうちに、またダウンタウンで捕まった。今度は密造ウィスキーの一パイント瓶を尻のポケットに入れ、酔っ払ってふらふらしながら歩いていた。営倉行き三週間の判決で済んだのは、裁判での行動が常軌を逸していたためである。

悪夢

監禁され始めた頃、アンソニーは自分が正気を失っていくのだと心の底から確信するようになった。暗いが活発な人格が彼の心にはたくさんあり、そのなかには馴染み深いものもあれば、奇妙で恐ろしいものもあるかのようだった。小さな見張りが少し離れてそれを見守り、食い止めているのだが、彼が心配しているのは見張りが病気になり、持ちこたえられなくなることだ。見張りが諦めてしまったら、そして一瞬でも手を抜いてしまったら、こうした耐えがたいものたちが飛び出してくる——自分の最悪の部分が抑えられることなく意識のなかを徘徊するようになったら、どんな闇の状態になるか、わかっているのはアンソニーだけだった。

日中の暑さが変化し、やがて艶のある闇が荒廃した土地に押し寄せているかのようになった。頭上には、得体の知れない不吉な太陽が青い円を描いている——火の中心が無数にあって、彼の目の前で果てしなく回転している。まるで彼が常に熱い光に晒《さら》されて横たわり、熱による昏睡状態にあるかのように。朝の七時、何か幽霊のようなもの、自分の生身の体であることはわかっているが馬鹿げているほど非現実的なものが、ほかの七人の囚人と二人の看守とともに外に出る。中隊の道を工事する仕事のためだ。ある日、彼らはたくさんの砂利をトラックに積み、下ろし、広げ、レーキをかけた——翌日、熱くて赤いタールの大きな樽を運び、溶けたタールの黒くて輝く液体で砂利を埋めた。夜には営倉に監禁され、彼は何も考えずに横になった。思考を方向づける勇気もなく、ただ頭上の天井の不規則な梁《はり》を見つめ、三時くらいまで眠れなかった。眠っているあいだも不安に駆られ、しょっちゅう目を覚ました。

仕事の時間も窮屈な思いが続き、彼はせっかちに体を動かした。蒸し暑いミシシッピの日没へと時間が経過していくあいだ、肉体的に自分を疲れさせようとする。そうすれば夜には疲れきり、ぐっすりと眠れるかもしれない……そんな二週間目のある午後、妙な感覚を抱いた。看守の一人の一メートルほど背後から、二つの目が自分を見つめていると感じたのだ。彼は恐怖に襲われ、目に背を向けて、狂ったようにシャベルを動かした。しばらくすると、体の向きを変えて砂利を取りに行かなければならなくなった。すると、また目が視野に入ってしまい、すでに張り詰めていた神経が切れる寸前にまでなった。それは横目で彼を見つめている。熱く静まり返った空間から悲しげに彼を呼ぶ声が聞こえてきた。滑稽なことに大地が前後に傾き、人々が狼狽して叫んでいる混沌とした声に吸い込まれていった。

次に気づいたとき、彼は営倉に戻っていて、ほかの囚人たちが興味深そうな視線を投げかけていた。例の目は二度と現われなかった。何日も経ってから、彼はあの声がドットのものであったに違いないと感じた。彼女が彼に呼びかけ、何かしらの動揺を引き起こしたのだ。刑期が終わる寸前にそう決めつけると、彼を抑圧していた雲が消えていき、打ちしおれた脱力感に深く落ち込んだ。意識と無意識を仲介し、おぞましい恐怖を操る監視者が強くなり、アンソニーは肉体的に弱くなった。二日連続の労働に体が持ちこたえられないのだ。ある雨の午後、釈放されて中隊に戻ったとき、彼はテントにたどり着くや否や深い眠りに落ちた。夜明け前に目覚めたが、体じゅうが痛く、まったく休まっていない。寝台の脇には二通の手紙が置かれていた。しばらく前から中隊事務室に留め置かれていたもので、一通はグロリアからの短くて冷淡な手紙である。

遺書の件は十一月終わりに裁判にかけられます。休暇は取れませんか？
何度もあなたに手紙を書こうとしたのだけど、そうするともっと悪いことになりそうで。いくつかの件であなたに会いたいのですが、前に私が行きたいと言っても拒まれたので、もう一度試す気になれないのです。いろんなことを考えると、私たちは話し合うのがいいように思われます。あなたが伍長になったのはとても嬉しいです。

グロリア

彼は疲れすぎていて、これを理解しようとすることも――あるいは、気にかけようとすることも――できなかった。彼女の言葉、その意図は、理解できない遠い過去のものだった。二番目の手紙にはほとんど目をやりもしなかった。それはドットからだった――泣きながら書いたと思われる、取り留めない殴り書き。抗議と愛情の言葉、そして悲しみに溢れている。一枚目をちらりと見たあと、力を失った手から手紙は滑り落ち、彼はぼんやりとした眠りの奥地へと戻った。訓練の召集がかかって目を覚ましたとき、彼は高熱を出していて、テントから出ようとしたときに気を失った――正午にインフルエンザで駐屯地の病院に送られた。

この病気は神からの恵みだと彼にはわかっていた。これがなかったら、ヒステリーが再発していただろう。そしてじめじめした十一月のある日、ちょうどニューヨークへの列車に連隊が乗る直前に、彼は回復した。そこから果てしない殺戮の場へと向かうのだ。

連隊がロングアイランドのガーデンシティにあるミルズ駐屯地に着いたとき、アンソニーはできるだけ早くニューヨークに出て、グロリアに会うことしか考えていなかった。その週のうちに休戦条約が結ばれると見られていたが、それでも最後の最後まで兵士たちはフランスに送られ続けるという噂だった。アンソニーはこのことを考えるとゾッとした。長い退屈な船旅があり、フランスの港に上陸し、一年間海外に留められる。おそらくは、実際の戦闘を見てきた兵士たちと入れ替わって。

彼は二日間の賜暇休暇を取りたいと考えていたが、ミルズ駐屯地はインフルエンザの流行で厳重に隔離されており、将校でも正式な任務以外では外出できなかった。一兵卒となれば、問題外だ。

駐屯地自体はわびしくて荒涼とした場所だった。風に吹きさらされて寒く、たくさんの師団が通過するために泥が蓄積して不潔である。アンソニーたちの列車は夜の七時に着き、軍事的な問題を上官たちが解決しようとしているあいだ、一時まで整列して待った。将校たちがひっきりなしに走り回り、命令を叫んだり、大騒ぎしたりしている。その問題とは、義憤に駆られる一人の大佐によるものだとわかった。陸軍士官学校出身なので、自分が戦地にたどり着く前に戦争が終わるというのが我慢ならないのだ。その週、士官学校出身者たちがどれだけ失望したかを好戦的な政府が気づいていたら、間違いなくもう一カ月殺戮を引き延ばしただろう。悲しいことだ！

兵士たちがさんざん歩いたのでぐちゃぐちゃになった軟らかい泥と雪の地面に、何キロもテントがずらりと並んでいる。この寂しい風景を見渡していると、アンソニーはその夜、電話まで歩いていくのは無理だと気づいた。彼女には翌日、チャンスがあり次第、電話をかけよう。

翌朝は寒さと迷惑な朝日によって目が覚めた。彼は整列し、ダニング大尉の熱弁を聞いた。

「戦争は終わったと思っているかもしれないが、終わっていない！　やつらが休戦条約に署名するわけがないんだ。これも姦計だよ。ここの中隊も気を緩めるようなことがあってはならん。言っておくが、一週間以内に船出することになるからな。そうしたら、本当の戦闘を見ることになる」。彼はここで間を置き、自分の言葉の趣旨が充分に伝わるのを待った。「もし戦争が終わったと思っているなら、そこに行ってきた者と話してみるがいい。そして、ドイツ人たちが本当にへばったと思うかどうか聞いてみろ。思ってない。誰もそんなこと思わない。事情がわかっている人たちと話したが、誰もが戦争はあと一年続くと言った。彼らは戦争が終わったと思っていない。だから、終わっただなんて、馬鹿なことを考えちゃいかん」

この最後の訓諭を二度強調してから、彼は中隊に解散を命じた。

正午、アンソニーは最も近い簡易食堂の電話へと走って向かった。駐屯地のダウンタウンとでも言えるところに近づくと、ほかのたくさんの兵士たちも走っていることに気づいた。近くにいる男は突然空中に飛び上がり、踵を合わせてカチンと音を立てた。そのうちそこらじゅうで兵士たちが走り回り、あちこちに興奮気味の集団ができて、喝采の声をあげている。彼は立ち止まり、耳を傾けた――寒々とした田園地帯にホイッスルが鳴り響き、突然ガーデンシティの教会が一斉に鐘を鳴らして反響し合った。

アンソニーはまた走り始めた。周囲の叫び声がはっきりと聞こえるようになり、その声とともに呼気が、寒々しい大気に白い霧となって立ちのぼっている。

「ドイツが降伏したぞ！　ドイツが降伏したぞ！」

偽りの休戦

その夜、六時のうっすらとした闇のなか、アンソニーは二台の貨車のあいだを擦り抜けた。そして鉄道線路の上に立つと、ガーデンシティまで線路沿いを歩き、そこからニューヨーク行きの電車に乗った。逮捕される可能性はあった――憲兵たちはしょっちゅう列車を見回り、許可証を見せろと要求するのだ。しかし、今晩は警戒が緩むであろうと考えていたし、どちらにしても駐屯地を抜け出すつもりだった。電話でグロリアの行方を摑めなかったからだ。もう一日、不安な気持ちで過ごすのは耐えられない。

電車は訳のわからないところで停まったり、しばらく待ったりし、アンソニーは一年前にニューヨークを出発したときのことを思い出さずにいられなかった。ようやくペンシルベニア・ステーションに着くと、彼はよく知っている経路でタクシー乗り場に向かった。自分の住所を告げるときは何だかグロテスクで、奇妙なほど刺激が強いような感じがした。

ブロードウェイでは光が荒れ狂っていた。お祭り気分の群衆で、これまで見たこともないほど込み合っている。光り輝く道には足首くらいまで紙ふぶきが積もり、群衆はそれを掻き分けるように進んでいる。あちこちのベンチや箱に兵士が乗り、無頓着な群衆に向かって何かを語りかけている。ぎらぎらと光る白い灯りの下で、一人ひとりの顔がはっきりと見える。アンソニーは五、六人ほどの顔に目をとめた。後ろにのけぞり、二人の水兵に支えられている酔っ払いの水兵——帽子を振り、さかんに野蛮な叫び声をあげている。松葉杖を持っている、怪我をした兵士——叫んでいる数人の民間人の肩に担がれ、流れに乗るように前に進んでいる。駐車しているタクシーの屋根に脚を組んで座り、物思いに沈んでいる黒髪の娘。ここでは、確かに勝利がちょうどよいときに来たのだ。神のように完璧な予測力で、クライマックスが予定されていたのである。豊かで偉大な国は戦争に勝利し、そのためにひどく苦しみはしたが、自棄《やけ》になるほどではなかった——ゆえに、この祭りが、宴《うたげ》が、勝利の凱旋があるのだ。こうした明るい光の下、その栄光がとっくの昔に忘れられた諸民族の顔も輝いている。彼らの文明は失われてしまった——百世代前、先祖がバビロン、ニネヴェ、バグダッド、テュロスなどで勝利の知らせを聞いていた者たち。先祖がローマ帝国の行列を眺めていた者たち——花で飾られ、奴隷たちを従えた行列の後ろから、捕虜たちがついてくる……。

リアルト劇場、アスターホテルの輝く正面玄関、宝石をちりばめたように豪華なタイムズスクエアを通り過ぎ……前方には白熱光が豪華に輝く道があり……それから——数年経ってしまったように思われる——彼は五十七丁目の白い建物の前でタクシー運転手に金を払っていた。続いて玄関ホールに入る——ああ、マルティニーク出身の黒人のエレベーター係がいた。怠惰で、気怠そうで、変わっていない。

「ミセス・パッチはいるかな？」

「いま来たばかりだもんで」と男は不釣り合いなイギリス訛りで答えた。

「上へ——」

エレベーターがゆっくりとのぼっていく音。降りて三歩でドアの前へ。ノックの勢いでドアが開いた。

「グロリア！」彼の声は震えていた。返事がない。煙草の煙が灰皿から細い筋となって立ちのぼっている——『ヴァニティ・フェア』が何冊も開かれたままテーブルに置かれている。

「グロリア！」

寝室に駆け込む、それから浴室へ。どこにもいない。薄緑がかった青色のネグリジェがベッドに置かれ、かすかな香水の香りを立てている——幻想に誘《いざな》う、馴染み深い香り。椅子にはストッキングと外出着が掛けられ、箪笥《たんす》の上にある白粉の箱は口を大きく開けている。グロリアはちょうど外出したところに違いない。

突然、電話が鳴り、彼はビクッとした——自分が侵入者であるかのような思いで電話を取った。

「もしもし、ミセス・パッチはいらっしゃいますか？」

「いえ、私も探してるんです。どちら様ですか？」

「ミスター・クロフォードです」

「私はミスター・パッチです。予告なしに戻ったところなんですが、妻がどこにいるのかわからないんですよ」

「そうですか」。ミスター・クロフォードは少し狼狽したような声を出した。「いいえ、奥さんは休戦記念舞踏会に行くはずなんですよ。行くつもりだっていうのは知ってます。でも、こんなに早く家を出るとは思いませんでした」

「休戦記念舞踏会って、どこで開かれるんですか？」

「アスターホテルです」

「ありがとうございます」

アンソニーは勢いよく受話器を置いて立ち上がった。ミスター・クロフォードって誰だ？　誰がグロリアを休戦記念舞踏会に連れていく？　これがいつ頃から続いているのか？　こうした質問を何度も何度も自分に問い、さまざまな答えを思い浮かべた。彼女のすぐ近くにいながら会えないだけに、彼は半狂乱になっていた。

疑惑に駆られて、アンソニーはアパートをあちこち探し回った。男がいた気配はないかと、浴室の棚を開け、箪笥の引き出しを熱心に漁った。それからあるものを見つけ、突然手を止めた。ツインベッドの一つに座り、唇の両端が垂れ下がって、いまにも泣きそうな表情になった。彼女の引き出しの隅に、細い青のリボンで縛ってしまわれていたもの、それは彼がこの一年間に書いた手紙や電報の束だった。彼の心は幸福感と感傷の入り混じった恥ずかしさでいっぱいになった。

「僕は彼女に触れる資格もない」と彼は四方の壁に向かって声に出して言った。「僕は彼女の手に触れる資格もない」

それでも、彼は彼女を探すために外に出た。

アスターホテルのロビーに入ると、すぐに群衆に呑み込まれた。ほとんど前に進めないほど、ぎっしりと人が集まっている。舞踏室はどこかと五、六人に訊いて、ようやく素面《しらふ》の人からまともな答えを得られた。さらにホールで長く待ったあと、軍支給のコートをクロークに預けることができた。

まだ九時だったが、ダンスは最高潮に達していた。信じられないような光景だ。女たちがそこらじゅうにいる。紙ふぶきにまみれた、まばゆいばかりの群衆が立てる騒音。それに負けじと甲高い声で歌う、ワインで陽気になった娘たち。十数カ国の制服に興奮した娘たち。みっともなく床に倒れたものの、自尊心を保って「連合国万歳！」と叫んでいる太った女たち。一人の水兵のまわりで手をつないで踊っている三人の白い髪の女――水兵はシャンパンの空のボトルを胸に抱きしめ、目がくらくらするほど回り続けている。

アンソニーは息を切らし、踊っている者たちの顔に目を凝らした。乱れた列を成してテーブルのあいだを歩いている者たち。ラッパを吹いたり、キスをしたり、咳をしたり、笑ったり、酒を飲んだりしている者たち。この華やかさと騒音の上には、輝くような色合いの大きな旗がいくつも斜めに掲げられている。

そのときグロリアに気づいた。部屋のちょうど向こう側、二人用のテーブルに座っている。ドレスは黒く、生き生きとした顔は魅惑的なバラ色に塗ってある――この部屋であそこだけが、うっとりするような美を生み出している、と彼は思った。新しい音楽を聴いたときのように心が飛び上がる。人々を押しのけて前に進んでいき、彼女の名前を呼ぶ。彼女は灰色の目を上げ、彼を見つけた。二人の体が出会い、一つになった瞬間、世界は、祝宴は、揺れるすすり泣きのような音楽は薄らいでいき、うっとりとするような単調な音となった――ミツバチの歌のような静かな音。

「ああ、僕のグロリア！」と彼は叫んだ。

彼女のキスは、心から流れ出てくる爽やかな細流だった。

第二章　美学の問題

一年前、アンソニーがフッカー駐屯地に旅立った夜、美しいグロリア・ギルバートの抜け殻は――その若くて愛らしい体は――グランド・セントラル・ステーションの広い大理石の階段をのぼっていた。耳には機関車の律動する音が夢のように鳴り響いている。ヴァンダービルト街に出ると、道の上にビルトモア・ホテルの巨大な建物が聳《そび》え立ち、その一階の入り口に豪華なドレスを着た娘たちの多彩なコートが吸い込まれていた。一瞬、彼女はタクシー乗り場の脇で立ち止まり、娘たちを見つめた――ほんの数年前は、自分もあの一人だったのだと考えながら。輝かしい「どこか」へと向かって足を踏み出し、常に究極の情熱的な冒険に乗り出そうとしていた、あの頃。その冒険のために、娘たちのコートは繊細に作られ、美しい毛皮で飾られている。娘たちの頰には紅が塗られ、心は束の間の快楽の聖堂よりも高く跳ね上がる。髪飾りもコートも、すべて含めて呑み込もうとしている聖堂よりも。

寒さが増していき、男たちはコートの襟を立てて歩いていた。この変化は彼女に優しかった。すべてが変わってくれたのなら、もっと優しく感じられただろう――天候も、通りも、人々も。そして彼女がここからかっさらわれ、天井が高くて新鮮な香りのする部屋で目覚めたのなら。一人ぼっちで、内側も外側も彫像のようになって――処女であったときの、色鮮やかな過去と同じように。

タクシーのなかで彼女は無力感に苛まれて泣いた。アンソニーと過ごしたこの一年余りが幸せではなかったということは、ほとんど問題にならなかった。ここ数日の彼という存在は、あの忘れがたい六月に彼女の心に呼び起こしたものとほとんど変わらなかったのだ。最近の怒りっぽいアンソニー、弱くて貧しいアンソニーは、彼女をも怒りっぽくさせるものでしかなかった――そして、すべてに退屈を感じさせるものだった。退屈を感じないのは、一つの事実のみ――想像力に富んだ、雄弁な青春時代、二人はうっとりするような感情の饗宴において一緒になった、という事実。この互いに鮮明な記憶のために、彼女はほかの人にはできないようなことでも、アンソニーのためならできたのである。だからタクシーに乗ったとき、彼女は激しく泣き、彼の名前を声に出して呼びたかったのだ。

静まり返ったアパートに戻ったとき、彼女は忘れられた子供のように孤独で、惨めな気持ちだった。そしてアンソニーに宛てて、混乱した感情に満ちた手紙を書いた。

……線路を見下ろして、去っていくあなたの姿が見えるような気がするけど、ダーリン、あなたがいないと私は見ることも、聞くことも、感じることも、考えることもできないの。離れて暮らすのは――私たちに何が起きたにせよ、これから起きるにせよ――嵐に慈悲を請うようなものよ、アンソニー。年老いてしまうような感じなの。だって、あなたにすごくキスしたい――あなたの首の後ろ側、黒い髪が生え始めるあたりに。だって、あなたのことを愛しているし、私たちが互いに何をしても何を言っても、これまでに何をしたにせよ言ったにせよ、私がどれだけ愛しているか感じてくれなきゃダメ。あなたが行ってしまったら、私がどれだけ気力をなくしてしまうか。あのつまらない「大衆」を憎むことさえできない――駅にいた、生きる権利もない人々を――彼らが私たちの世界を汚していても、彼らに憤りを感じることもできない。だって、あなたを求めることで頭がいっぱいだから。

たとえあなたが私を嫌っても、あなたの全身がハンセン病患者のように腫れ物だらけになっても、あなたがほかの女のもとに行っても、あるいは私のことを飢えさせたり、殴ったりしても――とても馬鹿げた仮定だけど——私はあなたを求めるでしょう。まだあなたを愛するでしょう。わかっているわ、ダーリン。

もう遅い——窓をすべて開けたら、外の風は春みたいに穏やかだった。でも、どういうわけか、春よりもずっと若くてもろい感じがする。どうして春は若い娘に喩《たと》えられるのかしら？　とんでもなく不毛な世界で、若い娘が三カ月も踊ったり、ヨーデルを歌ったりするなんて。春は農耕用の馬みたいなものよ。とんでもなく痩せていて、あばらの骨が見えているような老馬。あるいは、畑に積み上げられたゴミみたいなもの——雨に濡れてから太陽でさんざん乾かされ、不気味にきれいになったもの。

数時間であなたは目覚めるのね、ダーリン——そして、人生にうんざりして、惨めな気持ちになるのでしょう。デラウェアかカロライナかどこかにいるのでしょうけど、それはどうでもいいことなの。生きている人で、自分のことをはかない存在として——贅沢品か不必要な悪にすぎないものとして——見られる人はいないでしょうね。人生は無価値だと強調する人で、自分が無価値だと言える人もすごく少ない。おそらく彼らは、人生は悪だと主張することで、廃墟から自分の価値を救い出しているつもりなの——でも、そんなことはできないのよ、あなたや私でさえ……。

……それでも、まだあなたの姿が見える。あなたが通過しようとする木々には青い霞《かすみ》がかかっていて美しいのだけど、すべてを覆うには美しすぎる。もっと目立つのは、線路脇に次々に現われる休閑中の四角い田畑。茶色くて不潔な、きめの粗いシーツを、陽に当てて干してあるみたい。生き生きとしているけど人工的で、とても忌まわしい。自然という汚らしい老婆は、たまたまそこで彼女を求めたどんな農夫とも、黒人とも、移民とも寝てきたのよ……。

あなたが行ってしまった途端、私は軽蔑と絶望に満ちた手紙を書いてしまった。それって、私があなたを愛しているってことなのよ、アンソニー。愛に必要なものをすべて動員して——

グロリア

手紙の宛て名を書いてから、彼女はツインベッドに戻り、横になった。アンソニーの枕を腕に抱え、まるで感情の力だけでそれを彼の温かく生きた体に変えられるかのように、ギュッと抱きしめる。二時になると涙は乾いていたが、悲しみは一向に和らがなかった。闇を見つめ、思い出す――自分がやったかもしれない百もの不親切な行動を容赦なく思い出し、自分を責める。アンソニーは、殉教して変貌したキリストと似通ったものとなった。アンソニーがおそらく感傷的な気分のときに自分自身を想像するのと同じように、彼女はしばらくのあいだ彼のことを想像した。

五時になっても彼女はまだ眠れなかった。時間がわかったのは、毎朝通路の向こうから聞こえてくる、軋《きし》るような不可解な音が聞こえてきたからだ。目覚まし時計のベルが鳴り、目を開けると、正面の幻のような壁に黄色い光が四角く当たっていた。彼を追ってすぐに南部に行こうとぼんやり決心したことで、彼女の悲しみは遠く、実体のないものとなった。そして、闇が西へと移動していくように、彼女から離れていった。彼女は眠りに落ちた。

目を覚ましたとき、隣りのベッドが空っぽなのを見て、彼女はまた新たな悲しみを感じた。しかし、無神経にも明るい朝が否応なしに訪れ、その悲しみもすぐに蹴散らされた。意識はしていなかったものの、アンソニーのくたびれて不安げな顔を目の前に見ずに朝食を摂《と》れるのは、ホッとするところもあった。一人きりになると、食事について不平を言いたい気持ちもなくなってしまった。朝食を変えよう、と彼女は思った――いつもいつもベーコンエッグとトーストを食べるのではなく、レモネードとトマトのサンドイッチにしよう。

しかし正午には、知人の数人にすでに電話をかけていたが――そのなかには勇猛果敢なミュリエルも含まれていた――みんな昼食の約束があることもわかって、グロリアは孤独の悲哀に静かに浸ることにした。便箋と鉛筆を持ってベッドの上で丸くなり、アンソニーにまた手紙を書いた。

夕方になって、ニュージャージーの小さな町から速達が来た。その言葉遣いがいつもと変わらず、底に響いている不安や不満の声が聞こえてきそうなほどで、その馴染み深さに彼女は癒された。どうなるかは誰にもわからない。もしかしたら軍隊生活がアンソニーに規律を叩き込み、仕事をする習慣ができるかもしれない。彼が戦場に送られる前に戦争は終わると、彼女は一貫して信じ込んでいた。そのあいだに裁判に勝ち、自分たちはやり直せる——今度は違う基盤に立って。まずどこが違うかというと、彼女が子供を産むのだ。こんなに一人ぼっちでいるのはさすがに耐えられない。

アパートにいても泣かずにいられるようになるまで、一週間ほどかかった。ニューヨークで楽しめるものはほとんどないような感じがした。ミュリエルはニュージャージーの病院に移されていて、休暇でニューヨークに来られるのは一週間おきにすぎない。こうなると、グロリアはニューヨークでここ数年暮らしながら、いかに友人ができなかったかと思い知るようになった。知り合いの男たちは軍隊に入っている。「知り合いの男たち」?——自分に恋をした男たちはみな友人であると、彼女はぼんやりと考えていた。それぞれがある程度の期間、人生で彼女の好意ほど価値のあるものはないと公言していたのだ。しかしいま——彼らはどこにいる? 少なくとも、二人は死んだ。五、六人、あるいはそれ以上は結婚し、残りはフランスからフィリピンまで、さまざまなところに散らばっている。そのなかで、彼女のことを考える者がいるだろうか——どれくらいの頻度で、どのような意味合いで。彼らのほとんどがいまだに十七歳くらいの少女を思い浮かべるに違いない。九年前のまだあどけない妖女。

女たちもずっと遠くに行ってしまった。学校では、グロリアは人気者ではなかった。あまりに美しすぎたし、怠惰すぎた。お嬢様学校に行く家柄の娘であること、大文字で強調された「未来の妻であり母」であることへの自覚が足りなかった。キスされたことのない娘たちは、その不器量ながら特に健全とは言えない顔に衝撃の表情を浮かべ、グロリアはキスされたことがあるのだと仄《ほの》めかした。こうした娘たちも東部か西部か南部に行ってしまい、結婚して「大衆」になった。そして、グロリアについて予言することがあるとすれば、彼女には悪い結末が待っていると言った——悪い結末などないということを知りもしないで、そして彼女らもグロリアと同様、決して運命を司《つかさど》ることなどできないと知りもしないで。

グロリアはマリエッタの灰色の家に来た人々の名前を何度も数え上げた。あの当時、自分たちは常に客を招いていたように思う。彼女は客の一人ひとりが自分に対して小さな借りがあると感じ、口にはしないまでも、そんな想像に耽った。彼らは道義的に十ドルずつ彼女から借りているのであり、彼女が困っているときは、彼らからこの幻の金額を借りることができるはずだ。しかし、彼らはいなくなった。もみ殻のように散らばり、本質的に、あるいは事実として、消えたのである——魔法のように気配なく。

クリスマスの頃には、アンソニーのところに行くべきだという思いが戻ってきていた——突発的な感情としてではなく、繰り返し湧き起こる欲求として。彼女は自分が行くことをアンソニーに知らせようと決意したが、ミスター・ヘイトの忠告に従って、それを差し控えていた。彼は毎週のように、もうすぐ遺書の件が裁判にかかると言っていたのである。

一月の初めのある日、グロリアは一人で五番街を歩いていた。街は輝かしい軍服で溢れ、正義の国々の旗が垂れ下がっていた。そのとき、グロリアはほぼ一年ぶりにレイチェル・バーンズに出会った。レイチェルのことは嫌いになっていたのだが、それでも倦怠から救われる思いだった。二人はリッツにお茶を飲みに行った。

二杯目のカクテルを飲むと、話が盛り上がってきた。二人とも互いを好きになり、自分の夫のことを語り合った。レイチェルは表向き見栄を張りながら、内輪だと控えめといった口調だった。妻たちにありがちなしゃべり方である。

「ロドマンは需品部隊の将校として海外にいるの。大尉なのよ。入隊するって決めて、それ以外の道はないって思っていたの」

「アンソニーは歩兵隊にいるわ」。この言葉はカクテルの効果も加わって、グロリアに輝きのようなものを与えた。ひと口するごとに熱くなり、心地よい愛国心が育っていった。

「ところで」とレイチェルは三十分後、席を立つときに言った。「明日の夜、ディナーにいらっしゃれない？　すごく素敵な将校さんが二人、来ることになってるの。ちょうど海外に行くところなのよ。だから、できるだけ素晴らしい会にしてあげたいの」

グロリアは喜んで承諾し、住所を書きとめた——その番地から、パーク街の最高級アパートだということがわかった。

「あなたに会えてよかったわ、レイチェル」

「楽しかったわね。会いたいと思ってたのよ」

こうした言葉で、マリエッタの夜のことが不問となった。二年前の夏、アンソニーとレイチェルが不必要に互いの気を引き合った夜のことだ。グロリアはレイチェルを許し、レイチェルはグロリアを許した。レイチェルがアンソニー・パッチ夫妻の人生における最大の惨事を目撃していたということも許された——

出来事と折り合いをつけながら時間は進んでいくのである。

コリンズ大尉の悪だくみ

二人の将校とは、いまは人気の部隊である機関銃部隊の大尉だった。ディナーのとき、二人は退屈そうな様子を装って、自分たちのことを「自殺クラブ」の一員だと言った——当時、秘密めいた軍務に就いている部隊はみな自分たちを「自殺クラブ」と呼んでいた。大尉の一人は——グロリアは彼がレイチェルの友人なのだとわかった――背が高くて馬のような三十がらみの男で、感じのいい口髭と醜い歯の持ち主だった。もう一人のコリンズ大尉は丸々と太ったピンク色の顔の男で、グロリアと目が合うたびに思いきり笑った。彼はグロリアをすぐに気に入って、ディナーのあいだじゅう、彼女につまらないお世辞の言葉を浴びせていた。二杯目のシャンパンを飲んでいるとき、グロリアはこんなに楽しい夜は数カ月ぶりだと考えた。

ディナーのあと、どこかに行って踊ろうという話になった。二人の将校はレイチェルの食器棚から酒瓶を調達した――軍人に酒を出すことは法律で禁じられていたからだ。こうして準備を整え、四人はブロードウェイ沿いのきらびやかなクラブを何軒か回って、フォックストロットを――律義にパートナーを変えながら――数知れず踊りまくった。グロリアはどんどん陽気になり、ピンク色の顔の大尉を面白がらせたが、大尉のほうは穏やかな微笑をたたえた顔をめったに崩すことはなかった。

十一時になったとき、驚いたことに、まだ帰らないと主張しているのはグロリアだけだった。ほかの者たちはレイチェルのアパートに帰りたがった――お酒を調達したいから、と彼らは言った。グロリアは、コリンズ大尉の瓶がまだ半分しか減っていないと執拗に主張した――それを見たのだ――が、そのときレイチェルと目が合い、間違いなくウィンクされた。彼女は混乱しながら、レイチェルは将校たちを厄介払いしたいのだろうと考えた。そこで外でタクシーを拾い、四人一緒に乗り込むことに同意した。

ウルフ大尉は左側に座り、レイチェルを膝に載せた。コリンズ大尉は真ん中に座ることになり、席に落ち着くと、腕をグロリアの肩に回した。一瞬、腕は生気なくそこに載っていたが、それから万力のように力が入った。そして彼は彼女のほうに身を傾けた。

「君はとんでもなく美しい」と彼は囁いた。

「どうもありがとう」。彼女は嬉しくもなかったし、困惑もしなかった。アンソニー以前に、このように腕を回してくる男はたくさんいたからだ。こんなものは感傷的な身振りにすぎず、意味はない。

レイチェルの細長い玄関の間には暖炉の弱い火と、オレンジ色の絹で覆われたランプが二つあるだけだったので、隅々には眠りを誘うような深い影がいっぱいあった。レイチェルは暗めの模様のついた緩いシフォンのガウンを着て歩き回り、すでに官能的な雰囲気を強調しているように見える。しばらく四人は、ティーテーブルに用意されていたサンドイッチを一緒に味わっていた――それからふと気づくと、グロリアはコリンズ大尉と二人きりで暖炉の脇の長椅子に座っていた。レイチェルとウルフ大尉は部屋の反対側の隅に退き、抑えた声で話していた。

「君が結婚してなければよかったんだけど」とコリンズは言った。「大真面目」を装っている顔が滑稽だ。

「どうして？」彼女はグラスを差し出し、ハイボールを注いでもらおうとした。

「そんなに飲むのはやめなよ」と彼は顔をしかめて言った。

「どうしていけないの？」

「そのほうが素敵だから――飲まないほうが」

グロリアはこの言葉に意図された意味に突然気づいた――そして、彼が作り出そうとしている雰囲気に。笑いたくなったが、笑うべきことが何もないことにも気づいた。ここまで夜を楽しんできたので、まだ家に帰りたくはない――と同時に、そのような女として口説かれるのにはプライドが傷ついた。

「もう一杯注いでちょうだい」と彼女は言い張った。

「お願いだから――」

「ねえ、馬鹿なこと言わないで！」と彼女は怒って叫んだ。

「わかったよ」と彼はしぶしぶ言われたとおりにした。

それからまた腕を回してきたが、彼女はまた抵抗しなかった。しかしそのピンク色の頬を近づけてきたとき、彼女はのけぞった。

「君はものすごく可愛い」と彼はただ漫然と言った。

彼女は彼が腕を下ろしてくれないかと思いつつ、歌をうたい始めた。そのときふと、部屋の向こう側で展開されているラブシーンに目がとまった――レイチェルとウルフ大尉が夢中になってキスをし続けている。グロリアは身震いした――なぜだかわからなかったが……ピンク色の顔がまた近づいてきた。

「見ちゃだめだよ」と彼は囁いた。ほとんど同時に彼のもう片方の腕が回された……彼の吐息が頬にかかる。また馬鹿らしいという気持ちが嫌悪に勝ち、彼女は笑った――笑い声は言葉の棘《とげ》を要しない武器だった。

「何だよ、君は気の利く人だと思ったのにな」と彼は言った。

「気の利く人って何よ？」

「こういうことが好きな人さ――人生を楽しむのがね」

「あなたとキスするのが楽しいことだって言うわけ？」

レイチェルとウルフ大尉が突然目の前に現われ、会話は中断した。

「もう遅いわ、グロリア」とレイチェルは言った――彼女の頬は紅潮し、髪は乱れていた。「ここに泊るといい」

一瞬、グロリアはこれで将校たちが帰されるのだと思った。それから真実がわかった。わかったので、できるだけさりげなく立ち上がった。

レイチェルはグロリアの意図に気づかずに続けた。

「隣りの部屋を使うといいわ。必要なものはみんな貸してあげる」

コリンズは犬のように目で訴えていた。ウルフ大尉は腕を親密そうにレイチェルの腰に回している。みんな待っていた。

しかしグロリアの心は、こうした乱れた関係には動かされず、何の期待も感じなかった――色鮮やかで、多様性に富み、さまざまに入り組んだ、少しいい香りがするがかび臭くもある関係には。そう望むなら、この場に残っただろう――ためらうことなく、悔やむこともなく。しかしこの状態では、敵意と怒りをたたえた六つの瞳に冷ややかに向き合い、立ち去るしかない。彼らの無理した礼儀正しさ、空虚な言葉に見送られて。

「あの人、私を家に送ろうとするくらい〝気の利く人〟でもなかったわ」と彼女はタクシーのなかで思い、急激に怒りが込み上げてきた。「まったく、何て品がないの！」

男らしさ

二月にグロリアはまったく別種の経験をした。かつての恋人であるテューダー・ベアードが航空隊員としてニューヨークに現われ、彼女を訪問したのである。一時期、彼女はこの若者と本気で結婚するつもりだった。ニューヨークで二人は何度か芝居に行き、一週間も経たぬうちに――彼女としても大いに嬉しかったのだが――彼は彼女を以前と同じくらい真剣に愛するようになった。そうなるように彼女が意図的に仕組んだのだが、罪なことをしたとあとになって気づいたときにはもう遅かった。彼女と外出すると、彼はいつも惨めそうな顔をして黙り込むようになってしまったのだ。

イェール大学の「スクロール＆キー」〔イェール大学の伝統的な社交クラブ〕の一員であった彼は、「いいやつ」と言われるに相応しい寡黙さを具えていた。相応しい騎士道精神や「高い身分に伴う義務《ノブレス・オブリージ》」といった観念も――そして当然ながら、不幸なことに、相応しい偏見や思慮の足りなさも具えていた。これらはみなアンソニーが彼女に軽蔑するようにと教え込んだ特徴だが、彼女はどちらかと言えばそれを称賛していた。

似たタイプの大多数の者たちと違って、彼は退屈な人間ではなかったのである。ハンサムで、軽めのウィットがあり、さらにある種の特徴を具えていた。愚かさと呼んでもいいし、忠誠心とか感傷とか言ってもいい——というか、はっきりとそのどれか一つというわけでもない——が、その特徴のために、彼女を喜ばせるためなら力の限りどんなことでもするだろうと感じられるのだ。

彼自身も何よりこのことを彼女に打ち明けた——とても相応しい形で、本当の苦しみを覆い隠す重々しい男らしさとともに。彼をまったく愛していなかったので、彼女は気の毒になり、ある晩感傷的な気分で彼にキスをした。彼があまりに魅力的だったからだ——きざで優雅な幻想を生きている消えゆく世代、そしてこれほど男らしくない愚か者たちに取って代わられる世代の遺物である。あとになって、彼女は彼にキスしてよかったと思った。その翌日、彼の飛行機がミネオラ〔ロングアイランド西部の町〕の四百五十メートル上空から落ち、ガソリンエンジンの部品が彼の心臓を貫通したのである。

一人ぼっちのグロリア

裁判が秋まで開かれないとミスター・ヘイトに言われて、グロリアはアンソニーに言わずに映画の仕事をしようと決心した。自分が演技の上でも金銭的な点でもうまくやっているのを見れば、そしてジョゼフ・ブロックマンを意のままに操っているのを見れば——その見返りとして何を与えるのでもなく——アンソニーは愚かな偏見を捨て去るだろうと考えたのである。ある晩、ベッドのなかで遅くまで眠れずに、彼女は自分のキャリアについて計画を立て、成功している姿を思い浮かべて楽しんだ。そして翌朝、〝フィルム・パール・エクサランス〟に電話をした。ミスター・ブロックマンはヨーロッパに出張中ですと言われた。

しかし、この計画にしっかりと心を摑まれてしまったので、今回は映画の職業紹介所を回ることにした。そして、とてもよくあることなのだが、嗅覚の鋭さが災いして思いどおりにいかなくなった。

職業紹介所に死臭のようなものを感じたのである。彼女は無愛想なライバルたちの様子を探りつつ五分間待ち、足早に立ち去ると、セントラルパークの隅にある人気《ひとけ》のない場所に逃げ込んだ。それから、長いことそこにとどまっていたので、風邪を引いてしまった。外出用の服を風に当て、職業紹介所の匂いを取り除こうとしていたのである。

春、グロリアはアンソニーの手紙から、自分が南部に来ることは望まれていないのだと考えるようになった——特に一つの手紙からではなく、これまでの手紙が全体的に醸し出す印象からである。奇妙なほど繰り返す言い訳があり、それが不充分だからこそ彼に取り憑いている様子で、フロイトの反復強迫的な頻度で現われる。どの手紙でも、直前の手紙でそれを書き忘れたと思っているかのように、その言葉を使う——まるで、それを彼女に訴えることがどうしても必要であるかのように。そして愛情を表わす呼称で手紙を水増しするのだが、それが機械的で、無理してやっているように見える。手紙を書き終えてから読み直し、文字通りそこにつけ足している印象だ——オスカー・ワイルドの芝居につけ足された警句のように。グロリアは答えに飛びついたり、それを否定したり、怒ったり、憂鬱になったりを交互に繰り返した——最後には誇り高くその答えを心から閉め出し、自分の書く手紙がどんどん冷淡になるに任せた。

最近の彼女には、心を紛らわしてくれるものがたくさんあった。テューダー・ベアードを通して知り合った数人の航空隊員がニューヨークに来て彼女を訪問したし、ディックス駐屯地にいるかつての恋人も二人現われた。こうした男たちが海外に送られるとき、彼女を友人たちにいわば譲り渡していく。しかし、第二のコリンズ大尉といった男との不快な経験があって、彼女は誰に対しても次の点をはっきりさせるようにした。私に紹介された男は、私の夫婦関係や個人的な意図について決して誤解してはならない、と。

夏になると、彼女はアンソニーのように将校の死傷者リストを眺めるようになった。そして、かつてジャーマンダンスを一緒に踊った男の死を知ったり、自分に求愛した男たちの弟の名前を見つけたりして、喜びの入り混じった悲しみを感じた。パリへの進軍が迫るにつれ、これでついに世界は当然の結果として破滅に至るのだと考えた。

グロリアは二十七歳になったが、誕生日はほとんど気づかれずに過ぎ去った。数年前、二十歳になったときは恐ろしくてたまらなかったし、二十六歳のときもある程度恐ろしかったが、いまは冷静に自分を認める気持ちで鏡を眺めるようになった——顔色にはイギリス人がピーチズ・アンド・クリームと呼ぶような新鮮さが見て取れるし、体は相変わらず痩せていて少年っぽい。

アンソニーのことは考えないようにした。手紙を書くときは知らない人に書くような感じだった。友人たちに夫が伍長になったと言っても、みんな礼儀は失しないながら感心もしていない様子なのでまごついた。ある晩、彼女は夫が気の毒になって泣いた——彼がもう少し反応してくれたら、ためらわずに最初の列車で彼のところへ行っただろう。彼が何をしているにせよ、精神的なケアが必要だ。いまの彼女はそれさえできるように感じていた。彼には常に道義心を消耗させられてきたが、このところそれがなくなって、彼女はすっかり生き返ったように感じていた。アンソニーが去る前は、純然たる連想によって、自分のチャンスが浪費されたことをくよくよ考える傾向にあった。それがいまは通常の精神状態に戻ったのだ——強くて、尊大で、一日をその日のためだけに生きるグロリア。人形を買って、それに服を着せた。ある週は、『イーサン・フロム』〔イーディス・ウォートンの中編小説〕を読んで涙を流した。次の週はゴールズワージーの小説の何冊かを楽しみ、作家の再現する力が気に入った——春の夜の逢い引きを描くことで、女性が永遠に期待し続け、振り返り続ける青春のロマンチックな愛の幻想を再現する力。

十月、アンソニーからの手紙が急に増え、内容はほとんど半狂乱になった——それから突然来なくなった。一カ月ほど彼女は不安な状態で過ごし、すぐにでもミシシッピに旅立ちたいという思いをありったけの力で抑えつけなければならなかった。それから電報が来て、彼が入院したことが伝えられた。十日以内にニューヨークに送られる予定だという。夢のなかの登場人物のように、彼はあの十一月の夜、舞踏室で彼女の人生に戻ってきた——そして、彼女は彼を胸にしっかり抱きしめ、馴染み深い喜びの思いとともに、長い時間を過ごした。もう二度と知ることはないだろうと思っていた幸福と安心の幻想を抱きつつ。

将軍たちの失望

一週間後、アンソニーの連隊はミシシッピの駐屯地に戻り、そこで解散することになった。将校たちは特別客車に閉じこもり、ニューヨークで買ったウィスキーを飲んだ。一般客車では兵士たちもできる限り酔っ払おうとした——そして、列車が村に着くたびに、フランスから返されたばかりであり、かの地でドイツ軍をやっつけたのだと吹聴した。みんな外地用軍帽をかぶっていたし、金の年功袖章をつけてもらう時間がなかったのだと主張したので、沿岸地帯の田舎者たちはすっかり感心してしまい、塹壕はどうだったかと訊ねた。彼らは首を振り、「いや、まいったよ！」と舌を鳴らしながら答えた。誰かがチョークで列車の側面に「我ら戦争に勝てり、いま故郷に向かう」と書き、将校たちは笑って、そのままにした。この不面目な帰還から、威張るネタになるものは何でも引き出そうとしていたのである。

駐屯地にゴトゴトと向かっているあいだ、アンソニーは落ち着かなくなってきた。ドットが駅で今か今かと待っているのではないかと心配になったのである。しかし彼女の姿は見かけなかったし、便りもなかったのでホッとした。そして、まだ町にいるとすれば、絶対に連絡を取ろうとするはずだから、彼女は町を去ったのだと結論づけた——どこへ行ったかは知らないし、気にもならない。彼はただグロリアのもとに帰りたかった——生き返り、あの素晴らしい活力を取り戻したグロリアのもとに。最終的に除隊となったとき、彼は大型トラックの荷台に乗って中隊を離れたが、一緒にいた兵士たちは寛容に、ほとんど感傷的なほどに、将校たちに歓声を送った。特に拍手喝采を受けたのがダニング大尉で、彼は目に涙をためながら演説した——彼らとともにした仕事は云々、その喜びは云々、時間は無駄にならなかった云々、義務云々。とても単調で人間臭い演説だった。アンソニーはニューヨークで一週間を過ごし、気分を一新していたので、これを聞いて軍務とそれにまつわるものすべてに対する深い嫌悪感が新たになった。将校たちは子供のような心の持ち主で、その三人に二人は戦争のために軍が作られるのではなく、軍のために戦争が作られると思っているのだ。佐官級の将校や将軍たちが命令する機会を奪われ、不毛な駐屯地をわびしそうに去っていく姿を見て、アンソニーは嬉しくなった。軍隊に残らないかと勧誘された中隊の男たちが、馬鹿にしたように笑う声を聞くのもまた楽しい。彼らは「学校」に行くのだと言う。それがどういう「学校」なのか、彼にもわかっていた。

二日後、彼はニューヨークでグロリアとの生活を再開した。

もうひと冬

二月下旬のある午後のことだった。アンソニーはアパートに戻り、冬の薄暮に覆われた暗い廊下を手探りで歩いていった。部屋に入ると、窓辺に座っていたグロリアが振り返った。

「ミスター・ヘイトは何だって？」と彼女は物憂げに訊いた。

「何も」と彼は答えた。「いつものことさ。たぶん来月だろうって」

彼女は彼を詮索するように見つめた。耳が彼の声に慣れてきて、短い言葉にかすかなくぐもりを感じ取った。

「飲んでたでしょう」と彼女は冷静に言った。

「二、三杯だよ」

「まあ」

彼は肘掛椅子に座って欠伸をし、二人のあいだには一瞬だけ沈黙が下りた。それから彼女が突然訊ねた。

「ミスター・ヘイトのところに行ったの？　本当のことを言って」

「いや」と言って彼は弱々しく笑った。「実を言うと、時間がなかったんだ」

「そうだと思ったわ……あなたがどうしたのかって問い合わせがきたもの」

「どうでもいいよ。あいつの事務所で待つのはうんざりさ。助けてやってるんだって態度だしさ」。

そう言って、精神的な支えを求めるかのようにグロリアを見つめたが、彼女は顔をそむけ、薄暗くて怪しげな屋外の景色をまた眺め始めた。

「今日は人生に疲れたって気分だよ」と彼はおずおずと言い始めた。彼女はまだ黙っている。「ある人に会ってね、ビルトモア・ホテルのバーで話をしたんだ」

闇が突然深くなったが、どちらもライトを点けに立ち上がろうとしなかった。神のみぞ知る黙想に沈み込み、二人はただ座っている。やがて雪が降り始め、グロリアが物憂げな溜め息をついた。

「君は何をしていたんだい？」とアンソニーは沈黙が重く感じられてきて訊ねた。

「雑誌を読んでたわ――馬鹿みたいな記事ばかりよ。裕福な物書きが、貧乏人がシルクのスカートを買うのは馬鹿げてるとかって書いてるの。で、それを読みながら、私はグレーのリスの毛皮でできたコートが欲しいって、それしか考えられなくなったわ――でも、私たちには買えないんだって」

「買えるよ」

「買えないわよ」

「買えるさ！　毛皮のコートがほしければ、買ってやる」

闇のなかから聞こえてきた彼女の声には軽蔑の響きが含まれていた。

「また債券を売るってことね？」

「必要ならね。君が欲しいものを持てないなんて嫌なんだ。ただ、僕が帰ってから、かなりお金を使ったよね」

「もう、黙って！」と彼女は苛立って言った。

「どうして？」

「だって、嫌なのよ。私たちがどれだけ使ったとか、何をしたかったっていう話はもううんざり。あなたは二カ月前に帰ってきて、それからほとんど毎晩のようにパーティをしてるわ。お互い、毎晩外出したくなって、実際に外出してきた。それで、私が不平を言ったことがある？　でも、あなたは愚痴をこぼしてばかり。私たちが何をするとか、どうなってしまうかとか、私にはもうどうでもいい。少なくとも、私はぶれないわよ。でも、あなたの愚痴や不吉な予言はもうたくさん――」

「君だって、あまり愛想のよくないときがあるじゃないか」

「愛想よくする義務はないわ。あなたって、状況を変えようって努力をまったくしないじゃない」

「いや、してるよ――」

「ハッ！　前にも聞いた台詞《せりふ》のようね。今朝、就職するまでは酒に手を出さないって言ってたわ。それなのに、ミスター・ヘイトのところに行く度胸もないんだから。彼のほうから訴訟のことで来てほしいって言ってるのに」

アンソニーは立ち上がり、ライトのスイッチを入れた。

「いいか！」と彼は瞬きしながら叫んだ。「君の毒舌にはもううんざりなんだよ」

「じゃあ、どうするわけ？」

「僕がこれで幸せだと思っているのか？」と彼は妻の質問を無視して続けた。「僕たちが相応しい暮らし方をしていないって、僕が知らないとでも思うの？」

次の瞬間、グロリアは彼のすぐ脇に立って身を震わせていた。

「耐えられない！」と彼女は爆発した。「説教されるつもりはないわ。あなたがどれだけ苦しんでるかなんて！　あなたって、ただの哀れな負け犬よ。ずっとそうだったわ！」

二人は意味もなく睨み合った――それぞれが相手を納得させることができず、それぞれがものすごく、痛いほどにうんざりしていた。それから彼女は寝室に入り、ドアをバタンと閉めた。

彼が戻ってから、二人が戦前に抱えていた怒りが前面に押し出されたのだ。物価は驚くほど上がったのに、それに逆比例して、彼らの収入は元々よりも半分近く減ってしまった。ミスター・ヘイトには弁護士費用がたくさんかかっているし、百ドルで買った株はいま三十から四十ドルに下がり、ほかの投資もまったく利益を出していない。昨春、グロリアはアパートを立ち退くか、毎月二百二十五ドルでもう一年契約するかの選択を迫られ、契約書にサインしていた。その結果、家計を切り詰める必要性が増したのに、自分たちが倹約できない夫婦であると気づかされ、かつての「言い逃れ」という方針に頼らざるを得なくなる。自分たちの無能ぶりにうんざりしながら、彼らは明日何をするかを話し合う――もう「パーティに行くのはやめ」、アンソニーは仕事をする、といったことだ。しかし外が暗くなると、パーティなしの夜に慣れていないグロリアは、心に不安が湧き上がってくるのを感じる。寝室のドア口に立って、怒ったように指を噛み、本から目を上げたアンソニーと目が合ってしまうときもある。それから電話が鳴り、張り詰めていた神経が緩む。はやる気持ちを隠せずに電話を取ると、誰かが「ちょっと数分だけ」訪ねに来ると言う――そうなると、やがて痩せ我慢にも倦《う》み、ワインテーブルが出てきて、退屈していた精神が生き返る――眠れずにもぞもぞしている夜、その中間点で目を覚ますときのように。

帰還兵たちによる五番街のパレードが連日続き、それとともに冬は過ぎていった。そして、アンソニーの帰還とともに二人の関係が全面的に変わったということを、二人は日に日に意識するようになった。相手に対する優しい気持ちと情熱が復活したあと、どちらも相手とは分かち合えぬ孤独な夢に戻ったのだ。二人が交わす愛情の言葉は、どれも空虚な心から空虚な心への伝言のようであり、ついに失われてしまったものの消失を空しく繰り返しては、互いに思い知らせているのである。

アンソニーはまたニューヨークの新聞社を回り始め、さまざまな社員たちとの接触によって意気込みを挫《くじ》かれていた――雑用係や電話交換手、ローカル記事の編集主任など。決まり文句は「私たちはまだフランスにいる社員たちのために空いた地位を確保しています」というものだ。それから三月の終わりに彼は朝刊の広告に目をとめ、それによって職業のようなものを手に入れることになった。

あなたにも売れます！
学びながら儲けましょう。
我々のセールスマンは週に五十から二百ドル稼ぎます。

次にマディソン街の住所が記され、その日の午後一時に来るようにという指示があった。いつものように遅めの朝食を終えたあと、グロリアは彼がその記事をぼんやりと見ていることに気づき、彼の肩越しに記事を読んだ。

「それ、試してみればいいじゃない？」と彼女は提案した。

「まあ――よくあるおかしな事業だろうけどね」

「そうじゃないかもしれないわ。少なくとも、何か経験できるわよ」

彼女に促されて、彼は一時に指定された場所に行った。すると、そこには雑多な種類の男たちが群がっており、自分もその一人なのだと思い知らされた。勤務時間なのに無断で来ていると思《おぼ》しきメッセンジャーボーイもいれば、ねじ曲がった体をねじ曲がった杖で支えている老人もいる。頬がこけ、むくんで血走った目をした貧しそうな男たちもいれば、まだ高校生らしき若者もいる。十五分ほど互いに肘を突き合わせ、冷淡な疑惑の目で探り合いをしていると、ようやく颯爽とした案内人の若者が現われた。ウェストを絞った背広を着て、物腰は修道院長の助手のようだ。彼が集まった人々を上階の大きな部屋に案内すると、そこは学校の教室に似て、机がたくさん置かれていた。将来のセールスマンたちはここに座った――そして、また待った。しばらくすると、ホールの端にある演壇に五、六人の男たちがのぼった。真面目そうだが元気のいい男たち。一人の例外を除いて、みんな聴衆に面と向かい、半円形に並んで座った。

その例外の男が演壇の前に進み出た。いちばん真面目そうで、若くて元気もよさそうな男である。聴衆は期待を込めて彼をじろじろと見た。かなり小柄で、きれいな顔をしており、それは役者向きというよりも営業向きのきれいさだ。まっすぐでふさふさした金色の眉毛と、とんでもなく正直そうな目の持ち主。演壇の端にたどり着いたとき、その目を聴衆に向かって飛ばしそうなほど凝視し、同時に片腕を伸ばして二本の指を立てている。彼が体を揺らしながらバランスを取ろうとしているあいだ、期待するような静けさが会場全体を覆った。若者は完璧な自信をもって聴衆たちを手中に収め、発せられた言葉は堅実に、自信たっぷりに鳴り響いた。まさに「ずばり言おう」という系統の言葉。

「みなさん！」――と彼は始め、間を置いた。その言葉はホールの端で長々とこだましてから消えた。彼を見つめている顔は希望に満ちていたり、シニカルだったり、疲れていたりしたが、みな同じように惹きつけられ、夢中になった。六百もの瞳がかすかに上方を見上げる。ボウリングのボールが転がるような、重々しくも均一の流れで、男は説明へと乗り出した。

「太陽が燦々《さんさん》と輝いていた今朝、あなた方はお気に入りの新聞を取り上げ、この広告を見ました。〝あなたにも売れます〟という飾りのない、明確なメッセージを発している広告です。それしか書いてありませんでした――〝何を〟売るのか、〝どうやって〟売るのか、〝なぜ〟売るのかはまったく書いてありません。一つのシンプルな主張をしているだけ――つまり、あなたもあなたもあなたも」――と言って聴衆を指さしていく――「売れる、ということです。私の仕事はみなさんを成功させることではありません。なぜなら、みんな生まれついての成功者であり、失敗する人は自らを失敗者にしてしまうのです。みなさんに話し方を教えるのでもありません。なぜなら、みんな生まれついて雄弁なのであり、黙りこくるのは自分でそうしてしまうからです。私の仕事は、一つのことをあなた方がわかるように伝えること――それは、あなたもあなたもあなたも、生まれながらにして金銭的に恵まれる権利があり、あなたがその権利を摑むのを待っているということです」

　このとき、ホールの後方の机から陰気そうな外見のアイルランド人が立ち上がり、外に出ていった。

「あの人は街角のビヤホールでそれを探そうと思ったのでしょう（笑い）。でも、そこでは見つかりません。かつて、私もそこで探しました（笑い）。でも、それは誰にでもできることを私がする前の話です。若者であろうと年寄りであろうと、貧乏であろうと金持ちであろうと（皮肉っぽい笑いがかすかに起きる）できることをする前の話。そう、私が自分を発見する前の話だったのです！

　さて、このなかで〝ハートトーク〟とは何か、ご存じの方はいるでしょうか。〝ハートトーク〟とは小さな本で、そこに私は五年ほど前から、自分が発見した人間の失敗のおもな理由と、成功のおもな理由とを書きとめることにしたのです――ジョン・D・ロックフェラーからジョン・D・ナポレオン（笑い）まで、それ以前は自分の生得権をポタージュのために売ったアベルにまでさかのぼります〔旧約聖書からだが、アベルではなく、イサクの息子エサウのこと。一杯の煮豆と引き替えに家督相続権を弟のヤコブに売った〕。いまでは百もの〝ハートトーク〟が集まりました。あなた方が真剣で、我々の提案に興味があるなら、そして何よりも現在の境遇に不満があるなら、一冊ずつ差し上げます。今日の午後、あのドアから出ていかれるとき、ぜひ家に持ち帰ってください。

　いま私のポケットには、私が受け取った〝ハートトーク〟に関係する四通の手紙が入っています。

これらの手紙には、アメリカのどの家庭でもお馴染みの名前がサインされています。このデトロイトからの手紙に耳を傾けてください。

親愛なるミスター・カールトン
我が社のセールスマンたちに配りたいので、〝ハートトーク〟をもう三千部ほど注文させていただきたく存じます。この本は従業員からやる気を引き出すのに、どんなボーナスの提案よりも役立ちました。私自身もこれをひっきりなしに読んでいまして、貴殿に心からお祝いを申し上げたいと思います。今日の私たちの世代が直面する最大の問題の根源に迫っているからです――それは販売術という問題です。この国が築かれている基盤にあるのが販売術なのです。数々のお祝いの言葉とともに――あなたの忠実なるしもべ、

ヘンリー・W・テラル」

彼はファンファーレを三つ吹き鳴らすかのように、この名前を発音した――そして少し間を置き、魔法のような効果が聴衆に染み渡るようにした。それからもう二通の手紙を読んだ。一通は電気掃除機の製造業者からであり、もう一通はグレート・ノーザン敷物《ドイリー》会社の社長からである。

「さて」と彼は続けた。「私がこれからどのような提案をするか、簡潔に述べたいと思います。正しい精神で臨む人たちを成功に導く提案。簡単に言ってしまえば、これです。〝ハートトーク〟は会社として組織化されました。我々はこうした小さなパンフレットをあらゆる大企業の手に渡します――すべてのセールスマン、自分は売れるとわかっている――〝思っている〟ではなく〝わかっている〟――すべての人の手に！　我々は〝ハートトーク〟の会社の株を市場に出しています。できる限り広く分配されるように、そして我々が販売術とは何か――むしろ、どれだけのことができるか――の生

きた例を、具体的で生身の例を見せられるように、我々は本物の例であるあなた方に株を売るチャンスを与えます。私はあなた方がこれまで何を売ろうとしてきたか、どのように売ろうとしてきたかについては、関心がありません。あなた方がどれだけ年寄りか、あるいはどれだけ若いかも、どうでもいいことです。私が知りたいのは二つだけ――第一に、あなたは成功を望んでいるか、第二に、そのために努力するか、です。

私の名前はサミー・カールトン。〝ミスター〟・カールトンではなく、ただのサミーです。冗談抜きの現実的な男で、気の利いたはったりは何もありません。あなた方も私をサミーと呼んでください。

さて、私が今日あなた方にお話しするのはここまでです。あなた方はこれについて考え、〝ハートトーク〟のパンフレットを読んできてください。パンフレットはドア口で配ります。そして、やってみようと決めたら、明日の同じ時間に同じ場所に集まってください。そうしたら、さらに提案をし、私が見つけた成功の原則とは何かを説明いたします。あなたもあなたもあなたも売れる、と感じられるようにしたいのです！」

ミスター・カールトンの声はしばらくホールに響き渡り、それから消えていった。多くの足踏みの音とともに、アンソニーは押されたり肘で小突かれたりしながら部屋を出た。

〝ハートトーク〟とのさらなる冒険

皮肉な笑い声をちりばめながら、アンソニーはグロリアに今日の実業界への冒険について話をした。しかし、彼女は面白がりもせずに聞いていた。

「また諦めるわけ？」と彼女は冷たく言った。

「だって――僕にこんなこと期待していないよね――」

「私はあなたに何も期待したことなどないわ」

彼は何も言えなくなった。

「まあ――この手のことをやり始めて、吐きたくなるくらい笑ったところで、何の益もないと思うんだけどね。ありふれた話がさらにありふれているとすれば、それはちょっとしたひねりを加えているところだろうな」

アンソニーを〝ハートトーク〟にもう一度行かせるには、グロリアが驚異的な精神的エネルギーを費やして、彼を脅しつけなければならなかった。翌日、彼は「野心についての心からの話《ハートトーク》」に書かれた陳腐な文句を熟読し、かなり憂鬱な状態でそこに向かった。昨日の三百人のうち五十人ほどしか残っておらず、彼らはあの元気で押しの強いサミー・カールトンの登場を待ち受けていた。ミスター・カールトンの活力と説得力は、今回、「いかに売るか」という見事な考察に発揮された。確実な方法は、自分の提案を述べ立て、それから「では、お買いになりますか？」と訊ねることではない――これはお薦めできない――とんでもない！　そうではなく、提案を述べ立ててから、相手を徹底的に疲れさせ、それから断定的な命令文を発することである――「わかったでしょう！　これをあなたに説明するために、私は長い時間を割きました。私の話の要点は納得しましたよね――となると、私がお聞きしたいのは、いくつ欲しいか、です」

ミスター・カールトンが主張の上に主張を重ねているあいだ、アンソニーはうんざりしながら彼への信頼も感じ始めていた。この男は自分がしゃべっていることをちゃんとわかっているようだ。明らかに裕福な男で、人を指導する立場にのぼりつめたのだろう。実を言えば、アンソニーはわかっていなかった。商業的な成功を収めるタイプの男は、それがいかに、そしてなぜ成し遂げられたのかを自分ではわかっていないものだ。祖父の場合と同じで、成功の理由を特定しようとすると、それはたいてい真実ではなく、馬鹿げたものになるのである。

アンソニーは、最初の広告に応えた多数の老人たちのなかで、二人しか戻ってこなかったことに気づいた。そして、ミスター・カールトンから実際にセールスの指導を受けるため、三日目に集まった三十人ほどのなかでは、白髪頭は一人しか見当たらなかった。この三十人はミスター・カールトンに心酔している者たちで、彼の言葉に合わせて口を動かすことまでしている。熱意のあまり座ったまま体を揺らし、彼の話の合い間には互いに同意するように囁き合っている。しかし、ミスター・カールトンが言う「正当かつ本当に自分のものである報酬を得ようと決意している」選ばれし者たちのなかで、その外見がほんの少しでも「やり手」であるという偉大な資質を匂わせているのは、六人にも満たなかった。とはいえ、彼らはみな生まれついてのやり手であると言われた――自分の売っているものを激しい情熱をもって信じさえすればよいのだ、と。そして、よりいっそう真剣に取り組めるように、彼は全員に可能ならば株を買うように促すことさえした。

五日目、アンソニーは警察から指名手配されている男のような気持ちで街に飛び出した。指示されたとおりに背の高いビルを選んで、一番上の階にのぼり、そこから下っていこうと考えた。ドアに名前の出ているオフィスのすべてに立ち寄るのだ。しかし、いざというときに彼はためらった。おそらくは冷ややかな雰囲気が待っていることだろう。だから、たとえばマディソン街のオフィスをいくつか回り、その雰囲気に慣れたほうがいい。彼はそれほど儲かってなさそうなアーケードに入り、「建築家、パーシー・B・ウェザビー」という看板を見つけ、果敢にそのドアを開けた。なかに入ると、しかつめらしい若い女性が問いかけるように顔を上げた。

「ミスター・ウェザビーにお目にかかりたいのですが」。アンソニーは自分の声が震えていないかどうか気になった。

受付嬢はおずおずと電話の受話器に手を置いた。

「お名前は？」

「あー、僕のことはご存じないかと思います。名前ではわからないでしょう」

「では、どういうご用件ですか？　保険の外交でしょうか？」

「いや、そんなものではありません！」とアンソニーは急いで否定した。「いえ、その、個人的な用件なんです」。こう言ってよかったのだろうかと彼は考えた。ミスター・カールトンが部下たちに指示を出したときは、とても簡単に聞こえたのだ。「締め出されるようじゃ駄目だぞ！　話をするまで動かないってところを見せるんだ。そうすれば相手は耳を傾ける」

アンソニーの愛想がよくて悲しげな顔に受付嬢が屈すると、奥のオフィスに通じるドアがすぐに開いて、男が出てきた。背が高く、偏平足で、油で髪を撫でつけている男だ。彼は苛ついていることをあまり隠しもせずに、アンソニーに近づいてきた。

「個人的な用件で私に会いたいということですが？」

アンソニーは怖気づいた。

「お話がありまして」と彼は思いきって言った。

「何について？」

「説明には少し時間がかかります」

「だから、何についてですか？」ミスター・ウェザビーの声には苛立ちの高まりが現われていた。

アンソニーは一語一語を絞り出すように話し始めた。

「お聞きになったことはありませんか？　〝ハートトーク〟というパンフレットがあるんですが――」

「まいったな！」と建築家、パーシー・B・ウェザビーは叫んだ。「私の心に触れようってのか？」

「いえ、これはビジネスです。〝ハートトーク〟とは会社組織でして、市場に株を上場しています――」

相手の視線は騙されるものかとばかり、アンソニーにじっと注がれていた。その蔑むような視線に意気込みを挫かれ、彼の声はだんだんと小さくなっていく。もう一分ほど何とか話し続けたが、どんどんピリピリとしてきて、舌がもつれてきた。口から嘔吐するかのごとく自信が流れ出ていき、体の部分部分を失っていくように思われる。建築家、パーシー・B・ウェザビーがこの会話を無理やり終了させたときは、ほとんどありがたく感じられるほどだった。

「まったく！」と彼は嫌悪感を爆発させた。「これが個人的な用件だって言うのか！」彼はさっと背を向け、専用のオフィスに大股で戻っていくと、バンッとドアを閉めた。アンソニーは受付嬢に目をやる勇気もなく、こそこそと逃げるように部屋から立ち去った。汗ぐっしょりになって廊下で立ち止まり、どうして逮捕しに来ないのだろうかと考える。急ぎ足で通り過ぎるすべての人々が、顔に軽蔑の表情を浮かべているように感じられた。

一時間後、強いウィスキー二杯の力を借りて、彼はようやく次の場所を試す気になれた。そこで鉛管工の事務所に行ってみたが、彼が用件を話し始めた途端、鉛管工は急いでコートをはおり、ランチに行かなきゃとガラガラ声で言い出した。アンソニーは、お腹の減っている人に何を売ろうとしても無駄ですよねと丁寧に言い、鉛管工は心から同意した。

このことにアンソニーは勇気づけられた。鉛管工がランチに向かうところでなかったら、少なくとも話は聞いてくれただろう――そう考えようとしたのである。

きらびやかで物々しい商店街をいくつか通り過ぎ、彼は一軒の食料品店に入った。そこの話好きの店主は、休戦がどのように市場に影響するかを見てから株を買うことにするよと言った。これはアンソニーには、ほとんど不公平なように思われた。ミスター・カールトンの描くセールスマンのユートピアでは、株を買う可能性のある人がそれを拒む理由は、見込みのある投資だということを疑った場合に限られていた。明らかにそういう状態の人は、正確なセールスポイントをいくつか慎重に並べてみるだけで、滑稽なほど簡単に落とせるのだ。しかし、こうした男たちときたら――実のところ、彼らは何一つ買うつもりなどないのである。

アンソニーはもう数杯飲んでから四番目の男に話しかけた。不動産業者である。しかし、三段論法のように決定的な一撃によって伸《の》されてしまった。不動産業者は、兄弟の三人が投資業に携わっていると言ったのだ。自分が家庭を破壊しているような気がして、アンソニーは謝り、立ち去った。

もう一杯飲んでから、彼はレキシントン街のバーテンダーたちに株を売るという素晴らしいアイデアを思いついた。とはいえ、店の経営者とビジネスの話ができるような雰囲気を作るには、それぞれの場所で数杯飲まなければならず、そのために数時間を要した。ところがバーテンダーたちは、公債を買うお金があったらバーテンダーなどしていないとみんな一様に主張するのだ。まるでみんなで協議し、こういう返答をしようと決めたかのようだった。しかも五時近くなり、外が暗くてじめじめとしてくると、バーテンダーたちは彼をからかって追い払おうとし始め、彼はいっそう困惑した。

それから五時になり、彼は途方もない苦労の末に心を集中させ、もっとさまざまな場所を回らなければならないと決心した。そこで中規模のデリカテッセンを選び、入ってみた。店主のみならず、すべての客たちに魔法をかけなければならない、と彼は啓示を受けたかのように感じた。そうすれば、おそらくは群集心理によって、彼らは一斉に驚き、すぐに納得するはずだ。そして、みんな次々に買うだろう。

「こんちは」と彼は大きなくぐもった声で切り出した。「ちょっとしたてーあんがありまひて」

彼が静けさを求めていたのだとすれば、まさに思い通りになった。恐怖に近い雰囲気が、買い物に来ていた数人の女性たちと、帽子とエプロン姿の老人を包んだのだ。老人はチキンを切っていた手を止めた。

アンソニーは口の開いた書類かばんから書類の束を取り出し、嬉しそうにそれを振り回した。

「こうさを買いまひょう」と彼は提案した。「じゆうこうさ〔「自由公債」は第一次世界大戦中に募集した戦時公債〕くらい上等！」このフレーズが気に入って、彼はそれをいろいろに変えて使ってみた。「じゆうこうさよりも上等。一口でじゅうこうさ二口分の価値あり」。彼の心はここで真っ白になり、そのまま長広舌へと移った。適切な身振りをつけながら話そうとしたのだが、カウンターに片手か両手でしがみつかなければならなかったために、あまりうまくいかない。「いいですか、あなた方のために私は時間を割いたんです。これを買わない理由なんて知りたくない。ただ、どうひてか言ってくらはい。どれくらい買うか言ってくらはい」

ここで、みんなが小切手帳と万年筆を持って彼のところに集まるはずだった。ところが、そうはならない。彼らがきっかけを逃したのだろうと思い、アンソニーは役者の本能に従って決め台詞を繰り返した。

「いいですか、あなた方のために私は時間を割いたんです。私のてーあんを聞きまひたよね。りくつがわかったでひょう？　だとすれば、どれくらい買うか言ってくらはい、じゅうこうさを何口ですか？」

「おい！」という新しい声が割り込んだ。でっぷりとした男が店の奥のガラスのケージから出てきて、アンソニーを睨みつけている。黄色い巻き毛が左右対称に生えている男だ。「おい、おまえ！」

「何口ですか？」とセールスマンは大真面目に繰り返した。「私は時間を割いたんですから――」

「この野郎！」と店主が叫んだ。「おまえの時間は警察で割け！」

「んなことにはなりまへんよ」。アンソニーは負けじと言った。「何口かって、訊いてるだけでふから」

店のそこここから、批判や怒りの声がぼそぼそと上がった。

「ひどいな！」

「あの野郎、狂ってる」

「みっともないほど酔ってるし」

店主はアンソニーの腕をギュッと摑んだ。

「出てけ、さもないと警察を呼ぶぞ」

わずかに残っていた理性の欠片《かけら》に促され、アンソニーは頷くと、公債をぎこちなくかばんにしまい込んだ。

「どれくらいいれすか?」と彼は疑わしそうに繰り返した。

「警察官全員だ!」と相手は怒鳴った。黄色い口髭が激しく揺れている。

「みんなにこうさを売りまひょう」

こう言って、アンソニーは店主に背を向け、あとから入ってきた客たちに厳粛にお辞儀をして、ふらふらと店から出た。そして交差点でタクシーを見つけると、アパートまで戻った。ソファに倒れ込んでそのまま深い眠りに就き、グロリアが帰ってきたときもその状態だった。彼の吐く息で部屋じゅうが不快な匂いに満ち、手は開いたかばんをまだ摑んでいた。

酒を飲んでいるときを除いて、アンソニーの感情の幅は健康な老人よりも狭いくらいになっていた。七月に禁酒法が施行されて以降、酒を買える人たちのあいだでは、かえって飲酒が盛んになったことに彼は気づいた。客をもてなす側は、ちょっとした言い訳さえあれば、すぐに酒瓶を取り出すのだ。酒を見せびらかすのは、自分の妻を宝石で飾り立てるのと同じ本能の発露だった。酒を持っていることが自慢の種となり、ほとんど立派な人物であることのしるしとさえなった。

朝目覚めると、アンソニーは疲れ、緊張し、不安に駆られていた。夏の穏やかな薄暮の時間や、紫色に染まる朝の涼しい時間も、彼からは何も反応を引き出せなかった。ただ、毎日ハイボールの一杯目を飲み、体が温まって新鮮な気持ちになったときだけ、心は乳白色に光る夢の方向へと向かう――未来の喜びを夢見るのだが、それは幸福な者と呪われた者との両者から受け継いだものだ。しかし、これはほんの少ししか続かない。酔いが進むにつれて夢は消えていき、彼は錯乱した亡霊のようになる。心の隙間に落ち込むと、お化け屋敷のような仕掛けに取り囲まれた感じがし、すべてに激しい軽蔑を抱くようになる。やがて無気力になり、ふさぎこんで、どん底まで沈む。ある六月の夜、彼はどうでもいいことに関してモーリーと猛烈な喧嘩をした。翌朝、ぼんやりと覚えていたのは、割れたシャンパンの一パイント瓶が原因だったということだけだ。モーリーに酔いを醒ませと言われ、感情が傷ついて、威厳を保ちつつテーブルから立ち上がろうとした。そしてグロリアの腕を掴み、外のタクシーへと彼女を導いたのだが、むしろ恥ずかしくなった彼女がタクシーに逃げ込んだというべきかもしれない。あとに残ったのはモーリーと、注文済みの三人分のディナー、そしてオペラのチケット三枚だった。

この種の半ば悲劇的な失敗があまりに日常的なことになり、アンソニーはもはや償いをしようという気持ちにさえならなくなった。グロリアが抵抗すると——といっても、最近の彼女は軽蔑の目を向けて黙り込むだけになってきたのだが——彼は激しく自己弁護するか、陰気になってアパートから立ち去るかだった。レッドゲイト駅のプラットフォームでの出来事以来、彼が怒って彼女に暴力を振るうことはなかった——それは何らかの本能によって抑えられていたのだが、そのこと自体に震えるような怒りを覚えた。彼女をほかのどんな人よりもまだ気にかけていたが、それだけに激しく、頻繁に彼女に対して憎しみを感じた。

これまでのところ、控訴裁判所の判事は決定を下していなかったのだが、しばらく延期したあとで、ついに下級裁判所の判決を追認した——二人の判事が反対した。上訴の申し立てがエドワード・シャトルワースに対して為され、最終判断を下す裁判所で争われることになった。またここで彼らは際限なく待たなければならない——六カ月か、あるいは一年か。もはや訴訟自体が彼らにとって現実的ではなく、天国のように遠くて不確かなものとなっていた。

その前の冬は、ほんの小さなことが二人の頭にずっと引っかかり、微妙な苛立ちの種となり続けた——グロリアが新しいグレーの毛皮のコートを買うかどうかという問題である。その冬、五番街では、長いリスの毛皮のマントに身を包んでいる女性が数メートルごとに見られた。女性たちはいわば独楽《こま》のような形になっており、豚を連想させ、猥褻《わいせつ》な感じがした。豪華な衣装で体を包む、囲われた女のよう——衣服で動物の雌であることを表わしているかのようでもあった。しかし——グロリアはグレーのリスのコートを欲しがったのだ。

このことを話し合うというか、むしろ互いに主張し合って——というのも、結婚して最初の年以上に、あらゆる話し合いは激しい言い争いになり、「絶対に確か」とか「完全に馬鹿げている」とか「だとしても、これが正しい」といったフレーズ、それから「それとは関係なく」と強調する言葉などに満ちていたのだが——二人はこれを買うお金はないと結論づけた。そして徐々に、これは二人の金銭的な問題が大きくなっていることの象徴として見られるようになったのである。

グロリアにとって、収入が減っているというのは異常な現象だった。説明もなく、前例もない事態——これが五年という期間で起こり得るということ自体、ほとんど意図された虐待のように思われた。冷笑的な神が思いつき、仕組んだものなのではないか。二人が結婚したとき、年収七千五百ドルは若い夫婦には充分なように思われた。数百万ドルという遺産相続の見込みがあるのだから、なおさらだ。グロリアは収入が額の上だけでなく、購買力という点でも減っていることに気づいていなかった。ミスター・ヘイトに一万五千ドルという弁護依頼料を払うことになって、この事実が突如として明らかになり、ギョッとしたのである。アンソニーが徴兵されたとき、二人は月収を四百ドル以上であると計算したが、ドルの価値はそのときでさえ下がっていた。さらに彼がニューヨークに戻ると、状況はいっそう厳しいことがわかってきた。二人の年収は投資からの四千五百ドルしかなかったのである。遺産をめぐる訴訟は蜃気楼のように遠くに見えるだけだし、金銭的な危険領域は近くにぼんやり浮かんでいて、収入の範囲内では暮らしていけないことに彼らは気づいた。

そのためグロリアはリスのコートなしで我慢することになり、毎日五番街で自分の姿を気にすることになった。着古したヒョウのハーフコートは情けないくらい流行遅れだったのだ。一カ月おきに二人は債券を売ったが、それで必要経費を払ってしまうと、残りは普段の出費を賄《まかな》うのにかろうじて足りる程度だった。アンソニーの計算では、彼らの資産はあと七年しか続かないということで、グロリアはとても苦々しい気持ちになった。それなのにアンソニーはほとんど理性を失い、一週間も酒盛りを続けたことがあった。しかも、劇場で気まぐれにコートとベストとシャツを脱いでしまい、案内係たちの集団に劇場から追い出された。こんなことで、結局リスのコート代の二倍を浪費したのである。

十一月になったが、小春日和が続いていた。夜もかなり暑い――夏が終わったことを考えれば、無駄な暑さだった。ベイブ・ルースは初めてホームランの記録を破り、ジャック・デンプシーはオハイオでジェス・ウィラードの頬骨を砕いた。ヨーロッパでは、いつもながら多くの子供たちが栄養失調のために膨らんだ腹をしており、外交官たちは世界を次の戦争のために安全にしておこうといつものように努力している。ニューヨーク市では、プロレタリアートたちが厳しい扱いを受けており、ハーヴァード大学のフットボールチームの賭け率は五対三だった。本格的な平和が訪れ、新しい時代が始まったように思われた。

五十七丁目のアパートの寝室では、グロリアがベッドに横たわり、左右に寝返りを打っていた。ときどき起き上がって、いらない毛布を取り除け、隣りで眠れずにいるアンソニーに水を持ってきてくれと頼むこともあった。「必ず氷を入れてね」と彼女は念を押した。「水道から出てきたままだと冷たくないから」

薄いカーテン越しに彼女は外を見た。建ち並ぶ建物の屋根の上に丸い月が浮かび、その向こうの空はタイムズスクエアからの光で黄色く光っている。この二つの不調和な光を見ながら、彼女はある感情についてじっくりと考えた。一つの感情というより、いくつかの感情が複雑に絡《から》まり合ったものと言うべきだろう。この日、彼女の心を占めていたものであり、その前日もそうで、それは彼女が記憶する限り、明晰に連続して何かについて考えた最後のときにまでさかのぼる――おそらくアンソニーが軍隊にいるときのことだ。

彼女は二月に二十九歳になる。二月は否応なしに不吉な意味を持つようになった――そして、このように眠れず、半ば熱に浮かされているようなときに、彼女は自分の美しさについて考えずにいられなくなった。いまではかすかにくたびれてしまった美しさを自分は無駄にしてきたのではないだろうか――老いと死が避けられないという無慈悲な限界を持ったこの特質に、何らかの使い道があったのではないだろうか。

何年も前、二十一歳だったときに、彼女は日記にこう書いた――「美とは嘆賞され、愛されるためだけに存在しているもの――そしてバラの花束のように慎重に摘まれ、選ばれた恋人に向かって投げつけられるもの。私にはっきりと判断できる限りでは、私の美しさはそのように使われなければならないものだと思われる……」

そしていま、この十一月の日、この侘しい日のあいだじゅう、白くどんよりとした空の下、グロリアは自分が間違っていたのかもしれないと考えていた。自分の第一の天分が無傷のままでいるように、彼女は愛をこれ以上求めまいとしてきた。あの最初の炎と恍惚が色褪せ、沈んでいき、消えたとき、彼女は保存を始めていた――何を？　自分が何を保存したのかもはやわからないことに彼女は当惑した――感傷的な思い出なのか、ある深遠で根本的な名誉の概念なのか。自分の生き方に道徳的な問題が関わってきたのかどうか、彼女は疑うようになっていた。心配することも後悔することもなく、あらゆる道のなかから最も楽しいものを選ぶ生き方――そして、いつでも自分自身のままでいて、自分がすれば美しいと思える行為に訴えることで、誇りを保つ生き方。イートンカラー〔幅広の堅いカラー〕をつけた男の子の「恋人」と呼ばれた最初のときから、行きずりの男が彼女に目をとめ、舐めまわすように見つめた最近の出来事まで、そこに必要とされていたのは比類なき率直さだけだった。一貫性のない言葉とともに——というのも、彼女はいつも不完全な文章でしゃべるからだが——その率直さを表情や服装に染み込ませ、測り知れぬ幻影、測り知れぬ距離、測り知れぬ光で自分を包み込むのだ。男たちを思いのままにするために、素晴らしい幸福と絶望を作り出すために、彼女は心の底から誇りを抱いていなければならない——汚れがないことへの誇りであり、優しくもあるという誇りであり、情熱的で夢中にもなれるという誇り。

彼女は胸の奥で自分が子供を欲していないとわかっていた。出産という現実、野蛮さ、耐えがたい感情、そして自分の美しさへの脅威であること——これらに彼女は寒気を覚えるのだ。彼女はただ意識のある花として生き、自分自身を長く保存しておきたかった。彼女の感情的な部分は自身の幻想に激しく固執するのだが、皮肉な精神のほうは母親になるのもまた雌猿の特権だと囁いた。そのため、彼女が夢見るのは影のような子供たちだけ——アンソニーに対して最初に抱いた完璧な愛を、最初に完璧に象徴したのがそれなのだ。

最終的には、彼女を裏切らないのは美だけだった。自分ほど美しい人を彼女は見たことがない。そのことの倫理的な、あるいは美的な意味は、彼女の容姿の前では色褪せてしまう。彼女のピンクがかった白い脚、清潔で完璧な体、そしてキスを肉体的に象徴しているかのような可愛い口など、豪華な具体例を前にしたら。

二月に二十九歳になる。長い夜が終わりに近づくにつれ、彼女はこの三カ月を自分と美とで活用しようと強く意識するようになった。最初は何をするかはっきりしていなかったが、以前から心惹かれていたスクリーンへと徐々に気持ちが固まってきた。今度は真剣だった。金銭的にどんなに困っても、歳を取るという恐怖ほど彼女を動かすことはできなかっただろう。アンソニーが何と言おうとかまわない——精神的に貧しく、目を血走らせ、弱くて悲嘆に暮れた男、アンソニー——この男に彼女はいまだに優しい思いを抱いていた。どうでもいい。二月には二十九歳だ——あと百日、たっぷりと時間はある。さっそく、明日ブロックマンのところに行ってみよう。

この決断とともに安堵の気持ちが湧き上がった。何らかの形で美の幻影が維持される、あるいはセルロイドに保存される——その現実が消え去っても——そのことに元気づけられる思いだった。とにかく——明日だ。

翌日、彼女は力が出ず、病気になったと感じた。外に出ようとしたものの、正面玄関に近い郵便受けにしがみつき、かろうじて倒れるのを防いだ。マルティニーク出身のエレベーター係の助けを借りて上階に戻り、ベッドに入ってアンソニーの帰りを待った。ブラジャーを外す気力もなかった。

五日間、彼女はインフルエンザで床に伏した。ちょうど冬らしくなってきたところで、病は両側肺炎にまで悪化した。熱にうなされて心が徘徊し、灯りのない寂しげな部屋を歩き回って母を探した。彼女が求めたのは少女に戻ることだけだった。何らかの従順だが崇高な力、自分自身よりも愚かで堅実な力によって、効率的に面倒を見てもらうこと。自分がこれまでに求めてきた恋人は、夢のなかの恋人だけだったように思われた。

“我は卑しい群衆を嫌う《オディ・プロファヌム・ウルグス》”

〔ホラティウスの『歌章』より〕

ある日、グロリアの病気の真っ最中に奇妙な出来事があり、正看護師であるミス・マクガヴァンはその後しばらく心を悩ませた。真昼だったが、患者が寝ている部屋は暗く、静まり返っていた。ミス・マクガヴァンはベッドの脇に立って、ある薬を調合していた。そのとき、ぐっすり眠っていたはずのミセス・パッチが起き上がり、熱を込めて話し始めたのだ。

「何百万人もの人々がいて」と彼女は言った。「ネズミみたいに群がり、猿みたいにギャーギャー言い、とんでもなく臭くて……猿よ！　じゃなきゃシラミだわ。本当に素晴らしい邸宅のためなら……たとえばロングアイランドの──グリニッチのだっていい……旧世界からの絵画とか、見事な品々でいっぱいの大邸宅のためなら──並木道と緑の芝生があり、青い海が見え、つややかな服を着た美しい人々が歩き回っているようなところのためなら……私は十万を、百万を犠牲にするわ」。彼女は片手を弱々しく上げ、指をパチンと鳴らした。「あんなもの、どうでもいいの──わかる？」

この言葉を締めくくるときに彼女がミス・マクガヴァンに向けた表情は奇妙なほどいたずらっぽく、奇妙なほど熱心でもあった。それから彼女は軽蔑が含まれた軽い笑い声を漏らし、ドスッと後ろ向きに寝転んで、眠りに戻った。

ミス・マクガヴァンは当惑した。ミセス・パッチが大邸宅のためなら犠牲にするという十万のものとは何だろうと考えた。ドルかしら、と彼女は思った──が、正確にはドルのことのように思えなかった。

映画

二月、彼女の誕生日の七日前になった。その前に降った大雪が、床板の隙間に泥が入り込むように横丁にたまり、半分解けてぐちゃぐちゃになっていた。それを市の清掃作業員がホースで流し、溝に流し込んだ。風は気まぐれだがそれでも冷たく、リビングルームの開いた窓から勢いよく吹き込んでくる。風と一緒に裏道の陰気な秘密が運び込まれ、どんよりと巡回するパッチ家のアパートの淀んだ煙を吹き飛ばす。

グロリアは温かいキモノにくるまり、寒い部屋に入ってくると、受話器を取ってジョゼフ・ブロックマンに電話をかけた。

「ミスター・ジョゼフ・ブラックのことですか？」と〝フィルム・パール・エクサランス〟の電話交

ねた。

「ミスター・ジョゼフ・ブロックマンはブラックに名前を変えました。この人とお話ししたいのですね？」

「あ——はい」。自分はかつて彼に面と向かって「ブロックヘッド」と呼んでいたのだと思い出し、気まずい気持ちになった。

さらに二人の女性が丁寧に電話を回してくれ、彼のオフィスにつながった。最後の秘書が彼女の名前を受けた。懐かしい、しかしかすかによそよそしい声が送話管から聞こえてきて、ようやく彼女は彼と最後に会ってから三年経つのだと気づいた。しかも彼は名前をブラックに変えているのだ。

「会っていただけないかしら？」と彼女は軽い調子で言った。「仕事の話をしたいんです、実を言うと。ようやく映画に出る気になったので——私にもできるなら」

「それは素晴らしい。君なら気に入ると思っていたよ」

「テストを受けさせていただけるかしら？」すべての美しい女性に共通する傲慢な口調——一度でも自分を美人だと思ったことがある女性に特有の口調で訊ねる。

それは、君がいつテストを受けたいか次第だよ、と彼は請け合った。いつでもいい？　じゃあ、こちらから都合のいい時間を知らせるから、電話を待ってください。そのあと、どちらの側もお決まりのお愛想を言って、会話は終了した。その日の三時から五時にかけて、彼女は電話のすぐ近くに座っていた——連絡はなかった。

しかし翌朝、手紙が届いて、彼女はホッとするとともに高揚した。

親愛なるグロリア、

運よく、君にまさにぴったりな企画が目にとまった。君に注目が集まるような役で始めてほしいと思っていたのだが、同時に難しいところもあってね。君のようにとても美しい女性が使い古されたスターたちと並んで映画に出てしまうと——映画会社はこういうスターたちに手を焼いているのだが——いろんなことを言われてしまうかもしれない。しかし、パーシー・B・デブリの作る映画に「フラッパー」の役があって、それが君に合っているし、注目を集められると思う。ウィラ・セイブルがガストン・メアーズの相手役で、ちょっとひねった役を演じる。君の役はその妹になるはずだ。

とにかく、この映画の演出をするパーシー・B・デブリが、君が明後日（木曜日）スタジオに来られるのならテストをしようと言ってくれている。十時でよければ、スタジオで私が出迎えるよ。

うまく行くことを祈りつつ、

ジョゼフ・ブラック

グロリアははっきりとした役を得るまで、このことをアンソニーにまったく知らせないでおこうと決心した。そこで当日、彼が起きる前に着替え、アパートを出た。鏡で見た自分の姿はこれまでとほとんど変わっていない、と彼女は思った。病気をした痕跡が見えるだろうか。まだ少し痩せたままで、数日前に見たとき、頬が以前よりこけたように感じた——しかし、こうした状態は単なる一過性のもので、今日この日、自分はこれまでと同じように瑞々《みずみず》しいはずだ。彼女はつけで買った新しい帽子をかぶり、温かい日だったので、ヒョウのコートを着ずに出かけた。

〝フィルム・パール・エクサランス〟のスタジオに着くと、受付が電話で彼女の到着を伝え、ミスター・ブラックはすぐに降りてきますと言った。彼女は周囲を眺めた。スラッシュポケットのコートを着た小柄で太った男が、二人の若い娘を案内している。薄い封筒が壁際に胸の高さまで積み上げられ、その山が六メートルほど横に並んでいるのを見て、娘の一人があれは何かと訊ねた。

「あれはスタジオから出す郵便物です」と太った男は答えた。「〝フィルム・パール・エクサランス〟のスターたちの写真ですよ」

「あら」

「それぞれがサイン入りです。フローレンス・ケリーとか、ガストン・メアーズとか、マック・ドッジとか――」彼は秘密を打ち明けるようにウィンクした。「少なくとも、スタジオに写真を注文したソークセンター〔シンクレア・ルイスの小説『本町通り』のモデルとなったミネソタ州中部の町で、保守的な田舎町の典型〕のミニー・マックグルックさんは、サイン入りの写真が来たと思うんです」

「スタンプなの？」

「もちろんですよ。あの半分にサインするのだって、一日八時間かかるでしょうね。メアリー・ピックフォードのスタジオでは、郵便代が年間五万ドルかかるって噂です」

「なんですって！」

「そうですとも、五万ドル。でも、これは最高の宣伝になるんで――」

三人の声がグロリアの耳に届かなくなったとき、ちょうどブロックマンが現われた――四十代半ばという年齢が見事に板についた、黒髪の上品な紳士。彼は温かさと礼儀正しさもって彼女に挨拶し、三年間でまったく変わっていないと言った。そして、武器庫のように広いホールへと案内し、先に立って歩いた。ホールにはところどころ忙しそうなセットがあり、目の眩《くら》むような珍しいライトが当たっている。それぞれの背景には大きな白い文字で〝ガストン・メアーズ・カンパニー〟、〝マック・ドッジ・カンパニー〟、あるいは単純に〝フィルム・パール・エクサランス〟などと書かれている。

「スタジオに入ったことはない？」

「まったくないわ」

彼女はここが気に入った。練り白粉のむっとするような匂いや、汚れたけばけばしいコスチュームの匂いなどがここにはない。数年前、彼女はミュージカル・コメディの舞台裏でそういう匂いを嗅ぎ、気持ち悪くなったことがあったのだ。ここでは清潔な朝に仕事が行われ、大道具は贅沢で豪華で新しいものだと感じられる。満州の掛け物で賑やかなセットでは、完璧に中国人に見える男が、メガホンからの指示に従って演技しており、光り輝く巨大な機械が古くからの道徳的な物語をアメリカ人の精神の教化のために作り出している。

赤毛の男が近づいてきて、この場によく見られる慇懃さで話しかけてきた。ブロックマンはこう答えた。

「やあ、デブリ。こちらがミセス・パッチだ……ミセス・パッチは映画の仕事をしたいということでね、すでに説明はしたはずだが……いいかな、では、どこに行ったらいい？」

ミスター・デブリは——偉大なパーシー・Ｂ・デブリだ、とグロリアは思った——オフィスの内部を表わすセットに二人を案内した。その前にカメラが置かれ、それを何脚かの椅子が取り囲んでいる。三人はその椅子に腰を下ろした。

「スタジオにいらしたことはありますか？」とミスター・デブリは訊ね、彼女に視線を向けた。まさに鋭敏さを凝縮したような視線だった。「初めて？　では、ここで何が起こるかを正確に説明しましょう。ここではテストと呼ばれるものを行います。あなたの容貌がカメラにどう映るか、スクリーン上の存在感があるかどうか、指導にあなたがどう応えるかといったことを見るためのテストです。緊張する必要はありません。ただ、私がシナリオにしるしをつけたこのエピソードをやってもらい、カメラマンがフィルムを数百フィート回すだけです。それだけで我々が求めていることはだいたいわかるものなんですよ」

彼はタイプライターで書かれたコンテを取り出し、彼女が演じることになるエピソードを説明した。バーバラ・ウェインライトという女性の物語で、彼女はある会社の下級共同経営者とこっそり結婚しており、セットはその会社のオフィスである。ある日、彼女はたまたま誰もいないオフィスに来て、当然ながら夫が働いている場所に興味を抱き、あたりを見回している。すると電話が鳴り、彼女は少しためらってから、電話を取る。そして夫が車に撥《は》ねられ、即死したことを知る。彼女は動転する。最初は訳がわからないでいるが、最終的には理解し、気を失って床に倒れる。

「まあ、やってほしいのはこれだけです」とミスター・デブリは締めくくった。「私はここに立って、大雑把にこんなことをしなさいと言う。あなたは私がいないように振る舞って、自分なりの演技をすればいい。我々がこれで厳しい判断を下すんじゃないかと心配する必要はありません。我々としては、あなたがスクリーン上でどのように見えるか、だいたいのところを知りたいだけなんですよ」

「わかりました」

「セットの裏の部屋に化粧道具があります。そこで軽く化粧しなさい。ちょっとだけ赤を塗るといい」

「わかりました」と彼女は頷きながら繰り返した。そして不安げに舌の先で唇に触れた。

テスト

彼女は本物の木でできたドアを通ってセットに入り、慎重にドアを閉めた。自分の服がここに相応しくないと感じて、不満を覚える。この日のために独身者が着るようなドレスを買っておくべきだった――まだそういうものを着られるし、自分の軽やかな若さを強調してくれるのなら、価値のある投資だっただろう。

目の前でぎらぎら光る白いライトの奥からミスター・デブリの声が聞こえてきて、彼女の心は現在の重要な問題にいきなり引き戻された。

「夫を探してあたりを見回す……でも、夫はいない……君はオフィスに興味を抱く……」

彼女は規則的に鳴り続けるカメラの音を意識するようになり、不安が掻き立てられた。そちらの方向を思わず見やり、ちゃんと化粧ができているだろうかと心配になる。それから思いきって、自分自身を演技に駆り立てた——自分の身振りがこれほどにも陳腐でぎこちなく、品も独自性もないとは、これまで感じたこともなかった。オフィスを歩き回り、そこらに置かれたものを手に取って、ぼんやりと見つめる。それから天井と床を凝視し、机の上のどこにでもあるような鉛筆を舐めまわすように見る。最後に、ほかにすることが思いつかなかったし、表現することなどいよいよなかったので、彼女は無理に微笑《ほほえ》んだ。

「いいでしょう。ここで電話が鳴る。リンリンリン！　ためらい、それから受話器を取る」

彼女はためらった——それから受話器を取り上げたが、間が短すぎたと自分で思った。

「もしもし」

声は虚《うつ》ろで、現実味がなかった。ほかに誰もいないセットに言葉が幽霊の無駄話のように鳴り響く。何と馬鹿げたことを自分は求められているのか、と考えてゾッとした。この人たちは、彼女がついさっき説明を受けただけで、こんなことができると思っているのだろうか？　このとんでもなく訳のわからない人物になりきるなんて？

「いや……いや……まだまだ！　じゃあ、聞いて。〝ジョン・サマーはついさっき車に撥ねられ、即死しました〟」

グロリアは可愛らしい口をゆっくりと開けていった。そのとき——

「さあ、電話を切って！　ガチャンと！」

彼女は言われた通りにし、目を大きく開けて、テーブルにしがみついた。ようやく少し度胸がついてきて、自信も増した。

「なんてこと！」と彼女は叫んだ。いい声が出せた、と彼女は思った。「ああ、なんてこと！」

「さあ、気絶して」

彼女は膝から崩れ落ち、息を止めて身を投げ出すように倒れ込んだ。

「いいでしょう！」とミスター・デブリが呼びかけてきた。「これで充分です、ありがとう。盛りだくさんでしたね。立ち上がって――これで充分です」

グロリアは立ち上がり、なんとか気品を保とうとしつつ、スカートの埃を払った。

「ひどかったわ！」と彼女は言った。冷めた笑い声をあげたものの、心臓は激しく鼓動していた。

「下手だったでしょう？」

「緊張しましたよね？」とミスター・デブリが穏やかな笑みを浮かべて言った。「やりにくかったんじゃないですか？　スクリーンに映してみないと、何とも言えないんですけどね」

「そうでしょうとも」と彼女は同意し、彼の言葉に何らかの意味を与えようとした――けれど、できなかった。彼の発言は、彼女に期待を抱かせないようにしていたとすれば、いかにも言いそうなことだ。

まもなく彼女はスタジオを立ち去った。ブロックマンからは、数日以内にテストの結果を知らせると言われた。はっきりしたコメントを引き出そうとするにはプライドが高すぎ、彼女は宙ぶらりんにされた気分で、落ち着かなかった。そして、ついに一歩を踏み出してみて、映画の世界で成功できないかという思いがこの三年間、心の奥に引っかかっていたことを悟った。その夜、彼女は自分が選ばれる要素と選ばれない要素とを、心のなかで挙げてみた。化粧がちゃんとできただろうかというのが心配になったし、二十歳の役だけに、少し生真面目すぎたのではないかとも思った。自分の演技については、とりわけ不満だった。部屋に入った姿は無様だった――実のところ、電話を取るまで、落ち着きをまったく見せられなかった――そして、テストは終わった。こういうことがわかってもらえたらいいのだけど！　彼女はもう一度テストを受けたいと思った。朝になったら電話をして、改めてテストを受けさせてくださいと頼もう。そんな馬鹿げた考えが心に取り憑き、また唐突に消えた。もう一度ブロックマンの好意にすがるのは愚かだし、無礼でもあるように思った。

結果を待つのも三日目になると、彼女の緊張はピークに達した。口の内側を噛み続け、ついにはひりひりと痛むようになり、リステリンで口をゆすいだら燃えるように熱かった。アンソニーとは口論が絶えず、彼はむすっとしてアパートから出ていってしまった。しかし、彼女の稀に見る冷淡さに怖気づいていたので、一時間ほど経ってから謝罪の電話をしてきた。そして、彼がまだ会員権を持っている唯一のクラブである、アムステルダム・クラブで食事をすると言った。

これが一時過ぎのことで、彼女は十一時に朝食を摂っていた。そこでランチは飛ばすことにし、セントラルパークに散歩に出た。三時には郵便が来るので、それまでに帰ろう。

早い春の兆しを感じさせる午後だった。歩道の水たまりが乾きつつあり、公園では葉がまばらな木々の下、少女たちが人形を乗せる白い乳母車を押して行ったり来たりしていた。そのあとを退屈顔の子守女が二人ずつ並んで歩き、子守女に特有の恐ろしい秘密を語り合っている。

彼女の小さな金時計が二時を指した。新しい時計を買わなければ、と思う——プラチナ製でダイヤモンドが散りばめられた細長いもの——しかし、これはリスのコートよりも高価で、当然ながら彼女には手が届かない。それはすべて同じだ。合格の通知が来てくれなければ……あと約一時間……正確に言えば五十八分。戻るのに十分かかるから、あと四十八分……四十七分になった……。

太陽を浴びながらもまだ湿っている歩道で、乳母車を真面目な顔で押している少女たち。謎めいた秘密について二人組になっておしゃべりしている子守女たち。乾きつつあるベンチに新聞を敷いて座っている、みすぼらしい男。彼は明るく楽しい午後とは関係なく、汚れた雪としか結びつきがないように見える——薄暗い木陰で消耗し、消え去るのを待っている雪としか……。

永遠にも思える時間が経ってから、彼女はアパートの薄暗いホールに入った。マルティニーク人のエレベーター係がいたが、ステンドグラスの窓からの光を浴びている姿はどこか滑稽だった。

「うちに手紙はなかったかしら?」と彼女は訊ねた。

「上にあります、マダム」

電話交換機がガーッという恐ろしい音を立て、彼が電話を使っているあいだグロリアは待った。のぼっていくエレベーターの唸り声に彼女は気持ちが悪くなった――一世紀一世紀がゆっくりと経過するように、一階ごとのぼっていく――それぞれの階が怪しげで、こちらを責めているようでもあり、意味深長だ。玄関の汚れたタイルに不吉な白い点が見える――手紙だ……。

――

親愛なるグロリア

昨日の午後、テストの映写をしてみたところ、ミスター・デブリはもっと若い女性のほうが自分の考えていた役にはいいと思っているようでした。君の演技は悪くなかったので、別の役はどうだろうとも話していました。とても高慢な金持ちの未亡人という、ちょっとした役があって、それが君には

グロリアは打ちひしがれて顔を上げた。窓の外が視界に入ったが、灰色の目に涙がたまっていたので、向かいのビルの壁は見えなかった。手紙をくしゃくしゃに握りしめたまま寝室に入り、衣裳部屋の細長い鏡の前でひざまずく。この日がちょうど二十九歳の誕生日。その日に世界は目の前で溶解していったのだ。彼女は化粧のせいだと考えようとしたが、この考えが慰めになるには、彼女の感情はあまりに深く、あまりに圧倒的だった。

彼女は鏡をじっと見つめ、終いにはこめかみの筋肉の突っ張りが感じられるほどになった。そうだ――頬はかすかにこけてきて、目尻には小さな皺がある。目も変わってしまった。そう、前と違う!

……それから唐突に、彼女は目がいかにくたびれているかに気づいた。

「ああ、あんなにきれいな顔だったのに」と彼女は心の底から嘆いた。「私のきれいな顔！　あのきれいな顔なしで生きていきたくない！　ああ、何が起きてしまったの？」

彼女は鏡のほうに滑り寄り、テストのときのように、両腕を広げてうつ伏せに倒れ込んだ――そしてそのまますすり泣いた。彼女がこんな無様な仕草をするのは生まれて初めてのことだった。

第三章　問題外！

次の一年間のうちに、アンソニーとグロリアはコスチュームを失《な》くした役者のようになった——もはや悲劇を演じ続けるプライドさえ失くしてしまった役者。ある晩、カンザスシティのヒューム夫妻がプラザホテルで彼らを見かけ、知らないふりをしたのも、そういう事情のためにすぎなかった。ほかの人たちと同様、ヒューム夫妻は前世の自分たちの姿をそこに見て、嫌悪を感じたのである。

彼らが次に移ったアパートは、家賃が月額八十五ドルの物件だった。クレアモント街に面し、ハドソン川から二ブロック、地味な百丁目以北にあるアパートだ。彼らがそこで暮らし始めてから一カ月経ったとき、ミュリエル・ケインが訪ねてきた。

それは春が夏に近づいてきた時期の、文句ない薄暮の時間だった。アンソニーは長椅子に寝そべり、川に向かって伸びる百二十七丁目の通りを眺めていた。川の近くには一カ所だけ木々の鮮やかな緑が続いている部分があり、リヴァーサイドドライヴ〔ニューヨーク市マンハッタンのハドソン川沿いを走る通り〕が見かけ上は日陰であることを保証している。川の向こうにはパリセーズ峡谷が見え、その上には遊園地の醜い骨格が浮かんでいる。とはいえ、やがて日没の時間になると、同じ鉄の蜘蛛の巣が天の栄光を表わすものに見えるだろう——熱帯の運河が放つ滑らかな輝きの上に建てられた魅惑の宮殿に。

アンソニーはこのアパートに移ってから、近くの通りが子供たちの遊び場であることに気づいた

——マリエッタに行くときに通った道路よりも少しだけましだが、だいたいにおいて同じような通りである。ときどき手回しオルガンを弾く芸人が現われ、夕暮れの涼しい時間には、多くの若い娘たちが連れ立って街角のドラッグストアに行き、アイスクリームソーダを注文する。そして夕焼け空の下、見果てぬ夢を見る。

通りはもう暗くなったが、子供たちはまだ遊んでいた。支離滅裂な言葉を夢中になって叫んでおり、その声は開けた窓の近くまで聞こえてくる。グロリアに会いにきたミュリエルは、部屋の向こう側、ぼんやりとした暗闇からアンソニーに向かって話しかけている。

「ランプを点けましょうよ」と彼女は提案した。「気味が悪くなってきたわ」

アンソニーは疲れきっているかのように立ち上がり、言われた通りにした。灰色の窓が見えなくなる。彼は伸びをした。だいぶ太ってしまい、腹はぶよぶよで、そこにベルトが食い込んでいる。筋肉は柔らかくなり、締まりがなくなった。精神的にも不安定で、三十二歳にして、見捨てられた残骸のようだった。

「ちょっと飲まないか、ミュリエル？」

「私はいいわ。もうお酒は飲まないの。このところ何をしているの、アンソニー？」と彼女は興味深そうに訊いた。

「まあ、例の裁判で忙しいよ」と彼はどうでもよさそうに答えた。「控訴裁判所に進んだ——秋までには何らかの形で決着がつくはずだ。この件に関して、控訴裁判所に裁判権があるのかという異議申し立てがあってね」

ミュリエルは舌でチッという音を出し、首を片側に傾げた。

「そうよね！　こんなに長くかかるなんて、聞いたことがないわ」

「いや、こういうものなんだよ」と彼は物憂げに答えた。「遺書に関するすべての訴訟がね。四年か五年以内で片づくほうが異例なんだって」

「あら……」。ミュリエルは思いきって話題を変えた。「どうして仕事をしないの？　怠《なま》け者なんだから！」

「何をするって言うんだい？」と彼は唐突に訊ねた。

「だって、何でもいいでしょう。まだ若いんだから」

「励まそうとして言っているなら、感謝するよ」と彼はそっけなく答えた——それから突然うんざりしたように言った。「働きたくないんだって言ったら、君は怒るかい？」

「ううん、怒らないわ——でも、怒る人もたくさんいるでしょうね。たとえば——」

「なんなんだ！」と彼はかすれた声で言った。「この三年間、耳に入ってくるのは、僕がどんなに駄目なやつかって話と、善人ぶったお叱りばかりだよ。もうたくさんなんだ。僕たちに会いたくないのなら、かまわないでくれ。僕もかつての〝友人たち〟にはかまわないから。お情けで電話してきたり、よき忠告を装って批判したりっていうのが嫌なんだ——」。それから彼は謝るようにつけ加えた。「ごめん——でも本当に、ミュリエル、スラム街で慈善活動をしているご婦人みたいな話し方はしないでくれ。実際に下層の中流階級を訪問しているにしてもさ」。彼は血走った目を責めるように彼女に向けた——深みのある、澄みきった青い瞳が、いまでは弱々しく、神経質そうになっていた。しかも、酔っ払っているときに読書するために、視力もかなり衰えている。

「どうしてそんなひどいことを言うの？」と彼女は抗議した。「まるであなたとグロリアが中流階級みたいじゃない」

「そうじゃないってふりをしなきゃいけないのかい？　貴族だという体裁も保てないくせに、貴族だって主張する輩《やから》は大嫌いなんだ」

「貴族であるためにはお金がなきゃいけないって思うの？」

ミュリエル……怯える民主主義者……！

「そりゃ、もちろんだよ。貴族階級の証拠は、我々が素晴らしいと呼ぶ性質が――勇気とか名誉とか美とか、そんなものだけど――すべて好ましい環境にいなければ育たないってことなんだ。無知や貧困で歪むことなく」

ミュリエルは下唇を嚙み、首を左右に振った。

「まあ、私に言えるのは、上流階級出身者はどうなっても素晴らしい人たちだってこと。そこがあなたとグロリアの問題なのよ。いま自分たちがうまくいってないからって、前からの友達がみんな自分たちを避けたがっていると思ってる。気にしすぎなの――」

「正直に言うとね」とアンソニーは言った。「君は何もわかっていない。僕にとっては単純にプライドの問題なんだよ。さすがのグロリアも、これに関しては聞き分けがよかった。僕たちは求められていないところに行くべきではないって、同意してくれたよ。で、みんな僕たちを求めていないんだ。僕たちはあまりにも理想的な悪例だからね」

「馬鹿げてるわ！　そんな悲観主義はうちの日光浴室に馴染まないわよ。陰気な憶測はやめて、仕事に行くべきよ」

「僕はもう三十二なんだ。何かくだらない仕事を始めるとするだろ。たぶん二年ほどで、週給五十ドルくらいは稼げるようになる――運がよければ。でも、それは僕が職を得られればの話なんだ。いまはものすごく失業者が多いからね。まあ、週五十ドル稼いだとしよう。それで僕が幸せになると思うかい？　祖父の金を得られなくても、僕が満足して人生を送れると思う？」

ミュリエルは気楽そうに微笑んだ。

「まあね」と彼女は言った。「かっこいい台詞だけど、常識ではないわ」

数分後、グロリアが入ってきた。一緒に何らかの暗い色――ぼんやりとした珍しいもの――を部屋に持ち込んだようだった。口には出さないが、ミュリエルに会えて嬉しいということがうかがえる。アンソニーにはおざなりな「ハーイ!」という言葉をかけた。

「旦那さんと哲学を語り合っていたのよ」と愛くるしきミュリエルは大きな声で言った。

「いくつかの根本的な概念を取り上げたんだ」とアンソニーはかすかな笑みで青白い頬を震わせつつ言った。二日分の無精髭《ぶしょうひげ》が生えていて、その頬がさらに青白く見えた。

アンソニーの皮肉に気づきもせず、ミュリエルは主張を繰り返した。それが終わるのを待って、グロリアは静かに言った。

「アンソニーの言う通りよ。人にある見方で見られていると感じたら、出歩くのも楽しくなくなるわ」

アンソニーが悲しげな声で言葉をはさんだ。

「かつて親友だったモーリー・ノーブルでさえ、僕たちに会いに来なくなったんだから、人を訪問するのはもうやめるべきだろう?」彼の目に涙がたまっていた。

「モーリー・ノーブルの件はあなたが悪いのよ」とグロリアは冷淡に言った。

「違う」

「絶対にそうだわ」

ミュリエルが急いで割り込んだ。

「このあいだ、モーリーのことを知ってる女の子に会ったわ。彼はもうお酒を飲まないんだって言ってた。すごく用心深くなってるって」

「飲まない?」

「ほとんど飲まないらしいわ。お金をすごく稼いでいるって話よ。戦争で変わったみたいなの。フィラデルフィアの大金持ちの娘と結婚するんだって。セシ・ララビーっていう――少なくとも、『タウン・タトル』にはそう書いてあった」

「あいつは三十三歳だ」と彼は言った。声に出して考えている口調だ。「でも、あいつが結婚するっていうのは、想像しにくいな。ものすごく頭のいいやつだと思っていたから」

「そうだったわ」とグロリアは囁いた。「ある意味でね」

「でも、頭のいい連中はビジネスの世界で落ち着いたりしないんだ――そうじゃないか？　じゃあ、彼らは何をするんだろう？　かつての知り合いで、僕らと共通点がいっぱいあった人たちはどうなったんだろう？」

「みんな離れていくのよ」とミュリエルは言った。その言葉に相応しい、夢見るような表情を浮かべていた。

「誰もが変わるわ」とグロリアが言った。「日常生活で使わない性質には蜘蛛の巣が張ってしまうの」

「最後にやつは僕にこう言ったんだ」とアンソニーは回想した。「自分が働くのは、働くに値するものなど何もないってことを忘れるためだって」

ミュリエルはすぐにこれに飛びついた。

「あなたもそうすべきなのよ」と彼女は勝ち誇ったように叫んだ。「もちろん、誰だって無駄に働きたくはない。でも、それで何かやることが得られる。そもそも、あなたはこのところ何をしているの？　モンマルトル〔ブロードウェイと五十丁目の交差点にあったクラブ〕では全然見かけないし――どこでも見かけないわ。倹約しているの？」

グロリアは軽蔑するように笑い、横目でアンソニーをちらりと見た。

「何だよ」と彼は訊ねた。「どうして笑ってるんだ？」

「私が何で笑っているか、わかってるでしょ」と彼女は冷たく言った。

「ウィスキーのケース買いのことか？」

「そうよ」――ミュリエルのほうを向く――「昨日、ウィスキーのケースを七十五ドルで買ったの」

「だから何だって言うんだ？　一瓶ごとに買うよりは安いじゃないか。自分が飲まないみたいに偉そうに言うな」

「少なくとも、私は昼間は飲まないわ」

「そいつは見事な線引きだな！」と彼は叫び、弱々しい怒りに駆られて立ち上がった。「それに、数分ごとにそれを持ち出すことはないだろ！」

「本当のことだもの」

「違う！　客の前で批判され続けるのはもうたくさんだ！」興奮のあまり、彼の腕と肩ははっきりわかるほど震え始めた。「何だって僕のせいだと思ってるんだ。自分はお金を使うことをけしかけなかったみたいに――君が自分のために使うお金のほうが、僕が使うよりもずっと多いくせに」

ついにグロリアも立ち上がった。

「あなたにそんなこと言わせないわ！」

「いいとも、じゃあ、言わせなきゃいい！」

彼はドタバタと部屋から出ていった。廊下を歩く足音、正面のドアをバンッと閉める音が二人の女の耳に届いた。グロリアはまた椅子に沈み込んだ。ランプの光に照らされた顔は愛らしく、落ち着いていて、感情が読み取れなかった。

「あら――！」とミュリエルは悲しそうに言った。「どうしたっていうの？」

「大したことじゃないわ。酔っ払ってるだけよ」

「酔っ払ってる？　でも、完全に素面だったじゃない。しゃべり方が――」

グロリアは首を振った。

「違うのよ、外に現われないの、立っていられる限りはね。しゃべり方も普通なのよ、興奮するまでは。素面のときよりもよっぽどまともにしゃべるわ。でも、いつでもここに座って飲み続けているわけ――街角に新聞を買いに行くとき以外はね」

「まあ、それはひどい！」ミュリエルは真剣に心を揺さぶられていた。目には涙がたまっている。

「これってよくあることなの？」

「酒を飲むこと？」

「ううん――家を出ていくこと」

「ああ、それね。しょっちゅうだわ。真夜中に戻ってくるの――泣いて、許してくれって言うのよ」

「許してあげるの？」

「わかんない。ただ、同じことが続くわけ」

二人の女はランプの光の下で互いに見つめ合った。この件に関しては、それぞれが別の形で無力だった。グロリアはまだ美しい、こんなに美しいことは二度とないだろう――頬の血色はよく、買ったばかりの新しいドレスを着ている――大胆にも五十ドルで買ったのだ。今夜はアンソニーを説得し、外に連れていってもらおうと考えていた――レストランへ、あるいはゴージャスな映画館にだって。そこでなら彼女を見つめる人、彼女のほうも見つめるに足る人が数人いるだろう。頬の血色がよいのはわかっていたし、上品に薄手の新しいドレスを着ていたので、そういうことをしたかった。いままではほんのたまにしか招待状を受け取ることもないのだ。しかし、彼女はこうしたことをミュリエルに打ち明けなかった。

「グロリア、一緒に食事ができたらいいんだけど、男の人と約束があるのよ――もう七時半だし。急いで行かないといけないわ」

「どちらにしても私は無理。今日、ずっと具合が悪かったの。何も食べられないわ」

ミュリエルを玄関まで送ってから、グロリアは部屋に戻り、ランプを消した。そして窓の敷居に肘をつき、パリセーズ公園を眺めた。輝きながら回転する大観覧車は、揺れる鏡に黄色い月の光が反射しているかのようだ。子供たちが屋内に入り、街路は静かになった——道の向こうに食卓に着く家族の姿が見える。立ち上がったり、テーブルのまわりを歩いたりしているのが、何とも無意味で滑稽に感じられる。このように見ると、みんながバラバラに動いているかのようだ——まるで頭上の見えない糸が目的もなしに彼らを操り、いい加減に揺すっているかのように。

彼女は腕時計を見た——八時だ。今日は楽しい時間もあった——午後の早い時間——ハーレムのブロードウェイを歩いているとき。百二十五丁目で、彼女の鼻孔はたくさんの匂いに敏感になり、イタリアの子供たちの並外れた美しさに心が高ぶった。これは彼女に奇妙な形で影響を与えた——かつて五番街が影響を与えたように。自分の美しさを当たり前のこととして、自信を持っていた頃、すべてが自分のものだと思っていた——すべての店、店の商品、ウィンドウに飾られているキラキラした大人向けの玩具《おもちゃ》など、欲しいとさえ言えばすべて手に入ったのだ。いま百二十五丁目では、救世軍の楽隊が演奏し、戸口の階段に色鮮やかなショールをかけた老婦人が立ち、てかてかした髪の子供たちが汚い手に砂糖でべとべとのキャンディを握っている——そして、夕暮れ時の太陽が背の高い安アパートの側面を照らし出している。すべてがとても豊かで、生気に溢れ、味わいがある。材料は残り物ばかりだろうとわかっていても、その美味しさを満喫せずにいられない、倹約家のフランス料理のシェフが作った料理のようだ……。

グロリアは突然身震いした。薄闇に並ぶ屋根の向こうから、川で鳴らされたサイレンの唸るような音が響いてきたのだ。窓から身を起こすと、カーテンが幽霊のように肩に掛かった。電灯を点ける。夜も更けてきた。財布に小銭がいくつかあることはわかっていたので、階下に降り、お店に行こうかと考えた。地下鉄が地上に出て、マンハッタンの通りが轟音に満ちたトンネルのように感じられるあたりの店で、コーヒーとロールパンを注文しようか。それとも、辛く味つけしたハムとパンをキッチンで食べようか。財布を開けて、彼女の心は決まった。五セント硬貨一枚と一セント硬貨二枚しかない。

一時間後、部屋の静けさが耐えがたく感じられるようになった。ふと気づくと、読んでいた雑誌から目を離し、何も考えずに天井を見つめていた。突然、彼女は立ち上がり、指を噛みながら、少しだけためらった——それから食料貯蔵室に入り、棚からウィスキーのボトルを取り出して、グラスに注いだ。ジンジャーエールでグラスを満たし、椅子に戻ると、雑誌の記事を一つ読み終えた。独立戦争で従軍した兵士の最後の未亡人に関わる話。彼女はとても若いときに、大陸軍〔ジョージ・ワシントンを最高司令官とする独立軍〕の元兵士の老人と結婚し、一九〇六年に死んだのだ。自分とこの女性とが同時代に生きていたなんて、何とも奇妙でロマンチックでもあるように感じられた。

彼女はページをめくり、連邦議員の候補者が対立候補によって無神論者だと非難されていることを知った。グロリアは驚いたが、その非難が間違いであることを知って、その驚きも消えた。その候補者は、キリストがパンと魚を五千人に与えたという奇跡を否定しただけなのだ。詰問されて、彼はキリストが水の上を歩いた話は全面的に信じていると認めた。

一杯目を飲み終え、グロリアは二杯目を作った。ネグリジェに着替え、長椅子に寝そべると、自分が惨めだと意識するようになり、涙が頬をこぼれ落ちた。これは自己憐憫の涙なのだろうかと考え、絶対に泣かないようにしようと決心したが、希望のない生活、幸福ではない生活は心に重くのしかかった。首が左右に揺れ、両端の下がった唇が震えている——まるで、誰かがどこかでした主張を否定するかのように。この動作が有史以前からのものだということに彼女は気づいていなかった。それは耐えがたくしつこい悲しみが、百世代もの人間たちに与えてきた否定の、抗議の、当惑の動作——人の似姿に作られし神よりももっと深遠で、もっと強力な何かに対する、そしてその前で神は、存在するにしても、同じように無力である何かに対する動作。それは悲劇の核心にある真実であり、この力は――空気のように実体がなく、死よりも決定的な力は――真実を決して説明せず、答えもしないのである。

リチャード・キャラメル

夏の初めにアンソニーは最後のクラブをやめた。アムステルダム・クラブである。年に二度もそこを訪れなくなり、会費の支払いがたびたび重荷になっていた。会員になったのはイタリアから戻ったときで、祖父も父もそこに属していたからであり、誰でも機会が与えられれば文句なく入りたがるクラブだったからだ――とはいえ、ディックとモーリーがいるので、彼はハーヴァード・クラブのほうが好きだった。しかし、これだけ落ちぶれると、このクラブはだんだんと固執するに値する飾りのように思えてきた……。それをついに手放したのだが、そこには惜しい気持ちがいくらか含まれていた……。

彼の友人はいまや十数人ほどの奇妙な連中だった。そのうちの何人かは四十三丁目の「サミーズ」と呼ばれる場所で会った者たちだ。ここのドアをノックし、格子の奥へと招じ入れられると、大きな丸テーブルに座ってとてもいいウィスキーを飲むことができる。ここで彼はパーカー・アリソンという男と出会った。ハーヴァード大学にいる遊び人たちのなかでもまさに度が過ぎた部類の者で、イースト菌のように膨らむ財産をものすごい勢いで消尽していた。パーカー・アリソンが上流階級であることを示すのは、騒々しい赤と黄色のレースカーでブロードウェイを突っ走ることによってだった――それも、キラキラの服を着た、目つきの鋭い娘を二人乗せて。一人よりも二人の女と食事するタイプの男――想像力が足りないため、会話をずっと続けることができないのである。

アリソンのほかにはピート・ライテルという男がいた。灰色の山高帽を斜めにかぶり、いつでも金を持っている男。たいてい上機嫌なので、アンソニーは夏から秋にかけての午後、これという目的もなく、頻繁に彼と長時間おしゃべりした。そうしてわかったのだが、ライテルは気の利いたフレーズを使ってしゃべるだけでなく、それで理屈を言う男だった。行動的で軽率な生活からフレーズを集めてきて、それを並べることで彼の哲学は成り立っているのである。社会主義に関するフレーズがあった――遠い昔から続くフレーズだ。個人の神の存在に関するフレーズも――かつて鉄道事故に巻き込まれたときに拾った。そして、アイルランドの問題に関するフレーズがあり、尊敬する女性のタイプに関するフレーズ、禁酒法の無意味さについてのフレーズがあった。普段はこうしたフレーズをでたらめに並べて、通常以上に多事な人生のなかでも最も派手な出来事を解釈しているのだ。会話がこうしたフレーズよりも一度だけ高級なものになったのは、自分の動物的な本質に関する詳細な議論に没頭したときのこと――自分が好む食事、酒、女性などに関しては、彼は細かいところまでよく知っていた。

彼は文明の最も低俗であると同時に最も素晴らしい産物だった。町の街路でしょっちゅう擦れ違うようなタイプの男――いわば二十以上の芸を持つ、毛の生えていない猿だった。人生と芸術における千ものロマンスのヒーローであり、頭のなかはほとんど空っぽで、人生六十年のあいだ、複雑で無限に驚異的な叙事詩を着実かつ滑稽に演じ続けるのである。

この二人のような男たちとアンソニー・パッチは酒を飲み、議論し、酒を飲み、また議論した。彼らを気に入ったのは、自分のことを彼らが何も知らなかったし、明白なことばかりの世界に生きていたからである。彼らには、人生が否応なしに続いていくという概念がまったくなかった。いわば長編映画を見ているのではなく、かび臭く時代遅れの短編旅行映画を見ているようなもの――あらゆる価値観がしっかりとしていて、ゆえにあらゆる意味が混乱している。しかし、彼ら自身のなかには混乱するようなものはまったくなく、そのため彼らも混乱していない――ただ、ネクタイを替えるように、月ごとにフレーズを替えているだけなのである。

礼儀正しく、繊細で、眼識のあるアンソニーは、このように日ごとに酔っ払っていた――こうした男たちとはサミーズで、アパートでは本を読みながら――よく知っている本だ――あるいは、めったにないことだったが、グロリアと一緒に。彼の目から見ると、彼女は喧嘩っ早くて理不尽な女へと間違いなく変わりつつあった。昔のグロリアでないことは明らかだ――たとえば、自分が病気だとすれば、同情や援助が必要だと打ち明けるより、周囲のみんなに自分の惨めさを負わせようとするグロリア。彼女はもはや泣き言を言うことや、自分を哀れむことを潔しとしない女ではない。毎晩、ベッドの用意をするとき、新しい軟膏を顔に塗りたくり、美しさが消えかけている顔に輝きと新鮮さを取り戻せるのではないかと根拠なく思っている。アンソニーは酔っ払っているとき、このことでグロリアをからかった。素面のときはもっと丁重で、優しいときさえあった。短い期間だが、あの古い特質の残滓を見せているようにも思われた――よく相手を理解しているので、責めることはできないという態度。これは彼の最良の面ではあったが、彼を迅速に、絶え間なく破滅へと向かわせているものでもあった。

しかし、彼は素面でいるのを嫌うようになった。周囲の人々を意識してしまい、彼らの闘争の雰囲気や貪欲な野心、絶望よりも下劣な希望を感じずにいられなくなるのだ。彼らはしょっちゅう上がったり下がったりしているのだが、こうした流動性はあらゆる大都市において、不安定な中産階級に最もよく見られる。彼は金持ちたちと一緒に暮らせないのなら、最下層の人々と暮らすのが次の選択肢だったのではないかと考えた。どんなことであれ、浮き沈みの汗と涙にまみれるよりはましだ。

人生のパノラマが大きく広がっているという感覚は、アンソニーはもともと強く抱いたことがなかったのだが、もはやほとんど消滅しそうになっていた。長い間隔を置いて、ちょっとした出来事が、たとえばグロリアの仕草が、彼の心を捉えることがある――しかし、灰色のベールが彼をすっぽりと包み込んでいる。歳を取るにつれ、こうしたことは少なくなり、あとに残るのはワインだけだった。

酩酊には情け深さのようなものがあった。はかなく消えていった夕暮れの記憶のように、酩酊は言い表わすことのできない輝きと魅惑を与えてくれるのだ。ハイボールを数杯飲んでから見ると、聳え立つブッシュ・ターミナル・ビルディング〔当時のタイムズスクエア付近で最も高い建物で、上階はゴシック教会を思わせるデザインになっており、夜の電飾は「ラージャの宝石」と呼ばれた〕のアラビアン・ナイトのような輝きには魔力が感じられた――その頂上は崇高の極みで、手の届かない空を背景に、夢のような金色の輝きを放っている。ウォール街という粗野で陳腐な場所も、金銀の豪華な輝きで感覚を刺激するスペクタクルとなる――偉大な王たちが戦争のための資金を蓄えているのがここだ……。

……青春の、あるいは葡萄《ぶどう》の結実したもの。それは闇から闇へと通過する短い時間に一瞬だけ現われる魔力――真実と美が何らかの形で絡み合っているという古い幻想なのだ。

ある晩、デルモニコスの前で彼が煙草に火を点けていたとき、二輪馬車が二台、縁石の近くに乗りつけた。たまたま通りかかった酔っ払いが乗らないものかと待っていたのである。この時代遅れの乗り物は擦り切れ、汚れていた――エナメル革にはひびが入り、老人の顔のように皺が寄っているし、クッションは茶色がかったラベンダー色になっている。馬も年老いてくたびれており、それは御者台に座る白髪頭の老人たちも同じだった。鞭をパチッパチッと鳴らしている姿は、勇ましさをグロテスクに模しているにすぎない。消え去った華やかな時代の遺物！

アンソニー・パッチは急に気がふさぎ、急ぎ足で歩き去った。このように生き残ってしまうことの悲痛さをしみじみと感じていた。快楽ほど急激にひからびてしまうものは、ほかにないように思われた。

ある午後、四十二丁目で、彼は数カ月ぶりにリチャード・キャラメルに出会った。成功し、太り始めているリチャード・キャラメル——その顔はボストン人的な額に合わせて膨らみつつあった。「今週、西海岸から戻ったばかりなんだ。君を訪ねるつもりだったんだが、新しい住所を知らなくてね」

「引っ越したんだよ」

リチャード・キャラメルはアンソニーが汚れたシャツを着ていることに気づいた。袖口も少しだが見てわかるほど擦り切れているし、目蓋が半ば下がった目は葉巻の煙のような色をしている。

「そうだと思ったよ」とディックは言い、その明るい黄色の目で友人をじっと見つめた。「でも、グロリアはどこにいて、どんな様子なんだ？　いいか、アンソニー、俺はカリフォルニアでも、おまえたちに関するひどい話をずいぶんと聞いた——そしてニューヨークに戻ってみたら、おまえたちは完全に姿をくらましていた。どうして立ち直ろうとしないんだ？」

「まあ、落ち着け」とアンソニーはたどたどしい口調でつぶやいた。「長い説教には耐えられないんだ。いろんな形で金を失ったし、そうなれば当然、みんな噂をする——あの訴訟が原因だけど、あれもこの冬には最終的に決着がつくはず——」

「おまえ、早口すぎて、何を言ってんだかわからないぞ」とディックが静かな声で遮《さえぎ》った。

「言おうと思っていたことはみんな言ったよ」とアンソニーはきっぱりと言った。「訪ねに来てくれ、気が向いたら——じゃなきゃ来るな！」

こう言って彼は背を向け、群衆のなかへと歩いていった。しかし、ディックはすぐに追いつき、腕を摑む。

「おい、アンソニー、そんなに簡単に怒るな！　グロリアは俺の従妹《いとこ》だし、おまえは俺の古くからの友人だ。だからおまえが破滅しそうだって聞いたら、心配して当たり前だろ——しかも、従妹を道連れにするんだから」

「説教はされたくない」

「じゃあ、それでいいさ――俺のアパートに来て、一杯やるってのはどうだい？　ちょうど落ち着いたんだよ。密輸監視官からゴードン・ジンを三ケース買ったしな」

並んで歩いていくあいだも、ディックは怒りに駆られて話し続けた。

「それで、お祖父《じい》さんの金はどうなったんだ――手に入るんだろ？」

「まあな」とアンソニーは憤然として答えた。「あのヘイトの馬鹿野郎は大丈夫だと思っているようなんだ――みんなが改革家にうんざりしているところだから――それで、ちょっとは違うだろうって。たとえば、アダム・パッチのおかげで酒を入手するのが難しくなったと、裁判官が思っているかもしれない」

「金なしじゃやっていけないだろ」とディックは説教調で言った。「書くほうはどうなんだ――最近は？」

アンソニーは黙って首を振った。

「そいつは妙だな」とディックは言った。「俺はおまえとモーリーがいつか書くだろうって思ってたよ。ところがあいつはケチな貴族になっちまったし、おまえは――」

「僕は悪い手本だな」

「どうしてそうなった？」

「わかってるつもりだろ？」とアンソニーは集中しようと苦労しながら言った。「失敗者と成功者はどちらも心のなかで正確にバランスの取れた物の見方ができると信じている。成功者は成功したから、失敗者は失敗したから。成功した男は息子に、父親の幸運から学べと言い、失敗者は息子に、父親の失敗から学べと言う」

「そうは思わないな」と「フランスの少尉《シエイヴテイル》〔shave-tailは未調練の軍用ラバの尾を刈ったことから、新米の少尉を軽蔑的に表わす俗語〕」の作者は言った。「若いときはおまえとモーリーの話をよく聞いたもんだ。おまえたちが一貫してシニカルなんで、感心したもんだよ――それがいまじゃ、どうだ、俺たち三人のなかでその――知的な生活に浸っているのは誰だ？　偉そうに言いたくはないが、それは俺だよ。俺は道徳的な価値ってものがあるとずっと信じてきたし、これからも信じる」

「だがな」とアンソニーは反論したが、かなり楽しんでもいた。「それを認めるにしろ、実質的に人生ははっきりとした形で問題を提示しない。そうだろ？」

「俺には提示しているね。そのためなら基本原理に背いてもいいものなんて何もない」

「しかし、自分が原理に背いているとき、それがわかるのか？　ほとんどの人たちと同様、いろんなことを推測せざるを得ないんだよ。あとから振り返るときに価値を配分しないといけない。そして肖像画を仕上げる――細かいところや陰影まで描き込んで」

ディックは見下すような顔をして頑固に首を振った。

「相変わらず無駄にシニカルなやつだな」と彼は言った。「それは自分を哀れむ一つの形にすぎない。おまえは何もしていないから、何も問題ではないんだ」

「ああ、自己憐憫は僕の得意とするところさ」とアンソニーは認めた。「それに、君と同じくらい人生を楽しんでいると主張するつもりはない」

「人生で価値があるのは幸福だけだって、おまえは言うじゃないか――少なくとも、以前はそう言っていた。なら、ペシミストであることによって、より幸せになっているのか？」

アンソニーは激しい唸り声を出した。会話が楽しくなくなってきたのだ。落ち着かなくなり、酒が欲しいと思うようになった。

「おいおい！」と彼は叫んだ。「君はどこに住んでるんだ？　永遠に歩き続けるのなんて嫌だぞ」

「精神は我慢できても肉体は駄目ってことか？」とディックは鋭く切り返した。「さあ、俺の家はここだ」

四十九丁目のアパートに入り、数分後に二人は大きな新しい部屋で座っていた。扉の開いた暖炉があり、四方の壁には本がずらりと並んでいる。黒人の執事が二人にライムジュースの入ったジンを出した。次の一時間は秋半ばの弱い暖炉の火を浴びながら、その芳醇な酒を味わいつつ、穏やかに過ぎていった。

「芸術はとても古い」とアンソニーはしばらくしてから言った。数杯飲んで、神経の緊張は緩み、彼はまた考えられるようになっていた。

「どの芸術だよ?」

「すべてさ。急速に衰えているのは詩だな。詩は遅かれ早かれ、散文に吸収される。たとえば美しい言葉、色鮮やかな輝く言葉や美しい比喩は、いまでは散文のものとなっている。詩は注意を引くために、珍しい言葉を懸命に探さなければならない。以前は決して美しいと思われなかった刺々《とげとげ》しい言葉や卑俗な言葉だ。美しい部分の集積としての美は、スウィンバーンで極致に達した。それ以上先には進めない——おそらく小説のなかを除けば」

ディックは焦れったそうに遮った。

「最近の小説には疲れるんだ。まったく！　どこに行っても、馬鹿な娘たちが俺に『楽園のこちら側』〔フィッツジェラルド自身のデビュー作で一九二〇年出版。若い世代の風俗を赤裸々に描いてベストセラーになった〕は読んだかと訊ねる。いまの娘たちは本当にあんな感じなのか?　あれがありのままだというなら——俺は信じないが——次の世代は破滅するな。あんな粗悪なリアリズムにはうんざりだよ。文学には、ロマンチストのための場があると思うんだ」

アンソニーはリチャード・キャラメルの作品で最近読んだものを思い出そうとした。「フランスの少尉《シェイヴティル》」があり、『強き男たちの国』と呼ばれる小説があり、ほかにも数ダースほどの短編小説があった——それらはさらに劣悪だった。若くて賢い書評家たちのあいだでは、蔑みの笑顔を浮かべてリチャード・キャラメルの名前を口にするのが通例になっていた。「ミスター」リチャード・キャラメルと呼ぶのだ。新聞の書評欄などでは、彼は容赦なく断罪されていた。映画のためにクズを書くことで財産を成した作家として批判された。本の流行が変わるにつれ、彼はほとんど「駄作」の代名詞となりつつあった。

アンソニーがこのことを考えているあいだにディックは立ち上がり、何かを言うべきかどうか迷っている様子だった。

「けっこうたくさん本を収集したんだ」と彼は突然言った。

「そのようだな」

「アメリカのものを片っ端から集めてね——古いのも新しいのも。ロングフェローやホイッティアといった定番じゃない——実のところ、現代のものが中心なんだ」

彼は壁の一つに近づいた。アンソニーもそれが期待されていると気づき、立ち上がって、あとに続いた。

「見ろ!」

「アメリカ文学」と活字体で書かれた札の下に、本の長い列が六段並んでいた。どれも装丁が美しく、間違いなく慎重に選別された作品群だった。

「そして、これが同時代の作家たちだ」

何が仕組まれているかがアンソニーにはわかった。マーク・トウェインとドライサーのあいだに、そこには相応しくない奇妙な八冊が差しはさまれている——リチャード・キャラメルの作品群だ——『魔性の恋人』はいいだろう……しかし、ほかの七冊は明らかな駄作である。誠実さもなく、気品もない。

アンソニーがしぶしぶディックの顔に目をやると、かすかに自信なげな表情がそこに現われた。

「もちろん、俺自身の作品を入れたんだよ」とリチャード・キャラメルは早口で言った。「一冊か二冊はむらのある作品だけど――雑誌の契約があったんで、急いで書きすぎたんだ。でも、俺は心にもない慎み深さなんて信じない。名声が確立されてから、俺に対してあまり注意を払わない批評家もいるのは事実だ――でも、結局のところ、大事なのは批評家じゃない。あいつらは馬鹿だからな」

アンソニーはこの友人に対して、愉快な気持ちも含んだ軽蔑を感じた。思い出せないくらい久しぶりのことだった。リチャード・キャラメルは続けた。

「知っての通り、出版社は俺のことを〝アメリカのサッカレー〟として宣伝してきた――ニューヨークを舞台とする小説のおかげだ〔イギリスの小説家、ウィリアム・サッカレーはロンドンを描く作家として名声をはせた〕」

「そうだな」とアンソニーは無理して同意した。「君が言うことには一理あると思うよ」

自分の軽蔑心が正当化できないものであることはわかっていた。ディックと立場が入れ替われるなら、ためらわずにそうしただろう。彼自身、冗談半分で小説を書こうとしたのだから。まあ、いい――自分のライフワークをそんなに簡単にけなせないじゃないか？……

――その夜、リチャード・キャラメルはタイプライターで間違ったキーを何度も叩きつつ、不釣り合いな疲れた両目を必死にしかめながら、執筆に取り組んだ。そして暖炉の火が完全に消える寂しい時間まで、クズのような作品をひねり出していた。長いこと集中していたせいで、頭はふらふらと漂うような感じだった。そのとき、アンソニーはみっともないほど酔っ払い、タクシーの後部座席に体を投げ出して、クレアモント街のアパートへと向かっていた。

殴打

冬が近づくにつれ、アンソニーは一種の狂気に取り憑かれていく様子だった。朝目を覚ますと異常なほどピリピリしており、グロリアには彼がベッドで震えているのが感じられた。しばらくしてから元気を振り絞り、食糧貯蔵室に酒を取りにいく。酒で酔っているとき以外は耐えがたい人間で、グロリアの目の前でどんどん腐り、劣化していくかのようだった。グロリアは精神的にも肉体的にも彼を避けるようになり、彼がひと晩じゅう外出しているときなど——ときどきあるのだが——気の毒に思うどころか、陰鬱な安心感を抱いた。次の日になると、彼はいささか悔やんでおり、いじけ気味のしゃがれ声で、どうやら少し飲みすぎたらしいと言うのだった。

彼はアパートに前から置いてある大きな肘掛椅子に座り、何時間も続けてボーッとしていた——好きな本を読もうという興味さえ失ったようだ。夫と妻はひっきりなしに口論していたが、二人が本気で話し合う唯一のテーマは遺書をめぐる裁判の進捗状況についてだった。グロリアがその魂の暗い奥底で何を望んでいたか、金という大きな贈り物が何をもたらしてくれると期待していたかは、想像しがたい。彼女は環境にねじ曲げられ、「主婦」をグロテスクに模倣するような存在となっていた。三年前まではコーヒーも淹《い》れなかった女が、ときには日に三度の食事すべてを準備しているのだ。午後にはたくさん歩き、夜には読書をした——本であれ雑誌であれ、手近にあるものを何でも読んだ。いま子供を望んでいたとしても——ぐでんぐでんに酔って彼女のベッドに入ってくるアンソニーの子供でもいいから欲しいと思っていたとしても——彼女はそれを言わなかったし、子供に対する興味の欠片も示さなかった。自分が何を望んでいるか、そもそも望むようなものがあるかなど、誰に対してもはっきりと言えなかったであろう。三十歳になった孤独の美女にとって、自己を規制する気持ちは以前よりもずっと緩くなり、ぎりぎりのところまで後退していた——彼女の美とともに生まれ、美と共存してきた、絶対に揺るがぬ自己規制のところまで。

汚れた雪がまたリヴァーサイドドライヴ沿いに溜まっていたある午後、グロリアが食料品店からアパートに戻ると、アンソニーが床の上を行ったり来たりしていた。神経の緊張が極度に高まっている様子である。彼女に向けた熱っぽい目には細い血管がたくさん走り、地図に描かれた川の流れを思わせた。その瞬間、彼女はアンソニーが突如として、決定的に年老いてしまったという印象を抱いた。

「お金、ある？」と彼は唐突に彼女に訊ねた。

「何ですって？　どういう意味？」

「そのとおりの意味さ。金！　金だよ！　英語を話せないのか？」

彼女は返事をせずに彼を素通りし、食糧貯蔵室に入って、アイスボックスにベーコンと卵をしまおうとした。彼はいつもより深酒すると、必ず泣き言を言うようになる。今回は彼女のあとをついてきて、食糧貯蔵室のドア口に立つと、同じ質問を繰り返した。

「僕の言ったことを聞いたろ？　お金はあるのか？」

彼女はアイスボックスから振り返り、彼と向き合った。

「だって、アンソニー、あなたおかしいわよ！　私にお金がないのはわかってるじゃない――小銭で一ドルしかないわ」

彼は唐突に踵を返し、リビングルームに戻ると、また歩き始めた。心に何か重大な問題を抱えているのは明らかだ――そして、何があったのかと明らかに質問されたがっている。少し遅れて彼のところに行くと、グロリアは長椅子に腰を下ろし、髪を下ろし始めた。短髪はやめ、赤みを帯びた豊かな金髪は昨年、輝きのない薄い茶色の髪に変わっていた。そこであるシャンプーを買い、髪を洗おうとした――濯《すす》ぐ水に過酸化水素水を一瓶入れ、漂白することも考えた。

「――それで？」と彼女は静かに訊ねた。

「あのクソ銀行め！」と彼は震え声で言った。「口座を十年以上も持っていたのに――十年だぞ。ところが、口座を持ち続けるには五百ドル以上預けていなくてはならず、さもなければ閉鎖されるという、横暴な規則があるんだ。数カ月前、手紙を送りつけて、僕の残高が低すぎると言ってきた。不渡り小切手を二度出したことがあったんだ――覚えてるか？　ライセンウェーバー〔コロンバス・サークルにあった高級レストラン〕

に行った夜だよ――でも、すぐ次の日に入金したんだぜ。ハロランのやつには――支店長の強欲なアイルランド人だが――これから気をつけるって約束した。そして、うまくやっているつもりだったんだ。小切手帳にはちゃんと明細を控えていたしね。それで、今日銀行に行って、小切手を現金化しようとした。そうしたらハロランが出てきて、僕の口座を閉めざるを得ないって言うんだ。不渡り小切手が多すぎるんだって。それに、僕の名義で五百ドル以上入っていたためしがない――あっても一日かそこらだって。ちくしょう！　それからやつが何て言ったと思う？」

「何て？」

「僕の口座を閉めるには、今がちょうどいいんだそうだ。一セントも入っていないから！」

「そうなの？」

「そう言われたんだ。どうやら酒の最後の一ケースを買ったとき、ベドロスの連中に六十ドルの小切手を渡したんだが、銀行には四十五ドルしかなかったらしい。それで、ベドロスが僕の口座に十五ドル振り込み、それから全額引き落としたみたいなんだ」

無知なグロリアの頭に、投獄されて辱めを受けるといったイメージが浮かんだ。

「いや、それはないよ」と彼は請け合った。「密造酒は危険なビジネスだからね。十五ドルの請求書が送られてくるだろうから、それを払えばいいんだ」

「そうなの」と言い、彼女は少し考え込んだ。「――まあ、また公債を売ればいいわね」

彼は皮肉っぽく笑った。

「そうだな。それがいつでも簡単だ。我々の持っている公債で、少しでも利子がつくのは、一ドルにつき五十から八十セントでしか売れない。だから、公債を売るたびに半分近く損をすることになる」

「ほかにできることはあるの？」

「ああ、何かを売るんだな――いつものように。名目上、我々には額面で八万ドルの資産がある」。

彼はまた不愉快そうに笑った。「だから公開市場で三万ドルの利益は上げられる」

「私、そういう利子十パーセントの投資って信用していなかったの」

「そうだったよな！」と彼は言った。「信用していないってふりをしてたんだ。もしそれがうまくいかなかったら、僕のせいにできるからね。でも、君だって僕と同じくらい、賭けをしたかったんだよ」

彼女はそれについて考えているかのようにしばらく押し黙った。

「アンソニー」と彼女は突然叫んだ。「月々二百ドルの利子をもらい続けるくらいなら、何もないほうがましよ。公債を全部売って、三万ドルを銀行に預けましょう――それで裁判に負けたら、イタリアで三年暮らして死にましょう」。話しているうちに興奮してきて、彼女は久しぶりに感情が高まってきたのを感じた。

「三年か」と彼は苛立たしそうに言った。「三年！　君は頭がおかしいよ。裁判で負けたら、ミスター・ヘイトはそれ以上の金を我々から取るんだ。彼がボランティアで働いているとでも思ってるのか？」

「それを忘れてたわ」

「――それに、今日は土曜日だ」と彼は続けた。「僕は一ドルと少しの小銭しか持っていない。月曜日にブローカーのところに行くまで、これで暮らさなきゃいけない……。そして家にはまったく酒がない」。彼は最後の言葉を重要な追加事項を加えるように言った。

「ディックに電話したら？」

「したさ。召使いが言うには、あいつはプリンストンに行っていて、文芸クラブだか何だかのためにスピーチをするらしい。月曜日まで戻らないって」

「じゃあ、そうね――誰か知らないの？　頼りになる友達はいない？」

「数人に頼んでみたけどね。誰も家にいないんだ。先週、キーツの手紙を売ろうかと思ったんだけど、あのとき売っておけばよかったよ」

「サミーの店であなたがトランプをしている人たちはどう?」

「あいつらに頼めると思うのか?」彼の声は心の底からの恐怖に満ちており、グロリアは思わず身をすくめた。彼にしてみれば、頼みたくない相手に物を頼んで背筋が寒くなるくらいなら、グロリアに不愉快な思いをさせるほうがましなのだ。「ミュリエルはどうかと思ったんだけど」と彼は提案した。

「あの子はカリフォルニアよ」

「じゃあ、僕が軍隊にいるあいだ、君がさんざん楽しんだ相手の男たちはどうだ? 君のためなら喜んで一肌脱ぐだろう」

彼女は軽蔑の眼差しを夫に向けたが、彼は気づかなかった。

「じゃなきゃ、君の旧友のレイチェルはどうかな——それとも、コンスタンス・メリアムは?」

「コンスタンス・メリアムは一年前に死んだし、レイチェルに訊くつもりはない」

「じゃあ、あの紳士はどうだい? 君に手を差し伸べたくて我慢できないって感じだった男。ブロックマンだ」

「もう——!」彼はついに彼女を傷つけたのだ。そして、それに気づかないほど鈍感な、あるいは不注意なわけではなかった。

「どうして訊いてみないんだ?」と彼は無神経に続けた。

「だって——彼は私のことなんかもう好きじゃないからよ」と彼女は言いにくそうに言った。夫はそれに答えず、ただシニカルな目で彼女を見つめていた。「知りたいんなら、理由を言うわ。一年前、ブロックマンのところに行ったの——彼は名前をブラックに変えていたわ——そして、映画に出してくれないかって頼んだの」

「ブロックマンのところに行った？」

「そうよ」

「どうして僕に言わなかった？」彼は信じられないという表情で訊ね、顔から笑みが消えていった。

「それは、おそらくあなたがどこかで酔っ払っていたからよ。ブロックマンは会社の人たちに私をテストさせ、彼らが私は歳を取りすぎているって判断したの。性格俳優がやるような役しかないって」

「性格俳優って？」

「〝三十歳の女〟みたいなやつよ。まだ三十になっていなかったし、そんな歳には――見えなかったと思うけど」

「何だと、あの野郎！」とアンソニーは叫んだ。奇妙にひねくれた感情が湧き起こり、彼女の気持ちを激しい言葉で表現しようとした。「どうして――」

「どうしてって、彼のところに行けない理由はそれよ」

「何て無礼なんだ！」とアンソニーはしつこく言い張った。「侮辱だ！」

「アンソニー、それはもう問題外よ。大事なのは、私たちが日曜日を乗り越えなきゃいけないってこと。なのに家には、朝食用のパン一斤と半ポンドのベーコン、二個の卵しかない」。彼女は財布の中身を彼に渡した。「ここには七十、八十、一ドル十五セントあるわ。あなたのと合わせると、二ドル半になるんじゃない？　アンソニー、これでやっていけるわよ。食べ物はたくさん買える――食べきれないくらいね」

手の中で小銭をチャリチャリいわせながら彼は首を振った。

「いや、酒を手に入れないといけない。すごく苛々して、震えるくらいなんだ」。アンソニーはふとあることを思いついた。「サミーなら小切手を現金にしてくれるかもしれない。そして月曜日の朝一番に僕が銀行に行き、入金すればいいんだ」

「でも、口座は閉鎖されたんでしょう？」

「そうだった、そうだった——忘れてたよ。そうだ、こうしよう。サミーのところに行って、いくらか貸してくれそうな人を見つけるんだ。あいつらに物を頼むのはすごく嫌なんだが……」。それから突然、指を鳴らした。「わかった。時計を質に入れればいいんだ。それで二十ドルは手に入る。で、月曜日に六十セント余計に払って、取り戻せばいい。前にも質に入れたことがあるんだ——ケンブリッジにいたときにね」

彼はコートをはおり、簡単にグロリアに声をかけると、アパートの玄関に向かって廊下を歩いていった。

グロリアは立ち上がった。彼がまずどこに行くか、ふと思いついたのだ。

「アンソニー！」と彼女は彼の背中に声をかけた。「その二ドルはここに置いていったほうがいいんじゃない？　使うのは交通費だけでしょ」

外のドアがバタンと閉まった——聞こえないふりをして出ていったのだ。彼女はしばらく彼が立ち去った方向を見つめながら立ちすくんでいた。それから哀れな軟膏がたくさん置かれている浴室に入り、髪を洗う準備を始めた。

サミーズで彼はパーカー・アリソンとピート・ライテルを見つけた。二人だけでテーブルに座り、ウィスキーサワーを飲んでいる。まだ六時を過ぎたばかりなのに、サミーは——あるいは、洗礼名サミュエル・ベンドリは——箒《ほうき》で煙草の吸殻や割れたグラスを隅に集めていた。

「ハーイ、トニー！」とパーカー・アリソンがアンソニーに声をかけた。彼にはトニーと呼ばれるときもあれば、ダンと呼ばれるときもあった。彼にとって、すべてのアンソニーがこの二つの愛称のどちらかを掲げていなければならないのだ。

「座れよ。何を飲む？」

地下鉄のなかでアンソニーは持ち金を数え、ほとんど四ドルあることがわかっていた。五十セントの酒を二度奢《おご》ることができる——つまり、六杯飲める。そうしてから六番街に行き、時計と引き換えに二十ドルと質札をもらえばいい。

「やあ、ごろつきども」と彼は陽気に言った。「犯罪者の生活はどんな調子かな？」

「絶好調だよ」とアリソンが言い、ピート・ライテルにウィンクした。「君が結婚しているのは残念だな。十一時頃、俺たちには特別の上物が待ってるんだ、ショーが終わったときにね。いやはや！　そうだよな——結婚してるなんて——だろ、ピート？」

「残念ら」

七時半になり、六回奢り合うのが終わったところで、アンソニーは欲望のままに振る舞うことを自分が求めていると気づいた。いまは幸せで、元気いっぱいだった——心から楽しんでいた。ピートが話し終えたばかりの話は極端に深くて面白かったように思われた。そして、毎日この時点でこうなるのだが、「こいつらは最高の連中だ、ちくしょう！」と決めつけた。どの知人よりも、彼らは自分のために多くのことをしてくれるだろう。質屋は土曜日の夜遅くまで開いている。もう一杯だけ飲めば、ゴージャスでバラ色の気分に達することができる。

彼はわざとらしくベストのポケットを探り、二十五セント貨を二つ取り出した。そして、驚いたふりをしてそれを見つめた。

「いや、まいったな」と彼は打ちひしがれた口調で言った。「どうやら札入れを持たずに来てしまったらしい」

「現金がいるのかい？」とライテルが気楽そうに訊ねた。

「家の化粧台に金を置いてきたんだろう。みんなにもう一杯奢りたかったのに」

「ああ——気にすんなよ」。ライテルはアンソニーの言葉を払いのけるように手を振った。「友達が飲みたいだけ奢るくらいの金はあるさ。何にする――同じものか？」

「こうしないか？」とパーカー・アリソンが提案した。「サミーを向かいの店にやって、サンドイッチを買わせ、ここで飯にするんだ」

　ほかの二人も同意した。

「いい考えだ」

「ヘイ、サミー、頼みたいことがあるんだが……」

　九時を回ったとき、アンソニーはよろよろと立ち上がり、くぐもった声でおやすみを言った。そして危ない足取りでドアに向かっていき、残った二十五セント貨の一つをサミーに手渡した。外に出ると、自信なげにしばらくためらっていたが、それから六番街の方向に歩き始めた。そこを歩くとき、いつも数軒の質屋があったことを思い出したのだ。彼はニューススタンドと二軒のドラッグストアを通り過ぎた――そして目の前に探していたものがあることに気づいたが、それは閉まっていて、かんぬきが掛かっていた。気にせずに先に進み、半ブロックほど歩いたが、別の店もやはり閉まっていた――向かいの二軒も、その下の広場に面した五軒目も同じだった。この最後の店にほんのりと灯りが見えたので、ガラスの扉をノックし始めたが、店の奥に現われた警備員が怖い顔をして追い払うような仕草をした。彼はしかたなく歩き続け、しだいに気持ちが挫けていき、不安が募《つの》った。通りを渡り、四十三丁目の方向に戻る。決心がつかぬまま、サミーズに近い街角で立ち止まった。体はアパートに戻りたがっていたが、そうしたら激しい叱責が待っているだろう。しかし質屋が閉まってしまったので、どこで金を入手したらいいのか思いつかない。最終的に彼はパーカー・アリソンに頼もうと決心した――が、サミーズに近づくと、そのドアも閉まっていて、灯りが消えていた。時計を見た――九時三十分。彼は歩き始めた。

　十分後、四十三丁目とマディソン街の交差点で何をするでもなく立っていた。対角線上には、明るいがほとんど人気のないビルトモア・ホテルのエントランスが見える。そこにしばらく立ちすくんでいたが、やがて建築現場の残骸のなかにあった湿った板にドカッと腰を下ろした。三十分ほど休んでいるあいだ、さまざまな考えが浮かび上がっては消えたが、その中心にあったのは金を何とか入手しないといけないということだった。このままだと、家に帰ろうという気力さえ失ってしまう。

　そのとき、ビルトモアの方向をちらりと見て、そこに一人の男がいるのに気づいた。車の通用門のライトに頭上から照らされ、アーミンのコートを着た女性と一緒に立っている。アンソニーが見ていると、カップルは歩き出し、タクシーに合図した。アンソニーはその歩き方の特徴から間違いなく自分の友人だと気づいた――モーリー・ノーブルだ。

　アンソニーは立ち上がった。

「モーリー！」と叫ぶ。

　モーリーは彼のほうを見た。それから一緒にいる女性のほうを振り返り、そのときタクシーが近づいてきた。訳もわからず十ドル借りようと考え、アンソニーはできる限り速く走り、四十三丁目沿いにマディソン街を渡ろうとした。

　彼が近づいていくと、モーリーは開いたタクシーのドアの前に立っていた。連れの女性も振り返り、何だろうという顔でアンソニーを見つめている。

「やあ、モーリー！」と彼は言い、手を差し出した。「元気かい？」

「ああ、ありがとう」

　握手が終わってから、アンソニーはどうしようかとためらった。モーリーのほうは彼を女性に紹介しようとさえせず、何を考えているのかわからない猫のように押し黙って、ただ彼を見つめている。

「会いたかったんだ――」とアンソニーは何を言うか決められないまま話し始めた。一メートルくらいしか離れていないところに女性がいるのに、金を貸してくれと頼む気になれなかったのだ。そこで彼は首を片側に傾け、モーリーを片隅に呼び寄せようとした。

「俺は急いでるんだ、アンソニー」

「わかってる——でも、頼みたいことが、頼みたいことが——」。ここでまたためらった。

「また別のときに会おう」とモーリーは言った。

「重要なことなんだ」

「すまない、アンソニー」

アンソニーが頼みごとをしようと決断する前に、モーリーは冷静に女性のほうを向き、手を貸して車に座らせた。そして丁寧に「おやすみ」と言うと、彼女に続いて乗り込んだ。窓から頷いた彼の顔を見て、アンソニーにはその表情がまったく変わっていないように思われた。それからガタガタと怒っているような音を立て、タクシーは走り去り、アンソニーは街灯の下に一人取り残された。

アンソニーは、その入り口が手近にあったという以外に特段の理由もなく、ビルトモアのなかに入った。そして広い階段をのぼると、廊下の引っ込んだところに椅子を見つけて座った。自分が鼻であしらわれたのだと思うとむかつき、こういう場合の彼にとって最大限の苦痛と怒りを感じていた。とはいえ、家に帰る前に金を入手しなければならないという思いにもしつこく取り憑かれ、この緊急時に頼れそうな知人たちをもう一度列挙し始めた。そして最後には、ブローカーのミスター・ハウランドの自宅に電話しようと考えた。

彼は長いこと待たされてから、ミスター・ハウランドは外出中ですと伝えられた。交換手との会話に戻り、二十五セント貨を指でいじりつつ、彼女のデスクに身を乗り出した。このまま満足せずに立ち去るわけにはいかないと言うかのように。

「ミスター・ブロックマンに電話してくれ」と彼は唐突に言った。自分の言葉に自分で驚いた。心のなかで二つの提案が交差したところから、その名前が出てきたのだ。

「番号は何ですか？」

自分が何をしているのかほとんど意識もせず、彼は電話帳でジョゼフ・ブロックマンを探した。そんな人間は見つからず、電話帳を閉じようとしたとき、心にあることが閃《ひらめ》いた。名前を変えたとグロリアが言っていたではないか。ジョゼフ・ブラックを見つけるのには一分もかからなかった――電話局がその番号に電話しているあいだ、彼はブースで待った。

「もしもし、ミスター・ブロックマン――いや、ミスター・ブラックはいらっしゃいますか？」

「いえ、今晩はお出かけです。何かお伝えしましょうか？」ロンドンの下町っ子訛りの英語だ――彼はバウンズの敬意に溢れる声を思い出した。

「いまどこにいるんですか？」

「それは、あの、どちら様でいらっしゃいますか？」

「ミスター・パッチです。ものすごく重要な用事でして」

「わかりました、ブールミッシュのパーティに出席中です」

「ありがとうございます」

アンソニーは五セントのお釣りを受け取り、ブールミッシュに向かった。四十五丁目にある流行の舞踏会場である。十時にはなっていなかったが、街路は暗く、人もまばらだった。一時間後に芝居が終わり、人々が劇場から出てくるまでは、こんな感じだろう。ブールミッシュなら知っていた。グロリアと一緒に、この一年以内に行ったことがあったのだ。そして、客はイブニングドレスを着なければならないという規則があったことを思い出した。まあいい、階上に上がらなければいいのだ――ボーイを送って、ブロックマンが来るのを下のホールで待とう。この考え自体が自然で適切なものであると、彼はしばらく疑いもしなかった。彼の歪んだ想像力のなかでは、ブロックマンは単純に旧友の一人になっていたのである。

ブールミッシュのエントランスホールは温かかった。黄色いライトが高い天井から分厚い緑色のカーペットに当たっている。その中心に白い階段があり、それを上がるとダンスホールがある。

アンソニーはホールのボーイに話しかけた。

「ミスター・ブロックマン——いや、ミスター・ブラックにお会いしたい」と彼は言った。「上にいるはずなんだ——呼び出してくれ」

ボーイは首を振った。

「呼び出すのは規則違反です。どのテーブルに座ってらっしゃるか、わかりますか？」

「いや、でも、会わないわけにいかないいんだ」

「ウェイターと話しますので、お待ちください」

少ししてウェイター主任が現われた。テーブルの予約を書き入れたカードを携えている。彼はアンソニーにシニカルな視線を放った——が、その視線の矢は標的を外した。二人ともそのカードに顔を近づけて目を凝らし、すぐに目当てのテーブルを見つけた——八人の一行で、ミスター・ブラック自身の名前で予約されている。

「ミスター・パッチだと言ってくれ。とても、とても、重要だって」

彼は再び待った。手すりに寄りかかり、階段の上から流れてくる「ジャズ狂い」の混乱したハーモニーを聞きながら。彼の近くにいる受付の女がそれに合わせて歌っている。

「あそこは——踊り手たちの療養所
ジャズ狂いのお馬鹿が暮らしてる
あのシミー踊りの療養所に
頬赤らめる花嫁を残してきた

あの子は体を震わせすぎておかしくなり
だから震わせるだけ震わせて元に戻す――」

それから階段を下りてくるブロックマンの姿が見えた。アンソニーは一歩前に出て、握手しようと手を差し出した。

「私に御用だそうで」と年長の男は冷やかに言った。

「はい」とアンソニーは頷きながら答えた。「個人的なことです。ちょっとそこに来てもらえませんか？」

彼のことを胡散臭《うさんくさ》そうに見つめながら、ブロックマンはアンソニーに従い、階段の脇の半ばカーブしている場所に行った。そこでなら、レストランに出入りする人々から見られず、話を聞かれる心配もない。

「それで？」と彼は訊ねた。

「話したかったんです」

「何について？」

アンソニーは笑っただけだった――馬鹿っぽい笑い声。自分としては、気楽そうな声を出したかったのだ。

「何について私と話したいのですか？」とブロックマンは繰り返した。

「そんなに急ぎなさんな」。彼は親しげにブロックマンの肩に手を置こうとしたが、相手はかすかに後ずさった。「元気でしたか？」

「ええ、どうもありがとう……いいですか、ミスター・パッチ。上の階に人を待たせているんです。あまり長く中座していると、無礼に思われてしまう。私に会いたいという用事は何ですか？」

その夜で二度目のことだったが、アンソニーの心は唐突に跳躍し、まったく意図していなかったことをしゃべりだした。

「あんた、僕の妻を映画に出そうとしなーったんですよね」

「何ですって？」ブロックマンの赤い顔は、少しずつ影がさすように暗くなっていった。

「聞こえたーろ」

「いいですか、ミスター・パッチ」とブロックマンは語調も表情もまったく変えずに言った。「あなたは酔っ払っている。見苦しいほど、見ていて不快になるほど酔っ払っています」

「あんたに話せないほど酔っちゃーない」とアンソニーは横目で睨みつつ言い張った。「第一に、妻はあんたなんかとまったく関わりたーない。これまでに一度も。わかったか？」

「黙れ！」と年長の男は憤然として言った。「奥さんに対して失礼ですよ、こうした状況での会話に彼女のことを持ち出すなんて」

「妻にひつれいかどうかなんてあんたが言うな。だいたいだな——あんたは妻を見捨てたんだ。地獄に落ちやがれ！」

「いいですか——あなたは頭がおかしいと思います！」とブロックマンは叫んだ。アンソニーの脇を擦り抜けるかのように二歩前に出たが、アンソニーがそれを遮った。

「まだ早いよ、このクソなユダヤ野郎」

一瞬、二人は立ちすくんで睨み合った。アンソニーの体はゆっくりと左右に揺れており、ブロックマンは怒りで震え出しそうになっている。

「いい加減にしろ！」と彼は絞り出すような声で叫んだ。

そのときの相手の表情を見て、アンソニーは数年前のビルトモア・ホテルでブロックマンが彼に向けた表情を思い出してもおかしくなかった。しかし、彼は何も覚えていなかった、何も——

「もう一度言うぞ、あんたはクソな――」

　そのときブロックマンが殴りかかった――よく体を鍛えている四十五歳の男が腕の力を振り絞って殴りかかり、アンソニーの口をまともに捉えたのだ。アンソニーは階段に激突してから何とか立ち上がり、酔いでふらつきながら相手に向かって激しく腕を振った。だが、毎日運動し、スパーリングもこなしているブロックマンは、それをたやすくブロックし、素早く強烈なジャブを顔に二発放つ。アンソニーは低い唸り声をあげて、緑色のフラシ天のカーペットにひっくり返った。倒れるとき、自分の口のなかが血だらけで、前歯がなくなっているように感じた。彼は何とか立ち上がり、ゼイゼイと息を切らしながら唾を吐くと、またブロックマンに向かっていこうとした。相手は一メートルほど先に立ち、拳をしっかり握りしめているが、腕を上げてはいない。そのときどこからともなく現われた二人のウェイターがアンソニーの腕を掴み、動けないように羽交い絞めにした。彼らの後ろには、奇跡的に十数人の人たちが集まっていた。

「殺してやる」とアンソニーは叫び、体を左右に揺らしてもがいた。「手を放せ――」

「つまみ出せ！」とブロックマンが高ぶった声で命令した。ちょうどそのときあばた面の小柄な男が客たちを掻き分け、急いで現われた。

「何かお困りごとでも、ミスター・ブラック？」

「このチンピラが私をゆすろうとしたんだ！」とブロックマンは言った。それから彼の声はかすかに高くなり、プライドが感じられる口調になった。「当然の報いを受けたまでだ！」

　小柄な男はウェイターの一人のほうを向いた。

「警察を呼べ！」と彼は命じた。

「いや、それはいい」とブロックマンは急いで言った。「面倒事には巻き込まれたくない。ただ、あいつを外に追い出してくれ……まったく！　何とも腹立たしい！」彼は背中を向けると、威厳を失わないように意識しつつ、トイレのほうに歩いていった。ちょうどそのとき、六つの屈強な手がアンソニーを摑み、ドアのほうへと引っ張っていった。「チンピラ」は乱暴に歩道に放り出され、グシャッという奇怪な音を立てて、両手両膝をついた。それからゆっくりと転がって、わき腹を下にして横になった。

このショックに彼は茫然とした。しばらく横になったまま、体の隅々に鋭い痛みを感じていた。それから気持ちの悪さが腹に集中してきて、意識を取り戻した。大きな足が彼をつついているのだ。

「ここで寝るんじゃない、このチンピラ！　どけ！」

しゃべっているのは太ったドアマンだった。一台のタウンカーが縁石のところに停まり、乗客が降りたところだった——二人の女性がステップに立ち、上品な顔に不快な表情を浮かべて、醜い障害物が行く手から取り除けられるのを待っていた。

「どけ！　さもないと投げ飛ばすぞ！」

「まあまあ——俺が何とかするよ」

知らない声だった。アンソニーは最初のよりもずっと寛容で、親切な人だろうと想像した。また腕が体に回されて、半ば持ち上げられ、半ば引きずられながら、通りを進んでいった。そして四軒先の静かな暗闇に入り、帽子屋の石造りの正面玄関に背中を寄りかからせた。

「どうもありがとう」とアンソニーは弱々しくつぶやいた。誰かが彼のソフト帽を顔にかぶさるほど押しつけたので、彼はビクッとした。

「おとなしく座ってな、兄さん。そのうち気分もよくなるさ。痛い目にあわされたようだな」

「戻って、あの不潔なやつらを殺し——」。アンソニーは立ち上がろうとしたが、後ろ向きによろめいて壁にぶつかった。

「いまは無理だよ」という声がした。「別のときにするんだな。正直に言ってるんだぜ。あんたを助けようとしてるんだ」

アンソニーは頷いた。

「帰ったほうがいい。歯を一本折ったんだ、兄さん。わかってるか？」

アンソニーは舌で口の中を探り、それが本当だとわかった。それから苦労して手を上げると、どこに隙間があるか指で確認した。

「あんたを家まで送るよ、兄さん。どこに住んでんだ――」

「ああ、あの野郎！　あの野郎！」とアンソニーは遮り、拳をきつく握りしめた。「あの不潔な野郎に目に物見せてやる。君も手伝ってくれたら、それなりのお礼はするから。僕はアダム・パッチの孫なんだ、タリータウンの――」

「誰だって？」

「アダム・パッチだよ、ちくしょう！」

「タリータウンまで行きたいのか？」

「いや」

「じゃあ、どこに行くのか言ってくれ、兄さん、タクシーを捕まえるから」

アンソニーはこの良きサマリア人が小柄だが肩幅の広い人だとわかった。いくらか酔っているようでもある。

「どこに住んでるんだ、なあ？」

茫然とし、打ちひしがれてはいながらも、アンソニーは自分の住所を情けなく感じずにいられなかった。祖父のことを派手に自慢したわりに、それを裏づけるようなものではない。

「タクシーを捕まえてください」と彼はポケットを探りながら言った。

タクシーが来た。アンソニーはまた立ち上がろうとしたが、足首が二つに割れてしまったかのようにつまずいた。そのため良きサマリア人が彼に手を貸し、一緒にタクシーに乗り込まなければならなかった。

「いいかい、兄さん」と彼は言った。「あんたは酔っ払ってるし、ボコボコにぶちのめされたんで、誰かに担いでもらわなきゃ家に入れない。だから俺が一緒に行くよ。あとでちゃんと払ってくれるよな。家はどこだい？」

気が進まなかったものの、アンソニーは住所を告げた。タクシーが動き出すと、男の肩に頭を乗せ、痛みを感じつつ意識を失っていった。目を覚ましたとき、男はクレアモント街のアパートの前で彼をタクシーから降ろし、立ち上がらせようとしていた。

「歩けるか？」

「まあ——何とか。家までは来ないでくれるかな」。再び彼は必死にポケットを探った。「いいかな」と彼は謝るように続けた。立とうとしているが、足下がふらふらしている。「どうやら一セントもないみたいなんだ」

「何だって？」

「一文無しなんだよ」

「何だと！　お礼はするって約束しただろ？　誰がタクシーの代金を払うんだ？」彼はタクシーの運転手のほうを向いて確認しようとした。「こいつ、お礼をするって言ったよな？　祖父さんがどうだとかさ？」

「実を言うと」とアンソニーはよく考えずに言い始めた。「君がずっとしゃべってたんだ。でも、明日来てくれたら——」

ここで運転手がタクシーから身を乗り出し、乱暴に言った。

「おい、このドケチを一発殴ってやれ。チンピラじゃなかったら、あそこから放り出されるはずがない」

この提案に応じて良きサマリア人が拳を破城槌のように振り回すと、アンソニーは吹っ飛んでアパートの石の階段に激突した。まったく動けなくなって横たわる彼の頭上で、背の高いビル群が左右に揺れていた……。

しばらく経ってから彼は目覚め、かなり寒くなったことに気づいた。何とか動こうとしたが、筋肉が働こうとしない。時間が知りたくなって時計に手を伸ばしたところ、ポケットは空っぽになっていた。思わず彼は昔からお馴染みの台詞を口にした。

「何て夜だ！」

奇妙なことに、彼はほとんど酔いが醒めていた。顔を動かさずに、中空に浮かんでいる月を見上げる。地図にない海溝の底に光が射すように、月光がクレアモント街に注がれていた。自分の耳がブーンと鳴り続けている以外、生命の気配も音もまったく感じられない。しかし少ししてから、アンソニーははっきりとした奇妙な囁き声で沈黙を破った。彼がブールミッシュでブロックマンと対峙したときからずっと出そうとしていた声――紛れもない皮肉な笑い声だ。切れて血が流れている唇から発せられると、それは悲嘆に暮れた魂が嘔吐する音のようだった。

三週間後、裁判が終わった。永遠に続くかと思われた法律上の手続きは、四年半のあいだゆっくりと進んでいたが、ここで唐突に止まったのだ。その間、アンソニーもグロリアも、相手側のエドワード・シャトルワースと遺産受取人たちの一群も、証言し、嘘をつき、貪欲さと必死さの程度に応じてインチキをしてきた。ところがアンソニーは三月のある朝、目を覚まし、この日の午後四時に評決が出されると気づいたのだ。彼はすぐにベッドから飛び起き、服を着始めた。過度に緊張していたが、結果に対する根拠のない楽観的な見方も混じっていた。この禁酒法という極端な法律のために、改革や改革運動家たちに対する風当たりが最近強まっている。それだけを考えても、下級裁判所の決定は覆されるのではないか。彼は訴訟の純粋に法的な面よりも、シャトルワースに加えた個人攻撃が功を奏するのではないかと期待していた。

服を着てからウィスキーを一杯注ぎ、グロリアの部屋に行った。彼女はすでに目覚めていた。一週間、ずっと床に伏して、心を落ち着かせようとしていたのだろう。そうアンソニーは想像した。ただし、医者からは、彼女をそっとしておくようにと言われていた。

「おはよう」と彼女は微笑まずに囁いた。目は異常なほど大きく、暗いように見えた。

「気分はどう?」と彼は冷めた口調で言った。「よくなった?」

「ええ」

「かなり?」

「そうね」

「今日の午後、僕と一緒に裁判所に行けるくらいかな?」

彼女は頷いた。

「ええ、行きたいわ。ディックが昨日こう言ってたの。天気がよければ車で迎えに来て、セントラルパークをドライブしてくれるって——で、見て、部屋に陽が燦々と射しているわ」

アンソニーは機械的に窓の外を一瞥し、ベッドの上に座った。

「まったく、緊張するよ!」と彼は叫んだ。

「ねえ、そこに座らないで」と彼女はすぐに言った。

「どうして?」

「あなた、ウィスキーの匂いがするのよ。耐えられない」

彼は放心状態で立ち上がり、部屋を立ち去った。少し経ってから彼女に声をかけられ、外に出て、デリカテッセンで彼女のためにポテトサラダとコールドチキンを買った。

二時にリチャード・キャラメルの車が玄関に到着した。そして階上に知らせてきたので、アンソニーがグロリアを連れてエレベーターに乗り、縁石のところまで一緒に行った。

彼女は、ドライブに連れていってくれるなんて優しいのねと従兄《いとこ》に言った。「子供じみたこと言うなよ」と彼は見下すように言った。「お安い御用さ」

しかし、彼の本心は「お安い御用」ではなく、それなのにこういう言い方をするところが面白かった。多くの人に不快なことをされてきても、これまで許してやっていたリチャード・キャラメルだが、従妹のグロリア・ギルバートのことは決して許さなかったのだ。七年前、結婚する直前に、自分は彼の本を読むつもりはないと言い放ったためである。

リチャード・キャラメルはこのことを覚えていた――七年間、ずっと忘れずにいたのだ。

「何時くらいに戻る？」とアンソニーは言った。

「戻らないわ」と彼女は答えた。「裁判所で四時に会いましょう」

「わかった」と彼はつぶやいた。「そこで会おう」

上階に戻ると、手紙が彼を待っていた。馴れ馴れしい口語体の言葉で「元兵士」たちに会費の支払いを促す、在郷軍人会からの謄写版のお知らせだ。彼は苛立たしげにそれをゴミ箱に投げ入れ、窓の敷居に肘をついて座った。そして陽の当たる街路をぼんやりと見降ろした。

イタリア――裁判で勝ったら、イタリアに行く。これが彼にとって魔よけの言葉のようになっていた。そこは人生の耐えがたい不安が古い服のように脱ぎ捨てられる場所。まずは湯治場に出かけ、明るく色彩豊かな人々と時間を過ごして、絶望という灰色の従者のことを忘れる。驚異的な回復を遂げたら、また薄暮の時間にスペイン広場を歩く。あたりを行き交うのは黒髪の女たち、ボロを着た物乞いたち、真面目そうな裸足《はだし》の修道士たち。イタリアの女たちのことを考えると、彼の心はわずかに震えた――財布がまた重くなれば、ロマンスでさえそこに舞い戻るかもしれない――ベネチアの青い運河や、雨のあと金色に輝くフィエーゾレの緑の丘でのロマンス。そして女たち――別の女へと変身し、分解し、溶け込んでいき、彼の人生から退いていく女たち――しかし、彼女らはいつでも美しく、いつでも若い。

だが、自分の態度には変化があるべきだと彼には思われた。女たちのためにこれだけの苦悩を、悲しみを、痛みを知ったのだ。それは彼に対して彼女らが無意識に、ほとんど気ままに、さまざまな形でやってのけたこと。おそらくは彼が情にもろく、怯えているとわかって、彼のなかにある何かを――彼女らの絶対的な支配を脅かすものを――殺したのだ。

窓から振り返り、彼は鏡に映った自分の姿に向き合った。青白く、生気のない顔をしょんぼりと見つめる。目には、飛び散った血が乾いたかのように縦横に線が入り、背中が曲がって、筋肉がたるんでいる。そのたるみ方は無気力さを表わす文書のようだ。三十三歳だが、四十歳くらいに見える。まあ、こういうことも変わるだろう。

ドアのベルが唐突に鳴り、彼は殴られたかのようにビクッとした。気を落ち着け、玄関に行ってドアを開ける。ドットが立っていた。

遭遇

彼は彼女の前からリビングルームへと後退していった。彼女からゆっくりと溢れ出てくる言葉は断片的にしか理解できない。言葉はしつこく単調に、次から次へと出てくる。服装は上品ながらみすぼらしい――ピンクと青の花が飾られた、どことなく哀れな小さい帽子が黒髪を覆い隠している。その言葉からわかってきたのは、彼女が数日前、裁判に関する記事を新聞で見たということだ。そして控訴裁判所の事務員から彼の住所を入手した。電話をしたところ女の人が出て、アンソニーは外出中だと言った。その人に自分の名前は言わなかった。

彼女がまくし立てているあいだ、彼はリビングルームのドア口に立ち、茫然とした恐怖の目で彼女を見つめていた……彼の心を占めていたのは、周囲の文明や因習がすべて奇妙に現実離れしているという感覚だった。彼女は六番街の帽子屋で働いていると言った。寂しい人生だ。彼がミルズ駐屯地に去ってから、長いこと病に伏せっていた。母親が来て、彼女をカロライナに連れ帰った……それからアンソニーを探そうと思ってニューヨークに出て来た。

彼女は恐ろしいほど真剣だった。紫色の目が涙で赤くなり、ときどき息を詰まらせるために、穏やかな声の抑揚が乱れた。

それだけだ。彼女はまったく変わっていない。彼を求めており、自分のものにできないのなら、死ぬしかない……。

「出ていってくれ」と彼はついに言った――激しいが、回りくどくもある話し方。「僕には心配事がたくさんあるんだ。その上に君が来るなんて。ちくしょう！　ここから出ていってくれ！」

すすり泣きながら彼女は椅子に座った。

「愛してるの」と彼女は叫んだ。「あなたが何て言おうと気にしない！　愛してるんだから」

「どうでもいい！」彼はほとんど金切り声をあげた。「出てけ――ああ、出てけ！　もう充分に僕を傷つけたじゃないか。君は――まだ――足りないって――言うのか？」

「殴って！」と彼女は彼に迫った――激しく、そして愚かしく。「ねえ、殴ってよ。そうしたら、私を殴った手にキスするから！」

彼の声はいよいよ甲高くなり、悲鳴と言ってもいいものとなった。「殺してやる！」と彼は叫んだ。「出ていかないなら、殺してやる、殺してやる！」

彼の目には狂気が宿っていた。しかしドットはひるむことなく立ち上がり、彼のほうに一歩踏み出した。

「アンソニー、アンソニー！――」

彼は歯でチッという小さな音を立て、彼女に飛びつこうとするかのように一歩下がった――それから考えを変え、周囲の床や壁を必死に見回した。

「殺してやる！」と途切れ途切れに小さく喘ぎながら言う。「殺してやる！」その言葉を噛みしめ、無理やり具現化しようとしているかのようだった。彼女もついに恐ろしくなり、それ以上前に出ようとしなくなった。彼の狂乱する目を見つめながら、ドアのほうへ一歩下がる。アンソニーは部屋の自分がいる側をあちこち走り始め、同じ悪態の言葉を発し続けている。それから探していたものを見つけた――テーブルの脇に置かれているオーク材の硬い椅子だ。途切れがちの激しい叫び声を発しつつ彼は椅子を摑み、頭上に振り上げた。そして激しい怒りに任せ、部屋の向こうの怯えた白い顔に向かってまっすぐに投げつけた……そのとき、濃密な深い闇が彼に降りかかり、思考も怒りも狂気もすべて消し去った――そしてほとんど触知できそうなパチッという音とともに、目の前の世界が一変した……。


グロリアとディックは五時に戻ってきて彼の名を呼んだ。返事はなかった――リビングルームに行くと、背もたれの壊れた椅子がドア口に転がっていた。それから、部屋じゅうが乱雑な状態であることにも気づいた――絨毯《じゅうたん》がずれていて、センターテーブルの上の絵や骨董品はひっくり返っている。安物の香水の不快なほど甘い匂いが漂っている。

二人はアンソニーの寝室で彼を見つけた。床の陽だまりに座り、目の前に三冊の大きな切手帳を広げている。彼らが入ったとき、アンソニーは切手帳の袋から取り出して積み上げた切手の大きな山を両手で掻き回していた。顔を上げてディックとグロリアを見ると、彼は不思議そうに首を片方に傾げ、近寄るなというように手を振った。

「アンソニー！」とグロリアは張り詰めた声で叫んだ。「勝ったのよ！　判決が覆ったの」

「入ってくるな」と彼は弱々しい声で囁いた。「君たちは切手をごちゃごちゃにしてしまう。僕がより分けているのに、その邪魔をするんだ。すべてがごっちゃになっちゃうよ」

「何をしてるんだ？」とディックが驚いて訊ねた。「子供に戻っちゃったのか？　裁判に勝ったんだぞ。下級裁判所の判決が覆ったんだ。三千万ドルが入るんだぞ！」

アンソニーは非難するように彼を見つめただけだった。

「出ていくときにドアを閉めてね」と彼は生意気な子供のように言った。

グロリアは彼をじっと見つめた——その目にはかすかな恐怖が湧き上がってきた。

「アンソニー！」と彼女は叫んだ。「どうしたの？　何があったの？　どうして来なかったの——どうして、何があったの？」

「ねえ」とアンソニーは静かな声で言った。「外に出てよ——いますぐ、二人とも。そうしないと、お祖父さんに言いつけるよ」

彼は切手を一つかみ持ち上げると、枯れ葉のようにあたりに散らばらせた。さまざまな色合いの明るい切手がひっくり返ったり、ひらひらと舞ったりしながら、陽だまりの床に落ちていく。イギリス、エクアドル、ベネズエラ、スペインなどの切手——それからイタリアの……。

雀とともに

天におられる最高の皮肉屋は、これまで何世代もの雀の死を見守ってきたのだから〔「一羽の雀」という賛美歌より〕、間違いなくベレンガリア号のような船の乗客の微妙な口調の違いも聞き分け、記録していることだろう。そして間違いなく、格子縞《こうしじま》の帽子をかぶった若者がデッキを急ぎ足で歩いてきて、黄色い服を着た美しい娘に話しかけるのも聞いていたはずだ。

「あの人だ」と彼は言い、上着にくるまって手すり近くの車椅子に乗っている人の姿を指さした。「アンソニー・パッチだよ。デッキに出てきたのは初めてだ」

「あら――あれが彼なの?」

「ああ。ちょっと頭がおかしくなったって言われている。四、五カ月前、お金が手に入ってからね。もう一人のシャトルワースっていう信心深い男は――お金が入らなかったほうだけど――ホテルの部屋に鍵をかけて、銃で自殺した――」

「まあ、そうだったかしら――」

「でも、アンソニー・パッチは大して気にしてないんだろう。三千万ドルを手にしたからね。いまは専属の医者を帯同させて、調子が悪くなったときに備えているらしい。彼女のほうもデッキに出てているかな?」と彼は訊ねた。

黄色い服を着た美しい娘は用心深くあたりを見回した。

「ちょっと前にはいたんだけど。ロシアのクロテンのコートを着ていたわ。あれ、ものすごい値段がするはずよ」。彼女は目をしかめ、それからきっぱりとつけ加えた。「あの人、我慢できない。何て言うか――何て言うか、髪を染めてるのが、なんか不潔な感じ。私の言いたいことがわかるかしら。実際に染めていてもいなくても、そういう印象を与える人っているのよ」

「もちろん、わかるさ」と格子縞の帽子の男は同意した。「でも、醜い女じゃないよね」。少し間を置いてから言う。「彼は何を考えているんだろう――お金のことかな。もしかしたら、シャトルワースって男のことで疚《やま》しさを感じているのかも」

「たぶんね……」

しかし、格子縞の帽子の男は完全に間違っていた。手すりのそばに座って海を見つめているアンソニー・パッチは、お金のことは考えていなかった。人生において、物質的なことに関する虚栄心に本当に取り憑かれたことなどなかったからである。また、エドワード・シャトルワースのことも考えていなかった。こうしたことに関しては明るい面だけを見るのが一番だからである。いや、彼は一連の出来事を振り返っていた――将軍が成功した戦闘を振り返り、勝利を分析するように。自分が経てきた困難を、耐えがたい試練を思い出していたのだ。若い時期の失敗に対して罰が与えられそうになった。残酷な窮境に晒され、ロマンスを強く求める思いが罰せられた。友人たちに見捨てられた――グロリアでさえ彼に歯向かった。自分は一人ぼっちだった――一人でこうしたことすべてに向き合ってきた。

ほんの数カ月前、周囲の人々は彼に諦めろと迫っていた。平凡な暮らしに甘んじ、仕事に就け、と。しかし、彼は自分の生き方が正しいとわかっていた――それを頑固に押し通した。そして、最も冷たかった友人たちが彼を尊敬するようになり、彼がずっと正しかったことを知った。レイシー夫妻、メレディス夫妻、カートライト＝スミス夫妻などが、グロリアと彼を訪ねてきたではないか？　出航する一週間前、リッツカールトンに滞在しているときに。

涙が溢れてきた。そして独り言を囁く声が震えた。

「目にもの見せてやった」と彼は言った。「辛い戦いだったが、僕は諦めなかった。そして切り抜けたのだ！」

訳者あとがき

F・スコット・フィッツジェラルドといえば、アーネスト・ヘミングウェイ、ウィリアム・フォークナーなどと並んで、二十世紀前半のアメリカを代表する作家である。一九二〇年、二十四歳のときに『楽園のこちら側』でデビュー。若者の風俗を生々しく描いたこの小説がベストセラーとなって、若い世代の代弁者的存在となる。五年後、二十世紀文学を代表する傑作『グレート・ギャツビー』を発表。しかし、その後は派手な生活を維持するために短編小説を乱発し、才能を擦り減らしていく。それでも一九三四年、十年近くをかけた長編『夜はやさし』を発表。こちらをフィッツジェラルドの最高傑作と評価する者も多いが、売り上げは伸びず、一九三〇年代後半からはハリウッドでシナリオを書いて糊口をしのぐことになる。そして一九四〇年、心臓発作で死去。

というのが、よく知られているフィッツジェラルドの略歴である。が、ちょっと待ってほしい！『グレート・ギャツビー』は彼の第三作だ。この略歴には第二作が抜けているではないか！

言うまでもなく、その第二作が一九二二年に発表された本書、『美しく呪われた人たち』である。無視（とまではいかずとも軽視）されることの多い作品で、日本語に訳されるのもこれが初めて。しかし、訳されてこなかったのが不思議なくらい、魅力的な小説ではないか。新奇さを狙った感が強い『楽園のこちら側』と比べると、人物像を描き込み、物語を語ろうという意識が強く、作家としての成長を感じさせる。フィッツジェラルドという偉大な作家の全貌を知るうえでも、絶対に無視できない作品だ。まずはあら筋を紹介すると……。

主人公のアンソニー・パッチはニューヨークの超上流階級の出身。両親を早くに亡くし、富豪の祖父に養育された。一代で莫大な財を築いた祖父アダム・パッチは、成功してから禁酒や猥褻文書追放運動に取り組むようになり、社会の道徳の守り手を自認している。アンソニーは幼い頃から生活の苦労をまったく知らず、家庭教師につき添われてヨーロッパとアメリカを行き来し、大学はハーヴァードを卒業する。

物語が始まる一九一三年、彼は長いヨーロッパ旅行から戻り、ニューヨークの高級アパートで暮らしている。両親からの遺産で贅沢な暮らしを続け、ディレッタントを気取ってハーヴァード時代の友人たちと文学や哲学を語り、美女たちとつき合っている。祖父からは仕事をするように言われるが、彼は中世ヨーロッパの歴史を書きたいという以上にさしたる望みはなく、しかし、その執筆の準備をするわけでもない。

ハーヴァード時代からつき合っている親しい友人には、リチャード・キャラメルとモーリー・ノーブルがいる。リチャードは作家志望で、やがて『魔性の恋人』という作品で華々しくデビューする（この人物像にはかなりフィッツジェラルド自身が反映されている）。そのリチャードからアンソニーは従妹《いとこ》のグロリアを紹介される。美の化身のような美女で、やはり上流階級の出身、幼少の頃から甘やかされてきた我儘娘《わがままむすめ》である。これまでもたくさんの男性とつき合ってきたが、男たちは彼女の我儘に振り回されるばかりだった。アンソニーは彼女のそんなところに惹《ひ》かれ、二人は結婚する。

物語はその後、彼らの贅沢な暮らしぶりと没落をたどっていく。結婚後、二人はしばらくカリフォルニアで過ごしてからニューヨーク郊外に移り住む。アンソニーはやはり働こうとせず、友人たちとのパーティに明け暮れている。そんなあるとき、友人たちとの乱痴気騒ぎの最中に、突然祖父が訪ねてくる。祖父はその有様を見て激怒、アンソニーには一銭も遺産は譲らないと遺書を書き換え、直後に死んでしまう。

アンソニー夫妻は遺産相続をめぐる訴訟を起こすが、しばらくは自分の蓄えで暮らしていかなければならなくなる。しかし贅沢に育った彼らに倹約や地道な仕事ができるはずがない。小説を書いてみようとするが、それもうまくいかない。そんなとき、結婚前にグロリアに求婚していたブロックマンというユダヤ人が映画プロデューサーとして成功し、グロリアに映画出演の話を持ちかける。グロリアは乗り気になるが、アンソニーは反対。このようなこともあって、二人の仲はすっかり冷え切ってしまう。

遺産問題の裁判は長引き、二人はどんどん貧しくなる。アンソニーは酒に溺れ、債券を売ってかろうじて生活している。グロリアもかつての美貌が失われて、自分から映画出演を望んでも断わられる始末。小説家として一時成功したリチャードも乱作がたたって、すっかり評価が落ちている。このように青春の絶頂期は過去のものとなり、彼らは徐々に破滅に向かっていく……。

フィッツジェラルドくらい、自分の人生を題材にして創作した小説家も珍しい。本書で最大限に生かされている彼自身の経験は、妻ゼルダとの恋愛と結婚生活だ。

よく知られているように、フィッツジェラルドはアメリカが第一次世界大戦に参戦したとき、アメリカ陸軍に志願。訓練のために滞在したアラバマ州でゼルダ・セイヤーと恋に落ち、婚約する。地元の名家に生まれ、南部一の美女ともてはやされた女性である。しかし、フィッツジェラルドが貧しいために一度は婚約が破棄され、彼は一念発起、小説『楽園のこちら側』を書き上げる。これがベストセラーになって、ゼルダを取り戻したのだ（言うまでもなく、この経緯は『グレート・ギャッビー』でも生かされている）。『美しく呪われた人たち』のグロリアにはかなりゼルダの性格が反映されていると言われ、グロリアがアンソニーに書くラブレターもゼルダの手紙がもとになっている。

上流階級への憧れが感じられると同時に、彼らの道徳的な退廃に鋭い目を向けている点もフィッツジェラルドらしい。彼の傑作短編に「リッチ・ボーイ」という、超上流階級の男を描いた作品がある。主人公アンスン・ハンターはまったく金銭的不自由なく育つことによって、最上のものしか受けつけず、他人への思いやりのない人物となる。このようにフィッツジェラルドは階級というものが人格に及ぼす影響を描く作家でもあり、『美しく呪われた人たち』のアンソニー・パッチは、このアンスンの原型のようなキャラクターだ。とはいえ、アンスンが会社では有能な人間であるのに対し、アンソニーはビジネス界でまったく通用しない駄目男であり、その無能ぶりが笑いを誘う。

そしてフィッツジェラルドならではの魅力と言えば、何といっても二十世紀初頭のアメリカの若者文化、特に上流階級の若者の風俗を描いた点にあるだろう。摩天楼が林立し始め、繁栄を誇るニューヨーク。その華やかな文化と、上流階級の暮らし。それがフィッツジェラルド独特の絢爛たる文体で描かれる。そしてアンソニー、グロリア、リチャードらの生き方に、信じられるものを失い、刹那的に生きる「失われた世代」の心情が見て取れる。その「信じられるもののなさ」ゆえに破滅へと向かっていくアンソニーの転落ぶりは悲劇的だ。

さらに興味深いのは、この作品がフィッツジェラルド自身の転落を予兆しているかのように見える点である。これを書いたときのフィッツジェラルドはいわば青春の絶頂期。にもかかわらず、彼はその後、リチャードと同じように短編の乱作で才能を擦り減らし、アンソニーと同じように酒に溺れていく。また、ゼルダはグロリアと同じように歳を取るにつれて精神的に不安定になる。繁栄と享楽の時代を謳歌しながら、作者自身が感じていた不安。それが作品に現われ出たのかもしれない。

もう一つ挙げておくとするなら、フィッツジェラルドの差別意識が現われているのも興味深いところだろう。ユダヤ人への蔑視は『グレート・ギャツビー』にも見られるが、『美しく呪われた人たち』ではさらに露骨に現われている。ヨーロッパから大量に移り住む移民たち、彼らが形成するスラム街に対する嫌悪もそここで感じられる。さらにタナラハカという名前の日本人の滑稽さ！　日本人がどのように見られていたかがよくわかる。女性に関しては、多くのフィッツジェラルド作品と同様、責任ある知的な存在として描かれていない。これらはもちろん、フィッツジェラルドの偏見であるが、時代が生み出したものでもある。以上のような点からも、フィッツジェラルド文学の全体像を捉える上で、本書は無視できない作品である。

確かにフィッツジェラルドの作品としては、失敗作とされているのも事実である。その大きな原因は結末にあり、多くの読者が「何だこれは?」と思うのではないか。また、アンソニーにしろグロリアにしろ、共感しにくい人物であることは否めないだろう。しかし、彼らの転落の凄まじさ、そして時代の底に流れている不安についいては、真に迫るものがある。そこに作者のぼんやりとした将来への不安が現われているのだとしたら、フィッツジェラルドの生涯を見渡す上でも重要な作品であるはずだ。デビュー作『楽園のこちら側』から傑作『グレート・ギャツビー』への通過点であるということからも、フィッツジェラルド文学のなかで占める地位は重い。

「どうしてこの作品がこれまで訳されてこなかったのだろう?」

訳しながら、私はずっとそう思っていた。こんなに魅力的な作品なのになぜ、と。この素晴らしい作品を読む喜びが多くの日本の読者にも伝わりますように。

翻訳に当たっては、今回も日本映画の字幕製作者であるイアン・マクドゥーガル氏に英語表現についての質問をさせていただいた。フィッツジェラルドの専門家である学習院大学の内田勉先生からも、貴重な助言をいただいた。この場を借りてお礼を申し上げる。また、作品社の青木誠也氏には、企画段階から原稿のチェックまで大変お世話になった。記して感謝の意を表したい。

二〇一九年二月十四日

上岡伸雄

【著者・訳者略歴】

F・スコット・フィッツジェラルド（Francis Scott Fitzgerald）

1896年生まれ。ヘミングウェイ、フォークナーらと並び、20世紀前半のアメリカ文学を代表する作家。1920年、24歳のときに『楽園のこちら側』でデビュー。若者の風俗を生々しく描いたこの小説がベストセラーとなって、若い世代の代弁者的存在となる。同年、ゼルダ・セイヤーと結婚。1922年、長編第二作『美しく呪われた人たち』（本書）を刊行。1925年には20世紀文学を代表する傑作『グレート・ギャツビー』を発表した。しかし、その後は派手な生活を維持するために短編小説を乱発し、才能を擦り減らしていく。1934年、10年近くをかけた長編『夜はやさし』を発表。こちらをフィッツジェラルドの最高傑作と評価する者も多いが、売り上げは伸びず、1930年代後半からはハリウッドでシナリオを書いて糊口をしのぐ。1940年、心臓発作で死去。享年44。

上岡伸雄（かみおか・のぶお）

1958年生まれ。アメリカ文学者、学習院大学教授。訳書に、ジョージ・ソーンダーズ『リンカーンとさまよえる霊魂たち』（河出書房新社）、シャーウッド・アンダーソン『ワインズバーグ、オハイオ』（新潮文庫）、ヴィエト・タン・ウェン『シンパサイザー』（早川書房）、ロバート・クーヴァー『ゴーストタウン』（作品社、共訳）などがある。著書、編書も多数。

美しく呪われた人たち

2019年4月25日初版第1刷印刷
2019年4月30日初版第1刷発行

著　者　F・スコット・フィッツジェラルド
訳　者　上岡伸雄
発行者　和田肇
発行所　株式会社作品社

〒102-0072 東京都千代田区飯田橋2-7-4
TEL.03-3262-9753　FAX.03-3262-9757
http://www.sakuhinsha/.com
振替口座 00160-3-27183

編集担当　青木誠也
本文組版　前田奈々
装　幀　水崎真奈美（BOTANICA）
印刷・製本　シナノ印刷株式会社

ISBN978-4-86182-737-2 C0097

【作品社の本】

ヴェネツィアの出版人

ハビエル・アスペイティア著　八重樫克彦、八重樫由貴子訳

“最初の出版人”の全貌を描く、ビブリオフィリア必読の長篇小説！　グーテンベルクによる活版印刷発明後のルネサンス期、イタリック体を創出し、持ち運び可能な小型の書籍を開発し、初めて書籍にノンブルを付与した改革者。さらに自ら選定したギリシャ文学の古典を刊行して印刷文化を牽引した出版人、アルド・マヌツィオの生涯。

ISBN978-4-86182-700-6

悪しき愛の書

フェルナンド・イワサキ著　八重樫克彦、八重樫由貴子訳

9歳での初恋から23歳での命がけの恋まで——彼の人生を通り過ぎて行った、10人の乙女たち。バルガス・リョサが高く評価する“ペルーの鬼才”による、振られ男の悲喜劇。ダンテ、セルバンテス、スタンダール、プルースト、ボルヘス、トルストイ、パステルナーク、ナボコフなどの名作を巧みに取り込んだ、日系小説家によるユーモア満載の傑作長篇！

ISBN978-4-86182-632-0

誕生日

カルロス・フエンテス著　八重樫克彦、八重樫由貴子訳

過去でありながら、未来でもある混沌の現在＝螺旋状の時間。家であり、町であり、一つの世界である場所＝流転する空間。自分自身であり、同時に他の誰もである存在＝互換しうる私。目眩《めくる》めく迷宮の小説！　『アウラ』をも凌駕する、メキシコの文豪による神妙の傑作。

ISBN978-4-86182-403-6

悪い娘《こ》の悪戯《いたずら》

マリオ・バルガス＝リョサ著　八重樫克彦、八重樫由貴子訳

50年代ペルー、60年代パリ、70年代ロンドン、80年代マドリッド、そして東京……。世界各地の大都市を舞台に、ひとりの男がひとりの女に捧げた、40年に及ぶ濃密かつ凄絶な愛の軌跡。ノーベル文学賞受賞作家が描き出す、あまりにも壮大な恋愛小説。

ISBN978-4-86182-361-9

チボの狂宴

マリオ・バルガス＝リョサ著　八重樫克彦、八重樫由貴子訳

1961年5月、ドミニカ共和国。31年に及ぶ圧政を敷いた稀代の独裁者、トゥルヒーリョの身に迫る暗殺計画。恐怖政治時代からその瞬間に至るまで、さらにその後の混乱する共和国の姿を、待ち伏せる暗殺者たち、トゥルヒーリョの腹心ら、排除された元腹心の娘、そしてトゥルヒーリョ自身など、さまざまな視点から複眼的に描き出す、圧倒的な大長篇小説！

ISBN978-4-86182-311-4

【作品社の本】

外の世界

ホルへ・フランコ著　田村さと子訳

〈城〉と呼ばれる自宅の近くで誘拐された大富豪ドン・ディエゴ。身代金を奪うために奔走する犯人グループのリーダー、エル・モノ。彼はかつて、“外の世界”から隔離されたドン・ディエゴの可憐な一人娘イソルダに想いを寄せていた。そして若き日のドン・ディエゴと、やがてその妻となるディータとのベルリンでの恋。いくつもの時間軸の物語を巧みに輻輳させ、プリズムのように描き出す、コロンビアの名手による傑作長篇小説！　アルファグアラ賞受賞作。

ISBN978-4-86182-678-8

密告者

ファン・ガブリエル・バスケス著　服部綾乃、石川隆介訳

「あの時代、私たちは誰もが恐ろしい力を持っていた――」名士である実父による著書への激越な批判、その父の病と交通事故での死、愛人の告発、昔馴染みの女性の証言、そして彼が密告した家族の生き残りとの時を越えた対話……。父親の隠された真の姿への探求の果てに、第二次大戦下の歴史の闇が浮かび上がる。マリオ・バルガス＝リョサが激賞するコロンビアの気鋭による、あまりにも壮大な大長篇小説！

ISBN978-4-86182-643-6

ボルジア家

アレクサンドル・デュマ著　田房直子訳

教皇の座を手にし、アレクサンドル六世となるロドリーゴ、その息子にして大司教／枢機卿、武芸百般に秀でたチェーザレ、フェラーラ公妃となった奔放な娘ルクレツィア。一族の野望のためにイタリア全土を戦火の巷にたたき込んだ、ボルジア家の権謀と栄華と凋落の歳月を、文豪大デュマが描き出す！

ISBN978-4-86182-579-8

メアリー・スチュアート

アレクサンドル・デュマ著　田房直子訳

三度の不幸な結婚とたび重なる政争、十九年に及ぶ監禁生活の果てに、エリザベス一世に処刑されたスコットランド女王メアリー。悲劇の運命とカトリックの教えに殉じた、孤高の生と死。文豪大デュマの知られざる初期作品、本邦初訳。

ISBN978-4-86182-198-1

ランペドゥーザ全小説　附・スタンダール論

ジュゼッペ・トマージ・ディ・ランペドゥーザ著　脇功、武谷なおみ訳

戦後イタリア文学にセンセーションを巻きおこしたシチリアの貴族作家、初の集大成！　ストレーガ賞受賞長編『山猫』、傑作短編「セイレーン」、回想録「幼年時代の想い出」等に加え、著者が敬愛するスタンダールへのオマージュを収録。

ISBN978-4-86182-487-6

【作品社の本】

ほどける

エドウィージ・ダンティカ著　佐川愛子訳

双子の姉を交通事故で喪った、十六歳の少女。自らの半身というべき存在をなくした彼女は、家族や友人らの助けを得て、アイデンティティを立て直し、新たな歩みを始める。全米が注目するハイチ系気鋭女性作家による、愛と抒情に満ちた物語。

ISBN978-4-86182-627-6

海の光のクレア

エドウィージ・ダンティカ著　佐川愛子訳

七歳の誕生日の夜、煌々と輝く満月の中、父の漁師小屋から消えた少女クレアは、どこへ行ったのか——。海辺の村のある一日の風景から、その土地に生きる人びとの記憶を織物のように描き出す。全米が注目するハイチ系気鋭女性作家による、最新にして最良の長篇小説。

ISBN978-4-86182-519-4

地震以前の私たち、地震以後の私たち　それぞれの記憶よ、語れ

エドウィージ・ダンティカ著　佐川愛子訳

ハイチに生を享け、アメリカに暮らす気鋭の女性作家が語る、母国への思い、芸術家の仕事の意義、ディアスポラとして生きる人々、そして、ハイチ大地震のこと——。生命と魂と創造についての根源的な省察。カリブ文学OCMボーカス賞受賞作。

ISBN978-4-86182-450-0

骨狩りのとき

エドウィージ・ダンティカ著　佐川愛子訳

1937年、ドミニカ。姉妹同様に育った女主人には双子が産まれ、愛する男との結婚も間近。ささやかな充足に包まれて日々を暮らす彼女に訪れた、運命のとき。全米注目のハイチ系気鋭女性作家による傑作長篇。アメリカン・ブックアワード受賞作！

ISBN978-4-86182-308-4

愛するものたちへ、別れのとき

エドウィージ・ダンティカ著　佐川愛子訳

アメリカの、ハイチ系気鋭作家が語る、母国の貧困と圧政に翻弄された少女時代。
愛する父と伯父の生と死。そして、新しい生命の誕生。感動の家族愛の物語。
全米批評家協会賞受賞作！

ISBN978-4-86182-268-1

【作品社の本】

ウールフ、黒い湖

ヘラ・S・ハーセ著　國森由美子訳

ウールフは、ぼくの友だちだった――オランダ領東インド。農園の支配人を務める植民者の息子である主人公「ぼく」と、現地人の少年「ウールフ」の友情と別離、そしてインドネシア独立への機運を丹念に描き出し、一大ベストセラーとなった〈オランダ文学界のグランド・オールド・レディー〉による不朽の名作、待望の本邦初訳！

ISBN978-4-86182-668-9

蝶たちの時代

フリア・アルバレス著　青柳伸子訳

ドミニカ共和国反政府運動の象徴、ミラバル姉妹の生涯！　時の独裁者トルヒーリョへの抵抗運動の中心となり、命を落とした長女パトリア、三女ミネルバ、四女マリア・テレサと、ただひとり生き残った次女デデの四姉妹それぞれの視点から、その生い立ち、家族の絆、恋愛と結婚、そして闘いの行方までを濃密に描き出す、傑作長篇小説。全米批評家協会賞候補作、アメリカ国立芸術基金全国読書推進プログラム作品。

ISBN978-4-86182-405-0

ビガイルド　欲望のめざめ

トーマス・カリナン著　青柳伸子訳

女だけの閉ざされた学園に、傷ついた兵士がひとり。心かき乱され、本能が露わになる、女たちの愛憎劇。ソフィア・コッポラ監督、ニコール・キッドマン主演、カンヌ国際映画祭監督賞受賞作原作小説！

ISBN978-4-86182-676-4

老首長の国　ドリス・レッシング アフリカ小説集

ドリス・レッシング著　青柳伸子訳

自らが五歳から三十歳までを過ごしたアフリカの大地を舞台に、入植者と現地人との葛藤、古い入植者と新しい入植者の相克、巨大な自然を前にした人間の無力を、重厚な筆致で濃密に描き出す。ノーベル文学賞受賞作家の傑作小説集！

ISBN978-4-86182-180-6

被害者の娘

ロブリー・ウィルソン著　あいだひなの訳

同窓会出席のため、久しぶりに戻った郷里で遭遇した父親の殺人事件。元兵士の夫を自殺で喪った過去を持つ女を翻弄する、苛烈な運命。田舎町の因習と警察署長の陰謀の壁に阻まれて、迷走する捜査。十五年の時を経て再会した男たちの愛憎の桎梏に、絡めとられる女。亡き父の知られざる真の姿とは？そして、像を結ばぬ犯人の正体は？

ISBN978-4-86182-214-8

【作品社の本】

分解する

リディア・デイヴィス著　岸本佐知子訳

リディア・デイヴィスの記念すべき処女作品集！
「アメリカ文学の静かな巨人」のユニークな小説世界はここから始まった。

ISBN978-4-86182-582-8

サミュエル・ジョンソンが怒っている

リディア・デイヴィス著　岸本佐知子訳

これぞリディア・デイヴィスの真骨頂！
強靭な知性と鋭敏な感覚が生み出す、摩訶不思議な56の短編。

ISBN978-4-86182-548-4

話の終わり

リディア・デイヴィス著　岸本佐知子訳

年下の男との失われた愛の記憶を呼びさまし、それを小説に綴ろうとする女の情念を精緻きわまりない文章で描く。「アメリカ文学の静かな巨人」による傑作。待望の長編！

ISBN978-4-86182-305-3

名もなき人たちのテーブル

マイケル・オンダーチェ著　田栗美奈子訳

わたしたちみんな、おとなになるまえに、おとなになったの――11歳の少年の、故国からイギリスへの3週間の船旅。それは彼らの人生を、大きく変えるものだった。仲間たちや個性豊かな同船客との交わり、従姉への淡い恋心、そして波瀾に満ちた航海の終わりを不穏に彩る謎の事件。映画『イングリッシュ・ペイシェント』原作作家が描き出す、せつなくも美しい冒険譚。

ISBN978-4-86182-449-4

戦下の淡き光（仮題）

マイケル・オンダーチェ著　田栗美奈子訳

（近刊）

【作品社の本】

ねみみにみみず

東江一紀著　越前敏弥編

翻訳家の日常、翻訳の裏側。迫りくる締切地獄で七転八倒しながらも、言葉とパチンコと競馬に真摯に向き合い、200冊を超える訳書を生んだ翻訳の巨人。知られざる生態と翻訳哲学が明かされる、おもしろうてやがていとしきエッセイ集。

ISBN978-4-86182-697-9

ブッチャーズ・クロッシング

ジョン・ウィリアムズ著　布施由紀子訳

『ストーナー』で世界中に静かな熱狂を巻き起こした著者が描く、十九世紀後半アメリカ西部の大自然。バッファロー狩りに挑んだ四人の男は、峻厳な冬山に帰路を閉ざされる。彼らを待つのは生か、死か。人間への透徹した眼差しと精妙な描写が肺腑を衝く、巻措く能わざる傑作長篇小説。

ISBN978-4-86182-685-6

ストーナー

ジョン・ウィリアムズ著　東江一紀訳

これはただ、ひとりの男が大学に進んで教師になる物語にすぎない。
しかし、これほど魅力にあふれた作品は誰も読んだことがないだろう。——トム・ハンクス
半世紀前に刊行された小説が、いま、世界中に静かな熱狂を巻き起こしている。
名翻訳家が命を賭して最期に訳した、"完璧に美しい小説"
第一回日本翻訳大賞「読者賞」受賞

ISBN978-4-86182-500-2

黄《よ》泉《み》の河にて

ピーター・マシーセン著　東江一紀訳

「マシーセンの十の面が光る、十の周密な短編」——青山南氏推薦！
「われらが最高の書き手による名人芸の逸品」——ドン・デリーロ氏激賞！
半世紀余にわたりアメリカ文学を牽引した作家／ナチュラリストによる、唯一の自選ベスト作品集。

ISBN978-4-86182-491-3

夢と幽霊の書

アンドルー・ラング著　ないとうふみこ訳　吉田篤弘巻末エッセイ

ルイス・キャロル、コナン・ドイルらが所属した心霊現象研究協会の会長による幽霊譚の古典、ロンドン留学中の夏目漱石が愛読し短篇「琴のそら音」の着想を得た名著、120年の時を越えて、待望の本邦初訳！

ISBN978-4-86182-650-4

【作品社の本】

ゴーストタウン

ロバート・クーヴァー著　上岡伸雄、馬籠清子訳

辺境の町に流れ着き、保安官となったカウボーイ。酒場の女性歌手に知らぬうちに求婚するが、町の荒くれ者たちをいつの間にやら敵に回して、命からがら町を出たものの——。書き割りのような西部劇の神話的世界を目まぐるしく飛び回り、力ずくで解体してその裏面を暴き出す、ポストモダン文学の巨人による空前絶後のパロディ！

ISBN978-4-86182-623-8

ようこそ、映画館へ

ロバート・クーヴァー著　越川芳明訳

西部劇、ミュージカル、チャップリン喜劇、『カサブランカ』、フィルム・ノワール、カートゥーン……。あらゆるジャンル映画を俎上に載せ、解体し、魅惑的に再構築する！　ポストモダン文学の巨人がラブレー顔負けの過激なブラックユーモアでおくる、映画館での一夜の連続上映と、ひとりの映写技師、そして観客の少女の奇妙な体験！

ISBN978-4-86182-587-3

ノワール

ロバート・クーヴァー著　上岡伸雄訳

“夜を連れて”現われたベール姿の魔性の女《ファム・ファタール》「未亡人」とは何者か!?
彼女に調査を依頼された街の大立者「ミスター・ビッグ」の正体は!?
そして「君」と名指される探偵フィリップ・M・ノワールの運命やいかに!?
ポストモダン文学の巨人による、フィルム・ノワール／ハードボイルド探偵小説の、アイロニカルで周到なパロディ！

ISBN978-4-86182-499-9

老ピノッキオ、ヴェネツィアに帰る

ロバート・クーヴァー著　斎藤兆史、上岡伸雄訳

晴れて人間となり、学問を修めて老境を迎えたピノッキオが、故郷ヴェネツィアでまたしても巻き起こす大騒動！　原作のオールスター・キャストでポストモダン文学の巨人が放つ、諧謔と知的刺激に満ち満ちた傑作長篇パロディ小説！

ISBN978-4-86182-399-2

黒人小屋通り

ジョゼフ・ゾベル著　松井裕史訳

カリブ海に浮かぶフランス領マルチニック島。農園で働く祖母のもとにあずけられた少年は、仲間たちや大人たちに囲まれ、豊かな自然の中で貧しいながらも幸福な少年時代を過ごす。『マルチニックの少年』として映画化もされ、ヴェネツィア国際映画祭で銀獅子賞を受賞した不朽の名作、半世紀以上にわたって読み継がれる現代の古典、待望の本邦初訳！

ISBN978-4-86182-729-7